# 慧缘

慧缘 著

百花洲文艺出版社

## 佛医学

# 作者简介

　　慧缘，出生于中医世家，自幼受承庭训，禅心研习岐黄医易及佛道信息学。成年后曾就读于陕西中医学院和第二军医大学。先后受师于陈明科、太乙上人、青云禅师等三十多位医易名士和佛道大师。他集众家之长于一身，将中医学、气功、佛教医学、易学和风水学有机地结合在一起，形成了一门独特的综合学科。他创立的三宝功德功、慧缘功、气功针和科学风水学、佛医学和人体信息预测学等方法，其功效非凡，深受国内外人士的推崇。

　　慧缘先生现任香港堪舆大学校长、香港慧缘中医针灸大学校长、世界堪舆家协会主席、香港国际佛教医学研究会理事长、中国佛学院客座教授、新加坡自然科学院客座教授、香港风水科学研究会名誉会长。在多年的医学临床实践及其他综合学科的理论研究和实践过程中，先后完成著作《慧缘风水学》《慧缘姓名学》《慧缘佛医学》《慧缘预测学》《慧缘星相学》《慧缘养生学》《慧缘智慧学》《慧缘气功针法》《慧缘禅语》《慧缘命相学》《慧缘医学奇方秘法》《慧缘易经讲义》等。

　　近年来，前来请慧缘先生医治疾病、规划市政、勘察风水、起名号的人士、公司遍布世界上三十多个国家和地区。通过良好信息的调整，这些公司和个人都得到了很好的发展，取得了显著的经济成果和社会效益，并使许许多多的有缘人士也因此身心健康，吉祥如意。

# 内容简介

《慧缘佛医学》是慧缘大师数十年来对佛教医学研究实践和教学的总结，有很高的研究和实用价值。

《慧缘佛医学》的问世，不仅向人们揭示了佛教医学的奥秘和特点，其最大的愿望是给各寺庙有志研习佛教医学的僧尼法师们提供一本学习范本，也给对佛教医疗学有兴趣的各界人士提供了一本参考书。书中较详细地介绍了佛医学的来龙去脉，佛教医学神秘的特点及运用方法，并将现代中西医学理论和方法与之相结合，使佛教医疗学更趋于完善，也使之更便于学习和应用。

为了使广大读者更容易学习和掌握疗病方法，书中运用中医和佛医共同对疾病的诊断和描述方法，详细介绍了佛医和中医的疗效，治疗方法，通俗易懂，便于学习和掌握。

由于本书是向人们提供一种古老而新颖的医疗保健和养生方法，其中许多方法对很多疑难杂病有独特和神奇的疗效，所以无论是僧尼或是医务工作者，还是希望享受健康吉祥人生的广大读者，只要您抽些许时间读一读《慧缘佛医学》，都能使您受益久远。

# 再版前言

　　《慧缘风水学》《慧缘姓名学》《慧缘佛医学》系列丛书于上世纪90年代开始由百花洲文艺出版社陆续编辑出版，距今已十年有余。十年在人类历史的长河中只是一个瞬间，但作为系列文化图书能在十年间重印几十次，单本发行量达数十万册，至今仍然畅销不衰，这不能不说是一个奇迹。

　　经历了五千年人类文明孕育的中国传统文化博大精深、浩瀚无边，她蕴涵着华夏祖先的智慧和一代代传承者的心血。继承弘扬这些人类文明的瑰宝，是我们出版工作者义不容辞的责任。因此百花洲文艺出版社在"慧缘系列丛书"问世十周年之际，特邀作者慧缘大师来到江西南昌对丛书进行了全面细致的修订。修订后重新再版的《慧缘风水学》《慧缘姓名学》《慧缘佛医学》系列丛书无论内容还是装帧设计都焕然一新，这必将更有助于该丛书的发行传播，也是广大读者所企盼的。

　　与佛家有关的"风水学""姓名学""佛医学"在祖国传统文化中占有一定的地位，佛学界慧缘大师专精于此，著述勤勉，且行文简洁流畅，立意深入浅出，非常贴近百姓的日常生活，为大家提供了一份既实用、又不失文化品位并具有资料掌故特点的精神食粮。

　　十多年来多次重印，证明该丛书真正做到了雅俗共赏，符合社会文化生活日益多元化发展的历史趋势。

　　相信这次修订再版会进一步赢得各界朋友与广大读者的赞誉与欢迎。

　　值此中华人民共和国60华诞喜庆之际，谨以此丛书表达我们祝福祖国传统文化繁荣昌盛、不断创新的良好心愿。

# 序 言

　　现代文明给人们提供了丰富多彩的物质和精神生活,可以使人们更好地享受人生,但对人体健康并不都是有利的。如生活、工作的快节奏,常使人处于高度紧张状态之中,身心要承受很大的压力。再加之激烈的竞争,复杂的人际关系,优越的生活条件,污染的生存环境等,均对人的健康有较大的影响。人们要争取健康长寿,除了加强体育锻炼,养成良好的生活习惯以及根据现代医学业防治疾病外,还要学会修身养性,保持心理健康,从高度紧张的现代文明中解脱出来。

　　佛教医学是印度佛教医学和中国中医学相结合的修炼养生和治疗疾病的独特的医疗养生学。公元前6世纪,乔达摩·悉达多有感于人世的生老病死等各种苦恼,便放弃了印度的王族生活,离家修炼并创立了佛教,其教义长期以来在亚洲及欧美地区流行,成为世界影响最大的三大宗教(佛教、基督教、伊斯兰教)之一。

　　在佛教经典著作中,有很大一部分著作总结了人类治疗疾病的经验,并逐渐形成了自己的理论体系。据隋唐史书记载,通过佛教由印度翻译过来的医书和药方就有10余种。据有关统计资料,集佛教经典之大成的《大藏经》中专医学或涉论医学的经书约有400部,既有关于医药卫生、生理病理的记录,也有心理健康、修心养性方面的叙述,仅此类名词术语就有4600多条。

　　《大智度论》认为,生病有"外缘"和"内缘"两因。外缘是生病的外在条件,如寒热、饥渴、摔伤、扭伤等;内缘是生病的内在条件,如纵欲贪色、发怒、恐惧、思虑等。《摩诃止观辅行》第32卷说,贪恋色、声、香、味、触等"五尘",可产生相应的内脏疾病,并认为人体一切生命现象都会在体内器官机能活动中有所反应，通过对这些生命现象的观察和分析，可以推测内在器官的病理和生理变化。

在汉末三国时期流传的小乘佛教，吸取中医"元气学说"和"阴阳五行学说"的理论，认为"元气"配合得好，则人心神平和，不会产生种种欲望和烦恼；如果"元气"配合不好，"阴阳五行"不协调，心神就会失去平和，种种欲望和烦恼就会油然而生。

在分析疾病原因的基础上，佛教还把疾病分为"身病"和"心病"两种。世界卫生组织把健康定义为"不但没有身体的缺陷和疾病，还要有完整的生理、心理状态和社会适应能力"。佛教的"心病"指内心的贪执、恐怖、忧愁、憎恨等苦恼，实际上便包含着社会因素和心理因素所致的疾病；"身病"是指身体的皮肤、肌肉、骨骼、神经和五脏六腑的不适，是生理性疾病。

佛教医学认为，治病要对症下药。《摩诃止观辅行》第32卷说，医生必须先正确诊断病情，分析病因，一个好的医生应能很精确地辨别各种疾病症状。在治"身病"时，该书提出了药物、饮食、养生、运动（如瑜伽术、气功、太极拳、武术等）、按摩法、痛捏法、修定功（静坐）、修观想等多种治疗方法。这些方法与中医养生治病的方法融为一体，成为中国养生学的重要组成部分。

佛教医学在很大程度上具有心理学的作用，他关心人类的心理状况和所谓的"苦难"，对人生的价值、意义作出了特定的判断，提出了一整套调整人们思想的行为准则和规范，并赋予它以生动形象的心理学解释。对于"心病"，则认为主要由烦恼产生，无尽的烦恼可归纳为84000种（"八万四千尘劳"），皆因为执著于自我（"我执"）而引起。《教乘法数》认为，有84000种对治法门（方法）来治疗烦恼。《天台四教仪》和《大乘义章》则提出了6种对治方法：不净观、慈悲观、因缘观、数息观、念佛观、空观等。这些与现代心理学的许多治疗方法是相通的。

佛教医学认为，适当的饮食能使人保持健康，而饮食不当则会造成疾病。佛教医学吸收了古代中医的饮食疗法对治病进行的尝试。《摩诃止观辅行》就有饮食"五味"与疾病关系的记载。《禅门日诵》也说："疾病以减食为汤药。"

佛教在"五戒"中，规定了不饮酒。为了收到禁酒的成效，对饮酒者进行严厉的惩罚。它主观上是为了避免酒的刺激，保证个人的精神安宁，客观上则对人体健康不无裨益。

佛教的素食对民间饮食习惯产生了一定影响，至今仍有人少吃或不吃荤腥，可见素食风尚持久不衰。佛教素食别具风味，可舒张血管，降低血压，调节情绪。适当素食，对预防当今危害人类健康的头号大敌——心血管疾病的发生具有一定的作用。

佛教一方面坚持戒酒和素食，另一方面提倡饮茶。僧人早起洗漱后先饮茶再礼佛，饭后先饮茶再作佛，饮茶成了他们日常生活中不可缺少的内容。后来，饮茶习惯逐渐传向民间，形成了我国独特的茶文化。饮茶的普及，客观上也有利于大众的健康。

佛教还创造了禅定法作为修炼的方法，希望通过禅定，超出生死轮回，脱离生灭，达到人生的解脱，获得神秘的佛教真理。而在修习禅定的过程中，可练就调身养心、息心静坐之功，起到了强身健体、祛病延年的作用。

佛教把修炼方法归结为"六度"，除禅定外，还有"布施、持戒、忍辱、精进、智慧"，宣传道德责任和奉献精神，主张去恶从善和自我约束。在"五戒"中，还有"不偷盗"、"不邪淫"、"不妄语"等，鼓励个人与群体的相互信任和了解。

佛教医学与现代医学和传统医学紧密联系在一起，以浅显通俗的语言，把佛教关于人类生命与健康的知识介绍给广大读者，其中包括佛教基本理论、佛教心理健康、佛教饮食保健、佛教医疗技法、佛教气功、佛教武术等内容，它对于我们追求幸福生活，寻求健康长寿具有重要的指导作用。

慧　缘

1988年8月于峨嵋山

# 目
# 录

Contents

Contents

Contents

Contents

Contents

上篇

# 第一章　佛医学概论

佛教认为人生充满痛苦，而疾病是人类最"苦"之处，它直接折磨人的身心，故救人先救其"苦"。首先就要使人们能够摆脱疾病之"苦"的纠缠，所以佛教有"救人一命，胜造七级浮屠"之说。佛教徒通过给众生治病疗疾，普及医学知识，使佛教医学在实践中得到提高和发展。

## 一、医方明与中医

早在三国魏明帝时，攘那跋陀罗和耶舍崛多两位印度和尚合译《五明论》，其中就有《医方明》。据《开元录》记载，从汉末至魏晋南北朝，共译出佛典1621部4180卷，这些佛典中有许多涉及医学内容。《隋书·经籍志》记载，当时由印度翻译过来的佛教医书有10余种，如《龙树菩萨药方》《西域诸仙所说药方》《婆罗门诸仙药方》《释僧医针灸经》等。

《大藏经》集佛教经典之大成，据李良松、郭洪涛在《中国传统文化与医学》中介绍，《大藏经》中，专论医理或涉论医理的经书约400部，既有医药卫生、生理病理之记录，也有心理幻术、修心养性的载述，内容博异丰盈。不少佛医药书籍，大多托名自大乘佛教的龙树、耆婆两位宗师，千百年来广为流传和运用。在医药卫生名词术语方面，佛经中有4600多条此类术语，既有生理解剖、脏腑经络方面的名词，也有医疗、药学、心理、病理和医事杂论方面的术语。

综合有关资料，现列举有关佛教医书如下：《佛说婆罗门避死经》《佛说奈女耆域因缘经》《佛说奈女耆婆经》《佛说温室洗浴众僧经》《安般守意经》《佛说佛医经》《佛说胞胎经》《佛说佛治身经》《佛说活意经》《佛说咒时气病经》《佛咒齿经》《佛说咒目经》《佛说咒小儿经》《禅秘要法经》《坐禅三昧法门经》《禅法要解经》《禅要诃欲经》《治禅病秘要经》《易筋经》《佛说疗痔病经》《大药叉女欢喜母并爱子成就法》《除一切疾病陀罗尼经》《能净一切眼疾陀罗尼经》《观世音菩萨如意摩尼陀罗经》《大般涅经》《南海寄归内法传》《大智度论》《修习止观坐禅法要》《六妙法要》《摩诃止观》《迦叶仙人说医女人经》《延寿经》《佛说医喻经》《五门禅经要用法》《耆婆脉经》《耆婆六十四句》《龙树眼论》《耆婆要用方》《耆婆五脏论》等。

佛教"医方明"之学与中医学理论相互吸收和影响。佛教医学认为，人的身体是"四大"构成的，"地水火风阴阳气候，以成人身八尺之体"，因此一切疾病的根源也就在于"四大"失调。"初则地大增，令身沉重；二则水大积，涕唾乖常；三则火大盛，头胸壮热；四则风大动，气息击冲。"中医"阴阳五行说"的理论认为，人体是一个由上下、内外、前后、有形和无形、物质和运动等阴阳对立面构成的统一体。它们不停地进行"阴阳转化"和"阴阳消长"，却始终保持着平衡，如果这种平衡被破坏，人就生病了。同时，人体内部是由金、木、水、火、土五行来表示的五个系统，它们之间互相联系，互相影响，相生相克。由此可见，佛教医学与中医学在探讨疾病起因上存在着相通之处。

佛教医学在寄生虫学方面也有独特的发现。《禅病法要经》及《正法念处经》就认为，人身是虫窠，人体内的虫约有80种，并且还列举各种虫的名字，描绘其形态，这与现代医学的寄生虫病学的观点和记录有许多相近之处。现代寄生虫病学也发现人体内有蛔虫、蛲虫、鞭虫、钩虫、丝虫、绦虫等等。由此可见，佛医学并非虚幻记录，可以说它对人体寄生虫的记载具有一定的科学性。

《修行道地经》中还有人体胚胎学方面的研究，"胎成七日，初不增减，二七日如薄酪……六七日如息肉……九七日变五泡，两肘、两髀及颈，十七日续生五泡，两手腕两足腕及头……"这种记录把胎儿在母体中的发育经过详细地反映出来，与人体胚胎学有着不可思议的吻合之处。

尤其是在汉末及三国时流行的小乘佛教，直接吸取中医"元气说"和"阴阳五行说"的理论，用来解释疾病的起因，认为"元气"配合好，则人心神平和，就不会产生种种欲望和烦恼；如果"元气"配合不好，阴阳五行不协调，心神就会失去平和，种种欲望和烦恼就会接踵而来。

佛教医学"四大"学说也直接为中医学所接收。隋代巢元方的《诸病源流论》里就写道："凡风病"有四百四种，总而言之，不出五种，即是六脏所摄，一曰黄风，二曰青风，三曰赤风，四曰白风，五曰黑风……所谓五风，生五种虫，能害于人。唐孙思邈《千金方》也记载："凡四气合德，四神安和，一气不调，百一病生，四神同作，四百四病，同时俱发。"

《大智度论》认为，生病有"外缘"和"内缘"两种因素，"外缘"即为外在条件，如受到寒热、饥渴、摔伤、挫伤等等；"内缘"即内在条件，如纵欲贪色、发怒、恐惧、思虑等。《摩诃止观》则认为，贪恋色、声、香、味、触"五尘"会生疾病，并认为沉迷色境生肝病，贪享声音生肾病，贪爱香气生肺病，贪图口味生心病，贪念触觉生脾病。中医"脏象学说"认为，"脏"是深藏在身体内部的器官，"象"是人体内脏机能活动表现的征象，人体一切生命现象都是体内器官机能活动的外在反映，通过对这些外在反映的观察、分析和归纳，就能推测内在器官的病理现象和生理现象。"脏象学说"与佛教医学也有相似之处，只是在具体器官机能上存在着某些差异。

佛教医学认为，对不同的病症应该用不同的方法加以诊治，"身禀四大，性各不同，因以治之，症候非一；冷热风损，疾生不同"。因此，同样的疾病发生在不同的人的身上，症候程度都会有不同。《摩诃止观》说，治病要对症下药，才能很快治愈。所以医生必须先正确地诊断病因和病情，诊断越精确，治愈的可能性就越大，这是医生医术高低的标准。中医也是讲究辨证施治，因而就有"同病异治"、"异病同治"的原则，它善于把体内、体外的因素加以全面的考虑，做到具体情况具体处理。因此，近人陈邦贤在《中国医学史》中认为："考唐宋医学的变迁，实基于印度佛教的东渐。"


## 二、佛法与疾病分类

佛医学把疾病分为404种101类，并把它们分为"心病"和"身病"两大部分。"心病"是指内心的贪执、恐怖、忧愁、憎恨、愚痴等诸多烦恼，可以说佛教主要着眼于众生的心病——无名烦恼的根治。佛经认为，众生所造的恶业错综复杂，所以心病的种类无量无边。《教乘法数》记载，众生的烦恼可归纳于八万四千种，即"八万四千尘劳"，它们可以浓缩为"贪、嗔、痴"三种烦恼。因此释迦以医治众生心病为己任。（详见《心理健康篇》）

"身病"是指身体、肌肉、骨骼、神经、五脏六腑等生理上的不适，即所谓"四大五脏病象"。佛教"医方明"主要是针对身病的治疗技艺。《华严经·普贤行愿品》所示菩萨十大行愿中"恒顺众生"愿，就包括"于诸病苦，为做良医"。药师佛、药王、药上菩萨、龙树菩萨等都以善施医药、治疗身病而称著。

佛医学对疾病的分类与现代医学模式相吻合。现代医学的生物——心理——社会医学模式认为，一个人是身心统一体，人的健康应包括身体健康和心理健康两个方面，正如世界卫生组织对"健康"概念的定义：健康不仅是没有身体的缺陷和疾病，而且还要有良好的生理、心理状态和社会适应能力。佛教从根（生理）、尘（社会环境）、识（心理）三缘和合的整体角度考察人的存在，认为它们互不相离、互相影响、互相作用。心起烦恼，恶业，不仅仅是"心病"的具体体现，而且还可导致生理失调而致"身病"。

## 三、疾病的佛法对治

佛教在拯救众生诸苦的基本理论中，向众生提供了医治众生"心病"和"身病"的技艺，不仅其全部佛法的教理体系可以作为广义和深义的身心对治方法，而且还以佛教医学善治施医。

从现代医学角度来看，佛教的八正道、三学、六度等修持之道，都是行之有效的身心疗法。它们对指导人生正确的心理观和生活态度，保持身心健康和人格健全，都具有重要的意义。

佛教对心理疾病提出了相应的治疗对策，如《教乘法数》认为，有"八万四千尘劳"就有"八万四千种对治门（方法）"。《大乘义章》则提出了六种对治方法——不净观、慈悲观、因缘观、数息观、念佛观、空观等，其具体方法与现代身心疗法相似。佛教还认为，心灵的力量可以产生治病效果，并运用修定之法，使心理专注在身体的某具体部位，以放宽心胸、平息机体疾病，从而起到治疗身心疾病的作用，这与气功理论也不无相似之处。

佛教还强调修心，采用神秘的、内省似的证悟，从日常生活做起，礼拜、忏悔、唱诵、打坐、看护病人等，都具有防治疾病的功效。

（一）礼拜

这是佛教徒的修持方法之一。磕头礼拜时，屈伸肢体的全身运动，加上神情专注，动作徐缓，不仅可以缓解紧张心情，还可舒筋活血。礼拜时心意虔诚，意作观想，"观能礼所性空寂，感应道交难思议"，这些都有益于身心健康和疾病防治。

（二）忏悔

人们的身心疾病往往是内心潜意识中的不良积淀所致，尤其是当人们违背了某些社会公德、背弃了道德行为准则时，其心理负担会十分沉重。忏悔则想象面临佛菩萨圣众诸天，至诚悔过，使一切精神负担在忏悔后变得轻松。诚如《观普贤行法经》所说："若欲忏悔者，端坐念实相，众罪如霜露，慧日能消除。"这必定有利于身心疾病的治疗。

(三) 唱诵

佛教徒唱诵时, 万念俱弃, 虔诚敬心, 并配单调的节奏, 如钟磬、木鱼、鼓等乐器的和鸣, 在庄严的佛堂氛围中, 可产生与现代心理疗法 (如松弛疗法、催眠疗法) 相同的效果。日本身心医学家池见酉次郎在《自我分析》一书中说: "如果大声反复地朗诵祈祷的文句和佛经等, 可以将长久积郁于心而即刻就要爆发的怒火、怨气以及其他激烈的情绪和感情, 以平安的方式发散出来, 起到净化心灵的巨大作用。"

《摩诃止观》还提出, 治病要对症下药才能很快治愈; 同时必须正确地诊断病情和病因, 精确地辨别各种疾病的症状, 这样治愈的可能性就越大。在治疗身体和五脏失调的疾病时, 佛教还有许多对治方法, 如药石、针灸、天然食物、运动和养生 (如瑜伽术、太极拳、武术等)、按摩和痛捏法、修定功、修观想等等。这些治疗原则和方法, 与中医理论相比有许多相仿之处。

佛教还特别重视病人的康复, 提倡护理好病人。《四分律》记载, 佛陀曾亲自为久病的比丘洗涤污秽、躬身按摩、说法劝勉, 使之得到极大的安慰, 因此, 佛陀说: "若欲供养我者, 应先供养病人。"这虽然是佛教慈悲心的具体显现, 但在客观上使病人心理舒坦, 精神受到安慰, 有利于其疾病康复和积极配合治疗。

## 四、佛门医家的医学活动

佛门医家中有些医术高明者, 以名医称著, 成为我国古代医疗队伍中的一支力量。

西晋高僧于法开就是我国历史上著名的佛门医家, 他著有《议论备豫方》一卷。东晋的支法存著有《申苏方》五卷。南北朝惠义著有《寒食解杂论》七卷。昙鸾著《调气治疗法》一卷、《疗百病杂丸方》三卷。道洪、莫满等均有著述。以上著作虽已亡佚, 但对指导当时僧医的行医实践, 为人们治病疗疾作出了很大贡献。

在历代佛门医家中, 也有为中外文化交流作出重大贡献者。如唐代高僧鉴真, 历经磨难东渡日本, 传播佛教的同时行医治病, 著有《鉴真上人秘方》, 亲自校正了当时日本草药学中许多名不副实的错误。日本首任掌管医药的官员曾随鉴真学习药物学, 据报道, 有部分鉴真的医方现已在日本发现, 成为日本汉方医学的组成部分。鉴真被日本药学界推奉为祖师, 直到江户时代 (1603—1867年) 草药袋上还有鉴真的肖像。当然, 别国的佛门医家也从各地来到中国。中外文化的交流,使佛教医学得到交流和发展,同时也推动了中国医学的发展。

历代寺院因医而得名的为数不少,如浙江的竹林寺,即以有佛门医家善疗妇科疾病而名传遐迩,此寺所传妇科专著版本有数十种,至清末竹林寺妇科已绵延107世。陕西西安近郊的法门寺附近立有一方医碑,上刻63首妇科疾病药方,"远近知者,对症服药,无不应手而愈"。

河南洛阳龙门石窟艺术,为研究我国古代的佛教历史和雕刻艺术提供了重要的资料。而其中"药王洞"就有我国现存最早的石刻药方,如今已被整理出了118首医方。

历代佛门医家对我国医学发展作出了重要贡献,因而有的便得到了皇帝赏赐。如宋代庐山僧人法坚,"医术闻名天下",曾获得宋太宗赵匡胤召见,赐给紫云袍,是称"广济大师"。元代佛门名医拳衡和尚,因皇后有病献药有功,被赐予"忠顺药师",封五省采药使。另一位普映和尚也因精于医道,在元武帝时被封为太医,在朝达12年之久。

## 五、敦煌佛教医学

敦煌莫高窟以浩瀚的佛教文化闻名于世,其中敦煌医学也引人注目,它不仅成为研究佛教文化的重要遗产,而且也丰富了中医文化,是中医文化的重要组成部分。

敦煌医学散见于敦煌文献、壁画和其他文物中,甘肃中医学院自1983年开始,多方搜集整理出了关于敦煌中医药方面的资料共88卷,约20多万字。1990年该院集中研究,又经3年努力,终于编撰出了120万字的《敦煌中医药全书》。该书收集古医药方1024首,并对敦煌中医药文献,按医理、针灸、诊法、本草、医方、古藏医药、道医、佛教医学、医事杂论等9个部分归类校勘、集注。

敦煌医学中,确实不乏佛教医学内容。最早诊疗疾病的壁画出现在绘于北周296窟北顶东端《福田经变》中,它描绘了"施医药"的生动场面:两位家属扶着半躺的患者,医生在一旁精心诊脉,身后有一人正在用药臼捣药。148窟有佛口拔牙的壁画。257窟西壁《鹿王本生故事》中绘有治疗恶疮的场面,还有愚疾患者求观音得救的场面。

西魏285窟西壁南北佛龛上,画着14个菩萨禅定和练功的画像,其中南龛7个菩萨坐禅图像类似"内功"、"静功";北龛7个菩萨则模仿某些动物姿势,仿佛练武功一般。272窟有一幅40人规模的练功连续动作图像,所有菩萨的手势、动作、眼神、体态形象逼真。北魏260窟的一幅"剃度图"更形象地再现和尚剃度的情景。一个和尚坐在大盆内洗澡；另一个和尚将头伸在水盆内洗头；还有一个赤裸上身，脖子上围着围巾，蹲在地上左手拿着漱口杯，杯内放有柳枝做的牙刷，右手把二指伸进口内撒盐揩齿。据考证，这是我国现存最早的一幅关于口腔卫生的绘画。

综观敦煌医学中的佛教医学，它包括了医理、医术、心理、气功健身、卫生保健等多方面。在7个石窟570多个洞窟近6万平方米的壁画中，包含着不少佛教医学成就。

# 第二章　佛教心理医学

在许多寺院里都供奉有药师佛，全称为"药师琉璃光如来"，又称大医王，他是东方琉璃世界的教主。据说，药师佛曾立下12条誓愿，以救度众生，其中有几条就与人们的心理保健相关，如"所求满足"——使众生自由自在，纵横自如；"安立正见"——众生的一切烦恼都能解脱，可以获得正确的见解；"苦恼解脱"——能解脱一切痛苦和烦恼。

药师佛还有两个化身。一是药树王，专医人的肌体疾病（即生理疾病）；一是如意珠王，专治人的精神疾病（即心理疾病）。据《法华经》记载，服了药树珠就能治愈肌体上的病痛；服了如意珠就能使人如意，精神方面的疾病便可治愈，从而使人心旷神怡，身心安乐，健康常乐。可以说，药师佛既是大医生药王，又是出色的心理学家，是众生健康的保护神。

佛教在很大的程度上具有心理学特点，它关心人类心理状况，关心人类的各种苦难。从某种意义上说，佛教对人类心理健康有着重要的贡献，它的所有教义都是对人生的价值、意义作出自己的特定的判断，并在此基础上提出了一整套约束人们思想、行为的准则和规范，赋予它们生动活泼的心理学解释。

## 一、佛教和心理健康

宗教作为宗教需要者的一种虔诚而又虚幻的心理需要，许多教徒从宗教的信仰和仪式中激发出特殊的情感体验，获得内心的安宁和解脱。佛教给其他信仰者也同样有一种寄托感，在客观上能使他们走向心理平衡，有利于身心健康。

佛教许多内容都离不开"烦恼",这与人类心理健康密切相关。现代社会"烦恼"更多,妄想、抑郁、焦躁等心理上的不平衡,都可归结于佛教所说的"烦恼"之中。1979年3月,国际劳工局在日内瓦宣布:"任何社会中,每10人就有1人在一生中患有或曾患有某种心理障碍,到本世纪末,全世界严重心理疾病如精神病人总数将达2亿人。"1982年,我国各地区的精神分裂症患病率为3%~7%,精神发育不全患病率为3%~8%,而神经衰弱、情绪障碍、适应障碍等诸种常见的心理问题总数则是上述精神病的8~10倍。

佛教作为一种心理健康手段,以种种教义约束人们的身心言行,而某些心理健康手段或许能为现代人提供某些启示。佛教中许多心理健康手段也确实为广大公众所知晓,有的还随着现代心身医学的进步而得到进一步发展。客观上,佛教具有某些心理保健作用。

## 憨山大师醒世歌

红尘白浪两茫茫,忍辱柔和是妙方。
到外随缘延岁月,终身安分度时光。
休将自己心田昧,莫把他人过失扬。
谨慎应酬无懊恼,耐烦做事好商量。
从来硬弩弦先断,每见钢刀口易伤。
惹祸只因闲口舌,招愆多为狠心肠。
是非不必争人我,彼此何须论短长。
世事由来多缺陷,幻躯焉得免无常。
吃些亏处原无碍,退让三分又何妨。
春日才看杨柳绿,秋风又见菊花黄。
荣华终是三更梦,富贵还同九月霜。
生老病死谁替得,酸甜苦辣自承当。
人从巧计夸伶俐,天自从容定主张。
谄曲贪嗔堕地狱,公平正直即天常。
麝因香重身先死,蚕为丝多命早亡。
一剂养神平胃散,两盅和气二陈汤。
悲欢离合朝朝闹,寿夭穷通日日忙。
休得争强来斗胜,百年浑是戏文场。
顷刻一声锣鼓歇,不知何处是家乡。

这首读起来琅琅爽口的"醒世歌",在社会上流传至今,是佛教对人类心理健康的综合表述,它从不同的几个方面劝诫人们,要成为心理健康的人,就要消除世间的诸种烦恼。如果我们从正面角度,剔除其不够积极的成分,化消极为积极,对我们心理平衡,消除内心障碍,保持心理健康十分有益,读者不妨多读一读。

## 二、生理变化与心病

佛教认为,人的生理变化与心理变异相互影响,生老病死是必然的过程,而这个过程在心理上也有必然的反映。

《摩诃止观辅行》说,一个人的生命依赖着呼吸,其心理状态会影响到呼吸,因此,呼吸状况反映了一个人的健康状况。例如,当我们愤怒时,呼吸的气息就会变得又急又粗;当我们心里安宁时,呼吸就会微细绵长。《释禅波罗密》第2卷说:"呼吸像风的人,心中一定散乱;呼吸似喘者,心情结滞不畅;呼吸如气流,身体易倦怠。只有守住细微的呼吸,心情才能宁静,并进入禅定境界。"

祖国传统医学也认为,人所发出的声音与其内脏有一定的联系,而且也反映出他一定的心理状态。因此,中医从闻言语和听声音可以分析诊断疾病。在无形体病变时,呼吸突然增粗变快,多是情绪激动;长吁短叹,常为悲伤较深、忧思过极所致。可见,中医理论、佛教观点与生活实际是相互观照的。

佛说:"念念生灭!"由于人的生理变化、心理现象也时时变化着,此生彼灭,此灭彼生,依此反复。佛教运用观想呼吸的不同方法,透过心理的力量改变呼吸,从而达到治病效果,这实际上是一种生理和心理的复杂变化过程。佛教修定方法,也可以通过心灵的力量产生人体生理变化而达到治病的目的。如:定心病处、止心丹田、住心足下、系心脐中、息心法界,认为把心理力量专注在身体的病痛部位、丹田、脚底、肚脐,放宽心胸,都可以使人产生生理变化,调和机体,排除杂念,从而使疾病痊愈。

无论是传统医学还是现代医学,都十分重视心理治疗,并采用心理学理论和方法、技术,不仅可以治疗情绪不稳定和精神障碍,而且对某些躯体疾病的治疗也很有裨益。

## 三、心病的治疗方法

《教乘法数》认为,烦恼无边无量,其对治方法也不可尽数,有"八万四千尘劳（烦恼）"就有"八万四千种对治法门（方法）"。佛教还采用神秘的、内省似的证悟，从日常生活做起，强调修心，把人们的日常行为与修心结合起来，从而达到身心健康的目的。

以下是佛教常用的心理对治方法：

（1）不净观。观想境界不净的现象，对治贪欲心特别强的众生。

（2）慈悲观。观想众生受苦受难的现象，平息嗔恚之心。

（3）因缘观。观察人生的因果关系和生老病死，破除愚笨痴念。

（4）数息观。注意默数自己的呼吸，从一至十，周而复始，以消除散乱之心。

（5）念佛观。念佛的名号、智慧、功德、庄严的身像，达到入静禅定。

（6）观心观。不必假想，而是直观心性。据说"观心法"不仅可以治愈心理疾病，而且可以治愈生理疾病。

## 四、烦恼的产生和治疗方法

> 光明寂照遍河沙，凡圣含灵共一家。
> 一念不生全体现，六根才动被云遮。
> 断除烦恼重增病，趋向真如亦是邪。
> 随分世缘无挂碍，涅槃生死等空花。

这首偈说明自性本体是光明遍照的，只有一念不生其全体才能显现，如果有意识地断除烦恼或趋向真如，都是和"无念"背道而驰的。这是禅宗对"烦恼"的解释。

"烦恼"二字来自梵文，佛教把扰乱众生身心，使之发生迷惑、苦恼的精神作用都称之为"烦恼"。它认为世界万物由因缘而生，或由心而生，没有固定不变的本质属性，也不是一般认识所能把握的，因此，各种情绪和欲望，包括一切世俗思想认识活动，都是烦恼，贪、嗔、慢、疑、恶见等都是烦恼的根本。烦恼是诸苦的根源，是生死轮回的总因。

以佛教烦恼两大心识的性质来看，"心病"是由烦恼产生的，无尽的烦恼可归纳为八万四千种即"八万四千尘劳"，这些烦恼是因为执著于自我（即"我执"）引起。佛教还把"心"的作用概括为三大类烦恼：

（1）六根本烦恼。贪、嗔（恚怒）、知、慢、疑、恶见等。

（2）八大随烦恼。不信、懈怠、放逸、昏沉、掉举、失念、不正知散乱。

（3）十小随烦恼。愤怒、仇恨、结怨、虚狂、奸诈、欺骗、倨傲、迫害、嫉妒、自私。

《百法明门论》则把八万四千种烦恼浓缩为"贪、嗔、痴"三种"尘劳"。它认为人们的根本烦恼就在于三个字——"贪"，心贪男女和五尘境界，于他于己起贪染心；"嗔"，就是憎恨，喜爱争论是非，从而感受其人、事、物的烦恼；"痴"，就是不明事理，如在成长过程中的"无知"，与生俱来的"无知"。夜郎自大，以我为中心，自卑、多疑、嫉妒、悭吝、欺骗等，都是由"贪、嗔、痴"引起的烦恼。

人的吉凶福祸，是因为人的"心"不时有各种烦恼和意念，然后会见诸于言行，成为招引吉凶的基因，久而久之，便会形成习惯和性格，并影响命运。因此，"心"成为"心念—行为—习惯—性格—命运"连锁因果的根源和个体轮回的根本所在。只有摒弃一切愿望，心无所求，对周身事物采取视而不见，听而不闻的态度，才能彻底摆脱"烦恼"，达到"涅槃的境界"。

现代心身医学认为，心理疾病是一个人由于精神上的紧张、干扰，而使自己在思想、感情上和行为上偏离社会生活规范轨道的现象，结果使人不能战胜由挫折困难和失败所带来的种种困扰和烦恼，丧失了对外界的适应能力。从佛教所说的"烦恼"来看，它与现代身心医学相适应，并且，佛教所指的"烦恼"是一个更为广泛的心理病因范畴，它比我们一般意义的"烦恼"意义更深广，更具体。

（一）不自寻烦恼

生活并非只有阳光，漫漫人生并非只有坦途，我们每个人都体验过"烦恼"，也常为"烦恼"所困扰。其实，所谓"烦恼"都是自找的。不信么？你把自己感到烦恼的事情说给别人听，别人并不会像你那样烦恼；同样，别人的烦恼对你来讲也未必是烦恼。因为，烦恼只是个人主观情绪的体验。

在现代生活中，竞争、快节奏很容易使人"烦恼"，烦恼好似一阵情绪痉挛，它使人陷入心灵痛苦的深渊，难以自拔。倘若我们沉湎在烦恼中，就会"剪不断，理还乱"，心里就会更烦恼。也许，你想忘掉它，可是它像幽灵一样跟随你，使你无法摆脱。

下面，有几种方法可以避免和消除烦恼，当你烦恼之时，不妨一试：

（1）做一件你最喜欢的事。

（2）把自己打扮得漂亮和精神一些。

（3）走进你熟悉的社交圈。

（4）拨打心理咨询热线电话。

（5）给好朋友写信（或拜访他）。

（6）对自己感到烦恼的事视而不见，听而不闻。

（二）不贪欲

《百喻经》有这样一个故事：从前有个穷困潦倒的人，靠替别人做工赚得一件粗劣的衣服，于是穿在身上。有个人见后对他说："你祖辈显贵，出身于名门，为什么还穿这种衣服？今天我教你一个好办法，你就能得到国王赏赐给你的华丽衣服。"穷人欣喜若狂，只见那人烧起一团火，对穷人说："现在你脱下这粗劣的衣服，把它烧掉，然后在这里等着国王的赏赐。"穷人欣然脱下衣服，投入火中，赤身裸体地等着，企盼国王赏赐衣服，其结果可想而知。

佛教把贪欲放在"贪、嗔、痴"三大根本之首，其目的就是要告诫人们不可贪心。俗话说："人心不足蛇吞象。"贪得无厌者往往适得其反。从现代心理学角度来说，贪心者心里常是患得患失，内心不平衡，总有一种得不偿失之感，这样容易导致身心疾病的发生。我国古代哲学家、医学家们也常常劝告人们不要太贪心。《老子》四十六章曰："祸莫大于不知足，咎莫大于欲得。故知足之足，常足矣。"它把欲望、不知足、贪婪看得比罪过、祸害、过失更大。所以，中国自古就有"知足常乐"、"适足则止"的名言。

佛教更是提倡"知足"，力戒贪欲。在京都龙安寺的寺院里，藏有一个平水钵，上面刻着四个字"吾唯知足"，以儆告善男信女。成都文殊院曾编印《佛教三世因果文》，其中《想一想》这样说："死后一文带不去，悭什么；前人田地后人收，占什么；得便宜处失便宜，贪什么。"像那位穷人贪婪，最后连粗劣的衣服都失去了，只能赤身裸体地等待奇迹出现，更是以生动的故事给人以启迪。

（三）适足则止，知足常乐

佛教主张戒贪，并不是要人们什么都不要想，什么都不要，而是主张"适足则止"，切不可强求。那么，怎样才能做到"适足则止"呢？

（1）保持无祸而不追求有福。古人说："福莫大于无祸，利莫大于不失。"因此，当你拥有某些东西时，应当有知足感，而不要贪求自己难以得到的东西。一个人一旦贪心不足，行为超过自己能力限度，常容易招致损失和灾祸，结果往往连已经拥有的都会失去。

（2）审慎行事而不贪欲图利。只知有利可图的益处，却忘记了由此而引起的祸患。尤其是在贪欲的支持下，违反事物本性，其结果往往害了自己，这叫"搬起石头砸自己的脚"。

（3）心情开朗而不患得患失。贪欲往往引起心理上的紧张和不愉快，而患得患失又刺激贪欲增大，于是这种恶性循环使人身心疲劳，人际关系紧张。记住这样一句话："知足者，身贫而心富；贪得者，身富而心贫。"

## 五、嫉妒的产生和治疗方法

《百喻经》有这样一个故事：一位师父带着两个徒弟，师父患了脚病，便吩咐两个徒弟每人负责侍候一个脚，随时加以按摩。这两个徒弟常常相互嫉妒憎恨，有一次，甲徒弟走开了，乙徒弟就抓住甲徒弟负责按摩的左脚，用石头猛砸。甲徒弟回来后见到师父的左脚被砸断，一气之下，也把乙徒弟负责按摩的右脚打断。

嫉妒是万恶之源。两个徒弟因嫉妒，把师父的双脚都打断了，害得师父成了无脚的残疾人。嫉妒是一种较为复杂的不健康心理现象，它包括焦虑、恐惧、悲哀、猜疑、羞耻、自咎、消沉、憎恶、敌意、怨恨、报复等多种复性情绪。一个人优越的天资、突出的成就、丰厚的财产、崇高的威望等等，都是某些人嫉妒的原因。

心理学家认为，嫉妒通常表现为两种情况：第一，如果嫉妒者对他所嫉妒对象的重视和关心比较轻时，他的嫉妒只是陷于一种焦虑不安和情绪低落的状态之中；第二，若对嫉妒对象表现出强烈重视和关注，他可能会有恐惧和绝望感，可能发展成憎恶、敌视、仇恨等恶劣情绪，在行为上表现出恶意中伤，甚至产生攻击、破坏性的行为，像上述故事中的两个徒弟就是如此。

佛教认为，嫉妒是烦恼产生的根源之一，它不仅危害自己，祸及他人，还会因为"因果报应"而殃及子孙。《迁善录》就有这样的故事：宋朝大夫蒋瑗有九个儿子，个个都身体残废，不是驼背、跛脚、手足不能屈伸、瘫痪，就是疯癫、愚痴、耳聋、眼瞎、哑巴。子皋见之而问，蒋瑗说："我平生只不过经常要嫉妒比我高明的人，喜欢奉迎巴结我的人。我怀疑别人做的善事，坚信他人做的恶事。见别人得到好处就像自己损失了什么，遇到别人有损失就好像自己得到了好处。"子皋说："这是你嫉妒的恶报呢，你应当改过向善，还可转祸为福。"蒋瑗便痛改前非，广修善行，几年后，他九个儿子的毛病都逐渐痊愈了。

当然，这只是佛经因果报应的故事罢了，但它劝人们要免除嫉妒之心，这是消除烦恼的办法之一。确实，在现实生活之中，嫉妒作为一种病态心理，危害极大，嫉妒者往往不择手段地采取种种办法，打击其嫉妒对象，既有害自己的心理健康，又影响他人。因此，佛教劝诫人们不要嫉妒，在今天而言仍不失为有益之举。

（一）熄却嫉妒之火

人都难免处于妒火的煎熬之中，一方面自己产生嫉妒心理，一方面则被他人嫉妒。因此，熄却妒火既要消除自己的嫉妒心理，又要防止被别人嫉妒。

1.摆脱嫉妒情绪。要正确对待别人的优势和自己的长处，不要以己之短比他人之长；要注意开发自己的潜能，防止病态的自尊和自卑。

2.不断充实自己。对他人和自己之间的差距，要以自己的努力去缩小，而不是损害他人；如果能以进取心来激励自己，在充实的过程中改变自己的落后状况，嫉妒之火自然就会变成奋斗的激情。

3.转移嫉妒视线。如果自己有成就，容易成为嫉妒对象，这时应当学会保护自己免受嫉妒，而最有效的办法就是转移视线。一方面将自己的优势加以弱化，藏而不露；另一方面要夸大嫉妒者的长处，使之得到成就感和满足感，从而减少其嫉妒心理。

## 六、牢骚的产生和治疗

佛经上有这样一首偈：

面上无嗔真供养，口里无嗔吐妙香，

心中无嗔是净土，无染无杂是真常。

然而，"无嗔"者总是少见，生活中常有牢骚满腹、嗔怒无常者，他们总是因此而烦恼不已，以至于自食恶果。因此，佛教告诫人们要平息嗔怒之心。

《贤愚因缘经》记载了这样一个故事：有一次，波斯匿王率大军路过佛陀讲经说法的道场，听到一位出家师傅诵经的声音特别洪亮，便愿布施十万文钱，让佛陀请那位诵经的师傅出来和他相见。可是，当波斯匿王见到那位师傅的相貌后，心中十分后悔，他根本没有想到，那声音清脆洪亮的诵经者，居然相貌丑陋，身材矮小。他便请教佛陀其中的缘由。

佛陀说：从前有一位名叫迦叶佛的圣人圆寂后，国王命令四位大臣负责为迦叶佛盖一座很大的塔。可是其中一位大臣牢骚满腹，懒散怠工，国王就责备他，那位大臣更加愤怒不已。但是塔建成后，这位大臣又认为这塔庄严，就布施了一个宝铃安装在塔上。

佛陀说：因为那位大臣的牢骚和愤怒，所以五百世中身材都矮小，相貌丑陋，又因为他挂了一个宝铃在塔上，所以他声音非常宏亮悦耳。

佛教把牢骚和愤怒说成能影响人的身材和容貌的恶习，其意在劝诫人们克制自己的情绪，不要心怀嗔怒和怨恨，否则就会烦恼丛生，自食恶果。

发牢骚是我们都曾体验过的激动情绪。古人认为，牢骚满腹易怒者，有损健康。张从正《儒门事亲》曰："怒气所至，为呕血，为食泄，为煎厥，为薄厥，为阳厥，为胸满胁痛；食则气逆而不下，为喘渴，烦心，为消瘅，为目暴盲，耳暴闭，筋解；发于外为疽痈。"

现代心理学认为，发牢骚者，怒发冲冠，脸色初赤后青者占19.3%，脸色变青者占25.8%；眼球多突出，视线亦有变化；咬牙切齿，唾沫四溅，声音发抖，吐词不清。尤其是交感神经兴奋，心跳加快，血压上升，呼吸急促，经常发牢骚者，最容易患心脑血管疾病。

（一）学会消除牢骚

佛经说："心净则佛土净。"一个人若能自净其心，就能凭借自身的善因，得到一个良好的修行环境（净土），那么，一切烦恼都会远离自己。因为修行之身，身心的抵抗力增强了，对外界的刺激都会以"平常心"见之，无名的烦恼也会因此而消失净尽，那么自然就不会有牢骚，不会有嗔怒。在生活之中，我们还可以采用以下方法消除牢骚：

1.远离"导火索"。牢骚满腹并非无缘无故，它往往是因外界刺激的"导火索"而引发。因此，我们应当做到"非礼勿视，非礼勿听"。曾有这样一首偈唱道："春有百花秋有月，夏有凉风冬有雪；心头无挂若闲事，便是人间好时节。"只要我们不为闲事所束缚，即可以通禅而与牢骚无缘。

2.转移"兴奋灶"。发牢骚时，大脑有一个强烈的负性情绪"兴奋灶"，因此，要消除牢骚，可以将此"兴奋灶"加以转移，转移方法有多种，如听音乐、欣赏名画、进行运动、参与娱乐等。佛教的忏悔、念诵、修禅等也是有效的方法。

3.默念"暗示语"。接受暗示是人的一种正常心理活动，通过自己的意识可以使自己平息牢骚。在即将发牢骚时，我们不妨默念"暗示语"："不要发牢骚！""发牢骚有害健康！"等，默念暗示语常可以自我警觉而免发牢骚。

# 七、妄语的产生和治疗

佛教对人们的语言也有严格的要求和规范。比如在佛教"八正道"里，"正语"就要求人们说话不要违背佛理，不要妄言、绮语、恶口、两舌，要说真实而且与人融洽有益的话。在"五戒"中就有"戒妄语"的戒律，并为出家和居家的弟子共持。

语言是人类交际、传达信息的重要工具。每个正常的人都能运用语言说话，就像每个人都用腿走路一样极其平常。然而，佛教就是在平常之中体现其教理，它对语言也进行了规范。如果说，现代人把语言作为联系人际关系的一项重要技巧加以讲究，那么佛教则把语言作为一种直接的心理健康手段。

佛教的"妄语"有四个方面的内涵：（1）妄言，指口是心非，欺诳不实；（2）绮语，指花言巧语，油嘴滑舌；（3）恶口，指辱骂诽谤，恶语伤人；（4）两舌，指搬弄是非，挑拨离间。因此，佛教的"戒妄语"就是要从以上四个方面来约束自己的语言。对于违反这条戒律的人，佛教认为不仅会造成诸多烦恼，而且还将受到因果报应。

《贤愚因缘经》上记载，佛陀在世的时候，有一位比丘尼名叫微妙，她以自己的过去所遭受到的因果报应劝告许多尼姑们"戒妄语"。原来，微妙比丘尼曾是一个阔太太，但没有生育能力，后来她丈夫娶了姨太太并生了个男孩。她嫉妒姨太太，悄悄把男孩杀了。事后她不是忏悔自己的罪过，而是发恶誓："如果我杀了你的儿子，我的丈夫会被毒蛇咬死，我生的孩子会被水冲走，被狼吃掉，而且会自己吃亲生子女的肉，我自己会被活埋……"妄言恶誓的结果是一一应验了。她先后嫁了三任丈夫，就在同第三任丈夫新婚几天后，丈夫死了。按当时习俗，妻子要陪葬，她被活埋了，幸亏有盗贼盗墓取宝，她被救了出来。于是，她请佛陀度化，而且修成正果，成为微妙比丘尼。

佛教从因果报应上阐述了"妄语"的恶报，这显然是唯心的。但从心理角度来说，"妄语"者往往因违反自己的良心而自责，易造成心理紧张不安，这是不利于健康的；尤其是"妄语"者欺诳诽谤、挑拨离间、花言巧语，最容易造成人际关系障碍。它虽不会像佛教所说的那样得到恶报，但会失去人们的信任，使自己陷入孤立无援的境地。

佛教"戒妄语"不仅对其信徒具有语言规范作用，而且对人际语言沟通也是极好的指导。它是我们进行语言沟通的必备的原则，对促进现代人际关系信息沟通具有重要的指导意义。

美国伯克利加州大学语言学教授格勒斯指出，为了准确而有效地进行信息沟通，人们在语言上应该采取"合作原则"。其中就要求语言质量必须具有"真实性"，这与佛教提倡的"戒妄言"相近；在方式上要求言辞清楚，避免含混不清和花言巧语，这与"戒绮语"相近。

英国语言学家提出了语言沟通的"礼貌原则"，其中就要求多赞扬他人，少贬损他人，要与人一致而不是"搬弄是非"；要富于同情而不是"恶语伤人"。

美国斯坦福大学语言学家赫伯特和伊夫则认为语言沟通应讲究"现实原则"，说话要根据实际情况，避免荒唐的语言，不能让人感到其说话花言巧语和所谈的事实、情况、状态违背常理。这些观点都与佛教的"正语"有异曲同工之妙。


## 八、五欲的产生和治疗

《巨力长者所问大乘经》卷上："五欲烦恼，犹若瀑流，漂溺有情入生死海，汩没流转，难有出期。"所谓"五欲"就是财欲、淫欲、饮食欲、名欲和睡眠欲，也有指五种感观欲望的。五欲烦恼有如瀑流，能够漂溺一切众生到"生死海"中，沉浮不已。

佛教出家僧尼必须遵守佛教的戒律清规，其实质就是禁欲，自觉约束行为和心理活动，不被五欲烦恼所引诱。佛教甚至认为，眼欲得好色，耳欲得好声，鼻欲得好香，舌欲得好味，身欲得好触。这色、声、香、味、触都是众生易得的贪欲，也在禁止之列，这样便形成了诸多戒律，以达到禁欲的目的。而在五欲烦恼中，淫欲是首当其冲的，"戒淫"成为佛家禅定的"加行"，佛教还编有许多"戒淫"的故事。

在诸欲中，危害最大的是淫欲。《楞严经》即以阿难惑于淫术为"缘起"，当时阿难因乞食，经历淫室，遭大幻术。摩登伽女喜欢其美貌，便以娑毗迦罗先梵天咒，将阿难摄入淫席，淫躬抚摩。释迦得知此事后，立即宣说神咒，以文殊师利咒消灭恶咒，将阿难和摩登伽女提将归来，教诲摩登伽女修得正果。《楞严经》又举例说，宝莲香比丘尼，私行淫欲，说什么行淫事非杀非偷，不会有业报，说话间其女根突生猛火，堕入"无间狱"。所以淫欲乃众生轮回的直接"惑业"。

《四十二章经》也说："出家沙门，断欲去爱，识自心源，达佛深。""汝等沙门，当舍爱欲，爱欲垢尽，道可见矣。""有人患淫不止，欲自断阴……若断其阴，不如断心。"因此，欲爱不净，是生死之根，众苦之本。

在佛教这些戒淫理论指导下，僧尼绝对禁止与异性交合、"染心相触"、有亲密行为，而且禁止独自手淫。大乘佛教还戒及心念的起动。在寺院里，早课通常念诵"楞严咒"为始，而这是梵语译成的汉字，说的是佛陀救其弟子受惑于摩登伽女的咒语。据说凡念此咒可有效地保护自己不受性欲的诱惑。

在佛学中有"恶业发相"的说法，其中"淫业发相"乃于坐中见淫秽之相而动心，或忽思邪淫之事，乃至于被此欲念所逼恼，行邪淫或手淫等事，佛教认为这是宿世行恶必感的恶果和心理的恶性变化。

佛教戒淫的目的，一方面是为了维护僧团清誉，宣扬佛教离欲；另一方面是为了给修禅提供良好的条件。从气功角度来说，现代气功的实践表明，性生活是进入高深气功态的障碍，因禅定的需要而设戒淫，自有其有益的成分。但是，对于世俗之人来说，戒淫是违逆人性的行为。现代性学认为，性生活不仅关系到人类社会的延续和新生命的诞生，而且对生命个体来说，也是一种有益健康的行为，正常和谐的性生活是一个人身心健康的具体体现。因此，我们大可不必过佛家的戒淫生活，而应当学会夫妻双方的性和谐之道。

# 第三章　微笑、宽容与身体健康

## 一、笑弥勒佛的启示

我们在名山寺院里，常可见到笑口弥勒的塑像，他笑容可掬的神态，十分逗人喜爱；他袒腹趺坐，腰肢粗大，令人忍俊不禁。有的佛堂在供奉弥勒佛像两侧，挂着一副对联：

> 大肚能容容天下难容诸事；
> 开口便笑笑世上可笑之人。

弥勒佛喜笑颜开，使人一进寺门就有一种皆大欢喜的感觉，人们会被他那坦荡的笑容感染而忘却自身的烦恼。如果我们再仔细注意，还会发现他一手持着一串佛珠，另一手按着一个大口袋，相信这口袋是用来盛"气"的，他在生气时就打开口袋，将"气"装进去。所以弥勒佛生性慈和安详，他最著名的功法就是"慈心三昧"，这使他在人世间播道时，总能笑嘻嘻的，令人好不快乐。

笑是身心健康的法宝，俗话说："笑一笑，十年少。"这句话揭示了笑与长寿之间的密切联系。"乐以忘忧，不知老之将至。""笑口常开，青春常在。"笑使人永葆青春，乐观消愁。佛教虽然宣传人生是苦海无边，但并非让人们整日愁眉苦脸，相反，它在庄严肃穆的佛堂里，竖上一尊神情温和可爱的笑口弥勒，让人们也能笑口常开！

医学家们研究，笑是一种有益的特殊的人体运动。笑使人体的膈肌、胸腔、腹部、心脏、肺脏，甚至肝脏都能得到短暂的锻炼；笑使肺脏扩张，胸肌的活动得到加强，可以清除呼吸道的异物，并能加快血液循环和心脏的搏动；大笑使面部、臂部和脚部的肌肉都能得到松弛，从而解除了人们的厌烦、内疚、抑郁、紧张的心理状态；笑使胃部运动，促进消化腺的分泌，加快肠胃蠕动……因此，我们不妨学学弥勒佛，让笑伴我们健康长寿。

早在20世纪70年代，英国的一所大学创立了"幽默教室"，利用各种发笑手段，使人在笑疗中预防身心疾病。其实，从某种意义上说，观看弥勒佛像也是一种趣味笑疗法。笑口弥勒佛像本身就富于幽默，他头上光溜，双耳垂肩，身穿袈裟，袒胸露腹，给人一种幽默可笑之感。

笑疗有多种方法，如看幽默书画，观看滑稽影视，与人谈笑风生，照一照哈哈镜，进行其他娱乐等等。

## 二、大慈大悲利人生

《大智度论》曰："大慈与一切众生乐，大悲救一切众生苦；大慈以喜乐因缘与众生，大悲以离苦因缘与众生。"佛给予众生未来之欢乐，故为"大慈"；它为众生拔除痛苦，故名"大悲"。因此，佛教的道德准则不但体现于对自我修持的要求，而且还贯穿在人与人、人与众生之间的关系上，并希望和帮助他人得到快乐，希望和帮助他人解除痛苦。因此，它以利他为人生观，讲究施与恩惠，救除患难。

佛教宣扬"大慈大悲"，佛陀则是奉行大慈大悲的先驱。话说佛陀的弟子眼睛失明，要穿针缝衣都困难。作为伟大的圣人，佛陀主动去帮助这位失明的比丘，并一针一线地为弟子缝衣。有病的弟子口渴了，佛陀会亲自倒茶。有时他亲自服侍重病的弟子，为他们清理污秽的粪屎和血脓。他说：慈悲就要不分大小、贵贱、高低！有一次摩羯陀国的阿世王与越祇王国发生纠纷而准备战争，就派大臣雨舍去拜访刚从越祇国回来的佛陀，打探敌情。佛陀知道他的来意，故意不正面回答，而是同弟子阿难大谈越祇国的政治民主、上慈下孝，并用很严肃而慈悲的神情说："假如一个国家具有政治民主和上慈下孝的民风，这个国家必然强大……"雨舍终于明白了其中的道理。"慈悲"战胜了一场战争！

佛教还以"缘起论"来解释慈悲和人生一切现象，"缘起"即"诸法由因缘而起"，一切事物的产生和消除，都是由相对的互存关系和条件所决定的。人与人、人与社会也互相依存，形成一个社会人际网络。因此佛教要求："出家人以慈悲为怀。"一个人想成佛，必须以众生为缘，依赖众生的帮助；同样，众生也需要你的帮助。

这种善恶慈悲观的具体实践就是"自我牺牲"，在佛教的"六度"中表现得最为完美。布施、持戒、忍辱、精进、禅定、智慧，都成为佛教徒道德责任和奉献精神之戒律，尤其是它的"布施"就是要用自己的智慧和体力去救助受苦受难的人，为了众生应不爱惜自己的财产甚至生命；"忍辱"就是对于一切有损于自己的言行，都要忍气吞声。这种自我牺牲精神在现实生活中确能触发人的善良动机，激励人的自我牺牲热情，对人际关系的和谐具有指导作用。

不难理解，即使在现代社会里，我们更应当有自我牺牲精神，以平等、博爱之心来待人处世，这不仅有利于良好社会道德风范的形成，而且对于个人来说，也有利于人际关系的和谐与心理健康发展。

利他、平等、博爱、布施、忍辱这是佛教慈悲观的体观。在现实生活中，我们若能做到这样，胸襟自然会开朗，于人于己都不失为健康之举。

然而，在我们周围总不乏这样的人：待人处事，总以为自己吃了亏，一心想着要"捞回来"；有的人总认为提工资、分房子、评职称只有自己优先才行，他人不能超越自己；有的人以自己的少许"奉献"去追求名誉、利益……于是，他们心理产生诸多不平衡，患得患失，其结果不仅人际关系处理不好，而且内心抑郁，工作消极，精神萎靡；有的甚至吵闹、争斗，严重者轻生自杀……这些都是心理健康的大敌！

要保持心理健康就应当有开阔的襟怀，敢于奉献，敢于吃苦，敢于忍辱。要知道，金钱、地位、名誉等等，都是身外之物。"奉献就是快乐之本"，更何况，奉献会使人心灵得到升华从而使心理健康得到根本保证。这样的人也就不会患得患失，人生态度也会由消极变为积极。以下便是奉献给你的保持心理健康的方法：

想一想："我为别人做了什么？"

以自己的热情投入工作。

为素不相识的人提供必要的帮助。

坦诚地与同事们交谈自己的心事。


## 三、忍者长寿

十八罗汉中的第十一名罗汉叫罗怙罗，他本是释迦牟尼的儿子，后来出家修道，成为释迦十大弟子之一。相传罗怙罗以忍辱而著名，在舍卫国时，他曾被一些轻薄者打得头破血流，但他慈心能忍，因而受到佛的赞扬。

《坛经》说："让则尊卑和睦，忍则不恶无喧。"佛教把修行方法归为"六度"，"忍辱"就是"六度"之一，它要求对于所有有损于自己的言行都要不动心，忍辱负重，忍气吞声。"忍"成为佛教的行为准则。

清代何绍基在外地为官，有一天他接到家里来信，得知家人因一墙基与邻人争吵，要打官司，请何绍基相助，何绍基立即修书一封云："千里家书只为墙，让人三尺有何妨？万里长城今犹在，不见当年秦始皇。"他的家人读罢家书，立即让人三尺；对方深受感动，也让了三尺，一场官司在"忍让"中化解讲和。

生活中我们难免与人发生各种矛盾、争执。有的人视"横蛮"为"英勇"，在矛盾和争执中总爱誓死争高低，使小事酿成大祸。有的人则视"忍让"为美德，做到"人善我，我善人；人不善我，我亦善人。"这两种人际关系的善恶，人们一眼即明，但要见之于行动则非易事。它需要矛盾的双方具有理智和道德，要相互尊重、相互谅解。

我们常看到有些人在墙壁上悬挂一幅书法作品，上书一个"忍"字，以此来告诫自己"忍"！在现实生活中，"忍"确是"化干戈为玉帛"的有效方法。从功利上来说，"忍可以免灾"，"莫大之祸，起于须臾不忍，不可不谨。"古人要求人们能忍则忍，把"忍"看成是法力无边的法宝，能使人逢凶化吉，遇难呈祥。佛教也极度宣扬"忍"，使之成为自我牺牲的精神。

确实，"忍"有利于人际关系的和谐，倘若每个人都"忍让"些，生活将减少许多矛盾和争斗，社会也会变得和平安详。"忍"也有利于我们自身的健康，"忍得一时之气，免得百日之忧"。面对矛盾和纷争，退避三舍，礼让谦恭，自己会心理舒坦；同时，对方也会因你的宽容大度而受到感动。

然而，"忍"并不是要求毫无原则地忍让。不善"忍让"者，或与人争执，或虚伪退avoid而求伺机报复，这实际上是人格不健全的表现，容易导致偏执型、分裂型、自恋型、反社会型、强迫型或被攻击型等人格障碍。善"忍"者则不然，他讲究灵活处理，讲究气度让人，"得忍且忍"就是这个道理；倘若你的"忍"只是为了表现自己求得赞赏，倘若你的"忍"只是为了来日报复，这将贻害无穷！

## 佛教"不气歌"

他人气我我不气，我自心中有主意。
君子量大同天地，好坏事物包在里；
小人量小不容人，常常气人气自己。
世间事物般般有，岂能尽如我心意？

弥勒菩萨笑哈哈，大着肚子装天地。

他人若骂我，当做小儿戏。

高骂上了天，低骂入了地。

我若真该骂，给我好教意；

我若无那事，他是骂自己。

吃亏天赐福，让人懂道理。

若不学忍让，气上又加气。

因气得了病，罪苦无人替。

多少英雄汉，因此断了气，

想到死亡时，其事过得去。

他人来气我，我偏不生气，

一句阿弥陀，万病皆化去。

## 四、人际关系和谐身心健康

人是社会化的高级动物，是一定的社会关系的总和。每个人都有交往的需要，和谐的人际关系不仅对自己、而且对他人甚至对整个社会都十分重要。保持人际关系的正常发展，既保证了个人心理的健康成长，同时也保证了社会气氛的和谐。佛教教义都贯穿着浓厚的人际关系学内容。

佛教称人为"有情众生"，认为人是依情和爱而生活，一个人的爱心越广，就越能显示出自己的道德崇高和生命价值重大。佛陀曾有一个堂兄弟叫提婆达多，他本为佛陀的弟子，但后来心存不轨，背叛佛陀，多次暗害佛陀：如派人行刺，驱遣恶象践踏，推下巨石压碾，企图置佛陀于死地。但佛陀不去计较，反而告诫弟子们要尊重提婆达多。佛陀以言传身教宣传佛教的"无缘大慈，同体大悲"的人际精神，并把慈悲的对象推及到仇敌。

为了和谐的人际关系，佛教以戒律调整信徒的身心。在"五戒"中就有"不偷盗"，戒禁侵犯和取得他人财产和权利；"不邪淫"，禁止不正当的性关系；"不妄语"，避免虚伪，鼓励个人和群体的相互信任。可见戒律并不是束缚信徒行动自由的枷锁，而是人际关系和谐的润滑剂，它的根本精神是不侵犯他人，减少树敌，使人们和善友好，相互信任。

我们从佛教中可以领悟到许多人际关系的和谐之道。有这样一则佛教故事：有一天，佛陀对弟子阿难说："阿难，受佛禁戒，诚信奉行。顺孝畏慎，敬归三宝。养亲尽忠，内外谨善，心口相应……为佛弟子，可得商贩，营生利业，平斗直尺，不可罔人。"可见，佛教宣扬"一切皆苦"，并不是要人们只管吃苦，而是要解脱苦海，追寻常乐；那些希望借淡薄物欲来磨炼修行的人，也只是走向涅槃的手段。它不仅要求人们忠、孝、诚、善，而且认为信徒应当有正当的谋生手段，遵守公平无欺的原则。但佛教呵斥物欲，反对沉溺于物欲享受。佛经就有七种不当之财的记载：窃取他物；抵赖债务；吞没寄存；欺罔共财；因便吞占；借势苟得；非法经营等，这七种不义之财不可苟得。这是人际关系的基本要求，也是一个人道德修养的基本准则。

在早期汉译佛典中，对于人际关系尤其是男女关系、家庭关系、主仆关系、伦理道德、政治生活等内容不仅相当重视，而且在翻译过程中进行了适当的调整，在很大程度上更适应了中国儒教思想，使儒教伦理道德与佛教融为一体。因此，我们不难理解中国人际关系与佛教相融和相仿。《无量寿经》说："父子兄弟夫妇，家室内外亲属，当相敬相爱，不能相憎相嫉；有无相通，我得贪惜；言色常和，莫相违戾。"如来佛还身体力行，一心普度众生，入慈三昧，身体发出闪闪金光，遍照大千世界，使众生息止贪嗔痴三毒，兴生仁爱慈悲之心，于是众生平等相爱，如父如母，如兄如弟。这是何等祥和的人际关系的真实写照，它也反映了佛教对人际关系所寄予的良好愿望。

云南昆明华亭寺内，存有一奇物药方，它是唐朝石头和尚所开，是佛教和谐人际关系、消除内心烦恼、保持身心安康的妙方。大师谕世曰："凡欲齐家、治国、学道、修身，先须服我十味妙药，方可成就。"其方如下：

好肚肠一条，慈悲心一片，温柔半两，道理三分，信行要紧，中直一块，孝顺十分，老实一个，阴骘全用，方便不拘多少。

此药用宽心锅回炒，不要焦，不要燥，去火性三分，平等盆内研碎。三思为末，六菠萝蜜为丸，如菩提子在。每日进三服，不拘时候，用和气汤送下。果能依此服之，无病不瘥。

切忌言清行浊、利己损人、暗中箭、肚中毒、笑里刀、两头蛇、平地起风波，以上七件须速戒之。

偈曰：此方绝妙合天机，不用吾师扁鹊医。

普劝善男并信女，急须对治莫狐疑。


## 五、忠孝者健康长寿

佛教把"孝"道作为其伦理道德重心，释迦牟尼劝众人报四重恩（国恩、父母恩、众生恩、佛恩），而把父母恩摆在仅次于国恩的位置，可以说佛教尤其是中国佛教是以"孝"为中心展开的伦理道德学说。

在《贤愚因缘经》里,就有一个关于孝的故事,说的是佛陀与弟子阿难进城乞讨,阿难遇见一位老父亲和一位老母亲,他们双目失明,一贫如洗,生活艰苦异常。但他们有一个极尽孝道的7岁儿子,他经常去讨食物,把好的饭菜果品拿给父母吃,酸苦变味的残剩食物留给自己吃。阿难非常称赞这个小孩恭敬父母,遂向佛陀禀报。佛陀说:"无论出家还是在家,慈心孝顺,供养父母,都在情理之中,其功德也极其高尚难估。"佛陀还向阿难讲述了自己孝敬父母的故事,在父母生命垂危时,他连自己身上的肉也割下来供养父母,以致圆成正果,修成佛道。

中国佛教故事里,也有关于孝敬父母的故事。相传唐代道明禅师,俗姓陈,为了奉养高龄老母,纺织草履卖钱来赡养老母,人们尊称"陈蒲鞋"。南北朝时,道济禅师肩挑扁担,一头是行动不便的老母,一头是经书,到处讲经说传。有人要帮忙照料他的老母,他说:"这是我的母亲,不论她如厕吃饭,都应该由身为人子者来侍候。"道济禅师因此备受尊敬。

中国佛教的"孝"是在中国传统教化社会中形成和发展起来的,它虽以原始佛教为蓝本,但更多地打上了中国传统文化的烙印。尤其是在不同的社会阶段,往往为不同的阶级所利用,成为统治阶级统治人民的工具。但是,不可否认,孝敬父母本身是中国传统美德,尤其是在即将进入老龄化社会的今天,孝顺老人,养亲尽忠,应当加以提倡,做到孝敬恭顺,尊重他们的生活习惯和人生权利,努力使他们欢度晚年。这是现代健康教育的重要内容,能孝敬老人也是一个人心理健康的标志之一。

佛教《大藏经》有忠孝良方,它把"孝心"放在首位。意在劝诫众生,极尽孝道,以此消灾增福吉祥。医方曰:

孝心十分,阴陟全用,恩惠随施,仔细十分,慎言一味,安分随用,戒淫去心,仁义广用,老实一个,好心一片,小心一点,戒赌洗净,信行全用,和气一团,方便不拘多少,好肚肠一条,忍耐一百个,字词不拘多少。

此方用心细研,用菠萝蜜为丸,如菩提子大,每服一百零八颗,引用益友三个,平心汤随时温服。

当然,此方不仅用于不孝之病,而且对于其他心理疾病也十分灵验。

## 六、心安益寿

在生活之中,我们也常用"安心"一词,它表示心态平和,安宁无忧等。明代王文禄说:"世之治乱,皆由人心生,盖欢欣则道,道则泰,泰则治;怨愤则塞,塞则否，否则乱。此古圣人所求多方之法，以平其心。"古人还有"人无忧，故自寿"之说。所以"安心"有益身体健康。人若不能安心，则会易躁、抑郁、惊恐、嗔怒、忧思；心烦意乱过甚，则导致阴阳平衡失调，郁气闭结不解，经血积滞不畅，长此以往，必将严重危害身心安康。

宋代文学家范仲淹的三哥中舍，被女婿烦恼，为家事所困扰，又顾念儿女，因此更为生气，不仅难得安心，反而多忧多虑，最后得了咽塞吐逆之疾。范仲淹为此修书一封，以劝其兄，曰："……放心逍遥，任委来往。如此断了，既心气渐顺，五脏亦和，药方有效，食方有味也。只如安乐人，忽有忧事，便吃食不下，何况久病，更忧生死，更忧身后，乃在大怖中，饭食安可得下！请宽心将息将息。"

现代医学研究表明，人的心理状况与高血压、心脏病、癌症等发病率相关，安心无忧者，这些疾病发病率明显低于情绪波动者。国外学者曾对192名医学院学生在休息、考前30分钟和考后30分钟进行血压测试，发现休息时只有12人轻度血压升高；考前30分钟则有51人血压显著升高；考后30分钟大多恢复正常。1978年美国汤姆斯和贝兹博士研究表明，稳定、安静的人严重疾病发生率为25%，而情绪不稳、急躁者则达77%。现代医学研究证明，佛教的"安心"确实不失为一种身心健康法，可以说：安心亦为却病方。

佛教认为"安心"法不可得，那只是对安心法的佛教境界的估价。对于我们来说，安心法是可求的。你不妨试试以下方法：

1. 心安理得法。对于我们所处的环境，不必过分追求完善，尤其对非原则问题，更不要计较其得失和是非，以"心安理得"的心情泰然处之。

2. 灭却心火法。杜荀鹤《题于夏日悟空上人寺院》曰："三伏闭门披一衲，兼荫房廊无松竹。安禅未必须山水，灭却心头火自凉。"这炎炎盛夏，人们常会说："天真热！"然而，这种"热"往往与人的心态相关，"心静自然凉"就是我们自觉灭却心头之火。待人处事何不如此，人心烦乱往往是因为我们自己的心理不平衡，灭却自己的心头之火，你就要少关注无关痛痒的人和事，以平静的心态待人处事。

3. 吟诵诗歌法。宋代陆游有这样一首诗，教我们"不教一点上眉端"，你不妨多朗读吟诵几遍。诗曰：

> 短檠膏涸夜将残，感事怀人兴未阑。
> 酌酒浅深须自度，围棋成败有旁观。
> 断秫作饭终年饱，大布裁衣称意宽。
> 世上闲愁千万斛，不教一点上眉端。

# 第四章　善始善终

## 一、生与死的关系

　　自古以来，生与死便是一个非常神秘的问题。佛教对于人的生死乃至所有生命的生死问题作了深入的探讨，它把整个人生分成十二个彼此互为条件或因果联系的环节，即十二缘起（参见《佛教的基本教义》）。认为生命是由"因"（事物生灭的主要条件）与"缘"（辅助条件）和合而成，人生的痛苦、生命和命运都是因缘和合的表现。十二缘起依"此有则彼有，此生则彼生，此无则彼无，此灭则彼灭"的法则而流转不息。这就揭示了生死流转的因果关系，一般性地反映了人的感觉、感情、欲望、行为的产生过程和由生到死的生命变化过程。

　　有生必有死，这是必然规律，但人都有与生俱来的"生"的欲求，对于"死"大都不免产生极大的恐惧，认为人一死亡，一切都完了。而佛教认为，一期生命的死亡又是另一期生命的开始，人的死亡如同搬家，一座房屋破旧了，换一幢新的；一个生命衰微了，再换另外一个身体，其间会因人的善恶业报，有的到达极乐世界，有的来世做人，有的变为畜生……对于佛教徒来说，死亡并不可怕，他们认为可以借着平日的功德，搬往极乐世界，这是一种永恒的生命，永恒的快乐。

　　因此，佛教的"功德"，实际上是一种人生真正价值的体现，生命的意义在于价值的永恒。一个人应当把握短暂的生命岁月，修持严谨，证悟法身，去创造永恒的生命。

　　佛教没有回避死亡，因为死亡是生命的必然结果。每个人都将在某一时刻面对死亡的事实，同时也希望临终时能无痛苦地死去。

但佛教认为，死亡并不可怕，它提出"善终"之路，那就是希望众生平常要许愿，祈求一种"幸福的死亡"，如"临命终时，身无障碍，心不贪恋，意不颠倒"；"愿我临终无障碍，弥陀圣众远相迎，迅离五浊生净土，回入婆娑度有情"。

《十二品生死经》还把"善终"分为三种情形，即：

(1) 小善终：没有遭到意外横祸，无病而终；

(2) 中善终：不但没有病苦，而且没有怨气和内疚，安然逝世；

(3) 三善终：自己预先知道临终时间，而且身心了无挂碍，走得洒脱，这是善终的最高境界，即所谓"涅槃"。许多佛门高僧果真在行将辞世之时，沐浴更衣，盘坐合十，达到"物我两忘"的境界，安然"涅槃"。

佛教的"善终"实际上是朴素的"优死学"理论的最原始记录。"优死学"虽然是近些年提出来的，但并不等于"优死学"在过去不存在。佛教的"善终"就早已提出"优死"的问题了。

近些年来，"优死学"的提出，也是对"善终"研究的丰富和发展。"优死学"是研究能否和怎样对临近必然死亡的病人，选择最正确的指导思想，采取最有效的科学方法进行干预，使其在精神上和肉体上最大限度地减少痛苦并尽可能安逸地结束生命。尤其是在欧美、日本的医学界和法学界，对"死"的研究范围不断拓宽。美国出版了《生死学》和《死》的特别杂志，非常畅销；德国则实施"死亡准备教育"，还出版了教科书；日本定期举办"生与死问题研讨会"，出版了许多关于死亡、临终方面的书籍。现代优死学的兴起，使佛教的"善终"得到了提高和发展，丰富了"善终"的内涵。尤其是优死学涉及医学、伦理学、社会学及法学等诸多领域，它对于提高人类的自然素质，人口质量和生命质量具有积极作用。

## 二、善终的预兆

佛经认为，人在将死之际，就像乌龟脱壳一般痛苦，一般人临终时，身体上都会表现出痛苦挣扎的样子，脸部肌肉抽动，瞳孔放大，视觉迟钝，表情痴呆，呼吸急促；内心里表现得恐惧、不安。但是，对于平日有功德、善行者，却会得到善终的预兆。

《净土·三昧经》说：善终升天时，会看到天人拿着天衣和乐器来迎接他；而堕入地狱时，则有鬼卒以刀枪矛戟围住他。《华严经》载，人在快死的时候，会见到神识（即灵魂），平日造恶业者，会见到自己在地狱道、饿鬼道、畜生道等受苦的情形；而平时行善施德者，临终时会见到天上庄严的宫殿，仙女在嬉戏，一片祥和气氛。

佛教这些关于临终时的记载，并非完全是虚无唯心的说教，它与现代"濒死经验"具有异曲同工之妙。所谓濒死经验是人在弥留之际因为恐惧死亡而产生的一种现代科学尚未发掘的奇特现象。美国麻省大学的两位教授认为，濒死经验是因为窒息而致的死亡幻觉，人在死亡过程中，因感觉缺失，造成持续性的深度昏迷，意识丧失，呼吸停止，但思维并未完全结束，它还在缓慢进行，所以会产生种种梦幻。生物学家罗兰·格西则认为，人在死亡时，大脑会分泌出过量的化学物质，它们有时能引起奇特的幻觉。

人的死亡心理是一大自然之谜，佛教从善终的角度，以死亡恐惧敦促众生平时行善，以得临终时的快乐和安详。而现代濒死经验则从生理、生化、心理等角度对此进行深入广泛的研究，以进一步探讨人类的记忆、意识、人在临死时的心理和躯体变化等，并希望利用濒死经验，增强救生、安抚和医护的能力，帮助临死者摆脱危境，甚至拯救自杀者，使之增强他们对生命价值的珍惜和留恋，摆脱自责、内疚和轻生念头。


## 三、佛教的临终关怀

佛教对一个生命即将结束时表现出极大的慈悲和关怀，并有一整套临终关怀仪式。

（一）助念：帮助临终者念佛，使其顺利往生极乐世界。它要求助念者对病人态度诚恳，说话平和，使其心生欢喜；要赞美病人平素的善行，并且用种种善巧方法，使病人心理快乐。

（二）病房：要求病房布置整齐，清扫干净，空气流通；病床前设立佛像，供香花；及时将病人身上的衣物换洗清洁。

（三）开示：佛教要求对临终者给予"临终开示"。如"在这个世界上无论什么人都摆脱不了病苦和死亡，因此，大可不必顾虑它们……"这种临终开示主要是以佛教教义为出发点，消除病人对死亡的恐惧，增强其对西方极乐世界的向往和信心。这对宗教需要者来说，不啻为一剂安慰良药，可以减轻其痛苦。

此外，佛教还要求临终者的眷属在其临终之际，仍要真实地表现出孝顺、亲爱、仁慈，时刻妥善照护，尽力顺从其意愿，以免其心生烦恼。

从上述佛教的临终关怀来看，它实际上是现代临终关怀的原始雏形。现代医学运用人道主义和现代生活设施，将临终者设置在优雅的环境。英国圣克斯多福临终关怀机构，在每间房内都挂有油画，其周围环境则遍置青绿草木和各种花卉，医生护士组织临终者开展特殊活动，以激发他们享受生活的乐趣。我国天津、上海、北京等地也相继设有临终关怀医院，把人间真情施给临终者，使他们舒适安乐地离开人世。

# 第五章　佛教饮食疗法

佛教饮食中，坚持戒酒、素食和饮茶。为了收到禁酒的成效，对破戒饮酒者处以重罚，这从客观上对防止酒对人体健康的危害具有积极作用。佛教的素食对于降低血压、调节情绪、预防心血管疾病都具有一定的作用。饮茶则逐渐形成了中国独特的茶文化，客观上也有利于人体健康。

佛教饮食吸收中医饮食疗法，使之与人类生命健康相互联系为一个有机整体，在中国医学保健体系中占有一定的地位，从而丰富了中国饮食文化，使民族饮食风味得以提高，也成为现代饮食保健的源头。

## 一、饮食与疾病

佛教认为，人类饮食与疾病有着不可分割的联系，很多疾病就是由于饮食太复杂和太多而引起的，而适度的饮食则可治病疗疾。中医认为，饮食不洁，没有节制而过多进食，或饥饿劳累都可引起疾病。现代医学认为，饮食可在人体内分解为多种营养成分，机体就利用这些食物的营养促进生长，进行修补，并维持各系统功能，所以只有进食得当才能保持健康，若饮食不当就会造成机体障碍而使人生病。因此，佛经《大智度论》说："食为行道，不为益身。"这话不是没有道理，它把饮食看做是修道得以进行的必要条件，而对食物粗细并不讲究，只要能维持生命和修道即可。

佛教还把古代中医的食物治病方法吸收于自己的佛教文化中，利用饮食进行治病。《摩诃止观辅行》第32卷载："酸味对肝脏有益，却会损脾脏；咸味对肾脏有益，却会损心脏；辛味对肺脏有益，却损肝脏；苦味对心脏有益，却损肺脏；甘味对脾脏有益，却会损肾脏。"并认为调节"五味"就可以治病。这"五味"与疾病的关系，在中医古籍《备急千金要方》中也有类似的记载。

唐朝百丈大智禅师还提出"疾病以减食为汤药。"从现代医学观点来说，人体生病时，减少饮食既是一种自然的生理反应，同时少吃也可使胃肠充分休息，减轻机体消化功能的过度负荷，使免疫功能充分发挥作用。《摩诃止观辅行》也说："吃得少，心智才能清明。"

佛教饮食观对人类饮食产生许多重要的影响，如吃素、饮茶、戒酒等。早在20世纪70年代初，西方佛教界曾一度流行"禅宗长寿饮食"，其目的也是通过饮食措施来达到人体内心平衡；它甚至认为饮食再加上对佛教的笃信，就可以包医百病。当然，这种理论因为信奉者越来越走向极端而被逐渐冷落，但它却说明了佛教饮食的深远影响。

## 二、佛教饮食之道

(一) 食不过饱。佛教认为，贪求口福，会起烦恼心，而少吃则比较自在，能使人专心修道，锻炼心智。《增一阿含经》曰："若过分饱食，则气急身满，百脉不通，令心壅塞，坐卧不安。"中国古代中医学也讲究"食不过饱"，认为太饱则伤气、伤肠胃。

(二) 不可太饥。饮食太饱于身体不利，而太饥也有损健康。《增一阿含经》又曰："若限分少食，则食羸心悬，意虑无固。"中医认为，太饥饿伤脾，人吃得过少就会骨骼干结而血液停滞。现代医学则认为，吃得太少会造成营养不良和贫血。

(三) 饮食按时。佛教徒讲究饮食有时，尤其是严格执行"持午"，出家和尚讲究过午不食。清代曹廷栋《老老恒言》说："午前为生气，午后为死气。释氏有过午不食之说，避死气也。"

## 三、瑜伽和饮食

瑜伽是佛教修炼方法之一 (将在《修禅练功篇》予以介绍)，而瑜伽者的饮食要求，不仅对其自身修炼具有重要意义，而且对人们的身体健康也具有指导作用。

人活着就要饮食，人的身体健康和协调发展潜在能力，无不与人的日常饮食密切相关。瑜伽经典告诉人们，饮食是人类从精神的低层次向精神的高层次发展过程中所需要的基本东西。

瑜伽认为"普拉纳"是宇宙间无所不在的能量，所有事物都蕴含着这种潜在的能量。人类饮食就是为了从食物和空气中摄取能量，通过动脉和神经组织，将能量分配到身体的各处，从而产生"普拉纳"。它还把食物分为三类型：智慧型、活泼型、无知型。智慧型的食物带来健康和幸福，延年益寿；活泼型的食物使人兴奋；无知型的食物会导致疾病，弱化能力。因此，练瑜伽的人应通过体验来发现对自己适合的食物。只有智慧型的素食，才能维持瑜伽实践者的精神。

瑜伽经典还要求练功者不要饱食，食后胃内应是：固体食物占四分之二，液体食物占四分之一，余下四分之一的空隙，让空气自由流通。

食物种类繁多，各地气候和风土人情也不一样，其食品属性也不相同，因此，将古代瑜伽食品照搬于现在，是大可不必的，一般只需注意以下原则即可：

尽可能吃本地生产的自然食品，如当地的各种绿色水果蔬菜。

以植物性食物为主，合理地少吃动物性食物。坚持练瑜伽者，对动物性食物会逐渐厌恶，此时不必勉强自己。

以大豆油、花生油、麻油等植物性油脂为主。

食物要避免精细加工。

每天饮水或果汁多次，但每次要少喝，不要慌忙大口大口地饮。

饮食过冷或过热都会给胃以强烈刺激，应注意避免过冷过热的饮食。

保持进食前后心情愉快，能排除食物中的毒素，使食物全部成为智慧型食物。

坚持练瑜伽者，饮食量自然减少，既不要为此自寻烦恼，也不要人为禁食。

## 四、素食疗法

中国佛教实行严格的素食习惯。本来在印度原始佛教戒律里并无"不食肉"的规定，《四分律》还有佛言："听食种种鱼"、"听食种种肉"的记载，佛教传入中国之初，也没有普遍禁止食肉。但大乘佛教则认为食肉就是杀生，从南朝刘宋以后开始流行的《梵冈经》规定："不得食一切众生肉，食肉得无量罪。"南朝梁武帝笃信大乘佛教，于是大力提倡僧尼禁止食肉，天监十年（511年）梁武帝集诸沙门立誓永断酒肉，并以法令形式告诫天下沙门，若有违反则严惩不贷。这样，素食也就逐渐成为中国佛教风俗习惯的主要特征之一。

佛教素食风俗也在民间广为流传。吃素俗称"吃斋"，除出家僧尼必须坚持终身素食外，在家居士则分别在三长斋月、四斋日、六斋日、十斋日持斋。三长斋月是指正月、五月、九月三个月当中的初一至十五持斋；四斋日指每月的初一、初八、十五、廿三这四天持斋；六斋日指每月初八、十四、十五、廿三、廿九、三十这六天持斋；十斋日指每月初一、初八、十四、十五、十八、廿三、廿四、廿八、廿九、三十这十天持斋。佛教素食大多以豆制品和蔬菜为主，并把它们制成多种美馔佳肴，别有风味，它丰富了我国人民的饮食文化，提高了民族饮食风味，同时适当的素食对人体健康也有一定的保健作用。时至今日，人们对素食仍不乏喜欢者，有的老人还坚持少吃或不吃荤食。

现代医学认为，以荤食为主容易导致慢性疾病的产生，如心血管疾病，消化系统疾病和癌症等。因为经常吃荤食的人，荤食在体内要经过6～8小时才能完全消化，身体还必须分泌大量的胆汁从而增加了消化系统的负担；而大量的胆汁和肠内细菌容易起化学反应而产生致癌物质。有实验表明，经常荤食者患结肠癌的机会比素食者高4倍；吸烟的荤食者比吸烟的素食者患肺癌的机会大得多。荤食中含有大量的脂肪和胆固醇，这是引起心血管疾病的罪魁祸首。

因此，当今"素食之风"仍然盛行，虽然它是人们对健康追求的产物，但其渊源却在佛教。在美国甚至还勃然兴起素食主义，80年代开始，素食风潮席卷美国，素食主义的队伍日益壮大，现已达800多万人，他们创办《素食时代》杂志，倡导"全美素食节"并在150多个城市推广。

（一）正确的素食观

其实，正确的素食观应当是素食与荤食兼顾，因为作为平常人来说，现代生活非常紧张劳累，光靠素食有时难免造成营养不良。美国医生协会警告，激进的素食者只能吸收到低质量的蛋白质和极少量的维生素B，他们往往营养不良；儿童、少年、危险程度更大，他们易患坏血病，血钙过少，白蛋白过少和肾脏病等；女性还容易引起闭经。因此，美国素食者中有许多是"半素食"者。事实上，荤食中含有丰富的营养成分，如有22碳多烯酸等长链不饱和脂肪酸，它与人体神经系统及大脑组织的生长发育息息相关；倘若长期不食荤食，机体处于低胆固醇血症状况下，反而可发生突发性高血脂症，容易导致贫血，营养不良。尤其是青少年正处于生长发育的高峰，需要摄取大量营养物质，更不应单纯素食，而应荤素合理搭配，以保证生长发育必需的各种营养。

因此，我们应正确对待佛教的素食习惯，不要一味地机械模仿，否则就不利于我们的健康。

（二）不饮酒

"不饮酒"是佛教五戒之一。佛教认为，酒可刺激性欲，使人邪淫，人一饮酒便会产生很大的罪过。

从某种意义上说，佛教的"不饮酒"戒，对身体健康也是一种明智之举。元代《饮膳正要》曰："酒味苦甘平，大热有毒。饮酒过量，伤身之源。"原来，酒的主要成分是酒精，酒精进入胃肠后吸收很快，尤其是在空腹第一小时能吸收60%，两个小时便被全部吸收。酒精进入血液中后，均匀地渗入各内脏器官，最后在肝脏中经过一系列十分缓慢的代谢，才可形成二氧化碳和水排出体外。当大量饮酒时，肝脏处理不及时便容易引起急性酒精中毒，如手指颤抖，哭笑无常，酒后无德等行为；有的会语无伦次，步态蹒跚；严重者昏睡不醒，皮肤冷湿，呼吸缓慢，脉搏加速，甚至因呼吸麻痹而危及生命。

据报道，美国芝加哥一家酒店里，一名酒徒一连喝了17瓶当地出产的马提尼酒，当场死亡；另有一名威斯康星州人泰里·巴恩，想打破世界饮酒纪录，在50多人围观下，4小时内喝了46杯威士忌和白兰地酒，还未破纪录就醉死了。

诚如佛教所认为的那样，饮酒真能使人产生很大的罪过吗？当今世界上，酗酒已成为严重的社会问题。据统计，法国每年有4万人因酗酒而死亡。澳大利亚的工伤事故，三分之一以上是饮酒所致。饮酒使美国工业每年损失200亿美元。所以，世界卫生组织认为："除非采取适当措施，否则，酗酒可能造成社会经济发展的一个主要障碍。"

当然，从医学角度来看，酒也并非完全有害。《本草纲目》说："酒少饮则和血引气，痛饮则伤神耗血。"适量饮酒能通畅血脉，活血行血，祛风散寒，健脾胃，助药力。中医还用酒治风寒痹痛、筋脉挛急、胸痹、心腹冷痛等。也正因为如此，佛教医学并不戒酒，相反还运用酒治病健身。少林武术还有"醉拳"，武术者边饮酒，边施拳，形成似醉非醉、似武非武、变幻莫测的独特武功。少林和尚还以石兰花、人参、淫羊藿、三七、阳起石、故纸、海马、醉蛇、白芍、桃仁、杷果、金樱子、菟丝子、杜仲、青皮、沉香等制成药酒，以调活气血，振神舒筋，增力壮胆。

在日常生活中，我们很难与酒"绝缘"，我们也没有必要像佛教僧侣一样戒酒，适当饮酒对人际交往和身体健康都有益处，但必须注意以下几点：

宜饮低度酒，忌饮烈性酒。

忌"空腹饮酒"和"吸烟饮酒"。

酒后应注意休息，忌运动。

饮酒切勿过量，也不要强劝他人饮酒。

在高血压、心脏病、肝病、胃溃疡和其他各种疾病的急性期，均不宜饮酒。

## 五、饮茶疗法

唐代名僧谂禅，常住赵州观音院，尊称"赵州古佛"，每说话之前总要说一声"吃茶去"，留下了"吃茶去"的典故。据《广群芳谱·茶谱》载："有僧到赵州，谂禅师问：'新近曾到此间么？'曰：'曾到。'师曰：'吃茶去。'又问僧，僧曰：'不曾到。'师曰：'吃茶去。'后院主问曰：'为什么曾到也云吃茶去，不曾到也云吃茶去？'师召院主，主应喏。师曰：'吃茶去。'"

茶与僧自古以来就结下了不解之缘。"天下名山僧占多"，"名茶出在我山中"。确实，名山出名茶，名山多寺院。如著名的蒙顶茶、武夷岩茶、黄山毛峰、华顶云雾、雁荡毛峰等名茶，无不出自名山寺院。甚至古代向皇帝进贡的名茶，有些就是产于名寺高僧之手。清朝乾隆皇帝，一生好游名山大川，又嗜茶如命，因此他遍游江南，尝尽名茶。

茶与僧为什么会如此相关呢？原来，这是佛教坐禅的产物。据《晋书·艺术传》记载，敦煌人单道开在后赵都城邺城（今河北临漳）昭德寺修行时，不畏寒暑，昼夜不眠，诵经40余万言，经常饮茶来防止瞌睡。唐代封演《封氏闻见记》曰："（唐）开元中，泰山灵岩寺有降魔禅师大兴禅教，学禅务于不寐，又不夕食，皆许其饮茶，人自怀挟，到处煮饮。从此转仿效，遂成风俗。"可见佛教饮茶最初是为了坐禅修行，驱除睡魔和疲劳，以利清心修行。

僧侣们爱饮茶，还认为茶有"三德"、"十德"呢。所谓"三德"为：一是坐禅通夜不眠；二是满腹时能帮助消化，轻神气；三是为"不发"（抑制性欲和平心静气）之药物。"十德"是唐代刘贞亮总结出来的，即以茶散郁气、驱睡气、养生气、驱病气、树礼仁、表敬意、尝滋味、养身体、以茶修道、以茶雅志。可见，僧侣们在饮茶的同时，已经发现茶的养生保健作用了。唐代名僧皎然在《饮茶歌》中吟道：

> 一饮涤昏寐，清思朗爽满天地；
> 再饮清我神，忽如飞雨洒轻尘；
> 三饮便得道，何须苦心破烦恼。

据宋代钱易《南部新书》载，唐大中三年，东都一僧侣年130岁，宣皇问他服什么药长寿，其僧称："臣少也贱，素不知药，性本好茶，到处唯茶是求，或出亦日遇茶百余碗，如常日亦不下四五十碗。"饮茶成为保健长寿之举。

据现代医学研究，茶叶含有多种维生素、茶叶碱、谷氨酸、精氨酸、蛋白质、卵磷脂、纤维素、磷、钙、铁等上百种化学成分，对身体健康十分有益。研究发现，茶叶所含多种化合物具有防癌抗癌、防止某些放射物对人体辐射带来的危害、预防心血管疾病、减肥等作用。祖国医学研究表明，茶叶能提精神，除疲劳；解暑热，清火气，解油腻，助消化；能利尿，可消炎，被称为"万病之药"。

五代十国时蜀人毛文锡所撰《茶谱》中记载，曾经有个和尚，久病不愈。有个白发老翁告诉他说："蒙山顶茶可以祛宿疾。"和尚便在山上筑室采茶，"获一两余，服未竟而疾瘥"。茶疗成为佛教徒治病疗疾的有效方法。当然，茶作为中国医药中的要药，更为医家和民间广泛应用。

（一）糖蜜红茶。红茶5克，蜂蜜、红糖适量。将红茶放入温杯中，用沸水浸泡10分钟，调入适量蜂蜜及红糖，趁热饮。每日3剂，饭前饮用。主治胃、十二指肠溃疡。

（二）香蕉茶。香蕉50克，去皮研碎入50克茶水中，加糖适量。日服3次，每次1小杯。主治冠心病、高血压、动脉硬化。

（三）泽兰绿茶。泽兰叶（干品）10克，绿茶1克，共入杯中沸水冲泡加盖。5分钟后可饮。适宜于月经提前、错后，经血时多时少，气滞血阻，经期小腹胀痛。

（四）川芎糖茶。川芎6克，绿茶6克，红糖适量，用清水1碗半煎到1碗，去渣饮服。能祛风止痛，主治风寒头痛，血虚头痛等症。

（五）姜茶。茶叶60克，干姜30克，共研磨，每次3～4克，日服3次，治急性肠胃炎。若以茶叶10克，生姜10克，红糖适量，煎服热饮，可治感冒咳嗽。

（六）油茶。茶叶60克，白糖500克，猪油120克，用水熬化成膏，每服3匙，日服3次。可治疗哮喘，老年性支气管炎。

（七）艾叶老姜茶。陈茶叶、艾叶各6克，老姜50克，紫皮大蒜2头，食盐少许（后下）煎汤，一剂分2次用。若外洗患处，又治神经性皮炎。

# 六、食盐疗法

（一）炒盐妙用。将盐（炒烫）包好，趁热敷脐部，治疝气疼。炒盐用布包好敷疼处，每次10分钟，每日3次，治受寒胃腹疼。盐炒焦，开水送服，能吐胸中痰癖，解食物中毒。盐500克、小茴香120克，共炒热，用布包熨患处，凉了再炒，每日2次，治肌肉、关节风湿疼。

（二）盐开水妙用。每天早晨空腹饮淡盐水1杯，治习惯性便秘，咽喉疼痛。夏日炎热，适当饮些淡盐开水，可防止中暑。平日饮少量盐开水，能通利大小便，明目固齿。盐水洗澡可祛疲劳，保持肌肤白腻，预防皮肤病；盐水洗头可防止头发脱落，减少头屑。

## 七、牛奶疗法

佛教吃素，自然应排除一切乳类，其实乳类因营养丰富而拯救了释迦牟尼。据佛经记载，释迦牟尼出家后先在伽山苦行林苦修六年，露天静坐思虑，"净心守戒，日食一麻或一米"，"乃至七日食一麻米"，最后"身形消瘦，有若枯木"。释迦后来认为这样苦行下去也无助于达到解脱的目的，决定放弃苦行，改用"思维法"，离欲寂静，达到解脱。于是，他到尼连河中洗澡，因身体瘦弱，洗完后竟上不了岸，这时"天神"放下一根树枝把他拉上岸。又有一位牧牛女苏耶妲向他献上乳糜（牛乳汁和米粟煮成的粥），他吃了奶粥后恢复了体力，从此便开始传播佛教教义。

印度人善于煮各种粥，以"乳糜"为上品，而"乳糜"亦为健康食品。《释氏稽古略》卷三载：五代·齐已《粥疏》说："粥名良药，佛所称扬；义冠三种，功标十利。"古印度还从牛奶中制得甘美的"醍醐"，《涅经》卷十四载："从牛出乳，从乳出酪，从酪出生苏，从生苏出熟苏，从熟苏出醍醐，醍醐最上。若有服者，众病皆除；所有诸药，悉入其中。"

可见，佛教很早就把牛乳作为治病良药和营养品了。确实，牛奶是众所周知的营养食物，它含有丰富的蛋白质，对脑髓和神经的形成和发育具有重要作用；牛奶还含有多种矿物质，能补充人体钙、铁、磷等成分；它还能中和胃酸，防止胃酸对溃疡面的刺激，特别是对胃和十二指肠溃疡有良好的治疗作用。现代科学使牛乳发酵而成"酸牛奶"，使其含胆碱量增高，可以调整体内胆固醇浓度；而酸牛奶中含有乳清酸，又能抑制肝脏制造胆固醇，并减少它在血管壁上的附着而使体内胆固醇含量降低；酸牛奶还能使人体避免或减轻有害物质的侵袭，有刺激胃酸分泌、增强胃肠消化的功能。

中医认为，牛乳能补虚赢，益肺气，润皮肤，解热毒，润肠通便。可主治反胃噎嗝，大便燥结，产后虚弱，胃及十二指肠溃疡，失眠等症。

（一）牛奶。患有胃及十二指肠溃疡、心脑血管疾病、体弱之人，平时注意喝些牛奶，有利于健康。

（二）牛奶粥。粳米100克煮粥后，加入牛奶适量，调味食用，忌酸性食物。适用于中老年人或病后体弱者，主治气血亏损、体瘦虚赢、反胃噎嗝、口干思饮、大便燥结等症。

（三）牛奶蜂蜜汤。牛乳250克，蜂蜜100克，共煮沸。每天早晨空服1次。主治习惯性便秘、大便燥结。

（四）牛奶茶。牛奶煮沸，当茶饮用，可治产后虚弱、小便多、消瘦；每晚睡前热服，治神经衰弱、失眠。

（五）姜汁香奶。姜汁1茶匙，牛奶250克，公丁香2粒，共煮沸后去丁香，调味饮用。具有治胃寒、降逆气、止呕吐之功效。

## 八、豆粥疗法

中国佛教把每年阴历四月初八作为佛祖释迦牟尼的诞生日。佛经传说，释迦牟尼从母亲右肋降生时，两条天龙喷出香雨洗涤佛身，一吐温水，一吐凉水，如冷热两个水龙头一般，这便是九龙吐香水的传说。后来，佛寺都在此日行浴佛斋会，以纪念佛尊的诞辰，称"浴佛节"。

这天，各寺院请出"诞生佛像"进行浴像，据《浴佛功德经》和《敕修百丈清规》记述，其方法和仪规为：先取诸香煎制香汤，做方坛敷妙座，于上置佛，主持上堂祝香，领众上殿上香，拜佛宣疏，唱《浴佛偈》。然后依次灌浴佛身，参与浴佛者各取少许洗像之水，倒在自己头上。有的还煎汤为众僧洗浴。

浴佛节还有"吃缘豆"的饮食风俗。《燕京岁时记》载："四月八日，都人之好善者，取青豆数升，宣佛号而拈之，拈毕煮熟，散之市人，谓之舍缘豆，预结来世缘也。"《清稗类钞》载："四月八日为浴佛节，宫中煮青豆，分赐宫女内监及内廷大臣，谓之吃缘豆。"可见，当时的浴佛节已进入宫廷，普行民间。"缘豆"具有健脾宽中、润燥消水之功，中医可用来治疳积泻痢、腹胀羸瘦、妊娠中毒、疮痈肿毒、外伤出血。由于它含有丰富的蛋白质、碳水化合物、胡萝卜素、维生素B1、维生素B2等多种营养成分，被认为是美容食品。

浴佛节另一饮食习俗是"吃乌饭"。那天，寺院库司采用"南烛叶"（北方）或"桐叶"（南方）的汁浸米蒸饭，再将米饭晒干，这种米青碧光亮，这就是"乌饭"，又称"乌精饭"。浴佛节这天，库司以方丈的名义，用乌饭普请僧人大众。后来，民间也盛行此风，纷纷以乌饭相馈。杜甫《赠李白》诗云："岂无青精饭，使我颜色好。"可见乌饭可以延寿驻颜。原来，南烛叶具有益精气、强筋骨、明目、止泄之功。中医用来治一切风疾，助阳补阴，久服能使白发变黑、眼睛明亮。桐叶也是一味中药，它可外用内服，尤其是对痈疽、疔疮和创伤出血有一定疗效。

（一）粥疗验方

（1）黄豆150～200克，海藻、海带各30克，以白糖或食盐调味煮汤食用。能清热、降压、散结、软坚，适用于高血压、单纯性甲状腺肿、慢性颈淋巴腺炎等症。体弱、胃寒怕冷及大便稀溏者忌食。

(2) 黄豆皮120克，水煎分3次服，治大便秘结或习惯性便秘。

(3) 南烛嫩叶10公斤用蒸笼在饭锅内蒸熟晒干（不可阴干）研末，以500克南烛叶末，加入桑叶500克、熟地1000克、白果500克、花椒150克、白术1000克，共研末和蜜为丸。每日早晨以温开水送服50克，能助阳补阴，白发变黑。

(4) 以醋蒸桐叶贴于患处，能退热止痛，治痈疽发背，渐渐生肉收口。

(二) 腊八粥的功效

中国汉族地区有的把农历十二月八日，作为佛祖释迦牟尼成道日和降伏六师外道之日。为了纪念这个日子，佛教寺院于这天作大法佛会，并煮七宝五味粥以供佛斋众，唐代道世和尚在《诸经要集·兴福·衬施》中最早记载此事。古代称十二月为腊月，故称十二月八日为"腊八"。

关于佛教腊八粥，宋代孟元老《东京梦华录》卷十记载："十二月初八日，街巷中有僧尼三五人作队念佛，以银铜沙罗或好盆器，坐一金铜或木佛像，浸以香水，杨枝洒沐，排门教化，诸大寺作浴佛会，并送七宝五味粥与门徒，谓之'腊八粥'。"这七宝五味，大概取法于佛教中的"七菩提分"和"五善"、"五菩提"之类，实际上是以枣、桃仁、瓜子、莲子和米豆等物煮粥。佛教大行于世后，世俗人家也以腊八粥供佛、斋僧和自食，流传至今已难看出其宗教色彩了。

腊八粥在很早时就被用来治病保健。周密《武林旧事·岁晚节物》谓："八日，则寺院及人家用胡桃、松子、乳蕈、柿之类作粥，谓之腊八粥。医家亦多合药剂，侑以虎头丹、八神、屠苏，贮以香囊，馈赠大家，谓之腊药。"

腊八粥虽然组成成分有许多不同，但其中诸物均具有保健治病之效。下面仅介绍常用于腊八粥的几种保健食物。

(1) 大枣。俗话说："一日三枣，一辈不老。"大枣在我国已有三千多年的栽培史，是中国传统的保健果品。它具有补中益气、养血安神、调营卫、生津液、解药毒等功效，可用于脾胃虚弱、食欲不振、大便稀溏、疲乏无力、气血不足、津液亏损、心悸失眠等。现代医学还用于慢性气管炎、贫血、高血压、过敏性紫癜等。

(2) 桃仁。桃仁入腊八粥时，往往被染成红色。它具有润燥滑肠、破血行淤之功，可用于闭经、热病蓄血、风痹、疟疾、跌打损伤、淤血肿痛、血燥便秘等症。

(3) 瓜子。它能润肺、化痰、消痈、利水、益气，可用于痰热咳嗽、肺痈、肠痈、淋病、水肿、脚气、痔疮等症。

(4) 莲子。莲子含有蛋白质、脂肪、糖、钙、铁等营养成分，具有养心、益肾、补脾、涩肠之功，可用于夜寐多梦、遗精、淋浊、久痢、虚泻、妇女崩漏带下等症。

（5）胡桃。又名核桃，素有"长寿果"之称。据分析500克核桃肉相当于2500克鸡蛋或4500克牛奶的营养价值，它含有多种微量元素，对保持心血管健康、内分泌功能正常和抗衰老等起着重要作用；它对大脑神经大有补益作用，是健脑补脑和治疗神经衰弱的良药。中医认为：核桃补肾养血，润肺纳气，润肠止带，强筋健骨，通润血脉，润肌乌发，固牙齿，补虚劳，常食核桃可以使人健壮健美，皮肤丰润，须乌发黑，是神经衰弱、身体消瘦、高血压和冠心病患者的理想食品。

（6）松子。松子含有74%的脂肪油，主要为油酸酯、亚油酸酯，另外还含有一定的蛋白质、挥发油以及其他营养成分。它具有养液、熄风、润肺、滑肠之功；可用于风痹、头眩、燥咳、吐血、便秘。由于其油脂含量高，对皮肤润泽健美十分有益。

（7）柿。柿能润心肺，止咳化痰，清热解渴，健脾涩肠，可用于咽喉热痛、咳嗽痰多、口干吐血、肠内宿血、腹泻痢疾、解酒毒等。

## 九、蜜麦疗法

佛经记载，释迦牟尼通过七七四十九天静坐冥思，终对人生之所以痛苦的原因及如何达到灭苦的方法等真谛大彻大悟，此即"成道"或"成佛"，这一天在印度记载为二月八日。恰在这时，有两位商主提谓、波利从山下经过，得知释迦觉悟成道，就将随身而带准备在路上吃的"蜜麦"（用蜜和麦炒的面）献给释迦吃，他俩就成了最早的佛教徒。

蜜是大自然赠给人类的珍贵礼物，它含有多种维生素、矿物质、有机物和无机物，并含有葡萄糖、果糖、蔗糖、蛋白质、淀粉、苹果酸等营养成分，因此，它作为一种营养品而受到普遍欢迎。蜂蜜能养阴润燥，润肺补虚，和百药，解药毒，养脾气，悦颜色，调和肠胃。现代医学研究表明，蜂蜜对心脏病、肝脏病、高血压、肺病、眼病、糖尿病、便秘、便血、胃及十二指肠溃疡、关节炎、神经系统疾病都有一定的治疗作用。

麦有小麦、大麦和荞麦之分，它们都是人们熟悉的粮食，同时也可入药。小麦能除热止渴，养心除烦，益胃养肝；大麦则益气健脾，和胃调中，疏肝利气；荞麦能降气宽肠，健胃止痛和降低血压。现代医学研究表明，麦皮中含有丰富的维生素B1和蛋白质，可治疗脚气病和末梢神经炎等症。

蜜与麦的食疗验方：

（1）蜂蜜35克，微炒后加水适量，打入鸡蛋1个，早晚服食。治慢性支气管炎。

（2）蜂蜜100克，隔水蒸熟，于饭前1次服下，每日2次，经常服用。治胃及十二指肠溃疡。

（3）大蒜250克，蜂蜜120克，放入碗内同蒸熟食用。治水肿。

（4）每日服蜂蜜2~3次，每次3汤匙。治高血压、冠心病、胃酸胃疼、习惯性便秘等。

（5）小麦45克，熬汤喝，每日2次。治失眠。

（6）小麦60克，大枣15枚，糯米少许，入砂锅煮粥，调糖分3次吃完。治小儿盗汗。

（7）小麦60克，茅根甘草各30克。水煎服，每日一剂，连服有效。治坐骨神经痛。

（8）大麦芽60克，炒后煎服。治乳滞肿胀。

（9）大麦芽10克，山慈菇3克，共捣，用浓茶水调敷患处。治乳痈。

（10）荞麦面200克，胡椒辣椒适量，胡椒辣椒研成粉，与荞麦面做成面饼，蒸熟趁热吃，以生姜汤半杯送下，盖被发汗，每天1次。治面神经麻痹。

## 十、番薯叶疗法

番薯叶是护国菜。据民间传说，南宋末代皇帝赵昺弃京南逃，来到广东潮汕、梅州一带，屯兵于某深山寺庙。由于人多，蔬菜久缺，僧侣们无奈，只好在寺庙周围采摘鲜嫩的番薯叶做菜，宋军将士饥不择食，吃之尤感鲜美。此皇帝遂将番薯叶赐名为"护国菜"，时至今日，客家菜中，番薯叶仍风行餐馆酒家。其吃法也简单：摘取番薯嫩叶，去其茎上表皮，或煮或炒菜，制作时注意保持嫩爽。

番薯，又叫红薯、甘薯、山芋、红芋等，过去常用来作为粮食，所以古代僧侣们常有种植。番薯食之甘美，含有大量的淀粉、蛋白质、脂肪、各种维生素及矿物质；同时还可入药，具有补中和血、益气生津、宽肠胃、通便秘之功效。番薯叶亦食亦药，能治吐泻、便血、血崩、乳汁不通、痈疮等症。

（1）外用。番薯嫩叶，蕹菜嫩叶、红糖适量，同捣烂敷于脐部，经一两小时后可泻下腹水，泻尽腹水可愈。治水臌肿胀、肝硬化腹水。

番薯叶适量，冰片少许，共捣烂敷患处，治带状疱疹。

番薯嫩叶洗净切碎，加食盐适量，共捣烂水煎后，趁热洗患处，治阴囊湿疹，洗后撒上滑石粉。

（2）内服。番薯嫩叶100克，羊肝120克，同煮熟食之，连服3次，治夜盲症。

五花猪肉250克，切块煮汤，熟后入番薯嫩叶再煮片刻，以淡食为宜。能养血益气通乳，可治产后乳汁不足。

鲜番薯嫩叶250克，加油、盐炒食，一次吃完，早饭前空腹食。治大便燥结。

# 十一、芒果疗法

芒果原产于东南亚。公元632—642年，唐代著名法师玄奘到印度取经，带回了芒果种子。芒果引种我国后，在岭南一带广泛种植。芒果香气浓郁，风味佳美，堪称为"果王"。

芒果有极高的营养价值，含有蛋白质、粗纤维、维生素以及蔗糖、葡萄糖、果糖等，尤以维生素A含量最为丰富，居众果之首。《黄帝内经》认为，饭后吃些芒果，可以使人身体强健。

玄奘大师带来芒果和种子，也引进了一味良药。芒果在中医典籍里，有其较高的药用价值。《食性本草》认为，芒果能治妇人经脉不通，丈夫血脉不行。《纲目拾遗》曰：芒果"益胃气，止呕晕"。据研究，芒果能生津止渴，祛痰止咳，健胃止呕。

芒果的药用和禁忌：

（1）芒果生食，止渴生津，开胃消食；若生食的同时，取果皮擦患处，可治多发性疣。

（2）芒果煎水饮，治慢性咽炎、声嘶、晕船呕吐。

（3）有过敏病史，动风气或饱食后，均不宜吃芒果。

（4）芒果不可与大蒜辛物同吃，古代医家认为它们同吃可患黄病。

# 十二、甘蔗疗法

据《妙色王因缘经》载，释迦牟尼曾在波罗尼斯古城说法。过去，这里国土乐丰，繁荣昌盛，像其他农作物一样，甘蔗连年丰收。

《百喻经》还载有一个有趣的故事。说是有两个人共同种植甘蔗，并发誓说："种好者赏，其不好者当重罚之。"其中一个便想：甘蔗吃起来很甜，若榨取甘蔗汁再灌到甘蔗里，其甘美必甚，就能取胜了。于是这人开始人类最初榨取蔗汁的尝试，不过这蔗汁却把种植在地里的甘蔗全灌死了……

甘蔗不仅在佛经里有记载，我国文史典籍也有不少记录。《楚辞·招魂》就有"柘浆"一词，即指甘蔗。《汉书·郊祀歌》也有"百味皆酒布兰生，秦尊柘浆析朝醒"的句子。可见，甘蔗具有悠久的种植历史。

佛教不仅以甘蔗譬喻，而且以甘蔗入药，用以治疗大便燥结和烦躁口渴。将榨取的甘蔗汁用于饮服，确实为美味良药。甘蔗含有丰富的营养成分，如蛋白质、钙、磷、铁和多种氨基酸，尤其是含糖量更为丰富。据研究，甘蔗里70%是果汁，而含糖量为12%。医学研究认为，甘蔗能营养心肌，清热解渴，消除疲劳，帮助消化。甘蔗可用于治疗口干舌燥、妊娠呕吐、慢性胃炎、大便燥结、疔痈、口腔炎、尿道炎等，并能解酒毒。

甘蔗的药用：

（1）甘蔗汁、生姜汁各适量，频频缓饮，可解河豚毒，治妊娠恶阻、口干舌燥、慢性胃炎。

（2）甘蔗汁、生藕汁各60克，一日分两次服。治尿道炎、小便疼痛等泌尿系统感染性疾病。

（3）甘蔗汁、葡萄酒各1杯。混合内服，早晚各1次。治慢性胃炎。

（4）甘蔗汁、蜂蜜各1杯，混匀内服，早晚各空腹服1次。治大便燥结。

（5）将大米煮粥至半熟时，倒入适量甘蔗汁同煮食用。可用于烦热口渴、反胃呕吐、虚热咳嗽、老人热病后期伤津引起的口干舌燥等症。

（6）紫甘蔗皮烧成灰，研末，撒布或以芝麻油调涂患处，每日2次。治疔痈。

# 十三、姜疗法

《论语·乡党》中记载，孔子一年四季都离不开姜，但不多食姜。而孔子在那个时代却能高寿73岁，大概就与他爱吃姜有关吧！

佛陀也爱姜，传说他伤风发热，弟子阿难用生姜粥治愈。于是佛陀就召集僧人，宣扬生姜粥的好处。

姜是我们日常食用的一种调味品，也是一味中药。它含有一种"姜辣素"，对心脏和血管都有刺激作用，能使心脏加快跳动，血管扩张，从而促进血液循环，使全身发热，汗毛孔张开，汗流增多，可带走体内过多的热量，并排出体内毒素。所以，佛陀吃生姜粥后能退烧。姜辣素刺激舌头上的味觉神经和胃肠粘膜上的感受器，通过神经反射促进肠胃蠕动和消化液分泌旺盛，从而具有健胃、止呕、促消化、增食欲的作用。因此，自古以来，生姜就被用于治疗中寒呕吐发烧、咳逆多痰、腹中冷气、胃纳不结等症。此外，生姜还能杀灭细菌，能解鱼肉中毒。

生姜特效验方：

（1）生姜7片，红糖35克，煎汤趁热内服；同时，以生姜煎汤洗浴后卧床休息，注意保暖。治风寒感冒、发热无汗。

（2）生姜30克，石菖蒲15克，鲜葱、芫荽各30克，共切碎，用白酒炒热，用布包敷患处，冷后炒热再敷，每日3次。治风湿性关节炎。

（3）以生姜擦患处，每日2次，反复应用。治斑秃、白癜风、手癣。

（4）生姜汁1匙，蜂蜜适量，调入开水，一次服下，治恶心呕吐。

（5）平日吃些姜能增强体力，提高食欲，防止血液凝固，调节前列腺素水平，并有一定的抗癌作用。但生姜辛辣、性热，多食反而伤胃、生热。因此，切不可过量久食。


## 十四、芝麻疗法

芝麻几乎是家喻户晓的食物，它含有脂肪油、蔗糖、多缩戊糖、卵磷脂、蛋白质、脂麻素脂脂麻素、脂麻油酚麻油酚等营养成分，它可榨成油，其气味芳香异常，是人们喜爱的调味品。

芝麻是一种具有悠久种植历史的食物，佛教《杂宝藏经》记载，摩诃罗向舍利弗求学祝愿语，却成痴人学舌，屡遭殴打。有一次摩诃罗被打后十分懊恼，胡乱地闯入芝麻地，践踏摧折了芝麻，又被守芝麻者鞭打。可见，古印度就已经广为种植芝麻了。佛陀还因感冒吃过阿难用芝麻、生姜煮的药粥，并教导自己的信徒，经常食用芝麻以强身壮体，于是佛教的素菜就把芝麻作为常用食物，如芝麻豆腐、芝麻酱、芝麻茶等。

确实，芝麻不仅营养丰富，芳香可口，而且具有润肠通便、补肺益气、助脾长肌之功效，能通血脉，润肌肤，补肝肾，填髓脑。入药可治大小便不通、妇人乳闭、小儿透发麻疹、体虚大便干结、须发早白、头晕耳鸣、贫血萎黄、津液不足等症。芝麻油还能促进肌肉生长，对慢性神经炎、末梢神经麻痹均有疗效。

芝麻效用验方：

（1）芝麻有黑、白之分，食用以白芝麻为好，入药以黑芝麻为良。按普通方法多服久服芝麻，可强身健体，并对高血压、慢性神经炎、末梢神经麻痹、出血性疾患均有辅助疗效。

(2) 芝麻250克（炒），生姜125克（捣汁去渣），冰糖、蜂蜜各125克（溶后混合均匀）。将芝麻与姜汁浸拌炒热，冷后与糖混合，放瓶中备用，每日早晚各服1汤匙，治老年哮喘。

(3) 炒芝麻、炒二丑各30克，共为细末，掺饭中吃，1岁每次1.5克，每增1岁加1克。治小儿食欲不振。

(4) 黑芝麻500克，干桑叶60克，共碾碎，以蜂蜜调和为丸，如杏核大，每日早晚各吃1丸，连续服用可治脱发。

(5) 黑芝麻、制首乌、枸杞子各25克，杭菊花15克，水煎服，每日1剂，治肾虚眩晕，头发早白。

(6) 芝麻1000克、早稻米1000克，胎盘1具（焙干），共研细末，炼蜜为丸，每丸重10克，每日2次，各服1丸。治阳痿、腰酸腿软，头晕耳鸣。

(7) 以生芝麻油50毫升，温热服，治心痛、胃痛。

(8) 大便溏泻、牙疼、脾胃疾患或皮肤病患者均应慎食芝麻。


## 十五、柿子疗法

柿子是佛教的果药之一，古代印度僧侣持钵乞食，长途跋涉，途中常以柿作干粮，临时充饥。我国也有许多寺院栽种柿树。唐代郑虔在慈恩寺借僧房屋居住时，学书而无纸，便每日取红柿叶学书，后将自己写的诗画合一卷封进，被玄宗御赐为"郑虔三绝"。据《盘山志》记载，清代乾隆皇帝，每当晚秋游盘山，僧人多以柿子招待，乾隆十分喜好。

柿子是人们喜欢的秋果之一，它味美香甜，营养丰富。据分析，柿子内含蛋白质、脂肪、糖、淀粉、果胶、单宁酸、多种维生素和矿物质，其中维生素C的含量比一般水果高1~2倍以上。

柿子还可用于治病疗疾，它具有润心肺、止咳化痰、清热解渴、健脾涩肠之功，可用于治疗咽喉热痛、咳嗽痰多、口干吐血、腹泻、解酒毒等。现代临床还以柿子加工制成酒药，驱寒化痰，补血养身。

柿疗验方：
(1) 鲜柿榨汁，每日以牛奶或米汤调服。防治高血压中风。

(2) 柿蒂30克，冰糖60克，水煎服。治妊娠呕吐。

(3) 柿饼焙焦研末，每服1.5克，每日3次，开水送服。治消化道溃疡出血。

（4）青柿子500克（捣烂），加水1500毫升，晒7天后去渣，再晒3天，装瓶备用。每日3次涂患处，治过敏性皮炎。

（5）干柿叶、马蓝、阿胶、侧柏叶加适量水煎服。治血小板减少症。

（6）鲜柿叶、茶适量。将柿叶洗净，用热水烫数分钟捞取，晾干，与茶一起冲饮用。治高血压、高血脂。

## 十六、粳米疗法

佛经故事里，有一处关于粳米治病的记载。很久以前，佛在舍卫国时，波斯匿王有个叫梨耆弥的大臣，他的七儿媳毗舍离聪明能干。一次，一群大雁从海岛上衔回一些稻穗掉在王宫大殿，波斯匿王就命令各大臣留作种子，拿回去种上。梨耆弥也带回一份，让毗舍离将稻种下，结果收获许多。后来，波斯匿王夫人重病，医生说，海岛上生长的一种粳稻可治。波斯匿王记起曾让大臣种过这种粳稻，但大臣们都没有，只有梨耆弥从儿媳毗舍离处取来了粳稻。波斯匿王命令将这粳米煮饭，让夫人吃。"夫人食之，病得除愈。王甚欢喜，大与赏赐。"

粳米就是人人必食的大米，果真能治病么？回答是肯定的。粳米富含淀粉和蛋白质，还有维生素B、A、E，纤维素，多种矿物质。医学研究表明，粳米能补中益气，健脾和胃，消烦渴，止泻痢。淘洗粳米的粳米泔能清热凉血，利小便，对热病烦渴、风热目赤有治疗作用。所以，佛经故事并非虚构。


大米治病：

（1）陈仓米30克，柿蒂7个，加水同煮熟，去柿蒂服食。治肠风下血。

（2）粳米15克（炒黑），用水1杯煎服。治小儿吐乳。

（3）人参3克，粳米100克，同煮粥，以冰糖调味食用。适用于年老或病后体弱、久病羸瘦、食欲不振、五脏虚衰、心慌气短、失眠健忘、劳伤虚损、性欲减退等症。

（4）粳米泔，饭后冷饮之。外用硫黄与大蒜头同碾，涂患处。治酒糟鼻。


## 十七、魔芋疗法

我国食用魔芋已有2000多年的历史了。魔芋最初是佛教的斋菜，后来它从寺院走向民间，并东传日本和朝鲜，也成为日本和朝鲜的寺院素菜，许多僧侣几乎每日必食魔芋。

僧侣们在吃魔芋的同时，发现魔芋还是一味良药，它能化痰散积，行淤消肿，利尿化食。可治痰嗽、积滞、疟疾、经闭、痈肿、疔疮、烫火伤、跌打损伤等症。日本人用魔芋做人造食品添加剂；广州某工厂以魔芋为主要原料，制成魔芋系列素食，更具保健作用而受到广大消费者的欢迎。现代科学研究分析，魔芋含有优质食物纤维、萄甘露聚糖等成分，进入消化系统后能平衡、协调和抑制人体摄取食物中动物蛋白质、脂肪等物质，促进新陈代谢正常进行。而经常食用魔芋的僧侣们也很少得糖尿病、肾炎和肾结石症。

魔芋食疗须知：

（1）魔芋未经加工制作时，有毒。新鲜魔芋内服煎汤，须久煎2小时，取汁服，切勿误食药渣，以免中毒。

（2）经常食用魔芋，可治糖尿病、慢性肾炎、肥胖症。

（3）华东魔芋50克，先煎2小时。若加枸杞根、鸭跖草各50克，七叶一枝花25克，煎汤滤汁服，可治鼻咽癌。若加苍耳草50克，蒲黄根、海藻、玄参各25克，煎汤滤汁服，可治甲状腺癌。若加黄药子、天葵子、红木香、七叶一枝花各25克，煎汤滤取清汁服，可治淋巴肉瘤。

（4）魔芋块茎切片，摩擦患处，治脚癣。

# 十八、五辛疗法

佛教认为，蒜、葱、薤、韭、兴渠为五辛之物，其气上冲于脑可令头晕，实为有秽之物，天龙八部不乐此味，而护法远离；魑魅妖怪反喜此物，复多增淫欲。因此，佛律戒禁五辛，以免其刺激性欲，妨碍修行。

但是，佛教的"医方明"之学，却用之于治病，还收到了明显的疗效，许多医疗方法至今还在印度、中国和日本民间流传。这五辛中，前四种是我们常见的，后一种兴渠相传于西域，中国不生。所以，在这里不加介绍。

（一）蒜：这是一味具有神奇功效的药物。据说4600多年前，古埃及修筑金字塔时，劳动者就以此来增添力气；三国时，孔明征孟获也用蒜驱除瘴疬；第一次世界大战中，英军伤员用蒜防止了伤口感染。古代印度及佛教医书对大蒜的疗效都有详细的记载。

大蒜能杀虫除湿，温中消食，解毒杀虫。现代医药研究表明，大蒜能抑制15种有害细菌，能降低血脂和增强纤溶活性，减少胆固醇的吸收；大蒜精油对血脂过高有明显的防治作用，还能激发人体巨噬细胞吞噬癌细胞的有效成分；大蒜素N能抗血小板凝集；其蒜辣素又可刺激胃液分泌，增进食欲，帮助消化。

（二）葱：佛教戒葱，包括戒洋葱。葱和洋葱都含有一种葱蒜辣素，具有较强的杀菌作用。医学界从大葱中提取出一种葱素，用于治心血管硬化症。洋葱是一种目前所知道的唯一含前列腺素的植物。大葱能发表解肌，利肺通阳，解毒消肿。洋葱能杀虫除湿，温中消食，提神健体，降血压，消血脂。

（三）薤：其气味与大蒜相似，故名野蒜，但它不是一瓣一瓣的，而是如洋葱一样，一层一层的，民间用以作酸菜食用。它能温中散结，祛湿止痢。

（四）韭：这是一味温补肾阳的良药，其营养丰富，含有蛋白质、维生素A、B、C及矿物质钙、磷、铁等，并含有挥发油和大量纤维素。能促进食欲，帮助消化。中医认为，韭能温中下气，补肾益阳，调和脏腑，增进食欲，降低血脂。


辛味蔬菜的药用：

（1）每天早晨空腹吃糖醋大蒜1~2个，并喝些醋汁，服10~15天。治高血压。

（2）大蒜头2个，葱白1根，生姜4片，水煎后加入红糖适量，趁热服下，治感冒。

（3）大蒜头30克（去皮），先放入开水中煮1分钟后捞出；放入粳米100克煮稀饭，将熟时重新放入大蒜头煮熟，调味食用。适用于急慢性痢疾、肺结核、中老年高血压、动脉硬化、肝炎、胃热，口干口苦者忌食。

（4）葱白8根，硫黄30克，共捣汁，睡前敷脐上，连敷两三夜。治小儿遗尿。

（5）大葱60克，姜15克，花椒3克，水煎服，每天2次。治风湿性四肢麻木。

（6）薤头10~15克（鲜30~45克），与粳米100克共煮粥，调味食用。适应于冠心病之胸闷不适、心绞痛、老人慢性肠炎、菌痢。

（7）核桃仁30克（香油炸黄），再与韭菜90克（洗净切成段）同炒熟，调味食用。适应于肾虚阳痿、腰膝冷痛、遗精梦遗、夜多小便等症。

（8）韭菜、生大蒜各30克，捣烂成泥状，烘热后用力擦患处，每日擦1次，连续3天。治牛皮癣。


# 十九、莲藕疗法

佛经说，人间的莲花不出数十瓣，天上的莲花不出数百瓣，而净土的莲花千瓣以上。莲花表示由烦恼而至清净，因为它生长于污泥，盛开于水面，有出污泥而不染的深层内涵。同时，莲花在炎夏的水中盛开，炎夏表示烦恼，水表示清凉，也就是在烦恼的人间，莲花带来清凉的境界。所以，莲花是从烦恼中解脱而生于佛国净土的圣人化身。

相传，释迦牟尼学悟成道后，起座向北，绕树而行，"观树经行"，当时就是一步一莲花，共有十八莲花。据说，在那棵圣树毕波罗树下还以石刻莲花为象征。而我们所见的佛像和佛经中介绍净土佛国中的圣贤都以莲花为座：或坐、或站，都在莲花台之上，以代表其清静、庄严。

不仅如此，莲还与佛教医学有着密切关系。莲的地下根茎称为莲藕，相传佛陀的十大弟子之一舍利弗有肺结核，目犍连来探望他，并得知舍利弗喜欢吃莲藕，就带些新莲藕让舍利弗吃，舍利弗吃莲藕后果然病愈。后来，佛陀的弟子经常用莲藕作为药用来治病，并发现了莲藕的许多药用价值。

其实，莲的全身均可入药，如藕节能祛淤、解渴、醒酒、止血、散淤；莲叶能清暑利湿，升发清阳，止血固精；莲藕梗能清热解暑，通气行水；莲子能养心，益肾，补脾，涩肠；莲子心能清心，去热，降压，止血，涩精；莲藕生用可以消淤清热、除烦解渴、止血健胃，熟用可补心生血，健脾开胃，滋养强壮；此外，莲须、莲蓬均有一定的药用功效。

在生活中，莲子和莲藕是我们常食用的。莲子含大量的淀粉和糖，蛋白质16.6%，碳水化合物62%，并含有钙、磷、铁等矿物质，可谓营养丰富。在食疗中，莲子可用于治夜寐多梦、遗精、淋浊、久痢、虚泻、崩漏带下等症。而莲藕则含有淀粉、蛋白质、天门冬酸、鞣质等有效成分，可用于治虚渴、吐血、热淋尿热、小便不通等症。


莲藕简易疗法：

（1）鲜藕捣汁，服用。治中暑腹痛、鼻出血、产后出血、急性胃肠炎、肺结核咯血。

（2）鲜藕（去节）500克，生姜50克（去皮切细），用洁净纱布绞汁。一日内分数次服用。治夏季感冒、肠炎、发热、烦渴、呕吐、腹痛、泄泻等症。

（3）莲子、糯米同煮粥，食用。治习惯性流产、孕妇腰疼。

（4）莲子（去心）60克，生甘草10克，同煮熟，加冰糖适量食用。治泌尿系统感染、尿频、尿急、小便赤浊或兼治虚烦、低烧等症。

（5）莲子心30个，水煎，加盐少许，睡前服。治失眠、心热、梦多。

（6）莲子心1.5克，开水冲泡当茶饮。治高血压。

# 第六章 佛教药物疗法

药师佛把"除一切众生痛苦,治无名痼疾"作为自己救度众生的重要内容,他在十二大誓愿中发誓说,"诸根俱足",身体有残障的人听到他的名号后,一切障碍会消失,身体得健康;"除病安乐",患有各种重病的人,听到他的名号后,诸病可消除。这正是人们所企求的莫大功德。他左手持药钵,右手执药丸,以医疗为职业,因而大受敬仰。

药师佛有"药树王"和"如意珠王"两个化身(参见《心理保健篇》),药树王的"根茎枝叶,皆能愈病;闻香触身,无不得益(《观音玄义》)"。《耆域因缘经》则说,药树王能透视人体,"五脏肠胃,缕悉分别",这很像科学幻想的医疗仪器。中国法义和尚则说,他在病中念佛,梦见一位道人为他剜出肠胃,洗干净后纳还肚内,从而病愈,这似乎是现代外科手术幻想。

药师佛身边有两大协侍菩萨,药王菩萨和药上菩萨(日光菩萨和月光菩萨),他们合称为"药师三尊"、"东方三圣",喻意为:日月皆升于东方,以其光明遍照众生,使众生俱得康乐。两位协侍菩萨对医学和药物学颇有研究。他们经常为穷人施药医治,还带着良药为僧众治病,因此,他们义举斐然,备受赞赏。

## 一、观音杨柳疗法

在我国民间有"杨柳枝观音"的传说,她一手持杨柳枝,一手托净瓶。相传该观音常以杨柳枝蘸取瓶中甘露,拂洒人间,蠲除众生烦恼垢浊。《灌顶经》有一个传说,很久以前,维耶黎城遭受瘟疫,有年少比丘禅提为之辟疫,住在皆城

29年，城民平安，可他一走，瘟疫又流行起来。城民想念禅提，就去他的住所，只见他嚼过的杨柳枝掷地成林，林下有泉水，城民便取泉水，折杨柳枝，拂洒病人，才祛除瘟疫。《法苑珠林》也记载，西晋时，印度僧人佛图澄来华，曾以"杨柳沾水"，为后赵国主石勒之子治病。

杨柳枝确是一味良药，它随处可见，又具有祛风、利尿、止痛、消肿之功效，对风湿痹痛，淋病白浊，小便不通，疔疮肿毒，龋齿龈肿都有治疗作用，现代医学还将杨柳枝用于治疗冠状动脉粥样硬化性心脏病、慢性气管炎、传染性肝炎等，均收到了一定的疗效。此外，杨柳花可治黄疸、咳血吐血、妇女经闭、齿痛；杨柳枝的种子也可止血，祛湿；杨柳枝皮可祛风利湿，消肿止痛。

杨柳枝治病的药用：

（1）取新鲜杨柳枝烧成炭，研细过筛，以香油调成稀膏状，敷于患处每日1~2次，不包扎，换药时不必擦去原先的剩药，任其自行脱痂。上药后约3~4小时创面渐干，可涂以香油，切不可擦掉原药。治烫伤。

（2）带叶鲜嫩杨柳枝100克，水煎服，连服1周，可预防传染性肝炎。

（3）杨柳枝200克，洗净切碎，水煎服，每日一剂，10天为一疗程。治疗慢性气管炎。

（4）杨柳枝嫩叶1小把（洗净，细切），加少量生姜，水适量，煎至半量，温服，每日一剂。治感冒。

（5）杨柳枝、叶一大束，长度以一米左右为佳，剪成小段，取水2800毫升，煮开30分钟后去渣，煎浓汁至饴糖状，刺破疔疮涂擦。治疗疮，显效。

## 二、柏树子疗法

出没云间满太虚，元来真相一尘无。
重重请问西来意，惟指庭前柏一株。

这首偈出自《五灯会元》，它记载了一个佛教故事。据记载，有个僧人问赵州从谂禅师曰："如何是祖师西来意？"师曰："庭前柏树子。"僧又问："和尚莫将境示人？"师曰："我不将境示人。"原来，禅宗的旨趣意在言外，故有"不立文字"之说，从常识来说，"柏树子"是境；从"真谛"来说，"柏树子"便是心。故"境"即是心，当柏树子虚空落地时它就有了"佛性"，人因此应当有泯灭心和境、无情和有情等种种差别妄想……

我们且不深究这则故事的禅宗思想，仅就柏树来说说其药用价值。柏树其叶、果以及树干渗出的树脂（柏树油）均可供药用。柏树子即柏树果，它能安神、祛风、凉血、止血，可治感冒、胃痛、烦躁、吐血。柏树叶能治痔疮、血痢、刀伤、蛇伤、烫伤等。柏树油能解毒、生肌、清热、调气。

柏树是很平常的常绿乔木，树干直径粗的可达1米，高可达20米。我国各地广有栽培，尤其是寺院僧侣，将柏树植于寺院周围，自然就有"庭前柏树子"的故事，僧侣们也用它来治病。

柏树的药用：

（1）柏树子3枚（碾碎），和酒吞服。治风湿，感冒，头痛，胃疼。

（2）柏树嫩叶，嚼烂，敷于患处。治刀伤。

（3）柏树叶100克，香附全草100克，以洗米水煎汤，洗伤口。治蛇伤。

（4）柏树叶捣汁，擦于患处。治烫伤。


## 三、檀香疗法

佛经记载，佛在王舍城竹园中时，拘萨罗国的王子流离，身染热病，身体困乏虚弱，病情十分严重，许多医生为他诊治，都处以"檀香"。当时，檀香十分珍贵稀少，国王召令全国民众，愿以一千两黄金酬谢献檀香者，但没有人献出。后来，一位下属启奏国王曰："拘萨罗国惟大檀弥离贵族世家，藏有万贯宝藏，他家或许有之。"国王便亲自出马，索讨檀香二两。王子流离用檀香涂抹全身，果然病愈。

檀香是我们非常熟悉的香料，它不仅可用于佛像雕刻、工艺香扇等，而且还因具有理气和胃之功效，可用于治病疗疾。中医认为檀香可治心腹疼痛、噎膈呕吐、胸膈不舒，可消风肿等。

檀香的药用：

（1）檀香10克（研末），干姜20克，泡开水饮用。治心腹冷痛。

（2）檀香5克，茯苓、橘红各8克，研为细末，以人参汤调服。治噎膈饮食不入。

（3）以檀香熏烟，使人清爽，能散风辟邪，增进食欲，振奋精神。

## 四、山鸡疗法

佛教有"不杀生"的戒律,然而佛门医家却例外,它以"救人一命,胜造七级浮屠"为出发点,只要能治病,杀生亦破戒。佛经故事里,就有一位医术高明的医生让病人吃山鸡的故事,并告诫病人,要多吃几只山鸡,病才可痊愈。

山鸡,又叫雉、野鸡,它含有24.4%的蛋白质,脂肪仅占4.8%,并含有多种维生素和矿物质,因此,山鸡是一种深受人们喜爱的野味。当然,佛教僧侣则除了药用外是不可食用的。山鸡确能入药,能补中益气,养肝明目,可治下痢、糖尿病引起的小便过多。

糖尿病是由于人体内胰岛素分泌不足而引起的以糖代谢紊乱为主的疾病,它表现为多饮、多食、多尿和疲乏,临床特点为血糖过多和糖尿。当糖代谢紊乱严重时,蛋白质、脂肪、电解质、水等代谢均相继紊乱,可引起严重失水、酮症酸中毒、循环衰竭和昏迷,以致死亡。

在中医理论看来,糖尿病称"消渴",因燥热服虚所致,在治疗上采取益气养阴、生津清热的治疗原则。因此,山鸡正好对症治疗,它是糖尿病的天敌。

糖尿病患者常吃山鸡,饮山鸡汤,具有一定的治疗作用。


## 五、荜拨和胡椒疗法

佛经记载,在过去无数世的时候,有一座大香山,山上生着无数的荜拨、胡椒以及其他诸药。每当药果成熟时,"人皆采取,服食疗疾"。

荜拨和胡椒,均为胡椒科植物。荜拨能温中、散寒、下气、止痛,可用于治疗心腹冷痛、呕吐吞酸、肠鸣泄泻、冷痢、阴疝、头痛、鼻渊、齿痛。现代药理研究表明,荜拨中提出的精油对白色及金黄色葡萄球菌和枯草杆菌、蜡样芽孢杆菌、大肠杆菌、痢疾杆菌等均有抑制作用;其所含胡椒碱可明显降低直肠温度;荜拨根含有荜拨明碱,有明显的降压作用。

胡椒则能温中下气,消痰解毒,主治寒痰食积、脘腹冷痛、反胃呕吐、泄泻冷痢等症,还可用于解食物毒。现代药理研究表明,胡椒能引起血压上升,可解热、祛风、杀虫。

荜拨、胡椒的药用:

（1）荜拨丸。荜拨、胡椒等分，捣为末，做成芝麻大小的药丸，置于牙痛处。治牙齿疼痛。

（2）荜拨汤。荜拨根2.5～5克，煎汤内服，治妇人内冷无子、腰肾冷、阴汗等症。

（3）胡椒猪肚汤。白胡椒10克，放入洗净的猪肚内（用线将两头扎紧），加水煮熟后，胡椒取出晒干研末另服，趁温吃猪肚饮汤。治胃寒痛。

（4）外用。胡椒粉10克，敷于脐部，用胶布固定，每日换1次。治小儿或成人消化不良，痢疾。

## 六、佛珠疗法

佛珠又称为念珠、数珠，是念佛号或经咒时用以计数的工具，一般是圆形穿孔，用线穿扎成一串。它产生于印度，随着佛教而传入我国。

据《木槵子经》记载，"若欲灭烦恼障、报障者，当贯木槵子百八以常自随。若行、若坐、若卧，恒常至心无分散意，称佛陀、达摩、僧伽名，乃过一木槵子……"可见，最初佛珠乃用木槵子制作。当然，佛珠的质料有多种，通常采用香木料车制而成，相传《数珠功德经》记载有用铁、赤铜、珍珠、木槵子、帝释青子、金刚子、菩提子等做成，其质地不同，所获功德不一样。

据佛经说，木槵子是一种"无患"之树的果实，该树为众鬼畏，而木槵子亦自然具有降鬼神之力了。据说，木槵子所做的佛珠，功德倍数为1000倍。当然，这只是一种想象罢了。

木槵子同时也是一味良药，其根、韧皮、嫩枝叶、果肉、种子均可供药用。木槵子清热、祛痰、消积、杀虫，能治喉痹肿痛、咳喘、食滞、白带、疮癣、肿毒等症。

木槵子的药用：

（1）木槵子适量，以醋煎沸，趁热搽涂患处。治厚皮癣。

（2）木槵树根50克，黄牛木根50克，六月雪根25克，山芝麻25克，生薤菜头200克，煎服。治毒蛇咬伤。

（3）木槵树皮，煎水含口。治小儿白喉或口腔炎。

（4）木槵子仁7枚（煨熟），食用。治小儿腹中气胀。

## 七、沉香疗法

佛经上说，很久以前，沉香就是一种珍贵的药材，它生于海底，很难觅得。曾有一个德高望重的人，经过一年多的时间，终于采得一车，但他拿到集市上叫卖，却因价格昂贵，难以脱手。当他看到市场上木炭旺销时，竟愚蠢地将沉香烧成木炭……

其实，沉香并非像佛经上说的那么昂贵，也不是生于海底，也许是因为当时此药稀少的缘故，才被涂上一层神秘的色彩吧。沉香具有一种特殊的香气，可入肾、脾、胃经，有降气温中、暖肾纳气、益精壮阳之功效，可用于治疗气逆喘息，呕吐呃逆，脘腹胀痛，腰膝虚冷，大肠虚秘，小便气淋，男子精冷等症。

佛教用沉香作为香药疗法的药物，还用于焚香等。

沉香的药用：

(1) 沉香丸。沉香3克，乌药9克，茯苓、陈皮、泽泻、香附子各15克，麝香1.5克，共研末，炼蜜为丸如梧子大。每日服20丸。治脾肾久虚，喘嗽短气，腹胁胀，小便不利。

(2) 四磨汤。沉香、人参、槟榔、乌药，磨水煎沸，温服。治七情伤感，上气喘息，烦闷不食。

## 八、半边莲疗法

在江南田野，常可见一种小草，它开浅紫色小花，花形就像半边莲花似的，所以，人们叫它"半边莲"。传说这还是观音留下来的呢！

相传观音从普陀紫竹林到寿昌大慈岩，途中经过兰溪砚山脚下某村庄，听见有惨凄凄的哭声，观音按下云脚，只见几个小孩扑在母亲身上哭号，原来她被毒蛇咬伤，已昏迷不醒。观音便从坐盘下摘下一朵莲花，将半朵莲花涂擦在蛇伤处，没有多久，伤口便流出了许多毒汁，病人也苏醒过来了。观音临走时，还把剩下的半朵莲花留下，不料，一阵暴风骤雨之后，这半朵莲花竟在田野生长起来，因此，人们就叫它"半边莲"。

这则传说当然是中国民间的佛教故事罢了，但半边莲确是一味治疗蛇伤的良药。半边莲具有利水消肿、解毒之功效，能治蛇伤、肿毒、癣疾、疔疮、黄疸、泄泻、跌打损伤等。

半边莲的药用：

（1）取半边莲45克，文火慢煎半小时，每日一剂，分3次内服。另用半边莲捣烂外敷，每日更换2次。治疗蛇伤，对严重的全身中毒症状有显著的疗效。

（2）鲜半边莲100克，捣烂绞汁，加甜酒50克，调服，盖被入睡出微汗，开始一天服2剂，以后每天服1剂。治毒蛇咬伤。

（3）以半边莲浸烧酒搽之。治蛇伤。

## 九、瑞香疗法

据《庐山记》记载，宋朝时庐山有个比丘，白天睡在锦绣谷大磐石上，睡梦中闻到一股浓郁的花香，惊醒后顿觉快慰，遂循香气寻找，乃得一花，取名为"瑞香"。宋代诗人王十朋诗赞曰：

真是花中瑞，本朝名始闻。
江南一梦后，天下仰清芬。

这僧人发现的瑞香也是一味治病之药，其花、叶、根均可供药用。瑞香花清利头目，可降低血液凝固性，促进体内尿酸排泄，对咽喉肿痛、齿痛、乳腺癌早期、坐骨神经痛等均有疗效；瑞香叶可以治疗面部各种疔疮、慢性皮肤病等；瑞香根可治胃脘痛、毒蛇咬伤、跌打损伤。

瑞香的药用：

（1）鲜瑞香花适量（捣烂），加少许鸡蛋白同捣匀，外敷，一日换一次。治乳腺癌早期。

（2）瑞香10克，桂枝15克，水煎服。并用瑞香树皮及叶400克，煎水洗患处。治风湿痛。

（3）鲜瑞香叶（洗净），蜂蜜少许，共捣，敷患处，一日换2次。治面部疔疮、慢性皮肤病。

（4）瑞香花50克，瑞香根250克，研成细末，每日一次，每次5克，开水送服。治胃脘痛。

# 第七章　佛教拿捏与按摩疗法

　　佛教医学在治疗技法上，有一种与中医按摩相类似的"拿捏法"。据佛经记载，佛陀释迦曾亲自用"拿捏方法"来治疗头痛，并亲自研究实践，确定了许多"拿捏方法"，甚至在临终前还给一个叫乌达伊的僧侣行"拿捏"术治病。

　　《摩诃止观辅行》记载，运用"拿捏法"痛捏手指，就可治疗五脏疾病。捏大拇指治肝脏疾病，捏食指治肺脏疾病，捏中指治心脏疾病，捏无名指治脾脏疾病，捏小指治肾脏疾病。该书还强调，修定坐禅后，要摩擦双手，使双手搓热，再摩擦脸部、四肢和全身，这样可增强坐禅和拿捏的治疗效果。

　　"拿捏"和按摩都是一种外治方法。从祖国传统医学理论来看，人与自然是一个阴阳相互维系的整体，在阴阳平衡的情况下，保持着与自然界的协调，维持着正常的生理活动。若阴阳的某一方面或盛或衰，就会使阴阳失去相对的动态平衡而发生病变，"拿捏"和按摩能使人体阴阳恢复平衡，从而达到祛病的目的。

　　同时，人体气血运行与内脏的关系十分密切，不仅气血在经脉中运行与脏腑发生直接的联系，而且气血的所有运行过程都要受脏腑的控制。因此，拿捏和按摩可以通过推动和激发气血运行，疏通郁闭，补养气血，协调脏腑功能，调节神经系统，对人体健康起到治病保健的双重作用。所以，佛教认为"拿捏法"是一种行之有效的治病保健方法，并广为运用。

　　"拿捏法"随佛教传入中国，与祖国按摩术相融合，因而，被广泛地流传，尤其是在中国民间还有许多独特的按摩法，这可能与之相关。

## 一、拿捏和按摩的效果

人体周身遍布许多穴位，拿捏和按摩这些穴位，可以产生一定的治疗保健效果。

### (一)头面部和颈部穴位

百会：头痛、高血压、发热、失眠、目眩、痔疮、耳鸣、健忘、中风。

印堂：流鼻血、目眩、头痛、幼儿抽筋。

四白：眼睛疲劳、脸部麻痹、三叉神经痛。

下关：牙痛、耳痛、脸部麻痹或疼痛。

颊车：脸部疼痛、下齿痛、牙床痛。

翳风：重听、晕车晕船。

大迎：三叉神经痛、脸部抽筋、齿痛。

人迎：高血压、咳嗽、慢性支气管炎、扁桃腺发炎、突眼性甲状腺肿、呃逆。

扶突：呕吐、打嗝、喉咙痛、心闷、声哑、甲状腺病变、吞咽困难。

天柱：后头痛、颈项转侧不利、颈肌强痛、鼻塞咽肿、眼疾、记忆不佳。

风池：各种头痛、头晕、失眠、高血压、结膜炎、近视、感冒、颈部疾患。

完骨：眼睛充血、目眩、偏头痛、扁桃腺发炎。

人中：昏迷、休克、窒息、中暑、癫狂、牙关紧闭、脸部麻痹。

### (二)胸腹部和肩部穴位

天突：喉咙痛、打嗝、呕吐、咳嗽。

气舍：胃痛、落枕、呕吐、胸闷、胸痛、咳嗽。

肩井：颈椎病、颈项部肌肉痉挛、落枕、肩背部酸痛、手臂麻木、中风后遗症。

中府：心律不齐、气喘、咳嗽、感冒。

膻中：支气管炎、支气管哮喘、胸膜炎、冠心病、心绞痛、妇女乳汁过少。

巨阙：胃酸过多、气喘、神经衰弱、心理异常。

中脘：急、慢性胃炎、胃及十二指肠溃疡、胃下垂、脾胃虚弱、消化不良。

神阙：慢性肠炎、脱肛、腹胀、虚寒性胃痛、怕冷症。

天枢：生殖器疾病、妇女病、容易疲劳、便秘、胃下垂。

大巨：不孕症、肾炎、便秘、痢疾、坐骨神经痛、风湿病。

关元：急性尿路感染、遗尿、盆腔炎、闭经、不孕、产后恶露不止、睾丸炎、遗精、阳痿、虚劳羸瘦。

气海：阳痿、遗精、早泄、子宫脱垂、妇女月事疾患、大便秘结、神经衰弱。

(三) 背部和腰部主要穴位

腰眼：即腰部至臀部位。肾虚、遗尿、遗精、阳痿、早泄、慢性肾炎、月经不调、尿路感染、腰痛、神经衰弱、支气管哮喘。

命门：遗精、阳痿、痛经、月经不调、慢性腹泻、腰痛、足部怕冷。

大肠俞：痢疾、肠炎、腰扭伤、便秘、骶髂关节炎、坐骨神经痛、脚麻痹。

小肠俞：痢疾、肠炎、痔疮、关节风湿、泌尿器官疾病。

肾俞：肾炎、膀胱炎、食欲不振、坐骨神经痛、歇斯底里（此穴乃治百病之穴）。

胃俞：各种胃病、消化不良、呕吐。

脾俞：营养不良、肝脾肿大、胃部疾病、全身乏力、失眠。

肝俞：失眠、肝病、视力减退、目眩、中风。

三焦俞：肠鸣、腹泻、尿路感染、白带过多、腰痛、尿潴留。

膈俞：神经衰弱、失眠、心悸不定、气喘。

肺俞：呼吸系统功能失调、颈肩痛、皮肤病、幼儿疳积、肺虚自汗。

膏肓：心跳、胁间神经痛、支气管炎、气喘、乏力、晕眩。

天宗：五十肩、胸痛、胁间神经痛、肩胛部疼痛。

志室：腰痛、坐骨神经痛、腿肚抽筋，"拿捏"可增强精力。

次髎：治坐骨神经痛有特效，兼治生理异常、怕冷、泌尿器官疾病、痔疮。

长强：治痔疮有特效，可增强精力。

(四) 手部和足部主要穴位

曲池：感冒、高血压、皮肤病、发热、中暑、上肢痛、眼疾、牙痛。

尺泽：支气管炎、支气管哮喘、肺炎、咳嗽、皮肤瘙痒或干燥、肘关节内侧疼痛。

手三里：胃脘痛、肠鸣肠炎、腰背疼、牙痛。

神门：心神不宁、心绞痛、神经衰弱、健忘多梦、精神疾病、便秘、心脏病。

劳宫：神经衰弱、高血压、心率过速或过慢、恶心呕吐。

阳池：糖尿病、神经痛、手部痛、手部关节炎。

合谷：高血压、耳鸣、眼睛疲劳、发热头痛、盗汗自汗、感冒。

梁丘：胃痉挛、痢疾、膝痛、坐骨神经痛。

血海：妇女病、变形性膝关节炎症、贫血。

阴、阳陵泉：膝关节周围软组织疾病、腿抽筋、坐骨神经痛、腹胀腹泻、胆囊炎、胆道蛔虫、肝炎、水肿、妇女病。

足三里：能治百病，如胃酸过多、胃下垂、半身不遂、高血压、贫血、失眠等。

解溪：便秘以及由此引起的头痛、膝痛、头面浮肿、下肢麻木、足踝关节酸痛。

冲阳：过敏性体质、神经衰弱、食欲不振、脚痛。

然谷：脚底痛、扁桃腺发炎、怕冷、生理不顺。

委中：坐骨神经痛、腰痛、背痛、关节风湿痛、流鼻血、高血压。

承山：小腿肌肉痉挛、坐骨神经痛、腰痛、痔疮、脱肛、便秘。

太溪：肾脏病、扁桃腺发炎、中耳炎、便秘、足部风湿疼痛。

三阴交：更年期综合征、泌尿系统疾病、生殖系统疾病、下肢内侧疾病。

涌泉：生殖器官疾病、肾脏病、高血压、头痛头晕、咽痛失音、失眠、气喘、精力不足。

太白：消化不良、脚部冰冷、消化系统疾病。

足心：头晕目眩、五心烦热。

## 二、拿捏和按摩手法

当我们清楚地了解人体各主要穴位的功效后，就可以根据拿捏和按摩的手法要求，行拿捏术和按摩术了。

佛教的拿捏术的手法在于"捏"，它要求用拇指与食指对合，捏起皮肤肌肉，配合以颤抖性的动作，或轻或重，或快或慢，以感到酸、胀、麻、微痛为度。有时，还可用拇指与食指指甲掐、揉。

按摩术的手法则有数十种之多，人们一般常用按、摩、推、拿等四种。按，是以拇指、食指、中指的罗纹面或髁节、拳头、掌根，按压穴位或特定部位。揉，则以手掌面或指面紧贴穴位皮肤，进行（原穴位）回旋揉动；或以全掌、掌根或指面，贴附于穴位部位，以腕关节连同前臂作环形旋摩。推，是用手指或手掌用力向前或向上，向外推动挤压肌肉，用力均衡，沿直线或筋肉结构走向推动。拿，是大拇指、食指和中指，用力拿起某部位或穴位，随后放下，反复进行。

在拿捏和按摩时，要注意点、线、面的结合，由点（即穴位）到线（经络），逐渐扩展；用力均衡，先轻再逐渐加重，以感到酸、胀、麻、微痛为宜；同时要注意持之以恒。

## 三、随痛处打与阿是穴

《摩诃止观辅行》记载，以手或木条痛打病痛处四五十下，可以产生治病效果。因为疾病经常是邪气入侵所致，用痛可逼走入侵的邪气。佛教这种随痛处打治病方法与古代的"阿是穴"有异曲同工之妙。

阿是穴又叫压痛点。它们既无具体的名称，又无固定的位置，哪里有压痛哪里就是阿是穴。唐《千金方》记载："有阿是之法，言人有病痛，即令捏其上，若果当其处，不问孔穴，即得便快成痛处，即云'阿是'……故曰'阿是穴'也。"

人体深部有病痛，常常可在相应的皮肤上找到压痛点（即阿是穴），在压痛点上进行痛捏或按摩，往往可以收到止痛，疗疾，康复和保健的效果。佛教的随痛处打法就是最好的例证。

如果挤乘火车或长途公共汽车，常会引起腿脚肌肉麻木或痉挛，气滞血淤；有的还会头昏，心悸；有的甚至晕车呕吐。这时，不妨采取以下方法：

（1）拿捏手心，刺激神门、巨阙，可调节内耳前庭神经功能，转移自己的注意力，以防晕车。

（2）拿捏和按摩腿部、脚部各穴位，使腿部肌肉松弛，经络流通，避免脚部和腿部痉挛麻木。

（3）鼻吸气时手紧握、闭嘴、脚跟用力蹬地、脚趾紧抓，之后，稍闭气片刻，立即用鼻呼气，随即全身及手、足放松，以意念将病气从身上往足心全部排向地下深处，闭眼练习。每次练20~30下，每分钟6~10下，可间隔一会儿再反复练习。

## 四、消化不良和摩腹

消化不良是人们常见的病症，其主要症状是胸腹满闷、嗳腐吞酸、恶心、腹痛、厌食、胃部嘈杂不适、腹胀、便秘、小便短黄等。有的出现胃脘闷胀、呕吐清水、胃脘小腹怕冷、大便溏泻、小便清长等症状。

（1）以右掌心紧贴腹部，从右下腹开始，绕脐作顺时针按摩，一呼一吸宜尽量延长，且手行一圈。同时，摒除杂信念，意留丹田。每次连续3分钟。

（2）此外，拿捏肝俞、脾俞、胃俞、膈俞、腰眼、足三里、三阴交、内关、合谷等穴位，也有疗效。

(3) 饮食方面注意多食蔬菜、水果，忌食辛辣刺激性食物；养成定时排便习惯；平时多作下蹲起立及仰卧屈髋、压腹、提肛动作。这些都有助于消化不良的防治。

## 五、神经衰弱疗法

许多人都曾为患有神经衰弱所烦恼。有的表现为头晕脑涨，耳鸣眼花，健忘失眠，记忆减退，注意力不集中；有的表现为腰背酸胀，食欲不振，精神抑郁；有的表现为月经不调，房事不和谐或阳痿、早泄、遗精等等。

对于神经衰弱，首先要找出原因，消除心理因素，避免过度紧张和劳累。同时，可采取拿捏法防治。

(1) 拿捏手心、劳宫、神门、阳池等穴位。

(2) 拿捏涌泉穴和脚心。

(3) 拿捏足三里、三阴交、冲阳等穴位。

(4) 按摩天枢、关元、气海、中脘等穴位。

(5) 按摩腰眼、肾俞、胃俞、肝俞、膈俞等穴位。

## 六、消除肥胖疗法

肥胖是人体脂肪积聚过多所致，一般超过正常体重20%的人就算肥胖。长期坚持以拿捏法施治，辅以饮食调节，有助于减肥。

(1) 饭前10分钟，对手部鱼际穴（大拇指根部）、手背正中进行拿捏，可以抑制肠胃蠕动，降低食欲，以达到减肥目的。

(2) 饭前10分钟，拿捏脚掌以减低食欲，用力不可太轻，否则反而增进食欲。

(3) 饭后30分钟拿捏腹部关元、中脘、颈侧部和下肢，可保持肌肉力度，抑制肠胃蠕动而减少营养吸收，从而达到减肥的目的。

## 七、女性胸部健美法

乳房是女子身体曲线中最引人注目的部位，是青春女性成熟与否的标志。有的人用整形手术来使胸部丰满，不仅留下手术痕迹，而且还很不安全，有的手术后出现并发症而造成终生遗憾。拿捏和按摩可以促进乳房充分发育，增强乳房抗病能力。

（1）取仰卧位，以双手掌虎口相对，夹住乳房，由乳房根部向乳头方向施以柔和的手掌轻揉，反复数次。再抓起乳房，进行揉捏，当感觉乳房内有硬块时要以四指揉捏（若感到疼痛异常，则应就医）。最后用食指和中指夹住乳头，上面用拇指施以柔和刺激。

（2）取俯卧位，用拇指指压膈俞、心俞、肺俞等穴位。

（3）取仰卧位，用双手手指，按压膻中穴及其两边，按压要舒适。

## 八、腰痛的按摩法

腰为人体躯干的枢纽，对全身的负重、运动、平衡等都起很大的作用。人类原本为四肢行走，在进化过程中变为直立行走，直立姿势对腰部的压力很大。如果平时不注意，很容易因不正确的工作姿势引起腰痛；中老年还容易患变形性腰椎病，导致变形的脊柱压迫神经和血管，从而引起腰痛。此外，妇女病、肾脏病、胃癌、腰椎转位扭伤、腰肌劳损、棘上韧带损伤、腰筋膜炎等都会引起腰痛。

（1）患者俯卧，放松全身肌肉。施治者从患者肩胛到臀部的脊柱两侧施行手掌轻摩、手指揉捏。脊柱两侧肌肉用拇指按摩。再着力集中刺激大肠俞、肾俞、命门、志室、腰眼等穴位。

（2）以拿捏法，着力集中于足三里、三阴交、承山、血海、委中等穴位。

（3）患者俯卧，双手向前伸直，两脚向后自然伸直，然后四肢用力向上平抬，使腹部着地而支撑全身，四肢尽力向上抬起，尽量保持较长时间。此法可锻炼腰部，恢复腰部肌肉的功能。

## 九、防治性功能低下按摩法

佛教虽然禁欲，但治疗性功能障碍是一门医术。性能力低下或障碍者往往痛苦不堪，采用以下方法可以防治阳痿或阴冷，提高性感度和性能力。

（1）在临睡和起床前，拿捏命门、肾俞、腰眼、小肠俞等穴位；按摩关元、气海、天枢等穴位；用力指压大腿内侧、足三里、三阴交、长强等穴位；拿捏涌泉穴。刺激要舒适而温热。

（2）仰卧或半卧，五指呈抓物状，轻轻抓住阴囊部，一握、一抻、一松，各指指端如梅花针样刺激阴茎根部周围，掌心力求对阴囊各部发挥按摩、揉抚作用。

（3）擦揉会阴。以食指和中指旋摩肛门周围。

（4）拿捏脚趾，尤其注意大足趾头。

## 十、治疗高血压按摩法

高血压病是现代社会发病率较高的疾病之一。它早期可能无任何自觉症状，但一般会因血压高而引起头痛、头涨、眩晕、耳鸣、失眠、乏力、易怒、健忘、气喘、不安等症状。晚期还可引起头重脚轻、手指发麻或发胀、视力减退、思考力减退、注意力不集中、饮食减少等，严重时可突然倒地，神志昏迷，甚至半身不遂。

（1）施治者用一手抓住患者额头，另一手从后脑到颈部轻轻摩擦，再用拇指和食指揉掐颈椎两侧肌肉，从颈部至肩膀，再到背脊骨两侧。

（2）患者跪坐，自己将双手中指轻力指压天枢穴，上身前俯，慢慢吐气；然后在人迎穴上行指压，脖子后仰，上身弯成弓状，吸气。如此反复数次。

（3）拿捏风池、百会、足三里；推印堂穴、前额部、三阴交；手指用力梳头。

（4）将脚踝放在膝盖上，用拳头叩打脚底和涌泉穴。

注意：避免过度兴奋或激动，不要用过热的水洗澡，久蹲、久坐后不宜突然猛起。

## 十一、食欲不振按摩法

现在的父母常为小孩不想吃东西而烦恼，一方面是小孩贪吃零食所致，另一方面则是因为胃、肠功能和心理和精神因素等导致的没有"胃口"。成年人也有食欲不振的时候，如身体过度劳累、天气炎热或者患有肝病、肾病、高血压等，均可引起食欲不振。对于食欲不振，除了找医生作必要的检查和治疗外，有时行按摩术也会收到良好的效果。

（1）患者仰卧，左、右手分别用拇指指压着右、左手"手三里"穴，膝盖弯曲。施治者双手的中指重叠，压迫其中脘、天枢等腹部诸穴位。

（2）按顺时针方向，双手掌重叠，轻轻按摩腹部，再用力像划船般地揉捏腹部。

（3）患者俯卧，施治者双手拇指压迫胃俞、脾俞；以拇指指尖用力刺激涌泉、足心、手心等部位。

# 第八章　佛医神奇疗法

## 一、齿木疗法

古代佛教僧侣外出化缘时，总是携带一根长短为十二指（约25厘米左右），约小手指粗细的木条——杨柳枝，作为洁齿之"牙刷"。杨柳枝是其必备的"牙刷"，它又叫"齿木"。据晋《法显传》载，释迦在沙祇国"嚼杨柳枝，刺土中，即生长七尺"。因此"齿木"被列为僧人必备的18种日常器物之一。僧人每天早晨及食罢，都要在屏处，将"齿木"的一头嚼成絮状，以剔除齿间滞垢，再将"齿木"撕开刮舌，用后即弃。

《华严经》卷十一说："初嚼杨柳枝具十德者：一销宿食，二除痰癊，三解众毒，四去齿垢，五发口香，六能明目，七泽润咽喉，八唇无皴裂，九增益声气，十食不爽味。"佛家以杨柳枝治病，《僧祇律》说："若口有热气及生疮，应嚼杨柳枝咽之。"《陀罗尼杂集》卷五载："牙痛咒杨柳枝七遍，嚼之。"

当然，佛家的"齿木"实际上并不是只有"杨柳枝"一种，凡"苦涩辛辣"的树木，如楮、桃、槐、柞条、葛藤等，均可作为"齿木"。

从"齿木"的功用来看，实际上是中国传统刷牙疗法的起源。佛教从杨柳枝等齿木的药用功效出发，以此来清洁口腔，并在敦煌壁画中也有记载，在196窟西壁就有晚唐时期刷牙的壁画，可以说，这是世界上最早的刷牙史料。刷牙发展至今，虽然佛教的"齿木"洁齿无法与今日的药物刷牙相比，但"齿木"的药用功效至今仍可运用。

"齿木"的药用：

(1) 杨柳枝

A.杨柳枝一小把（切细），加水适量，煎至半量，以水漱口，治牙痛。

B.杨柳枝（锉细）、大豆等量，合炒至大豆全裂开，浸于清酒中三日，含于口中频吐，治龋齿。

C.以杨柳枝根25克、猪瘦肉150克（炖汤），以汤煎药服，治风火牙痛。

(2) 槐白皮。以槐白皮一把，荆芥穗25克，醋一瓶，煎到半量，入盐少许，热含冷吐，以病愈为度。治牙齿疼痛。

(3) 以杨柳枝、槐枝、桑枝煎水熬膏，入姜汁、细辛粉、川芎末，以此擦牙。可预防各种牙病，保护口腔。

## 二、焚香和香药疗法

戒香定香解脱得，光明云盖遍法界，

供养十方无量佛，见闻普薰证寂灭。

佛教徒在焚香时常唱"香赞"偈，认为"香为佛使"，并将修行戒、定、慧、解脱和解脱知见这五种功德，喻为"五分香"。《贤愚经》卷六载有这样一个传说，释迦住在祇园时，有长者子富奇那建造了一座旃檀堂，准备礼请佛陀释迦。他手持香炉，登上高楼，遥望祇国，焚香礼敬，香烟飘袅到释迦头顶上，形成一顶"香云盖"，于是释迦就前往旃檀堂。可见，最初"香"是作为弟子传达信心于佛的媒介。

据佛经介绍，释迦还以"香"粉细末融于水中，为众生洗香药浴，用以消灾避难，祛病消烦。后来，佛教徒在修禅练功时也焚香。以后便逐渐推广成为一种寺院生活的时尚，寺院里总是香气四溢，烟雾缭绕；僧侣们坐禅也以焚香来计"六阶段"，每焚一支香为一阶段，每焚完一支香，寺院监值都要打茶。

焚香在中国民间也是较为普遍的习俗。早在宋辽时代，佛殿里在佛像前设有香水、杂花、烧香、饮食、燃灯五种供物，后来简化成香炉、花瓶、烛台"三具足"，焚香也是在此基础上推广到大众民间。如苏东坡路过广州时，就曾买了好几斤檀香，准备带到澹州去；古人下棋、抚琴、读书、吟诗也焚香助兴。时至今日，在诸多名山佛殿，我们不难见到成群结队的人们身背黄香袋，沿着崎岖的山路，前往佛像前焚香礼拜，许愿祈福。

佛教常用的香料有檀香、甘松、川芎、郁金、龙脑、沉香、麝香、丁香、安息香、白芨、豆蔻、牛黄等等。这些香料中有的就是我们十分熟悉的中药。

香药疗法是佛教利用芳香材料的药用功效进行治病的方法。佛教所用的香料，在佛医和中医古籍中都被认为具有特殊的功效。焚香，以香药洗浴，通过香气环境和香药擦洗，都能起到祛病疗疾，增强体力的作用。有时甚至以香料直接入药。

(1) 甘松是一种多年生矮小草本植物，具有强烈的松节油样香气，有理气止痛、醒脾健胃之功。临床上以甘松、木香、厚朴适量，煎服，治各种肠胃疼痛。以甘松20克，广陈皮5克，浸于500毫升沸水内，每半小时煮沸一次，浸3小时即可，分12次服，每日6次。治神经衰弱、癔病、肠胃痉挛等。以甘松、荷叶心、藁本煎汤，洗浴，可治湿脚气，收湿拔毒。

(2) 川芎是常用的中药，它能行气开郁，祛风燥湿，活血止痛。临床上用川芎5克，茶叶10克，煎服，于饭前热服，可治风热头痛。以川芎、桂心、木香、当归、桃仁各50克，研为细末，每次5克，热酒调服（或以10克煎水热服）。治产后心腹痛。

(3) 龙脑香即冰片，它具有通诸窍、散郁火、去翳明目、消肿止痛之功效。《本草衍》称龙脑为"清香为百药之先"。临床上，以龙脑3克，卷纸烧烟熏鼻，吐出痰涎，可治头痛。以龙脑1克，葱汁调化，搽患处。治内外痔疮。

(4) 沉香具有降气温中、暖肾纳气、益精壮阳之功效，中医用于治气逆喘息、呕吐呃逆、脘腹胀痛、腰膝虚冷、大肠虚秘、男子精冷等症。入药可煎汤、磨汁或细末内服。

(5) 麝香具有开窍、辟秽、通络、散淤之功效，可治中风、痰厥、惊痫、烦闷、心腹暴痛、跌打损伤、痈疽肿毒等症。

(6) 丁香具有温中、温肾、降逆之功效，中医用于治呃逆、呕吐、反胃、泻痢、心腹冷痛、疝气、癣疾等症。

(7) 白芨具有补肺、止血、消肿、生肌、敛疮等功效，中医用于治肺热咳血、金疮出血、痈疽肿毒、溃疡疼痛、汤火灼伤、手足皲裂等。临床上，以白芨粉抹于患处，可治刀斧损伤肌肉、出血不止。以白芨、芙蓉叶、大黄、黄柏、五倍子研末，以水调擦，治一切疮疖肿毒。白芨研末，每次温开水饮服10克，治肺热吐血不止。

(8) 豆蔻具有行气、暖胃、消食、宽中之功效，可治疗气滞、食滞、胸闷、腹胀、噫气、反胃、疟疾等症。

（9）牛黄具有清心、化痰、利胆、镇惊之功效，可用于治热病神昏、癫痫发作、小儿惊风抽搐、口舌生疮、痈疽、疔毒等。

对于以上香药，可根据其功效选用，或以焚香熏嗅，或以香粉涂抹，或以香料浸水洗浴，或以香料入药，均具有一定的疗效。当然也可多味同用。有病者可以治病，无病者可以使人神清气爽，消除疲劳，消热降暑，增强体力和醒脑益智。

## 三、金篦术和金针拨障疗法

三秋伤望眼，终日哭途穷。

两目今先睹，中年似老翁。

看朱渐成碧，着日不禁风，

师有金篦术，如何为发蒙。

这是唐代诗人刘禹锡的《赠眼医婆罗门僧》诗。当时，士大夫对印度僧人医术是颇为推崇的。相传这种用金针治疗眼疾的方法为龙树菩萨所发明，龙树菩萨善治眼病，他的眼科著作《龙树眼论》对我国眼科医学的发展影响颇大。在这部书里，他分析眼疾的原因是"过食五辛，多啖炙搏热物油腻之食，饮酒过度，房事无节，极目远视，数看日月，频挠心火，夜读细字，月下观书"，这些话在今天看来也很有道理。他的金针治疗眼疾方法则由印度僧人传入我国。

据《北史》记载，后周时代，有位孝子张元，16岁时，祖父双目失明。张元昼夜礼佛，以求佛能保佑他祖父。他虔诚地拜佛3年，有一天，他读到《药师琉璃光如来本愿功德经》，佛经上有"盲人得视"的经文，于是点了七盏佛灯，请七位师父到家里来读此经，祈求祖父双眼恢复光明。到第七天晚上，他梦到有一位老人用"金蓖"为他祖父治眼病，3天后，其祖父果然眼明如初。

这则故事虽然带有浓郁的神话色彩，但却真实地反映了"金篦术"治眼疾的事实。"金篦术"即金针拨障疗法，它通过针拨手术将白内障拨离瞳孔，以恢复其视力，古代又称为"金篦决目"、"开内障眼"。在医疗水平不断提高后，我国医学工作者在此基础上采取中西结合的方法，使之能广泛而有效地运用于临床。据报道，现代金针拨障疗法具有简便安全，患者痛苦小，术后不需卧床和手术器械简单等优点，有效率高达80%以上。

金针拨障疗法主要适于老年性白内障成熟期。因为老年性白内障质地较硬，不易拨破，晶状体悬韧带较脆易断，晶状体比重较大，易下沉固定；尤其是年老体弱或有高血压、心脏病等全身性疾病患者，更适宜于使用本法。

对白内障年轻患者，并发性白内障、小眼球、小角膜、浅前房、窄房角、玻璃体液化及有青光眼趋势患者，均不适宜本疗法。

凡需运用本疗法治疗者，一定要到眼科医院诊治，绝不可想当然地自行针刺医治。

## 四、倒灌疗法

中医灌肠疗法至少起源于汉代，张仲景《伤寒论》中就有用猪胆汁灌肠治便秘的记载。这种灌肠疗法在佛教经书中也有类似的记载，不过它称之为"倒灌"。佛经有这样的故事：有一个人患有肛门疾病，医生说"当须倒灌，乃可瘥尔"，并准备好灌具和药物，只等"倒灌"。不料病人自作聪明，竟将"倒灌"的药物服下，使腹部鼓胀难忍，疼痛不已。医生只好把剩余的药给他服下，使其吐泻腹中物，才病愈。可见"倒灌"与中医灌肠疗法大体上相似。

灌肠疗法操作简单，配好药物后，准备肛管，肛管外涂少量石蜡油，以便滑润和减少肛门及肠粘膜产生的刺激或损伤；再将肛管轻柔插入肛门约10~30毫米，将药液经注射针筒或灌肠筒注入，其用药量及保留时间可根据病情而定。

灌肠疗法对溃疡性结肠炎、尿毒症、麻痹性肠梗阻及支气管哮喘等有效。由于它是通过肠粘膜局部给药或吸收药物，方法简便，吸收迅速，作用较快，尤其用于通便，疗效显著而迅速。

灌肠疗法配方：

(1) 取大黄、莱菔子、甘草，水煎，灌肠。可减轻肾功能衰竭症状。

(2) 蒲公英、金银花、黄柏、赤芍、当归、甘草，水煎，以30~100毫升灌肠，保留4~8小时。治溃疡性结肠炎，疗效显著。

(3) 厚朴、枳实、大黄、黄连、槟榔、沉香、广木香、橘皮，水煎，以500毫升灌肠，保留1~2小时。治麻痹性肠梗阻。

## 五、念诵和暗示疗法

暗示疗法是一种心理情志疗法，它通过对病人进行语言、行为等方面的诱导，使病人无形中接受某种"暗示"，从而改变其心理和行为，进而达到治病疗疾的目的。它可分为自我暗示和他人暗示。从某种意义上说，佛教念诵也是一种有效的暗示手段。

佛教医家治病时，大都要向东方念诵《服药咒》，《新罗法师方》就记载了这方面的内容，如："南无东方药师琉璃光佛、药王药上菩萨、耆婆医王、雪山童子、惠施阿竭，以疗病痛；邪气消除，姜神扶助，五脏平和，六脏调顺，七十五脉自然通畅，四体强健，寿命延长，行住坐卧，诸天卫护，莎呵！"这种念符咒固然是唯心的宗教信仰，但不可否认又是一种较为独特的心理安慰，它就像"他人暗示疗法"一样，尤其是对诚信佛教的病人来说，念符咒增强了病人的治疗信心，使病人产生一种强烈的精神依托，从而增强了药物的疗效和治疗效果。

不仅如此，佛教徒数珠念诵也是一种"自我暗示疗法"。数珠是僧侣们念佛号或经咒时的计算工具，又叫佛珠、念珠。从电影、电视上我们常看到和尚颈上挂一串佛珠，口里念念有词，手则在拈动佛珠。佛教认为这样可以断除烦恼，《木槵子经》说："若欲灭烦恼障、报障者，当贯木槵子百八以常自随。若行、若坐、若卧，恒常至心无分散意，称佛陀……若复能一百万遍者，当得断百八烦恼结业。"

佛珠以108粒为常见，最多的达1080粒。据《金刚顶经》载，中国人好简便，将佛珠减为54粒、36粒、27粒、21粒、18粒、14粒。古代念佛常用36粒佛珠，禅门则用18粒，均取108的三分和六分比数，简便易行，还可绕在手腕。

《敦煌曲子词》有这样一首偈："念观音，持势至，一串数珠安袖里；目前灾难不能侵，临终又得如睡眠。"佛教徒数珠念诵，并不像偈里所说的免灾难，但它却能通过摄心来消除自身妄想，用心专一，从而有益于身心安康，此所谓："清珠下于浊水，浊水不得不清；佛号投于乱心，乱心不得不佛。"

从上述内容来看，佛教念诵确实是一种较为原始的暗示疗法，它通过人们的意念活动，动其神而应于形，从而起到良好的暗示效果。现代心理学将暗示疗法加以发展，运用药物、科学仪器进行情景渲染，使暗示疗法更具疗效。

暗示疗法主要用于心理疾病和功能性疾病，尤其对神经官能症、癔病等心理疾病最为有效。

治疗器质性病变时，在药物和其他医疗手段治疗过程中，若恰到好处运用暗示疗法，也可提高疗效。

# 第九章　修禅练功疗法

佛经记载，释迦牟尼年至80岁时，自知阳寿将尽，便最后从王舍城出发，作一次巡行。他向西北走到希拉尼亚瓦提河西岸的两株莎罗树下，头朝北，右手支颐，左手放置身上，双足并拢，取侧卧姿势，面向西，进入了涅槃，这就是"双林入灭"。

释尊入灭后遗体由大弟子迦叶火化，火化后的遗骨称为"舍利子"，梵语"宝利罗"（即骨身）。它被分成8份，由与释尊因缘深的8个国家各取一份，另有迟到的两国代表一个拣拾碎骨小块，一个扫骨灰，共合10份，各起一塔供养，共有10塔。中国历史上就有9次迎奉释尊"舍利子"的记载。陕西省西安市近郊的法门寺内外就存放有"舍利子"，寺内还有座刻有"真身宝塔"4字的古塔。

1000多年来，法门寺笼罩着令人迷惑的传奇色彩，而"真身"二字更是显得神秘莫测。然而，20世纪80年代，该宝塔因风化等原因陷塌，谁也没有想到，竟由此产生了"舍利显灵"的千古奇观，舍利子之谜亦随之被解开。

那是1987年4月，西安市政府决定重建"真身宝塔"，考古人员在清理塔基时，意外发现残砖碎瓦里有个地宫，地宫里藏有价值连城的珍贵文物，而最令人惊异的是还有一节安然无恙的"舍利子"！而这一天又恰恰是"佛诞"。

1988年，当到了农历十月一日那天，有关方面在宝塔建成后举行了一次盛大的庆典——释迦牟尼真身舍利子瞻仰礼法会。那天数百名高僧及10万信徒汇聚法门寺，零时三分，就在礼拜进行的过程中，那枚放置于主席台上的舍利子，突然生出一股烟雾，在舍利子上方约17厘米处形成耀眼的光团，地宫中诵经之声顿时大振，摄影师纷纷拍下千古奇观。

舍利子发光现象，佛教典籍多有记载，但它为什么会发光呢？答案是：气功！刘文阁先生曾在《羊城晚报》撰文写道："佛教讲求修心养性，这本身就是气功态，修炼气功就是人将自然界的能量和自身的精、气、神收聚至身体某处，形成具有较大能量的生物能量场，佛教称为'明点'。一个人修炼时间越长，程度越深，会使能量场广为分布和积累在体内，最终导致体内骨灰变化而成为晶状体，故舍利子虽火焚仍能保存完好。"

释迦牟尼灭度后，肉体消失了，但作为强大能量场的载体舍利，依然具有很高的接受外界能量的灵敏度。当高僧、信徒汇集在舍利周围时，他们的生命运动产生的生物能量便汇聚成一个较为强烈的能量场，舍利子因接受了这个能量场的能量后，便以光的形式表现出来……

这便是佛教之谜？

这便是气功之谜？

## 一、佛教流派与气功

气功是东方文明的重要组成部分，也是中华民族数千年历史长河中宝贵而丰富的文化遗产。气功现象在人体生命中普遍存在，它是古人生命整体观，通过内向性意识的锻炼，增强人体以自我意识控制的能力，激发和强化人的固有功能，使人身心达到高度和谐的境界，它既能治病疗疾，又能健身壮体。而佛教修禅习定，也是通过"以念止念"，"以心治心"的心理过程来增强人体自身生命运动的调节、控制和运用的能力，以期超凡脱俗、趋于涅槃寂静。确实，诚如四川省佛教协会副会长贾题韬居士在《佛教与气功》一文中所说："佛教的教义和戒律，几乎无不与气功有关。佛家所提倡的修持方法，基本上都是气功家所必由的途径。"

修"禅"、"定"，这是佛家修持法门的核心。所谓"禅"，即"思维修"、"静虑"，它是指在寂静的心态下冥想，或者解释为"止观"。止者静也，观即虑也。所谓"定"，即"三摩地"、"三昧"、"等持"，定境为修禅之所得，为离散乱，昏沉的一切寂定心境。由禅而定已被认为是最好的法门。后来禅定并称。坐禅修定，在心理精神境界的修持中，人体生理发生变化反应；它以舍弃一切求得佛道！合于佛道表现出禅的大智慧。因此，佛家禅定与气功相比，它是一种气功，又在理论和境界上深于气功，超乎气功。

佛教有许多流派，下面则从气功角度简单介绍一下小乘禅法、天台宗、禅宗、密宗、净土宗。

(一)小乘禅练功法

小乘佛教的禅定修持法主要是指"四禅四定"。佛教有三界诸天之说,三界即"欲界、色界、无色界"。"欲界"为营营扰扰的众生世界,人生活在财、色、名、食、睡"五欲"炽盛的境界中,尤以男女色欲为甚,故曰"男女参居,多诸染欲,故曰欲界"。"色界"位欲界之上,虽已离欲但有物质窒碍,其地"宫殿高大,是色化生,故名色界"。"无色界"则位色界之上,为已破除物质窒碍的高深境界,"但有四心,无色形质,故名无色界"。这三界诸天是佛教修禅后所达到的境界之反映。

"四禅"是超离"欲界"而进入"色界"的"果","四定"则是超离"色界"而进入"无色界"的"果"。四禅四定是一个循序渐进的过程,是修持禅定者按照一定的程式和标准逐渐进入三界诸天的最高境界,这是一种高级气功。

1.初禅:宽衣端坐,调和五事,通过"寻"(寻求,属粗住)和"伺"(伺察,属细住)的方式,去支持"舍","念"和"正知"的思维活动,使自己从内心厌离"欲界"而达"喜"、"乐"——对顺情境分别领纳而生"喜";对无分别而生"乐",这是初离欲界的感受。这"寻"、"伺"、"喜"、"乐"、"定"即为初禅的"五支"。此外,在初禅中还出现动、痒、轻、重、凉、暖、涩、滑等"八触"的生理反应,还有"十功德"的心理现象,即一空(身心虚豁)、二明(明净美妙)、三定(一心安稳)、四智(不复昏迷疑惑)、五善心(惭愧信敬)、六柔软(心善性温)、七喜(庆喜前悟)、八乐(恬愉禅心)、九解脱(心离苦境)、十境界相当(安隐久住)。

2.二禅:在眼、耳、鼻、舌、身、意"六识"上,只有"意"在起作用,内心自然生起光明恬淡的"喜""乐",形成内心的信仰,其他眼耳鼻舌身都处于寂静状态。

3.三禅:舍去二禅中"喜"而"离喜妙乐","乐"感充溢身心,身心安乐,无有疲极,此境界为佛果坐禅所重视。

4.四禅:断除"乐"支,身调柔,处在"心一境性"的高级禅定状态,其时无苦无乐,安稳调适,湛然寂然。

完成"四禅"后,即可修"四定",它是"无色界"中的不同定心境界,故称为"四无色定"。

5.空无边处定:从意识中排除一切物质形态观念,自我意识处于虚空态,"思无边空,作无边解"。

6.识无边处定:舍去"空无边处"的意识,仅以"内识"作"心识无边"之念,心与识作无边相应,但不是"无边、无边"的意念,这样泯去了主观意识。

7.无所有处定：虚空、内识均消失，一切意念对象都不复存在，心与无所有相应。

8.非想非非想处定：本来"无所有处定"是要舍弃一切意念，超越于一切，即是"非想"。这时已无粗想，而非无冥顽不灵之空境，故为"非非想"。修炼至此，已超然一切观想而进入一种物我两忘，如眠如暗、无所爱乐、万念泯灭的境界。

据说四禅四定修成后即可得"六神通"，而古往今来，得六神通者毕竟不多，足见其难而不可思议。

（二）天台宗禅练功法

天台宗是大乘禅法宗派。它的中心理论为"圆融三谛"、"一念三千"等，其哲理烦琐。但其禅法以坐禅法门为代表，明指直说，周遍精详，可分为以下几种禅相。

世间禅相：四禅、四无量心、四空定；

亦世间亦出世间禅相：六妙门、十六特胜、通明。

出世间禅：九想、八念、十想、八背舍、八胜处、十一切处、九次第定、狮子奋迅三昧、超越三昧等。

诸法禅相境界虽有深浅，但方法不出"止观"，所以读者可参见"修习止观禅法"。其修观的行仪如《摩诃止观》所载，有常坐、常行、半坐半行、非坐非行等4种。修观之前加行方便有具五缘、诃五欲、弃五盖、调五事、行五法等25种。

1.具五缘

（1）持戒清静，防止身、口、意三业的过失，守"五戒"即不杀生、不偷盗、不邪淫、不妄语、不饮酒，从而止恶修善。

（2）衣食具足，衣服过于贪求，则心乱妨道，不利修行；饮食之法有四种，即如上人大士于深山绝世，草果随时资身；常行头陀受乞食法；头陀若兰处（寺庙）檀越送食；于僧中洁净食。如此可驱除享受食的魔障。

（3）闲居静处，如深山绝人处，头陀若兰处等环境安静之地。

（4）息诸缘务，断绝名利思想，省却一切不必要的交际应酬，省却精神和体力上的不必要负担。

（5）近善知识，亲近有道德学问的君子，有益于自我修持。

2.诃五欲

就是要诃除尘世间能蛊惑人心的色、声、香、味、触"五欲"。意志不坚强者会贪美色；消遣沉湎于筌篌筝笛、男歌女唱之声欲之中；贪闻饮食馨香、男女身香；贪食酸、苦、甘、辛、咸、淡等诸种美食美味；沉迷于男女触欲的业障。这些对于修禅者来说，都不利于修成正果，应当诃除。

**3.弃五盖**

就是要舍弃贪欲、嗔恚、睡眠、掉悔、疑等能使人心生欲念的五种情况。贪欲使人生烦恼,远离正道,坐禅则要排除种种欲念;嗔恚使人生怨生恨,坠入恶道;睡眠使人神昏气伤,有损健康;掉悔使人身好游走,纵意攀缘,忧恼覆心;疑使人资质愚钝,以疑覆心。

**4.调五事**

即调食令不饥不饱,调睡眠令不节不恣,调身令不缓不急,调息令不涩不滑,调心令不沉不浮,详见"调五事"的气功养生原理。

**5.行五法**

就是要具备五种方便法门。即是:

(1) 欲:"一切善法,欲为其本",要"欲离世间一切妄想颠倒,欲得一切诸禅智慧法门"等。

(2) 精进:坚持禁戒,专于精修坐禅之法。

(3) 念:念想世间为欺诳可贱,念想禅定为尊重可贵。

(4) 慧:用智慧比较"世间"乐少苦多和"禅定"永离生死、与苦长别之乐。

(5) 一心:就是要一心分明,"明见世间可患可恶,善识定慧功德可尊可贵",心如金刚而不被业障所阻。

天台宗禅法的创始人智凯认为,从本体而言,宇宙万物是一个整体,是自然存在的,而且互相关联。因此,人的一念之中包含着一切现象,一切境界,即"一念三千"。人可以从一念之中悟得"真如",顿悟圆满。

(三) 禅宗练功法

禅宗也是大乘禅法之属,它是典型的中国化佛教,也是我国流传最久、最广、影响最深远的佛教宗派。禅宗理论的最大特点是强调悟性,提倡单刀直入,直指人人本来具有的心性,以彻见此心性而成佛。《涅槃经》曰:"一切众生,悉有佛性。烦恼覆故,不能得见。"因此,它强调顿悟渐修,以倡人人皆有佛性。

这顿悟、渐修,本为佛学界顿、修之争,而禅宗创始人惠能则认为顿悟还须渐修。所谓顿悟者,"凡夫迷时,四大为身,妄想为心,不知自性是真佛,奔波浪走,忽被善知识指尔入路,一念回光,见自本性,而此性原无烦恼,本自具足,故云顿悟"。而渐修之意为"虽悟本性与佛无殊,而无始习气卒难顿除,故依悟而修,渐熏功成,长养圣胎,久久成就,故云渐修"。可见,"自性迷,佛即众生;自性悟,众生即佛",众生因顿悟渐修成佛,佛与众生在乎一念之间。

禅宗在这些理论指导下,进行修持实践,主张无论吃饭睡眠,都应"随缘任运",顺其自然,行所无事,无念,无往;在每日寻常中修持,"佛法无用功处",

"恰恰无心用，恰恰用心功也"。这样将禅宗渗透于日常生活。《传灯录·慧海传》里有这样一个故事：有源律禅师来问："和尚修道，还用功否？"师曰："用功。"曰："如何用功？"师曰："饥来吃饭，困来即眠。"曰："一切人总是如是，同师用功否？"师曰："不同。"曰："何故不同？"师曰："他吃饭时不肯吃饭，百种思索；睡时不肯睡，千般计较。所以不同也。"可见只要借用一切言语举动皆可修禅。

禅宗倡导佛法即在世间，佛即自佛，因此不需离世别觅，亦不需离心外觅。"行住坐卧，运水担柴，无往非道"，这样，禅宗显得生机勃发，质朴无华，令人随处自调身心，因此具有深远的影响。尤其是在其形成和发展中，融汇了先秦道家和儒家学说及中国传统养生之道，使得禅宗对后世中国文化理论和中华气功都产生强烈的影响。

（四）密宗练功法

密宗是印度佛教后期一些大乘佛教派与婆罗门教相结合而形成的，传入中国后又成为中国佛教教派。其基本理论为"即身成佛"，这样必然要重视形体的修炼，并要求身心兼顾，性命双修。其要领则在于"三密加持"，使自己的身、口、意"三业"与佛的身、口、意"三密"相应。

1.身密：指坐法和手印等身相（参见"调五事"）。密宗认为身调则脉调气调，气调则心调。

2.口密：口诵"真言"，有5种诵法。A、莲花诵：念诵时发出声音。B、金刚诵：念诵时动口舌，不出声。C、三摩地诵：念诵时不动口舌，定心观想"真言"文字。D、声生念诵：念诵时观想莲花上有白螺贝，美妙声音由白螺贝发出。E、光明念诵：念想口出光明持诵。而口诵"真言"实际上与密咒无异，密宗认为口诵密咒可破除烦恼暗障，念诵时要求吸气时默念，呼气时不念，并要与"观想"相结合，其字、音均使用梵文。收功时，则逐渐放弃念诵和"观想"，住心于空。

3.意密：即观想。如观想人身的三脉七轮模式等。三脉：中脉，蓝色，在脊髓中间，从海底至头顶；左脉为红色，下通右睾丸；右脉为白色，下通左睾丸，女性则通子宫。七轮分别是海底轮、生殖轮、脐轮、心轮、喉轮、眉间轮和顶轮。海底轮相当于男子会阴和女性子宫口，与人体机能、性腺、肾脏相关。生殖轮在生殖器根处，主管性腺、卵巢、睾丸、前列腺等。脐轮在肚脐处，主管肝、脾、胰和肾上腺等。心轮位于心窝处，主管胸腺、心脏、肺脏等。喉轮位于喉根处，主管甲状腺、扁桃腺等。眉间轮位于眉心处，主管脑垂体腺。顶轮位于头顶内，主管松果腺。通过观想三脉七轮，并辅以金刚拳法，可使生理发生显著变化，提高健康水平，延长寿命。

密宗的修持法繁多，大部分来自瑜伽，有的则来自印度，西藏等地区的民间原始巫术。一般来说，密宗包括练气修脉的宝瓶气、三脉七轮、拙火定、大手印、息灾法、增盖法、敬爱法、降伏法、钩召法等等。

《大幻化网导引法》介绍了一种金刚数息方法：随息而观，默察此息出至何处，入至何处，吸时观息由鼻端前33~165厘米左右处吸入，经过喉、心、肺、脐而至密处（会阴），并遍及四肢，贯满全身，如不周遍即时纠正；呼时观息仍出至鼻端前33~165厘米左右处而止。这样观之既久，即可体验到呼吸的远近长短。此后气与心合（心息合一），再观其进住之自性如何。观住时应观住于何处，入则由鼻至脐住，出则由脐至鼻而出。观其住脐为粗观，观其遍住全身为细观，以及观息之冷暖是否适中等等，久之可见地水火风空五气之色：地气色黄、水白、火红、风绿、空蓝。进至观呼出之气呈白"嗡"字，吸入之气为蓝色"啊"字，住则变为红色"吽"字等。最后归于空净。

（五）净土宗练功法

净土宗是专门修持往生阿弥陀佛净土的法门。它认为只要信仰阿弥陀佛，持名念佛不辍，死后就能往生西方极乐世界，这种具有诱惑力的说教，令不少信徒为之神往。

从气功角度来看，净土宗的修持方法极为简单易行，它要求信、愿、行。"信"即为信仰它，坚定信心；"愿"即为愿望，下决心修持；"行"就是实行实修。修持时有两种方法：

一为持诵佛号，即念佛"南无阿弥陀佛"，念念不忘，可以"舍诸乱意，收摄散念"，其作用为以"一念代万念"。

二为观想，它又分为观佛像、观想景相和实相念三种。"观佛像"为观想念佛的入门法，可置一塑像或画佛像于面前，注意观察，将其形象牢记在心，然后，"集中意念，停息妄想，专注一境"。"观想景相"即依照《观无量寿经》，对阿弥陀佛极乐世界的种种庄严，分别作观日、水、地、花台、小佛身、大佛身、观世音等十六种观想。"实相念"则"观自身及一切法之真实自性，观佛之法身不生不灭，不来不去，无相可观，无佛可念"，这是净土宗的最高法门。

念佛何以修持养生呢？当我们撇开其教义，单从气功角度来研究，不难理解，念佛确与气功默念字句入静等相似，它们都能扫除妄想，摄心入静，从而有益身心安康。尤其是在持名念佛时，还配合以十二种具体功法，使之养生收效更为显著，这十二种功法为：

1.默念：口唇做念的动作而不出声，默念"南无阿弥陀佛"六字或"阿弥陀佛"四字，念时凝神静虑，每一个字都清清楚楚。此法最为简单，无论何时何地，可以随时随地默念而收摄心归静之效。读者不妨一试。

2.出声念：默念时若昏然难以摄心，可临时改为出声念，逐字朗读，可振作精神，驱除昏沉，防止懈怠。但时间长后易口干唇燥，不宜长期坚持。

3.金刚念：念时声音中和，出声轻微，且声声入耳，字字分明，其要点在于口、耳并用。

4.觉照念：默念时要觉照自性，使我性佛性，我身佛身浑然一体，眼前为光明宏阔、湛然寂然的混沌境界，身外之物已不复存在。长期修持可开发智慧，提高思维能力。

5.观想念：默念与观想相结合，在默念时观想阿弥陀佛的金身和光芒，观想西方净土的各种美妙景象，心生愉悦。

6.追顶念：就是念时出声轻微，一句一句头尾相连不断，一口气连续下去，上句接下句，追顶而成。念时集中心思，使杂念无从钻入。

7.礼拜念：边念边拜，这样能在念佛中活动肢体，使身口意"三业"集中，眼耳鼻舌身意"六根"摄而不散。

8.记十念：默念时，用数珠记录所念次数，每念十次佛号，数珠过一粒，因此要思虚集中而不外驰。

9.十口气念：采用追顶念，不管念多少句，只要呼气之时，一气念下去就行，一气念完后吸气再念，如此反复十次以上即算练功。对于平日忙碌而无暇练功者来说，此法易学易行，5～10分钟即可。

10.定课念：指每天规定时间念多少遍，以保证念佛的持之以恒。

11.四威仪念：就是平时行、住、坐、卧四威仪中都念念不忘佛号。

12.念不念皆念：念至炉火纯青之时，即使口里不念，心里也时时刻刻在念。

据实验证明，不会气功而仅以虔诚心专注念佛或念诵经文者，与会气功者入静时的脑电、心电极为相近，脑电表现出额、枕各部分功率谱能级增高，波形十分活跃等特征；而心电与脑电之间在幅度与频率上表现出协同关系，据认为这是最完美、和谐的潜意识激发状态。


## 二、调"五事"气功养生法

调"五事"是指佛教修禅之初，必须调节饮食、睡眠、身、息、心，它既是修禅的主要内容，也是练功的重要手段。隋·智凯《修习止观坐禅法要》说：修禅好比"世间陶师，欲造众器，先须善巧调泥，令使不强不懦，然后可就轮绳。亦如弹琴，前应调弦，令宽急得所，方可入弄，出诸妙曲。行者修心，亦复如是。善调五事，必使和适，则三昧易生；有所不调，多诸防难，善根难发"。下面便是智凯对"调五事"的详细叙述。

（一）调饮食

饮食本来是用以资身进道的，调饮食就不得过饥过饱，忌食不干净和不宜食的食物。如果吃得太饱，就会气急身满，百脉不通，心气闭塞，坐念不安；倘若吃得太少，又会身羸心悬，意虑不固；假如吃不洁净的食物，就会心识昏迷；假使吃了不宜食的东西，就会引发旧病，使身体机能下降。因此，《坛经》说："身安则道隆，饮食知节量，常乐在空闲，心静乐精进，是名诸佛教。"

饮食是维持人体正常生理功能的基础，是人类生命生存的必要条件，倘若饮食不调，无疑会危害身体健康。据《青海日报》报道，青海省教育科学研究所助理研究员郭传信练功100天后，却食欲大减，仅以稀饭维持生命，继而水米不进，郭自信身体"没病"，"功到自然成"，不听领导和同志的劝告，也不及时就医，而其妻和两个儿子竟以为这是练功的"必然阶段"，以致最后气绝身亡。

饮食应以不饥不饱为宜。我们知道，吃得太少，会使人体力不支，引起头昏、恶心、出冷汗，甚至休克。长期饮食不够会导致营养不良、贫血、体力下降、抵抗力减弱，从而导致疾病产生。而饮食过量又可引起消化不良，暴饮暴食则可引起急性胃肠炎或急性胰腺炎。因此，中国自古以来，养生学家们就十分重视调饮食，这与修禅似乎异曲同工。

（二）调睡眠

初修禅者，首先应保证必要的睡眠时间，但不可放纵贪睡。如果睡眠过多，不但白白浪费时间，而且还令人心地昏沉，难以入定。因此，睡眠时间要恰到好处，"调伏睡眠，令神气清白，念心明净"。当然修禅功夫深入后，睡眠会自然减少，所以初修禅者又不可刻意减少睡眠时间，使自己勉强硬撑而坐禅。《坛经》说："初夜后夜，亦勿有废，无以睡眠因缘，令一生空过，无所得也。常念无常之火，烧诸世间，早求自度，勿睡眠也。"

现代医学研究表明，睡眠与人的寿命相关。美国心脏病专家韩明发现，每晚睡眠10小时的人比睡7小时的人，因心脏病死亡的比例高1倍；因中风而死亡的比例高3.5倍，这说明睡眠太多反而不利于健康。韩明从1966年开始进行这项调查，当时他针对40~80岁的男女发出了80万份调查表，两年后他再分析这群人们所填的调查表，并与他们的现状进行比较，发觉睡眠过多会造成心脏病突发或中风。原来，睡眠时血液循环缓慢，会增加心脏和脑内血凝的危险，甚至引起动脉硬化。

因此，修禅能使睡眠自然减少，无疑是益于人体健康的。

## （三）调身

调身要"不宽不急"，端身正坐，犹如奠石。平时不要做过于剧烈的运动，"若在定外，行住进止，动静运为，悉须详审；若所作粗犷，则气息随粗，以气粗故，则心散难录，兼复坐时烦愦，心不恬恬，身虽在定外，亦须用意逆作方便"。因此，平时宜静，利于修禅入定。而修禅时应把坐垫放牢稳，这样才"久坐无妨"。

然后还要掌握其他调身方法，如"正脚"，有如"跏趺坐"之势；"解衣宽带"，使周身气血自然通畅，但又不可使坐时脱落；"安手"，有如"定印"之势；"正身"，挺动身躯和各关节，使身体自然调畅，然后端直身体；"正头颈"，鼻与脐相对，不可偏斜，头不低不昂；"口吐浊气"，张口缓缓放气，再闭口鼻纳清气，反复3次；"闭口"和"闭眼"。

调身实际上是一种躯体姿势和动作的锻炼，也算是静极而动的自发功或是自我保健按摩。调身一方面有助于大脑进入静状态，同时也有利于神经系统和心血管系统更好地发挥其功能，并影响到全身各个系统。中医认为"人为血气之属"，而气为血帅，气行则血行，气滞则血淤。在调身时，气血运行得以加强，从而直接影响到全身的血液循环机能。有实验表明，修禅时，大多数人可见手指增粗，脉搏波迅速扩张，最明显的可达原来的3～4倍，甲皱微循环流速增快，长度增加，管径扩大，因而外周阻力下降，结果是心脏输出量增加，而血压下降。同时，修禅还可使脑阻抗血流量相对减少，而血管弹性则改善，这也有助于大脑进入入静状态。

## （四）调息

调息要不涩不滑，"令息微微然，息调则众患不生，其心易定"。而息有风、喘、气、息四相：

风相——鼻中出入之息有声音；

喘相——息虽然无声，但呼吸结滞不畅；

气相——息虽无声也很通畅，但呼吸所出入的气息不细微；

息想——呼吸不但无声、出入通畅，而且气息很微细绵长，若有若无，不易被察觉。

在这四种呼吸现象中，前三种都是不协调的，佛教称之为"不调相"，只有"息相"方可入定，被称为"调相"。正如智凯所说"守风则散，守喘则结，守气则劳，守息即定。"因此，调息时"当依三法：一者下著安心，二者宽放身体，三者想气遍毛孔出入，通同无障。"

调息是对人体呼吸系统的调节，它产生复杂的生理神经反射机制。调息要求用主观意志去控制和引导自动呼吸，使呼吸自然达到深、长、柔、缓的特点，其呼吸频率一般可从原来的每分钟14～18次降低到7～9次或更少，此时从呼吸描记曲线上可见波幅加大而均匀，频率减慢，它反映了情绪的稳定。用X光观察其膈肌活动，可见上下活动范围比平时增加2～3倍。增强了氧气交换，肺功能测定表明，每分钟通气量减少约三分之一，吐气中二氧化碳成分增加，氧气成分减少，说明肺泡氧气交换充分，这就激发了心血管和全身各个系统的功能。尤其是随着加深的腹式呼吸运动，产生了内脏按摩作用，增强了胸腹腔内脏器官的血液循环，消化液的分泌，胃肠道的蠕动，改善了消化吸收功能。

（五）调心

调心要不沉不浮，"安心向下，系缘脐中，制诸乱念，心即定住，则心易安静"。修禅时若内心昏沉，无所记录，头好低垂，则为"沉"；若心念飘忽，身亦不安，念外意缘，则为"浮"。因此，只有不沉不浮，才可入定。

若能入定，又有"心宽病象"、"心急病象"之说。"心宽病象"是心志散漫，身体倾倚曲透，口中流涎，心理暗晦。此时应"敛身急念，令心住缘中"。而"心急病相"是因摄心太猛而入定，导致胸臆急痛，此时应宽放其心，想气向下身而流。

因此，调心要排除杂念，意念归一，大脑逐渐进入一种特殊的入静状态。研究表明，此时脑细胞的活动趋向有序化，大脑的精神的意识和思维等高级神经活动得到锻炼，从而使之进入特殊的功能状态，这与清醒和睡眠都有所不同，表现在练功中脑电波显著增强，并从枕叶向额叶扩散，且不易受外界刺激影响而消失。近年来有人用计算机分析，脑电功率谱技术表明，修禅入定后，a波的中心从枕叶逐渐向额叶转移，且左右脑半球从不对称趋向对称，这是脑细胞活动处于有序化和同步化的良好生理状态，有利于细胞的修复和调整，并调节大脑各级生命中枢的活动，使修禅的主观感觉为一种特殊的身心愉悦状态"a状态"。

调心通过调整神经系统功能，增强了皮层和皮层下各级中枢的协调性，降低了机体的应激状态和对环境劣性刺激的敏感性，提高了机体的修复和抗病能力，并能增强记忆力，提高学习效率和工作能力。

调五事不仅涉及练功过程中的注意事项和辅助方法，而且还包括一些重要的练功原则，尤其是"调身、调息、调心"这三调对我国静功的发展影响较大，它既适宜于坐禅功法，又普遍用于各种静功乃至动功，使"三调"为各家所接纳。

国外学者研究表明，修禅有益于呼吸系统、循环系统、消化系统、神经系统、血液系统、内分泌和免疫系统。如修禅后，脑电图上出现a节律，使大脑皮层进入稳定状态，从而有益于神经系统和自我调节。修禅三个月后，红血球和血红蛋白增加，白血球可增加13%～23%，而且其吞噬能力可增强40%，吞噬指数可提高99%，肺结核病的血沉转为正常的人约占89%，饮食、睡眠和体重改善者达90%以上。肾上腺皮质类激素、血管紧张素、儿茶酚胺、多巴胺活性，特别是β-羟化酶活性均见降低，因而从生化和内分泌角度证明了练功确实降低交感神经张力，减轻应激反应。有人发现：性激素如血浆雌激素和睾丸酮水平也得到了调整。

总之，"调五事"不仅为气功界所重视，而且已逐渐引起世界上许多医学家的重视。

## 三、立行坐卧皆禅法

"佛法在人间，不离世间觉。"

唐朝有一位明州禅师，有人去参访他，说道："禅师，请开示佛法。"赵州禅回答："吃饭去！"一会儿，又有人来请示佛法，赵州禅师说："洗碗去！"等一会儿，又有一个人进来向禅师说："请禅师指示我无上妙道。"禅师说："扫地去！"

吃饭、洗碗、扫地，本来是日常生活琐事，似乎与佛法无关，其实，佛教往往就在这日常生活中存在，"若欲修行，在家亦得，不由在寺"。佛教禅宗就倡导佛法即在世界，不需离世别觅，亦不需离心外觅，此所谓："行住坐卧，运水担柴，无往非道。"那么，我们来看看立行坐卧怎样修禅。

### （一）立禅法

立禅法，站立时两足稍并或微微分开，自然端身正立，双手合十，或作"定印"置于脐下，头颈、背脊、双目、唇齿舌之式与坐禅相仿。立禅法在佛典中并无过多规定，一般见于净土念佛禅。

《性命圭旨·亨集》对立禅法有如下记载：

> 心无所往，湛然见性。
> 体用如如，廓然无圣。
> 随时随处，逍遥于庄子无何有之乡。
> 不识不知，游戏于如来大寂灭之海。

若天朗气清之时，当用立禅纳气法而接命，其法曰：脚跟着地鼻辽天，两手相悬在穴边（注：拱手相悬于膻中穴前），一气引从天上降，吞时汨汨到丹田。

或住或立，冥目冥心，检（制止）情摄念，息业养神，已往事，勿追思；未来事，勿迎想；现在事，勿留念。欲得保身道诀，莫若闲静介洁；要求出世禅功，无如照收凝融。昔广成子告黄帝曰："目无所见，耳无所闻，心无所知，神将守形，形乃长生。"其意大同，允为深切。

（二）行禅法

行禅法，原本为古印度人的一种散步健身法，佛教则用来解除因坐禅、立禅所引起的疲乏、瞌睡、散乱等。据《十诵律》记载："比丘应直径行，不迟不疾，若不能直，可画地作相（即在地上画一直线）随相直行。"因此，行禅又称为"径行"。行禅时要双目平视前方，不可低头，不可摇晃，不可快步急行。原规定直来直去而行走，现多在殿堂内作旋绕式行禅。

《性命圭旨·亨集》对行禅法有如下记载：

> 万法归一，一归何处？
> 有者个在，又怎么去。

行亦能禅坐亦禅，圣可如斯凡不然。论人步履之间，不可趋奔太急，急则动息伤胎。必须安详缓慢而行，乃得气和心定，或往或来，时行时止，眼视于下，心藏于渊。即王重阳所谓：

> 两脚任从行处去，
> 一灵常与气相随。
> 有时四大醺醺醉，
> 借问青天我是谁？

白乐天云：

> 心不择时适，足不择地安，
> 穷通与远近，一贯无两端。

宝志公云："若能放下空无物，便是如来藏里行。"
《维摩经》云："举足下足，皆从道场来。"
《法藏集》云："昼心夜心，常游法苑去。"

（三）坐禅法

坐禅的坐姿称："跏趺坐"。趺是足背，"跏趺"指把足背加压于腿或足上。

坐禅时，要用厚软的坐垫（厚2~4寸），若不用坐垫，会导致气血阻滞。坐禅有以下几种坐式：

1.吉祥坐：先以右足背压左大腿上，再以左足背压右大腿上，左上右下，两手掌心朝天，以一掌置另一掌中，两掌相合，两大拇指相触，置于脐下足上，为"定印"，两手与两足位置一致。吉祥坐能调理气血运行，平和内心意念。

2.降魔坐：与"吉祥坐"交足之势相反，先以左足背压右大腿，再以右足背压左大腿，足和手的位置均为右上左下。降魔坐能降伏杂念，调和气血。降魔坐和吉祥坐为"全跏趺坐"。

3.半跏趺坐：仅以一足背压另一大腿弯处，左右两足何上何下不拘。

当手足都摆好后，左右摇动身躯8次，脊柱自然挺直，不曲不僵；鼻与脐对，不可偏斜；头颈不可低垂或高昂。然后口吐浊气3次，吐气时想象体内病邪之气被排出体外，之后闭口以舌抵上腭，上下唇齿微触，微微闭目或两目半开半合。至此即可调息调心开始修禅。

《性命圭旨·亨集》也对坐禅法有记载，并认为坐禅可不拘坐式，只要在念头上下工夫，虽如常坐，却与常人异：

> 坐久忘所知，忽觉月在地。
> 冷冷天风来，蓦然到肝肺。
> 俯视一泓水，澄湛无物蔽。
> 中有纤鳞游，默默自相契。
> 无事此静坐，一日如两日。
> 若活七十年，便是百四十。
> 静坐少思寡欲，冥心养气存神。
> 此是修真要诀，学者可以书绅。

坐不必跏趺，当如常坐。夫坐虽与常人同，而能持孔门心法，则与常人异矣。所谓孔门心法者，只要存心在真去处是也。盖耳目之窍，吾身之门也。方寸之地（注：指心），吾身之堂也。立命之窍（注：指命门，下丹田），吾身之室也。故众人心处于方寸之地，犹人之处于堂也，则声色得以从门而摇其中。至人心藏于立命之窍，犹人之处于室也，则声色无所从入而窥其际。故善事心者，潜室以颐晦而耳目为虚矣；御堂以听政，而耳目为用矣。若坐时不持孔门心法，便是坐驰，便是放心（注：心境放驰，思虑万千）。《坛经》曰："心念不起名为坐，自性不动名为禅。"坐禅妙义，端不外此。

## （四）卧禅法

卧禅法，与佛教规定的僧侣睡觉时的姿势相同，它采取右胁卧，侧身而卧，身体右侧着褥，头枕在右手心上，两腿微屈，以左压右。卧禅摆好后，方可入定修禅。《摩得勒伽论》载："右胁卧，脚脚相累，不得散手脚，不得散乱心。"对卧禅的要求是保持右胁卧姿，调心入定。

《性命圭旨·亨集》对卧禅法有较为详细的记载：

觉痞时切不可妄相，则心便虚明。

纷扰中亦只如处常，则事自顺逐。

扫石焚香任意眠，醒来时有客谈玄。

松风不用蒲葵扇，坐对清崖百丈泉。

元神夜夜宿丹田，云满黄庭月满天。

两个鸳鸯浮绿水，水心一朵紫金莲。

古洞幽深绝世人，石床风细不生尘。

日长一觉羲皇睡，又见峰头上月轮。

人间白日醒犹睡，老子山中睡却醒。

醒睡两非还两是，溪云漠漠水泠泠。

开心宗之性，示不动之体。

悟梦觉之真，入闻思之寂。

古人有言："修道易，炼魔难。"诚哉！是言也。然色魔食魔，易于制伏，独有睡魔难炼。是以禅家有长坐不卧之法。盖人之真元，常在夜间走失。苟睡眠不谨，则精自下漏，气从上泄，元神无依，亦弃躯而出。三宝各自弛散，人身安得而久存哉！……

然初机之士，炼心未纯，昏多觉少，才一合眼，元神离腔，睡魔入舍，以致魂梦纷飞，无所不至。不惟神出气移，恐有漏炉逬鼎之患。若欲敌此睡魔，须用五龙盘体之法。

诀曰：东首而寝，侧身而卧；如龙之蟠，如犬之曲；一手曲肱枕头，一手直摩脐腹；一只脚伸，一只脚缩，未睡心，先睡目；致虚极，守静笃，神气自然归根，呼气自然含育；不调息而自调息，不伏气而气自伏。

此乃卧禅的旨，与那导引之法不同。功夫到时，自然寝寐神相抱，觉悟候存亡，亦能远离颠倒梦想。即漆园公所谓"古之真人其觉也无忧，其寝也无梦"是也。然虽睡熟，常要惺惺；及至醒来，慢慢辗转。此时心地湛然，良知自在，如佛境界，正如白乐天所云："前后际断处，一念未生时。"此际若放大静一场，效验真有不可形容者。

## 四、佛教止观疗法

佛教气功虽然源于印度，但传入中国后与中国传统文化相结合，尤其是佛家修禅与中国养生相融合，使之更具有浓厚的养生保健功用。

（一）智凯止观疗法

智凯大师是天台宗的开宗祖师。智凯的弟弟陈针，曾任中军参将之职，40岁那年，陈针遇到了八仙之一张果老，张果老对陈针说："哎呀，参将的命相不好哟，你的寿命快结束了，再活一个多月必死无疑。"

陈针非常害怕，立即请教已经得道的高僧智凯，智凯便教给他佛教"天台止观"，并嘱咐他："依法修行，即可免灾。"陈针按智凯所授之法修炼，果真免灾回生。

第二年，陈针又遇见张果老，令张果老惊讶不已，连声叹服："天台止观，奇哉！"

止观，又称"定慧"、"寂照"。"止"为停止，止息妄念，把心念停止下来；"观"为达观，珍灭烦恼，是在心静的基础上闭目返视自心，而后明察心境。"止"和"观"两者，在次序上是先"止"而后"观"，先抑制烦恼而后断却烦恼。《维摩诘经注》曰："系心于缘谓之止，分别深达谓之观。"

在修习止观法的过程中，将散乱心思渐渐收束，不知不觉坐下来，闭目返观自心，这样能调摄心身，和谐全身气血，因而止观法能起到积极防治心身疾病的作用，成为一种独特的养生祛病疗法。

［功法］

修习止观禅法，首先应调身、调息、调心，再进一步修习止法、观法。《童蒙止观》曰："行者初坐禅时，心粗乱故，应当修止，以除破之；止若不破，即应修观。"因此，在静坐入定过程中出现种种杂念时，首先应随心念所起而制止之，若止法不能破除杂念，就应采取推理分析的方法反观勘破，以排除杂念的干扰。

（1）修止法。本法有系缘守境止、制心止、体真止三法。

系缘守境止——心念活动必定有个对象，或许是一件事情，或许是某一样东西，它们就叫"缘"；把心念系在一起，则为"系缘"。当心中杂念一起，即专心注意鼻端，息出息入，入不见其从哪里来，出不见它往哪里去，久之则杂念慢慢安定下来，此乃"心系鼻端"。人的重心在小腹，把心系在这个地方，想鼻中出入的

"息"像一条垂直的线，笔直通至小腹，此乃"系心脐下"。

制心止——如果心意方动，杂念初起，立即随时制止，这是从心的本体上下手。

体真止——对各种杂念进行仔细体会，不必去想它，就会很快过去，而不必刻意抑制，自然会止息。

(2) 修观法。学习坐禅者，起初心里散乱，难以把持，用"止"法可收束心思。之后不知不觉又会打瞌睡而昏沉，就要用"观"法，如"空观"、"假观"、"中观"。

空观——观宇宙间一切事物，大至地球人间，小至自我身心，皆有发生、发展和灭亡过程，皆为空洞不实和变化不定，提起意念，作此空观。

假观——认为凡世界事物都是因缘凑合即生，因缘分散即灭，勘破假象，无须追执。

中观——相对而言，"空观"属于无的一边，"假观"属于有的一边，功夫到此还不完备，要不偏执于任何观念，即使"空观"时不偏执于"空"，在"假观"时不偏执于"假"，离开空假两边，心中无依无着，乃洞然光明。

(3) 止法治病。只需集中意念于患处或身体某一部位即可。常用方法如：止心于丹田（脐下1~3寸），可治胸闷气喘、心烦肋痛、心中热痛、不欲饮食或上热下冷、肩背上肢拘急疼痛、咳嗽等。止心于两脚之间，可治头痛、颈项强直、目赤肿痛、口疮、腹痛等。

(4) 观法治病。观想元气如"吹、呼、嘻、呵、嘘、四"六字，可治五脏及三焦之病。如冷痛则观想火，热病则观想冷气等。用同想治瘿瘤，可假想瘿瘤如露蜂巢，群蜂居其里；再想群蜂倾巢而出，脓血溃流，瘿瘤中穿孔如空蜂巢，如此反复观想，可消除瘿瘤。

(二) 达摩壁观疗法

"一苇渡江何处去，九年面壁彼人来。"

这副对联给我们讲述了一个神奇的故事。故事的主人是中国佛教禅宗的创始人——菩提达摩。达摩本为南天竺（印度人）婆罗门族人，他出家后倾心学佛，得道之后便决心来中国输经传教，于南朝宋末航海来到中国广州，到达金陵，与宋武帝谈禅而见解不合，他大失所望，遂决意渡江往北魏传教。

相传，达摩渡江时，两岸百姓想见识这位远方高僧的本领，有意把舟船开离码头，达摩毫不介意，向江边一老妇借一根芦苇，放入江中，然后使出坐禅功夫，脚立芦苇之上，眼观鼻，鼻观心，心入定。芦苇随风漂至北岸，达摩上岸之后向老妇人隔水施礼，芦苇又漂过江去。

达摩过江后，在洛阳、嵩山一带游历，一面修禅，一面传教。据说，他在五乳峰半腰的一个石洞中，面对石壁，闭目参禅，终日默然不语。有一次，五乳峰起了山火，少林寺的几个僧人顶着山火到石洞去救他，只见他依然面壁，盘膝端坐，闭目默悟。唐宗密《禅源诸诠集都序》卷上之二记载："达摩以壁观教人安心之，外止诸缘，内心无喘，心如墙壁，可以入道，岂不正是坐禅之法？"就这样，达摩面壁九年之后，身影已印入石壁之中，后人便将石洞命名为"达摩洞"，壁石称为"面壁石"。

[功法]

壁观坐禅集中体现在"理人"和"行人"。"理人"就是教人舍伪归真，以认识世间万事万物；"行人"则教人去掉一切爱憎情欲，按佛教教义践行修炼。

道宣在《续高僧传》中记载了达摩壁观禅法为人"舍伪归真，凝住壁观，无自无他，凡圣第一；坚住不移，不随他教，与佛冥符，寂然无为。"因此，将达摩观引进为现代气功疗法时，可面壁参禅打坐，宽衣松带，全身放松，调整呼吸，舍弃杂念，将直觉观照与沉思冥想集中于墙壁之上，以达到心志静寂，消除妄念的目的。

壁观者应做到遇苦不怨，宠辱不惊，无所求行，宁静淡泊。"如是安心，谓壁观也；如是发行，谓四法也；如是顺物，教护讥嫌；如是方便，教令不着。"壁观坐禅应保持练功状态1小时以上，以后逐渐增至2小时甚至更长。起坐前应慢慢放松手脚，微略活动四肢。道宣评价壁观坐禅曰："大乘壁观，功业最高，在世学流，归仰如市。"

本法能通调气血运行，调理五脏六腑，促进饮食消化。适用于各种慢性病的治疗，尤以虚弱性、功能性病症为宜，如失眠、心悸、焦虑、神经衰弱、内分泌失调、更年期综合征、胃肠功能紊乱等。本法对无病者可以起到保健养生之作用。

（三）达摩胎息疗法

佛经记载，有一次，释迦问诸沙门："人命在几间？"对曰："在数日间。"佛曰："子未能得道。"复问一沙门："人命在几间？"对曰："在饭食间。"佛言："子未能得道。"复问一沙门："人命在几间？"对曰："呼吸之间，我于出气不望入，入气不望出。"佛赞许道："善哉，子可谓得道矣！"

确实，呼吸是维持人生命活动的基础，佛教认为，"命"包括寿、暖、识三要素，《俱舍论》卷五曰："命根即寿，能持暖及识。"生死相续谓"寿"，生理活动谓"暖"，心理活动谓"识"，呼吸将它们联系成一体而形成生命。"胎息"法就是为了锻炼和调整人的呼吸，使生命在修持中得到珍惜，据传说，它是由菩提达摩所传。

胎息包括闭息与调息两类。前者通过特殊的闭息锻炼，以逐渐延长停闭呼吸的耐久能力；后者通过意守入静，静神减息，诱发循经感传。它们均可激活和积聚体内的元气，从而产生强身祛病、延年增寿的效应。

[功法]

(1) 闭息法。每天子时（午夜23点至凌晨1点）至午时（中午11点至13点内），择时而练，可取坐姿或卧姿，瞑目静心凝神。就现代生活方式而言，也可改为晨起与临卧各行1次。

当心安、气静、神定之后，便可练闭气之法，初习者以鼻缓吸气，再屏息默念数字1至100以上；屏息不住时可缓缓吐出浊气。吸气或吐气均应尽量做到悠、长、细、微、无喘息之声，经修炼之后，可达到"鸿毛着鼻上而不动"的标准。

(2) 调息法。练功时间与上述相仿，平坐式，两掌相叠，掌心向上，拇指相扣，置于下腹部，摒除思虑，舌抵上腭。先取自然呼吸，并默守呼吸，自1至10，反复进行。待浅度入静后，意守下丹田（脐中），并改用腹式呼吸，逐渐做到呼吸匀、细、柔、长而导入深度入静状态，呼吸极度缓慢。练习后不可骤然起立活动，而应先摩面，擦耳，缓慢睁目，然后起身。

胎息法是通过呼吸锻炼和意念控制来增强和蓄积体内元气，从而达到修养身心，祛病保健的目的，它对临床各种慢性疾病和某些心理疾病均可产生一定疗效。尤其是对慢性支气管炎、哮喘、肺气肿等呼吸系统疾病，慢性胃炎结肠炎、胃及十二肠球部溃疡等消化系统疾患，紧张、失眠等心理疾患，都有相当显著的疗效。

闭气和调息不可刻意追求气功状态，不可强忍闭气，不可强调意守，而应循序渐进。有严重心脑血管疾患、青光眼、晚期肝癌、精神分裂症、性格内向、偏执者，不宜练习。

(四) 正觉默照禅疗法

　　　　　默默忘言，昭昭现前。
　　　　　鉴时廓尔，体处灵然。
　　　　　灵然独照，照中还妙。
　　　　　露月星河，雪松运峤。
　　　　　晦而弥明，隐而愈显。

这是由正觉撰写的《默照铭》，它明白晓畅地解释了"默照禅"。正觉（1091—1157年）幼年出家，18岁参学，有《宏智禅师广录》九卷行世。他认为心是诸佛的本觉，众生的妙灵，只因疑碍昏翳，自作障隔。若能静坐默究，净治揩磨，去掉妄缘幻习，不被一切包裹，清白圆明，便能事事无碍。于是，他倡导"默照禅"。

"默"为默默忘言，洗心绝虑，寂然清静；"照"为昭昭现前，湛然灵明，不堕昏沉。"默"和"照"相辅相成，你中有我，我中有你，交互为用。

"默照禅"在南宋很流行，静室禅房焚香默坐者大有人在。尤其是在当时诗风盛行之时，诗人们认为，清心潜神的默照禅状态最能唤起诗的灵感，使非理性的直觉突破物象的界限。人的大脑如空虚透明的镜子，外部世界形成的各种表象纷至沓来，形成渗入了主观潜意识和无意识的复合表象，使人进入物我冥契的境界，正如正觉在《宏智禅师广录》卷一中所说"廊尔而灵，本光自照；寂然而应，大用现前"。可见，默照禅早已被诗人用于启迪思维和灵感。

[功法]

调和五事，摄心静坐，潜神内观，息虑静缘。然后进入一种无思虑的直觉状态，忘掉一切感性的理性的认知，"默为至言，照惟普应。应不堕于功，言不涉于听"。只管闭目合眼，沉思冥想，有如正觉《坐禅箴》所说："不触事而知，不对缘而照。不触事而知，其知自微；不对缘而照，其照自妙。"如此而禅，般若智慧自然会涌冒出来。

诚如古代诗人们修"默照禅"以启迪智慧和灵感。默照禅既容易修炼，又实用可行，它可使脑中输入的信息网联络沟通，注意力集中于整个知识网上，排除内外一切不良干扰，使大脑进入处理信息的最佳状态，从而增强了记忆的敏感性、准确性；思维的广度、深度、灵活性；想象的生动性、主动性。因此，将"默照禅"引入学习和工作中，将有助于提高我们的思维能力，增强我们的记忆力。

此外，"默照禅"对于诸种慢性病患者、年老体弱者来说，不失为一种简单而又行之有效的锻炼方法，行功时间可由自己掌握。

（五）五门禅疗法

"五门禅"又名"五停心观"，这是佛教小乘、大乘初学修禅的五种门径，其作用是停息乱想杂念，专门对治烦恼和妄念，这五种门径见于《瑜伽师地论》和《大乘义章》。

五门禅尤其为慈恩宗所重视。慈恩宗是唐代高僧玄奘及其弟子窥基所创立的中国佛教宗派，玄奘和窥基长期住在西安大慈恩寺，故称慈恩宗。慈恩宗以《瑜伽师地论》为本，阐扬法相、唯识的义理，所以又称"法相宗"、"唯识宗"。

五门禅有诸多说法，中国佛教一般以不净观、慈悲观、因缘观、数息观、念佛观为普遍。

[功法]

(1) 修不净观。观想自身、他身、种子、住所等诸种内外境界的污秽不净，不值得贪恋，以对治贪欲过患。

(2) 修慈悲观。在禅定状态中，观想一切众生皆同父母兄弟，他们都有自己的苦难，观想其受苦的可怜相，从而产生慈悲同情的怜悯之心，以对治嗔恚残忍。

(3) 修因缘观。在禅定状态中，观想人生的十二因缘。佛教认为，世界上的万事万物皆因具备各种种因（事物生灭的主要条件）和缘（事物生灭的辅助条件）才得以生起或坏灭，因缘和合则生，因缘分散则灭。人为万物之一，也是因缘和合的表现，整个人生可分成十二个彼此互为条件或因果联系的环节：1.无明（愚昧）；2.行（因无明而生的善恶行为）；3.识（托胎时的心识）；4.名色（胎中的精神和物质状态）；5.六处（眼、耳、鼻、舌、身、意）；6.触（出生后开始接触事物）；7.受（感受苦乐）；8.爱（欲望）；9.取（追求）；10.有（生存环境和条件）；11.生；12.老死。这十二因缘彼此相依，流传不息。如此观想可对治不明觉悟者的愚痴。

(4) 修数息观。此乃"六妙门"的入手方法，坐禅修习，注意自己的呼吸，默数呼吸，从1至10，周而复始，并且只注意出息或入息，不可出入息同时数。依此可对治散乱心思。

(5) 修念佛观。坐禅入定后，忆念佛的"名号、智慧、功德、法身"等，以对治业障。

《教乘法数》认为，人的心病由烦恼而起，烦恼就是心病（即心理疾患），烦恼无边无量，所对治的方法也很多。五门禅是佛教对治心病的常用方法，其以不净观和数息观更引人注目。

当然，对于现代人来说，五门禅仍不失为防治心理疾患的调和功夫，而其中不乏有益之举，对人们的身心健康，松弛紧张情绪，消除内心愤闷，五门禅诸观均可修持。下面介绍不净观的具体修持和治病方法：

(1) 体内污秽不净。据《瑜伽师地论》，观想"体内污秽不净"，如内身中发毛爪齿，尘垢皮肉，骸骨筋脉，心胆肝肺，大肠小肠，生藏熟藏，肚胃脾肾，脓血热疾，脂肪膏髓，脑膜涕唾，泪汗屎尿等，可有效地对治内身的种种贪欲。

(2) 体外污秽不净。对于淫相应贪者的显色、形色、妙触、承事四种贪欲，观想"体外污秽不净"。如贪爱起于女郎身上的诱人色彩者（显色），以观想死尸的青淤脓肿等，以此对治。贪美女曲线外形之色（形色），以观想尸体皮肉变赤，血筋青胀对治。对女性拥抱触摸生起淫欲（妙触）者，以尸体腐烂生蛆、只剩骨架对治。贪爱生于别人行止威仪（承事），以尸体腐烂骨散对治。

通过修持不净观，可力排心理贪欲，起到清静心理激动，缓解贪爱紧张的作用，此乃气功的意念功法。

（六）调息疗法

调息作为修禅之初"调和五事"的一种调和方法，本身就有利于人体健康。中国古代医学将此融入医学内涵，通过调整呼吸和摒除杂念，恢复和增强人体元气，从而起到祛病保健的作用，中国传统的调息疗法由此而形成。清代著名医学家李士材的弟子尤乘将此法编入《寿世青编》，使调息疗法保存和流传下来。

[功法]

随时随意而坐，宽衣松带，身体端直，两手互握置于小腹前，全身放松。

以舌搅口腔数遍，细呵气数口而以鼻微纳清气3~5次，不可有声，若口中有津液即咽下。接着叩齿数遍，舌抵上腭，两眼微闭成朦胧之状。再调息，默数呼气1~100，反复进行，使意念集中于数息，气息细绵，杂念全无，逐渐达到心息相依的境界。维持练功状态1小时以上。

收功时，应慢慢放松手脚，徐徐睁开双眼，按摩头面部和四肢。

本疗法主要是运用调息入定的原理，使人体呼吸机能与心理意念相依，可用于治疗虚弱性、功能性慢性病，如失眠、心悸、焦虑、神经衰弱、内分泌失调、更年期综合征、肠功能紊乱以及其他消化系统疾病，并有无病养生之功效。

（七）静坐疗法

静坐疗法是近代蒋维乔创编的静坐养生功，它融合了禅宗修习方法和小周天功法。

[功法]

静坐修炼前后及日常起居，均应随时注意"调五事"，排除杂念，心理平静，呼吸时意出喉间、胸膺而下达丹田。再于清静室内，开窗合户，不使他人干扰，随意盘坐或端坐于床上或凳上，宽衣松带，胸部微向前俯，使心窝降下，臀部宜向后突出，使脊骨不曲，下腹镇定。两手置于腿上，手心向上重叠贴近小腹。再左右微晃上身，使头正领直，全身身然放松。

然后收摄心神，意念集中于脐下小腹间，轻闭双眼，噤口呼吸如常。再开口吐出浊气后舌抵上腭，口轻闭，以鼻吸入清气，吐纳7次左右。静坐时间以早晨起床后及晚间就寝前各静坐一次为宜，否则每日至少有1次静坐。静坐时间长短一般每次数分钟不等。

练功到了一定程度后，体内之气会在体内按经络路线循行周转而产生"周天"效应。

收功时宜徐徐张眼，舒放手足，切勿匆遽。

本法既可作为中老年人及体弱者的养生保健功,又可以防治呼吸系统、消化系统等系统的慢性疾病,对遗精、阳痿、痔疮、脱肛、头晕头痛等也有较好的防治效果。

(八) 六字诀疗法

六字诀疗法是一种以"吹、呼、嘻、呵、嘘、四"六字呼吸法组成的保健疗法。智凯《修习止观》坐禅法要卷下有六字气诀对治五脏病:

> 心配属呵肾属吹,脾呼肺四圣皆知。
>
> 肝脏热来嘘字至,三焦雍处但言嘻。

可见,这六字气诀疗法为佛教治病方法之一,它通过每一种呼吸法的特定吐字口型,可相应地调整某一脏腑机能,从而达到治病保健的目的。

[功法]

在准备念这六个字时,以普通话发音口型为准,只动嘴吐气而不出声,轻柔缓慢,耳朵当然听不到嘴里所念的声音,因为音念得很轻,感觉上好像有很柔和的气缓慢地流过舌头和牙齿;所念的气虽很轻柔,但心中却会全神贯注,字字分明,而且要心理放松,不可紧张。一呼一吸为一次,单用某字诀时每字诀24~36次;六字诀依次同时用时,每字诀6次。中国古代养生家还总结了其练功姿势,现借鉴如下:

(1) 嘘字诀。坐或立式,怒目瞪眼,按念"嘘"字的口型吐气。以鼻吸气时,眼微开,口轻闭。对治肝脏热邪、目赤多泪等。

(2) 四字诀。立式,双手擎起,按念"四"字的口型吐气;吸气时手放下。对治肺部疾病、咳嗽、痰阻上焦、寒热烦涡等。

(3) 呵字诀。两脚放开,两手十指交叉举过头顶,按念"呵"字的口型吐气;吸气时手放松。对治心脏疾病、口腔溃疡、口苦、心烦等。

(4) 吹字诀。坐式,两手抱膝,按念"吹"字的口型吐气;吸气时松手。对治肾脏疾病、腰膝酸疼、体弱阳痿、耳鸣等。

(5) 呼字诀。坐或立式,撮口,然后按念"呼"字的口型吐气,吸气时口轻闭。对治脾脏疾病、胸腹气胀、痰阻脾胃等。

(6) 嘻字诀。卧式,按念"嘻"字的口型吐气;吸气时口轻闭。对治三焦疾病,具有助消化、通便等功能。

这六个字奥妙无穷,它不仅可对治五脏疾病,而且还可以治疗身体机能的失调,如身体感觉到冷时练"吹"字诀;身体感觉热时练"呼"字诀;关节疼痛时用

"嘻"字诀；疲劳乏力用"四"字诀；"嘘"字诀可散痰；"呵"字诀可除烦。

清代徐文弼在《寿世传真》里以晓畅简明的文字，总结了六字气诀功法的对治与效验。现将其歌诀附于后：

嘘属肝兮外主目，赤翳昏蒙泪如哭。
只因肝火上来攻，嘘而治之效最速。
呵属心兮外主舌，口中干苦心烦热。
量疾深浅以呵之，喉舌口疮并消灭。
四属肺兮外皮毛，伤风咳嗽痰如胶。
鼻中流涕兼寒热，以四治之医不劳。
吹属肾兮外主耳，腰膝酸疼阳道痿。
微微吐气以吹之，不用求方需药理。
呼属脾分主中土，胸膛气胀腹如鼓。
四肢滞闷肠泻多，呼而治之复如故。
嘻属三焦治壅塞，三焦通畅除积热。
但须六次以嘻之，此效常行容易得。


**四季却病歌**

明清时代甚为流行运用六字气诀在不同季节健身的方法，明代冷谦《修龄要指》辑录为：

春嘘明目木扶肝，夏至呵心火自闲。
秋四定收金肺润，肾吹唯要坎中安。
三焦嘻却除烦热，四季长呼脾化餐。
切忌出声闻口耳，其功尤胜保神丹。


**（九）六妙门疗法**

佛教认为，"息"是生命的本源，假如一口气不来，那时身体便是一个死物，神经不能再有反射作用，心也死了，生命就此完结。"六妙门"就是偏于"息"方面的调和功夫。

六妙门又称为"六妙法门"、"不定止观"、"数息观"，梵文名阿那波那。在佛教天台宗功中，六妙门是一种万行开发、降魔成道的禅定方法。

[功法]

1.一数：即数息。入座后，先调和气息，不涩不滑，极其安详，徐徐而数1~10。专注于呼吸，一呼一吸记一数；或心注在数，不让数数散断，若数不到十，心忽他想，应赶快收回，重新从一数起，数至十后又从头再数。数息日久，渐渐纯熟，自然数息不乱，出息入息极其轻微，即可不用功力而数息，此为"证数"。

2.二随：即随息。"证数"后可舍"数"修"随"，一心跟"随息"的出入，心随于息，息也随于心，心息相依。随息功深，心即渐细，觉息的长短可以遍身毛孔出入，此乃"证随"。

3.三止：即止息。"证随"之后，不去随息，把心有意无意地止于鼻端。修止后觉得全身不见内外境，身心泯然入定，这叫"证止"。

4.四观：即观息。功到"证止"，但仍须以心来观照息，令它明了，于定心中观照呼吸或意念，息出息入如空中的风，似无实在。观久之后，心眼开明，彻见息的出入已周遍全身毛孔，这叫"证观"。

5.五还：即还息。修观既久，心易浮动散乱，这时应舍"观"还复于心的本源。用心来审视呼吸出入之息，就有能观的心智和所观的意境。这能观的心智是从心而生，既从心生，应随心灭，达到无观心也就没有观境的"证还"。

6.六净：即净息。坐禅到此，不起妄想，不起分别，心里清静，尔后心慧相应，杂念全无，显露真心，达到心垢全无、一尘不起的高级境界。

修习者可以从学"数"开始，几天后学"随"，依次进行，然后再次从头开始，如此反复。这样安心修习，再过几天就可依自己的条件，以适宜于自己的容易入定的"妙门"入手，而不必按次第进行。觉得修此门效果不理想时，还可选择其他几门试修，此乃"安即为善"。

经过选择后，选取能使自己身安息调，心静开明，始终安固的法门专修。如此日长时久，可以心情调达，宽身放息，抑制烦恼，从而防治诸种慢性疾病和心理疾患，或是无病强身。

（十）瑜伽冥想术

据印度传说，早在7000多年前就有瑜伽术流传于喜马拉雅山区。而瑜伽这个词源于梵语，意为联结、联系之意，是为了达到冥想而集中意识的方法。《石氏奥义书》认为，瑜伽是"坚定地统制心和各种器官的活动"。《瑜伽经》也说"瑜伽是抑制心识的活动"。

由于各宗、各派、各乘、各部的要求和形式不同，瑜伽名目繁多，其中共同的有严持戒律、调息炼气、凝神冥想等。《瑜伽经》提出瑜伽有"八支行法"即八个部分：1.禁戒，2.持戒，3.坐势，4.调息，5.制感，6.持摄，7.静虑，8.三昧。

佛教中有许多经典，或涉论瑜伽，或专研瑜伽，使瑜伽成为佛教修炼方法的组成部分。而瑜伽术的最终深意，就是"冥想"。它将自己的愿望、爱、希望，都集中在同一法则之下而进行深层的冥想。

[功法]

1.想向术：明确自己的"方向性"而冥想。如希望摆脱罹患已久的气喘，希望不再咳嗽等，全力以赴地投入冥想。

2.想欲术：这是因为有某种欲望，而希望将这改正的"私欲整理"。如冥想治好气喘后，对读书会聚精会神，对工作会认真负责等。

3.想整术：为了达到上述目的，努力整理好自己每天的生活，如拟定的作息时间表，安排好饮食、呼吸、运动、休息等。

4.想和术：对于自己的计划是否都保持调和了呢？要加以核对，使之相互间保持均衡调和。

5.想心术：无论你操练什么功法，心中都保持乐观，而不是注意动作姿势的好坏，保持快乐地投入。

6.想定术：将自己所希望的事和所要求操练的事，都彻底而具体地表现出来。如你想减肥，就毫不含糊地冥想："我的体重现在是××公斤，一定要减至'多少'公斤！"

7.想念术：这是你的实际行动了，你要按照自己的目标，调和五事，再进行冥想，如冥想自己杀死体内病毒的过程，冥想自己身体逐渐强壮起来等等，使自己的潜意识发挥强大的活动能量。

为了使冥想之前入静，瑜伽术有冥想阿、乌、姆音节的方法。瑜伽术认为，阿、乌、姆包含了潜在力和普遍性的概念，是庄严之力的象征，是永存的精神，是最高的目标。先冥想阿、乌、姆，使身体、呼吸、感觉、精神、智性皆融于阿、乌、姆的音节之中，会使冥想者逐渐变得安静、纯粹、伟大，体验超越时空的满足。

冥想时，要保持长时间的练功姿势，身体不要松垮。然后执著地冥想自己的愿望。每天早、中、晚休息时间，各冥想15~20分钟，就一定会有收效，你的愿望就会实现。瑜伽冥想首先着眼于身体的强健，然后再融合身心为一体，切不可疑虑和松懈，尤其要坚持下去。

冥想果真能使身体强健吗？现代医学认为，冥想与其他心理过程一样，有其生理基础，在冥想时，脑内的各种细胞以新的方式联系起来，对机体的其他器官起到新的调节作用，改变它们的功能活动，从而提高人体的免疫功能，有效地控制各种传染病、癌症、自身免疫病、过敏反应性疾病等等。

当然，若能把冥想术与其他医疗措施相结合，其效果会更明显。

## 五、"魔事"与气功偏差的治疗

"魔事"是指一切扰乱身心、妨碍学佛修行的意念和行为，它能使人丧失"慧命"而误入歧道。《婆沙论》说："断慧命故名为魔。"《大智度论》也说："夺慧命，坏道法功德善本，是故名为魔。"《魔逆经》载，文殊菩萨对大光夫人说，魔事即"住于精进……其精进者，乃为魔求其便；若懈怠者，彼当奈何"。这就是说，学佛本当"精进"，但若执著贪欲等等，"住于精进"，则反为"魔事"。从现代气功学理论来看，所谓"魔事"就是气功偏差，它是指在练功修持过程中出现的躯体症状或精神障碍。

佛教把"魔事"分为四种：1.烦恼魔，指自内心生起的贪嗔痴等烦恼；2.阴魔，即身心五阴；3.死魔，即死亡；4.天魔，指专门妨害修学佛道者的无欲天魔王。此外还有"十魔"之说，这些虽然是佛教有神论的解释，但"魔事"却确实存在。《摩诃止观》把"魔事"的表现总结为令人病、失观心、得邪法三类，表现为修禅过程中出现各种幻觉及身心的各种病态变化，主要是各种不自觉的生理、心理失调和变态现象。"魔事"使人失去行为控制，甚至使人丧失性命。

湖北医学院附属一医院的罗照春曾对16例因气功偏差引起的精神病住院患者进行分析，发现其临床症状为：感知障碍以幻听、幻视最常见；思维障碍以妄想如鬼神附体显灵、被害妄想、被控制感为主；情感障碍以情绪不稳定、易激动、紧张恐惧等为多见；行为障碍以做怪异动作最为普遍。其次，有自杀、自伤、兴奋躁动、木僵、伤人毁物等异常行为的在25%以上。

造成"魔事"和气功偏差的原因很多，其中主要有以下几个方面的因素：

练功者的素质及基础较差，行气速度过快，强度过猛，使体内之气聚集过多而又无所归纳，使经脉不能承受和抵抗内气的强烈冲击，而造成经脉阻塞及组织脏器的直接损害。

不能正确运用气门对气体的调节作用，使气行受阻，继而在体内某个部位造成气滞血淤、经脉阻塞及脏腑失调。

不根据体内精、气、神变化的具体情况而盲目练功，使体内的精气神三者的转化失调。过度化精可使人阳气不足，精神倦怠，身体无力；过度化气可使人气塞伤精，全身的生理功能失调；过度化神使人阳气过盛，令人心理烦躁甚至癫狂，耗伤阴血。

对功法不理解，盲目练功，对内气难以用意念驾驭，使之无所约束，不能收功。

练功者的身体和心理素质差，以及个性缺陷，使之沉醉于幻觉，意念不能自持，耗伤人的心血和元精，使人神志恍惚。

贪功冒进，急于求成，不重视基础功法的修炼，在没有具备一定功力的情况下去练高深功法，从而造成偏差。

潜意识的活动，使练功者的不健康心理在练功时被激发，从而使心理障碍表现出来而发病，引起各种荒谬、离奇的精神症状。

"魔事"和气功偏差的出现已引起社会的重视，对练功习禅者来说，首先必须消除习禅和练功的神秘化倾向，应谨慎行事，选择好指导老师，顺乎自然，按部就班地进行，而已"走火入魔"者应先找到病因，然后用止、气、息、观想等方法，对症施治。治"魔事"的方法如下：

(1) 因不善调解，坐姿不正所致的脊背骨节疼痛，可用"下息"对治。从头顶往下沿脊骨运气，每节脊椎住气片刻，一节节直至尾椎，反复多次，令中脊气通则可治愈。

(2) 因调息不当所致筋脉痉挛、肌肤焦枯等病，应先纠正呼吸，然后于吸气后住气片刻，想气从头顶流注全身，引向四肢末梢，放松全身毛孔，令气由内向外运行于肌肤，久之则关节灵活，肌肤润泽。

(3) 初修数息观，呼吸不调，长短不一，致使心以上至头顶蒸热，可先解衣宽带，闭口缩气，向上至头顶，然后向下牵气，至呼吸平和，长短合度而止。

(4) 坐禅中觉气短胸闷，或胸腹胀满，可先嘘气，然后从鼻中吸气，意想气满全身，安心于两掌中，不久即觉安和。若气上塞胸，腹胀，应宽解衣带，调息，令出气长，入气短，反复十次即可。

(5) 修止时若不根据身心反应而灵活掌握，只知死守一处，久之则发诸病。若意守过猛而生洪热喘息，可放心令宽坦松弛。若意念过于宽缓松弛而发虚肿膀胀，应摄心稍紧。若感头重足轻，应意守丹田。若足重头轻，应观鼻尖、眉间。若头痛，应以鼻吸气，然后从口中微微吐气，吐气时观想头痛消散。

(6) 坐禅所致全身虚肥肿满，可于坐禅中想气从头到脚溜向四肢，平心静气，挺直脊项，不久即可令肿满消散。

(7) 若四肢痿弱无力，应于吸气时运气充满四肢，久之自愈。若致咳嗽，可于欲咳之时，吐气三次，再意守胸部。若腹中结积硬满，可仰卧，伸开手足，以手轻摩腹部10~15次，嗌气排出浊气。

以上方法也可用来治疗一般疾病。

## 六、武功武术疗法

《大般涅槃经·金刚身品》说，佛教徒"应当执持刀剑器杖，侍卫法师"。佛家僧侣在修禅习定时，创造和发展了武术强身之术，使之形成了具有独特魅力的佛家武术。

早在佛教诞生之前，印度便有了29种武艺，既有实用搏击性武术，也有强身健体武术。相传释迦牟尼就出身于武士家族，自小就练就了高强武技。他精通印度各种武术技法，身强力壮超群；释迦出家前，曾为争夺美女耶输陀罗，参加诸般武艺竞争，竟无往不胜，攻无不克。他徒手高举起大象，抛入半空之中，还能再用手接住……

藏密瑜伽强调修气脉明点与打拳相结合，以活动肢体，流通气血，舒筋活络。密乘无上瑜伽注重以金刚拳、金刚舞锻炼身体，打通气脉，强体健身。

佛教传入中国后，教徒们为在乱世或僻壤中自卫和强身，创编习练了佛家武术，并使佛教武术不断发扬光大。自古以来，佛教武术以刚柔相济、动静结合、虚实莫测、灵活敏捷、变化神速而著称。习武使佛教徒们体魄强健，身心平衡，真正起到了御邪除疾、养生延年的作用。

佛教武术威震神州，饮誉全球，成为佛教文化的瑰宝，至今仍璀璨夺目，闪闪生辉。

明·程绍《少林观武》诗云：

> 暂憩招提试武僧，金戈铁棒技层层。
> 刚强胜有降魔力，习惯轻挟搏虎能。
> 定乱策勋真证果，保邦靖世即传灯。
> 中天缓急无劳虑，忠义毗卢演大乘。

少林寺是我国佛教禅宗祖庭，少林寺功夫更是天下闻名。自古以来，少林寺为文人游赏之地，其间留下许多名人诗作，少林寺也是历代文人名仕题咏的物象。"武以寺名，寺以武显"，少林寺功夫成为中国武术中一支重要流派，享有"天下功夫出少林"的美誉。

（一）少林武术简介

少林武术内容丰富，套路繁多，有"七十二功夫"、"机关木人"、"十八般武艺"等说法。但一般将其划分为拳术、器械、功夫等三类。

拳术：少林拳术包括罗汉拳、大小洪拳、通臂拳、六合拳、梅花拳、少林五拳、昭阳拳、柔拳、金刚拳、醉八仙、鹰爪拳等等。还有徒手对练拳术，如二十四炮、踢打六合拳、一百零八拳、擒拿、点穴等。

少林拳一招一式，非打即防，具有较强的攻防能力，并以刚为主，刚柔相济。其套路结构紧凑，节奏鲜明，动作朴实，健壮敏捷，力量运用灵活而有弹性。有歌云：

> 眼法到处周身遂，起落进退一气摧。
> 手眼身步协调用，一气呵成显神威。
> 秀如猫形斗如虎，动如闪电行如龙。
> 劲发丹田达指尖，声发如雷魂魄惊。
> 心身到处意推山，拳不华丽实用能。

器械：少林武术器械主要有少林棍、少林枪、少林刀、少林剑、少林暗器、少林短兵、少林拐等十八般兵器。其实，少林武术器械不胜枚举。

少林枪有十八枪、二十一名枪、二十四名枪、三十一名枪、四十八名枪、豹花枪等，枪为兵器之王。少林刀又有春秋大刀、梅花刀、少林单刀、奋勇刀、双刀、滚躺刀等。少林剑有达摩剑、乾坤剑、二堂剑、行龙剑等。少林棍有猿猴棍、齐眉棍、镇山棍、盘龙棍、六合棍等。

功夫：少林功夫有内功、外功之分，传说有七十二艺。功夫旨在练气练力，为强身健体之术，克敌制胜之本，因此谚语说："打拳不练功，到老一场空。"

少林外功练刚功，如铁砂掌、打马鞍、千斤脚等。少林内功则炼气练柔劲，旨在行气入膜，充实肌体，达到于外力抵千钧，不畏刀劈剑砍；于内祛病强体，神清气爽，属武术内功。

少林武术刚柔相济，动静结合，补气相凝，以神驭气，以气运力，随意变化，灵活敏捷，神速莫测。

少林武僧通过习武操练，不仅掌握了高强的武功技艺，而且使自己身强体壮，增强了身体的防御机能，是增强身心健康的有效方法。在少林武僧看来，少林武功"首为悟性，次健体，末为防身"。其精髓在于"神"，也就是领会其中蕴含的人生哲理，以修炼自身的德性和情操，最终达到身心的平衡。少林武功讲究"套路"，它"借人之力，顺人之势，制人之身"、"声东击西，指下打上"、"佯攻实退，似退实攻"、"刚柔相济，虚虚实实"，反映着深刻的佛理，体现了佛门深邃的智慧。

（二）少林武僧戒约

武术本是一种打人杀人的技艺，而佛教以"不杀生"为根本戒，大乘戒也只许杀不得不杀的极恶之人。少林武僧也遵守佛教的戒约，强调习武是为了强身，自卫防暴，严禁恃艺妄用。而少林武术也很少外传，以防他人逞凶肆恶；甚至对俗家弟子传武，也要严格选择心地善良，品行优秀者。《少林拳术秘诀》一书载戒约十条，以防少林武功的滥用，保持少林武僧的武德。这十条戒约有：

(1) 习此术者，以强健体魄为要旨，宜朝夕从事，不可随意作辍。

(2) 宜深体佛门悲悯之怀，即使技术精娴，只可备以自卫，切戒逞血气之私，有好勇斗狠之举，狠者与违反清规同罪。

(3) 平日对待师长，宜敬谨将事，勿得有违抗及傲慢之行为。

(4) 对待侪辈，须和顺温良，诚信勿欺，不得恃强凌弱，任性妄为。

(5) 于挈锡游行之时，如与俗家相遇，宜以忍辱救世为主旨，不可轻显技术。

(6) 凡属少林师法，不同逞愤相较。但偶尔遭未知来历，须先以左手作掌，上与眉齐。如系同派，须以右掌照式答之，则彼此相知，当互为援助，以示同道之谊。

(7) 饮酒、食肉，为佛门之大戒，宜敬谨遵守，不可违犯。盖以酒能夺志，肉可昏神也。

(8) 女色男风，犯之必遭天谴，亦佛门之所难容。凡吾禅宗弟子，宜垂为炯戒勿念。

(9) 凡俗家子弟，不可轻以技术相授，以免贻害于世，违佛氏本旨，如深知其人性情纯良，又无强悍暴狠之行习者，始可一传衣钵。但饮酒淫欲之戒，须使其人誓为谨守，勿得以一时之兴会，而遗信其毕生。此吾宗之第一要义，幸勿轻忽视之也。

(10) 戒恃强争胜之心，及贪得自夸之习。世之以此自表其身，而兼流毒于人者，不知凡几。盖以技击之术于人，其关系至为紧要，或炫技于一时，或务得于富室，因之生意外之波澜，为禅门之败类。贻羞当世，取祸俄顷，是岂先师创立此术之意也乎。凡在后学，宜切记之。

中国佛门武僧，历代多能守此戒约，即使挥戈上阵，也多师出正义，并被传为武林佳话。从以上戒约中，我们也可以看出，佛门武功不以攻击打杀为目的，而是以使体魄强壮，锻炼身体为宗旨，其戒约本身就不失为生命健康的指导，其中绝大多数是有益于身心健康的，它能使人保持身心平衡，强化自我控制。

(三) 易筋经治疗法

易筋经是一种健身目的十分明确的武术套路。相传古印度高僧菩提达摩来到少林寺后，见信徒坐禅太久，肢体羸弱，昏沉瞌睡，就教以拳术，让他们活动筋骨。而这套拳术就是他在山中习定时，为对付猛兽毒蛇而创编的武技。达摩将其武技撰成《达摩洗髓经》和《易筋经》，尤以《易筋经》流传最广。

"易"的含义为变易、活动、改变，引申为增强之义；"筋"指筋脉、肌肉、筋骨；"经"为方法。因此，"易筋经"就是活动筋骨，使其变得身强体健，以祛病延年的方法。相传易筋经姿势锻炼方法有12势，其动作要领为：精神清静，意守丹田；舌抵上腭，呼吸匀缓，采用腹式呼吸；动静结合，刚柔相济；身体自然放松，动随意行，不得紧张僵硬。只有意、气、体三者相互配合，才能卓有收效。

易筋经共计12势，其预备式为：两腿开立，头端平，目前视，口微闭，调呼吸。含胸，直腰，蓄腹，松肩，全身自然放松。

第一势　韦驮献杵第一势

两臂曲肘，徐徐平举至胸前成抱球势，屈腕立掌，指头向上，掌心相对（10厘米左右距离）。此动作要求肩、肘、腕在同一平面上，合呼吸酌情做8~20次。

诀曰：立身期正直，环拱手当胸。

　　　　气定神皆剑，心澄貌亦恭。

第二势　韦驮献杵第二势

两足分开，与肩同宽，足掌踏实，两膝微松；两手自胸前徐徐外展，至两侧平举；立掌，掌心向外，两目前视；吸气时胸部扩张，臂向后挺，呼气时，指尖内翘，掌向外撑。反复进行8~20次。

诀曰：足指挂地，两手平开，

　　　　心平气静，目瞪口呆。

第三势　韦驮献杵第三势

两脚开立，足尖着地，足跟提起；双手上举高过头顶，掌心向上，两中指相距3厘米；沉肩曲肘，仰头，目观掌背。舌抵上腭，鼻息调匀。吸气时，两手用暗劲尽力上托，两腿同时用力下蹲；呼气时，全身放松，两掌向前下翻。收势时，两掌变拳，拳背向前，上肢用力将两拳缓缓收至腰部，拳心向上，脚跟着地。反复8~20次。

诀曰：掌托天门目上观，足尖着地立身端。

　　　　力周腿胁浑如植，咬紧牙关不放宽。

　　　　舌可生津将腭抵，鼻能调息觉心安。

　　　　两拳缓缓收回处，用力还将挟重看。

第四势　摘星换斗势

右脚稍向前方移步，与左脚成斜八字形，随势向左微侧；屈膝，提右脚跟，身向下沉，右虚步。右手高举伸直，掌心向下，头微右斜，双目仰视右手心；左臂曲肘，自然置于背后。吸气时，头往上顶，双肩后挺；呼气时，全身放松，再左右两侧交换姿势锻炼。连续5～10次。

诀曰：只手擎天掌覆头，更从掌内注双眸。

鼻端吸气频调息，用力收回左右侔。

第五势　倒拽九牛尾势

右脚前跨一步，屈膝成右弓步。右手握拳，举至前上方，双目观拳；左手握拳，左臂屈肘，斜垂于背后。吸气时，两拳紧握内收，右拳收至右肩，左拳垂至背后；呼气时，两拳两臂放松还原为本势预备动作。再身体后转，成左弓步，左右手交替进行。随呼吸反复5～10次。

诀曰：两腿后伸前屈，小腹运气空松；

用力在于两膀，观原须注双瞳。

第六势　出爪亮翅势

两脚开立，两臂前平举，立掌，掌心向前，十指用力分开，虎口相对，两眼怒目平视前方，随势脚跟提起，以两脚尖支持体重。再两掌缓缓分开，上肢成一字平举，立掌，掌心向外，随势脚跟着地。吸气时，两掌用暗劲伸探，手指向后翘；呼气时，臂掌放松。连续8～12次。

诀曰：挺身兼怒目，推手向当前；

用力收回处，功须七次全。

第七势　九鬼拔以刀势

脚尖相衔，足跟分离成八字形；两臂向前成叉掌立于胸前。左手屈肘经下往后，成勾手置于身后，指尖向上；右手由肩上屈肘后伸，拉住左手指，使右手成抱颈状。足趾抓地，身体前倾，如拔刀一样。吸气时，双手用力拉紧，呼气时放松。左右交换。反复5～10次。

诀曰：侧首弯肱，抱顶及颈；

自头收回，弗嫌力猛；

左右相轮，身直气静。

第八势　三盘落地势

左脚向左横跨一步，屈膝下蹲成马步。上体挺直，两手叉腰，再屈肘翻掌向上，小臂平举如托重物状，稍停片刻，两手翻掌向下，小臂伸直放松，如放下重物状。动作随呼吸进行，吸气时，如托物状；呼气时，如放物状，反复5～10次。收功时，两腿徐徐伸直，左脚收回，两足并拢，成直立状。

诀曰：上腭坚撑舌，张眸意注牙；

足开蹲似踞，手按猛如拿；

两掌翻齐起，千斤重有加；

瞪睛兼闭口，起立足无斜。

### 第九势　青龙探爪势

两脚开立，两手成仰拳护腰。右手向左前方伸探，五指捏成勾手，上体左转。腰部自左至右转动，右手亦随之自左至右水平划圈，手划至前上方时，上体前倾，同时呼气；划至身体左侧时，上体伸直，同时吸气。左右交换，动作相反。连续5~10次。

诀曰：青龙探爪，左从右出；

修士效之，掌平气实；

力周肩背，围收过膝；

两目注平，息调心谧。

### 第十势　卧虎扑食势

右脚向右跨一大步，屈右膝下蹲，成右弓左仆腿势；上体前倾，双手撑地，头微抬起，目注前下方。吸气时，同时两臂伸直，上体抬高并尽量前探，重心前移；呼气时，同时屈肘，胸部下落，上体后收，重心后移，蓄劲待发。如此反复，随呼吸而两臂屈伸，上身起伏，前探后收，如猛虎扑食。动作连续5~10次后，换左弓右仆腿势进行，动作如前。

诀曰：两足分蹲身似倾，屈伸左右腿相更；

昂头胸作探前势，偃背腰还似砥平；

鼻息调元均出入，指尖著地赖支撑；

降龙伏虎神仙事，学得真形也卫生。

### 第十一势　打躬势

两脚开立，脚尖内扣。双手仰掌缓缓向左右而上，用力合抱头后部，手指弹敲小脑后片刻。配合呼吸做屈体动作，吸气时，身体挺直，目向前视，头如顶物；呼气时，直膝俯身弯腰，两手用力使头探于膝间做打躬状，勿使脚跟离地。根据体力反复8~20次。

诀曰：两手齐持脑，垂腰至膝间；

头惟探胯下，口更齿牙关；

掩耳聪教塞，调元气自闲；

舌尖还抵腭，力在肘双弯。

### 第十二势　工尾势

两腿开立，双手仰掌由胸前徐徐上举至头顶，目视掌而移，身立正直，勿挺胸凸腹；十指交叉，旋腕反掌上托，掌心向上，仰身，腰向后弯，目上视；然后上体前屈，双臂下垂，推掌至地，昂首瞪目。呼气时，屈体下弯，脚跟稍微离地；吸气时，上身立起，脚跟着地。如此反复21次。收功：直立，两臂左右侧举，屈伸7次。

诀曰：膝直膀伸，推手自地；

瞪目昂头，凝神一志；

起而顿足，二十一次；

左右伸肱，以七为志；

更作坐功，盘膝垂眦；

口注于心，息调于鼻；

定静乃起，厥功维备。

总考诀曰：

总考其法，图成十二。

谁实贻诸，五代之季。

达摩西来，传少林寺。

有宋岳侯，更为鉴识。

却病延年，功无与类。

[健康指导]

易筋经气感强，收效快，尤其是内外兼修，身心同养，性命双修，具有御邪疗疾，延年益寿，开发潜能的功效。从中医研究的角度看，易筋经以中医经络走向和气血运行来指导气息的升降，在身体曲折旋转和手足推挽开合过程中，人体气血流通，关窍通利，从而达到祛病强身的目的。而按现代医学观点来看，修习易筋经，会使人体血流循环加强，从而改善人体的内脏功能，推迟衰老。

易筋经运动量较大，动作难度较高，因此，全套运动只适宜于体质较好的青壮年慢性病患者。体质较弱者，可量力而行，有选择地操练其中几势或减少每势操练次数。心脑血管病和哮喘病发作期间忌用。

## 七、丹田呼吸疗法

禅的修炼方法，实际上是一种丹田呼吸法，而这种丹田呼吸法，对现代人的健康有着重要的意义。

（一）丹田呼吸法

丹田呼吸法的第一个效果是增强对疾病的自然治愈能力。人得了病，或是因为细菌、病毒的入侵；或是因为器官的先天、后天的变异，失去了正常的功能；或是因神经、心理的失常……要治愈这些病，特别是心脏病、肝病、胃肠病、神经病等，固然可以使用药物治愈，但是如果同时学习丹田呼吸法的话，亦可使药物使用量减少到最低限度，达到几乎是自然康复的程度。而自然康复不仅治愈的效果更可靠，而且会减少药物的副作用。

现代人的心态常常表现出两种对立的状态：一是被各种压力所激怒；二是应对压力无出路而转入消极的昏昏沉沉的状态。这两种状态下人的呼吸都会发生异常变化，久之必然影响身心健康。

比如在家庭、工作岗位上，常会遭受各种精神压力：职务、职称能不能升迁，工资奖金是多是少，家庭生活是否和谐幸福……一旦个人的要求、欲望一时未能满足，不知不觉地就会怨怒起来，常常变得看什么都不顺眼，周围一切，上至领导、下至同事都会成怨怒的对象。而这种怨怒如不及时解脱，往往会在不知不觉中被积蓄起来，使心态发生变化，变成一种亢奋、紧张的状态。由于胸中积怒，呼吸就会不畅、变浅，常常觉得被压抑得透不过气来。由于慢性的怨怒持续不断，就会使自己经常处于一种生气的状态中。

如果不断遭遇到周围强大的压力，起初会用生气、紧张等方法来作出反应，以对抗压力，以求适应，然而这种本能的方法作用也是有限度的。最后会逐渐失去对抗的活力，因为生气而吃惊、悲伤、忧虑、烦闷、嫉妒、不安、担心……种种不快持续涌上心头，这时如不设法及时转换心情，就会陷入一种昏沉的状态，随之而来的是心慌、气短状态的出现。呼吸状态发生变化，不知不觉中失去气力，强壮的人变成虚弱的人，乐观的人变成悲观的人，甚至会陷入忧郁，失望和绝望。经受不住压力的人，甚至会神经衰弱，精神失常……

那么出路何在呢？出路是多种多样的：接受心理医生的治疗；读好书，学习先贤对抗磨难的榜样；一时改变一下生活环境；从事体育锻炼，进行健康向上的文化娱乐活动……这些自我调节的方法对于现代人摆脱怨怒和消沉都是行之有效的，但是最方便、最便捷的方法却是古老的禅的修炼——禅的丹田呼吸法。

（二）长寿之药在丹田

丹田的"丹"一是指朱砂，二是指红色，三是指依成方制成的颗粒状或粉末状的中药。从前道家炼药多用朱砂，所以称为"丹"。田即田地，与丹合用，是指制造的地方。古代人认为，红色的丹砂（水银与硫横的化合物）能制造出长生不老药，制造的方法是炼丹。从现代科学看，朱砂可以用作镇静剂，外用可以治疗疥癣等皮肤病，而不会使人长生不老。然而，被考古学家们挖掘出来的千年木乃伊，正是因为水银化合物的强力作用，才使这些尸体历经千年而不朽。

丹田，指人体肚脐下3.5寸（约10.5厘米）的地方。此处也叫气海丹田。气是指元气之气，或气力之气，是能力的源泉，这种能力集合地，就叫做海。自古以来人们认为，气海在肚脐下1寸5分（约4.5厘米）处。不论丹田或气海丹田，都统称为下腹部。传统修炼的理论认为：丹田是制造长寿不老药的地方，这个地方就在你的体内。

说起来似乎很玄妙，其实日常生活中，每个人都会不自觉地使用丹田呼吸法。比如每天早上坐在马桶上，使劲时要不自觉地同时呼气。这样，压力只会留在下腹部，胸部以上只有轻微的感觉，不会觉得苦闷，脑压也不会升高。只对下腹部施压力并呼气，即是丹田呼吸。丹田呼吸是可以帮助人摆脱激怒状态的一种行之有效的方法。

（三）正确运气

腹脑或身体之脑与心之脑是有密切联系的。

让"心之脑"所支配的情绪高扬或低落的话，就会破坏"身体之脑"作用的内部环境稳定，导致混乱。例如，为不愉快、悲伤的事情伤心难过，如果持续不断地承受这种强大的压力，就会导致胃溃疡。

那么，怎样才能控制"心之脑"，以避免情绪的失常呢？

古代的禅僧是利用呼吸来解决这一问题的。

（四）丹田呼吸与横膈膜

研究健身的人很少有研究横膈膜运动的，这是因为横膈膜在体内，人们观察不到，又不了解其作用。其实横膈膜不是"膜"，而是覆盖在腹部内上的像降落伞的"肌肉"，是胸腔与腹腔之间的膜状肌肉。这个横膈膜收缩时胸腔会扩大，松弛时则会缩小，因此横膈膜的运动会影响体内的变化。而研究丹田呼吸法的人，才搞清楚如何用横膈膜的运动来健身。

通常横膈膜是不太活动的，但是，若以丹田呼吸做深呼吸的话，就会像收缩的降落伞一样，每次收缩时会压缩全部的内脏。这种运动就是内脏按摩。不仅对胃、肠、肝、肾等，对腹中的一切组织都会带来最大的刺激。而下腹中的体积是一定的，只要能传达压力，静脉血会快速返回心脏。

我们不可能用手直接按摩内脏，一般只能靠多休息，以保护体内的脏器。而真正要消除内脏的一切疲劳，只有靠丹田呼吸法的物理性刺激。最可靠的验证是：只要坚持丹田呼吸法，习惯性的便秘，就会马上恢复正常。

（五）吐故纳新

呼吸的基本原理，是首先要让肺部的浊气排出，然后大量的新鲜的空气才能吸入，"吐故纳新"说的就是这个道理。左右两个肺叶，约有3亿个肺泡，充塞在左右的肺叶中，如果不做呼吸的话，肺部就会充满二氧化碳。这种状态，新鲜氧气就难以进入。好比一辆公共汽车，已客满为患，再想挤进几个人，不但挤不进去，一不小心还会被推出来。如果一辆空车，乘客可以从从容容地鱼贯而入了。所以呼吸也同此理，必须先呼气，然后才能再吸气。

（六）运动员体力超常的秘密

运动员比一般人的体力、耐力都要强，而且有能克服痛苦的坚强毅力。运动员也比一般人比较熟悉做丹田呼吸。

一个人是否习惯做丹田呼吸，从外表看是不易看出的，不过，只要利用腹压计测量腹压即可得知了。测量运动员的腹压，水银柱的指标很轻松地超过了200毫米，而一般人安静时的腹压是在10~20毫米。这是由于运动员经常锻炼，呼吸时横膈膜会活泼地活动。运动或武术，对于丹田呼吸的训练，是非常有效果的。

对上班族，提醒他们经常运动、学习武术，他们也会表示赞同，但实际却常常被忙忙碌碌所打断，难以坚持。所以上班族的保健实际存在不少问题。

古代的禅僧，有的生活比较痛苦，但是注意坚持每天打坐。"聊借蒲团供打坐，大家拍手唱山歌"，"一杯淡粥相依，百衲蒙头打坐"，排除世间干扰和一切烦恼，使自己始终能保持清澄的心与能做深远思考的灵敏头脑，从而多能保持健康长寿。打坐即坐禅，其内在的秘密之一即是丹田呼吸。

（七）呼吸能治百病的机理

说呼吸能产生治百病的机能，有的人会不相信，说那还要医院、医生、药物干什么？

从生理上说，丹田呼吸法，会使自律神经的集合体——太阳神经丛等活性化，这样，从腹部大动脉、小动脉，会大量输送能变成养分的氧和葡萄糖。

许多从事丹田呼吸法锻炼的人体会到，这一方法最显著的疗效是治疗神经丛功能衰弱诸症，如神经衰弱、胃溃疡、十二指肠溃疡等。

其次，丹田呼吸法，会使糖尿病患者的血糖值降低。这是因为用丹田呼吸，会促进胰脏的血流，胰岛素（可降低血糖值）会恢复正常分泌的关系。

再其次，丹田呼吸法，对肝病的痊愈也有效果。因为重复做上半身的前倾姿势，肝脏的静脉血容易回到心脏去。而且，当要吸气而放松时，大量含有营养与氧的血液会马上进入。由于血液的循环好转，肝脏的功能会很快速回复原状，表示肝功能的GOT、GPT等数值也会恢复正常。

所有的人体脏器都有一个共同点：都要由动脉供血，获得营养。人体内的任何部分或组织，都是从血液里获得氧与血糖，连输送血液的心脏，其能源也是血液——冠状动脉的动脉血。

正是丹田呼吸法，使自律神经活化，使全身的吐故纳新强化，而这正是人体机能共性、矛盾的普遍性。个性与共性的统一，才是医学的本质、健身的本质。

对老年人来说，丹田呼吸法有非常重要的保健价值。老年人面临不同程度的脏器功能减退，肺活量会减到50%～60%，心脏的搏击量减到正常人的50%左右，肾功能也下降50%左右，这时丹田呼吸的增氧作用就可能延续、增长寿命。

丹田呼吸的要领，就是要做长呼气。10秒、20秒的长呼气，并不困难，超过30秒的长呼气，只要稍微努力，很快就能做到，但是40～50秒的长呼气，是不容易的，必须经过努力才能做到。一开始就做40秒、50秒的长呼气，就是在10分钟以内约10次的呼吸，这种呼吸法容易令人生厌，也是初学者容易陷入的误区。因为初学者心存杂念，静不下来，又求好心切，很快地，心中会渐渐产生不安与种种疑问。必须战胜自己，突破初学时有的误区，否则就不可能实际体验到丹田呼吸产生的美好效果。

练丹田呼吸却不同，即使连续做了几十次也不会感到疲倦，反而会愈做愈有趣。虽然是初学，也会感到腹部变轻松了，鼻子畅通了，头不再整日昏沉沉了，思路也比以往更清晰了，额头会微微冒汗，身体也会发热，感到非常舒畅。

# 第十章　素食疗法

佛教寺院的素食始于梁武帝时代。佛教徒的素食，其目的在于培养慈悲心，实行戒杀护生的教义，因此素食与佛教有着特殊的因缘。

现代科学证明，素食对人体健康有很多好处，除了人们常说的有抗癌、降低胆固醇、清除胆盐、减少血脂、净化血液等作用外，还可以防止便秘、痔疮等疾病的发生，又能使头发乌黑亮泽，皮肤光洁细嫩，精力旺盛充沛，有些蔬菜甚至被誉作"皮肤食品"、"头发食品"、"系列药膳"等，越来越受人们欢迎。

素菜营养丰富，它含有大量维生素、矿物盐、有机酸、蛋白质、糖、钙等，能调节人体器官功能，增强体质，而且还具有一定的医疗价值。《黄帝内经》《神农本草经》《食医心鉴》《饮膳正要》《本草纲目》等著作中，都记述了用素菜（植物性食物）制作菜品的食疗作用。

我国古代著名诗人苏东坡、陆游对素菜曾有过赞美的语句，称"素菜之美，能居肉食之上"。《旧唐书·王维传》曾载：王维和他的胞弟常素食，不茹荤血，晚年长斋，不衣文采。近世、现代素食者就更多了，我国名画家丰子恺先生就是一位长期素食者。

无数研究证明了，全世界的素食者，都远比肉食者健康。

目前在欧美，素食几乎成为群众运动。

在伦敦，约有三百万人已决定戒肉食，而且其人数还在急剧增加。据估计，如今年轻妇女中素食的比例占十分之一。过去三年中，有三分之一的英国人减少了食肉量，愈来愈多的菜馆和学校开始供应素菜。

其实，一旦素食，人们将摄取到比肉食更多、更丰富、更全面的营养；对自己的饮食，也就往往更加注意，乃至烟、酒也能趋于适度。

许多青年人或老年人之所以不吃肉食，除健康因素之外，往往还由于喜爱动物，不忍加害的慈悲心所激发。

素食还有很好的治疗疾病作用，本章中还介绍几十种用植物性食物做原料的药膳食谱，供你如法制作食用，可收到营养与食疗相辅相成之功效，使你身体更加健康。

## 一、素食的营养

人们每天都要摄食和饮水，取得食物中的营养素，以满足人体生命活动的需要。食物是人体营养的源泉，但营养从哪里来呢？科学告诉我们，它是来自土地、阳光、空气和水分。尤其是阳光照在植物上，由于光合作用产生营养成分。土地中的养料，便能被植物直接吸取。素食者乃是直接接受营养者，食肉者倒反而是间接接受营养者。据分析，我们知道肉类中牛肉的营养价值最高，但牛的营养不是靠吃牛肉和其他动物中的营养而得来，而是靠吃植物得到的。我们也知道鹿茸具有很高的药用价值，但鹿仅能吃草，并没有吃鹿茸和其他动物。由此可知，动物的营养素，都是直接或间接从植物中来的。

食物中为人体所必需的营养素，主要有蛋白质、脂肪、糖类、无机盐、维生素和水六大类。它们构成了人体生命活动的物质基础，现将它们对人体健康的作用介绍如下：

蛋白质　在各种营养物质中，蛋白质对于人体是最为重要的，它要占人体重的16.3%左右。它对于人体和各种生命活动具有极其重要的作用，是组织细胞不可缺少的一种成分。如果蛋白质摄入量长期不足，儿童和青少年会导致发育迟缓；成年人会造成体重减轻，抵抗力降低，出现贫血、水肿等现象；对于受创伤或某些消耗性疾病的人，就会延长病期。

脂肪　一般来说脂肪就是我们通常所说的油，另外还有一类脂肪，如食物中的磷脂、胆固醇，称为类脂。脂肪也是人体能量的主要来源，而且是贮藏能量的主要形式。据测算，我国成年男子体内脂肪含量，平均为其体重的13%左右。如果长期缺乏脂肪，人就会变得消瘦，容易疲劳，怕冷，皮肤不润，造成脂溶性维生素的缺乏。可是脂肪吃得过多也不好，能使胃部饱胀不适，引起消化不良，而且还会促使血浆胆固醇含量增高，导致动脉粥样硬化。

糖类　糖类是由碳、氢、氧三种元素构成的，统称为碳水化合物。我们身体活动的能量，在正常情况下，大约70%是靠糖类供应的。人体内过剩的糖，可以转化成脂肪贮存起来，使人发胖，而且对动脉壁也有不良影响。食糖过多，还会增加胰岛腺的负担，有发生糖尿病的危险。

无机盐　也就是矿物质，是指除氧、氮、氢以外存在于人体内的各种元素，约有五十余种，它们中的一部分构成骨骼，对人体起着支持的作用，如钙、磷等；钠和钾则是维持细胞内外渗透压的主要物质；铁是造血的主要成分；碘是甲状腺素的主要成分；铜、钴是造血的物质。无机盐还是酶的组成成分和酶系统的激活剂。

维生素　它的种类很多，目前已知的有30种以上，它分为脂溶性维生素和水溶性维生素两类，其中人体必需的有维生素A、维生素D、维生素B、维生素B2、尼克酸和维生素B6及维生素C等，它是人生长所必需的少量有机化合物，对机体的新陈代谢、生长、发育、健康有极为重要的作用。如果缺乏上述必需的维生素，人体就会产生各种疾病。

水　水也是一种重要的营养成分，人体一切代谢过程，都是在有水的条件下进行的。另外水还是血液的构成成分，它还有调节体温，帮助消化的作用。人体缺乏水，就会危及生命。人身的水分，占全身容量的75%。

除了上面六种以外，还有一种营养成分叫纤维素，主要存在于蔬菜和水果中。统计材料表明，肉食过多，纤维素过少，引起结肠癌的可能性越大，所以常吃含纤维素多的蔬菜，对人体健康是大有裨益的。

现将每人每日膳食中营养素的需要量列表附后，读者看了此表后，再结合附录中的《各种植物性食物中营养素的实际含量表》，就可以调配身体所需要的营养。各佛教单位如寺院、安老院、素菜馆及家庭等即可根据时令，依据人体需要来制定菜单，搭配营养，调换口味。

营养与健康的关系甚为密切，合理的营养可促进健康。根据国内外的调查材料表明：偏食或多吃鱼、肉或蔬菜不足地区人们平均寿命缩短；经常吃大豆、蔬菜、瓜果等饮食清淡者多长寿。

下面举一个例子，日本冲绳人营养平衡就数理而言，较日本其他地区少，但他们的寿命都最长。同样，在美国出生的日本人比日本国本土出生的营养好，但在美国的日本人第二代比第一代短命。一般被认为第一代食肉少，喜欢吃蔬菜、豆腐、紫菜，患心血管病的少；而第二代食肉多，极少蔬菜，患心血管病的多。因此可以认为长期高脂高热的饮食，无助于寿命的延长。

我国武汉地区、广西巴马县和都安县的调查资料表明，那里的长寿老人都有良好的饮食习惯。他们饮食清淡，每日三餐定时定量，每餐仅吃七八成饱，晚餐少吃，粗细粮搭配，多吃蔬菜水果。又据英国学者报告，在厄瓜多尔一个宁静的小村庄居住的819个居民，有9人活到一百岁以上，年龄最大的是142岁。该村居民的饮食所含的热量，仅为英国人的一半，并且主要是蔬菜、水果和未精炼的糖。

实验研究还证实，低脂与低胆固醇食物，对于降低血中胆固醇的作用，不如饮食中含有一定比例的不饱和脂肪酸。这样在油脂食用选择上，就应该吃含不饱和脂肪酸多的植物油了。

芦笋营养丰富，食味鲜美，有很好的抗癌作用。其他如菌类植物的香菇、白木耳等也有抗癌作用。

## 二、佛教论素食

食素是我国汉地佛教的特色。众所周知，佛教讲慈悲平等，因为素食则不杀生，不杀则恶念消而善根增长，这是大悲心的体现，并对长养大悲心有很大的功德。为此汉地佛教徒——特别是出家佛子，一直奉行不食肉戒，在家佛子的"五戒"中，虽无不食肉戒，但其第一条是"不杀生"戒，既不可杀生，那么，众生的肉当然也不忍吃了，故在家佛子也很重视素食。

那么这样说来，佛教是否要求一切佛子均须素食吗？佛是有这个意思，但佛陀是重时节因缘的，佛陀看到初入佛的人难于顿断肉食，可暂吃"三净肉"，即吃不见杀、不闻杀、不为自己杀的肉。又有吃六斋（每月初八、十四、十五、廿三、廿九、三十，月小是廿八、廿九）、十斋（每月初二、初八、十四、十五、十八、廿三、廿四、廿八、廿九、三十，月小廿八、廿九）、早斋（即早餐吃素）等等，使人逐步习惯吃素，渐渐断绝肉食。

蒙古和我国西藏地区，人民自古即以畜牧为业，蔬菜稀少，故一般趋重肉食。当初至其地传教的祖师，亦不得不暂从权宜，食用净肉，这是不得已的事，一片济世慈悲之心，我们应时刻存于心头。

不过一时条件未成熟，不能断荤的同道，也不必心急，可先实行上面所讲的吃"三净肉"或"六斋"、"十斋"日吃素，或每天吃一餐早素，逐步创造条件，慢慢地断除荤食。不要认为未断荤就不能学佛，各人因缘有别，先学佛再断荤亦是可以的，待到将来熟时再吃素，就"水到渠成了"。

## 三、素食治病

素食不仅营养丰富，味道鲜美，它还可以治病。下面就介绍便于大家制作、取料方便而有保健、防病和延年益寿作用的药膳：

（一）健脾益气长寿面

配方：上白面条　500克

　　　豆芽　250克

　　　水发香菇　30克

　　　黄花菜　15克

　　　芹菜　6克

　　　嫩姜　3克

　　　菜油　75克

　　　酱油　15克

　　　味精　5克

功效：健脾益气，补虚益精。

应用：适用于脾虚气弱的肿瘤、冠心病、高血压等病症。

制作工艺：

1.将香菇、嫩姜切丝；芹菜放沸水锅焯一下，切碎；豆芽洗净去根；黄花菜切寸段。

2.将面条放沸水锅中浸透，捞起滤干水分，然后披开，淋上熟菜油（15克），拌匀抖松。

3.将炒锅放在中火上，倒入菜油（60克）烧至油冒烟，取出一半待用。然后将姜丝倒入稍煸，加香菇、黄花菜翻炒，加酱油、味精，稍加水250克煮沸后，即将面条、豆芽倒入锅中翻拌，加盖稍焖至干熟透，拌入留下的熟油。装盘时，在面条上铺芹菜珠。

（二）大枣粥

配方：大枣　10克

　　　粳米　100克

　　　冰糖　适量

功效：健脾益气。

应用：适用于脾胃虚弱，血小板减少，贫血，胃虚食少等症。

制作工艺：

1.将粳米、大枣淘洗干净，放入铝锅内，加水适量，将锅置灶上，先用武火烧开，后移文火上煎熬成粥。

2.加入冰糖汁，搅拌均匀，盛碗内当饭吃饱。

（三）开胃消食的茶膏糖

配方: 红茶　50克

白糖　500克

功效: 开胃消食, 化油腻。

应用: 适用了饮食积滞, 胃痛不舒等症。

制作工艺:

1.红茶放入铝锅中, 加入适量水。煎熬20分钟, 滗出茶液, 再加水适量, 煎熬20分钟, 滗出茶液, 如此煎熬四次茶液合并, 倒入洗净的铝锅内煎熬, 待浓稠时加入白糖, 搅拌均匀, 继续煎熬至起丝状时停火。

2.将茶膏糖倾入涂有熟油的搪瓷盘内, 摊开, 晾凉, 用力划成小块 (每块体积约为2.5×2.5平方厘米), 装入糖盒内备用。

3.食用时, 每天早晚各服一次, 每次3块。

(四) 健脾利尿的莴苣菜

配方: 莴苣　250克

料酒　适量

食盐　适量

味精　适量

功效: 健脾利尿。

应用: 适用于脾虚之小便不利等症。

制作工艺:

1.将莴苣剥皮洗净, 切成细丝。

2.将莴苣丝放入碗内, 加食盐少许, 搅拌均匀, 然后去汁。

3.再将调料放入碗内, 拌匀即成。

4.食用时可佐餐食用。

(五) 滋补润肺的木耳粥

配方: 黑木耳　5克

大枣　5枚

粳米　100克

冰糖　适量

功效: 滋阴润肺。

应用: 适用于肺阴虚劳咳, 咯血, 气喘等症。

制作工艺:

1.将黑木耳 (或银耳) 放入温水中泡发, 择去蒂, 除去杂质, 撕成瓣状放入锅内; 将粳米淘洗干净, 放入锅内; 大枣洗净, 放入锅内, 加水适量。

2.将锅置武火上烧开,移文火上炖熬,黑木耳(或银耳)粑烂,粳米成粥后,加入冰糖汁即成。

3.当饭吃饱,常服有效。

(六)止咳生津的白果粥

配方:糯米小圆子　30只

　　　白果　90克

　　　香蕉　1只

　　　橘子　1只

　　　生梨　半只

　　　苹果　1/4只

　　　白糖　90克

　　　红枣　30克

　　　菠萝蜜　适量

　　　桂花　适量

功效:润肺止咳,生津解渴。

应用:适用于肺阴虚的干咳,或津液不足的口渴、便结;饭后饮用有解酒、助消化的功效。

制作工艺:

1.将蜜饯用刀切成粒,将香蕉等水果也切成粒(即小丁)。

2.糯米洗净,放入容器中,加入冷水浸透,然后带水放入磨中研磨成细腻的浆,流装布袋中,扎牢布袋口,平放在木头蒸架上,布袋上压适重的石块,压至浆结块(也可将布袋吊起,沥掉其中大部分水),攥透,攥至不粘手和台板为止。取其一团,搓成圆长条形,摘成小块,揉成碗形,中间放入馅心包拢,搓圆即成糯米小圆子(馅心可用炒熟的芝麻、白糖或玫瑰酱、白果末均可)。

3.将锅洗净,放入一大碗水(也可适当多一些),在武火上,加入白糖,烧开,投入糯米小圆子,煮至熟色形浮在水上面时,即放入白果(蜜饯)、水果、桂花,再烧开,洒上湿淀粉(分几次洒入),用手勺推匀,着成半厚芡,出锅装在汤碗中,即可食饮。

(七)止咳平喘的杏仁豆腐

配方:苦杏仁　150克

　　　洋菜　9克

　　　白糖　60克

　　　菠萝蜜　适量

橘子　适量

冷甜汤　适量

功效：利肺祛痰，止咳平喘。

应用：适用于各种咳嗽、气喘的辅助治疗。

制作工艺：

1.将杏仁放入适量水中，带水磨成浆，即成杏仁浆。

2.将锅洗净，放入冷水150克，加入洋菜，至火上烧到洋菜溶于水中，加入白糖，拌匀；将杏仁浆拌透后烧至微开，出锅倒入盆中，冷却后，放入冰箱中（无冰箱放阴凉处）冻成块，即为杏仁豆腐。用刀将其划成菱形块，放入盆中，洒上桂花糖，放上菠萝蜜、橘子，浇上冷甜汤或汽水，即可食用。

（八）养心安神的糖龙眼

配方：鲜龙眼　500克

　　　白糖　50克

功效：养心血，安心神。

应用：适用于病后体弱以及心血不足的失眠、心悸、健忘等症。

制作工艺：

1.将鲜龙眼去皮和核，放入碗中，加白糖，反复上笼蒸、晾三次，至使色泽变黑。

2.将变黑的龙眼拌白糖少许，装入瓶中即成。

3.服用时，每次食龙眼肉4~5粒，每天两次。

（九）润肺清心的百合粥

配方：百合　60克

　　　大米　250克

　　　白糖　100克

功效：润肺止咳，清心安神。

应用：适用于肺痨久咳、咳痰吐血、虚烦惊悸、神志恍惚等症。

制作工艺：

1.将大米淘净，放入锅中，再放入洗净的百合，加水适量。

2.将锅置在武火上烧沸，再改用文火煨熬，待百合和米熟烂时，加入白糖拌匀即成。

3.服用时每天食3~5次，吃百合喝粥。

（十）清心安神的冰糖莲子

配方：干莲子　300克

冰糖　200克

京糕　25克

桂花　适量

碱　3克

功效：清心安神

应用：适用于心神不宁的心烦失眠，以及心火上升的口舌生疮等症。

制作工艺：

1.在锅内放入碱，加开水少许，将莲子倒入锅内，用"竹刷把"将莲子刷净，见亮光为止。接着用清水冲洗4~5次，将莲子洗净，然后捞起放入碗中，用湿布盖上，把莲子切去两头，用签捅去莲子心，再用温水冲洗2~3次，倒入碗中，加开水以淹过莲子为宜，上笼蒸50分钟左右，再用开水冲洗2次。

2.把铜锅放在火上，注入清水750克，水开后，放入冰糖、白糖。开锅时撇去沫子，然后用净白布将糖水过滤，将莲子倒入大碗。将京糕切成小丁，撒在莲子上，加入桂花，将过滤好的糖汁浇入即成。

夏季可用鲜莲子，去绿皮、两头和莲子心，其余做法同冰糖莲子。

（十一）滋阴补肾润肺的双耳汤

配方：银耳　10克

黑木耳　10克

冰糖　30克

功效：滋阴补肾润肺。

应用：适用于肾阴虚的血管硬化、高血压、眼底出血、肺阴虚的咳嗽，喘息等症。

制作工艺：

1.将银耳、黑木耳用温水发泡，并摘除蒂柄，除去杂质，洗净放入碗内；将冰糖放入，加水适量。

2.将盛木耳的碗置蒸笼中，蒸1小时，待木耳熟透时即成。

3.食用时，可分数次或一次食用，吃木耳喝汤，每天两次。

（十二）清热降压的芹菜粥

配方：芹菜连根　120克

粳米　250克

食盐　适量

味精　适量

功效：清肝热，降血压。

应用：适用于高血压、头晕头痛等症。

制作工艺：

1.将芹菜连根洗净，切成2厘米长的段，放入锅内；把粳米淘净，放入锅内，加水适量，置灶上用武火烧开，移文火上煎熬至粳米烂成粥，停火。

2.在粥内放味精、食盐即成。

3.食用时当饭吃，吃饱。

（十三）补血活血的当归汤

配方：当归　10克

　　　面筋　400克

　　　水发香菇　75克

　　　冬笋　75克

　　　芹菜珠　10克

　　　番茄　1个

　　　花生油　10克

　　　精盐　10克

功效：补血、和血。

应用：适用于脾虚血少所出现的贫血。

制作工艺：

1.将面筋用手摘成直径5分、高6分的圆柱形小粒，香菇去蒂，切片；冬笋切滚刀块，番茄切豆粒状，当归切片。

2.将面筋放油锅内炸成赤色，浸入沸水，再切成约半厘米的圆片，将面筋、香菇、当归、冬笋、精盐（1.5克）、水500克煮面筋发软，捞起滤干，除去当归，汤装入碗中沉淀。

3.取碗一个，碗里拌匀花生油，将香菇片排放在碗底的两边，再放入冬笋块，倒入沉淀过的清汤（100克）；再取小碗一个，放入当归片2克、水150克，两碗一并放进蒸笼，用武火蒸20分钟，取出将碗里的蒸料翻扣在汤碗中。

4.炒锅放在中火上，倒入沉淀过的清汤（250克）、清水（250克）、精盐（1.5克）煮沸，撒入芹菜珠、番茄，倒入小碗中的当归汤调匀，起锅轻轻浇入汤碗即成。

（十四）补气益脾的人参莲子汤

配方：白人参　10克

　　　莲子　10枚

　　　冰糖　30克

功效：补气益脾。

应用：适用于病体虚、气弱、脾虚、食少、疲倦、自汗、泄泻等症。

制作工艺：

1.将白人参、莲子（去心）放在碗内，加洁净水适量发泡，再加入冰糖。

2.将盛药物的碗置蒸锅内，隔水蒸炖1小时。

3.食用时，喝汤，吃莲肉。

4.人参可连续使用三次，次日再加莲子、冰糖和水适量，如前法蒸炖和服用。到第三次时，可连同人参一起吃下。

（十五）养血润燥的菠菜粥

配方：菠菜　　250克

　　　粳米　　250克

　　　食盐　　适量

　　　味精　　适量

功效：养血润燥。

应用：适用于贫血、大便秘结及高血压等。

制作工艺：

1.将菠菜洗净，在沸水中烫一下，切段；粳米淘净，置锅内，加水适量，煮熬至粳米熟时，将菠菜放入粥中，继续煮熬直至成粥时，停火。

2.放入食盐、味精即成。

3.食用时，当饭吃，吃饱。

（十六）解表散寒的姜糖饮

配方：生姜　　10克

　　　红糖　　15克

功效：发汗解表，祛风散寒。

应用：适用于感冒风寒初起，发热恶寒，头痛身痛，口不渴，发汗，苔白等症。

制作工艺：

1.将老一点的生姜洗净，切丝，放入大茶杯内，冲入开水，盖上盖子，泡5分钟左右，加入红糖少许。

2.趁热喝完，服后卧床盖被，出汗。

（十七）辛凉解表的桑叶薄竹饮

配方：桑叶　　5克

　　　菊花　　5克

薄荷　3克

苦竹叶　30克

功效：辛凉解表。

应用：适用于风热感冒、发热、头痛、目赤、喉痛、舌红苔黄等症。

制作工艺：

1.将桑叶、菊花、苦竹叶、薄荷洗净，放入茶壶内，用开水泡10分钟即成。

2.服用时，随时饮用。

（十八）解表润喉的薄荷糖

配方：薄荷粉　30克

白糖　500克

功效：辛凉解表，清咽润喉。

应用：适用于感冒风热、咽喉肿痛等症。

制作工艺：

1.将白糖放入锅内，加水少许，用文火熬稠，加入薄荷粉调匀，继续熬至拉起丝状（不粘手为度），即停火。

2.将薄荷糖倒入涂有熟菜油的搪瓷盘内待冷，将糖取出，先切成条状，再切成小块即成。

3.服用时，随时食用。

（十九）润肺止咳的蜜百合

配方：干百合　100克

蜂蜜　150克

功效：润肺止咳。

应用：适用于肺痨久喘、咯浓痰、低热烦闷等症。

制作工艺：

1.将干百合洗净，放入大搪瓷碗内，加入蜂蜜，置沸水上笼蒸1小时，趁热调均匀，晾冷后，装入瓶（罐）内即成。

2.服用时，每日早晚各服一汤匙。

（二十）清肺化痰的柿霜糖

配方：柿霜　15克

白砂糖　15克

功效：清肺平喘，化痰止咳。

应用：适用于肺热燥咳、口舌生疮、咯血消渴等症。

制作工艺：

1.将柿饼表面白霜与白砂糖一同放入锅内,加水少许,置文火上溶炼,待稠后停火。将糖倒入涂有熟菜油的搪瓷盘中,稍凉,撵平,用刀切成小块,即成糖块。

2.服用时,每次一块,每天3次,经常服用疗效较好。

(二十一) 祛痰止咳的梨膏糖

配方:川贝母　30克

　　　杏仁　30克

　　　百部　50克

　　　前胡　30克

　　　制半夏　30克

　　　款冬花　20克

　　　生甘草　10克

　　　雪梨　1000克

　　　橘红粉　30克

　　　香橼粉　10克

　　　茯苓　30克

功效:祛痰利肺,止咳平喘。

应用:适用于各种类型的咳嗽等症。

制作工艺:

1.将梨切碎,与百部、前胡、杏仁、川贝母、制半夏、茯苓、款冬花、生甘草一起放入大药罐内,加水适量煎熬。每20分钟取药液,共取四次,将四次的药液同时倒入锅内。

2.将锅置武火上烧沸,再改用文火煎熬浓缩,至煎煮液较稠厚时,加白糖500克调匀,继续煎熬直至稠粘时,投入橘红粉和香橼粉,搅匀。再以文火熬至药液挑起成丝状时,停火。

3.将药糖倒入涂有熟菜油的搪瓷盘中,待稍冷,将其压平,用刀划成小块即成。将梨膏糖放入糖盒内保存备用。

4.食用时每次一小块,每天3次。

(二十二) 和胃止咳的姜汁糖

配方:白糖　300克

　　　生姜　50克

功效:健脾和胃,祛痰止嗽。

应用:适用于慢性支气管炎咳嗽,痰多,食欲不振等症。

制作工艺：

1.将白糖放入锅中，加水适量，用文火煎熬浓稠；生姜洗净，用白布包好，绞汁放入白糖液中，搅拌均匀，继续煎熬至起丝状时，停火。

2.将姜汁糖倒入表面涂有熟菜油的大搪瓷盘中，晾凉，用刀划成小块，装入糖盒内备用。

3.食用时，早晚空腹时各服3块。

（二十三）补肾平喘的水晶核桃仁

配方：核桃仁　500克

　　　柿饼霜　500克

功效：补肾纳气，止咳平喘。

应用：适用于肺肾两虚之咳嗽，喘逆，或腰膝酸痛，四肢无力等症。

制作工艺：

1.先将核桃仁盛碗中，置饭甑内，蒸熟。

2.待蒸熟的核桃仁冷却后，用柿饼霜一起装入瓷器罐内再蒸，直至溶化一起，晾冷后即成。

3.每天可作糕点，随意服食。

（二十四）养肾补血的蜂蜜桑葚膏

配方：鲜红熟桑葚　200克

　　　蜂蜜　50克

功效：滋养肝肾，补益气血。

应用：适用于须发早白，病后血虚，未老先衰等症。

制作工艺：

1.将鲜红熟桑椹洗净，放入大碗中，用擀面杖擂烂，倒入白纱布滤取汁液，然后将汁液放瓦锅内熬至稍浓，加入蜂蜜，不停搅匀，煮成膏状，冷却后瓶贮备用。

2.食用时，1~2汤匙，温开水送服，每天早晚各服一次。

（二十五）补脾益肾的枣泥桃酥

配方：枣泥　250克

　　　核桃仁　50克

　　　淮山药　50克

　　　面粉　500克

　　　菜油　125克

功效：补脾胃，益肾气。

应用：适用于脾虚食少，肾虚早衰等症。

制作工艺：

1.将核桃仁擀碎，加入枣泥，制成馅，取面粉200克，放在面板上加入菜油100克拌匀，成干油酥。

2.把剩余的面粉放在面板上，加菜油25克，加水适量，合成油面团。

3.将干油酥包入水油面里，卷成筒状，按每50克油面做枣泥桃酥2个。用刀切成剂子，擀成圆皮，然后左手托皮，右手把枣泥馅子装于面皮内，收严口子，搓成椭圆形。用花钳把圆环从顶到底按出一条凸的棱，再用两根干净的鸡毛在棱的两侧按出半圆形的花纹。待锅内油烧至六成熟时，把生坯炸至见酥浮面呈黄色即成。出锅后，稍晾酥。

（二十六）健脑补肾的乌发糖

配方：核桃仁　250克

　　　黑芝麻　250克

　　　红糖　　500克

功效：健脑补肾，乌发生发。

应用：适用于头昏耳鸣，健忘，头发早白，脱发等症。

制作工艺：

1.将红糖放入锅内，加水适量，用武火烧开，移文火上煎熬至稠厚时，加炒香的黑芝麻、核桃仁，搅拌均匀停火。

2.将乌发糖倒在涂有熟菜油的搪瓷盘中，推平，晾凉，用刀划成小块，装糖盒内备用。

3.食用时，早晚各服3块。

（二十七）消暑解毒的绿豆粥

配方：绿豆　50克

　　　粳米　250克

　　　冰糖　适量

功效：消暑生津，解毒消肿。

应用：适用于暑热烦渴，疮毒疖肿，且可预防中暑。

制作工艺：

1.将绿豆、粳米淘洗干净，放入锅内，加水适量，置灶上用武火烧开，再用文火煎熬，直至成粥时，停火。

2.将冰糖汁加入粥内，搅拌均匀，盛碗食用。

（二十八）凉血止血的黑木耳糖

配方：黑木耳粉　　200克

　　　　赤砂糖　　500克

功效：凉血、止血。

应用：适用于肠炎、血痢、血淋、崩漏、痔疮出血及妇女月经过多等症。

制作工艺：

1.将赤砂糖放入锅内，加水适量，用武火烧开，移文火上煎熬至稠厚时，加入黑木耳粉，搅拌均匀，停火。

2.将黑木耳糖倒在涂有熟菜油的搪瓷盘中，推平，晾凉，用刀划成小块，装糖盒内备用。

3.食用时，每天服3次，每次3块。

下篇

# 第一章　内科疑难杂病治疗法

## 一、肝炎

肝炎是由多种肝炎病毒所引起的传染病，现已知有甲型、乙型、丙型、丁型和戊型等不同类型。甲型与戊型肝炎病毒主要是由于污染的水或食物通过消化道传染而致病；乙型肝炎病毒可由血液传播、谱子或接触传播和母婴传播；丙型肝炎病毒乃经血传播，丁型肝炎只在乙型肝病毒存在的情况下才造成感染。临床表现有黄疸型与非黄疸型两类型，分别属于中医学的"黄疸"和"胁痛"范畴。多因脾胃素弱，外受时邪湿热，加之饮不慎嗜好饮酒，多食滑腻，以致湿郁热蒸，脾失健运，肝失疏泄而发病。如迁延不愈，湿热逗留，肝脾两伤，气滞血淤，则可酿成慢性。

少数急性重症肝炎符合中医学"急黄"的症候，其病热急骤，热毒炽盛，每易迅速内陷营血，预后多差，须中西佛医综合治疗，及时抢救。

【诊查要点】

1.本病具有传染性较强、传播途径复杂、流行面广泛、发病率较高等特点。

2.有与病毒性肝炎患者密切接触史（潜伏期：甲型肝炎2～4周，平均1月左右；乙型肝炎4～6周，丙型肝炎2～26周，戊型肝炎2～9周，丁型尚不详）。或有进食污染之食物或饮水史，或有近期输血史。

3.急性肝炎之主要症状和特征为：乏力，纳呆，恶心，腹胀，肝脏肿大，质软或充实，多伴压痛或触痛，少数并有脾肿大。黄疸型肝炎除上述症状外，常先有恶寒发热，持续3~5天，自行消退；然后尿色加深，巩膜与皮肤先后出现黄疸，皮肤瘙痒，大便呈黏土色，持续2~6周后，黄疸消退，进入恢复期。多见于甲型病毒性肝炎。

4.上述之主要症状与体征持续不愈，病程超过半年以上，肝功能轻度损害或正常者为慢性迁延性肝炎。病程在1年以上，或出现肝外多脏器损害的症状，如慢性多发性关节炎、慢性肾小球肾炎等，并伴脾肿在或在肝掌、蜘蛛痣、面色黧黑、毛细血管等扩张、肝功能明显异常，为慢性活动性肝炎。多见于乙型病毒性肝炎。

5.反复进行肝功能检查，包括多种血清酶学检测，如谷丙转氨酶、谷草转氨酶、谷氨酰转肽酶等及絮状试验、血清胆红素测定等；特异性抗原抗体检测，包括甲肝病毒免疫球蛋白M、抗乙肝病毒核心抗体免疫球蛋白M、乙肝病毒表面抗原、乙肝病毒E抗原及其相应抗体、乙肝病毒核心抗体、乙肝病毒脱氧核糖核酸多聚酶及乙肝病毒脱氧核糖核酸等。亦可作肝脏超声波与肝脏活组织检查，有条件者并可进行病毒分离与免疫学检查，藉以明确诊断和鉴别诊断。

6.极少数重型病例，来势凶险，可见高热、出血、黄疸进行性加深，肝界缩小、烦躁、谵妄、嗜睡、抽搐、或伴尿少、浮肿、腹水等症，甚至昏迷、肝功能衰竭。

【治疗方法】

一、辨证论治

（一）湿热交阻　肌肤发黄，黄色鲜明，目黄，胸脘痞闷，腹胀右胁或有胀痛，恶心甚至呕吐，不欲食，乏力，小便深黄，或有恶寒，发热，口苦苔腻，脉濡数。多见于急性黄疸型肝炎。

治法：清利湿热。

方药：茵陈蒿汤合四苓散加减。茵陈15克，黑山栀10克，赤苓12克，猪苓10克，车前子15克（包煎），泽泻10克。

加减：热重于湿：心烦口干、口苦、苔黄、脉数，去赤苓、车前子；加黄柏10克，连翘12克，滑石15克，芦根30克。

湿重于热：身体困重，胸脘痞满，泛恶，口干不欲饮，或口甜，苔白腻，脉濡，加苍术10克，川朴5克，法半夏10克。

初起有表证，恶寒，发热，加藿香、佩兰各10克，豆卷12克。如寒热往来，或胸胁胀痛，加柴胡10克，黄芩10克，青蒿12克。

里实，腹满便秘，去赤苓、车前子，加大黄10克（后下）。

（二）热毒内陷　病势迅猛，黄疸进行性加深，高热，烦躁，谵妄，神昏，或有惊厥, 容易出血, 或身发斑疹, 腹胀满或有腹水, 舌红绛, 苔黄燥, 脉数。多属暴发型肝炎。

治法: 清热解毒。

方药: 黄连5克, 板蓝根30克, 山栀12克, 郁金10克, 白茅根30克, 茵陈30克, 制大黄10克, 蒲公英30克。

加减: 见斑疹、出血, 酌加生地15克, 赤芍10克, 丹皮10克, 玄参12克。若便血, 去玄参; 再加地榆15克, 侧柏叶12克。

神昏谵语, 去茅根, 加菖蒲5克, 另用万氏牛黄丸 (或安宫牛黄丸) 1粒化服; 神昏不语, 可用至宝丹1粒化服; 抽搐, 加钩藤15克, 生石明30克, 或增用羚羊角粉0.6克, 分2次冲服。

腹水尿少, 去板蓝根、山栀; 加马鞭草15克, 海金沙12克 (包), 赤苓15克, 车前子15克 (包), 另用沉香粉1.2克, 蟋蟀粉1.2克, 分2次冲服。

津气耗伤, 舌光红, 加北沙参12克, 麦冬10克, 石斛12克。

(三) 肝郁气滞　胁肋胀痛, 胸闷, 嗳气, 腹胀, 或有低热, 口苦, 舌苔薄白, 脉弦。多见于无黄疸型肝炎及慢性肝炎。

治法: 疏肝理气。

方药: 柴胡疏肝饮加减: 柴胡4克, 白芍10克, 香附10克, 郁金10克, 川楝子10克, 枳壳6克, 青皮、陈皮各6克, 生麦芽15克, 甘草2克。

加减: 气郁化火, 心烦易怒, 口苦, 脉弦数, 去香附和青、陈皮, 加山栀10克, 丹皮10克。

气滞血淤, 肝区刺痛, 舌质紫气, 去麦芽和青、陈皮。加桃仁10克, 红花5克, 延胡索10克, 片姜黄10克。

火郁伤阴, 舌红, 口干, 心嘈, 齿龈出血, 宜柔肝和络, 去柴胡、香附、青陈皮; 酌加当归10克, 沙参12克, 麦冬10克, 枸杞子10克, 生地12克, 石斛10克。如伴有虚热, 酌加青蒿10克, 鳖甲24克。

(四) 脾胃不和　脘痞食少, 腹胀, 倦怠乏力, 大便溏, 苔薄腻, 脉细。多见于急性肝炎恢复期及慢性肝炎。

治法: 健脾和胃。

方药: 香砂枳术丸加味。白术10克, 枳壳10克, 砂仁2.5克 (后下), 木香4克, 橘皮6克, 炒苡仁12克, 六神曲12克。

加减: 气虚, 疲劳乏力, 加党参10克, 炙甘草3克。

血虚, 头昏, 面色不华, 舌质淡红, 加当归10克, 白芍10克。

脾阳虚, 腹胀, 便溏, 怕冷, 舌质淡, 加干姜3克。

此外, 肝脾不和者应同治, 湿热逗留不净者, 酌配清热化湿药。

二、中成药

甘露消毒丹, 每次6克, 每日2次。用于湿热黄疸。

柴胡疏肝丸, 每次6~9克, 每日3次。用于慢性肝炎属肝郁气滞胁痛者。

鸡骨草丸每次4丸, 每日3次。适用于慢性肝炎。

乌鸡白凤丸每次9克, 每日2次。适用于慢性肝炎。

黄芪注射液每次1支, 肌肉注射, 每日1~2次。

以上药物均用于慢性肝炎, 有增强免疫功能的作用。

三、慧缘效验方

治疗乙型肝炎特效方: 黄芩12克、白茅根30克、柴胡10克、茵陈25克、六神曲21克、砂仁8克、秦皮8克、黄芪38克、金银花18克、甘草5克。

清热解毒利湿药物如: 板蓝根、连翘、凤尾草、秦皮、虎杖、石打穿、龙胆草、美人蕉、马兰、过路黄、田基黄、垂盆草、酢浆草、夏枯草、蒲公英、金钱草、茵陈、糯稻根等具有改善或控制症状、降低转氨酶的作用, 可以酌选数味, 各30~60克, 煎服; 亦可加入辨证复方中同用。适用于急、慢性病毒性肝炎。

鸡骨草30克~60克, 煎服, 可退黄。

平地木30克, 红枣10个, 水煎两次和匀, 上下午分服, 每日1剂, 用于急、慢性肝炎。

四、针灸疗法

体针: 支沟、阳陵泉、肝俞、阳纲。

胁痛, 加章门、期门。针后拔火罐; 脾胃不和, 加中脘、足三里; 发热, 加大椎、合谷; 热毒内陷, 加劳宫, 十宣放血。

耳针: 交感、神门、肝、胆、脾。

五、佛禅疗法

每日禅定两次, 每次10分钟。

每天念颂大明咒一次, 每次10分钟左右。

每日礼拜二次观音菩萨, 敬檀香三支。

每日六观想一次, 方法见前章。

每日微笑数次。

每日行"嘘"字功数次。

【预防】

1.注意个人卫生, 加强饮食卫生和饮水消毒。

2.急性期隔离自发病日起计算为3周; 恢复期或慢性活动期病人, 或带病毒者均须注意餐具消毒,采取分食制,不从事炊食、保育工作,不献血。

3.病人污染的用具应煮沸消毒。大小便及排泄物可用石灰消毒后加盖密闭。

4.药物预防可用板蓝根冲剂,每次1~2包,每日2~3次;或茵陈30克,生山栀15克,红枣15个,或用马齿苋60克,煎服,每日1剂,连服3~5天。对体质较差的,特别是儿童和孕妇,有条件时,可注射胎盘球蛋白或丙种球蛋白0.02~0.05毫升/公斤体重。

# 二、支气管炎

支气管炎有急、慢性的区别。急性支气管炎,是由病毒和细菌感染、物理和化学性刺激(如过冷空气)或寄生虫(如钩虫、蛔虫等幼虫)所引起。慢性支气管炎可以由急性支气管炎迁延而成,也与大气污染(如化学气体)、各种粉尘、吸烟与过敏等因素有关。本病以咳嗽为主症,属于中医学"咳嗽"范畴。急性的属外感暴咳,慢性的属内伤久咳,多因人体正气不足,气候多变,尤其冬春季节,外邪从口鼻侵犯于肺,肺气宣降功能失常而发生咳嗽;如反复发作,久延不愈,可导致肺气亏虚,痰饮伏肺,而形成咳嗽。

【诊断要点】

1.急性支气管炎,初起类似上呼吸道感染症状,先有喉痒干咳,1~2天后咳出少量黏痰或稀薄痰,逐渐转为黄脓痰或白黏痰,可持续2~3个星期。

2.慢性支气管炎,多有长期反复咳嗽病史,以秋、冬天气寒冷时易于复发或加重,早晚咳嗽较剧,痰多为白色清稀或黏液样。此为单纯型,如伴哮鸣者则为喘息型。病程可分为急性发作期、慢性迁延期与临床缓解期。如咳嗽频繁,咳吐黄脓或白稠痰,伴有发热的,应考虑继发感染;如兼见气喘、气短的,应考虑合并有肺气肿。

3.检查:听诊时两肺呼吸音粗糙或有散在性干、湿罗音(湿罗音以肺底部较多);在慢性喘息性支气管炎病人并可听到哮鸣音。血液检查白细胞总数及中性粒细胞百分率,在急性支气管炎及慢性支气管炎继发感染时可以增高。

4.老年人,婴儿或体质衰弱的病人,如见发热较甚、气喘、肺部听诊有湿罗音等情况,提示可能并发支气管肺炎,可作肺部X线检查。

【治疗方法】

一、辨证论治

根据外感新病和内伤久病的不同,临床上可分为风寒、风热、痰湿、寒饮等症型施治。

（一）风寒　起病较急，咽痒咳嗽，咯痰稀白或粘，并有鼻塞、流涕，或有恶寒、发热、头痛、四肢酸痛等症，舌苔薄白，脉浮（相当于急性支气管炎早期）。

治法：疏风散寒，宣肺化痰。

方药：止咳散加减。苦杏仁10克，橘梗6克，前胡10克，金沸草10克，紫菀10克，甘草3克。

加减：胸闷、泛恶、痰多、苔白腻者，加法半夏10克，橘皮6克。

伴有气喘、喉间痰鸣者，去橘梗；加麻黄5克，佛耳草15克。

（二）风热　咳嗽不爽，咯痰黄稠或白粘，口干咽痛，或有发热，头痛恶风，舌苔薄黄，脉浮数（相当于急性支气管炎及慢性支气管炎继发感染）。

治法：疏风清热，肃肺化痰。

方药：桑菊饮加减。桑叶10克，菊花10克，连翘10克，薄荷5克（后下），牛蒡子10克，橘梗6克，杏仁10克，前胡10克，甘草3克，瓜蒌皮10克。

加减：痰热重，咯痰黄稠量多，胸满喘息，或发热较高者，去桑叶、菊花、薄荷、牛蒡子；加炒黄芩10克，鱼腥草15～30克，金荞麦30克，葶苈子5克。

内热外寒，热甚烦躁、气喘、痰白粘者，去桑叶、菊花、薄荷；加麻黄5克，生石膏30克。

如迁延反复较久，肺热化燥伤津，咳呛胁痛，痰少质粘，口咽干燥，舌红者，去菊花、连翘、牛蒡子、薄荷；加南沙参10克，炙桑皮10克，地骨皮10克，黛蛤散15克（包煎）。

（三）痰湿　咳嗽反复发作，天寒更重，痰多易出，色白质粘或稠厚成块，早晚咳甚，胸脘痞闷，食欲不振，舌苔白腻，脉濡滑（相当于慢性支气管炎）。

治法：燥湿化痰。

方药：二陈汤加减。法半夏10克，茯苓10克，陈皮6克，光杏仁10克，制川朴5克，佛耳草10克，紫菀10克，款冬花10克。

加减：痰多，胸闷伴气急者，去紫菀，款冬花；加苏子10克，莱菔子10克，白芥子5克。

久咳体虚，怕冷，神疲乏力，痰多稀白，食欲不振者，加白术10克，炙桂枝3克，甘草3克。

（四）寒饮　老年患者咳嗽反复发作，长期不愈，天气寒冷时加重，痰多白沫或白粘，气喘气短，喉间有痰鸣声，活动后或夜间更明显，甚至不能平卧，怕冷，苔白滑，脉小弦（相当于慢性喘息性或阻塞性支气管炎，或并发阻塞性肺气肿）。

治法：温肺化痰。

方药：小青龙汤加减。麻黄3～6克，桂枝5克，干姜5克，细辛1.5克，五味子3～6克，法半夏10克，白前10克，甘草3克。

加减：咳甚者，加紫菀10克，款冬花10克，痰鸣喘咳甚者，加葶苈子10克。

继发感染见痰热症状者，加生石膏30克。热重者去桂枝、干姜、细辛；加炒黄芩10克，炙桑皮10克，射干5克。

见气喘、气短、心悸、活动后更甚等肺气肿或肺原性心脏病症候者，参考支气管哮喘虚证的治法；如肺原性心脏病合并有心力衰竭或继发感染病情严重者，当中西医结合治疗。

二、中成药

保金丸　每次5克，每日2次。适用于咳嗽、气喘、痰多者。

清气化痰丸　每次6～9克，每日2次。用于痰热咳嗽。

杏苏二陈丸　每次5克，每日2次。用于风寒或痰湿咳嗽。

蛇胆川贝液（散）　每次1支，每日2～3次。清热化痰，润肺止咳。

通宣理肺丸　每次1丸，每日2次。用于急性支气管炎早期，因风寒而致咳嗽不爽的。

三、慧缘效验方

黑胡椒7粒，白胡椒8粒，花生仁1粒，核桃仁1个，用时将以上四种药捣细后放入肚脐内，上盖橡皮膏并将四周按压密紧，24个小时去掉，每两天使用1次，连用7天。

丝瓜藤汁。夏季傍晚，将丝瓜茎在离地面约60厘米处前剪断，将下端倒插入清洁瓶内，盖上纱布，次日清晨即可收集到新鲜藤茎叶的汁，每次30～50毫升，每日3～4次。或用鲜丝瓜藤60克，煎服，每日1剂，连服1周。适用于急、慢性支气管炎。

松塔（松果）3个，豆腐2块，同煮，煮沸后加冰糖适量，空腹喝汤吃豆腐。适用于急、慢性支气管炎。

白芥子30克，牙皂10克，同放入水中浸泡一宵，取出白芥子晒干、炒熟，每日早晚各服1次，每次按龄计算，1岁服1粒。适用于慢性支气管炎痰多者。

五味子250克（小儿用量减半），红壳鸡蛋10个，先将五味子加水煎沸半小时，待药汁凉后，放入鸡蛋10个浸泡7天。每日早晨取鸡蛋1个，用糖水或热黄酒送服，亦可煮熟食用。适用于慢性喘息性支气管炎及支气管哮喘症，伏天未发病时服之更好。

四、针灸疗法

体针：肺俞、天突、列缺。

风寒：加大杼（灸）、合谷；风热、加尺泽、曲池；痰湿，加太渊、丰隆、太白；痰饮咳喘，加定喘。

耳针：平喘，肾上腺、神门、肺。

五、其他疗法

穴位埋线疗法取穴：天突或膻中，肺俞透厥阴俞，中府透云门，孔最或列缺，每次选用2～3穴，20～30天后可再埋植一次。适用于慢性支气管炎。

六、佛禅疗法

每天到空气清新之地吸采两次花草树木信息。

每日禅定两次，每次30分钟。

每天念颂大明咒一次，每次10分钟左右。

每日礼拜药师佛和观音菩萨各一次，敬献荷花明檀香各一支。

每日六观想一次。

每日微笑数次。


# 三、支气管哮喘

支气管哮喘是呼吸道的过敏性疾病，属于中医学的"哮"、"喘"、"痰饮"病的范畴。其主要病理因素为"痰"，内伏于肺，因外感风寒、饮食、情志或劳累过度而诱发，其中与气候变化最为密切。发作时，痰随气升，气因痰阻，气道不利，肺的升降失常，而致呼吸困难，喉中发出吼鸣声。若反复发作，久延不已，寒痰伤阳，痰热伤阴，可导致肺、脾、肾三脏皆虚，出现本虚标实证候。

【诊查要点】

1.既往哮喘反复发作史或过敏史；发病大多在夜间。

2.发作前可有先兆症状，如打喷嚏、流涕、咳嗽等；发作时突然胸闷，呼气性呼吸困难，喉间哮鸣，痰难咯出，不能平卧。发作将止时，咳吐白色泡沫痰液。

3.发作时胸部听诊，两肺满布哮鸣音。血白细胞总数增加，嗜酸性粒细胞增高，合并感染时中性粒细胞增高。胸部X检查肺部无病灶（病久或年老者可有肺气肿改变）。

4.咳喘厉害，痰多黄稠，发热者，注意并发肺部感染，如肺炎、支气管炎等。

5.久病而致经常气短，喘息，活动后更明显，应考虑并发肺气肿；如并见紫绀、心悸、面肢浮肿的，应考虑肺原性心脏病。

6.如晚间突然气喘不能平卧时，应注意与心原性喘息鉴别。后者常伴心慌、心悸、紫绀、咳嗽或吐血性泡沫痰，检查可有心脏扩大，瓣膜区杂音，肺部湿罗音等阳性体征。

【治疗方法】

一、辨证论治

根据本病发作和间歇的特点，治疗当以发时治标、平时治本为原则。治标宜分辨寒热，祛邪化痰；治本宜培补肺、脾、肾，助其正气。如反复久发，正虚邪实错杂者，应标本同治。

（一）寒证　胸膈气闷如塞，喉中痰鸣，咳不多，痰稀白，量少不爽，口不渴，或渴喜热饮，怕冷，舌苔白滑，脉细弦。

治法：温肺散寒，豁痰利气。

方药：小青龙汤加减。麻黄5～10克，川桂枝5克，姜半夏10克，生甘草、干姜各3克，细辛3克，五味子5克，光杏仁10克。

加减：痰多壅塞，舌苔白厚腻，去五味子、甘草；加制厚朴5克，炒白芥子5克，射干、炒苏子各10克。

咳嗽剧，去桂枝；加紫菀、款冬花或白前各10克。

（二）热证　胸膈烦闷，气粗痰吼，咳呛痰吐黄脓，或白色稠粘如粉条，面红，自汗，口渴喜热饮，或有发热，舌苔黄腻边尖红，脉弦滑数。

治法：清热宣肺，化痰平喘。

方药：定喘汤加减。水炙麻黄5～6克，苦杏仁12克，生甘草3克，炒黄芩10克，桑白皮15克，竹沥半夏10克。

加减：咳嗽剧烈，痰吐稠黄，加鱼腥草30克，海蛤粉12克（包）。

发热较甚，加生石膏30克。

（三）虚证　反复发作日久，年老体弱，平时常有轻度持续性喘息，心慌气短，活动后更甚，咳而痰多，畏风易汗，食少形瘦，倦怠无力，舌质淡，脉虚。

治法：补肺益肾，健脾化痰。

方药：党参、黄芪各15克，白术10克，熟地12克，五味子5克，胡桃肉10克，炙款冬、炙紫菀各10克。

加减：阴虚明显，颧红，烦热，咳呛，痰粘量少，舌质干红，脉细数，去黄芪，款冬、紫菀；加南沙参、麦冬、玉竹各12克。

发作时张口抬肩，喉中痰声如鼾，喘急气逆的，加紫石英15克，沉香2克。如喘促剧烈，面唇发绀，汗多欲脱，同时用人参粉3克，紫河车粉3克，姜制半夏粉3克，和匀，一日分3次吞服；肢冷者，改服黑锡丹，每次3克，每日2次。

二、中成药

小青龙冲剂（糖浆）　　每次1～2袋，每日2～3次；糖浆每次25～30毫升，每日3次。用于哮喘寒证。

金匮肾气丸（浓缩）　　每次8粒，每日2～3次。为平时治本用。

固本咳喘片　每次4～5片，每日3次。益气固表，健脾补肾，为平时治本用。

三、慧缘效验方

花生仁30克，苏子12克，菟丝子20克，白藓皮10克，椒目6克。

金瓜膏：金瓜（即北瓜）2000克，切片，麦芽糖1000克，用文火共熬成膏，每次1匙，每日早晚各1次，开水冲服。用于防止或减少反复发作。

干地龙粉，每次3克，每日2次，或装胶囊内开水吞服。亦可用地龙注射液，第1次用0.5毫升，肌肉注射，以后每次注射2毫升，隔日1次。用于热哮发作时。

蜒蚰7～8条，白茯苓10克，共同捣烂，晒干研粉，再以麻黄6克煎汤，拌和药末为丸，晒干，每次服1.5克，每日3次，连服7～10天。用于热哮。

皂角白芥子粉　用于哮喘痰涌气喘。

五味子浸鸡蛋　用于防止或减少发作。

胡桃肉1个，生姜1片，每晚同嚼后服下。适用于虚喘，可作减少复发之用。

四、针灸疗法

体针：

实喘：定喘、天突、尺法、丰隆。

虚喘：膏肓（灸）、肾俞（灸）、气海（灸）、天突、足三里。

耳针：平喘、肾上腺、交感、神门，每次酌取2～3穴。

五、其他疗法

（一）白芥子贴敷法　白芥子、细辛各21克，延胡索、甘遂各12克，麝香0.15克，均研细末，用姜汁调和，做成小薄圆饼状外贴。以上剂量分3次使用，在夏季三伏（初、中、末伏3次）中午11时左右贴敷肺俞、膏肓、大椎3穴，约2小时后去之。可连续应用数年。

（二）埋线疗法　取穴：天突、肺俞（可透厥阴俞）、膻中、中府透云门，每次取2～3穴。痰多加丰隆，咳血加孔最，发热加曲池，体虚寒加肾俞、足三里。单穴效果不显著时，可用透穴。

（三）割治疗法　取膻中、天突、定喘、掌1、2、3、5等部位。每次割1个或2个穴位，各部位可轮流使用。两次割治时间可间隔7~10天。

（四）发泡疗法　取肺俞（一侧或双侧）、膻中。

六、佛禅疗法

每日禅定三次，每次30分钟。

每天念颂大明咒三次，每次15分钟左右。

每日礼拜药师佛二次，上明檀香一支。

每日六观想海边景一次。

每日微笑数次。

# 四、胃及十二指肠溃疡

胃和十二指肠溃疡多属中医学"胃脘痛"的范围。发病原因为长期的饮食不节或精神刺激，以致肝胃不和，脾胃不健，胃气郁滞而发生疼痛。并可气郁化火而伤阴，气滞寒凝而伤阳，或由气及血。

【诊查要点】

1.上腹（胃脘）部疼痛反复发作，常伴嗳气、嘈杂、泛酸。在秋、冬季发作较多，与饮食有密切关系。胃溃疡疼痛多在食后半小时至2小时；十二指肠溃疡多在饭后2~4小时，食后反可减轻。

2.发作时上腹部有轻微压痛，胃溃疡的压痛点大多在中上腹部剑突下稍偏左处；十二指肠疡大多在中上腹或脐上方及其偏右处。

3.如大便呈黑漆样颜色，大便隐血试验阳性的，提示有内出血。

4.注意出现并发症。

凡反复呕吐大量腐臭食物，尤以晚上为甚者，常为幽门梗阻。中年以上的病人长期不愈，疼痛的规律性消失，消瘦，贫血，或上腹部摸到肿块的，为癌变表现。可做钡餐造影、纤维胃镜等检查以明确诊确。

如合并大量呕血、便血，或因急性穿孔，突然剧烈腹痛，腹部肌肉强直的，应及时送外科做必要的诊查和处理。

5.鉴别诊断

慢性胃炎：上腹疼痛无明显规律性，上腹部压痛区域较广，且不固定，食欲不佳，食后疼痛胀闷加重，常伴呕吐。

胃神经官能症：上腹疼痛无规律，与饮食无明显关系，常因情志刺激引起疼痛，上腹部一般无压痛，或压痛部位常有变动。

慢性胆道疾病：上腹疼痛无规律，以往有阵发性腹绞痛或黄疸史，发作与吃油脂食物有关，右上腹（胆囊区）有压痛，可伴局部腹肌紧张，或有低热。

【治疗方法】

一、辨证论治

根据疼痛的时间、性质与饮食关系，辨别虚实寒热气血的不同。如久痛不已，痛势隐隐喜按，食后减轻，为虚证；痛势急剧，拒按，食后加重，为实证；冷痛喜热为寒证；灼热急痛为热证；胀痛或走窜疼痛为气滞；刺痛且痛处固定为血淤。

临床常见证候有肝胃不和，脾胃虚寒两大类。治疗原则以调和胃气，疏肝运脾为主。

（一）肝胃不和　胃脘胀痛，走窜不定，连及两肋背后，食后痛甚，胸闷，嗳气，泛酸，口苦，舌苔薄白，脉细弦。

治法：疏肝和胃

方药：柴胡疏肝饮加减。醋炒柴胡5克，炒枳壳10克，白芍，炒延胡素，制香附各10克，甘草3克。

加减：气郁化火，痛势急迫，嘈杂吐酸，口苦，苔黄，加姜川连2克，炙乌贼骨12克，或煅瓦楞子15克。

气滞血淤，刺痛，痛处固定，板胀拒按，舌质紫，去柴胡，加元胡12克；出血另加参三七、白芨粉各5克。

火郁伤阴，灼痛如饥，口干，舌质红，去柴胡、香附，加麦冬、石斛、沙参、川楝子各10克。

（二）脾胃虚寒　胃部隐痛，时轻时重，脘部觉冷，喜暖喜按，空腹为甚，食后减轻，多食多胀，或泛清水，大便溏，怕冷，精神疲倦，舌苔淡白，脉细。

治法：温胃健中。

方药：黄芪建中汤加减。黄芪、白芍各12克，炙桂枝、炙甘草各5克，干姜3克，大枣5个。

加减：寒重，冷痛，舌苔白滑，口多清水，加高良姜5克。

气滞，脘部痞胀，加炒枳壳10克，木香5克。

气不摄血，大便发黑，去干姜、桂枝；加炮姜炭5克，侧柏炭2克（包）。另服乌芨散。

胃中停饮，呕吐清水冷涎，胃部有水声，去黄芪、大枣，加姜半夏、茯苓各10克。

二、中成药

乌贝散每次3～5克，每日2～3次。有制酸、止血之效。

乌芍散用量、主治与乌贝散相同。

乌芨散每次3～5克，每日2～3次。有制酸、止血之效。

逍遥丸每次5克，每日2次。用于肝胃不和之胃痛。

气滞胃痛冲剂每袋10克，每次1袋，每日2次。用于气滞胃痛。

左金丸每次3～6克，每日2～3次。用于肝火犯胃之胃痛、嘈杂、泛酸。

元胡止痛片每次4～6片，每日2～3次。用于气滞血淤之胃痛。

香砂养胃丸每次6克，每日2～3次。用于胃虚气滞之胃痛。

锡类散每次1支，化水调服，每日2次。用于溃疡伴有黑便。

三、慧缘效验方

郁金10克，柴胡8克，炮山甲15克，六神曲18克，白芨10克，砂仁12克，白术12克，黄芪38克，黄柏25克，甘草6克；上药共为极细末，每次5克，温开水冲服，或装入胶囊服用。

焙鸡蛋壳研细粉，每次3克，每日2～3次。有制酸止痛作用。此外，如螺蛳壳、蚌壳、瓦楞子、煅牡蛎等药任选一种，加入1／3的甘草，研成极细末，和匀，每次3克，每日3次，有制酸、止痛作用。

四、针灸疗法

体针：

(1) 中脘、内关、足三里。

(2) 胃俞、肝俞、三阴交。

两组穴位交替使用，并可在背部压痛点埋皮内针。

肋痛、泛酸，加太冲、阳陵泉；空腹痛甚，怕冷、便溏，加灸天枢、气海；大便发黑或有隐血，加灸隐白、脾俞。

耳针：

胃溃疡：胃、交感、神门。

十二指肠溃疡：十二指肠、交感、神门。

五、其他疗法

埋线疗法　中脘透上脘，胃俞透脾俞、足三里等穴，做羊肠线埋藏。

六、佛禅疗法

每日禅定三次，每次20分钟。

每日礼拜地藏菩萨二次，上桂花明檀香三支。

每日六观想一次。

每日微笑数次。

## 五、慢性胃炎

本病属于中医学"胃脘痛"、"呕吐"、"痞满"等范围。多为饮食不节,嗜食辛辣生冷,精神刺激所引起;或续发于急性胃炎、溃疡病等之后。因肝气犯胃,或脾胃虚弱(胃气虚寒或胃阴不足),胃气不能和降所致。

【诊查要点】

1.大多数病人,尤其轻症与浅表性胃炎可无明显症状。一般临床多见上腹部胀闷疼痛,无明显规律性,食后加重,胃口欠佳,常有嗳气、恶心呕吐的症状。

2.上腹部可有压痛,范围较广,且不固定。

3.肥厚性胃炎,胃酸增多,有吐酸烧灼感,也可发生胃出血。

4.萎缩性胃炎,胃酸减少,有饱胀、嗳气、口苦或腹泻的症状,后期可见营养不良、消瘦、贫血、舌炎,伴肠上皮化生者有变为胃癌之可能。

5.可做纤维胃镜检查及胃液分析,以协助诊断。

【治疗方法】

一、辨证论治

(一)气郁胃部胀满,疼痛,嗳气,恶心,或呕吐,嘈杂,吐酸,口苦,食欲不好,抑郁恼怒时胀痛明显,舌苔薄白或黄,脉细弦。

治法:理气和胃。

方药:苏梗10克,法半夏10克,川朴5克,茯苓10克,白蔻仁6克(后下),枳壳10克。

加减:吐酸明显,去川朴;加姜黄连0.6克或炒黄芩5克,淡吴萸1.5克,煅乌贼骨15克。

(二)虚寒上腹隐痛,胸闷恶心,呕吐清水,喜暖畏寒,头昏,疲倦乏力,面色萎黄,大便或溏,舌质淡,苔薄白,脉细。

治法:补脾温中。

方药:香砂六君子汤加减。党参、炒白术、茯苓各10克,陈皮5克,广木香5克,砂仁3克(后下)。

加减:挟湿,呕吐腹胀,大便溏,苔白腻,去白术、党参;加苍术10克,川朴5克,姜半夏10克。

胃寒重,怕冷喜暖,吐清水,加制附片5克,干姜3克。

气滞,胸闷嗳气,加苏梗10克,佛手片5克。

(三)阴伤胃部灼热,隐痛,嘈杂,恶心,有饥饿感,但不能多食,食后饱胀,面色无华，消瘦，心烦，口干，或有腹泻，舌质光红少苔，脉细数。

治法：滋阴养胃。

方药：一贯煎加减。北沙参12克，麦冬12克，川石斛10克，玉竹15克，白芍10克，川楝子10克，炙甘草5克。

加减：恶心呕吐，加陈皮6克，竹茹10克。

心烦口苦，加黑山栀10克。

胃酸少，喜食酸味，加乌梅肉5克，生山楂12克。

二、中成药

乌芍散每次3～5克，每日2～3次。用于胃痛、嘈心、吐酸等症。

左金丸每次3克，每日2次。用于胃痛、泛酸、呕吐。

气滞胃痛冲剂每次1～2包，每日2～3次。用于肝胃不和，气滞胃痛。

三、慧缘效验方

金石斛8克，白藓皮8克，砂仁12克，炮山甲15克，小茴香5克，麦冬10克，北沙参10克，白芨6克，元胡8克，黄连8克，甘草5克。

蒲公英15克，粮酒1食匙，水煎2次后混合，分早、中、晚3次饭后服。用于慢性胃炎。

乌梅肉，略焙，饭后食1个。治慢性胃炎胃酸缺乏者（亦可食话梅或山楂片）。

四、针灸疗法

取穴：中脘、内关、足三里。

腹胀，配天枢、气海。

五、其他疗法

埋线疗法 取穴同溃疡病。

六、佛禅疗法

每天禅定三次，每次20分钟。

每天摩腹三次，每次10分钟。

每日礼拜横三世佛和观音菩萨各二次，上檀香三支。

每日六观想一次。


# 六、肝硬化

肝硬化是一种常见的由不同病因引起的慢性进行性弥漫性肝病（肝脏逐渐变形变硬）。按病因可分为：肝炎后、酒精性、胆汁性、淤血性（包括心原性肝硬化）、化学性（药物性）、代谢性、营养性及原因不明等多种肝硬化。在国内以病毒性肝为后肝硬化较常见，属于中医学"症积"、"鼓胀"、"黄疸"等病范围。多因长期嗜酒，饮食不调，情志郁结或继发于肝脏疾病之后，而致湿热内郁，肝脾两伤，日久则气滞血淤，水湿内停，气、血、水互相搏结，形成症积、鼓胀。由于郁热可以耗伤肝肾之阴，湿邪每易损伤脾肾之阳，所以病久常见本虚标实，相互夹杂的症候。

【诊查要点】

1.可有病毒性肝炎、血吸虫病、长期营养不良、嗜酒等病史。

2.早期症状常不明显，可有右上腹隐痛或不适；晚期多见消瘦乏力，食欲减退，腹痛腹胀、腹泻、牙龈、鼻腔出血，或皮肤粘膜紫斑，甚或呕血、黑便，或有不规则发热等症状。

3.面色黧黑，或有黄疸，面部毛细血管扩张，面颈胸部蜘蛛痣以及肝掌，检查肝脏肿大或缩小，质地较硬，或脾脏肿大，晚期肝脏可能反见缩小，而脾脏是明显肿大，伴有腹壁静脉曲张、腹部移动性浊音等阳性体征。

4.可做血液肝功能试验、超声波检查和食管钡餐X线检查，以了解肝功能损害程度，并协助鉴别诊断。

5.注意观察有无上消化道出血、肝性昏迷等并发症的出现。消瘦等恶病质症状，肝脏呈较迅速进行性肿大，质地坚硬，表面不光滑，呈结节状。血液甲胎蛋白阳性，B型超声波或放射性同位素肝扫描检查发现占位性病变，有条件者可做CT检查。

【治疗方法】

一、辨证论治

辨证当分别标实和本虚的主次。标实为主的，治以疏肝运脾，用理气、化淤、行水等法；本虚为主的，治应补养正气，用温补脾肾或滋养肝肾等法；虚实夹杂者，采取消补兼施的方法。

（一）肝脾不和面色黯滞，头昏无力，食欲不振，右肋胀痛，脘痞，嗳气腹胀，大便常溏，舌苔薄，脉细弦。

治法：疏肝运脾。

方药：逍遥散加减。柴胡5克，当归10克，白芍10克，白术10克，陈皮5克，茯苓10克，木香5克，砂仁3克（后下），炒枳壳10克。

加减：脾虚为主，腹胀便溏较甚，去当归、柴胡；加党胡10克，淮山药10克，炒谷、麦芽各12克。

肝郁明显，肋痛嗳气较甚者，去砂仁、白术；加延胡索10克，川楝子10克，广郁金10克。

（二）气滞血淤肋痛如刺，腹部胀急，或青筋显露，形体消瘦，面色灰暗，颜面多血丝，肋下触有症积（肝脾肿大明显，质地较硬），唇舌发紫，脉细。

治法：行气化痰。

方药：膈下逐淤汤加减。桃仁10克，红花5克，当归10克，赤芍10克，丹参15克，三棱10克，莪术10克，制香附10克，枳壳10克。

加减：淤阻于络，肋下痛甚，可配地鳖虫5克，九香虫3克，另用参三七粉2克，延胡索粉3克，和匀分两次吞服。

病程较久，气血两虚，面色萎暗，神疲，消瘦，去三棱、莪术；酌加党参10克，白术10克，黄芪10克，熟地12克。

阴虚，齿鼻出血，舌质紫红，去桃仁、红花、三棱、莪术；加炙鳖甲15克，丹皮10克，生地12克，石斛10克，白茅根30克。

淤结水阻，腹胀大，有腹水，青筋显露，尿少，加马鞭草30克，泽兰10克，泽泻12克。

（三）脾肾阳虚神倦，食少，腹胀大，但按之不坚硬，下肢或有浮肿，小便短少，大便溏，次多量少，怕冷，面色萎黄或苍白，舌质淡或嫩红，苔薄白，脉沉细。

治法：温阳行水。

方药：附子理苓加减。熟附子10克，川桂枝5克，干姜3克，连皮苓15克，焦白术10克，川朴5克，泽泻10克，大腹皮10克。

加减：腹水较多，加葫芦瓢15克，川椒目3克。

脾虚明显，神倦，气短，加党参10克，黄芪12克。

肾虚明显，面色苍白，怕冷，舌淡，加巴戟天12克，葫芦巴10克，鹿角片10克。另吞服紫河车粉，每次2克，每日2次。如有腹水，下肢浮肿、尿少，可配服济生肾气丸，每次5～10克，每日2次。

（四）阴虚湿热面色暗黄，现血缕、红痣，鼻衄，齿龈出血，或腹胀大，腹皮绷紧，青筋显露，下肢浮肿，时有低烧或发热，虚烦，口干苦，泛恶，小便赤少，苔薄白罩黄或灰腻，舌质绛红有裂纹，或暗红有紫斑，脉细弦数。

治法：养阴利少，清热化湿。

方药：参麦地黄汤，菌陈四苓汤加减。沙参12克，麦冬10克，石斛10克，生地12克，枸杞子10克，猪、茯苓10克，泽泻12克，车前草15克。

加减：湿热盛，酌加菌陈15克，金钱草15克，败酱草15克，生苡仁12克。口苦泛恶，再加黄连3克，制半夏10克。

龈鼻衄血，加黑山栀10克，制大黄10克，白茅根30克，大、小蓟各15克。

小便黄赤，量少，加马鞭草30克，冬瓜皮30克。

苔腻白或灰，湿浊偏盛，去生地、枸杞子，酌加佩兰10克，制川朴5克，法半夏10克，陈皮5克。

低热不清，加青蒿10克，黄芩10克，炒白薇10克，鳖甲12克。

以上药物，当根据病情选用，注意阴虚与湿热的主次，酌情配伍。如湿热为主的，应清热与化湿药合用，阴虚为主的，应养阴之中佐以清热，不宜采用温燥化湿之品。

（五）水气搏结，腹水骤然增长，胸腹鼓胀绷急，气息不平，不能平卧，食饮不下，得食则胀甚，大小便少而难解，或有黄疸，苔腻，脉弦数有力，正气尚未过度损伤。

治法：攻下逐水。

方药：煨甘遂15克，商陆10克，大腹皮、子各12克，大黄10克（后下），黑丑10克，沉香1.5克（后下），郁李仁10克。或用煨甘遂1克，黑、白丑各1.5克，大黄1.5克，沉香0.6克，琥珀0.6克，蟋蟀0.6克，研粉和匀，分3次服，每日早晨空腹时服1次，水甚者，日服2次。

用攻下法须注意体质，密切观察病情变化，适可而止，如反应重，呕吐腹泻严重者则停止服药。

此外，如并发上消化道大出血时，应及时采取中西医综合措施进行抢救。如输血、输液、三腔管压迫止血等，中医辨证治疗，可按血证处理，并采用下列止血药：

1.白芨粉、三七粉每次各3克，用温开水调成糊状服下，4～6小时一次。

2.紫珠草60克，煎浓汁服，或紫珠草溶液20毫升，每日3～4次。

二、中成药

鳖甲煎丸每次5～6克，每日2次。用于气滞血淤，肝脾肿大，质硬，而脾大为主者。

舟车丸每次3克，早晨空腹服下，可连用2～3天。治肝硬化有高度腹水，邪实而正气不过虚者。

三、慧缘效验方

马鞭草、半边莲、石打穿30克，煎服，每日1剂。治肝硬化伴腹水，尿少者。

九头狮子草根（京大戟），主治肝硬化腹水实证。取根洗净晒干，微火炒成咖啡色，研粉，装胶囊，每粒0.3克；成人每次服13～16粒，儿童减半，早饭后2小时温开水送服；药后稍有腹痛、恶心、呕吐的症状，数小时后缓泻数次，症状即渐消失。每3～7天服1次，连服至腹水消失。腹水消失后可服人参养营丸调理。服药期间忌食盐及一切荤腥油腻食物。

四、针灸疗法

体针：肝俞、脾俞、大肠俞、足三里、阴陵泉、支沟、太冲、气海、血海，根据病情交替选用3~4穴。

如有腹水而属于脾肾阳虚的，可灸脾俞、肾俞、水分、阴陵泉、气海、足三里等穴。阴虚病人单针不灸。

耳针：肝、脾、肾、交感。

五、佛禅疗法

每日禅定三次，每次30分钟。

每日礼拜佛祖和观音菩萨各一次，献好檀香各三支。

每日六观想水边景一次。

每日微笑数次。


# 七、胆囊炎

急性胆囊炎主要是由细菌感染和胆道阻塞，胆汁滞留浓缩，刺激胆囊粘膜所引起；慢性胆囊炎有时是急性胆囊炎的后遗症。但多数可以无急性发作史，发现时即为慢性。胆石症系指胆与胆管的任何部位发生结石，常与胆囊炎合并发生。

根据本病临床表现，属于中医学"肋痛"和"黄疸"的范围。多因嗜食酒、辣、油腻或忧思郁怒，而致肝胆疏泄失常，脾胃运化不健，气滞湿郁蒸热，表现为急性胆囊炎的症状，若湿热久蕴不清，肝胃不和，可致反复迁延不已，成为慢性胆囊炎，有时或见急性发作。本篇主要介绍慢性胆囊炎的证治。

【诊查要点】

1.右上腹或中上腹部经常闷胀不适，有时持续钝痛，或牵引右肩背，吃油腻食物后可加重，胃部灼热、吞酸、泛恶、嗳气。急性发作时的症状同急性胆囊炎。

2.右上腹可有轻微压痛。在慢性胆囊积液时可触及胆囊。

3.腹部X线平片检查或胆囊造影或做B型超声波检查可帮助诊断，并可明确是否与胆石病同时存在。

【治疗方法】

一、辨证论治

由于本病的病理特点是肝胃气滞和湿热内蕴，所以治疗当以疏肝理气为主，佐以清化湿热。

方药：柴胡疏肝饮加减。柴胡10克，炒黄芩10克，炒白芍10克，炒枳10克，木香10克，炒延胡10克，制香附10克，川楝子10克，广郁金10克。

加减：湿重，脘腹痞胀，口粘，苔白腻，加制川朴5克，制半夏10克。

热重，肌肤发黄，口苦而干，尿黄或有发热，大便秘结，苔黄腻，酌加菌陈15克，大黄10克，龙胆草5克，山栀10克，蒲公英15克。

肝胃不和，吞酸，泛恶欲吐，嗳气，加黄连3克，淡吴茱萸1.5克。

气滞血淤，右肋刺痛，舌质紫，加桃仁10克，红花5克，赤芍10克。

合并胆石病，当利胆化石，加金钱草30克，海金沙12克（包），元明粉10克（冲），虎杖30克。

疼痛剧作，另用苏合香丸1粒化服。

二、中成药

丹栀逍遥丸每次6克，每日2次。用于慢性胆囊炎，右肋常有胀痛者。

龙胆泻肝丸或当归龙荟丸每次5克，每日2次。用于肝胆湿热为主的症状。

金钱草冲剂每次1包，每日3次。用于胆石症。

金胆片每次5片，每日2～3次。用于胆囊炎，胆石症。

三、慧缘效验方

金钱草60克，煎服，每日1剂。治胆囊炎及胆石症。

消石散：郁金粉0.6克，白矾粉0.5克，火硝粉1克，滑石粉2克，甘草粉0.3克合匀，为1次量，每日2～3次。治胆石症。

郁金粉0.6克，鱼脑石粉0.3克，明矾粉0.3克，芒硝粉0.3克，和匀，为1次量，每日2～3次，用于胆石症。

四、针灸疗法

体针：足三里、阳陵泉、支沟、肝俞、太冲。

以上穴位，分两组交替使用。

耳针：胆、肝、内分泌、交感、神门。

五、佛禅疗法

急性炎症期伴疼痛时，连续念颂大明咒可缓解。

每日禅定三次，每次30分钟。

每日礼拜普贤菩萨一次，上桂花明檀香三支。

每日六观想一次。

每日微笑数次。

## 八、心绞痛

心绞痛是指胸骨后或心前区阵发性压迫性疼痛的症状，大多因冠状动脉粥样硬化引起。属于中医学"厥心痛"、"真心痛"、"胸痹"范围。其病理变化可概括为标本两个方面：心和肝、肾、脾等脏气的亏虚是其本，从而导致气滞血淤，心脉痹阻，或胸阳不运，痰浊内生，痰淤交阻的标实证。以致不通则痛，引起心胸疼痛阵作。

【诊查要点】

1.疼痛的部位，一般在胸骨后或心前区，有时放射至左颈、左肩、左臂内侧或上腹部，呈阵发性发作，一般持续3～5分钟，很少超过15分钟。

2.疼痛呈绞窄、紧压或闷窒感觉，亦可仅感胸闷，多在剧烈活动、受凉、饱食或情绪激动以后突然发作，经休息或舌下含硝酸甘油片后即得缓解。

3.大多发生于中年以上，可有高血压病，高脂蛋白血症主动脉或脑动脉粥样硬化等病史，亦可见于风湿性心脏病（主动脉瓣病变）或梅毒性心脏病人。

4.体检心脏与血压可无异常发现，或有心尖区第四心者，心律失常和血压增高（常见于冠心病）；或在主动脉瓣区有杂音（常见于风湿性或梅毒性心脏病）。X线心脏检查可能有主脏扩大、主动脉或主动脉弓增宽；心电图、超声心动图、血液脂质含量测定与康华氏反应等检查均有助于诊断和鉴别诊断。

5.如疼痛发作剧烈，持续不止，甚至出汗，休息或舌下含硝酸甘油片均无效时，提示有心肌梗塞的可能，须立即做心电图检查。

【治疗方法】

一、辨证论治

心绞痛经常发作时应治标为先，以活血化淤，理气通络，通阳化浊为主；疼痛缓减后则宜标本同治，以调补脏气为主，酌加治标药物，巩固其疗效。

（一）标证　胸闷不舒，或心胸绞痛阵作，舌质有紫气或紫斑，脉细弦涩。

治法：活血化淤，理气通络。

方药：丹参15～30克，川芎10克，赤芍12克，红花2～3克，郁金10克。

加减：胸闷甚，或伴咯痰，体胖，苔白腻者，酌加全瓜蒌15～30克，薤白或桂枝10克，法半夏10克，炒枳壳10克，制香附10克。

胸痛甚，酌加蒲黄、五灵脂、桃仁、三棱、莪术各10克，另用参三七粉1克吞服，每日2～3次。

（二）本证

1.肝肾阴虚　头晕耳鸣，腰酸肢软，口干，脉细弦，舌质偏红。

治法：补养肝肾。

方药：制首乌15克，生地或熟地10~12克，白芍10克，甘杞子10克，女贞子10克，桑寄生15克。

加减：兼肝阳上亢，头痛眩晕、舌麻、肢麻、面部烘热、脉弦者，酌加天麻10克（或菊花10克，白蒺藜12克），钩藤15克（后下），生石决明15~20克（先煎）。

阴虚火旺较甚，五心烦热，梦遗、失眠者，加龟板15克，黄芩10克。

兼心阴虚，心悸、气短、脉细数者，去女贞子、桑寄生、白芍；酌加孩儿参12克，麦冬10克，五味子6~10克，玉竹12克，当归10克。

兼肾阳虚，怕冷、尿频、遗精或阳痿者，参考心肾阳虚证酌加温肾之药。

2.心脾两虚　头昏目眩，心悸气短，神疲乏力，失眠，面色苍白，唇口淡红，脉细软无力或有结代。

治法：补养心脾。

方药：归脾汤加减。黄芪10~15克，党参10~15克，当归10克，玉竹12克，熟地10克或制首乌15克，五味子6~10克，白术10克，朱茯苓或朱茯神12克，柏子仁或熟枣仁10克。

加减：兼阳虚证，汗出、怕冷、脉结代者，去熟地，加桂枝5克，炙甘草5克。

心悸明显者，酌加远志6~10克，灵磁石15克~20克。

3.心肾阳虚　心悸气短，倦怠无力，怕冷自汗，腰酸肢软，遗精，面色苍白，舌质淡白或紫暗，苔薄，脉沉细少力。

治法：温补心肾。

方药：六味回阳饮加减。党参10~15克，制附片5克，当归10克，丹参15克，肉桂1.5克（或桂枝3~5克），肉苁蓉10克，仙灵脾10~15克。

加减：兼脾阳虚证，面肢虚浮、便溏、食欲不振者，加黄芪10克，白术10克，茯苓10克。

二、中成药

国内各地研制之成药品种甚多，择要如下：

速效救心丸　每次4~6粒，每日3次。急症可一次服10~15粒。

麝香保心丸　每次1粒，每日1~3次。

苏冰滴丸　每次1丸，每日3次。

以上丸药用于控制心绞痛，可在发作时服，亦可连续服用。

复方丹参片　每次4片，每日3次。

舒冠片　每次6片，每日3次。

黄杨宁片　每次2片（每片含环维黄杨星D0.5毫克），每日3次，46～60日为一疗程。

愈风宁心片　每次5片，每日3次。

以上药物适用于冠心病心绞痛发作期，或用于疼痛缓减后巩固治疗，需连续服用，非速效制剂。

丹参注射液（或复方丹参注射液）　每次2～4毫升肌注，每日1～2次；或每次8～16毫升加入5～10%葡萄糖液250～500毫升中静脉滴注，每日1次，10～15天一疗程。适用于控制心绞痛。

三、慧缘效验方

失笑散每次6～9克，布包煎汤口服，发作时服。

琥珀、参三七、血竭、沉香各等分，研细末和匀，每服1.5～3克，一日2～3次；或发作时顿服。

三棱、莪术等分，研细末和匀，每次1.5克，每日2～3次；亦可在发作时顿服。

以上两方适用于心绞痛发作期，亦可与复方煎剂同服。

广郁金、延胡索、檀香各45克，荜拨90克，细辛15克，冰片24克（研细另兑）研细末，炼蜜为丸，每丸3克，每次1丸，每日2次。用于心绞痛发作期。

四、针灸疗法

体针：内关、膻中、神门、心俞、膈俞、足三里、三阴交、运有快速捻转插法5～10分钟，痛止后留针30分钟。心俞、膈俞可拔火罐。

耳针：心、交感、神门。

【预防】

注意劳逸结合，避免各种诱发因素，禁止吸烟。少进动物内脏、蛋黄、牛奶或荤油、肥腻的食物。

五、佛禅疗法

每日禅定三次，每次20分钟。

发病时念颂大明咒三遍。

每日礼拜观音菩萨一次，上明檀香三支。

每日六观想一次。

每日微笑数次。


# 九、高血压病

高血压病是一种以体循环脉血压升高为主的综合症，可分原发性和继发性两种。后者是由其他疾病如肾脏、内分泌、颅内等病变所引起的一种症候，而不是一独立的疾病，故又称症状性高血压；前者则称高血压病。属于中医学"头痛"、"眩晕"、"肝阳"等病范畴，并与"心悸"、"胸痹"、"中风"等有一定关系。发病原因为机体阴阳平衡失调，复加长期精神紧张、忧思恼怒或过嗜酒辣肥厚，而致心肝阳亢或肝肾阴虚，两者互为因果，并可发生化火、动风、生痰等病理变化。一般早期偏于阳亢为多；中期多属阴虚阳亢，虚实错杂；后期多见阴虚，甚则阴伤及阳或以阳虚为主。

【诊查要点】

1.常见症状有：头昏、头痛、头胀、眩晕、耳鸣、心慌、四肢麻木、面红、烦躁、失眠等。

2.成人收缩压160毫米汞柱或以上，和舒张压95毫米汞柱或以上者可诊断为高血压；血压在140~160／90~95毫米汞柱之间者，称为临界性高血压。

3.病程较久，出现心慌、心悸、气急或夜间呼吸困难等症时，应检查心脏。如发现心脏向左扩大、心尖区有吹风样收缩期杂音、主动脉瓣第二亢进或心率增快等，提示高血压心脏病。

4.如发现血压突然升高，伴心率增快异常兴奋、皮肤潮红、出汗、剧烈头痛、眩晕、耳鸣、视力模糊、恶心呕吐、气急、心悸等症状，提示高血压危象；如并见意识障碍、抽搐、昏迷、或暂时性偏瘫、失语等症状，提示高血压脑病，均属高血压的特殊表现，提示病情严重。

【治疗方法】

1.辨证论治

本病辨证首当分别标本虚实。标实为风阳上亢，治以潜阳熄风为主，挟有痰火的，佐以清火化痰。本虚多为肝肾阴虚，治以滋养肝肾为主，必要时当标本兼顾，如阴虚及阳者，又须注意补阳。

（一）风阳上亢　头眩晕，目花，耳鸣，颠顶抽掣痛，头重脚轻，肌肉跳动，手抖、唇舌、肢体麻木，或有手足抽搐、项强，语言不利，苔薄白，舌尖红，脉弦或劲。

治法：潜阳熄风。

方药：天麻钩藤饮加减。天麻6~10克，钩藤15克（后下），白蒺藜12克，菊花10克，夏枯草12克，臭梧桐10克，地龙10克，生牡蛎10克，珍珠母30克或石决明15克。

加减：如头痛较甚，目赤面红，烦躁易怒，口苦，苔黄者，去臭梧桐；酌配龙胆草5克，黄芩10克，丹皮10克。或另服羚羊粉，每次0.3克，一日2次。

如体肥多痰，头眩昏重，肢体重着麻木，苔腻者，去牡蛎、珍珠母；酌加陈胆星6克，竹茹10克，竹沥半夏10克，僵蚕10克，橘红5克。

（二）肝肾阴虚　头昏头痛，眩晕耳鸣，目花，视物模糊，心慌易惊，失眠多梦，腰腿酸软，或有遗精，形瘦口干，面赤升火，舌质红，少苔，脉弦数。

治法：滋养肝肾。

方药：复方首乌丸加减。制首乌15克，大生地12克，枸杞子10克，桑葚子10克，龟板15克，桑寄生15克，杜仲10克，牡蛎30克，灵磁石20克。

加减：心慌易惊、失眠较甚者，可加炒枣仁10克，柏子仁10克，丹参10克。

如阴虚及阳，兼见面色苍白，下肢酸软，夜尿多或有阳痿滑精，脉沉细，舌质淡红，宜育阴助阳，酌加仙茅10克，仙灵脾10克，巴戟天10克，肉苁蓉10克，熟地10克，山萸肉10克；阴虚不显著者，去大生地、龟板；面足浮肿者，去龟板、灵磁石，配黄芪10克，白术10克，防己10克；形寒肢冷较显著者，可再加制附片4克，肉桂3克。

二、中成药

安宫降压丸　每次1～2丸，每日2次。

牛黄降压丸　每次1～2丸，每日1次。

以上两丸适用于热实证。

杞菊地黄丸（浓缩）　每次8粒，每日2次（或菊杞地黄口服液每次1支，每日2次）。

知柏地黄丸　每次1丸，每日2次。

以上两丸适用于肝肾虚伴内热者。

三、慧缘效验方

小蓟草30克，车前草30克，煎服。

野菊花、臭梧桐、罗布麻、桑树根、夏枯草、青木香、马兜铃、钩藤、地龙、槐花、茺蔚子、丹皮、黄芩、杜仲、中国梧桐叶等均有一定降压作用，可随症选用2～3味，煎服，每味15克。

四、针灸疗法

体针：风池、曲池、阳陵泉、行间。

耳针：肝、肾、降压沟。

五、其他疗法

（一）穴位埋线疗法

取穴：（1）合谷、三阴交；（2）血压点、心俞；（3）曲池、足三里。每次埋一组，20～30天一次，三组轮流使用。

（二）穴位注射疗法

取穴：（1）足三里、内关、合谷；（2）三阴交。两组穴位交替使用，每穴注射0.25%盐酸普鲁卡因1毫升，每日1次，10～15次为一疗程。

六、佛禅疗法

每日禅定三次，每次20分钟。

每天念颂大明咒三次，每次10分钟左右。

每日礼拜地藏菩萨一次，上荷花明檀香三支。

每日六观想一次。

每日微笑数次。

# 十、癫痫

癫痫是一种反复突然发作的脑功能短暂异常的疾病，临床表现有大发作、小发作、精神运动性和局限性发作等类型。大发作在中医学称为"痫症"，俗称羊痫风。发病原因，一为先天遗传，一为情志刺激，或续发于其他疾病，如脑部疾病、一氧化碳中毒、心血管疾病等。由于心、肾、肝、脾的脏气失调，导致一时性阴阳紊乱，气逆痰涌，火炎风动，蒙蔽清窍而突然发作。

【诊查要点】

1.询问既往有无同样发作病史，有无脑部疾病和其他可能导致癫痫发作的原因，以区别是原发性癫痫，还是因脑部或其他疾病引起的继发性癫痫。

2.癫痫的典型症状为大发作，即突然跌倒，意识丧失，口中发出异常叫声，头转向一旁，全身强直，抽搐咬牙，口吐白沫，咬破唇舌，瞳孔散大，两目上视，二便失禁，经数分钟后抽搐渐停，转入昏睡，约半小时以上逐渐清醒。小发作者，突然表现痴呆，不能自主，一侧肢体或面部有麻木或抽搐，但为时短暂，并不跌倒；另有表现为精神障碍，如精神模糊，无意识动作，短暂的情绪或知觉改变和幻觉等为主，突然发作，突然终止，经过时间亦很短暂。

3.如癫痫连续发作，反复抽搐，间歇时间短，神志昏迷不清，终致昏迷，持续数小时至数天者为危重现象，称为癫痫持续状态。

4.注意与癔病性抽搐、晕厥、脑动脉供血不足所致发作性跌倒及其他精神病相鉴别。

【治疗方法】

一、辨证论治

本病一般多属实证，但反复久发可致正虚。治疗当以化痰熄风为主，兼以顺气、清火。如久发正虚，当补益心肾，健脾化痰，标本同治。

（一）风痰壅阻　发前常觉眩晕，头痛胸闷，旋即昏倒，不省人事，发出尖叫声，面色苍白，目瞪直视，牙关紧闭，四肢抽搐，口吐白沫，甚则二便失禁，发后头昏痛，神疲，身酸痛，苔薄腻，脉弦滑。

治法：化痰熄风，开窍定痫。

方药：定痫丸加减。嫩钩藤12克，川贝母6克，陈胆星5克，竹沥半夏10克，朱茯神12克，菖蒲5克，远志5克，全蝎5克，炙僵蚕10克，珍珠母30克。亦可服成药定痫丸，每次5克，一日2次。

加减：气郁胸闷甚者，加矾水炒郁金10克，制香附10克。

火盛，面目发红，烦躁，头痛，口苦的，加龙胆草5克，黄连3克。

大便秘结，加大黄10克。

（二）心肾不足　痫症日久，发作过频，发时神昏仆地，手足颤动，叫声如嘶，昏沉嗜睡，醒后精神萎靡，甚则智力减退，言语不清，面色不华，头目昏眩，腰酸肢软，食少痰多，苔薄，脉细。

治法：培补心肾，健脾化痰。

方药：河车丸加减。紫河车6克（研粉，分吞），茯神10克，丹参15克，远志6克，潞党参12克，炒白术6克，橘红5克，甘杞子10克，炙首乌10克，炙甘草3克。

加减：神虚易惊，酌加熟枣仁10克，磁石15克，琥珀粉2克，分2次吞服。

形瘦虚烦，口干舌红，酌加麦冬10克，生地15克，龟板15克。

二、中成药

白金丸　每次5克，每日2次。用于痫症神呆，痰多者。

河车片　每次4片，每日2～3次。用于久发正虚者。

定痫丸　每次5克，每日2～3次。适用于各种癫痫。

三、针灸疗法

体针：人中、大椎、后溪、丰隆、太冲、腰奇。夜发，加照海；昼发，加申脉。

针腰奇用二寸五分～三寸针，从尾椎上二寸处进针，针尖向上沿皮刺入二寸许。

耳针：皮质下、神门、脑点。

四、佛禅疗法

每日禅定三次，每次20分钟。

每天念颂大明咒两次，每次5分钟左右。

每日礼拜观喜弥勒佛二次，上香一支。

每日六观想一次。

每日微笑数次。

# 十一、慢性肾炎

慢性弥漫性肾小球性肾炎,简称"慢性肾炎",多见于成人,可由急性肾炎迁延而成,但大多数并无急性病程,一开始就呈现慢性过程。临床症状不一,有以水肿、蛋白质为主症者,也可无水肿而以蛋白尿、高血压为主者。属于医学"水肿"、"虚劳"、"眩晕"范畴。本病可由水肿迁延日久而成,或因感冒、劳倦、饮食不慎,以致水肿复发作,脾肾虚,调节水液功能失常,水邪、湿热等邪内踞,呈现本虚标实之症。病久水湿伤及脾肾阳气,或湿热耗损阴血,而见肾虚肝旺之候。若脾肾之散精、固藏功能失常,精微下泄,蛋白尿持续不消,终致五脏失养、阴阳气血俱亏,转为虚损重症。

【诊查要点】

1.过去可能有急性肾炎或水肿病史。

2.起病缓慢,病情迁延,时轻时重,常伴有不同程度的蛋白尿、血尿、管型尿、水肿及高血压、腰酸乏力等表现,轻重不一,镜检尿红细胞为多形型。

3.根据不同临床表现,可进一步分为普通型(有肾炎的各种症状,但无突出表现)、高血压型(除一般肾炎症状外,伴持续高血压)、急性发作型(在慢性过程中出现急性肾炎表现)、肾病综合征型(可见大量蛋白尿、低蛋白症、明显水肿、高脂血症)、隐匿性肾炎(无明显临床症状及体征,主要表现为蛋白尿及多形型红细胞尿,肾功能良好,以往无急、慢性肾炎或肾病史)。有条件者可作肾穿刺活组织检查以明确病理类型。

4.血清免疫球蛋白、总补体(C)、C3、C4以及尿免疫球蛋白、溶菌酶等检查亦有助于诊断。

【治疗方法】

一、辨证论治

本病的辨证,根据有无水肿症状及其轻重程度,区别标本虚实的主次。以水肿为主的,属内脏亏损、阳虚水泛的本虚标实证,治当温阳化湿利水;无水肿症状或仅轻度浮肿的多属内脏不足的本虚证,治当分别各脏的气血阴阳亏虚,培本调理;虚实错杂者应酌情兼顾。

(一)阳虚水泛 全身水肿,腰腹以下肿甚,或四肢浮肿,按之凹陷难复,反复消长不已,肢体沉重困倦,胸闷腹胀,腰酸怕冷,面色浮黄或苍白、灰黯,苔白腻,舌质胖嫩,脉沉细。多见于慢性肾炎、肾病缩合症以水肿为主症者。

治法：温阳化湿利水。

方药：实脾饮、真武汤加减。制附片5～10片，川桂枝5克，苍术10克，制川朴5克，川椒5克，连皮苓30克，泽泻10克，生苡仁12克，车前子12克（包）。

加减：肾阳虚明显的，加鹿角霜10克，仙灵脾15克，葫芦巴10克。

尿少、肿剧，加玉米须30克，葫芦瓢15克。

汗出，怕风，身重，卫表气虚者，加生黄芪15克，防风、防己各10克，炒白术10克。

脾气虚，食少便溏，加淡干姜5克，炒党参12克。

兼有湿热，苔黄、尿赤、加黄柏10克，荔枝草15克，白花蛇舌草15克。

水肿消退后，按脾肾两虚证调治。

（二）脾肾两虚　面足轻度浮肿或不肿，腰酸，神倦乏力，纳食不多，大便正常或溏，苔薄白，舌质正常，脉细。多见于慢性肾炎各型以蛋白尿为主者。

治法：培补脾肾。

方药：六君子汤加减。生黄芪15克，潞党参15克，炒白术10克，茯苓12克，淮山药12克，杜仲12克，川断10克，泽泻12克，益母草15克。

加减：兼有阴虚，咽干，唇舌质红，去潞党参，加太子参15克，生地12克，玄参15克。

兼有血虚，头晕目眩，面色浮黄者，加当归10克，枸杞子12克，制首乌12克。

阳虚著，怕冷便溏，腰酸冷痛，加鹿角片10克，巴戟天10克，仙灵脾15克。

夹湿，口粘腻，脘胀，纳差，去生黄芪、潞党参，加苍术10克，法半夏10克，陈皮5克；小便黄赤，加白花蛇舌草15克，六月雪15克，黄柏10克。

尿频量多色清，加菟丝子10克，金樱子10克，芡实12克。

尿中蛋白经久不减，肝肾功能正常者，酌加雷公藤10～12～15克，鸡血藤10克，生甘草5克（三药先煎60分钟，再加辨证方药同煎30分钟），分头、二煎服用。

（三）肺肾阴虚　水肿不著，常有咽喉红痛，腰部酸痛，容易感冒，尿黄，每因上呼吸道感染诱发或加重，苔薄白，舌质红，脉细数。多见于慢性肾炎普通型，隐匿性肾小球肾炎，尿中有小量蛋白和较多红细胞者。

治法：滋养肺肾。

方药：参麦地黄汤加减。南北沙参各12克，麦冬10克，生地12克，玄参15克，淮山药12克，白茅根30克，百合10克，荔枝草15克。

加减：常伴咽喉红痛，加牛蒡子10克，射干10克，板蓝根15克，蚤休15克。

阴虚内热，手足心热，低热，酌加功劳叶15克，地骨皮12克，鳖甲12克。

兼有气虚、汗多、易感冒，加黄芪12克，太子参15克，炒白术10克，防风5克。

血尿多,加茜草15克,小蓟15克。

(四)肝肾阴虚 轻度浮肿或不肿,头晕头痛,面赤升火,耳鸣目花,或视物模糊,腰酸痛,咽干,虚烦,夜寐差,或有盗汗,遗精,小便黄,舌质红,少苔,脉细弦。多见于高血压型。

治法:滋养肝肾。

方药:杞菊地黄丸加减。制首乌12克,大生地12克,枸杞子12克,桑寄生12克,灵磁石30克,牡蛎30克,白蒺藜12克,菊花10克,丹皮10克,茺蔚子12克。

加减:有虚甚,酌加熟地12克,龟板15克。

肝阳偏亢,头痛筋跃,加夏枯草15克,石决明30克,钩藤15克。

肝火亢盛,头痛面红耳赤者,再加龙胆草5克,黄芩10克。

兼有湿热,小便黄赤,加知母10克,黄柏10克,车前草15克。

兼肾阳虚,加巴戟天10克,仙灵脾15克,仙茅15克。

伴有水肿者,酌加茯苓12克,泽泻12克,车前子12克(包)。

上述各证,伴有血淤症候或虽无明显淤症但病久不减,均可选加活血化淤药,如桃仁10克,红花10克,川芎10克,丹参15克,泽兰10克等,以增强利水消肿、降尿蛋白的功能。

若夹有外感者当兼治,严重者应先治标。

二、中成药

肾炎四味片 每次6~8片,每日3次。用于慢性肾炎水肿及蛋白尿、肾功能不全。

昆明山海棠片 每次1~3片,每日3次。用于慢性肾炎蛋白尿,肾功能不全者慎用。

慢肾宝液 每次5毫升,每日3次。用于慢性肾炎,可改善症状,降低蛋白尿。

杞菊地黄丸(浓缩) 每次8粒,每日2~3次。用于慢性肾炎,肾性高血压。

六味地黄丸(浓缩) 每次8粒,每日2~3次。用于慢性肾炎表现肾阴虚者,可巩固疗效。

金匮肾气丸(浓缩) 每次8粒,每日3次。用于慢性肾炎阳虚者。

三、慧缘效验方

黄芪60克,玉米须30克,菟丝子10克,红枣10个,水煎服。用于蛋白尿。

四、针灸疗法

体针:关元、三阴交、肾俞。肾阴虚,加命门、膀胱俞(灸);脾阳虚,加脾俞(灸)、水分。

耳针：肾、膀胱、内分泌、肺。

【护理】

1.根据水肿程度，给予忌盐或少盐饮食，如无水肿，血压正常者，中吃普通饮食，不必长期吃淡食。肾病缩合征水肿明显，血中尿不氮高而小便中有大量蛋白质者，应多吃含蛋白质的食物，如脾胃虚弱，运化不健，肾功有不全者，宜以素食为主，但应忌食豆制品。

2.注意休息，防止感冒。

五、佛禅疗法

每日禅定三次，每次20分钟。

每天念颂大明咒两次，每次10分钟左右。

每日礼拜观音菩萨一次，上明檀香三支。

每日六观想一次。

每日微笑数次。


# 十二、泌尿系统结石

泌尿系统结石包括肾结石、输尿管结石和膀胱结石，属于中医"砂淋"、"石淋"、"血淋"、"腰痛"等范畴。多因湿热蕴结下焦，肾和膀胱气化不利，尿液受其煎熬，而致结成砂石。病久可以导致肾虚。

【诊查要点】

1.结石固定在肾内不移动又无感染时，可无明显症状或仅轻度腰部酸胀不适感。

2.结石移动而嵌顿于输尿管时，可突然发生肾绞痛，并沿该侧输尿管向膀胱、会阴及大腿内侧放射；常伴有面色苍白、恶心、呕吐、冷汗等症状，绞痛后可出现血尿。

3.肾区或肋脊角区有叩痛者，提示肾盂及输尿管结石；见排尿突然中断，改变体位后，又可继续排尿，或伴有尿频、尿急等膀胱刺激症状者，提示为膀胱结石。

4.尿中可能排出结石。

5.尿常规检查常有大量红细胞、脓细胞。

6.可作X射线腹部平片检查，以显示结石；如结石不显影者，可作静脉尿路造影或逆行肾盂造影以协助诊断，并明确结石的大小、数目及其部位。但膀氨酸结石可完全不显影。

7.注意有无梗阻并发肾盂积水、尿闭和尿毒症。可定期做放射性核素肾图及X线摄片，或B型超声波探查肾脏以观察其动态变化。

【治疗方法】

一、辨证论治

腰部一侧疼痛或有阵发性绞痛，并向小腹、大腿内侧放射，小便不爽，或频急涩痛难下、尿色黄混，或见血尿，口苦而粘，苔黄腻，脉弦滑，此为湿热蕴结下焦的实证，治以清利湿热，化石通淋为主。如久延而致肾的气阴受伤，实中有虚者，应配合养阴或补气药。

治法：清利湿热，化石通淋。

方药：

（一）泌尿排石汤　金钱草30克，海金沙24克（包煎），滑石24克，甘草梢10克，木通10克，车前子12克（包），扁蓄、炮山甲、牛膝、川楝子各10克，煎服。

（二）粉剂　鱼脑石15克，元明粉12克，延胡索、木香各10克。共研细末和匀，每次3克，一日3次。

煎药与粉剂同用。

加减：小便短赤、不利或尿痛者，加黄柏、瞿麦各10克。

尿血，酌加大、小蓟各15克，血余炭10克，生地12克，丹皮10克。

腰肋少腹痛较甚者，加川断、台乌药各10克。

剧烈肾绞痛，加乳香3克，没药3克，另用参三七粉1.5克，沉香粉1克，和匀分2次吞服，必要时可服苏合香丸1粒以止痛。

见面色苍白、小腹坠胀、大便溏薄、小便点滴而出、脉细等脾肾气虚症状者，酌加党参10克，补骨脂10克，胡桃肉10克。

见口干、舌红、脉细数等肾阴亏耗症状者，酌加生地12克，麦冬10克，沙参、玉竹各15克。

此外，凡并发严重感染及梗阻，使肾功能受损，或结石直径超过1.2厘米，经较长时间服药效果不显者，应采用手术治疗。有条件者可做体外冲击波碎石术，使结石碎烈而出。

二、中成药

排石冲剂　每次1包，每日3次，冲服。

金钱草冲剂　每次1包，每日3次，冲服。

三、慧缘效验方

金钱草60克，每日1剂，煎服。

琥珀、风化硝、生鸡金等分研粉，每次3克，每日3次。

四、针灸疗法

体针：肾俞、京门、关元、阴陵泉。

腰痛甚者，加足三里、委中、小肠俞、膀胱俞、腰部拔火罐。

耳针：肾、输尿管、交感、神门、皮质下。

五、佛禅疗法

每日禅定二次，每次20分钟。

每天念颂大明咒两次，每次10分钟左右。

每日礼拜地藏菩萨一次，上桂花清香一支。

每日六观想一次。

每日微笑数次。

# 十三、风湿与类风湿性关节炎

急性风湿性关节炎初次发作常为风湿热的主要症状之一，且多伴有心肌炎，易反复发作成为慢性。属于中医学"痹证"、"历节风"的范围。如见心肌炎的，则又与"心悸"有关。致病原因为正气不强，外感风、寒、湿、热（或由风寒郁而化热），邪犯经脉、关，阻碍气血的运行，不通则痛；若邪传于心，或外邪久留，耗伤气血，不能养心，又可引起心悸之症；病延日久，往往痰淤互结，肝肾气血并伤，虚实错杂。此外，由于类风湿关节炎的症状表现与风湿性关节炎有类似之处，亦属中医痹证，所以在治疗上可参照应用。

【诊查要点】

1.发病前有扁桃体炎或咽喉炎等上呼吸道感染史，多累及大关节，呈多发性、游走性疼痛，或固定不移。

2.急性风湿活动时，局部关节红、肿、热、痛，存在活动障碍，或关节腔有积液，并伴有不同程度的发热、汗多，或鼻出血。躯干或四肢皮肤可出现环形红斑，在关节伸侧或四周可触到黄豆大小的皮下结节，数周后可逐渐消失。

3.如有心慌气急、心音低、心率快、心律不规则、心脏扩大、心尖区有收缩期吹风样杂音等症体征时，提示有风湿性心脏炎（即心内膜、心肌、心包膜发生炎性损害），严重的可引起心力衰竭，心内膜炎可发展成为慢性风湿性心脏瓣膜病。

4.风湿活动期血液白细胞总数及中性粒细胞可增高，红细胞沉降率增快，血清抗溶血性链球菌素"O"测定、粘蛋白均增高。

5.类风湿性关节炎好发于小关节，常为对称性。病程迁延反复，多侵犯指、腕、趾、肘、骶髂、脊柱等关节，晚期常引起关节梭状畸形，强直和功能障碍。放射线检查可见骨质疏松和破坏。

【治疗方法】

一、辨证论治

本病初起多属实证，治应祛除外邪，疏通经络。根据受邪的偏胜，采用祛风散寒，除湿清热等法。若病久痰淤互结，则需化痰行淤；肝肾气血亏损的，当配合补的益之品，标本同治。至于内传脏腑，心神受损者，可参照悸篇治疗。

（一）风寒湿痹　关节或肌肉酸痛，阴雨加重，反复发作，时轻时重。如疼痛呈游走性，涉及多个关节的，为风胜；疼痛剧烈，痛有定处，活动受限制，局部怕冷，得热为舒的，为寒胜；痛处重着不移，关节局部漫肿，皮色不红的，为湿胜；苔白或白腻，脉弦紧。本证多见于风湿性关节炎慢性活动期或相对稳定阶段。

治法：祛风散寒除湿。

方药：蠲痹汤加减。羌活、独活、桂枝、防风、制川乌、川芎各5克，秦艽、威灵仙各10克，桑枝30克。

加减：风胜，酌加海风藤10克，炙全蝎5克。

寒胜，酌加制草乌5克，细辛3克，麻黄5克。

湿胜，酌加苍术10克，生薏仁12克，五加皮10克。

（二）风湿热痹　病势较急，关节局部红肿热痛，触之痛楚，日轻夜重，屈伸不利，甚则不能活动，伴有发热，汗多畏风，口渴，烦躁，苔薄黄或黄腻，舌质微红，脉数。本病多见于风湿病急性活动期。

方药：桂枝白虎汤加减。桂枝5克，石膏30克，知母10克，防己10克，忍冬藤30克，甘草3克，广地龙10克，晚蚕砂12克（包煎）。

加减：湿热下注，下肢关节红肿疼痛，尿黄，酌加炒苍术10克，黄柏10克，土茯苓15克。

皮肤有红斑结节或关节红肿明显，加丹皮10克，赤芍10克，生地15克。

湿热伤阴，低热持续不退，汗多，口干，舌质红，去桂枝、石膏、晚蚕沙；酌加秦艽10克，银柴胡10克，鳖甲15克，功劳叶15克，生地12克。

（三）痰淤痹阻　病程迁延较长，反复发作，局部关节疼痛，遇冷加重，活动不利或畸形，强直肿大，苔白或腻，舌质紫，脉小。本证多见于风湿性关节炎慢性活动期或类风湿性关节炎晚期。

治法：化痰行淤，搜风通络。

方药：制南星5克，制白附子3克，炒白芥子5克，炙僵蚕10克，炙全蝎5克，蜂房10克，炮山甲10克，土鳖虫5克，桃仁10克，红花10克，虎杖15克。

加减：疼痛时可酌加炙乳香、炙没药各3克，炙蜈蚣5克，乌梢蛇10克。

关节漫肿，皮色不红，按之软而不硬，加按涎彤0.3～1.5克，每日1～2次，吞服。

此外，凡病程迁延日久，反复发作，气血受伤，面黄神倦，肢软无力，舌淡，脉细者，应酌减祛风药物，并配合补益气血法，加黄芪、白术各12克，当归10克，熟地12克，白芍10克，丹参12克，鸡血藤15克，红枣5枚；如伤及肝肾，腰酸腿软，手足筋骨活动不利的，当配合补益肝肾法，酌加杜仲12克，续断10克，桑寄生12克，狗脊、淮牛膝各10克，木瓜12克，仙灵脾15克，鹿角片10克。临床补益肝紧和气血的药物，常须参合运用。在慢性活动期与祛邪药物合用，可以起到提高疗效，防止病情发展的作用。

二、中成药

小活络丹　每次1粒，每日2次。用于寒甚疼痛。

独活寄生丸　每次5克，每日2次。用于风湿性关节炎慢性活动期，有肝肾气血虚弱现象者。

木瓜丸　每次15～20粒，每日2次。用于久痹关节疼痛。

寒湿痹冲剂　每次1～2包，每日2～3次。用于风寒湿痹痛。

湿热痹冲剂（片）　每次1～2包（6片），每日2～3次。用于关节疼痛，红肿灼热，湿热甚者。

寒热痹冲剂（胶囊）　每次1～2包（6粒），每日2～3次。用于痹证寒热错杂者。

淤血痹冲剂（胶囊）　每次1～2包（6粒），每日2～3次。用于久痹淤阻经络者。

壮骨关节丸　每次6克，每日2次。用于关节疼痛日久者。

昆明山海棠片　每次1～3片，每日3次，饭后服。用于类风湿性关节炎。

风痛宁　每次2～4片，每日2～3次。用于类风湿性关节炎。

雷公藤片　每次1～2片，每日3次。用于类风湿性关节炎。

三、慧缘效验方

雷公藤每次10～15克，水煎1小时后分2次饮服，或加入辨证方中同煎。

千年健30克，钻地风30克，防己15克，水煎服。适用于风寒湿痹。

虎杖根250克、白酒750克。将虎杖根洗净切碎，投入白酒内泡半月，每日2次，每次20毫升。或用虎杖根30克，煎服，每日1剂。适用于风寒湿淤阻症。

柳枝30～60克，煎服，每日1剂，或用西河柳30克煎服。治风湿热痹。

四、针灸疗法

体针：

上肢关节：肩髃、曲池、外关。

下肢关节：环跳、足三里、绝谷。

加减：指关节痛，加八邪；腕关节痛，加阳溪、养老；肘关节痛，加天井、手三里；膝关节痛，加膝眼、阳陵泉；踝关节痛，加昆仑、丘墟；趾关节痛，加八风；脊椎痛，加大椎，相应夹脊穴。

耳针：交感、神门、相应部位。

五、其他疗法

发泡疗法选穴：膝关节取双膝眼；肘关节取双曲池；踝关节取局部；脊柱痛取压痛点。

六、佛禅疗法

每日禅定三次，每次20分钟。

每天念颂大明咒三次，每次5分钟左右。

每日礼拜药师佛二次，上桂花明檀香三支。

每日六观想一次。

每日微笑数次。


# 十四、糖尿病

原发性糖尿病是一种常见的有遗传倾向的、绝对或相对性胰岛素分泌不足所引起的代谢紊乱病；继发性糖尿病即症状性糖尿病，较少见。其特征为血糖过高出现尿糖。根据临床表现，属于中医"消渴"范畴。由于嗜好酒食甘肥，情志刺激，或素体阴虚，从而形成阴虚和燥热的病理变化，两者互为因果，消灼肺胃津液及肾的阴精。如病延日久，气阴两伤或阴伤及阳，往往导致肾阳亦虚。

【诊查要点】

1.早期可无症状，主要临床表现为三多症：即多食、多饮、多尿，每日尿量甚至可达十余升以上。身体日渐消瘦虚弱。

2.尿糖定性试验呈阳性。空腹血糖超过7.126毫摩／升（130毫克%），食后血糖超过9.437毫摩／升（170毫克%），可为主要诊断依据。

3.如有厌食呕吐、腹痛，口内有苹果气味，应考虑酮中毒的可能。重者可出现昏迷，呼吸深快，血压下降，肢冷，反射消失。尿醋酮呈强阳性。

4.常易兼有或伴随肺结核、高血压、动脉硬化、多发性疮疖及白内障等病症。

【治疗方法】

一、辨证论治

由于本病病理主要是阴虚、燥热，而以阴虚为本，燥热为标。治疗当以养阴生津，清热润燥为主，并辨别三多症状的主次，根据多饮为上消、多食为中消、多尿为下消的不同特点，阴虚与燥热的轻重进行处理。

治法：滋阴清热，生津润燥。

方药：六味地黄汤加减。生地15克，淮山药15克，山萸肉10克，丹皮10克，麦冬10克，天花粉10克，石斛15克。

加减：烦渴多饮，苔黄舌红，脉洪数，加石膏30克，知母12克。

多食善饥，苔黄燥，加黄连3克，炒黄芩10克，如便秘，脉滑数有力，可去山萸肉、山药；加大黄10克，芒硝10克。

尿多如脂膏，酌加煨益智仁10克，桑螵蛸12克，五味子5克，覆盆子15克。

肾阳虚，面色苍白，头晕，阳痿，舌苔淡白，脉细，去天花粉，石斛；酌加制附子5~10克，肉桂2克（后下），仙灵脾15克，菟丝子10克，鹿角霜10克。

气虚，面色萎黄，倦怠气短，自汗，苔薄，质淡红，脉细软，去丹皮、天花粉；加党参15克，黄芪15克，白术10克。

血淤，舌质暗红或紫点，酌加丹皮12克，川芎10克，红花10克。

此外，出现兼有症状或伴随症时，按各症进行处理；有酮中毒时，应中西医结合治疗。

二、控制饮食

轻型无合并症者，可单用饮食疗法，每日主食（米、面或杂粮）一般限制在300~500克，副食中适当增加蛋白质，但应避免吃瓜果等含糖较多的食品。如患者感觉吃不饱，可加蔬菜，每餐250~500克，以黄豆、冬瓜、南瓜、玉米、白菜等为佳。严重者主食应控制在250克以下。

三、中成药

消渴丸　每次10粒，每日2~3次。用于糖尿病血、尿糖增高者。

玉泉丸　每次6克，每日2~3次。用于消渴阴虚为主者。

六味地黄丸（浓缩）　每次8~12粒，每日2~3次。用于糖尿病稳定阶段，表现为肾阴虚者。

四、慧缘效验方

南瓜500~1000克，煮熟，代食。

玉米须15克，煎汤代茶，每日1剂。

蚕茧10克，煎汤代茶，每日1剂。

五、针灸疗法

体针：尺泽、内庭、太溪。

多饮，加肺俞、少商；多食，加胃俞、中脘、足三里；多尿，加肾俞、关元、复溜；若出现酮中毒症候者，取中冲、内关、足三者，涌泉。

耳针：内分泌、肺、胃、肾、膀胱。

六、佛禅疗法

每日诵读《地藏经》一遍。

每日禅定两次，每次20分钟。

每天念颂大明咒三次，每次10分钟左右。

每日礼拜观音菩萨二次，上莲花明檀香三支。

每日六观想一次。

每日微笑数次。


# 十五、肥胖症

肥胖系人体脂肪储存过多，超过标准体重20%时称肥胖症。肥胖可分为单纯性肥胖、继发性肥胖和其他肥胖症三类。单纯性肥胖症无明显内分泌——代谢病病因；继发性肥胖症多有内分泌——代谢病病因；其他肥胖症有水钠潴留、痛性肥胖等。中医学称为"肥人"，其发病与进食过多，嗜食甘肥，喜静少动以及素体脾运不强有关。饮食不节，脾运失健，内生痰湿，或因水谷精微化为膏脂，积聚于脏胖的疗治，继发性肥胖症、其他肥胖症还当结合原发病治疗。

【诊查要点】

1.有饮食过多、活动过少史，或家族遗传史。多见于40~50岁中壮年，尤以女性为多。

2.皮肤皱褶卡钳测量皮下脂肪厚度，25岁正常人肩胛下皮肤脂肪厚度平均12.4毫米，若超过14毫米即可诊断为肥胖症。或做X线摄片，估计皮下脂肪厚度。

【治疗方法】

本病重在预防。应适控制饮食，尤其是高脂肪、高糖类食物，多做劳动和体育锻炼。轻症者注意摄生，不需服药；中等程度以上肥胖者，可配用药物治疗。

一、辨证论治

本病多属标实本虚证。临床辨证，初起以痰标实为主，治予化痰祛湿法；病久以脾虚为主，治予健脾益气法。虚实夹杂者，当予消补兼施。

（一）痰湿内盛　形体肥胖，食欲旺盛，头昏沉重，嗜睡鼾声、流涎，胸闷气短，痰多口粘，行动迟缓，苔腻滑，脉滑。

治法：化痰祛湿。

方药：导痰汤加减。制半夏10克，陈皮10克，制胆星5～10克，枳实、苍术10克，菖蒲10克，广郁金10克，茯苓10克，荷叶15克。

加减：胸闷心悸，加炙远志10克，丹参12克，薤白6克。

痰多稠粘或黄色，怕热，加黄连3克，炒竹茹10克，瓜蒌皮15克，并可饮服竹沥水20毫升，每日2～3次。

腹胀，大便干结，加番泻叶5～10克，或制大黄6～10克。

（二）脾气虚弱　肥胖懒动，四肢困难，疲劳乏力，腹胀，纳食不多，下肢轻度浮肿，苔薄白，脉细。

治法：健脾益气。

方药：六君子汤加减。炒党参10克，炒白术10克，茯苓10克，陈皮5克，法半夏10克，木香5克，枳壳10克，砂仁3克（后下），焦山楂12克。

加减：气短嗜促，汗多，加黄芪12克。

尿少，下肢浮肿，加泽泻15克，生薏仁12克。

二、中成药

防风通圣丸　每次5克，每日2次。

三、慧缘效验方

鲜荷叶1张，洗净切碎煮水，去渣，加白米60克煮成稀粥，每日作早餐。也可用鲜荷叶30克，洗净，泡水代茶。

生山楂15克，红茶适量，每日泡茶饮服。

连皮冬瓜，每日1000克，作菜。

四、佛禅疗法

每日禅定二次，每次20分钟。

每天念颂大明咒两次，每次10分钟左右。

每日礼拜药师佛三次，上明檀香三支。

每日六观想一次。

每日微笑数次。


# 十六、贫血

贫血，是指血液循环单位容积内的红细胞数和血红蛋白量减少，低于正常值的下限，包括缺铁性贫血、失血性贫血、抗贫因子缺乏所致的贫血以及再生障碍性贫血等多种原因的贫血。中医学统称血虚，属于"黄肿病"、"虚劳"等范畴。其原因很多，如失血、虫积、饮食失调、素体不强或病后体虚都可耗伤气血，而致脾肾亏虚，不能生化气血，甚则影响心肝等脏。

【诊查要点】

1.主要症状为面色萎黄，指甲、口唇和睑结膜色苍白，头晕耳鸣，甚则困倦乏力，活动后心慌气短。血液红细胞总数及血红蛋白量均减少。

2.询问有无失血、胃肠道机能障碍、营养缺乏、接触或使用过有害于造血组织的物质或药剂，或慢性感染，严重心、肝、肾疾病及恶性肿瘤等病史；体检时注意皮肤粘膜有无出血点，黄疸、舌炎、心肺有无异常特征，肝、脾、淋巴是否肿大等情况，再结合血液常规化验检查，网织红细胞计数及骨髓象检查，以判断贫血的性质和病因。

【治疗方法】

一、辨证论治

对于贫血的治疗原则，当以补血为主，但应同时重视补气，因益气可以生血。并须辨别脾虚与肾虚的主次，分别予以补脾和补肾的方法，以加强气血生化之源。此外，还须掌握导致贫血的原因，针对原发疾病进行适当处理。

（一）气血两虚 面色苍白，或萎黄少华，头昏眼花，或心慌气短，疲劳乏力，甚至面足虚浮，或有一时性昏倒。女子月经不调，经闭，口唇及指甲淡白，舌质淡，边有齿印，脉细弱。

治法：补气益血。

方药：十全大补汤加减。当归10克，黄芪15克，党参10克，白术10克，熟地12克，炙甘草3克，红枣5克。

（二）脾虚湿困 面色萎黄虚浮，腹胀食少，或能食而无力，或有异嗜症，舌质胖淡，苔腻。

治法：健脾燥湿。

方药：绛矾丸加减。苍术10克，川朴5克，砂仁3克（后下），当归10克，炙鸡内金10克，六曲12克，煅皂矾1.5克分吞。

（三）肝肾阴虚 心悸，耳鸣眩晕，时有烦热，口干，或牙龈出血，肌肤有淤点，淤斑，舌质红，脉细数。

治法：滋养肝肾。

方药：女贞子10克，旱莲草15克，熟地黄12克，炙首乌10克，枸杞子10克，炙龟板15克，煅磁石20克，当归10克，白芍10克。

加减：齿鼻衄，皮下出血，加阿胶10克（烊冲），仙鹤草15克。

低热，加炙鳖甲15克，地骨皮10克。

兼气虚，加太子参15克，淮山药12克。

（四）脾肾阳虚　面色苍白无华，头晕眼花，耳鸣，腰酸腿软，肢冷，舌质淡白胖嫩，脉细软。

治法：温补脾肾。

方药：党参12克，黄芪15克，炙甘草5克，熟地黄12克，当归10克，鹿角霜12克，仙灵脾15克，淮山药12克，山萸肉10克，紫河车粉3克（分吞）。

加减：阳虚明显，怕冷，舌质淡暗，脉沉细，酌加制附子5克，肉桂3克。

二、中成药

绛矾丸　每次3克，每日2次。忌茶。用于缺铁性贫血。

归脾丸　每次5克，每日2次。用于气血不足之贫血。

当归养血膏　每次15克，每日2次，开水冲服。

十全大补丸　每次6克，每日2次。用于贫血而有畏寒、肢冷者。

三、慧缘效验方

鸡血藤30～60克，每日用水煎服。治气血虚者。

何首乌250克，放米饭锅上三蒸三晒，捣为细末，每晨服15克，开水调服。治肝肾阴血虚者。

仙鹤草100克，红枣10枚，水煎，每日分3次服。

煅皂矾，炒黄豆，以1：2的量研细末，枣汤泛丸，每次10克，每日2次。适用于缺铁性贫血。

另法：皂矾30克，黄豆250克，先将皂矾溶于水中，炒黄豆时加入皂矾水，炒熟即成，每次饭前吃一把，每日3次。

紫河车粉（即胎盘）焙黄研末，每次1克，每日2次。适用于肾虚气血双亏者。

黑木耳30克，红枣30个，同煮食。治再生障碍性贫血。

四、针灸疗法

体针：中脘、膈俞、肝俞、脾俞、足三里、血海。

耳针：胃、脾、肝、交感。

五、其他疗法

（一）穴位埋线疗法

取穴：血海、肾俞、肝俞、两侧轮流埋线，20～30天一次。

（二）穴位注射疗法

取穴：肾俞、肝俞、膈俞、悬钟，注入异体血0.5～1毫升，隔日一次，10次为一疗程。

（三）割治疗法

取穴：公孙、然谷、涌泉、太白。

以上疗法均适用于再生障碍性贫血。

六、佛禅疗法

每日禅定两次，每次20分钟。

每天念颂大明咒三次，每次10分钟左右。

每日礼拜横三世佛二次，上明檀香三支。

每日六观想一次。

每日微笑数次。


# 十七、白血病

白血病是一种原因不明的恶性疾病，其特征为白细胞及其幼稚细胞（即白血病细胞）在骨髓或其他造血组织中异常增生，浸润各组织，产生不同症状，周围血液白细胞有量和质的变化，甚至危及生命。本病按病程的缓急和骨髓象的不同而分为急性和慢性两种；又根据白细胞系列的异常增生分为淋巴细胞、非淋巴细胞（包括粒细胞和单核细胞白血病）。急性白血病以婴儿、儿童和青壮年较多，慢性白血病则以中壮年为多。

从本病的临床症状分析，急性白血病多属中医学"温病"、"血证"、"急劳"等范畴；慢性白血病多属"瘰疬"、"虚劳"等范畴。其病因病机主要因正气不足而发生两方面的变化。一是邪互毒乘虚伤人，内陷脏腑，深入心肝营血，表现出高热、出血、昏迷、抽搐等温热重证；一是五脏阴阳气血亏虚，而尤以脾肾为主，因脾肾虚，则气血精髓生化乏源，必然表现出一系列虚损症候。由于邪毒与正虚的相互影响，气血津液运行失调，可致血不循经而妄行，或气血津液结聚而形成瘰积、痰核，加之正气日耗，虚损日甚，故临床表现往往虚实错综，症情险恶，变化多端。

【诊查要点】

1.急性白血病，起病急骤，病程短而严重，以发热（热型多样化，伴恶寒，汗出、咽峡炎、牙龈肿痛、口腔炎等症，类似急性感染）、出血（可遍及全身，以皮下、口腔、牙龈及鼻粘膜为主）、贫血（发展快，出现皮肤苍白、头晕、心悸、气促、乏力、浮肿等症）为主要症状，淋巴结、肝、脾可肿大，血象白细胞总数中度增多，有大量原始白细胞出现，红细胞数、血红蛋白量、血小板计数均减少。

2.慢性白血病，起病缓慢，开始时自觉症状不明显，有贫血和一般虚弱症状，如乏力、头晕、消瘦、心悸、低热、腹胀、食欲不振等主要临床表现，可有皮肤淤点，淤斑，脾脏显著肿大，或肝脏肿大，或淋巴结明显肿大，白细胞总数明显增多，以幼稚细胞为主，而原始细胞很少。

3.可做骨髓穿刺，从骨髓象可以鉴别不同类型的白血病。急性白血病应与再生障碍性贫血、血小板减少性紫癜、传染性单核细胞增多症、细菌或病毒感染及类白血病反应等相鉴别；慢性白血病与黑热病、血吸虫病、肝硬化等相鉴别（主要鉴别点：本病有未成熟的原始细胞或幼稚细胞增生）。

【治疗方法】

一、辨证论治

由于本病临床表现具有标实本虚、错杂多变、互为转化的特点，因此当根据病情的缓急，采用祛邪治标和补虚治本两大原则，或标本同治，按其主次处理。急性白血病热毒炽盛时宜治标为主，缓解期宜标本同治，或治本为主；慢性白血病以标本同治为主，缓解期以治本为主，但在急性变化时，又当转以治标为主。由于本病病情复杂严重，应采用中西医结合治疗。

（一）治标　标证须分热毒、血淤、痰结的不同，分别治以解毒清热，活血化淤、化痰消结等法。

1.热毒　发热头痛，身痛，口渴，烦躁，尿黄，脉滑数或数大，舌质红，苔白或黄。

治法：解毒清热。

方药：喜树根、白毛夏枯草、猫爪草、半枝莲、紫草、忍冬藤、狗舌草、土大黄、茅莓、穿心莲、猪殃殃、龙葵、马蹄金、白花蛇舌草、墓头回，以上任选4～5味，每味用30克，配合生地15克，丹皮12克，赤芍10克，水牛角片30克，水煎服。

加减：如口腔溃疡，牙龈肿痛，加黄连3克，龙胆草10克，玄参15克；外搽锡类散。

如出血严重，属于热毒迫血妄行者，加煅入中白12克（包），紫珠草15克，大黄炭10克，白茅根30克，或用鲜生地30克打汁冲服。

如高热不退，加银花、连翘、蒲公英各15克。

如头痛，骨关节痛剧烈者，加全蝎3克，地龙10克。

如出现抽搐，加天麻10克，钩藤15克，生石决明30克。

2.血淤　胁肋胀痛，肝脾明显肿大，质硬，舌质紫暗，脉弦或涩。

治法：活血化淤。

方药：当归10克，赤芍10克，三棱10克，莪术10克，地鳖虫10克，炮山甲片10

克，丹参15克，红花10克，生鳖甲15克。

另用阿魏化痞膏外敷肝脾肿块，每2~3日换一次。

3.痰结　颈、颔下、腹股沟等淋巴结肿大，质硬、不痛。

治法：化痰消结。

方药：黄药子、海藻、昆布和15克，生牡蛎30克，夏枯草15克，猫爪草15克。

外敷药：公丁香10克，肉桂12克，生南星10克。牙皂6克，樟脑12克，白川椒3克，阿魏10克，研极细末，用适量凡士林3（360克）调成软膏，外敷肿块处，隔天换一次。

（二）治本　以补益脾肾，滋养精气血为主，根据临床表现随证加减。

1.气虚　面色苍白或萎黄，头昏，疲劳乏力，自汗，心悸，气短，腰膝酸痛，舌质淡，脉细。以治以补气培元。选用黄芪15克，党参15克（或红参粉2~2克，另吞），白术10克，淮山药10克，炙甘草5克，红枣5个，鹿角片10克，补骨脂10克，巴戟天10克，仙茅、仙灵脾各15克，山萸肉10克。

2.精血虚　头昏目花，耳鸣，视物模糊，午后低热，虚烦不安，口鼻时有衄，肌肤有出血性淤斑，口干，盗汗，舌质红，脉细数。治以滋养精血。可选用熟地15克，炙首乌15克，当归、黄芪各10克，玉竹15克，阿胶10克，炙龟板15克，枸杞子15克，炙鳖甲15克，桑葚子、旱莲草、鸡血藤各15克，紫河车10克（或研粉，每次3克，每日2次）。

二、中成药

当归龙荟丸　每次6克，每日3~4次（如能耐受，可增至每日36~48克）。用于慢性粒细胞性白血病，能缓解和改善病情，约于服药1个月后起作用。

三、针灸疗法

体针：大杼、绝骨、肾俞、膈俞、脾俞、肝俞、足三里。

热毒，加内庭、合谷、太冲；血淤、加三阴交、气海；痰结，加丰隆、外关、后溪。

耳针：内分泌、心、脾、肾。

四、佛禅疗法

每日禅定两次，每次10分钟。

每天念颂大明咒一次，每次10分钟左右。

每日礼拜文殊菩萨二次，上明檀香三支。

每日六观想一次。

每日念颂《地藏经》一遍。

每日微笑数次。

## 十八、胃癌及食道癌

胃癌和食道癌是消化道常见的恶性肿瘤，好发于中年以上，男多于女，属于中医学"噎膈"、"反胃"的范畴。由于长期的忧思郁怒，嗜食酒辣煎硬物，而致肝失疏泄，胃失和降，形成气滞、痰凝、血淤等一系列病理变化，阻塞胃的通降之路；如病延日久，气火内郁，津液耗损，阴血枯竭，则胃失濡养，甚至阴伤及阳，胃气虚败，脾阳不振，表现晚期的衰竭症候。

【诊查要点】

1.食道癌早期常咽下有梗塞感，胸骨后剑突下隐痛，胸闷，或食物滞留和异物感，后期有进行性吞咽困难，嗳气呃逆，泛吐黏痰，进食后呕吐食物痰涎或带血液。

2.胃癌早期大多无症状或体征，以后可出现食欲不振，厌食，胃部发胀，或感疼痛，可有上消化道出血或黑便，晚期有呕吐和幽门梗阴的症状。常有胃溃、慢性萎缩性胃炎、胃窦炎史。

3.后期可出现一般癌症共有的恶液质症状，如消瘦、贫血、虚弱、发热等。并可触及左锁骨上转移性淋巴结肿大。

4.可做大便隐血试验、胃肠道X线检查、纤维食道胃镜、食管脱落细胞及胃镜活检与细胞学等检查，帮助明确诊断与鉴别诊断。

【治疗方法】

一、辨证论治

辨证当分标本虚实。初期标实为主，气滞、痰凝、血淤者，当理气、化痰、行淤；后期本虚主，阴津枯渴，阳衰微者，当滋阴润燥或温补中阳。同时必须注意邪实与正虚之间的相互联系，予以攻补兼施，根据主次处理。

（一）痰气淤阻　咽食时自觉喉头或胸骨后梗塞不顺，引起噎气或疼痛，呈进行性吞咽困难，初期饮食不下，干食难进，逐渐发展至只可进少量流质，食易复出，呕吐痰涎饮食，间夹紫血，嗳气不畅，胸脘痞闷胀痛，甚则如锥如刺，大便干黑，苔薄白，质偏红或紫，有淤斑，脉小弦或兼滑。

治法：理所降逆，化痰行淤。

方药：启膈散加减。北沙参15克，丹参15克，广郁金10克，炒枳壳6克，全瓜蒌15~30克，法半夏10克，佛手片6克，旋覆花6克（包煎），代赭石15克，石打穿30克。

加减：气逆，噫嗳不畅，加沉香3克（后下），橘皮6克。

呕吐痰涎量多，加炒莱菔子10克，生姜汁10滴，白蜜1匙冲服。

胸脘刺痛，板硬拒按，加桃仁10克，失笑散15克（包煎），韭菜汁1匙分冲，参三七粉1.5克，每日2次，吞服。

气郁化火，心烦，口干苦，苔黄，加黄连2克，山栀6克，芦根30克。

（二）阴津枯竭　水饮流质均难咽下，食后大都吐出，夹有黏痰，形体日渐消瘦，肌肤枯糙，脘中灼热，心烦口干，欲饮凉水，大便燥结如羊粪，小便赤少，苔剥、质干红，脉细弦数。

治法：滋阴生津润燥。

方药：沙参麦冬汤加减。沙参15克，麦冬10克，川石斛10克，大生地15克，天花粉15克，玉竹15克，诃子肉4克，蜂蜜1匙（分冲），竹茹10克。

加减：津液耗损，口干甚者，另用梨汁、藕汁、甘蔗汁、荸荠汁、莱菔汁之类频饮。

阴血枯槁，形瘦，皮肤枯燥，大便干结，去诃子肉，加当归10克，生首乌15克，黑芝麻15克。

（三）气虚阳微　饮食不下，或纳少久而复出，泛吐多量清涎白沫，脘部痞痛，面色苍白，形寒，气短，面浮足肿，腹胀，大便或溏，苔淡白，脉沉细。

治法：补气温阳。

方药：红参10克（或党参20克），白术10克，黄芪12克，茯苓10克，炙甘草3克，诃子肉6克，干姜3克，丁香3克。

加减：津气俱伤，口干，舌少津，大便干，去干姜；加白蜜1匙（分冲），生姜汁10滴，麦冬10克。

阴虚明显，浮肿，怕冷，大便溏，加制附片5克，肉桂3克（后下）。

二、慧缘效验方

常用于本病的抗癌中草药有：石打穿、半枝莲、蜀羊泉、白花蛇舌草、龙葵、黄药子、急性子（用于食道癌）、海藻、昆布、威灵仙、全瓜蒌、苡仁、冬凌草等，可酌情选用上述药中数味煎服。

三、针灸疗法

食道癌：内关、天突、丰隆、上脘、照海。

胃癌：中脘、中三里、脾俞、胃俞。

四、佛禅疗法

每日禅定三次，每次20分钟。

每天念颂大明咒三次，每次10分钟左右。

每日礼拜药师佛二次，上莲花明檀香三支。

每日六观想一次。

每日微笑数次。


## 十九、肝癌

肝癌有原发性和继发性两种,前者的发生与肝炎、肝硬化、黄曲霉素等因素有关,后者是由其他部位之肿瘤转移而来。在中医学属于"症积"范畴。多因热毒壅结,气滞血淤,而致脾胃受损,气血日耗,邪实与正虚交互错交,不断发展趋于晚期。

【诊查要点】

1.发病之初表现为食欲不振,右胁不舒,逐渐发生肝区疼痛,间歇性或持续性钝痛或刺痛,脘闷腹胀,消化不良,恶心呕吐,腹泻,不规则发热,自汗,盗汗,逐渐消瘦,贫血等。

2.最常见的体征是肝脏呈进行性肿大,坚硬,表现为凹凸不平,或摸到多数结节或大块隆起的肿瘤。

3.晚期可出现黄疸、腹水、脾肿大、锁骨上淋巴结肿大、胸腔积液等,并易发生肝昏迷、消化道出血、肝癌结节破裂出血等并发症。

4.实验室检查可做血液甲胎蛋白检测(有血红细胞凝集试验,放射火箭电泳自显影术和放射免疫测定等不同方法)及碱性磷酸酶、乳酸脱氢酶、Y-谷氨酰转肽酶等检验以协助诊断。

5.有条件的,可做B超超声显像、动脉造影及其他X线检查、计算机X线断层扫描(简称CT)和肝放射性-核素扫描等四项检测,有助于定位诊断。

【治疗方法】

一、辨证论治

根据邪实正虚的病理特点,治当以扶正和祛邪为两大原则。祛邪以清热解毒,活血化淤为主;补正以疏运肝脾补益气血为主。并须按邪正虚实的主次,酌取攻补兼施之法。

(一)清热解毒  用于不规则发热,面目肌肤发黄、小便黄,齿鼻易衄血或有消化道出血,苔黄腻者。

方药:菌陈15克,大黄6克,黑山栀10克,龙胆草4克,黄连4克,苦参10克,丹皮10克,赤芍10克,生地15克,玄参10克,板蓝根15克,天花粉15克,人工牛黄1.2克(分吞)。

(二)活血化淤  用于肝脏迅速肿大,质硬不平,触痛,痛势剧烈,如锥如刺，舌质紫，面色黑滞者。

方药：三棱10克，莪术10克，炮山甲10克，炙乳香3克，炙没药3克，广郁金10克，炙鳖甲15克，土鳖虫7只，桃仁10克，红花5克，延胡索10克，石燕15克，马鞭草15克，参三七粉3克（分吞）。

（三）疏肝运脾　用于右肋胀痛不舒，脘闷腹胀，或有腹水，食欲不振，小便量少，苔白而腻者。

方药：柴胡5克，枳壳10克，制香附10克，川楝子10克，陈皮5克，木香5克，砂仁3克（后下），厚朴5克，大腹皮（或槟榔）10克，炙鸡内金10克，冬瓜皮15克，车前子15克（包）。

（四）补养气血　用于形体日益消瘦，精神衰颓，面色晦暗，自汗盗汗，脉细无力者。

方药：党参15克，黄芪15克，白术10克，山药10克，炙甘草3克，茯苓12克，鹿角片10克，当归10克，白芍10克，熟地15克，丹参15克，枸杞子15克，制首乌15克。

二、慧缘效验方

常用于本病的抗癌中草药有：石打穿、半枝莲、白花蛇舌草、龙葵、蛇莓、平地木、猪殃殃、铁树叶、半边莲、八月扎、莪术等，可酌情任选四味煎服。

寒水石12克，黄丹12克，制乳、没药各6克，明雄黄3克，生川、草乌各6克，研细末，用鸡蛋清调敷患处，隔日换一次。

魔芋、景天三七、爵床、草乌各适量，用鲜草捣烂外敷患处。

体针：期门、太冲、肝俞、阳陵泉。

三、佛禅疗法

每日禅定三次，每次20分钟。

每天念颂大明咒三次，每次10分钟左右。

每日礼拜文殊菩萨和观音菩萨各一次，上莲花明檀香三支。

每日六观想一次。

每日微笑数次。


# 二十、肺癌

肺部恶性肿瘤种类繁多，最常见的系原发性支气管炎，其次为肺转移性癌。本病多发于中年以上男性，与长期吸烟有一定关系。根据临床病理表现多为痰热蕴肺，而致络损血淤，久则伤阴耗气，日渐虚损。

【诊查要点】

1.常见症状为：长期咳嗽，痰中带血或大量咯血，胸部不适或疼痛，气短。常可并发肺不张及肺部感染。

2.晚期可有明显消瘦、衰弱、贫血、不规则发热，并可出现吞咽困难、心悸、声音嘶哑、呼吸困难及血胸等症状。

3.胸部、X线透视或摄片，或痰液涂片找脱落癌细胞、淋巴结活检、肺穿刺、纤维支气管镜检查或CT扫描等检查，可助明确诊断。

4.如癌肿转移至其他器官，可出现相应症状。

【治疗方法】

一、辨证论治

对于本病的治疗，当根据邪正虚实的主次分别处理，实证以清化痰热及和络化淤为主；虚证以养阴润肺为主，气虚的兼予益气、虚实并见的酌情兼顾。

（一）清化痰热　用于长期咳嗽不愈，或咯多量脓痰，甚至有腥臭味、胸闷气喘，时见发热，或检查有胸水者。

方药：杏仁10克，苡仁15克，全瓜蒌15克，桑白皮15克，海藻15克，昆布10克，海浮石15克，山慈菇10克，葶苈子10克，射干6克，薤白10克，竹沥半夏10克，鱼腥草30克，百部12克。

（二）咯络化痰　用于胸部闷痛或剧痛，经常咯血，或咯血量多，舌质紫者。

方药：参三七粉3克（分吞），广郁金10克，旋覆花6克（包），炙乳香3克，炙没药3克，煅瓦楞子15克，当归须10克，赤芍10克，桃仁10克，红花5克（以上二味出血时不用）。

（三）养阴润肺　用于消瘦虚弱，干咳气短，声哑，低热口干，舌质红，脉细数者。

方药：沙参15克，百合15克，玉竹15克，天花粉15克，凤凰衣3个，麦冬10克，生地15克，炙鳖甲15克，白芍10克，川贝母4克，白芨10克。

如兼气虚，气喘，自汗多者，酌配黄芪15克，党参10克，五味子5克，煅牡蛎30克。

二、慧缘效验方

常用于本病的抗癌中草药有：白花蛇舌草、蜀羊泉、紫草、蚤休、半枝莲、石打穿、全瓜蒌、猪苓等，可酌选数味煎服。

紫草根、蚤休各60克，前胡30克，人工牛黄10克，煎三味制成流浸膏，干燥研细，加入人工牛黄和匀，每次1.5克，每日3次。

三、针灸疗法

体针：鱼际、膻中、尺泽、肺俞、膈俞。

四、佛禅疗法

每日禅定三次，每次20分钟。

每天念颂大明咒三次，每次10分钟左右。

每日礼拜横三世佛二次，上莲花明檀香三支。

每日六观想一次。

每日微笑数次。


# 二十一、子宫颈癌

子宫颈癌是妇科较常见的恶性肿瘤，多发生在绝经期前后。在中医学"带下"、"崩漏"、"症瘕"等病中有类似的记载。根据临床资料分析，有关发病因素不外乎：早婚多产，精神抑郁，湿热下注，宫颈糜烂等等，以致正气不足，气血凝滞，或湿毒郁热，蕴积胞宫而成。本病在早期常无明显症状，不易引起注意，及致症状出现往往已发展至晚期。因此，必须对妇女加强卫生教育工作，在绝经期前后出现可疑症状，即应及时检查，明确诊断，争取早期进行手术、放射、化疗及中西医结合等治疗。

【诊查要点】

1.有不规则的阴道出血史（性交后出血或老年经断复来）。初起量少，以后增多，亦可发生突然大量出血，有腥臭味。

2.白带增多，绝经年龄的妇女，出现水样白带，即属可疑。至晚期，则白带色灰黄，或如米泔，或夹有血液，有恶臭，称为五色带。

3.癌肿侵入盆腔组织后，脉络失和，常有腰腹疼痛。

4.对可疑病人应及时做宫颈刮片检查，必要时做活体组织检查。

【治疗方法】

一、辨证论治

根据本病病理表现及患者体质和病性特点，可分为淤毒、气滞、湿热伤阴及中气下陷四种症候，临床在辨证论治的同时可以酌加有关中草药；如果病人自觉症状不明显，可按局部病变情况进行治疗。

（一）淤毒证 阴道流血，或带多色黄，或如米泔，粉污，腥臭异常，下肢痛，骶骨胀痛，舌质稍暗，苔糙白或黄腻，脉滑数。

治法：清热解毒，活血化淤。

方药：蜀羊泉30克，半枝莲15～30克，蒲公英15克，石打穿15～30克，凤凰草根15~30克，茵陈10克，黄柏10克，丹胡10克，赤芍10克，白花蛇舌草30克。

（二）气滞证　阴道不规则出血，白带，精神郁闷，胸肋痛，小腹痛，食欲不振，苔薄腻，脉细弦。

治法：疏肝理气。

方药：柴胡5克，当归10克，白芍10克，蒲公英15克，青皮10克。

（三）湿热伤阴证　头晕耳鸣，两颧升火，掌心灼热，口干唇燥，腰腿酸软，赤白带下，小便涩，大便干，舌红，苔薄黄，脉细数。

治法：养阴清热除湿。

方药：生地10~15克，知母10克，黄柏10克，茯苓10克，山药10克，泽泻10克，丹皮10克，红枣10个。

加减：阴道流血多，酌加阿胶珠10克，龟板15~30克，地榆10~15克，旱莲草10克，贯仲炭10克，茜草炭10克，陈棕炭10克，参三七粉3克（分吞）。

淤下色紫成块，小腹胀痛，酌加延胡索10克，川楝子10克，制香附10克，失笑散10~12克（包煎）。

带下恶臭，苔黄厚，酌加龙胆草3~5克，山栀10克，苡仁10~15克，土茯苓12克，墓头回10克，忍冬藤10~15克，蚤休10克，制大黄5克，苔白腻，酌加苍术5~10克，白芷3克。

坚肿不消，酌加海藻10克，昆布10克，夏枯草10克，山慈菇10克，僵蚕10克，大贝母10克。

小腹髀腿痛，酌加炙乳香、炙没药各3克，五灵脂10克，地鳖虫3~5克，天仙藤10克，络石藤10克。

大便不畅，酌加麻仁10克，瓜蒌仁10克，决明子15~30克，鲜首乌15克。

小便频数，膀胱有湿热者，酌加滑石10~15克，琥珀1.5克（另服）。

放射治疗后直肠反应，大便有黏液，酌加木香3克，黄连3克，马齿苋30克，大便出血，酌加地榆15克，槐花15克。

（四）中气下陷证　赤白带下，少腹下坠，腰脊酸痛，纳少神疲，二便不利，舌质淡红，苔白，脉细无力。

治法：补中益气。

方药：黄芪、党参各10~15克，黄精12克，川断10克，桑寄生、狗脊各10克，生苡仁15克，升麻6克，龙骨15克，牡蛎20克。

加减：兼阳虚，畏寒肢冷，白带多，大便先干后溏，脉沉细或缓，加附子5~10克，白术10克。

二、慧缘效验方

常用于本病的抗癌中草药有：蜀羊泉、半枝莲、白花蛇舌草、石打穿、龙葵、莪术、木馒术等，可酌选数味煎服。

轻粉3克，梅片0.3克，麝香0.15克，蜈蚣12条，雄黄3克，黄柏15克，共研细末，分多次局部外用。

莪术、三棱等量，共研细末，局部外用。

三、针灸疗法

体针：中极、血海、三阴交、足三里。

四、佛禅疗法

每日禅定三次，每次20分钟。

每天念颂大明咒三次，每次10分钟左右。

每日礼拜弥勒佛二次，上祛病明檀香三支。

每日六观想一次。

每日微笑数次。

# 第二章　外科杂病治疗法

## 一、疖疮

疖是单个毛囊及其所属皮脂腺的急性化脓性感染。中医称为"石疖"。皮肤浅表的小脓肿亦称为"软疖"。

【诊查要点】

1.石疖初起是一个凸出的红肿小硬结,数天后硬结中央出现黄白色脓头,破溃脓头排出后,很快肿消愈合。

2.软疖没有脓头,是红肿凸出的,圆形肿块,与周围正常皮肤界线清楚,化脓时软而波动。

3.暑疖,即石疖或软疖在夏秋季节发生者,好发于头面部,多见于儿童及产妇。

4.蝼蛄疖,为儿童在夏秋季节头皮患软疖,数目较多,互相联接融合,在头皮下形成空腔,常数月不愈,严重者能引起颅骨骨髓炎。

5.疖反复发生即称为疖病,常数月经年不愈,好于颈后、臀部、背部;多见于青壮年。

【治疗方法】

一、辨证论治

(一) 一般疖肿选用概说中所介绍的清火解毒方药内服。

(二) 暑疖,轻的无全身症状,重者头面疖肿累累,发热,口舌干苦,尿赤便秘，苔黄，脉数。

治法：清暑解毒。

方药：解暑汤加减。青蒿5克，银花、连翘、碧玉散各15克，淡竹叶、赤芍、天花粉各10克，鲜荷叶1角。

加减：热毒重加黄连3克，黄芩、山栀各10克。

大便秘结加生大黄5～10克。

（三）新产后、营养不良儿童及慢性病患者，病疖缠绵难愈的是正气虚弱。

治法：扶正解毒。

方药：四妙汤加味。生黄芪15克，潞党参或太子参10克，银花30克，连翘20克，生甘草3克。

对慢性病引起疖病者，应积极治疗原有的慢性病，如糖尿病。

二、局部处理

石疖　敷玉露膏、金黄膏消肿，有脓时用尖刀挑破表皮（不做切开），疮口撒五五丹提脓拔毒，外贴太乙膏，脓头拔出后，换九一丹至愈合为止。亦可始终外贴千捶膏。

软疖　消肿药同石疖，病灶处波动感时应切开排脓，脓腔用桑皮纸捻或油膏纱布条蘸九一丹引流。

对蝼蛄疖的处理，主要是保持局部引流通畅，必要时剪开脓腔，扩大疮口。

三、中成药

六神丸　每次3～5粒，每日3次，适用于儿童。

黄连上清丸　每次3～5克，每日3次，适用于头面疖肿。

防风通圣丸或连翘败毒丸　每次5克，每日3次。适用于疖病属于实证者。

千捶膏　不论未溃、已溃皆可贴于局部。

四、慧缘效验方

银花或菊花、甘草各适量，煎汤代茶饮。适用于较轻的暑疖。

松香粉60克，酒精200毫升，溶解后装瓶密封备用。以棉棒蘸涂疖上，每日数次，适用于未破溃的疖肿。

五、佛禅疗法

每日禅定二次，每次20分钟。

每天念颂大明咒二次，每次10分钟左右。

每日礼拜普贤菩萨一次，上桂花明檀香一支。

每日六观想一次。

每日微笑数次。

## 二、疗疮

疗，即生面部危险三角区的疖，因在临床上具有一定的特点，处理不当可发生火毒扩散的危险，甚至危及生命。

【诊查要点】

1.生于唇、鼻及其附近。

2.局部症状同石疖，但肿块硬而位置深，出脓较慢，肿块周围容易出现广泛肿胀。局部除灼热疼痛外，多伴有麻痒感觉。

3.如对肿块进行挤压或不适当的开刀，或食辛辣助火及荤腥发毒的食物，或情绪激动的，可出现病情突然加重，肿胀延及头面，并有高热、头痛、烦躁、呕吐，甚至神志不清、昏迷，应考虑并发海绵窦栓塞（俗称"疗疮走黄"），需做神经系统、血液和脑脊检查。

【治疗方法】

一、辨证论治

治法：清火解毒。

方药：五味消毒饮加减。银花20克，野菊花15克，蒲公英、紫花地丁30克，连翘20克，蚤休、半枝莲各15克。

加减：高热、口干、便燥、尿赤，局部红肿痛甚，加黄连、黄芩、生山栀、生石膏、生大黄以泻火解毒。

发生疗疮走黄时，参考全身感染治疗。

二、局部处理

同石疖，切忌将肿块切开和挤压排脓。

三、慧缘效验方

鲜野菊花叶洗净，捣烂取汁，每次30～50毫升，每日3～4次。本病临床必须严密观察，慎重处理。医生要向病人说明病情，消除顾虑；严禁挤压，不吃辛辣及荤腥食物。

四、佛禅疗法

每日禅定二次，每次20分钟。

每天念颂大明咒二次，每次10分钟左右。

每日礼拜，上半身有病拜药师佛一次，上明檀香二支，下半身有病拜地藏菩萨一次，上莲花明檀香三支。

每日六观想一次。

每日微笑数次。

## 三、急性淋巴管炎

急性淋巴管炎,中医称"红丝疔"。多因手足有化脓病灶或皮肤破损,外感火毒,流窜经脉而发。

【诊查要点】

1.红丝先从手足部创口开始,延伸至肘膝、腑窝、腹股沟,所属淋巴结同时肿痛。

2.深部淋巴管炎,皮肤红肿不明显,可引起肢体肿胀和疼痛。

3.重者有发热、恶寒、头痛、脉数等症状。

【治疗方法】

一、辨证论治

治法:清热凉血解毒。

方药:解毒大青汤加减。大青叶、银花藤、生地各20克,玄参、山栀、麦冬各10克,木通、生甘草各5克。

加减:便秘加大黄5~10克。

高热加生石膏30克,竹叶10克。

二、局部处理

(一)积极治疗手足感染病灶。

(二)皮肤消毒后,用三棱针或大号注射针头在红丝尽头刺破出血。

(三)红丝红肿明显的,沿红丝敷玉露膏、金黄膏。

三、佛禅疗法

每日禅定二次,每次20分钟。

每天念颂大明咒二次,每次10分钟左右。

每日礼拜药师佛一次。

每日六观想一次。

每日微笑数次。

## 四、化脓性骨髓炎

化脓性骨髓炎,中医称"附骨疽",分急、慢性两种。急性者多由疮疖等化脓性疾病引起,脓毒扩散,侵入营血,流注于骨,如不及时治疗,骨质坏死,创口经久流脓成瘘,转为慢性。

【诊查要点】

1.急性者多见于10岁以下的体弱儿童。好发于长骨的干骺端,以胫骨、股骨为多见。

2.发病急骤,见寒战、高热等败血症状,甚至昏迷,血细胞总数增高可达3万/mm³以上。

3.发病部位的干骺端剧痛,并有明显的压痛点,肢体活动受限。早期皮肤无红肿或稍有肿胀,如一旦脓肿穿破骨组织,则疼痛减轻,皮肤红肿明显,并可出波动。

4.慢性者有急性发作史,或开放性骨折史,局部见有水肿肉芽组织包围的瘘口,流脓,长期不能愈合。如瘘口闭合,则原处发生红肿热痛,并可出现全身症状。如脓液又从原瘘口或附近穿出时,则症状消退。如此反复发作,病程缓慢,数年或数十年不愈。

5.用探针探查,可触及死骨。做X线摄片,以了解骨部病变情况。

【治疗方法】

一、辨证论治

辨证当分虚实,急性期或慢性期。急性发作多属实热证;反复的急性发作,可导致气血损伤,故慢性期多属虚证。

(一)急性骨髓炎

火毒炽盛高热、头痛、口渴、烦躁,甚至神昏谵语,局部剧痛,脉数洪大,舌红苔黄。

治法:清火凉营解毒。

方药:清凉解毒饮加减。银花、连翘、地丁各20克,丹皮、赤芍、生地、玄参、花粉、山栀、黄芩、黄柏各10克,黄连5克,水牛角15克。神昏谵语加服紫雪丹,每日2剂。

对于发病急、病情重、儿童服中药有困难者,应配合抗生素治疗。

(二)慢性骨髓炎

1.余毒不化,瘘口脓液多,伴有不同程度红肿热痛及全身发热。

治法:清化湿毒。

方药:化骨至神汤加减。银花、紫花地丁各15克,龙胆草、茵陈、黄柏、当归、赤芍、骨碎补各10克。

2.气血虚弱急性期后,或瘘管迁延不愈,神疲无力,面色少华,饮食减少,消瘦，脓水清稀，舌质淡红，脉数无力。

治法：补养气血，兼清余毒。

方药：八珍汤加银花、连翘、紫花地丁各15克，生黄芪10克。

二、局部处理

（一）急性骨髓炎敷药见本节概说，脓肿已形成，应及时切开排脓。脓肿在骨内者，应早期穿骨排脓，避免或减轻骨质损坏；注意保持引流通畅。

（二）慢性骨髓炎瘘管用升丹、五五丹提脓祛腐药条插入，有引流、腐蚀瘘管及解毒作用。如有碎小死骨能自行排出，有利瘘管愈合。如死骨大，有骨死腔，或疤痕组织过多，在手术清创的同时应配合药物治疗，可以提高疗效。

在治疗过程中要预防病理性骨折，根据病情患肢用夹板固定。

三、佛禅疗法

每日禅定三次，每次20分钟。

每天念颂大明咒二次，每次10分钟左右。

每日礼拜文殊菩萨一次，上莲花明檀香三支。

每日六观想一次。

每日微笑数次。


## 五、乳头皲裂

乳头或乳晕部分的皮肤破碎，称为乳头皲裂，是哺乳妇女常见的疾病，和乳胀一样，都是引起乳痈的最重要原因。常由于哺乳妇女乳头皮肤的娇嫩，不耐婴儿唾液的浸渍和吸吮；或由于哺乳妇女本身有乳头平坦、凹陷、过小或乳汁分泌过少等生理缺陷，婴儿吸吮困难而强力吮嚼所致。中医认为系患者素体阳盛，肝火不得疏泄，与阳明湿热相结而成。

【诊查要点】

1.乳头或乳晕部分表皮剥脱，形成大小不等的裂口。严重的可在裂口处形成溃疡，如在乳头基底部形成溃疡，则有使乳头脱落之感。

2.皲裂或溃疡处分泌脂水，干燥后结黄色痂，产生燥裂性疼痛，尤其是小儿吸吮时，痛不可忍。

3.结痂后乳窍阴塞，或乳妇怕痛拒绝婴儿吮乳，致使乳汁排泄不畅，引起积乳，可继发急性乳腺炎。

4.若乳晕周围皮肤干燥皲裂，则奇痒难受，愈后仍易复发。

【治疗方法】

一、辨证论治

轻者可不必内服中药，如肝火湿热盛者，可清肝火利湿热。

方药：龙胆泻肝汤加减。龙胆草5克，栀子、黄芩、生地、当归、泽泻、车前子（包）各10克，甘草3克。

加减：奇痒，加苦参、地肤子各10克。

脂水多，加赤芍、赤苓各10克，木通10克。

二、局部处理

轻者可用黄连膏、蛋黄油外涂，每日数次。溃疡鲜红者可涂生肌玉红膏。脂水较多可涂枯矾油膏（枯矾粉20%，轻粉、石膏各10%，凡士林60%）或20%枯矾水湿敷。

除以上措施外，轻者可用玻璃罩橡皮头罩在乳头上供婴儿吸吮。重者必须停止哺乳数天，定期按摩乳房，挤出乳汁，待乳头皲裂愈合后再行哺乳。

三、佛禅疗法

每日禅定三次，每次20分钟。

每天念颂大明咒三次，每次10分钟左右。

每日礼拜文殊菩萨一次，上莲花明檀香三支。

每日六观想一次。

每日微笑数次。


# 六、急性化脓性乳腺炎

急性化脓性乳腺炎又称"乳痈"。发生于哺乳期称"外吹乳痈"；发生于怀孕期的称"内吹乳痈"；在怀孕期、哺乳期以外发生的急性化脓性乳腺炎又称"非妊娠哺乳期乳痈"。外吹乳痈的病因主要由乳汁淤积、肝郁胃热等引起，多见于初产妇，常发生在产后1个月后。因外吹乳痈牵涉哺乳，发生的问题较多，本文仅以此讨论为主。

【诊查要点】

1.绝大部分病例都有"乳胀"阶段，如不加妥善处理，消除积乳，则2~3日后肿块开始发红，局部灼热，全身畏寒发热，体温可高达40℃以上。头痛，周身不适，血白细胞计数及中性粒细胞明显增高。持续1周后脓肿形成，局部可扪及波动感。

2.乳晕部脓肿隆起明显，脓肿位置一般较浅；乳房部脓肿位置较深，可扪及波动感；而乳房深部脓肿或乳房后位脓肿，则皮肤发红、波动感等不明显，后位脓肿还可使整个乳房向前凸出。

【治疗方法】

一、辨证论治

（一）初期

治法：清胃解毒，疏肝通乳。

方药：瓜蒌牛蒡汤加减。瓜蒌皮10克，蒲公英30克，银花、连翘各15克，黄芩10克，柴胡6克，青皮、漏芦、皂角刺各10克。

加减：恶寒发热，加荆芥、防风各10克，牛蒡子10克。

胸肋胀满，加香附10克，橘叶6克。

乳胀甚者，加焦山楂10克，生麦芽30～60克。

（二）成脓期

治法：清热解毒，托里透脓。

方药：透脓散加味。当归、炒山甲、皂角刺、川芎各10克，生黄芪15～20克。

（三）溃后期

治法：排脓托毒。

方药：四妙汤加味。黄芪10克，当归10克，银花10克，炙甘草3克。

二、外治

（一）初期　按"乳胀"外治法治疗，一旦乳汁通畅，毒随乳出，肿块消散，即无化脓之虞。

（二）脓成期　切开排脓。乳房部脓肿切口呈放线状，在脓肿低处切开，切口不宜过小，务使脓液引流通畅。乳晕部脓肿较浅，局麻后用有齿镊子钳起皮肤，用尖头刀挑开皮肤。呈放射状或沿乳晕均可。然后用弯头蚊式钳轻轻撑一下，脓出即可。乳晕部为主乳管集中之处，不宜多搅动。乳房后位脓肿宜于乳房下沿乳房底部弧形切开，用16～18cm弯头管钳，伸入撑开创口，脓即涌出。用黄连膏油纱布塞入引流。

（三）溃后期　如切开引流畅通，1周后脓液即减少至无，创口内不置引流1天后仍无脓者，即可不置引流让其愈合。

三、针灸疗法

体针：膻中、合谷、外关、后溪。

耳针：乳腺、内分泌、枕。

四、佛禅疗法

每日禅定二次，每次20分钟。

每天念颂大明咒两次，每次10分钟左右。

每日礼拜观音菩萨一次。

每日六观想一次。

每日微笑数次。


# 七、乳腺增生症

乳腺增生症包括乳腺小叶、乳腺导管、间质等增生的疾病。临床上常分为生理性的与病理性的两类。有的学者提出，这两类的病理都与卵巢激素有关；其本质都是导管，腺泡以及间质不同程度的增生；两者之间的病理都有不同程度的移行改变。为此建议分为乳痛症、小叶增生、纤维腺病、纤维化、囊性增生等5型。这种分型比较符合临床。乳腺增生症的病因主要是卵巢功能的失调，即黄体功能不足，孕酮分泌减少，使雌激素的水平相对过高所引起。中医统称为"乳癖"，认为多由气郁痰凝、冲任失调等所致。

【诊查要点】

1.妇女在月经前2~5天内，双乳有轻度发胀或疼痛为正常现象。但胀痛较剧，时间更长，经前更觉明显者，则常为病态。经来时胀痛消失，在一侧或双侧乳房内可扪及结节样增生组织，质软。经后结节消失者，一般属乳痛症型小叶增生症型。其特点是疼痛较重而肿块软，经来自消。

2.肿块呈片状，质韧，疼痛虽有而不剧烈者，常为纤维腺病型；肿块质韧，经后并不变软则可能为纤维化型；有的肿块更硬如软骨状者又称硬化性乳腺增生症。囊性增生常发生在35岁以后，有无数小囊集成的锥体形肿块、大如乒乓球的囊肿，在我国较少见。

3.患者常伴有胸闷、嗳气、性情急躁、易动肝火以及痛经、月经不调、白带清稀、腰酸背痛等症。

4.如乳房部疼痛剧烈，牵涉肩背，而且咳嗽、深呼吸等使疼痛加剧时，要检查同侧肋软骨，如在同侧第3、4、5肋软骨上有明显压痛时，则为肋软骨炎或乳腺增生合并肋骨炎。

【治疗方法】

一、辨证论治

（一）肝郁气滞　经前乳房胀痛，结节性肿块质软，随月经周期与喜怒而消长，胸闷肋胀，或伴有月经不调者。

治法：疏郁理气。

方药：逍遥散加减。柴胡6克，当归、赤芍、白芍各10克，青皮、陈皮各10克，香附郁金、川楝子、延胡索、荔枝核、橘核各10克。

加减：脾气急躁，加丹皮、黑栀各10克。

疼痛甚者，加全蝎3～5克。

胸闷肋胀，加薤白10克，全瓜蒌10克。

便秘干结，加昆布10克，全瓜蒌30克。

月经不调，加生熟地、川芎各10克。

（二）冲任失调　乳房胀痛，肿块较韧，腰酸背痛，白带清稀，诸症经前加重。

治法：调理冲任，补益肝肾。

方药：二仙汤合肾气丸加减。仙茅、仙灵脾、熟地、枸杞子、白芍各10克，当归、青皮、陈皮、橘叶、橘核各10克。

加减：偏肝肾阳虚，加鹿角片、巴戟肉各10克。

偏肝肾阴虚，加女贞子、墨旱莲各10克。

肿块偏硬者，加白芥子、山慈菇、大贝母各10克，牡蛎30克（先煎）。

（三）淤痛夹杂　合并肋软骨炎者。疼痛加剧，痛点固定，牵涉肩背，咳嗽深呼吸时均加重。

治法：化淤止痛。

方药：桃红四物汤加减。桃仁、红花、归尾、赤芍、川芎、生地各10克，青皮、陈皮、郁金、香附、三棱、莪术各10克，炙全蝎3～5克。

二、外治

阳和解凝膏外贴，5日换一次。

药物胸罩。

三、中成药

逍遥丸　每次10克，每日2次。

橘核丸　每次10克，每日2次。

小金丹　每次1.5克，每日2次。

乌鸡白凤丸　每次10克，每日2次。

根据临床经验，治疗乳腺增生症应该注意以下几个问题。

1.治疗中应注意月经周期。经前为激素紊乱时期，乳胀、肿块等症状均较重，治疗应以此段时期为重点，观察疗效亦应以这段时期的症状为准。经后则激素趋于静止平稳状态，绝大部分患者在经后疼痛转轻或消失，肿块变软或消失。因此，月经来潮后至排卵前的一段时间除个别患者外，均可暂时休息一段时期以调剂患者服药之苦，如患者愿意继续服药，则经后血海空虚，以肾阴不足为主，治疗上可以调补肝肾。患者经治疗后经前症状已完全消失，肿块亦变软，则应连续在经前治疗半个月，连续3个月经周期，以巩固疗效。

2.由于月经后（月经干净后1周以内）是乳房的一切增生活动静止的时期，因此，乳房的检查，如肿块的扪诊、钼靶X线摄片、冷光透照、B型超声波检查以及红外热图像检查等，均应在这期间进行，这样，才能得到正确的印象。

3.乳腺增生因病程较久，已经发展到纤维腺病阶段，这时，纤维组织较多，肿块质地已较坚韧，即使在经后1周内检查，肿块只能转软，不能完全消失。只要定期检查，亦并无多大危险，可以告诉患者。

四、佛禅疗法

每日禅定二次，每次20分钟。

每天念颂大明咒二次，每次10分钟左右。

每日礼拜弥勒佛三次，上桂花明檀香三支。

每日六观想一次。

每日微笑数次。


# 八、男性乳房发育异常症

男性乳房发生异常性发痛，称男性乳房发育异常症，好发于中老年男性，中医称为"乳疬"。男性本身产生的雌激素，由肝脏灭活并由睾丸产生的睾丸素所中和，因此平时并不产生任何作用。如肝脏有病，失去对雌激素的灭活能力，或者睾丸有病不能产生睾丸素，或年老睾丸素明显减少等原因，引起了雌激素相对过高，导致乳腺的发育。中医则认为此症系肾气不足，冲任失调，肝失所养，气滞痰凝所致。

男女儿童在10岁以下，于一侧或双侧乳头下有结节出现，有轻度疼痛，称儿童乳房发育异常。亦为肾气不足所致。

【诊查要点】

1.乳晕中央有扁圆形肿块，一般发生于一侧，偶见双侧，有轻度压痛或胀痛。

2.男性患本症常有三种情况：结节型，即在乳头下扪及一结节，有轻度疼痛及压痛；弥漫型，即整个乳房胀大，如少女发育状，乳晕下无明显结节可扪及；少女型，即乳侧乳房均肿大，犹如少女。临床上以结节型最多见，少女型则常因睾丸肿瘤等引起，同时可有发音较高，缺少胡须，阴毛按女性分布等特征。

【治疗方法】

一、辨证论治

（一）肾阳不足　痰气内结，乳中结核，皮色不变，面色晦暗，腰膝酸软，舌淡，苔薄白。

治法：温阳化痰。

方药：右归丸加减。熟地、山药、山萸肉、枸杞子、菟丝子各10克，鹿角霜20克，当归、熟地片各10克，官桂5克，仙茅、仙灵脾、巴戟肉各10克。

（二）肾阴不足　气滞痰凝，乳中结核，压之微痛，心烦胸闷，失眠多梦，苔淡尖红，唇有齿印。

治法：滋阴化痰。

方药：左归丸加减。熟地、山药、山萸肉、枸杞子、菟丝子、鹿角胶、龟板胶、牛膝各10克，女贞子、黑旱莲各10克。

肾阳不足，肾阴不足两型加减：

胸闷肋痛，加青皮、橘叶、橘核各10克。

疼痛较甚，加川楝子、延胡索各10克。

肿块较硬，加大贝母、白芥子各10克。

二、外治

阳和解凝膏外贴，5日换1次。

三、中成药

橘核丸　每次10克，每日2次。

小金丹　每次1.5克，每日2次。

四、佛禅疗法

每日禅定二次，每次20分钟。

每天念颂大明咒三次，每次10分钟左右。

每日礼拜文殊菩萨一次，上明檀香三支。

每日六观想一次。

每日微笑数次。


# 九、急性胰腺炎

急性胰腺炎，属于中医"胃脘痛"、"腹痛"等范畴。认为本病是在情绪、饮食等因素作用下，导致肝胆气滞、湿热内蕴、壅结脾胃所致。

近年来急性胰腺炎的发病率有升高趋势，尤其是急性坏死性胰腺炎、出血性胰腺炎的发病率增多。因此，临床上应引起警惕，一般经中医治疗一二，症情未见减轻或中西医结合治疗未见好转者，均宜采用手术治疗。

【诊查要点】

1.腹痛多为突发，常在酒席宴会进食荤腥过多以后发生。疼痛局限于上腹，由于胰腺炎症部位的不同而可左上腹、右上腹或全上腹疼痛。疼痛性质以持续性为主，或有阵发性，或持续性疼痛阵发加剧。剧痛者如刀割，甚至因疼痛而出现休克。

2.多数患者有放射性痛，根据胰腺病变部位不同，可向右肩右腰（胰头病变）、左肩左腰（胰尾病变）或腰背部（全胰腺病变）放射。

3.多数患者伴恶心呕吐，吐后疼痛常不能缓解，有炎症渗出液的患者常伴有不同程度的腹胀。

4.一般的胰腺炎均有发热。而寒战、高热、休克患者常提示为严重的急性胰腺炎，如急性坏疽性胰腺炎、出血性胰腺炎。

5.同时出现黄疸的病人，提示为胆道疾患引起的胰腺炎，或胰腺炎症已引起奥狄氏括约肌水肿。

6.上腹中部偏左常有压痛。但胰腺为腹膜后脏器，压痛没有自觉疼痛明显。

7.起病后6～8小时，测定血、尿淀粉酶，如增高（病初时以尿淀粉酶为敏感）对诊断有一定价值。如有腹腔渗出，则腹腔渗出液中淀粉酶增高，则可确定诊断。

【治疗方法】

一、辨证论治

（一）辨证分型

1.气滞型　症见口苦咽干，痛在上腹牵连两肋，热象不显，苔薄白，脉弦紧。常因饮食或情绪诱发。此型症如胃炎，故又称胃病型。多见于轻症的水肿型胰腺炎，常由奥狄氏括约肌痉挛引起。临床上常与胃炎混淆而未能确诊。

2.湿热型　症见胸闷心烦，口渴但不欲饮水，发热或有寒热往来，腹痛遍及右上腹或上腹，常连肩背，尿少、便秘或现黄疸，舌质红，苔黄腻，脉弦滑数。此型多见于水肿型胰腺炎或并发胆囊疾患，可称为胆囊型胰腺炎。

3.实火型　症见发热不恶寒，口干，渴喜冷饮，上腹剧痛放射至腰背，腹胀痞满拒按，大便燥结，尿短赤，舌质红，苔黄燥或腻，脉弦数有力。此型多见于重症水肿或出血性胰腺炎。因常有炎性渗出液刺激腹膜，引起肠麻痹而腹胀痞满，故亦称为腹膜炎型胰腺炎。

（二）治法：疏肝和胃，通腑泄热。

方药：大柴胡汤加减。柴胡10～15克，黄芩、枳实、半夏、白芍各10克，大黄

10~15克（后下）。

分型加减：气滞型，加木香、延胡索、川楝子各10克。

湿热型，加茵陈30克，山栀10克，龙胆草3~10克。

实火型，加黄连3~10克，银花30克，连翘12克。

症状加减：呕吐，加陈皮、竹茹各10克。

痞满，加厚朴、薤白各10克。

便秘，加芒硝10~15克（冲服）。

（三）慧缘效验方

1.清胰汤一号：适用于表现有肝郁气滞、脾胃蕴热，以及便结腑实之各类型的急性胰腺炎，有疏肝理气、清热燥湿、通里攻下的作用。柴胡15克，黄芩、胡黄连、木香、延胡索各10克，白芍15克，生大黄15克（后下），芒硝10克（冲服）。

2.清胰汤二号：适用于并发胆道蛔虫的急性水肿型胰腺，有疏肝理气、清热杀虫、通里攻下的作用。柴胡15克，黄芩、胡黄连、木香各10克，白芍15克，槟榔15克，使君子、苦楝根皮各15~20克，芒硝10克（冲服）。

二、针灸治疗

体针：足三里、下巨虚、中脘、三阴交。

呕吐：加内关、阳陵泉。留针，强刺激。

发热：加曲池、合谷。留针，强刺激。

耳针：胰、胆、神门。

三、佛禅疗法

每日禅定三次，每次20分钟。

每天念颂大明咒一次，每次10分钟左右。

每日礼拜心佛三次。

每日六观想一次。

每日微笑数次。


# 十、胆道蛔虫症

胆道蛔虫症与中医记载的"蛔厥"非常吻合。认为系脏寒而胃热，蛔不安而上逆于胃，疼痛呕吐，吐剧则吐出蛔虫。

20世纪80年代以来，随着人民生活水平的提高，胆道蛔虫症的发病率已逐年下降。但广大农村仍有大片未脱贫地区，卫生状况仍不能在近期内得以改善，胆道蛔虫症的社会因素、环境因素仍未消除，胆道蛔虫症仍可能成为某些地区的主要病种,中医中药治疗仍然为其主要方法。为此,胆道蛔虫症仍然是急腹症的一个病种。

【诊查要点】

1.突然发生剧烈腹痛,有钻顶感。疼痛部位剑突下偏右为主,疼痛缓解后如常人。无并发症的胆道蛔虫症局部无明显体征,因而有"症状严重,体征轻微"的特点。

2.恶心呕吐在腹痛后发生,吐剧者可吐出胆汁及蛔虫。

3.寒战、高热、黄疸、局部腹肌紧张、压痛明显者,则为并发胆道感染或胆囊炎,如全上腹或左上腹压痛,则可能并发胰腺炎。

【治疗方法】

一、辨证论治

本病属寒热错杂之证。早期表现多偏于寒象,症见面白,四肢发冷,腹痛喜按,得热而减,舌淡,苔薄白,脉弦细或紧。发生感染后则偏于热象。

治法:安蛔止痛,驱虫通腑。

方药:乌梅丸加减。乌梅10~15克,川椒3克,槟榔、苦楝根皮各30克,生大黄10~15克(后下)。

加减:偏寒,加细辛、干姜各3克,或制附片10克,桂枝3克。

偏热,加黄连3~6克,生山栀10~15克。

吐剧,加木香10~15克,延胡索10克。

便秘,加芒硝10~30克(冲服)。

黄疸,加茵陈30克。

二、中成药

乌梅丸10~15克。先服浓糖水一杯,半小时后服药。

三、慧缘效验方

醋100毫升,加温水100毫升顿服,或醋中加花椒少许,加热煮开后,除去花椒顿服。

槟榔粉8克,生大黄粉、黑白丑粉各4克,以蜜加温调和分数次在1~2小时内服完。儿童用量酌减,如驱蛔则加服驱蛔药。

四、针灸疗法

体针:足三里、支沟、阳陵泉。

痛甚:加劳宫;呕吐,加内关;发热,加合谷;便秘,加照海、腹结。

耳针:交感、神门、胆、肝。

四、佛禅疗法

每日禅定二次,每次20分钟。

每天念颂大明咒二次,每次10分钟左右。

每日礼拜普贤菩萨一次,上香三支。

每日六观想一次。

每日微笑数次。


# 十一、慢性前列腺炎

本病属于中医"精浊"范围。原因有房劳过度,肾火易炽,精关不固;或房室不洁,湿毒侵袭;或欲念不遂,精血淤阻所致。

【诊查要点】

1.排尿不适,或有不同程度尿急、尿频、尿热、尿痛。

2.会阴部或直肠有不适感或隐痛,疼痛可放射到腰骶部、耻骨上、睾丸或腹股沟等处。

3.尿道常有乳白色分泌物溢出,尤其是在大小便终末时滴出。有时可见血性分泌物。

4.直肠指检:前列腺正常、稍大或稍小,表面不规则,可有结节,并可有轻度压痛。

5.前列腺液检查,可见有大量的脓细胞,卵磷脂小体减少。

【治疗方法】

一、辨证论治

(一)湿热壅阴 小便频急,茎中热痛,刺痒不适,尿黄、尿末或大便时有浊从尿道滴出。

治法:清利湿热。

方药:八正散合龙胆泻肝汤加减,龙胆草、木通各5克,车前子(包)、扁蓄、瞿麦、泽泻、生山栀各10克,滑石15克,生草梢3克,便秘加生大黄5~10克。

(二)阴虚火动 腰膝酸软,失眠多梦,遗精,阳事易兴,尿末或大便时有白浊自尿道滴出,欲念萌动时亦有白浊溢出。

治法:滋阴降火,分清导浊。

方药:知柏地黄丸合萆薢分清饮加减。熟地、山萸肉、泽泻、丹皮、知母、黄檗、车前子(包)、女贞子各10克,萆薢15克,石菖蒲、莲心各5克。

(三)肾阳不足 头晕,精神不振,腰酸膝冷,阳痿,遗精,早泄,甚至稍劳后即有白浊溢出。

治法：温肾固精。

方药：右归丸加减。熟地、山药、山茱萸、杜仲、菟丝子、沙苑子、鹿角胶各10克，熟附子5克，肉桂3克，芡实15克。

（四）精室淤滞证　小腹、会阴、睾丸、腰骶坠胀隐痛不适，或有血尿、血精，舌有紫气，脉沉弦或沉涩。

治法：活血散淤，疏利精室。

方药：桃仁四物汤如减。当归尾、生地、赤芍、丹皮、牛膝、王不留行各10克，红藤、败酱草各15克，制大黄5克。

二、中成药

前列康片　4片，每日3次。

前列通片　4片，每日3次。

三、佛禅疗法

每日禅定三次，每次20分钟。

每天念颂大明咒三次，每次10分钟左右。

每日礼拜地藏菩萨一次，上明檀香三支。

每日六观想一次。

每日微笑数次。


# 十二、前列腺增生肥大症

前列腺增生是老年男性的一种常见病。有症状的前列腺增生，主要是尿频、排尿困难、急性尿闭或尿失禁，属中医"癃闭"范畴。老年肾气渐衰，阴阳失调，气化功能不足，而出现排尿异常症状。劳累、强力入房、过食辛辣等，使湿热壅滞或精血淤阻，是引起发作或使病情加重的诱因。

【诊查要点】

1.初起小便次数增多，以夜间明显，逐渐排尿困难，有尿意不尽感，严重时要用力才能排出。由于尿液长期不能排尽，而发生慢性尿潴留，以致尿液自行溢出或夜间遗尿。

2.在病变过程中，常见受凉、劳累、房室过度、过食辛辣刺激食品，而突然发生排尿困难、尿闭、小腹胀痛，使病人辗转不安。

3.直肠指检：前列腺不同程度肥大，表面光滑而无结节，边缘清楚，中等硬度而富有弹性，中央沟变浅或消失。

【治疗方法】

一、辨证论治

（一）肾阴不足，水液不利　小便频数不爽，淋漓不尽，伴有腰膝酸软，失眠、多梦。阴虚有热者，舌红咽干，尿黄而热，脉象细数。

治法：滋阴补肾，清利膀胱。

方药：知柏地黄汤加车前子10克，木通5克。

（二）肾阳不足，气化无权　小便频数、失禁、遗尿或尿闭，精神萎靡，腰膝酸冷，面白少华，畏寒喜暖，舌淡苔白，脉沉弱。

治法：补肾温阳，固摄膀胱。

方药：桑螵蛸散加味。桑螵蛸、党参、龙骨、茯苓、益智仁、菟丝子、仙灵脾、巴戟天各10克，附子5克。尿闭者加服滋肾丸10克。

（三）湿热下注，膀胱滞涩　小便淋漓不爽，尿黄而热，茎中痒痛，甚则尿闭不通，小腹急胀，舌红，苔黄腻，脉沉弦或数。

治法：清热化湿，通利膀胱。

方药：八正散加减。扁蓄、瞿麦、车前子（包）、生山栀、淡竹叶、黄檗、泽泻各10克，木通5克。

（四）下焦蓄血，淤阻膀胱　小便努挣方出，甚至点滴不下，小腹会阴胀痛，偶有血尿或血精，脉沉弦或细涩。

方药：生大黄、归尾、生地、炮山甲、地鳖虫、桃仁、王不留行各10克，肉桂3克。

二、中成药

前列康片、前列通片、滋肾丸、桂附地黄丸、知柏地黄丸、龙胆泻肝丸等，辨证选用。

三、局部处理（急性尿潴留的处理）

1.食盐500克，炒热，布包，乘热熨小腹部。

2.皂角粉少许，吹鼻取嚏，此开上窍通下窍的方法。

3.导尿：在无菌操作下，放入导尿管引流尿液。如尿潴留时间过久，膀胱极度膨胀，应分次导尿。一般可先放出500毫升，其余尿液分几次在几个小时内放出。必要时保留导尿管，避免反复导尿引起尿路感染。导尿管插入困难者，应作穿刺导尿或膀胱造瘘。

四、佛禅疗法

每日禅定二次，每次20分钟。

每天念颂大明咒一次，每次10分钟左右。

每日礼拜地藏菩萨一次，上明檀香三支。

每日六观想一次。

每日微笑数次。


# 十三、血栓性静脉炎

本病是临床上常见的外周血管病，大、小隐静脉尤其是曲张的静脉最为多见，其次是头静脉、贵要静脉及胸腹壁静脉。原因是血液凝固性增高、血流缓慢、血管壁损伤和感染。静脉内注射刺激性药物亦可引起。下肢的浅静脉炎类似中医的"恶脉"、"青蛇毒"等病。

【诊查要点】

1.急性期时，病变静脉表面皮肤红肿热痛。一般性静脉炎呈索条状，多向心性蔓延。游走性静脉炎，多处静脉发炎，此愈彼起。静脉周围炎是严重曲张的静脉发炎，局部呈片块状。全身可能有轻度发热。

2.慢性期时，皮肤红肿消退，但静脉僵硬，并与皮肤粘连，表面色素沉着，牵拉静脉时呈沟状。静脉周围炎在一片僵肿的皮肤上可触及很多结节，可伴有胫踝水肿。

【治疗方法】

一、辨证论治

（一）急性期

治法：清热凉血。

方药：凉血四物汤加减。当归、生地、赤芍、丹皮、地龙各10克，银花藤、紫花地丁各20克，黄芩12克、五灵脂5克。病在上肢加姜黄，下肢加牛膝，胸膜壁加柴胡。

（二）慢性期

治法：活血通脉，散淤消肿。

方药：桃红四手汤加味。桃仁、当归、川芎、赤芍、地鳖虫各10克，炮山甲、红花各5克，王不留行12克。

临床上亦有根据气行血亦行的原理，不分急慢性期，通用五香流气饮，急性期加地龙，慢性期加地鳖虫，疗效显著。

二、局部处理

1.急性期敷金黄膏，以清热消肿、活血止痛。

2.下肢静脉炎应积极治疗脚癣和下肢溃疡。有静脉曲张者，待炎症消退后，考虑手术治疗。

三、佛禅疗法

每日禅定两次，每次20分钟。

每天念颂大明咒二次，每次5钟左右。

每日礼拜药师佛二次，上莲花明檀香一支。

每日六观想一次。

每日微笑数次。


# 十四、雷诺氏病

雷诺氏病是一种进行缓慢、无器质性病变的血管疾病。在寒冷刺激或情绪激动时，两手即青紫。病与气虚血弱有关。

【诊查要点】

1.本病多见于年轻妇女，双手同时发病，亦有手足同时发生者。

2.常在受冷以后，或在情绪激动时，两手突然变为苍白，迅即变为青紫色，发冷、发麻，或有针刺样痛。保温后，手即成红色并转暖，恢复正常。患肢脉搏多可触及。

3.寒冷季节发作频繁，症状亦重，天暖时逐渐好转。病情严重者，天暖时亦常发作，有疼痛及指端出现营养障碍，如指甲裂纹、水泡和小溃疡，但很少坏死。

【治疗方法】

一、辨证论治

治法：补气养血，温通经脉。

方药：当归四逆汤加减。黄芪、当归各15克，桂枝、赤芍各10克，炙甘草、木通各5克，细辛3克，生姜2片，红枣4枚。情绪激动发作者，加木香、乌药、川芎各10克。

二、针灸疗法

取穴：曲池、外关、阳池；尺泽、内关、合谷。两组交替使用，针刺与艾灸并用。

此外，保持双手温暖，不吸烟，情绪不要激动。

三、佛禅疗法

每日禅定三次，每次5分钟。

每天念颂大明咒三次，每次5分钟左右。

每日礼拜一次。

每日六观想一次。

每日微笑数次。


# 十五、破伤风

破伤风是因皮肤破伤后，感染破伤风杆菌而引起的局部或全身痉挛为特征的急性感染。新生儿断脐时感染的称为"脐风"。中医认为是由皮肤破伤之后，"风毒"侵入，流窜经络引起。

【诊查要点】

1.发病前2周内有外伤史。

2.早期表现为咀嚼肌乏力，面部肌肉酸痛，语言不清，吞咽不便，张口困难，牙关拘急。

3.典型发作时，面部肌肉痉挛，呈苦笑面容；项背部肌肉痉挛则角弓反张；最后隔肌痉挛引起呼吸困难。

4.任何轻微的外界刺激（如声音、光线甚至医生的检查）都可能诱发强烈的全身肌肉痉挛，因而导致病人体力衰弱、窒息，甚至引起死亡。

5.患者神志始终清楚，若有高热，常提示有毒血症、肺炎等并发症。

6.新生儿在7天之内，出现进行性吮乳困难，牙关开合不利，需密切观察，早期明确诊断。

【预防】

本病预防胜于治疗，一旦发作死亡率很高。

1.及时而有效地对受伤创口进行清创，清除坏死组织和异，消灭死腔。在伤口较大、清创不易彻底时，不宜缝合，可用3%过氧化氢湿敷，以消除破伤风杆菌生长繁殖的条件。

2.破伤风抗毒血清1500个国际单位，皮试后肌肉注射，超过24小时者，剂量应加倍。

3.内服玉真散3~5克，每日3次。蝉衣粉3~5克，黄酒送服，每日3次。

【治疗方法】

一、辨证论治

治法：祛风解毒止痉。

方药：（一）玉真散　加味。姜制南星、防风、白芷、天麻、羌活、白附子各10克，蝉衣15克，水煎服。不能口服者鼻饲。

（二）追风散　每日1剂，重者每日2剂。此方解痉作用较强。

（三）撮风散　蜈蚣1条，钩藤10克，朱砂0.3克，蝎尾1条，蝉衣3克（有条件加麝香适量）研为细粉。每次服0.5~1克，每日3次。适用于新生儿。

二、慧缘效验方

鲜嫩桑树枝，取直径约3厘米长100厘米一段，架空，中间用火烧，两端即滴出桑木油，收集备用。成人每次10毫升，加红糖少许，服后出汗。

三、针灸疗法

牙关紧闭：合谷、下关、颊车、内庭。

喉痉挛：少商（放血）、扶突。

四肢抽搐：合谷、曲池、内关、后溪、太冲、申脉。

角弓反张：大椎、筋缩、肝俞、承山、昆仑。

以上均用重刺手法。留针2~3小时。

本病死亡率较高，应按常规用破伤风抗毒素等中西医结合治疗。

四、佛禅疗法

病情稳定以后，每日禅定一次，每次30分钟。

每天念颂大明咒三次，每次2分钟左右。

每日六观想一次。

每日微笑数次。

【护理】

本病护理非常重要。病人应隔离于安静而弱光的病室，尽量避免声、光、风震动等外界刺激。各种检查和治疗，要集中固定在一段时间内进行，以减少刺激，避免诱发痉挛。其他如注意口腔清洁，保持呼吸道通畅，防治褥疮，保护痉挛发作时的病人安全等。


# 十六、烧伤

烧伤，是由灼热的液体、固体、气体以及电、化学物质等原因引起的体表组织损伤。轻者仅及皮肉，不伤脏腑；重者则热毒炽盛，或内攻脏腑，而伤阴损阳，危及生命。

【诊查要点】

1.烧伤面积的估计：常用的方法，是以患者单侧手指并拢后的掌面，为自己身体表面积的1%，以此计算烧伤面积大小。

2.烧伤深度分类

Ⅰ度：皮肤潮红、肿胀、疼痛，愈合不留疤痕。

Ⅱ度：皮肤潮红、肿胀、起泡、痛甚，如不感染，愈后不留瘢痕。

Ⅲ度：皮肤苍白，间有紫红色斑点，愈后常留瘢痕。影响功能皮。

Ⅳ度：皮肤全层损害，呈苍白色或焦黑色，疼痛不堪，创面干燥，失去弹性，甚至伤达肌肉、筋骨，愈合留疤痕和挛缩。

3.烧伤程度分类

轻度：总面积在10%以内，Ⅲ度创面不超过2%，无并发症。

中度：总面积在11%～30%之间。或Ⅲ度创面在10%以内。

重度：总面积在31%～50%之间。或Ⅲ度创面在11%～20%之间。

特重度：总面积在50%以上，或Ⅲ度创面在20%以上。

4.主要症状

（1）大面积烧伤，早期因剧烈疼痛，可出现烦躁不安等早期休克症状；以后因创面大量渗出而致出血容量减少，可导致继发性休克。

（2）休克时间过长，常出现少尿无尿，提示肾功能损害。

（3）大面积烧伤5天以后，出现高热、口渴、尿赤、便秘、脉数等症状，表示创面感染，若创面上有绿色脓性分泌物时，可能为绿脓杆菌感染。

（4）烧伤败血症是感染期的严重并发症。早期败血症一般发生在伤后2周内，如在伤后3～7天发生的，则病情严重；深度烧伤在焦痂溶解时（约伤后3～4周）亦易发生。

【治疗方法】

一、现场抢救

（一）冷水疗法：中小面积烧伤，特别在四肢，可用清洁的冷水浇浸，方便时用自来水淋浇半个小时。适用于烧伤早期，有减少损伤、止痛、减少渗出的作用。

（二）强酸碱烧伤，应立即用大量清洁水冲洗，以减轻伤害程度。

（三）较重的烧伤应用清洁的被单或衣服包裹起来，护送医疗单位。

（四）疼痛剧烈的，轻的服去痛片，严重的用杜冷丁80～100毫克肌注。

（五）对有不清洁的创面者，应立即肌注破伤风抗毒素1500～3000国际单位。

二、创面处理

（一）有休克者先抢救休克，待病情平稳后，再行清创。

（二）创面先用肥皂水或清水冲洗，再用生理盐水或1:1000呋喃西林水淋洗创面。

（三）水泡处理：用粗针从水泡基底部两侧刺破使液体流出，或用注射器抽吸。

（四）药物治疗：对不易受摩擦的暴露部位，夏季或冬季有保暖条件者，创面可以暴露给药。否则，创面应加以包扎。

1.清凉膏：选干净的风化石灰500克，冷开水2000毫升，搅混后澄清，取水1份，加麻油1份，充分搅匀呈蛋清样，涂患处。适用于Ⅰ度创面。暴露或包扎皆可。

2.烫伤药水、虎地酊（虎杖、生地榆等量，用70%酒精浸泡过滤而成）：这两张处方是制痂剂，涂药后待其干燥再涂，或采用断续喷雾法，至药液形成咖啡色痂盖为止。

3.烫伤油布、黄连膏油布：适用于水泡被揭除或擦烂的创面，在彻底清创的基础上，给药后用厚纱布敷料包扎，抬高患肢，如渗出少、无臭味、无明显感染，不必每天更换敷料。

4.对感染化脓、渗出多的创面，用三黄汤或虎杖煎汤、湿敷或浸泡。感染控制后再用烫伤油布或黄连膏油布换药。

5.深度烧伤的焦痂及感染腐烂的组织，应及时清除。

6.坏死组织清除，创面干净，溃疡小者用生肌玉红膏纱布。如内芽生长凸出创面，影响预后时，贴夹纸膏或枯矾液纱布湿敷。大面积溃疡必须创造条件植皮。

三、辨证论治

小面积烧伤，无全身反应，可不必服药，或用一般消炎解毒剂预防感染。有较重全身反应者需辨证论治。

（一）火毒炽盛　高热，烦渴，喜冷饮，重者神昏谵语，尿赤，舌红，苔黄起刺，脉洪数。

治法：清火解毒。

方药：清凉解毒饮加减。银花、连翘、紫花地丁各20克，黄连、生甘草各5克，黄芩、生山栀、赤芍、丹皮、玄参、天花粉各10克。热重加水牛角30克，大便燥加生大黄10克。

（二）火盛伤阴　高热、烦躁、口渴、便秘、尿赤量少、舌红绛干、苔焦黄，脉大弦数或弦细而数。

治法：清火解毒，养阴生津。

方药：增液汤合白虎汤加味。生地、玄参、麦冬各15克，知母、花粉、鲜石斛各10克，生石膏30克，鲜竹叶30片，银花、连翘各20克，生甘草5克。

（三）阴伤及阳　精神萎靡，体温不升，呼吸短促，四肢震颤，创面色暗，脉细微数，严重者可因阳气虚脱而死亡。

治法：清热解毒，益气养阴。

方药：增液汤合人参白虎汤。人参10～15克，另煎冲服。或酌用生脉散、参附汤进行抢救。并发火毒内攻脏腑，详见全身感染治疗。

（四）气血两伤　恢复期不发热或低热不退，精神萎靡，面色无华，不思饮食，自汗盗汗，脉虚弱无力，创面肉芽不红，愈合缓慢或植皮不活。

治法：补益气血，扶正托毒。

方药：八珍汤加生黄芪15克，银花、连翘各20克。

（五）脾胃虚弱　胃阴伤者，舌红无苔，口干少津，不思饮食，脉象细数，脾气伤者，舌质淡胖，苔白或生糜，腹胀便溏，呕恶呃逆，脉细而弱。

治法：调理脾胃。

方药：胃阴伤者益胃汤，脾气伤者香砂六君子汤。

四、慧缘效验方

新鲜鸡蛋清，加入少量冰片，搅匀后冰箱冷藏。涂在创面伤口，干了再涂。至形成淡黄色薄膜为止。

虎杖根粉40克，加浓茶叶水（茶叶25克加水500毫升煎成）300～400毫升，煮沸，过滤备用。清创后将药液涂于创面上，每日数次，或断续喷雾。

四季青（红果冬青）煎沸（浓度1∶1），涂创面，每日数次，使结成薄痂。

上方适用于暴露的Ⅰ、Ⅱ度创面。

单纯的中药治疗，一般只实用于轻度烧伤，对中、重度烧伤的消毒隔离、焦痂切除与植皮、抗休克、抗感染、补充营养等，需中西医结合处理。

五、佛禅疗法

病情稳定后：每日禅定三次，每次30分钟。

每日礼拜心佛二次。

每日六观想一次。


# 十七、毒蛇咬伤

人体被毒蛇咬伤后，毒液侵入伤口，渗入营血，深及脏腑而发生中毒。严重者可致死亡或肢体残废，对劳动人民健康危害甚大。

【诊查要点】

1.被蛇咬伤后应立即作出是否为毒蛇咬伤的诊断。除询问蛇的外形外，主要根据齿痕进行判断。毒蛇咬的齿痕为2～4个较深的小洞，伤后局部迅速肿胀，并向心端发展。皮肤发红、灼热、疼痛，甚至皮肤青黑、坏死，创口渗血水（血液毒）。有的肿胀较轻、麻木而疼痛不甚（神经毒）。

2.患肢肿胀，一般第2～3天发展高峰，第4天起开始逐渐消退。约2周全部消退。有时在伤口周围遗留结缔组织样变的硬块，消退缓慢。

3.神经毒的全身症状，有发热、头昏、嗜睡、复视等；重者出现味、视、嗅、听等感觉障碍，表情淡漠，声音嘶哑，吞咽困难，流涎，血压下降，瞳孔散大。血液毒症比较剧烈，恶寒，发热，全身皮下或内脏出血，肌肉酸痛，黄疸等。混合毒时，则两者症状兼而有之。

【治疗方法】

一、急救处理

1.咬伤后立即用布条、手帕或绳子扎在伤口上端，紧度以阻断淋巴、浅静脉回流即可。扎后每15～20分钟放松1次。咬伤后如超过1个小时，此法即无意义。

2.用冷开水，淡盐水冲洗伤口。

3.用尖头镊子尽可能找出残留在创口内的毒牙；消毒（临时无条件可以不消毒）后，以牙痕为中心，沿纵轴切开皮肤成"＋"或"＋＋"形，深达皮下组织，但不要损伤血管，由上向下轻轻挤压，使含毒的血液渗出，边挤边冲洗。另可用拔火罐或吸奶器从切口处吸出毒液。同时准备送医院急诊处理。

二、中成药

治疗毒蛇咬伤的中成药很多，如季德胜蛇药片、祁门蛇药片等。各地毒蛇的种类不同，尽可能选用当地生产的蛇药，疗效比较可靠。由于剂型不同，必须按说明用足量。

江苏南通季德胜蛇药片，适用于被蝮蛇、竹叶青等毒蛇咬伤的症状。每次服10～20片，每4～6小时服1次。症状改善后，适当减少剂量。

三、慧缘效验方

在农村或山区被毒蛇咬伤后，均可就地取材，采集一种或数种中草药的鲜草内服或外敷。如金银花叶、野菊花叶、紫花地丁、半边莲、半枝莲、七叶一枝花、蒲公英、白花蛇舌草、佛甲草、穿心莲等等，每次用200～300克，煎汤或捣烂取汁服，药渣敷在伤口上，可连用至症状消失。

四、辨证论治

治法：民间有"治蛇不泻，蛇毒内结，二便不通，蛇毒内攻"的经验。治法以解毒为主，兼通利二便。

方药：蛇伤解毒汤加味。半边莲30克，白花蛇舌草50克，虎杖、万年青、青木香各20克，车前子（包）、生大黄（后下）各15克。

火毒重，加清水凉血药，如黄连、黄芩、生地、丹皮、水牛角等。

风毒重,加祛风解毒药,如白芷、细辛、川芎、威灵仙等。

混合毒选加上二型药物。

由于毒蛇种类不同,毒液进入人体数量多少不同,就医迟早不同,因此,病情轻重悬殊较大。对严重病例需中西医结合抢救,以减少死亡。解毒措施,如输液、氢化可的松、抗毒蛇血清、抗感染、预防破伤风等,危重病例要防治休克、纠正酸中毒、抢救心肺功能衰竭等。

五、佛禅疗法

病情稳定后:每日禅定三次,每次20分钟。

每天念颂大明咒三次,每次10分钟左右。

每日六观想一次。


# 十八、昆虫螫伤

昆虫种类很多,人被螫伤后,症状明显,痛苦较大的有蜈蚣、蜂、蝎等。一般仅有红、肿、热、痛、痒等症状,严重者有全身反应,在治疗上均可用季德胜蛇药片内服、外涂。

蜈蚣螫伤

【诊查要点】

螫伤处有一红色淤点,周围红肿,自觉热、痒、剧痛。重者可有恶心、呕吐、头晕、浑身麻木等全身症状。

【治疗方法】

1.伤口立即用肥皂水、3%氨水、5%~10%苏打水擦洗、冷敷。

2.甘草、雄黄各等分,研末,菜油调敷患处。

3.鲜芋艿、鲜鱼腥草、鲜扁豆叶、鲜嫩桑叶,任选一种,捣烂敷患处。

蜂螫伤

【诊查要点】

螫伤处有红色淤点,周围起红斑样丘疹,重则一片潮红肿胀,或有水泡,瘙痒、剧痛,亦会有头晕、恶心等症状,严重者可能发生过敏性休克。

【治疗方法】

1.尽可能取出蜂刺。

2.蜜蜂毒液多为酸性,用肥皂水、苏打水洗伤口,冷敷。黄蜂毒液为碱性,用醋洗伤口、冷敷。

3.鲜佛甲草、马齿苋、夏枯草、野菊花叶,洗净,切碎捣烂,敷伤口。亦可用鲜蒲公英茎折断后的乳白色的汁涂搽患处。

4.对黄蜂螫伤后发生过敏性休克者,应给以抗组织胺、肾上腺类固醇激素。

佛禅疗法

每日禅定二次,每次20分钟。

每天念颂大明咒二次,每次10分钟左右。

每日六观想一次。

蝎螫伤

蝎螫伤人体,因其产生溶血毒素及神经毒素,可引起严重反应。

溶血毒素:螫伤部位,皮肤大片红肿、淤斑,灼热、剧痛,严重者可产生坏疽。

神经毒素:局部肿痛,可发生不同程度的流涎、流泪、恶心、呕吐、头痛、嗜睡、寒战、高热、心悸、出汗、抽搐、肺水肿、呼吸麻痹等症状。

【治疗方法】

1.螫伤后立即在伤口上缚止血带,并用拔火罐、吸奶器吸拔毒液,必要时切开伤口挤吸毒液。

2.明矾粉以醋调敷伤口,或雄黄、枯矾粉末用茶水调敷伤口临时止痛,用0.5%~1%普鲁卡因封闭。

3.毒性反应严重的,按毒蛇咬伤处理。

佛禅疗法

伤势缓解后每日禅定二次,每次20分钟。

每天念颂大明咒二次,每次10分钟左右。

每日六观想一次。

# 第三章　妇科杂病治法

在明清时期，国内有几处寺庙庵堂中的僧尼对医治妇女杂病都有其独特的医技，比较有名的如浙江普陀山的慧济寺、苏州的紫金庵等。

## 一、月经不调

月经的期、量、色、质的任何一方面改变，均称为"月经不调"。常见的有月经先期、后期、先后无定期以及月经过多过少等症。

外界的气候、地理、环境的改变，生活习惯的变化，精神情绪的波动，均足以影响月经的正常规律。但是偶尔失常一两次，迅速得到调整的不作疾病论。

本病主要由于郁怒忧思、过食辛辣寒凉食物、经期感受寒湿、忽视卫生以及多病久病等内外因素，导致气血不调，脏腑功能失职，冲任两脉损伤。

【诊查要点】

1.月经正常周期，一般以28天左右计算。如超前或落后7天以上，作为先期或后期；忽先忽后作为先后无定期；如经量很多，经行时间超过7天以上，属月经过多；如经量过少、一两天即净的，属月经过少。

2.月经过多的，需做妇科检查，排除有无子宫肌瘤等器质性病变；检查血小板计数及出凝血时间等，以观察血液凝固情况是否正常。

3.月经过少，需考虑有无子宫内膜结核、贫血及慢性消耗性疾病。

【治疗方法】

一、辨证论治

一般从月经的特点进行辨证，即根据月经的期、量、色、质辨识寒热虚实。同时还需结合全身症状进行分析。

先期量多，色红或紫，质黏的，属血热；色淡质薄，属气虚。先期量少，色红质稀，属虚热。后期量少，色淡质薄，属气血虚；色紫质薄，属虚寒；色淡质黏，属痰湿；色黑有块质黏，属气滞血淤。先后无定期，量或多或少，色淡质薄或色紫红质黏，属肝郁。

治疗原则：当以理血调经为主，并应重视在经期阶段的治疗，如因病而月经不调的先治病，因月经不调而病的先调经。

（一）月经先期

1.血热证　月经超前，量多、色红、质粘、有块、心烦口渴，苔黄，脉数有力。

治法：清热凉血。

方药：荆芩四物汤加减。当归10克，赤芍10克，生地12克，黄芩5克，荆芥5克，丹皮6克。

加减：如量多质稀、腰酸有潮热，舌红、苔薄、脉细数的，可去荆芥、黄芩；酌加地骨皮6克，青蒿10克，玄参10克，麦冬10克。

2.气虚证　经行超前量多，色淡质稀，神倦乏力，气短懒言，舌淡，脉细缓。

治法：补气摄血。

方药：举元煎加减。党参10克，黄芪10克，当归10克，白术10克，白芍10克，升麻5克，炙甘草3克，荆芥炭10克，煅牡蛎15~30克。

（二）月经后期

1.血寒证　经行后期，量少，色暗红，有血块，小腹冷痛，苔白，脉沉紧。

治法：温经散寒。

方药：温经汤加减。当归10克，川芎5克，赤芍10克，肉桂3克，莪术10克，延胡索10克，牛膝10克，吴茱萸3克。

加减：偏虚寒的，兼见头晕腰酸，怕冷，四肢不湿，舌淡，脉细等症状，去赤芍、莪术；酌加熟地10克，陈艾叶5克，仙茅10克，仙灵脾10克。

2.血虚证　经行后期，量少色淡，质稀，无血块，面色萎黄，头昏，目花，心悸，舌淡红，苔薄，脉细弱。

治法：益气养血调经。

方药：人参养荣汤加减。党参10克，黄芪10克，当归10克，白芍10克，熟地10克，白术10克，茯苓10克，远志10克，肉桂1.5克，炙甘草3克。

3.气滞血淤证　经行后期，量少色黯，有血块，小腹胀痛，精神抑郁，胸闷不舒，舌质紫黯苔薄，脉细弱。

治法：行气活血。

方药：血府逐淤汤加减。当归10克，川芎5克，赤芍10克，桃仁10克，红花5克，牛膝10克，香附10克，枳壳6克，木香3克，延胡索10克。

（三）月经先后无定期

肝郁证　月经或先或后，量或多或少，色黯有块，乳胀，胸闷肋痛，小腹胀痛，舌苔正常，脉细弦。

治法：疏肝解郁，和血调经。

方药：逍遥散加减。当归10克，赤芍10克，柴胡3～5克，陈皮10克，郁金10克，枳壳5克，延胡索10克。

加减：若见经色淡，倦怠、少言，大便溏，舌淡苔白，脉缓无力，酌加白术10克，茯苓10克，扁豆10克。

二、中成药

益母八珍丸　每次5克，每日2次。

人参养荣丸　每次5克，每日2次。

归脾丸　每次5克，每日2次。

上列诸药均适用于气血两亏证。归脾丸更适用于气虚为甚者。

当归丸　每次15粒，每日2次。适用于血虚证。

四制香附丸　每次5克，每日2次，适用于气滞证。

逍遥丸　每次5克，每日2次。适用于肝郁证。

加味逍遥丸　每次5克，每日2次。适用于郁热证。

益母草膏　每次1食匙，每日2次。适用于血淤证。

艾附暖宫丸　每次1粒，每日2次。适用于虚寒证。

三、慧缘效验方

丹参30克研末，每服10克。凡属先期量少的月经不调，用温开水送下，每日服1次。如属月经后期量少的月经不调，用陈酒送下，每日服1次。

益母草30克。先期加黄花蒿12克，旱莲草12克，后期加茜草12克，水煎服。

四、针灸疗法

体针：气海、归来、三阴交。

经迟，加灸命门、神阙；经早，加血海、太冲；经行先后不定，加足三里。

耳针：子宫、内分泌、卵巢、肾。

五、其他疗法

穴位埋线疗法取穴：中极透关元、肾俞、三阴交、脾俞。

六、佛禅疗法

每日禅定二次，每次20分钟。

每天念颂大明咒二次，每次10分钟左右。

每日礼拜观音菩萨一次，上桂花明檀香三支。

每日六观想一次。

每日微笑数次。

# 二、痛经

凡经期或经行前后小腹疼痛的，称为痛经。其原因大多为外感风冷，内伤七情，以致气滞血淤，不通则痛，亦有因气血不足，胞脉失养而成者。

【诊查要点】

1.小腹疼痛随着月经的周期而反复发作。

2.疼痛剧烈的患者，如见肢冷、面青、汗出等症状，提示可能发生昏厥。

3.需做妇科检查，了解子宫发育情况，有无生殖器炎症或其他器质性病变，以明确痛经的原因。

【治疗方法】

一、辨证论治

本症以小腹痛为主症。一般情况下，经前痛多实，经后痛多虚；胀痛绞痛多属实证，隐痛多属虚证。一般以实证为多见。治疗上，经前着重理气；经期需活血化淤；经后宜补虚为主。

（一）实证　经期多落后，经行不畅，色紫有血块，小腹胀痛，有冷感，块下痛减，脉细弦，舌苔薄白，或有紫点。

治法：理气活血，温经化淤。

方药：痛经汤加减。当归10克，香附、延胡索各10克，石打穿30克，肉桂3克。

加减：偏气滞的（下大血块后痛止的）可另用脱膜散（三棱粉3分，莪术粉、五灵脂各3份，肉桂粉1份）。经前7～10天服，每日2次，经期每日3次，每次3克，吞服。

兼见热象，口干苦，心烦的，原方去肉桂；酌加丹皮10克，赤芍10克，炒川楝子10克。

（二）虚证　经行后期，量少色淡，无块，经后小腹隐痛，头昏乏力，舌淡，脉细弱。

治法：养血和络法。

方药：四物汤加减。当归、炒白芍、熟地各10克，炙甘草、木香各3克，艾叶5克。

二、中成药

痛经丸　每次15粒，每日2次，经前1周开始服。

四制香附丸　每次5克，每日2次。经前1周开始服。

益母草膏　每次15克，每日2～3次。经前1周开始服。

三、慧缘效验方

益母草30～60克，煎汤，加红糖适量内服。用于实证有淤象者。

石打穿30～60克，煎汤，加红糖适量内服。用于实证有淤象者。

艾叶10克，煎汤，加红糖适量内服。用于实证见寒象者。

生姜10～15克，煎汤，加红糖适量内服。用于实证见寒象者。

四、针灸疗法

体针：三阴交、归来、气海。

实证加合谷；虚证加关元俞。

最好在每月月经前一周开始治疗，连续4～5次，月经来潮后即停止治疗，连续治疗3～4个月。

耳针：卵巢部过敏点、子宫、神门、皮质下、内分泌区。酌取数穴，留针期间，常捻针以稳定止痛，效果较好，或在耳区埋针，疼痛周期过后再起针。

五、其他疗法

穴位埋线疗法。取穴：中极透关元、肾俞。

本病忌食酸冷食物，并防止受寒。

六、佛禅疗法

每日禅定一次，每次30分钟。

每天念颂大明咒一次，每次8分钟左右。

每日礼拜观音菩萨一次，上莲花明檀香三支。

每日六观想一次。

每日微笑数次。


# 三、功能性子宫出血

妇女不正常的阴道流血，经检查无生殖系统器质性病变者统称功能性子宫出血。在妇科疾病中，是比较常见的一个症状。中医学称为"崩漏"。其来势急出血多的称"崩",来势缓出血少的称"漏"。在发病过程中,两者可以互相转化,因此"崩漏"并称。本病因内伤七情、外感热邪、过食辛辣食物等因素,导致肾、肝、脾及冲任功能失调而发病。

【诊查要点】

1.一般先有短期停经(40~90天),来潮时血量特多,持续时间延长,不规则,甚至可达数周,常因反复多次出血而引起贫血。

2.需做妇科检查,排除生殖系统器质性疾病,尤其是经绝期妇女,必须与肿瘤相鉴别。

3.大量出血时,必须观察血压、脉搏,注意是否发生休克。

4.检查血液常规、血小板计数、出凝血时间等,与因凝血机能不良所致之出血作鉴别,并可明确贫血程度。

【治疗方法】

一、辨证论治

崩漏有虚实之分。虚证以气虚为主,实证以血热、淤为多见。治疗根据"急则治标,缓则治本"的原则,采用止血清热、益气化淤、调理脾胃等方法。总之,治崩宜固涩升提,不宜辛温行血;治漏宜养血调气,不可偏于固摄。血止后,应以补肾调周为主恢复正常月经周期。

(一)血热证　出血量多,色深红,质黏,或挟血块,伴烦热口渴、大便艰、小便黄,舌质红,苔色黄,脉数。

治法:清热凉血,固经止血。

方药:固经丸加减。黑山栀6~9克,生黄芩5~10克,生地12克,炙龟板15~30克,地榆12克,黄檗5~10克,大、小蓟各15克,生甘草3克,煅牡蛎18~30克。

加减:兼见心烦易怒、口苦干、小腹痛等淤滞症状的去牡蛎;酌加丹参10克,失笑散(包)10克。或震灵丹10克,分吞。

兼见头昏、心烦、口渴、面色潮红、舌淡、脉细数等阴血亏虚症状的,去山栀、黄芩;酌加女贞子10克,旱莲草10克,知母10克,地骨皮10克。

(二)血淤证　经漏淋漓不止,或骤然下血甚多,色紫黑,有淤块,小腹疼痛拒按,苔灰暗或舌质有紫点,脉沉弦或涩。

治法:活血化淤。

方药:失笑散加味。生、炒蒲黄各5克,生、炒五灵脂各10克,当归10克,赤芍10克,香附10克、益母草15~30克,马鞭草15克,茜草15克,参三七粉3克(分吞)。

(三)气虚证　出血量多,或淋漓不尽,色淡红,质较稀,精神疲倦,懒言短气，不思饮食，舌淡苔薄，脉虚细。

治法：补气摄血。

方药：归脾汤加减。党参10克，黄芪10克，白术10克，炙甘草5克，炒当归6克，茯神10克，地黄10克，陈棕炭10克，乌贼骨10~15克，煅牡蛎15~30克。

加减：若见头昏耳鸣、腰酸肢软、尿频等肾虚证者，酌加鹿角胶10克、菟丝子10克、续断10克、覆盆子10克。

若见汗出肢冷、脉微欲绝等虚脱症状者，按休克急救。

若久漏而兼见头昏、心慌、盗汗、口渴等阴血亏虚症状的，酌加白芍10克，阿胶10克（烊冲），首乌12克。

二、中成药

固经丸　每次5克，每日2次。适用于热证崩漏的巩固阶段。

归脾丸　每次5克，每日2次。适用于气虚崩漏的巩固阶段。

补中益气丸　服法，适应证均同上药。

二至丸　每次5克，每日2次。适用于阴虚血热崩漏的巩固阶段。

三、慧缘效验方

陈棕炭10~15克，水煎服，或为细末，开水冲服。除血淤崩漏外均可应用。

红鸡冠花、侧柏叶炒炭等分研成细末，每服6克，开水冲服。

地榆炭30~60克，水煎服。

以上适用于血热崩漏。

益母草60~90克，煎服，每日2次。

鲜马鞭草30克，煎服，每日2次。

以上适用于血淤崩漏证。

陈莲房60克，烧灰存性研末，每次6~9克，每日2次，温开水送服。一般止血。

棕榈子丸（棕榈子蜜丸），每次5克，每日2次，连服2周。除血淤崩漏外均可应用。

四、针灸疗法

体针：隐白、三阴交、足三里、血海、关元、气海。隐白、关元加灸。

耳针：内分泌、子宫、卵巢、肾。

五、佛禅疗法

每日禅定一次，每次20分钟。

每天念颂大明咒三次，每次10分钟左右。

每日六观想一次。

每日微笑数次。

## 四、闭经

发育正常的女子，一般在14岁左右来月经。如果超龄过久，月经未来的，称为原发性经闭；如曾经来过，而又中断3个月以上，但又不是妊娠期，或哺乳期的，称为继发性经闭。本病可分虚、实两类。虚者多为气血肝肾不足，实者多为气滞血淤痰阻。前者因堕胎多产、产后失血、多病久病等造成，后者因外感风冷寒湿、内伤七情气郁等所致。

【诊查要点】

1.对闭经患者首先要排除妊娠期、哺乳期或经绝期的生理性闭经。

2.对继发性闭经患者应详细询问病史。了解是否患过严重疾病，或受过精神刺激，或环境有否变迁等，并进行全面体格检查和必要的化验、放射线检查等，以鉴别引起闭经的原因，如结核病、糖尿病等慢性疾病或营养不良、贫血、内分泌失调等情况。

3.对原发性闭经患者应做妇科检查，观察有无处女膜闭锁、阴道闭锁及子宫发育大小等情况。

【治疗方法】

一、辨证论治

闭经的临床特点是月经停闭不来，需辨其虚实，分别治疗。如月经由逐渐减少而至停闭，切诊腹部柔软不痛，伴面色萎黄、神疲乏力、头昏者，属虚证，治以调补气血为主。如月经突然停闭、腹部胀痛，伴精神抑郁者，属实证，治以行气活血为主。如果闭经因结核病、糖尿病等慢性消耗性疾病引起的，应该针对病因进行治疗。

（一）虚证

1.气血两虚证 经闭，头昏目花，耳鸣，心悸，气短，懒言，疲乏无力，舌淡无苔，脉沉细。

治法：益气养血。

方药：益母八珍丸加减。当归10克，白芍10克，川芎5克，熟地10克，党参10克，白术10克，茯苓10克，甘草3克，益母草12克。

2.肾虚证 经闭，面色苍老，乳房萎瘪，神疲腰酸。

（1）偏于肾阳虚的，怕冷，四肢不温，小便频数，舌质淡，苔白，脉沉缓。

治法：补肾温阳。

方药：右归饮加减。鹿角胶10克，紫河车10克，仙茅10克，仙灵脾10克，巴戟天10克，牛膝10克，肉桂3克，当归10克，熟地10克。

（2）偏于肾阴虚的，形体清瘦，手足心热，午后低热，盗汗，舌苔中剥，脉细或细数。

治法：滋肾养阴。

方药：六叶地黄汤加减。当归10克，白芍10克，地黄10克，山萸肉10克，山药10克，丹皮10克，泽泻10克，茯苓10克，牛膝10克，何首乌10克。

（二）实证

1.气滞血瘀证　闭经，精神抑郁，烦躁易怒，胸闷肋痛，小腹胀痛，舌边紫或有紫点，脉弦或涩。

治法：行气活血。

方药：加味乌药汤合桃红四物汤加减。当归10克，川芎5克，赤芍10克，桃仁10克，红花5～10克，乌药5～10克，木香5克，香附10克，延胡索10克。

加减：兼有腹冷等寒象的，酌加肉桂1.5～3克，艾叶5克。

2.痰阻证　闭经，形体肥胖，胸闷腹胀，泛恶痰多，口淡，舌苔白腻，脉细滑。

治法：化痰行滞。

方药：苍附导痰汤加减。苍术10克，香附10克，陈皮5克，半夏6克，茯苓10克，制南星5克，生姜3克，枳壳5克，当归10克，川芎5克。

二、中成药

益母八珍丸　每次5克，每日2次。

人参养荣丸　每次5克，每日2次。

妇科十味片　每次5片，每日3次。

当归丸　每次15粒，每日2次。

河车片　每次4片，每日2次。

上列诸药均适用于虚证经闭。

四制香附丸　每次5克，每日2次。

逍遥丸　每次5克，每日2次。

越鞠丸　每次5克，每日2次。

以上诸药均适用于气滞血瘀经闭，均可与益母草膏合用。

芎归二陈丸　每次5克，每日2次。

芎归平胃丸　每次5克，每日2次。

均适应于痰阻经闭。

鸡血藤膏　每次15克，每日2次，开水冲服。虚实证经闭均适用。

益母草膏　每次15克，每日2次，适用于实证经闭。

三、慧缘效验方

益母草60克，红糖30克，煎服。

茜草30克，加黄酒、水各半杯，煎服。

鸡血藤90-120克，浓煎，加红糖温服，一日分2次服。

晚蚕砂120克，炒成黄色，布包，黄酒900毫升（甜酒亦可），用瓦罐煎滚，去蚕砂，喝酒。每次50毫升，日服2次。

以上各方适用于实证经闭。

四、针灸疗法

体针：关元，三阴交、合谷。虚寒证加灸足三里。

耳针：脾、肝、肾、内分泌。

五、佛禅疗法

每日禅定二次，每次30分钟。

每日礼拜心佛三次。

每日六观想一次。

每日微笑数次。


# 五、更年期综合征

妇女在自然绝经前后（称更年期），因肾气渐衰，天癸将竭，出现月经紊乱、烘热出汗、烦躁易怒、头晕耳鸣、心悸失眠、浮肿泄泻、神疲乏力，甚则情志异常等，称为更年期综合征。古代医籍中无专篇叙述，散见于"月经不调""眩晕""心悸"等病中。其原因主要是精神因素与肾的阴阳失衡所致，也与紧张及过度的脑力劳动有关，或因肾阴虚不能涵养心肝，心肝气火偏旺，或因阴虚及阳，心脾失调所致。

【诊查要点】

1.一般在45岁以上，月经紊乱或绝经后，见烘热出汗，烦躁易怒，激动流泪，头晕耳鸣，心悸失眠，浮肿泄泻，神疲乏力，甚则情志异常等症状。

2.阴道涂片检查雌素水平低落；血清激素放射免疫学检查，亦示雌二醇下降，促卵泡激素、促黄体生成素升高。

3.排除癫、狂、痫等精神性疾病。

【治疗方法】

一、辨证论治

本病的主要病理，在于心、肝、肾，尤以肾的阴阳失衡为重要。治疗方法应以滋肾为主，但必须平降心肝，偏于阳虚的，结合补阳调脾。

（一）肾阴虚证　月经后期量少，或先期量多，色红质稠，烘热出汗，烦躁失眠，五心烦热，头晕耳鸣，腰膝酸软，大便干燥，舌红少苔，脉细弦数。

治法：滋阴宁神。

方药：左归饮加减。熟地、山药、枸杞子、山萸肉各10克，钩藤、紫贝齿各15克，莲子心3克。

如有脾胃不和者，兼见胃脘胀痛，大便溏薄，神疲乏力者，去熟地，加佛手片6克，炒白术10克，茯苓15克。

（二）偏阳虚证　月经后期，量少，色淡无血块，烘热出汗，烦躁寐差，纳差腹胀，大便溏薄，神疲乏力，面浮足肿，形寒肢冷，舌淡苔薄，脉沉细无力。

治法：温阳扶阳，健脾宁心。

方药：右归丸加减。干地黄、山萸肉、枸杞子各10克，仙灵脾、仙茅各6克，党参、白术、茯苓各10克，陈皮、炮姜6克，钩藤、紫贝齿各10克。

二、中成药

杞菊地黄口服液　每次1支，每日2支，用于阴虚证。

更年安　每次6片，每日3次，用于阴虚或阴阳两虚而偏于阴虚证。

三、针灸疗法

体针：百会、内关、通里、足三里、三阴交、太冲。

每次留针20分钟，10次为一疗程。

耳针：神门、子宫、皮质下、脾、肝、肾。

四、佛禅疗法

每日禅定三次，每次20分钟。

每天念颂大明咒三次，每次10分钟左右。

每日六观想一次。

每日微笑数次。


# 六、先兆流产

妊娠7个月内出现流产预兆，经保胎治疗妊娠有可能继续者，称为先兆流产。中医学称为"胎漏""妊娠腹痛""胎动不安"。其发生原因多因气血不足，脾肾亏虚或血分有热。

【诊查要点】

1.妊娠妇女（7个月以内）出现阴道流血，胎动下坠，或轻微腹部胀痛、腰酸等症状。

2.妇科检查：子宫大小与妊娠月份相符，子宫口未开大，小便妊娠试验阳性（妊娠3个月以内）。

3.如出血量增多，腹痛较剧，子宫口已开大或胎膜破裂，羊水流出，则已发展成不可避免性流产。

4.如出血持续不止，或出血虽已停止，而子宫小于妊娠月份，或胎动消失，小便妊娠试验转为阴性的，应考虑死胎。

5.注意与葡萄胎、宫外孕等相鉴别。

葡萄胎　停经后常有不规则阴道流血，妊娠反应常较重，子宫大于妊娠月份，小便妊娠试验阳性。

宫外孕　停经后除不规则阴道出血外，可能有剧烈腹痛，甚至发生休克等腹腔内出血的症状和体征。阴道检查：子宫颈举痛，子宫正常大小或稍大，子宫一侧可扪及肿大之输卵管或包块，有明显触痛。

【治疗方法】

一、辨证论治

先兆流产，可进行保胎治疗。治疗法则以益气养血、补肾安胎为主，还需审因论治，佐以补脾、清热、调气之品。

（一）气血两虚　妊娠早期，阴道出血，小腹坠痛；或中期妊娠，胎动不安，阴道流血，面色萎黄或苍白，神倦乏力，气短懒言，头昏，心悸，舌淡，脉虚弱。

治法：益气养血，摄血安胎。

方药：举元煎合胶艾汤加减。党参10克，黄芪15克，白术10克，炙甘草3克，升麻3克，阿胶10克，艾叶1.5克，归身10克，白芍10克，地黄10克。

加减：兼见纳差、便溏等脾虚证者，去阿胶、地黄、归身；加砂仁1.5克（后下），木香3克，炮姜1.5克。

（二）肾虚　胎动不安，或胎漏下血，腰腿酸软，身体瘦弱，头眩，耳鸣，舌苔淡薄，脉较沉弱。

治法：益肾安胎。

方药：寿胎丸加味。杜仲10克，续断10克，山药10克，阿胶10克，菟丝子10克，桑寄生10克。

（三）血热　胎动腹痛，漏下色鲜，面红唇赤，口干，心烦，手心发热，小便黄赤，舌红苔黄，脉滑数。

治法：清热养血，佐以安胎。

方药：保阴煎加减。生地、熟地、白芍、黄芩、续断、地榆、阿胶、旱莲草各10克，生甘草3克。

二、慧缘效验方

南瓜蒂1个（焙至黑色），糯米半碗（炒黄），共研细末，用油盐加水调成糊状，一日服。或用南瓜蒂3枚劈细，煎汤代茶，每至月中服1次，连服5个月。

保胎期间，应注意卧床休息，禁止性生活及不必要的妇科检查，如已发展成不可避免性流产，则不必再予保胎治疗，应立即采取必要的产科措施。

三、佛禅疗法

每日拜心佛三次。

每日禅定三次，每次20分钟。

每天念颂大明咒三次，每次3分钟左右。

每日六观想一次。

# 七、乳汁不行

产后无乳汁，或量太少，称为乳汁不行。由于产后气血虚弱，化源不足，无乳可下；或因气机不畅，气血失调，经脉涩滞所造成。

【诊查要点】

1.生产后即乳汁不行的，应询问产时有无失血史，以及产前肠胃消化情况。

2.突然乳汁不行的，注意是否精神受刺激，或乳房局部有无红肿热痛现象。

【治疗方法】

一、辨证论治

乳汁缺乏，证有虚实，主要观察乳房有无胀痛，结合全身症状，以辨虚实。治疗虚证，宜补益气血，同时增加营养；对实证需疏肝通络，还应注意精神舒畅。

（一）气血虚弱　产后乳汁不行，或有而不多，乳房无胀痛感，面色不华，皮肤失润，舌淡无苔，脉虚细。

治法：补益气血，佐以通乳。

方药：通乳丹加减。党参10克，黄芪15克，当归10克，麦冬10克，橘梗5克，通草3克。

加减：若见腹胀便溏、食欲不佳等脾胃虚弱症状的，加白术10克，六曲10克。

（二）肝郁气滞　产生乳汁不行，乳房胀满而痛，或觉身热，精神抑郁，胸肋不舒，佐以通络。

治法：疏肝解郁，佐以通络。

方药：下乳涌泉散加减。当归10克，白芍10克，柴胡5克，青皮5克，天花粉10克，漏芦10克，桔梗5克，通草3克，穿山甲10克，王不留行10克。

二、慧缘效验方

赤豆250克，煮汤，去豆饮浓汤。

当归15克，王不留行10克，水煎服。

三、针灸疗法

体针：膻中、少泽、乳根、合谷。

加减：食欲不振，加中脘、足三里、脾俞。

耳针：乳腺、内分泌、肝。

四、佛禅疗法

每日禅定三次，每次20分钟。

每天念颂大明咒三次，每次10分钟左右。

每日礼拜心佛三次。

每日六观想一次。

每日微笑数次。


# 八、子宫脱垂

子宫位置低于正常或脱出于阴道口者，称为子宫脱垂，中医学称为"阴挺"。其原因为素体不强，产后体虚，胞络松弛，气虚下陷，不能收摄所致。

新中国成立前不少农村妇女，因旧法接生，以及产后迫于生活，过早参加重体力劳动，而造成子宫脱垂。新中国成立后，普遍推广新法接生，大力开展产后保健和计划生育工作，已大大降低了本病发病率。我们必须进一步贯彻"预防为主"的方针，做好计划生育和妇女保健工作，提高新法接生质量，加强产褥期的护理，更好地保护妇女健康。

【诊查要点】

1.自觉会阴处坠胀感，阴道有肿物脱出，约鸡蛋或拳头大，站立或屏气时可以增大，平卧时能缩小或回缩。肿物黏膜因经常摩擦逐渐发干、变硬增厚；或破溃而有脓性及血性液体渗出。常伴有腰酸、腹部下坠，走路时加剧，小便困难。

2.脱垂程度，临床上分为三度：一度为子宫下降，宫颈下垂但仍在阴道之内；第二度为子宫颈和部分子宫体露出阴道口外；第三度为子宫颈和整个子宫体全部脱出阴道口外。

3.需与阴道前后壁膨出相区别，但有时可合并发生。

【治疗方法】

一、辨证论治

本病临床多见气虚下陷的病理特点，治疗当以补气升提为主。

方药：补中益气汤加减。党参10克，黄芪10克，白术10克，炒枳壳10克，当归10克，柴胡5克，升麻5克，炙甘草3克。

加减：脱垂部分肿痛，白带多，小便赤涩，热痛，加炒黄檗10克，龙胆草5克。

二、中成药

补中益气丸，每次5～6克，每日2次。

三、慧缘效验方

川乌、白芨粉等分研末，每次用10～15克，纱布包扎成球状，作阴道塞药，三日1次，如阴道及会阴撕裂者，除上法治疗外，必须手术修补。若局部溃破发生感染，分泌物增多者，需局部治疗。

川乌10克，五倍子10克，加水1500毫升煮沸，置陶瓷内，加醋60克，熏蒸局部。适用于脱垂部质较硬不易回收者，常先用于针灸之前。

乌梅60克，水煎垂乘热熏洗，每日2～3次。

棉花根120克，水煎温服。

枳壳60克，每日用30克水煎加白糖服，另30克熬水熏洗。

金樱子根150克，加水煎浓汁服。

四、针灸疗法

体针：关元、归来、三阴交、足三里、灸百会。

耳针：子宫、肾、内分泌、皮质下。

五、佛禅疗法

每日禅定三次，每次10分钟。

每天念颂大明咒三次，每次5分钟左右。

每日礼拜观音菩萨一次，上桂花明檀香三支。

每日六观想一次。

每日微笑数次。

## 九、不孕症

凡生痛年龄的妇女，婚后夫妇同居2年以上，配偶生殖功能正常，未避孕而不受孕者，为原发性不孕；或曾孕育而又连续2年以上不再受孕者，为继发性不孕。原发性不孕，大多与肾虚肝郁有关，继发性不孕，大多与血淤有关。

【诊断要点】

1.生育年龄的妇女，结婚后夫妇同居，性生活正常，男方生殖功能正常，精液检验符合规定要求，未采取避孕措施，已历2年以上，或曾有怀孕生育史而又连续2年以上不受孕者，即属本病。

2.子宫输卵管碘油造影，确定排除宫颈、子宫、盆腔内炎症肿瘤（包括子宫内膜异位症）等阻塞性不孕，及先天性生殖道发育异常（古称五不女不孕）。

3.测量基础体温，阴道涂片检验雌激素水平及宫颈黏液结晶，子宫内膜病理检查以确定是否排卵及黄体不健的不孕。

4.有条件的地方，夫妇双方尚需做免疫抗体检查，以确诊免疫性不孕。

【治疗方法】

一、辨证论治

肾主生殖，故本病治疗的重点在于补肾填精，佐以调理心肝，但属实者尤在于疏通经络，清利湿浊，同时注意心情舒畅，掌握排卵期，始能奏效。

（一）肾虚证　婚后不孕，月经后期，量或少较淡，面色晦暗，腰酸腿软，性欲较差，大便不实，舌淡苔白，脉沉细或沉迟。

治法：温肾养肝，调补冲任。

方药：毓麟珠。人参、白术、茯苓、熟地、白芍、当归、杜仲、菟子、鹿角霜各10克，炙甘草6克，川椒5克。

若肾阴虚，兼见烦热口渴，头昏头痛，舌质偏红，基础体温单相，低温相偏高者，去杜仲、鹿角霜，加山萸肉、女贞子、淮山药各10克，炒丹皮6克。

（二）肝郁证　多年不孕，月经先后不定，量或多或少，色紫红有小血块，经行小腹胀痛，经前胸闷，烦躁，乳房胀育，精神抑郁，舌质暗红，脉细弦。

治法：疏肝解郁，养肝调经。

方药：开郁种玉汤加减。当归、白芍、白术、茯苓、炒丹皮、制香附、广郁金各10克，绿萼梅3克。

（三）痰湿证婚后久不受孕，形体肥胖，月经落后，量少或多，色淡红。质黏腻，带下量多，色白，质黏稠，头晕腰酸，胸闷多痰，苔白腻，脉滑。

治法：燥湿化痰，补肾助阳。

方药：启宫丸加味。制半夏、苍术、陈皮、川芎各6克，制香附、神曲、茯苓、杜仲、仙灵脾名10克，肉桂（后煎）3克。

（四）血淤证　流产后久不孕，小腹作痛，月经尚正常，经行量少，或经行不畅，色紫红有血块，胸闷腹胀，苔正常，舌边有紫淤斑，脉细弦。

治法：活血化淤，疏肝通络。

方药：桂枝茯苓丸加减。桂枝5克，赤芍、桃仁、茯苓、丹皮、苏木、炙甲片各10克，地鳖虫、丝瓜络各6克。

若有湿热者，兼见带下量多，色黄白质黏腻，小便黄少，苔腻根厚者，去桂枝加红藤、败酱草、苡仁各15克。

二、中成药

逍遥丸　每次4克，每日2次。适用于肝郁性不孕。

桂枝茯苓丸　每次3克，每日2次。适用于血淤性不孕。

六味地黄丸　每次4克，每日2次。经后服，适用于肾虚不孕。

全鹿丸　每次4克，每日2次。经间期后服，适用于肾虚不孕。

上面两药，六味地黄丸经后即服，服至经间排卵期，排卵后改服全鹿丸，经行即停服。

三、针灸疗法

体针：肾虚不孕取肾俞、合谷、气海。血虚不孕取关元、子宫、三阴交、足三里。胞寒不孕取三阴交、命门、气海。痰淤不孕取中极、三阴交、太冲。肝郁不孕取关元、阳陵泉、足三里。

每次留针10~20分钟，腹部空位针后加灸，10次为一疗程。

耳针：内分泌、子宫、三焦、盆腔、腹、肾。

每次取3~5穴针之，每次留针10分钟，隔日一次，10日为一疗程。

四、佛禅疗法

每日禅定三次，每次20分钟。

每天念颂大明咒三次，每次10分钟左右。

每七日礼拜观音菩萨一次，上桂花明檀香三支。

每日六观想一次。

每日微笑数次。

# 第四章　儿科杂病治法

## 一、流行性腮腺炎

腮腺炎由病毒感染引起，好发于冬春，传染性很强，5～9岁小儿发病率最高。中医称此为"痄腮"，也叫"蛤蟆瘟"。由风温疫毒经口鼻侵入，内袭于少阳，循胆经外发后致。肝胆相为表里，邪重者可内陷厥阴，产生抽筋昏迷，留滞肝络，出现少腹痛及睾丸肿痛等合并症。

【诊查要点】

1.有腮腺炎接触史。一侧或两侧耳下腮部漫肿胀痛，边缘不清楚，有压痛，腮腺管口（相当于上颌第二臼齿旁颊粘膜上）红肿。可伴有恶寒发热、头痛咽红肿及呕吐等症。

2.如胀痛较甚而腮腺转软，或颈部颌下有边缘清楚的坚硬肿块，须和化脓性腮腺炎、淋巴结炎相鉴别。

3.若见头痛、呕吐、项强、昏迷、惊厥，提示并发脑膜脑炎。

4.如睾丸肿大，小腹疼痛或脘胀痛，已有睾丸炎或胰炎并发症。

5.实验室检查：血查白细胞总数正常或减少，淋巴细胞数相对增多，在并发脑炎或睾丸炎时，白细胞总数会增高。并发胰腺炎时，尿、血淀粉酶增高。

【治疗方法】

凡属患侧局部肿痛而全身症状不明显者，给予简易方药或外治疗法即可治愈；反之当辨证用药，内外兼施。

一、辨证论治

本病系风温疫毒引起，治法当疏风、清热解毒。若内陷心肝，并发睾丸肿痛及脘腹、小腹疼痛时，分别配合熄风开窍、疏肝泄肝等法。

（一）温毒在表　轻微发热恶寒或不发热，一侧或两侧腮部温肿疼痛，舌苔薄白或薄黄，尖质红，脉浮数。此为痄腮初起。邪毒在表。

治法：疏风清热，散结消肿。

方药：银翘散加减。连翘、银花、僵蚕、牛蒡子各10克，桔梗、薄荷各5克，甘草3克，板蓝根15克。

加减：若腮肿明显，加马勃6克，夏枯草10克。

呕吐，加竹茹6克。

（二）热毒蕴结　壮热头痛，口渴引饮，腮部温肿胀痛，坚硬拒按，咀嚼困难，咽红肿痛，舌苔黄，质红，脉滑数。此为邪壅少阳，热毒较重。

治法：清热解毒，软坚散结。

方药：普济消毒饮加减。连翘、黄芩、天虫各10克，蒲公英、板蓝根各15克，马勃6克，川连、甘草各3克。

加减：腮部漫肿，硬结不散，加昆布、海藻各10克。

大便秘结，加大黄10克或玄明粉10克（冲服）。

小腹睾丸痛，加龙胆草、柴胡各6克，延胡索、川楝子或荔枝核、赤芍各10克。

二、中成药

金黄散或紫金锭（玉枢丹）　以水调匀，外敷肿胀处，有消肿作用。

板蓝根冲剂　每次1包，每日3次冲服。

腮腺炎片　周岁以内，每次1~2片；2~7岁，每次2~4片；7岁以上，每次4~8片，每日2次，空腹温开水送服。

三、慧缘效验方

夏枯草10克，板蓝根15克，甘草3克，煎汤服。适用于轻痛邪在卫表时。

蒲公英、紫花地丁各30克，水煎服。每日1剂，连服3~4天。也可采用银花、板蓝根各30克，水煎服，每日1剂，连服3~4天。二方均有清热解毒作用。

吴贝散贴足心：吴茱萸12克，大黄、浙贝各9克，胆南星3克，共为细末，醋调敷足心，患左敷右，患右敷左，双侧俱肿，左右均敷，每日换药1次，有祛邪消肿作用。

芒硝30克，青黛10克，加醋适量调成糊状，外敷患处，每日1次。

野菊花叶、车前草、马齿苋、蒲公英、鱼腥草、紫花地丁、芙蓉叶，以上任选

2~3味各60克，取鲜草捣烂，敷腮肿处，每日1次。

仙人掌上片，去刺，剖成两半，带粘贴腮肿处，每日更换1次。

以上鲜药外贴，均有清热解毒和消肿作用。

四、针灸疗法

体针：合谷、颊车、翳风、腕骨、通里。

耳针：腮腺、内分泌。

王不留行压迫耳穴法：用探针找出耳穴敏感点：腮腺双侧，耳尖和神门（均压患侧）。将王不留行分别压在各敏感点上，以胶布固定，每日按压王不留行4~5次，待肿大之腮腺消退后取下，一般疗程约1~4天。

五、其他疗法

（一）爆灯火疗法：将一根灯芯蘸上菜油或麻油，点燃后迅速点烧患侧的角孙穴（二耳尖上，即耳翼折曲的高处，术前先剪去头发），以发出清脆声音为准。每日一次，一般只需2次。消肿明显。

（二）蝌蚪液外搽法：蟾蜍幼苗（蝌蚪）0.5公斤，冰片1.2克，研细，共放瓶内，密封3~4天，蝌蚪即溶化为水，再用纱布滤过去渣，加适量防腐剂备用。每日3~4次涂搽患处，连涂2~3天，有消肿作用。

（三）蚯蚓白糖浸出液外敷：取新鲜蚯蚓10多条弃去脏泥（勿用水洗）置于碗中，加等量白糖搅拌，约半小时后，化成液状，取纱布蘸液贴敷患处，3~4小时更换一次，换药前，用淡盐水洗净患处，适用于轻症。

（四）蟾蜍皮外贴法：取蟾蜍用清水洗净后，将皮剥下，剪成膏药样，表皮向外，直接贴敷于患处，8小时左右可自然干燥而脱落，脱落后可浸水重贴或更换新鲜蟾蜍皮贴敷，待肿消为止，一般3天可愈。

（五）磁疗法：

1.动磁：均使用旋磁治疗机，对准腮腺肿处治疗，动磁机上有钐钴合金恒磁块2枚，其磁强为3000~4000高斯，每次治疗20分钟，每日1~2次。

2.静磁：每个患者于旋磁治疗后，随即贴敷锶铁氧体永磁片。其每片磁强为900~1000高斯，根据腮腺肿胀大小，按对侧异名极对置，每次贴4~8枚。平均治3天即可。

【预防与护理】

1.发现病人及时隔离，时间隔离至腮腺完全消肿为止。

2.药物预防，可用板蓝根30克煎水服，每日1次，连服5~7天。

3.患儿发热期间应卧床休息，饮食以流汁、半流汁为主，禁食肥腻及不消化的食物。

## 二、小儿麻痹症

小儿麻痹症，又称脊髓灰质炎，是由脊髓灰质炎病毒经消化道侵入而引起的急性神经系统传染病。好发于夏秋，容易侵犯1～5岁的小儿。中医认为系由风热暑湿疫疠之邪。侵入肺胃，壅阻经络，气血运行不利而致肢体疼痛，逐渐麻痹不用。邪重者，可内陷心肝，痹阻气道，出现昏痉喘憋危候；或严重耗伤气血，损及肝肾，导致筋软骨痿、瘫痪不用的后遗症。

【诊查要点】

1.有与小儿麻痹患者接触史。在夏秋季节或流行区域内，先见发热、头痛、汗多、呕吐等症，继现嗜睡、肌肉疼痛、体温自然下降而又得升，逐渐出现肢体瘫痪。

2.瘫痪后意识清楚，语言如常。瘫痪呈弛缓性，部位不一致，膝腱反射在瘫痪前期亢进，后期消失，知觉存在。

3.瘫痪期间，密切注意有无呼吸困难、惊厥和面色精神等变化，及时发现呼吸麻痹、颅神经瘫痪的症候。呼吸麻痹：表现为呼吸不规则、表浅或呼吸暂停、体温升高、心跳加快、血压下降、意识不清、谵妄昏迷。颅神经麻痹：表现为一侧周围性面瘫，不会吞咽，声音嘶哑或鼻音、斜视等。

4.实验室检查：脑脊液细胞数大多增加，也可在正常范围，以淋巴细胞占多，生化变化不大。2～3周后，细胞数减少时，蛋白增高，出现细胞与蛋白分离现象。

【治疗方法】

本病初起以邪实为主，后期则正气偏虚或虚中挟实。初期按外感论治；后期采取通经宣络，益气活血，强筋壮骨，以补虚扶正。治疗方法，早期以内服药治疗，瘫痪出现后，配合针灸外治。若现两足内翻、外翻、骨骼畸形等后遗症，应予手术矫形。

一、辨证论治

（一）早期　发热，汗出，头痛，全身不适，咳嗽咽痛，神情不安，厌食，呕吐或腹泻，一般1～4天症状消失。此期温邪侵犯，邪郁肺胃。

治法：解表清热，疏风祛邪。

方药：银翘散加减。银花、连翘、黄芩、葛根、羌活各10克，大青叶30克，薄荷5克。

加减：惊惕不安，加钩藤15克。

咳嗽，加前胡6克。

呕吐，加玉枢丹1~1.5克，另服。

（二）瘫痪前期　热退2~3天后又再升高，头痛，嗜睡，此期以肌肉疼痛为特征，小儿不要人抚抱，触之即号叫啼哭。一般4~6天后进入瘫痪期。此为风邪湿热，流窜经络。

治法：化湿清热，祛风通络。

方药：三妙丸加减。防己、苍术、炒黄檗各10克，嫩桑枝30克，海风藤15克，地龙5克。

加减：发热有汗，加桂枝2克，生石膏。

恶心呕吐，苔白腻，加藿香10克，川朴5克。

呼吸困难，痰闭咽喉，另服猴枣散0.3克。

抽风、惊厥、昏迷不清，另取安宫牛黄丸1粒化服。

（三）瘫痪期及后遗症　体温下降，出现肌肉瘫痪、痿软，以下肢为多见，亦可出现半身瘫痪，以及颜面、腹肌瘫痪等。严重的可出现肌肉萎缩、骨骼畸形，甚则两足内、外翻等后遗症。此由气血不调，筋脉失养，以至肝肾亏损，骨枯筋痿。

治法：温养气血，补益肝肾。

方药：补阳还五汤加减。黄芪、当归、鸡血藤、地龙、丛蓉、牛膝、巴戟天、乌梢蛇各10克。

加减：肌肉萎缩，患肢冰凉不温，加桂枝3克，熟附子3克。

二、中成药

虎潜丸　每次3~4克，每日2次，淡盐汤或温开水送服。适用于小儿麻痹后期虚火旺筋枯骨痿的症候。

金刚丸　每次3~4克，每日2次，温开水送服。适用于肝肾不足，筋骨失养所致的痿症。

三、慧缘效验方

野菊花、忍冬藤、鲜扁豆花各30克，水煎服。适用于早期。

桑枝、丝瓜络藤各30克，煎水后内服或外治熏洗。选用于瘫痪前期。

蕲蛇粉：6个月至1岁每次0.3克；2~5岁每次0.6克，每日3次，连服2周。或用乌梢蛇粉加倍内服。适用于瘫痪期。

木瓜、透骨草、麻黄、当归、牛膝、红花、地肤子各12克，甲珠、桂枝各9克，露蜂房1个，加水煮沸后，加黄酒、烧酒各60克，趁热烫洗患肢，必须使药力热透筋骨方效。每剂药可洗3次，1日用完。适用于瘫痪期。

浮萍、川椒、麻黄、生山栀、炒白芍、破故纸、川牛膝各9克，杜仲、桂枝各10克；病程久加桃仁、红花各12克；后期加制马钱子12克，益母草30克。加水10～15公斤，慢火煎煮后熏洗患部。适用于瘫痪期及后遗症期。

四、针灸疗法

取穴：曲池、阳陵泉。

上肢：外关、合谷、中渚。

下肢：加环跳、风市、足三里、三阴交、解溪。

腹肌麻痹：加天枢、大横。

足外翻：三阴交下1寸，照海。

足内翻：承山下1寸，申脉。

足下垂：解溪上2寸。

手外翻：阳谷、养老、外关。

本病当出现瘫痪时，应立即进行针灸治疗，可控制瘫痪症状的发展，恢复也较快，但刺激要轻些，对后遗症的治疗，一般收效较慢。

【预防及护理】

1.隔离病人。应自发病日起，隔离至40天。用具及排泄物要消毒。

2.按期口服预防本病毒活疫苗糖丸。

3.出现早期瘫痪的患儿，必须卧床休息。疼痛消失后，就做按摩等被动性锻炼，且要耐心不断执行。


# 三、小儿厌食症

厌食是指小儿食欲缺乏，甚至拒食的一个症状，是由喂养不当、偏食零食、饥饱不匀等，而损伤脾胃所引起。多见于婴幼儿。病程较长，日久气血俱虚，抵抗力差，容易诱发其他病症。

【诊查要点】

1.本病长期食欲不振，甚则拒食，形体消瘦，面乏华色，精神良好嬉耍如常，脉平，苔薄白，舌质正常。

2.所表现的厌食、消瘦诸症，应与小儿疳症作鉴别。疳症中的"疳气"，除消瘦食少之外，精神萎靡或烦躁不安，腹胀，大便稀溏或干稀不调。

3.实验室检查：红血球与血色素轻度下降，免疫功能偏低，微量元素检查，低于正常。

4.需要排除肝炎、结核以及其他慢性疾病出现的厌食症状。

【治疗方法】

厌食的治疗方法除药物治疗之外，尚有推拿疗法、外治疗法、饮食疗法等，均能收效。其治疗原则，皆是调理脾胃。比较而言，药物治疗与推拿或外治方法相结合，可以提高疗效。

一、辨证论治

厌食病在脾胃，辨证时应辨别以脾运失健抑或胃阴不足为主。虽然两者均以厌食为主症，但前者以运化失健为主，后者偏于阴津不足，要从证、舌方面加以鉴别。治疗法则，以脾健贵在运而不在补为指导思想，着重调和脾胃，转运中焦气机。

（一）脾失健运证　食欲不振或拒食，形体消瘦，面乏华色，精神良好，舌苔薄净或薄腻，舌质正常，脉尚有力。乃厌食初起，脾胃运化失常所致。

治法：和脾助运。

方药：苍术、山楂、麦芽、佩兰、神曲各10克。

加减：腹胀，加鸡内金6克或枳壳6克。

便溏，加淮山药10克，炮姜炭3克。

（二）胃阴不足证　口干多饮而不喜进食，大便干结，舌苔花剥或光红少津，夜寐不宁，面色微黄。此素体阴虚，胃失濡养所致。

治法：养胃育阴。

方药：石斛、沙参、白芍各10克，甘草、乌梅各4克，陈皮5克。

加减：苔腻挟湿，加苡仁、茯苓各10克。

便溏，加山药10克，诃子肉5克。

拒食，加佛手片6克，谷、麦芽各10克。

二、中成药

启脾丸　每次0.5～1粒，每日2次。适用于厌食腹胀，消化不良。

小儿香橘丹　每次1粒，每日2次。适用于厌食腹泻，腹痛腹胀诸证。

三、慧缘效验方

鸡金粉　每次0.5～2克，每日3次，适用于兼有积滞内停者。

山楂膏或山楂片（市售）　食后酌量服用，能健胃、帮助消化。

四、针灸疗法

体针：中脘、内关、神门、足三里，浅刺，轻轻捻转，均不留针。

耳针：胃、神门、皮质下、贲门。轻刺激，均不留针。

五、其他疗法

（一）推拿疗法：常用手法有运脾上，推板门，运土入水，揉足三里、太溪、阴陵泉、胃俞、脾俞，运腹，摩脐，以健脾和胃，调理中焦气机。

（二）捏脊疗法：见小儿疳症篇。

（三）香囊佩带扎脐：取广木香5克，生苍术6克，砂仁、豆蔻各3克，共研细末，装入布袋带于胸前或扎脐部，有健胃醒脾作用。

（四）饮食疗法：

大麦粉、藕粉，以红枣煮水调冲作点心以和脾养胃。适用于脾胃虚弱，运化不健证。

绿豆汤、鲜橘水、番茄汤、酸梅汤作饮料以和胃养阴生津。适用于胃阴不足证。

鸡肝或鸭一具，加少量精盐，隔汤炖服或鹌鹑鸟炖取法饮以养胃增食，培补正气。但必须掌握"胃家以喜为补"的饮食原则，并忌生冷滋腻及坚硬之物戕伤胃气。

【预防与护理】

调节饮食，是预防治疗小儿厌食的重要措施。要纠正不良的偏食习惯，禁止饭前吃零食和糖果，定时进食，建立规律性的生活制度。食物品种要精粗兼进，勿纯给厚腻滋补。

六. 佛禅疗法

五岁以上小儿，可由长辈带领，拜观音菩萨一次。


# 四、小儿腹泻

小儿腹泻又称消化不良、小儿肠炎，以大便次数增多，粪质稀薄为主症。多见于婴幼儿，好发在夏秋季节。中医认为外感暑湿或饮食不洁，损伤脾胃，运化不健，饮食不能化为精微而成湿滞，阻于中焦，使之清浊升降失常，清气不升，而致腹泻。病重者，津液大耗，容易伤阴伤阳，转危又险，必须警惕。

【诊查要点】

1. 以腹泻蛋花水样大便，每日数次至十余次为主症，或伴呕吐、发热。

2. 注意大便的性状、次数、气味、颜色以及排便时的表情，以区别腹泻的虚实寒热，并和痢疾作鉴别（本病无腹痛、脓血及里急后重等症状）。

3. 注意全身状况，有无烦躁或极度萎靡、口渴、皮肤干瘪等症状，及有无伤阴、伤阳的转变。

4. 若有腹胀、呼吸深长、脉微、惊厥等症状，提示脱水、电解质紊乱，有并发症存在。

5.消化不良性腹泻，大便镜检有未消化食物及脂肪滴，乳酸试验阳性；感染性腹泻，大便培养有致病性大肠杆菌，肠弯曲菌等生长，也可分离出肠道病毒。

【治疗方法】

小儿腹泻的治法很多，有采用辨证论治的内服药疗法；有应用推拿和针灸疗法。近年来外治疗法发展得很快，温灸治疗有效，可免小儿服药难，深得家长们喜爱和合作。分别介绍如下。

一、辨证论治

根据腹泻次数和寒热虚实的性质，可分为伤食泻、湿热泻、脾虚泻三证，若利下津液大耗，伤及正气，又可出现伤阴伤阳等变证。治疗方法，分别给予消导、清肠、化湿、健脾；出现变证，给予救阴扶阳，随证处理。

（一）伤食泻　仅见大便溏薄，每天5次左右，色黄褐泥烂或呈水样，有不消化残渣，酸臭如败卵气，或见腹胀不食，精神尚好，苔脉无异常。此乃伤食积滞引起，病程短暂，性质较轻。

治法：消食助运。

方药：苍术炭、山楂炭等分研细末，每次1～1.5克，每日3次。

加减：嗳饱明显，加山楂、神曲、麦芽各10克。水煎服。

腹痛苔白，病程稍长，加炮姜、广木香等研粉服，每次1克，每日3次。

并有外感风寒，发热、流涕、咳嗽，加葛根、荆芥、防风各6克，桔梗5克。

（二）湿热泻　大便次数增多在10次以上，蛋花水样便，黄赤焦臭，肠鸣腹胀，甚则呕吐，或伴发热、口渴，精神烦躁，小便赤黄，苔薄黄腻或薄白而干。此由时邪挟湿引起，要区别湿重与热重。

治法：消肠化湿。

方药：葛根芩连汤加减。葛根、黄芩各10克，川连、甘草各3克，地锦草30克，车前草30克。

加减：呕吐不止，加辟瘟丹0.3～0.5克，一次服。

挟有表邪，发热流涕，加鸡苏散15克（包煎）。

烦躁不安，发热较甚，加紫雪丹0.5～1克，每日2～3次。

湿重，苔白腻，泻下多水，加苍术10克，姜半夏6克。另用玉枢丹0.3～0.5克冲服。

出现皮肤干瘪，口渴，目眶凹陷，睡中露睛，舌红少苔，以及呼吸深长等伤阴证候者，去地锦草、车前草，加乌梅1.5～3克，白芍10克，炙甘草3～5克，石斛10克，以固肠止泻，酸甘化阴。

如见舌淡、脉微、四肢冷、精神萎靡等伤阳证候者，停用清肠化湿药，先当回阳救逆。附子6克,人参9克,牡蛎、龙骨各15克,白芍10克,炙甘草3克煎服。若阴阳二虚,须救阴扶阳,同时兼顾。兼有实证存在,则标本同治。

（三）脾虚泻　腹泻反复不愈,大便腥气异常,完谷不化,面黄,无力,神倦,食少,自汗,盗汗,苔白质淡。

治法:健脾助运。

方药:参苓白术散加减。党参、白术、茯苓各10克,陈皮6克,山药10克,砂仁3克(后下)。

加减:如有怕冷,腹痛,腹胀,加广木香5克,炮姜3克,或加制附子5克。

适用于久泻,肛门有下坠感,甚则脱肛,加升麻6克,黄芪10克。

二、中成药

保和丸　每次1~1.5克,每日2次,或煎水服,用于食积腹泻。

纯阳正气丸　每次1~1.5克,每日3次。用于伤食受寒腹泻、大便稀水状者。

红灵丹　半岁以内0.1克,1岁以内0.15~0.3克,每日4次,或填入脐中外用胶布或薄膏药外贴,24小时更换一次。

辟瘟丹　每次0.3克,每日2次。用于湿浊偏重,恶心、呕吐、腹泻、苔腻者。

小儿健脾丸　每次3粒,每日2次。适用于消化不良,脾虚腹泻。

三、慧缘效验方

脱水口服液:生姜2克,食盐4~5克,绿茶6克,煎水500毫升口服。适用于大便次数多、尿少、烦躁、口渴多饮等症。

苍耳草根、凤尾草各30克,煎汤口服。适用于水样便。

炮姜炭、山楂炭等分,研细末。每次1~1.5克,每日3次。适用于泻久不止,大便稀而次数不多者。

淮山药粉,每次3~9克,开水调成糊状作点心。适用于脾虚腹泻。

四、针灸疗法

体针:天枢、关元、足三里。泄泻黄臭,加阴陵泉、足临泣、三阴交。

五、其他疗法

（一）推拿疗法:运脾土,侧推大肠,运腹,运水入土,揉龟尾,推上七节,捏脊。热泻,加推三关、退六腑,清天河水,分手阴阳,长强穴刺血。伤食泻加拉拿肚角,揉中脘。脾虚泻,加揉摩神阙穴,揉三阴交,揉龟尾,揉足三里。

（二）泡脚疗法:取龟针草60~120克,或无花果叶3片,煎水洗脚(先熏后洗)。适用于婴儿腹泻。

（三）敷贴疗法:

1.鲜石榴皮30克,砸成泥状敷脐,外用胶布封贴,24小时换药1次,连用3次。

用于湿热泻。

2.丁香粉、肉桂粉各0.5克和匀填脐孔，外用麝香止痛胶或狗皮膏贴脐。适用于脾胃虚寒，腹泻迁延不愈者。

3.白胡椒1~2粒，末填脐孔，胶布外贴，每24小时更换1次，连用2~3次。适用于轻症腹泻。

4.吴茱萸3~5克，醋5~6毫升，调成糊状贴脐约0.5厘米厚，胶布固定，12小时更换1次。适用于轻症腹泻。

5.五倍子9克，吴茱萸6克，白胡椒7粒，生姜6克，葱白6克。将姜捣烂如泥，余药碾成细粉，加食醋适量搅拌成厚糊状，加热贴脐，外盖塑料纸、纱布、绷带包扎，每日换药1次，连用3~5次。适用于腹泻迁延不愈者。

6.川椒、吴茱萸、肉桂、小茴香、淡干姜各等分，共研细末，以瓷瓶或玻璃器皿盛藏，勿令泄气。每次3克，盛于小纱布袋内，盖于神阙穴上，外用绷带固定，24小时后更换1次，连用2~3次。适用于各种腹泻病程较短者。

7.朴硝研细末，填满脐孔，外用纸膏封贴。每日1次，连用2次。适用于伤食腹泻。

8.樟脑、明矾、松香、朱砂各等分，研细混合收瓶，勿令泄气，3~5天即融合成膏，挑少许如绿豆大置脐中，用胶布或暖脐膏固定。每日1次，连用3次。适用于湿热泻。

（四）爆灯火法：久泻小儿，以灯芯蘸香油点燃，取神阙穴周围6焦，长强穴1焦，3天1次，连用3次。

（五）穴位注射法：取天枢、足三里，交替选穴，每穴注射维生素B1 0.1~0.3毫升，或蒸馏水0.2~0.4毫升，连续3~4天。适用于急性腹泻。

【预防与护理】

1.节制饮食。提倡母乳喂养，添加辅助食品不宜太快，品种不宜多。喂养、哺乳宜定时定量，适时断乳。

2.注意腹部保暖，防止受寒致泻。

3.保持臀部清洁，勤换尿布，大便后用温水洗净，防止红臀。


# 五、小儿疳症

小儿疳症是由脾胃运化不健所引起的慢性营养障碍性疾病。相当于西医所称的"营养不良""单纯性消化不良"及"小儿结核"。本病多见于1~5岁的小儿，由哺乳不足、饥饱不匀、食物不洁、感染虫卵、慢性泻痢或热病伤津所引起。病变主要在脾胃；是由脾胃运化失常，水谷停滞，津液耗伤，无以化生气血，营养全身，而致脏腑亏损，形体不充。所以疳症后期不仅脾胃俱虚，且会导致五脏皆病的严重后果。

【诊查要点】

1.以消瘦、面黄、发枯、腹胀、大便不调、精神不好或烦吵为主要症状。

2.有喂养不当，病后失调史。

3.对嗜食腹胀的患儿，就考虑是否合并肠寄生虫病，须了解有无排虫史，或做大便检查。

4.注意患儿神情、皮肤、角膜、口腔的异常变化，以及胸骨、脊柱和四肢有无畸形等，以观察有无维生素缺乏症、角膜软化、口腔炎、佝偻病、电解质紊乱等并发症。

5.极度消瘦的患儿，可见呼吸浅促、肢冷、出汗、脉微、面神萎靡等衰竭现象，需要密切观察。

【治疗方法】

治疗方法则当以健脾消运为主。轻者以成药内服或外治疗法，如割治、捏脊、刺四缝等，同时加强护理，配合饮食调养。若病情较重或有并发症者，则需配合西药治疗。

一、辨证论治

疳症的分类，依据病理变化而定，初起脾胃运化功能失常，称为疳气；若由疳成积，影响脾运，称为疳积；后期气液耗伤，脾胃气馁，以至衰竭状态，称为干疳。治疗原则：疳气以运脾为主；疳积以消积为主；干疳以补益为主，出现五脏兼证，则随证加减用药。

（一）疳气证　形体略见消瘦，面色萎黄少华，毛发干枯，大便不调，厌食或嗜异食，肚腹膨胀，精神萎软或好发脾气，苔脉无异常。此为疳之初起。

治法：和脾健运。

方药：资生健脾丸。白术、山药、扁豆各10克，枳实、陈皮、鸡内金各6克。

加减：腹胀有食积，加山楂、神曲各10克。

好发脾气，加胡黄连5克。

大便稀溏，舌淡脉细，加附子5克，炮姜3克。

便秘烦躁，加草决明15克。

（二）疳积证　形体明显消瘦，肚腹膨胀，腹壁青筋暴露。面黄无华，发稀而脱或结穗，神萎或虚烦不宁，食少或多食多便，甚至嗜好异食及揉眉挖鼻等异常动作。苔腻脉细涩。此脾胃既虚，内有积滞，虚中挟实之证。

治法：消积理脾。

方药：疳积散。鸡内金、槟榔、蟾皮各5克，胡黄连、砂仁各3克，白术、山楂、神曲各10克。

加减：腹中有虫积，加使君子10克，苦楝根皮15克，或用乌梅丸10克煎服。

腹胀作痛，加陈皮、木香各5克。

（三）干疳证　全身极度消瘦，皮肤干瘪起皱，老人貌，大肉已脱，皮包骨头，神萎发枯，啼声低怯泪少，不思食，大便不调，苔少或光，质嫩，亦可出现皮肤淤点淤斑或突然暴脱。

治法：健脾养胃。

方药：党参、白术、山药、石斛、白芍各10克，乌梅、甘草各3克，陈皮5克。

加减：明有低热，汗出粘冷，加龙骨、牡蛎各15克，桂枝5克，白芍10克。

气短、口干舌燥，加麦冬10克，五味子4克。

大便稀，肢冷面萎，舌质淡，加炮姜、附片各5克。

大便干燥，加当归10克。

（四）兼证治疗

1.眼疳　两目干涩，畏光羞明，由脾病及肝、肝阴不足，肝火上炎引起（即角膜软化症），加杞菊地黄丸10克（包煎），木贼草6克。

2.心疳　口疮口糜或疼痛不止，由脾病及心，心火上炎所致（即口腔炎），治法见外科口腔篇。

3.皮肤紫癜　出血，由脾不统血引起，加黄芪、当归各10克，阿胶6克；由血热引起，加细生地12克，丹皮6克，仙鹤草10克，茅根15克。

4.肢端颜面浮肿，按之凹陷不起。由脾虚水湿不运者，加桂枝5克，茯苓12克，党参、白术各10克，泽泻10克。

5.发育迟缓，筋骨痿软，鸡胸肋沟，行走、坐立不稳，此由脾虚及肾所致。加鹿角霜、金狗脊、巴戟天、紫河车各10克。

6.若现肢冷脉微，呼吸浅表，出黏汗等阴阳离决之症，治疗参考休克篇。

以上兼证，大多并发于干疳阶段，有单独出现者，亦有数症并存。治疗时宜抓住重点，审慎用药。

二、中成药

疳积散　每次1.5～3克，每日2次，口服。适用于疳积肚腹膨胀，消化不良。

肥儿丸　每次服0.5～1丸，每日1～2次。适用于疳积症初起消化不良兼有虫证的证候。

肥儿冲剂　每次服3～6克，每日3次。适用于脾胃虚弱而形成的疳症。

小儿健脾丸　每次0.5~1丸，每日2次。适用于疳症初起，脾胃虚弱而致消化不良的症状。

三、慧缘效验方

鸡金粉（炒黄研粉）每次0.6~1克，每日3次。适用于疳气初起，大便中有不消化的食物。

鸡内金、胡黄连、五谷虫三味等分，研极细末，每次1~1.5克，每日3次。适用于"疳气"出现贪吃多便的症候。

鸡肝1具（或猪肝30克），苍术6克，煮熟，吃肝和汤，连服1~2星期。适用于眼疳。

四．佛禅疗法

5岁以上小儿可由长辈带领拜药师佛一次。


# 六、遗尿

学龄期儿童，夜间不自觉的排尿，称为遗尿。是由先天肾气不足，膀胱虚冷失约；后天脾肺气虚，中气不摄；以及肝经郁热，疏泄失常所引起。临床可分为肾气不足、肺脾气虚、肝经湿热三证，而以前者为多见。本病虽无严重后果，但影响儿童身体健康。至于学龄前儿童或白天嬉戏过度，夜间有时遗尿者，不属病态。

【诊查要点】

1.发病年龄在3周岁以上，长期有夜间尿床的现象，数日或每日一次，甚至一夜数次。

2.了解小便的颜色以及有无尿频、尿痛、尿急的症状，排除泌尿系统感染。

3.遗尿长期不愈者，需进行腰骶脊柱摄片，排除骨裂。

【治疗方法】

一、辨证论治

（一）肾气不足证　睡中经常遗尿，沉睡不易唤醒，尿量多，色清，面色苍白，肢体怕凉，软弱乏力，智力稍差，舌质较淡，脉沉细。

治法：补肾固涩。

方药：熟地、山萸肉、山药、黄芪、桑螵蛸各10克，覆盆子12克，补骨脂10克。

加减：沉睡不易唤醒，属于痰浊内阻者，加石菖蒲、远志各6克，陈胆星、半夏各9克。

（二）肺脾气虚证　遗尿次多量少，面黄乏华，食少气短，自汗便溏，苔薄质嫩，脉细无力，乃中气不足、气不因摄所致。

治法：补中益气固涩。

方药：党参、黄芪、白术、茯苓、山药、益智仁各10克，陈胆星、半夏各9克，麻黄、升麻各5克，甘草3克。

加减：大便稀溏，加炮姜5克。

沉睡不易唤醒，加菖蒲6克。

（三）肝经湿热　遗出之尿，量虽不多，但腥臊异常，尿色黄，心情暴躁或夜间梦语磨牙，舌红，苔黄，脉有力。由肝经湿热，下注膀胱所致。

治法：清利肝经湿热。

方药：龙胆泻肝汤加减。龙胆草5克，山栀、生地各10克，木通、甘草各3克，黄檗5克，钩藤12克。

加减：夜间惊叫、说梦话，加琥珀粉0.5克（分2次吞服），朱茯神10克。

二、中成药

桑螵蛸丸　每次5克，每日2次。

金匮肾气丸　每次5~6克，每日2次。

缩泉丸　每次5~6克，每日2次。

补中益气丸　每次6克，每日2次。

龙胆泻肝丸　每次3~5克，每日2次。适用于肝经湿热证。

三、慧缘效验方

益智仁10克，醋炒研细末，分3次冲服。适用于肾气不足者。

桑螵蛸、茯苓、补骨脂、益智仁各10克，纳入猪膀胱内，放瓦上焙干，研末，每次3克，每日2次，开水冲服。适用于肾气不固者。

四、针灸疗法

遗尿失禁，遗出不自知者，灸阴陵泉。

针刺夜尿点（掌面小指第二指关节横纹中点处），每次需留针15分钟，隔天1次，7次为1疗程。主治夜尿尿频。

针刺：百会、关元、足三里、中极、三阴交，针后加灸，每日下午1次。

耳针：肾、膀胱、食道、皮质下、交感、肾上腺。亦可用王不留行子压穴位，以压代针。

五、其他疗法

（一）推拿疗法：揉丹田、摩腹，揉龟尾，揉足三里、三阴交。

（二）埋线疗法：中极透曲骨、三阴交、膀胱俞、肾俞。适用于肾气虚弱者。

（三）填脐疗法：覆盆子、金樱子、五味子、仙茅、山萸肉、补骨脂、桑螵蛸各等量，丁香、肉桂各1／2量，共为细末，每次1克填脐，外用胶布封贴，3天更换1次，5次为一疗程。适用于肾阴肾阳俱虚者。

（四）饮食疗法：

芡实、莲心煮羹作点心。适用于肺脾气虚证。

猪骨砸碎煎汤（少加食盐）佐膳，适用于脊柱、腰骶、盆腔骨裂或隐性骨裂长期遗尿不愈者。

六、佛禅疗法

5岁以上小儿可由长辈带领每天拜观音菩萨一次。

【预防与护理】

1．患儿晚餐及临睡前，不给流汁饮食，控制饮水。

2．睡前嘱排空小便，睡后注意遗尿时间，按时唤醒排尿。保持侧卧姿势。

# 七、小儿多动症

小儿多动症系指正常智力的儿童，表现有不同程度的运动、行为和学习功能障碍，临床以多动不安、注意力涣散为主要症状。中医学上没有类似记载，近年有些学者运用阴阳脏腑理论加以研究，认为本病是心、脾、肝、肾气阴不足，阳亢有余，属虚弱病症。除服药治疗外，须耐心启发诱导，使阴阳之气平衡，脏腑功能协调，从而达到"阴平阳秘，精神乃治"的目的。

【诊查要点】

1．本病的主要症状为，注意力不易集中，思虑不周密，意志不坚，情绪不稳，兴起多变，语言冒失，做事有头无尾，也有表现性格暴躁，任性冲动，活动过多等。

2．有早产、胎怯、产伤等病史。

3．本病须和小儿顽皮性格相区别。后者多见于男性，有自控能力，未见精神、行为障碍。

4．软神经征：翻手试验、对指试验均为阳性。

【治疗方法】

一、辨证论治

本病的治疗原则，重补益心脾，益智宁神；滋养肝肾，以平浮阳。

（一）心脾不足证　注意力涣散，学习困难，上课时思想不集中，小动作频繁不休，平时情绪不稳定，坐立不安，夜寐多梦。系心脾脏气不足，阳不潜藏所致。

治法：养心益脾。

方药：甘麦大枣汤加味。甘草6克，浮小麦60克，大枣10枚，茯苓、山药、远志各10克。

加减：神倦食少，加太子参、白术各12克，砂仁3克。

失眠多梦，加柏子仁、枣仁各10克。

（二）肝肾阴亏证　患者活动过度，冲动任性，性格暴躁，动作笨拙，健忘头晕，口干便艰。系肝肾阴亏、浮阳外越。

治法：滋水涵木。

方药：杞菊地黄丸加减。杞子、菊花、生地、山药、茯苓、泽泻各10克，山萸肉、丹皮各6克。钩藤15克，珍珠母30克。

加减：头面烘热，阳亢明显，加龙骨、牡蛎各10克。

脾气急躁，加胡黄连5克。

除以上药物治疗外，必须给予教育和正确管理，引导患儿集中思想，认真学习。师长的教育方法，要耐心细致，避免体罚、厌弃、责骂；对患儿日常生活，要合理安排，注意劳逸结合，适当开展体育锻炼，持之以恒，以求逐渐康复。

二、针灸疗法

体针：

弄舌：廉泉、少商。

不自主咀嚼：地仓、颊车、合谷、神门。

挤眼：攒竹、太阳、中冲、中三里。

上肢多动：风市、阳陵泉、三阴交、内庭。

手法：持续轻轻捻转，均不留针。每日1次，10次为一疗程。

耳针：口、眼、面、颊、肘、肩、膝。每次取相应穴位3～5穴针之，均不留针，每日1次，10次为一疗程。

三、佛禅疗法

5岁以上儿童可由长辈带领拜观音菩萨一次。

# 第五章　骨关节脱位的治疗法

关节脱位，亦称脱臼或脱骱，为组成关节之骨骼失去其正常位置，引起局部畸形、肿痛和功能障碍等。

关节脱位绝大多数由外伤所致，少数系先天性中病理性脱位。本节重点介绍较常见的外伤性脱位的诊断和治疗。

外伤性关节脱位，合并有软组织的损伤，如果能够及时整复脱位，侧软组织损伤也能获得较快的恢复。如果拖延日期过长，超过两星期或更久，即成为陈旧性脱臼。此时，血肿机化、粘连、肌肉挛缩，使整复大为困难。

中医对新鲜的外伤性脱位的治疗，具有操作简易、安全等特点，对于陈旧性的外伤性脱位，部分仍可用手法复位成功，可以减少病员的痛苦和经济负担。但陈旧性外伤性脱位整复后，肢体功能的恢复，常较新鲜脱位及时整复者为差。因此，临床上应争取越早复位越好。

对合并有骨的脱位，在复位前后，同时要考虑骨折的治疗。

在复位成功以后，对于受伤的肢体，要给予一定时期的固定，并及时做适当的功能锻炼，以避免脱位的再发和获得最佳的功能恢复。

复位后的药物治疗，可参考扭挫伤的药物治疗。骨折严重者，同时参考骨折的药物治疗。

# 一、下颌关节脱位

【诊查要点】

1.多见于老年人,中年人亦偶有发生。可因哈欠、喷嚏、大笔或进食时张口过大等引起。

2.下颌关节脱位可分为双侧脱及侧脱两种。二者之共同症状为口半张,不能合、不能咀嚼,说话不清,部分病人因过于紧张,致口水不能咽下,而有流涎。

3.双侧脱者,整个下颌骨移向前下方;单侧脱者,下颌骨之一侧移向前下方,并稍向健侧歪斜。摸诊时可摸到双侧(或单侧)耳穴下较空虚,此系下颌骨之小头移向前下方所致。

【治疗方法】

一、患者坐低凳上,头颈稍向前屈,勿使后仰,可由助手扶住头部,或患者背部靠墙坐定,并嘱病员尽量松弛嚼肌。

二、口外复位法:术者站于病员面前,双手拇指按于下颌骨两侧下颌枝的后上,即髁状突的前部,其余手指托住下颌骨体部,二拇指先用力向下压,继用力推下颌骨向后下,双手第3、4指乘势上抬下颌骨的体部,即可获得复位。

三、口内复位法:术者用多层纱布包缠二拇指后,伸入病员口内,压住二侧臼齿的尽端,余指托住下颌骨体,术者二拇指用力向下向后压,用力要稳,余指顺势将下颌骨体端平,即可复位。在此同时,术者二拇指向两侧滑开,以防被咬伤。

四、复位后用四头带兜住下颌,在头顶及枕部结扎,固定1~2天,两天内禁食硬物,以防再脱。

五、单侧脱者,以一侧拇指用力为主。

六、病员患者反复发生下颌关节脱位,即习惯性脱位。可嘱患者用拇指的末节指腹部,在两侧嚼肌部位、下关穴、颊车穴周围,每日早晚自行按摩5分钟,可减少复发。

七、佛禅疗法

每日禅定二次,每次20分钟。

每天颂大明咒二次,每次10分钟左右。

每日礼拜心佛一次。

## 二、肩关节脱位

肩关节由于肩盂平浅，活动范围大，因此，发生脱位的机会较髋关节、肘关节等更为多见。多数因倾跌时上肢外展，手掌着地，间接暴力引起。脱位后的肱骨头，多移位于关节盂的前下方。

【诊查要点】

1.跌仆受伤后，患侧肩部肿胀、疼痛，如合并有肱骨大结节撕脱骨折时，肿痛程度更为严重。

2.由于肿痛及功能障碍，病员患肩常向下倾斜。

3.肿胀未甚时，肩部呈方形，肩峰下塌陷。肿胀严重时，仍可于肩峰下摸到空虚感，但"方肩"已难确认。

4.移位的肱骨头可在腋下或腋前摸到。

5.上臂轻度外展，肘部不能贴靠胸壁。

6.从肩峰至肱骨外踝的长度，患侧较健侧有增长。

7.肩部X片可以观察肱骨头移位的情况及有无合并骨折等。

【治疗方法】

一、外展索引整复法（卧位）：患者仰卧于手术床上，不需麻醉，第一助手位于病员健侧，用宽布带自患侧腋下兜过病员胸背部，由第一助手握住做反牵引。第二助手握住患侧手臂，对抗牵引下外展患肢至80度，并稍外旋，然后持续对抗牵引，用力需稳而够大。术者用手摸住肱骨头，注意肱骨头位置的移动，当对抗牵引之力够大，使肱骨头与关节盂已不相重叠时，术者即可将肱骨头推送入关节盂内，即可复位。

二、外展牵引整复法（坐位）：患者坐于凳上进行，方法与卧位基本相同，唯第一助手不需宽布带，只需站于健侧，二臂分别绕过患者胸背部，二手在患侧腋下抱住病员躯干做对抗牵引即可。其余同（卧位）整复法。

三、拔伸足蹬法：患者仰卧于手术床上，患肩腋下垫以棉垫，术者立于患侧，用两手握住患肢腕部，并用足抵于腋窝内（右侧脱位用右足，左侧脱位用左足），将患肢稍外展，术者手足起对抗牵引作用，通过持续有力的牵引，并以足根为支点，将肱骨头挤入关节盂内。

四、病员由于肩关节肿痛，周围肌群紧张，可导致整复困难，故在整复过程中，应引导病员尽量松弛肩部肌群，则整复易于成功。适当增加对抗牵引的力量，也可使复位易于成功。

五、复位后，检查患肩，肩峰下即见丰满，可摸到肱骨头已处于正常位置，肘部亦可贴近胸壁。如做X线检查，证明已复位，同时可发现肱骨大结节骨折多数已获得对位。肩部外敷活血消肿药膏，患肢屈肘90度，用三角巾悬挂于胸前。固定一星期，然后开始肩关节功能锻炼。

六、脱位达两星期以上的陈旧性肩关节脱位，虽已显著消肿，疼痛亦已减轻，实则淤血机化，组织粘连，关节僵凝，整复困难。复位前必须做好反复多次的热敷和活筋动作，使关节活动度增大，粘连松解，软组织较松弛，然后在全麻下按卧位外展索引整复法复位，拔伸牵引的力量必须加强，并加做上举、前伸、回旋等动作，以充分拉开粘连，然后在充分有力的对抗牵引下，将肱骨头推入关节盂内。

七、由于陈旧性肩关节脱位，关节盂内充填有粘连物质，致有时在牵引下肱骨头已与关节盂不相重叠，仍不能用手推按复位，此时可加用"棍撬法"：用直径5公分的圆木棍，垫于腋窝下，将患肢在牵引下内由，可迫肱骨头复位。使用此棍撬法时，需注意两点：其一是要肱骨头与关节盂确已不相重叠；其二是圆木棍的着力点，必须在肱骨头部，不能在肱骨外科颈部，以免引起肱骨外科颈骨折。

八、在整复陈旧性肩关节脱位过程中，随时做X线透视观察，可增加安全性及成功率。

九、陈旧性肩关节脱位复位后，患肢屈肘90度，用三角巾悬挂于胸前。四星期后，停止悬挂，并开始肩部功能锻炼。

十、佛禅疗法

每日禅定二次，每次30分钟。

每日六观想一次。

每日礼佛一次。


# 三、肘关节脱位

肘关节脱位，根据桡、尺骨上端移位方向，可有后脱位、前脱位、内侧脱、外侧脱等类型，但以后脱位为多见。病员多数为20岁左右的青年。

【诊查要点】

1.肘部外伤后有明显的肿胀、畸形和疼痛。

2.后脱位的病员，肘关节强直于半屈位约135度（定直肘位为180度），病人自然以健手扶住患肢前臂。由于尺、桡骨上端移位于肘后，因此，尺骨鹰嘴突显著隆突于肘后，肘前丰满，且可摸到肱骨下端。如测量肱骨外上髁至桡骨茎突的长度，则较健侧稍稍缩短。

3.前脱位或侧方脱位，可在肘前或肘之一侧摸到移位的尺、桡骨上端。

4.正常肘关节伸直时，可摸到肱骨内上髁、外上髁及尺骨鹰嘴突三点联成一直线，屈肘时此三点形成一个等边三角形。脱位后，此三点骨隆起之连线即变异。

5.后脱位可并发尺骨喙突的骨折，前脱位可并发尺骨鹰嘴的骨折。应拍摄正位及侧位X片以明确诊断。

【治疗方法】

一、对于当天发生的肘关节脱位，应争取立即予以复位，不需麻醉，如脱位已3~4天者，宜在臂丛麻醉下复位。

二、整复后脱位时，助手二人，分别握住上臂及前臂，在屈肘135度的位置下做对抗拔伸。术者用二拇指按住尺骨鹰嘴，向远端推按，余指握住肱骨下段向后位。同时在保持牵引下，助手将肘关节缓缓屈伸，即可听到清晰的复位声。

三、整复前脱位或侧方脱位，在对抗牵引下，术者一手固定肱骨下段，一手推按尺、桡骨上段，使之复位。

四、复位后，肘关节畸形消失，疼痛显著减轻，可以被动伸屈肘关节，且无阻力。尺骨鹰嘴估与肱骨内上髁、外上髁的三点连线亦恢复正常。

五、复位后，用三角巾将患肢屈肘90度悬挂胸前。一星期后逐步做肘关节功能锻炼。

六、如有小骨折片嵌于关节囊内，长期引起疼痛及功能障碍，可考虑手术摘除。

七、陈旧性肘关节脱位，先做好充分的活筋动作，约经3~4天，使肘关节活动度增大，然后在全麻下做拔伸、旋转、屈曲等动作，如已获得可复位的位置，但因关节窝内有粘连物质，致不能正常吻合时，术者可用手挤压，或用拳叩击尺骨鹰嘴突，使进入关节窝内。

八、陈旧性肘关节后脱位整复后，应屈肘60度悬挂于胸前，每天做X线透视复查对位情况，以防继发第二次脱位。一星期后对位情况稳定，两星期后逐步做功能锻炼。

九、佛禅疗法

每日禅定三次，每次10分钟。

每天颂大明咒三次，每次3分钟左右。

每日六观想一次，礼拜心佛一次。

附：小儿桡骨头半脱位

【诊查要点】

1.常见于6周岁以下的儿童。

2.桡骨头半脱位很少因跌仆所引起。牵拉患儿臂，并使手臂旋转，可引起桡骨头半脱位。例如小儿跌倒在地，成人拉其一侧手腕使小儿站立，由于小儿身体重量自然使患臂旋转，此种情况下，即可发生桡骨头半脱位。另外，穿脱衣服时，亦易发生。

3.症状为患肢下垂，不能屈肘握物，被动屈肘时会引起疼痛和啼哭。桡骨头有轻度压痛，但无明显肿胀。

【治疗方法】

一、术者一手托住患臂肘部，拇指置于桡骨头部。一手握住患儿手腕，轻轻拉直肘关节，并使肘关节微有过度伸直。在轻度过伸位中，针腕关节尽量旋后及旋前各一次。在上述操作过程中，置于桡骨头的拇指，若感触到轻微之复位声，说明已经复位。

二、如在上述操作中，术者拇指未感触到复位声，可将肘关节完全屈曲，在屈肘位将腕关节尽量旋后及旋前各一次，部分病例可于此时感触到复位声。

三、小儿桡骨头半脱位的整复，较为简易。当术者按于桡骨头的拇指感触到复位声，很快可以观察到患儿的手臂已能正常动作。如操作过程中未感触到复位声，观察3~5分钟后仍未能恢复活动，应耐心地将上述整复操作再做一遍。

四、复位后不需固定。但应嘱咐患儿家长在为患儿穿脱衣服时，或携拉患儿手臂时，注意勿使患臂过度旋转，以防反复发作。


## 四、拇掌关节脱位

倾跌时拇指外展，过伸位，指端触地，或打球等暴力撞击，可引起近节指骨基底部向背侧脱位。

【诊查要点】

1.掌指关节部疼痛较重。

2.拇掌关节处于过伸位，指间关节处于屈曲位，呈特定的畸形，状如"蚕眠"。

3.在掌侧可摸到第一掌骨头。

【治疗方法】

一、助手固定患肢前臂，术者用右手的拇指、食指挟持患者拇指的第一节，向纵轴方向牵引，即向背侧扩大畸形，术者左手拇指在第一节基底部的背侧向远端推按，在牵引按的同进，术者右手将患指屈曲，即可复位。

二、由于拇指粗短，整复时，不易夹持用力者，可用3公分宽纱布绷带扣结于拇指近节，并用胶布固定，以便于牵引及整复。此法可弥补挟持牵引力不足。

三、仍感牵引力量不足，不易整复者，可加用麻醉，使整复易于成功。

四、复位后，拇指包扎，用铝板固定于轻度屈曲位，5天后停止固定，做伸屈等功能锻炼。

五、佛禅疗法

每日禅定二次，每次20分钟左右。

每日颂大明咒二次，每次10分钟。

每日六观想一次，礼拜心佛一次。


## 五、髋关节脱位

髋关节由于臼盂较深，周围肌筋坚实有力，故比较稳定，发生脱位的情况很少见。仅于特定体位下，受猛烈撞击时，偶有发生。例如在屈髋屈膝位，膝部或臀骶部受到猛烈的暴力，可发生髋关节后脱位。至于髋关节前脱位则更少见。

【诊查要点】

1.髋部外伤后，疼痛剧烈，患肢有典型的畸形，不能活动。

2.髋关节后脱位患肢呈内收、内旋、微屈、短缩的典型畸形。患肢的膝关节位于健侧大腿之上，不能被动分开，即"粘膝征"。患肢的内踝及足的拇侧几乎可贴床面，短缩可达5公分左右。触诊检查：股骨头位于髋臼之后上方，臀上部显著隆突，可摸到移位的股骨大粗隆及股骨头。

3.髋关节前脱位，股骨头位于闭孔，鼠蹊下丰满，患肢呈外旋及轻度外展畸形，患者延长约3公分。

4.根据特殊体位的外伤史及典型畸形，诊断不太困难。应拍照X光片，可明确髋臼边缘或股骨头是否合并有骨折。

【治疗方法】

一、垂直牵引整复法：用于髋关节后脱位。在腰麻下进行。病人平卧手术床上，助手固定躯干，术者及另一助手将患肢拉直，并向足跟方向做垂直的持续的牵引，即可得到复位。在牵引过程中，为使牵引易于用力，术者可坐于手术床之一端，或站于床之足侧，用一足自病员裆内抵住患侧坐骨结节。足蹬加牵引，易于复位。

二、牵引推压整复法：用于髋关节前脱位。在腰麻下进行。病人平卧手术床上，一助手固定骨盆，另一助手一手托住患肢膝窝，另一手握持踝上，顺轻度外展位牵引，术者站于健侧，两手掌相叠，用掌根部压于脱位的股骨头上，向外侧推压，此时做牵引的助手，在牵引下将患肢内旋，即可感知复位声。

三、复位后检查，患肢畸形消失，可处于中立处。患肢长度与健侧相等，可被动伸屈患肢而无阻力（此时麻醉尚未消失）。

四、复位后嘱病员卧床休息两星期，并可在床上做不负重的患肢关节活动锻炼，两星期后练习扶杖行走。

五、佛禅疗法

每日禅定三次，每次20分钟。

每日颂大明咒三次，每次10分钟左右。

每日六观想一次，礼拜心佛一次。

# 第六章　扭挫伤

由跌仆、撞击、扭转、挫压等暴力，引起四肢、腰背或胸部的皮下组织如肌肉、肌腱、韧带等软组织受到损伤，引起局部疼痛、淤肿、功能障碍等症状，称为扭挫伤，俗称伤筋。是伤骨科临床上最多见的病种。

【诊查要点】

1.扭挫伤发生于四肢者，局部有明显之淤肿及疼痛。发生于四肢关节部位者，肿胀疼痛，功能障碍更为明显。

2.伤筋所引起的肿胀、疼痛、功能障碍等症状，骨折或脱位病人也具备，故需注明区别，体检时应注意有无骨擦音、畸形、间接压痛、假关节症等，必要时摄X片以排除骨折或脱位。

【治疗方法】

治法以活血舒筋、消肿止痛为主。

一、外用药

1.伤科消炎膏外敷。

2.生栀子末20克，用适量面粉加水调敷患处。

3.市售万应宝珍膏、跌打损伤膏等均可外用。

4.市售伤湿止痛膏、麝香虎骨膏等胶布膏药，对于肿痛较轻者，贴用较为方便。

二、内服药

1.当归、牛膝、桃仁、赤芍、丹参、桑枝各10克，水煎服，每日1剂。

2.跌打丸（市售）每服5克，每日2次。

三、推拿治疗

手法：揉法，用拇指或掌根部揉。按法，用拇指按或掌根按。拿法，用拇、食二指或拇指与其余四指相对，平稳用力地拿起肌肉、肌腱，拿起，放下，反复操作5~6次，再配合按、揉等其他手法。每日或隔日做一次。

四、针灸治疗

扭挫伤早期，可于局部阿是穴及其邻近穴位做针刺、不宜灸。或做耳针。后期可针灸并用。

五、固定与功能锻炼

亦应注意动静结合的原则，早期肿痛生时，伤肢应抬高休息。仅做手指或足趾的伸屈动作，必要时用小夹板或石膏制动。肿痛好转，即可做受伤关节的伸屈活动，逐步恢复生活动作，但应以不引起显著疼痛为原则。

六、佛禅疗法

每日禅定三次，每次20分钟。

每天颂大明咒三次，每次10分钟左右。

每日六观想一次。

每日礼拜心佛一次。


# 一、落枕

落枕的主要症状是一侧颈背部肌肉酸痛，常发病于早晨起床之后，多数病员诉述因夜间睡眠姿势不适或枕头过低等而引起，故俗称"落枕"。部分病员系受风寒引起。

【诊查要点】

1.一侧颈背部酸痛，颈项俯仰转侧等活动受限制。多数病员常保持头部偏向病侧的畸形，以减轻疼痛。

2.个别病员的酸痛范围较广泛，可以扩散到同侧的肩部及上臂，偶有觉两侧颈背部均酸痛者。

3.部分病员有低热、怕风等全身症状。

4.检查疼痛部位不红肿，有压痛，局部肌肉呈轻度强直痉挛。

5.落枕病程较短暂，两三天或四五天即可缓解。如病程过长，或由明显的外伤引起者，需与颈椎半脱位或颈椎综合征等相区别。

【治疗方法】

一、推拿疗法

（一）病人坐矮凳上，医生用拇指从项部到背部，沿痛筋及痛点，做揉法2~3次，然后按天柱、肩井、天宗、肺俞名穴。

（二）弹项筋及项脚筋。

（三）单手揉拿颈椎两侧，自风池穴至大椎穴，反复4~5次，然后双手拿肩井穴。

（四）揉摩项背等中酸痛处2~3次。

对于症状较重、年龄较轻、体质较好的患者，可在推拿过程中加做推扳法：医生用左手托住患者头后枕部，右手托住下颌，两手同时协调用力垂直上提，随之使头后仰15度，然后向痛侧转到尽端，左手推、右手扳，使继续转动约5度，此时常可听到清脆的弹响声，可使症状显著减轻。此推扳法不适用于老年或体弱者，推扳时用劲不能过大，推扳时仍须保持垂直上提之力。

二、针灸疗法

体针：

（1）外关、落枕；

（2）压痛点、外劳宫；

（3）养老、落枕。

选其中一组穴位，做强刺激。针刺同时，嘱患者转动颈项。

耳针：颈点、颈椎区，留针3~5分钟。

三、药物疗法

颈痛重，伴有恶寒、身热者，宜疏风解表。桂枝5克，板蓝根15克，赤芍、葛根、防风、羌活各10克，甘草3克，每日1剂。煎服后，并可用纱布包药渣，乘热熨患处。

四、佛禅疗法

每日禅定二次，每次20分钟。

每天颂大明咒二次，每次10分钟左右。


# 二、颈椎病

颈椎病或称颈椎综合征，是中老年人的常见病之一。虽然颈椎的先天性畸形也可发生颈椎病，但绝大多数颈椎病人进入中老年后，肝肾亏虚，筋骨衰退，导致骨质增生，韧带肥厚等因素而发生相应的症状。在外因方面，颈部扭伤、慢性劳损，风寒痹着，均可引发和加重颈椎病的症状。

**【诊查要点】**

颈椎病的症型很多，目前比较常见的分型有：落枕型（或称颈型）、痹症型（或称神经根型）、痿症型（或称脊髓型）、眩晕型（或称椎动脉型）、五官型（或称交感神经型）等。

1.落枕型颈椎病　颈背疼痛反复发作，发则颈项酸痛不适，延及上背部，重者俯仰旋转欠利，状如落枕。初则发作3～5天后缓解，很快又复发，渐发展至长期颈背酸痛而无明显的缓解期。凡中年以后常发"落枕"，颈椎X片有骨质增生、生一弧度变直、韧带钙化等改变者，可明确诊断。

2.痹症型颈椎病　以一侧上肢疼痛、麻木为多见。颈椎骨质增生，椎间盘退化，关节囊松弛，椎间孔变窄，均可影响颈神经根而产生症状。根据主诉的侧重点不同，又可分作疼痛、麻木和萎缩三个亚型。

疼痛型：发病较急，肩臂疼痛较重，肌力和肌张力可略有减弱，多数为一侧发病，颈部酸痛，患者头部微向患侧偏，以减轻症状。夜间症状加重时可影响睡眠，睡眠时常选择较合适的卧位，或患侧在上做侧卧，或加高枕头的仰卧等，以求减轻症状。

麻木型：最多见，发病较慢，麻木以手指为主，或1～2个手指麻，或5个手指麻，少数两手均麻，或有上臂、前臂麻木，致触觉迟钝，痛温觉减退。睡眠时亦可因颈部姿势、肩臂所处位置不同而使症状加重或减轻。臂丛神经牵拉试验、颈椎纵叩试验可呈阳性。

萎缩型：很少见。患侧上肢疼痛麻木均不严重，但患侧肢肌力减弱，日久则大、小鱼际等肌肉萎缩，重则影响体力劳动。

3.痿症型颈椎病　起病很慢，先为二下肢麻木乏力，以致肢体沉重，肢冷难温，步履不灵，喜用拐杖助行，通过治疗休息，可以缓解，形成时好时坏，逐步加重的过程，渐致步态不稳、跛行。后期可出现二便失控，难于行走，二上肢肌力减弱，形成瘫痪重症，幸较少见。

4.眩晕型颈椎病　头晕目眩为主，或兼有头额胀痛，或眩晕与头痛交替出现。眩晕特点与头颈位置有关，头颈转动较快时即可发现明显的眩晕。重者眩晕常发，头重脚轻，恶心欲吐，走路欠稳。少数可合并耳鸣、听力下降等症状。个别可有突然跌倒，称为猝倒，猝倒时神志是清醒的，猝倒后即感肌力恢复，可以自行站立。脑血流图呈椎动脉供血不足。

5.五官型颈椎病　较少见，或皮肤多汗，易潮红；或眼睑乏力，眼胀痛，易流泪；或听力下降，耳鸣，或咽部不适，有异物感，易恶心等。

上述五型，常并不单独存在，如落枕型可与痹症型同时存在，眩晕型兼有五官型症状等，此类情况，可称为混合型。

由于颈椎病症型较多，因此诊断颈椎病时，须投照颈椎X片，除外颈椎结核、颈椎先天畸形、颈椎肿瘤等。颈椎病的X片，可见到骨质增生、椎间盘退变钙化、项韧带钙化、颈椎生理弧度改变、椎间孔狭窄等一项或数项。

另外，常见的痹症型颈椎病，既需与肩关节周围炎区别，也可并发肩周炎。

眩晕型颈椎病须与美尼尔氏综合征等区别。

【治疗方法】

一、推拿疗法

常用于落枕型及痹症型，对眩晕型也有一定疗效。点压、按摩、拿捏、弹拨等手法，是颈椎病常用的推拿手法。落枕型可取风池、天柱、肺俞、曲垣、肩贞等。痹症型可取肩髃、曲池、手三里、合谷、神门等。眩晕型可取百会、太阳、大椎、风府、合谷等。

颈部推扳手法（见落枕）也适用于颈椎病落枕型、痹症型及眩晕型。先做一侧，如无不适反应，再做对侧推扳手法。

二、颌枕牵引

俗称颈椎牵引。牵引之着力点在下颌部及枕部，故名颌枕牵引。牵引时病员可取坐位或卧位，牵引重量及牵引时间，可根据病员的感觉而调节。坐位牵引的重量在5～10公斤之间，卧位牵引的重量在3～5公斤之间。每次牵引的时间为30分钟，每天1次。如病员对牵引的反应好，可适当延长牵引时间并增加牵引次数。

牵引可以缓解疼痛，松弛痉挛的颈肌，扩大椎间隙及椎间孔，减轻脊神经根的压迫，使气血流畅，炎症消退，故多数病人可获疗效。少数在牵引时出现头晕或疼痛加重者，应及时停止牵引。部分病人牵引时颈肌紧张，或牵引时头向后倾，亦会影响疗效。故牵引时应使头部向前倾，并尽量放松颈部肌肉。

三、辨证论治

（一）落枕型　治法舒筋活络，疏风止痛。常用药羌活10克，木瓜10克，伸筋草15克，骨碎补10克，当归10克，桑寄生15克，五加皮10克，陈皮6克等。

（二）痹症型　疼痛为主者，治宜祛风散寒，舒筋通络。常用药如：青防风10克，粉葛根10克，川桂枝6克，杭白芍10克，川独活10克，秦艽10克，钩藤10克，红药6克，络石藤12克等。麻木为主者，治宜养血活血，益气通络。常用药如：党参10克，黄芪10克，当归10克，川芎6克，升麻10克，炒赤芍10克，红花6克，丹参10克，鸡血藤12克，川桂枝6克，姜黄10克等。肌肉萎缩者，参考痿症型用药。

（三）眩晕型　治法以顺气活血，养肝熄风为主。常用药如：柴胡3克，制香附10克，川芎10克，丹参10克，石决明15克，钩藤10克，枸杞子10克，五味子10克，佛手片6克，降香3克，蜈蚣1条等。如体型肥胖、偏重痰湿者，可以加化痰利湿之品，如茯苓、姜半夏、泽泻、生米仁等。如体质虚弱、气血不足者，以可加气血双补之剂，如党参、白术、当归、熟地等。

（四）痿症型　治法以滋补肝肾，强壮筋骨为主。常用药如：杜仲10克，骨碎补10克，川续断10克，枸杞子10克，当归10克，淡苁蓉10克，络石藤12克，川牛膝10克，红花6克，地鳖虫10克等。

（五）五官型　症状每人不同，宜辨证施治。例如面色潮红、眼睑胀痛，宜散郁泻火，常用药如：龙胆草10克，夏枯草10克，当归10克，地龙10克，大黄6克，防风10克等。如咽部不适、有异物感、恶心等，宜清咽润燥，常用药如：生甘草6克，桔梗6克，枳壳10克，玄参10克，知母10克，桑白皮10克，炒白术10克等。

四、固定与功能锻炼

对于颈背痛发作剧重，自觉头部不能支持、坐卧不安的病员，在牵引、推拿的同时，可用固定式颈托或石膏围领，做短期固定；或用纸板、塑料或钢丝及布类等，做成轻便的围领，常可缓解症状。

比较理想的是采用支撑式可动颈托，系在塑料枕垫、下颌垫、胸部垫及上背垫之间，有弹簧衔接支撑，具有2～8公斤的支撑力，又可转动颈部，转动颈部时颈肌受到锻炼，对急性和慢性患者均适用。

慢性期病员应注意全身性的锻炼及颈项功能的锻炼，借以增强体质，滑利颈椎关节，增强颈项肌力，缓解症状，使病变逐步好转。锻炼方式包括太极拳、广播操及颈部的前俯、后仰、左右旋转、左右侧弯等动作。动作宜徐缓，俯仰旋转范围要够大。但如颈部侧弯时引起臂痛者，宜减小侧弯动作。

五、其他疗法

（一）针灸治疗　对颈病有温通经络、行气活血、调节机体功能的作用。落枕型及痿症型可取风池、夹脊、曲池、手三里等。眩晕型以耳针效果较好，可取皮质下、肾上腺、交感、神门等穴。

（二）水针治疗　用红花、当归、川芎注射液5毫升，加2%普鲁卡因2毫升，在压痛点做局部注射，隔3～4天重复注射一次，可减轻疼痛。对于眩晕型，可用上述红当川注射液2毫升，加2%普鲁卡因1毫升，注入两侧风池穴，有较好的疗效。另外，丹参注射液15毫升，加入10%葡萄500毫升内静滴，每日1次，连用5天，对眩晕型亦有较好的效果。

强的松龙1毫升，2%普鲁卡因2毫升，注射用水2毫升，混匀后做痛点穴位注射2～3个穴位，对落枕型及痿症型亦有一定疗效。注射时应注意血管神经，严格禁止注入椎管或胸腔。

六、佛禅疗法

每日禅定二次，每次20分钟。

每天颂大明咒二次，每次10分钟左右。

每日礼拜药师佛一次，上三宝明檀香三支。

每日六观想一次。

# 三、肩关节周围炎

肩关节周围炎又名漏肩风。患者年龄多数在50岁上下。发病原因多由睡卧时露出肩部，局部感受风寒所致。或因外伤之后，肩关节周围组织受损；或因肩部活动过少，气血循环障碍，均可发生本病。

【诊查要点】

1.起初只觉得一侧肩部酸痛，于动作时偶有感觉，常不介意。以后酸痛逐渐明显，肩臂活动时酸痛加重，影响肩部正常动作。

2.症状呈渐进性加重，疼痛逐渐向周围发展，或向上痛及颈项，或向下痛到上臂，或向后痛到脊背。

3.严重时肩活动受限，不能上抬，穿脱衣服、梳头等动作皆难以完成。夜间疼痛更重，可影响睡眠。

4.局部压痛以肩髃部、喙突部最为明显，腋后亦可有明显压痛。肩部周围肌筋压之有韧厚感。外展、内收、内旋、外旋均受限制。内旋时不能摸到肩胛骨下角，只能摸到第1腰椎棘突或更低。外展常仅有40°或更低，肩肱关节粘连。

5.病程长则患肢三角肌萎缩。由于肩部丧失正常功能，对生活及工作有很大的影响。但局部无红肿的情况。

【治疗方法】

一、推拿疗法

（一）运肩肘（轻轻摇转，托举患肢肩关节和屈伸肘关节，做被动动作）。

（二）按压痛点。

（三）拿揉肩部肌筋。点揉肩井、肩髃、肩贞等穴。

（四）从肩头循患肢上臂外侧揉捏，直达肘部，手劲由轻到重，来回数遍。

（五）颈背痛者，加揉风池、天宗，拿天柱筋，秉风部等。

（六）手法宜柔不宜猛烈，轻症隔日1次，重症每日1次。

二、针灸疗法

取穴：肩髃、肩涩、巨骨、曲池、少海、外关、合谷。

耳针：肩、肩关节、神门、皮质下。

三、药物疗法

羌活、秦艽、当归、威灵仙、鸡血藤、雷公藤、桑枝各10克，桂枝6克，甘草3克，煎服，每日1剂。连服10天。

四、功能锻炼

功能锻炼对肩关节周围炎是一个重要的环节。每天早晚各人外展、内收、内旋、外旋等动作十余次，在可以忍受的疼痛程度内，尽量加大外展等动作的范围。锻炼和接受推拿治疗时，均应尽量放松肩臂部肌肉，勿使紧张，可得较好效果。

五、佛禅疗法

每日禅定二次，每次20分钟。

每天颂大明咒二次，每次10分钟左右。

每日礼拜地藏菩萨一次，颂《地藏经》一遍，上明檀香三支。

每日六观想一次。


# 四、狭窄性腱鞘炎

【诊查要点】

1.常见于桡骨茎突部的伸拇短肌和外展拇长肌腱鞘炎，或发于掌拇关节的掌侧的屈拇指肌腱鞘炎，或见其他掌指关节掌侧的屈指肌腱鞘炎等。

2.病员多系中年以上，病起缓慢，局部劳损、扭伤、局部受凉等为病发原因。发病腱鞘解剖结构较为狭窄，可能为内在因素。

3.桡骨茎突部的腱鞘炎，局部疼痛，拇指伸屈时疼痛不利。如将拇指屈曲，并将腕关节偏向尺侧，此时由于拉紧了伸拇肌腱，可引起显著疼痛，说明病变在肌腱及腱鞘。在急性期可有轻度红热肿胀。

4.掌拇关节的掌侧和各掌指关节的掌侧，为屈拇肌腱和屈指肌腱所经过，该处鞘发炎时，局部酸痛、按痛，较重的则拇指或其他手指伸屈困难。被动屈曲后，不易伸直，勉强用力伸直时，呈弹跳状，且可有弹响声。病程较久的患者，局部可摸到米粒大的硬结。手在冷水中工作时疼痛加重。

【治疗方法】

一、推拿疗法

在痛点及其周围做揉、按、摩、拿等法。亦可教病人自己在局部做按摩。

二、针灸疗法

体针：列缺、合谷、曲池、痛点。

耳针：皮质下、神门、相应部位。

三、药物治疗

伤科消炎膏做局部外敷，减少患手活动，并避免冷水操作。对于桡骨茎突腱鞘炎可用夹板固定腕关节两星期，以缓解急性期症状。对于拇掌关节及掌指关节屈指肌腱鞘炎，可以常用热水茶杯做热敷，手握有热水之茶杯，可减轻疼痛；水温下降时再换热水，每天敷手1小时，可获明显好转。

四、佛禅疗法

每日禅定二次，每次20分钟。

每天颂大明咒二次，每次10分钟左右。

每日六观想一次。

## 五、胸部扭挫伤

在生产劳动中，胸壁受外力撞击或挤压引起胸痛者，为胸部挫伤，在临床上很多见。如由于挑担、负重、咳嗽或躯干旋转等动作而引起胸痛者，为胸部扭伤，或称胸部迸伤。

【诊查要点】

胸部挫伤病人，局部肿胀轻微，甚至无明显肿胀，但疼痛明显，有固定的压痛点，于咳嗽或深呼吸时疼痛加重。部分患者挫伤于肋骨与肋软骨交接处，可有局部的轻度隆起。

胸部挫伤病人应与肋骨骨折相区别。如有胸闷、气急、面色紫绀等严重症状者，应予输氧等急救措施，见肋骨骨折。

胸部扭伤病人，扭伤之后，胸痛时作，痛处蹿不定，常无明显压痛，或有部位不固定的压痛。

【治疗方法】

一、辨证论治

(一) 胸部挫伤　多系淤血凝滞作痛，治宜化淤活血止痛。

方药：当归10克，赤芍10克，丹参10克，郁金10克，延胡索12克，陈皮6克，枳壳6克，每日1剂。

加减：疼痛较重、咯痰挟血者，加炙乳、没药10克，茜草10克，仙鹤草12克。咳嗽痰多、咳时震痛者，加杏仁12克，炙紫菀10克，桔梗6克，咯血多者应做胸部透视等检查。

(二) 胸部扭伤　多系气滞作痛，治宜利气和络止痛。

方药：制香附10克，延胡索10克，青木香10克，川芎10克，炒枳壳6克，生草6克，每日1剂。

加减：疼痛较重、动作不利者，加乌药10克，郁金10克，青、陈皮各6克。

（三）胸部陈伤　胸部扭挫伤之个别患者，胸痛经年累月，历久不愈者，即胸部陈伤，或称胸部劳伤。多系淤结不化、气滞失宣所致，治宜散淤利气。

方药：制草乌3克，当归10克，丹参10克，三棱10克，香橼皮6克，佛手6克，降香3克，每日1剂。

胸部陈伤病人，虽有长期胸痛，甚至思想负担很大，但体力正常，无其他兼证者，可鼓励病人解除思想顾虑，加强体育锻炼，增强体质，战胜疾病。

二、成药及外治

跌打损伤膏或伤湿止痛膏　贴于痛处，痛重者并可用宽布带捆扎胸部。

云南白药　口服每次0.5克，每日4次。

跌打丸　口服每次1粒（5克），每日2次。

三、针灸疗法

体针：内关透支沟、阳陵泉。

耳针：胸区、肺区、神门。

四、推拿疗法

先在痛点轻轻揉摩，继在胸部痛点的同侧同高处的后背部做按摩手法，最后按压同侧大鱼际及阳陵泉。

五、佛禅疗法

每日禅定二次，每次20分钟。

每天颂大明咒二次，每次10分钟左右。

每日拜心佛一次。


# 六、急性腰扭伤

本病系指急性腰部软组织扭挫伤。临床上很常见，发生的原因很多，例如劳动时由于身体姿势不正，用力不当，或倾跌、剧烈运动，腰部遭到撞击等，另外，弯腰拔鞋、咳嗽等亦可引起，因腰部经络肌肉在闪、挫中受到损伤，致气血循行障碍，突然发生腰痛、腰部强直等症状。

【诊查要点】

1.扭伤后腰部一侧或两侧立即发生疼痛，有的当时不明显，半天或一天后即显著加重，疼痛剧烈时，不能前俯后仰和左右转侧，甚至不能行走，坐卧均痛。翻身、咳嗽均受限。

2.检查时局部肌肉紧张，但无明显淤肿，压痛点或广泛，或局限，或感深部痛，不易清楚触知。

3.由撞击、挫压引起的挫伤，局部可见肿胀或青紫淤斑，疼痛及压痛均较明显，严重的挫压伤，要排除骨折和内脏损伤。

4.腰扭伤或腰挫伤，如不及时治愈，或再受伤，拖延日久，则可转为慢性腰痛。因此，伤腰后应积极治疗，避免重复损伤，防止演变成慢性腰痛。

【治疗方法】

一、推拿疗法

（一）点按腰阳关、肾俞、命门、痛点。

（二）揉摩腰部两侧及痛区，拿捏腰部患侧肌筋，再做揉抹。

（三）运腰。协助患者做俯仰、转侧腰部、下蹲等运动十余次。手劲要根据患者耐受程度，轻重适宜。以上为对腰部扭伤之常用手法。

（四）腰部挫伤以轻摩轻抹手法为主。

二、针灸疗法

体针：人中、委中、昆仑，并可在腰部两侧、环跳拔火罐。术后鼓励扭伤病人做弯腰、后仰、下蹲等动作，可提高疗效。

个别腰部急性扭伤病人，自觉腰痛重，不能转侧，不敢站立及行走，可针刺二手背第4、5掌骨间稍靠近掌骨基底侧，边捻针，边鼓励病员下床站立。站立时要两腿直立，腰肌放松，直立后再鼓励做室内行走，常可使腰痛得到迅速缓解。

耳针：腰、腰椎、神门、皮质下。

三、辨证论治

扭伤病人，气滞失宣，经络瘀塞，治宜利气和络，青木香、制香附、泽兰、玄胡索、制乳香各10克，桑寄生12克，红花6克，甘草3克，每日1剂。

挫伤病人，淤肿作痛，筋膜损伤，治宜活血通络。当归、法兰、川牛膝、炒赤芍、络石藤各10克，红花6克，川续断、制狗脊、丹参各10克，每日1剂。

四、佛禅疗法

每日禅定二次，每次30分钟。

每日拜心佛一次。


# 七、慢性腰背痛

【诊查要点】

1.慢性腰背痛临床上十分常见。长期慢性的腰背部软组织劳损是主要原因,急性腰扭伤未能根治和风湿性肌肉痛等均可发生慢性腰背痛。另外,中老年人普遍发生的肥大性脊柱炎,常作为引起慢性腰背痛原因之一。

2.腰背酸痛历久不愈,时轻时重,或呈间歇性发作,在疲劳、阴雨、受寒时加重,休息可使症状缓解。

3.检查脊柱多无畸形,俯仰活动正常,或有轻度障碍,个别发作严重时,弯腰活动可有明显障碍。劳损病人压痛点或在腰椎棘突间,或在两侧腰肌,或一侧偏重。肥大性脊柱炎引起者多无明显压痛。

4.诊断时应与脊柱结核、类风湿性脊柱炎、脊椎肿瘤、盆腔疾患等相区别。

【治疗方法】

一、辨证论治

腰背筋膜劳损的常用治法为活血通络,补肾壮筋。丹参、当归、杜仲、续断、制乳香、泽兰各10克,红花、路路通各6克,桑寄生、熟地各12克,每日1剂。风湿偏重者,加独活10克,五加皮10克,地龙10克,防风6克。肥大性脊柱炎,加补骨脂、仙灵脾、菟丝子各10克,龟板12克。

二、针灸疗法

体针:肾俞、大肠俞、委中、足三里。

水针:所用药品及剂量与颈椎病的水针疗法相同,注射于1～2个明显的压痛点。

三、其他疗法

(一)外贴宝珍膏或伤湿止痛膏。

(二)每日早、晚各服小活络丹1粒(5克)。

(三)慢性腰背痛急性发作时,可按急性腰扭伤做推拿治疗,并作短期休息。

(四)病员不宜作长期消极的休息,病情转轻时,应坚持广播操等体育锻炼,以增强体质。

四、佛禅疗法

每日禅定二次,每次30分钟。

每日六观想一次。


# 八、腰椎间盘突出症

本病多数发生于等4、5腰椎之间和腰5骶1之间的椎间盘。当椎间盘之纤维环破裂,髓核突出,压迫坐骨神经根,引起腰腿痛,即腰椎间盘突出症。

【诊查要点】

1.腰椎间盘突出症的病人，主要表现为一侧腰部疼痛，经臀外侧、大腿后侧、小腿后外侧向下放射痛，病程较长，影响劳动。

2.发病时部分病员有腰部扭伤史，先出现腰痛，三四天或一二星期后，疼痛转至一侧臀部，并向下肢后外侧扩散，此时腰痛转见减轻。部分病人则无明显外伤史，而逐渐发生一侧腰腿痛。个别病人两侧下肢均感疼痛。

3.病情严重者常发生脊柱侧弯，站立时姿势伛偻，不能直立及后仰，行走困难，甚至扶杖亦不能行走。夜间因痛影响睡眠，或不能直腿平卧，仅能屈膝侧卧。

4.检查时，患侧的大肠、居髎、环跳、委中、阳陵泉或承山周围有压痛。嘱病人仰卧位，做直腿抬高试验时，疼痛愈重者抬高程度愈低。病程已久的患者，病侧下肢肌肉多萎细，小腿及足背外侧可有痛觉减退，或自觉麻木畏冷。

5.腰椎间盘突出症引起的腰腿痛，即使疼痛严重，也无发烧或食欲减退等全身症状，髋、膝关节的屈伸活动多无障碍，诊断时应与腰椎结核或其他可引起坐骨神经痛之疾病作鉴别。

【治疗方法】

一、推拿疗法

病人俯卧，医生于腰部、环跳、居髎、承山等痛点做按压、拿捏、揉摩等手法，然后做扳腿、斜扳等手法。隔日或每日治疗一次，15次为一疗程。

二、腰麻推拿

对于病程长、疼痛重的病人，可于腰麻下做推拿。

腰麻推拿操作方法：按常规做好单侧腰麻，30分钟后开始推拿。

（一）病人仰卧，由医生及助手分别拉病人二足及二侧腋窝部做对抗拔伸，每次持续1分钟，做二三次。

（二）将二下肢依次做直腿抬高至最大限度，在抬腿最高位置，将踝关节用力背伸三四次。

（三）病人侧卧，医生以一侧手臂托住位于病人上侧之大腿，另一手扶住病员腰部，转动髋关节两三圈后，将髋关节在外展30度位置下做向后过伸二次（即"扳腿"）。

（四）病人仍侧卧，一人用二手掌推住病员上侧之上胸部，另一人用二手扶住病员上侧之髂翼部，二人同时做相反方向之动作，迅速而协调地将上胸部向后推，将臀上部向前推（即"斜扳"）。共做三次。在腰部旋转过程中，可闻到腰部小关节有弹响声，但不是每次都有。共做三次。

（五）病人仍侧卧，一人用二手扶住上侧之肩胛骨部，一人用二手扶住上侧髂骨前部，二人同时动作，迅速而协调地将上背部向前拉，将骨盆向后拉，使腰部脊椎做与（四）式方向相反的旋转，即"反向的斜扳"共做三次。

（六）病人改俯卧，医生一手托起病员二大腿，一手按住第5腰椎棘突，将二下肢摇动两三圈（此时骨盆部随之摇动），然后将腰部以下过伸，共做二次。

（七）病人仍俯卧，做相同于（一）式之对抗拔伸，每次约2分钟，做二次。同时另一人配合用掌根按压第4、5腰椎棘突部。

（八）病人改对侧之侧卧，即侧卧方向为第（三）式之对侧，做与（三）式（四）式相同之手法。

上述腰麻推拿手法，对于腰椎间盘突出症长期引起之局部粘连，可以松解，姿势畸形，获改善，术后效果较明显。唯腰麻推拿过程中的一系列操作，应由麻醉医生观察病员有无不适反应，以防发生麻醉意外。术后，病员以仰卧休息为主，腰部垫棉枕，侧卧休息为辅。5天后可配用腰围，稍做下床活动。腰麻推拿通常仅做一次。

三、针灸疗法

体针：大肠俞、环跳、殷门、阳陵泉、承山、昆仑。

水针：参看"颈椎病"的水针疗法。

四、辨证论治

一侧腰腿痛之治法，宜活血通络，宣痹息痛。当归、川牛膝、泽兰、独活、木瓜、五加皮各10克，桑寄生、白茯苓各12克，雷公藤9克，红花6克，降香3克，每日1剂。

腰腿痛较轻者，服独活寄生丸，早、晚各服10克。或服小活络丹，早晚各服1粒（5克）。

五、佛禅疗法

病情缓解后每日禅定二次，每次30分钟。

每日拜心佛一次。


# 九、第三腰椎横突综合征

第三腰椎横突具有较其余四个腰椎的横突长的特点。同时，第三腰椎横突的后伸弯度又最大，第三腰椎又处于腰部生理前突之中心。因此在日常生活和劳动中，腰部俯仰旋转等动作，将使附着于第三腰椎横突的筋膜及肌肉，受到较大的应力，易于发生急性损伤或慢性劳损，也是引起急性或慢性腰痛或腰腿痛的常见原因之一。

【诊查要点】

1.发病年龄以中壮年为多,男多于女,急性病人多有外伤史,自诉腰产中疼痛较重,一侧或双侧痛,动作或行走时腰痛明显,严重者腰部活动受限,俯仰或侧弯困难,休息时痛轻或不痛。检查脊柱外形正常,少有轻度侧弯,痛侧腰肌较强直,第3腰椎棘突旁4~6公分处可触及横突,有明显触痛,少数可触及条索状或结节样改变。

2.慢性的第3腰椎横突综合征患者,常感腰部酸痛,时轻时重,阴湿寒冷可加重症状,自觉不能端提重物,长时间弯腰后感难于直立,与一般腰肌劳损之主要区别点在于第3腰椎横突有明显的触痛,或触及条索状改变。少数病员有臀部及大腿后侧疼痛感,但无明显压痛点。

3.第3腰椎横突综合征可并发于部分腰椎间盘突出症等引起的坐骨神经痛患者,此类病人没有腰痛的主诉,仅有臀腿痛的症状,但触压腰3横突时有的疼痛,个别病员甚至有臀腿痛加重反应。因此,对已明确诊断腰椎间盘突出症患者,应常规检查腰3横突压痛点。检查此种隐性的腰3横突综合征,要适当加强指压力量,拇指触及腰3横突时,在横突尖端稍做上下滑动,如激惹出较重的疼痛,说明有隐在的腰3横突综合征。

【治疗方法】

一、推拿疗法

病员取俯卧位,术者立于患侧,在痛点周围按摩2分钟,使局部肌肉松弛,然后用双拇指相叠或并列按于第3腰椎横突尖端,并在横突上下弹拨,弹拨时胀痛较重,弹拨10次后改按法,约1分钟,继做按摩。然后重做一次弹拨、按压、按摩。重症每日一次,轻症隔日一次。

二、针灸疗法

体针:同"慢性腰背痛"。

水针:强的松龙注射液0.5毫升,1%普鲁卡因4毫升,注射至局部痛点,可用5号细长针头,于横突外侧1厘米处,向体中线呈45度斜刺,进入横突尖端时稍往后退,徐徐注入药液,使药液分布在附着于横突端之软组织中。一般注射1次。必要时5天后再注射1次。

三、佛禅疗法

病情缓解后每日禅定二次,每次30分钟。

每天颂大明咒二次,每次10分钟左右。

每日六观想一次。

## 十、膝关节扭挫伤

膝关节由坚实的韧带维持关节的稳定性。关节腔内有十字交叉韧带及内、外侧半月状骨板，关节外侧及内侧各有副韧带。扭挫伤时，可使上述韧带或软骨受伤，少数可并发轻微骨节错缝。

【诊相要点】

1.有外伤史。受伤当时，整个膝关节或膝关节一侧明显疼痛，迅速发生淤肿，不能行走，稍可被动伸屈。关节错缝者，强直于半屈位，拒绝做被动伸屈。急性期过后，淤肿减轻，疼痛局限。诊查时要与髌骨骨折、胫骨上端骨折等相鉴别，可拍摄X片。明显脱位者可以明确诊断，轻微错缝在X片上难以确定。

2.内侧副韧带损伤，系膝关节猛烈外翻引起，膝内侧淤肿疼痛、跛行。如在直膝位轻轻做膝关节被动外翻，可引起剧痛。外侧副韧带损伤系膝内翻或直接撞击引起，肿痛在膝外侧，将膝被动内翻时，亦可引起剧痛。临床内侧副韧损伤较多见。

3.半月板损伤多数由膝关节突然扭转所引起。外侧半月板损伤，肿痛、压痛在膝关节外侧；内侧半月板损伤之肿痛则在膝关节之内侧。急性期过后，病人可缓慢行走，上楼或下楼时伤膝酸痛，且感乏力。部分病人有"交锁"征，即在行走时可突然发生膝关节疼痛，不能继续行走，稍作休息并晃动关节，又觉得疼痛很快缓解，可继续行走。检查时，膝部或有肿胀，病程已久者，患肢肌肉萎缩，可做回旋挤压试验。病人仰卧，医生一手握患足，一手扶患膝，先使髋、膝屈曲，再使小腿内旋、内收，再在内收、内旋情况下伸直膝关节，如引起膝内侧疼痛，为内侧半月板损伤。检查外侧半月板时，屈膝及髋，使小腿外旋、外展，在外旋、外展姿势下伸直膝关节，引起疼痛者为外侧半月板损伤。

4.肿痛局限于髌骨下者，系髌下韧带及脂肪垫的损伤。肿痛在髌骨之上部者，可能为髌上滑囊挫伤血肿。

【治疗方法】

一、膝关节扭挫伤急性期，肿痛不能伸屈者，要做一次被动的伸屈活动，可纠正轻微的关节错缝。然后外敷伤科消炎膏，内服跌打丸，每次5克，早晚各服一次。肿痛重者，应卧床休息两星期。

二、急性期过后，局部可贴万应宝珍膏，伤湿止痛膏等。症状进一步减轻时，可用熏洗方：海桐皮、伸筋草、桑枝各12克，五加皮、泽兰各10克，苍术、红花各6克。上药加水2000毫升，煎后熏洗患膝，每日二次。

三、半月板损伤发生于半月板边缘者,治疗效果较好。如经久不愈,影响行走者,可做手术治疗。

四、佛禅疗法

病情缓解后每日禅定二次,每次20分钟。

每天颂大明咒二次,每次10分钟左右。

每日六观想一次。

## 十一、踝关节扭挫伤

行走不慎,重物撞击,可引起踝关节的扭挫伤。

【诊查要点】

1.踝关节猛烈向内翻转时,可引起踝关节外侧韧带的损伤,肿胀及疼痛常以外踝下部为明显。如外侧韧带断裂,则肿痛严重,并可有轻度内翻畸形,此时胫腓韧带亦有损伤,踝关节有轻微错缝。

2.踝关节因向外翻转而扭伤,可引起内踝下部肿痛。

3.严重的踝关节扭挫伤,可使整个踝关节均有明显肿痛和功能障碍。应与踝关节骨折和脱位相区别,X片可明显诊断。

【治疗方法】

一、外侧韧带断裂,有轻度内翻畸形者,整个踝关节明显肿痛;不能伸屈活动者,助手固定小腿,医师一手托足跟、一手握前足,将踝关节在对抗拔伸下,做背伸、趾屈,并稍做外翻及内翻,以纠正骨节错缝。然后敷药。于踝关节二侧用硬纸后,绷带包扎,固定于中立位。卧床休息两星期,逐步做功能锻炼。

二、肿痛较轻者,外敷药膏后绷带包扎,不需硬纸固定。

三、口服药物及后期熏洗方,参照本节概说。

四、佛禅疗法

每日禅定二次,每次20分钟。

每天颂大明咒二次,每次10分钟左右。

每日拜心佛一次。

## 十二、脑震荡

头部受到猛烈撞击,或跌仆时头部直接撞伤,而使脑部受到过度震动,可引起病人短时间的昏迷，醒后出现头痛、头晕等一系列症状，为脑震荡。

【诊查要点】

1.脑震荡病人的昏迷时间短则1~5分钟，长则可达10余分钟。昏迷时间越长，说明大脑受损伤程度愈重。如昏迷超过半小时或更久，应考虑系脑挫伤，或合并有颅骨骨折等。

2.病人清醒以后，常有头痛、头昏、眩晕、恶心呕吐、失眠或睡眠不熟等症状。此类症状严重时，食欲减退，怕闻噪音，精神委顿，动作迟缓。

3.脑震荡病人在短暂昏迷，清醒数小时或1~2天后，又逐渐进入躁动不安→半昏迷→昏迷状态者，说明不是单纯的脑震荡，常由硬脑膜外血肿渐增大，压迫脑组织所致。对于此类病人，应做急诊手术，清除颅内血肿。

4.应观察病员的呼吸、脉率、血压、瞳孔等变化，如有血压大幅度波动、呼吸加速或减慢、脉率显著加速、瞳孔不对称、对光反应迟钝或消失等变化，且昏迷延续不醒者，多为较重之脑挫伤，并发脑水肿或颅内出血等所致，情况严重，可急剧恶化，应由脑外科医生诊治抢救。

【治疗方法】

一、辨证论治

昏迷期以通窍开闭为主，针刺人中或用通关散吹鼻取嚏。

清醒后头痛、头昏、嗜睡或神志迟钝者，治宜平肝通络，祛淤和伤。用药如天麻、菖蒲、柴胡、细辛、桃仁、川芎、红花、三七等。

清醒后头痛、头昏、恶心欲吐、不能进食者，宜清利头目，和胃降逆。用药如川芎、荆芥、防风、细辛、陈皮、半夏、薄荷、代赭石等。

清醒后头痛、头晕、心烦失眠多梦者，可用杞菊地黄丸方加远志、茯神等。

二、针灸疗法

体针：

病迷病人：百会、人中、合谷。

清醒后以头痛为主者：印堂、太阳、风池。

恶心呕吐者：内关、足三里、三阴交。

耳针：脑、皮质下、神门。

脑震荡病员伤后应安静休息1~4星期，勿使思虑过多，有利于病情的恢复。

三、佛禅疗法

病情稳定后，每日禅定二次，每次30分钟。

每天颂大明咒二次，每次10分钟左右。

每日六观想一次。

# 第七章　皮肤科疾病的治疗

皮肤病的临床表现，主要反映为皮肤局部的改变，以及局部改变而产生的痒痛、灼热、干燥、麻木等感觉。同时，由于不同的病因病机和病人的不同体质，可伴有不同的全身症状。皮肤局部改变称为"皮损"，一般分为原发性与继发性两种。原发性皮损有：斑疹、丘疹、水疱、脓疱、结节、风团、肿瘤等等。继发性皮损有：鳞屑、痂、糜烂、溃疡、瘢痕、苔癣样变等等。根据这些损害的表现和局部感觉，同时参考全身情况进行辨证，作出局部以及全身治疗，这就是皮肤病的辨证论治。

【辨证论治要点】

风　特点是起病急、变化快；自觉症状是瘙痒，常为干性；皮疹游走不定；病位多在头面、上肢或泛发全身。日久风胜血燥，则皮肤干燥，抓破津血。如皮肤瘙痒症、荨麻疹、神经性皮炎之类。常用方如消风散，风胜血燥用四物消风饮。

寒　寒凝气滞者皮疹多呈苍白色，如风寒型荨麻疹，常用方有麻黄汤、桂枝汤。寒凝血淤者皮疹呈青紫色，如冻疮、雷诺氏病，常用方有桂枝加当归汤、当归四逆汤。

暑　暑为阳邪属火；暑多夹湿，故具有火与湿的双重表现，常伴有口渴、困倦、发热等全身症状。如痱、疖、脓疱疮、日光性皮炎等。常用方如解暑汤。

湿　皮损表现为水泡、糜烂、渗液、水肿。兼风则痒,痒而湿烂。兼热则皮疹红热。如急性湿疹、急性皮炎、带状疱疹等。常用方如清热渗湿汤、除湿胃苓汤。

燥　皮疹干燥、粗糙、脱屑、皲裂、毛发干枯;抓破津血,结有血痂。如干性皮脂溢出、神经性皮炎等。常用方如地黄饮、祛风换肌丸。

火　皮疹欣红灼热;血热者则皮肤红紫,如丹毒、紫癜、各种急性皮炎,常用方如黄连解毒汤、化斑解毒汤。

疹　皮疹多表现为皮色不变的结节或小囊肿,如皮肤纤维瘤、皮肤猪囊虫病、血管脂肪瘤之类。常用方如二陈汤(外科方有白芥子)、四海舒郁丸。

淤血　斑疹、结节呈暗紫色,如结节性红斑、紫癜、瘢痕疙瘩。常用方如桃红四物汤。

虫　虫的概念比较广泛。如因虫直接引起的疥疮,因虫毒或过敏引起的如虫咬性皮炎、蛲虫引起的肛门湿疹之类。

禀性不耐　指人体对某些物质敏感所致。可因饮食、药物、花粉、动物皮毛、肠寄生虫病等因素诱发。

临床上,还要结合全身情况辨证论治。如荨麻疹有气虚不能固表症状时,则用生黄芪、党参以益气固表;多形性红斑有寒凝血淤症状时,则用桂枝、细辛以温经散寒等等。

皮肤病的皮疹及自觉症状,往往数种并存。因此,临床辨证时,常见风与湿相兼,或风湿热相兼等等,处方用药就要灵活配伍。

皮肤病症状不是固定不变的。早期表现为风与热的症状,后期可表现为风胜血燥的症状,治疗就要根据症状的转化而相应变化。

【局部药物治疗】

用药物直接进行局部治疗,可以充分发挥药物的作用,对许多皮肤病来说是很重要的。

不同药物可以发挥不同的作用,不同剂型也各有不同适应证。例如糜烂型湿疹,渗液甚多,如用黄连膏既不能吸收渗液,且阻滞热量蒸发,因而更加糜烂,如改用黄连水剂冷湿敷,皮疹就能很快干燥。

为了便于掌握外用药物的使用,这里将本手册中常用的各种处方,分别按剂型介绍如下:

(一) 粉剂

制剂及用法:将药物研成极细粉末,掺布在皮疹上,一日数次。

作用：能吸收皮肤表面的汗液、皮脂，使皮肤干燥，增加皮肤的散热面积，而有清热消炎止痒作用；药粉掺在皮肤表面，可以使皮肤少受外界刺激，而起到保护作用；粉剂中常用药物多具有清热、收敛、止痒作用。

处方：止痒扑粉，鸡苏散（即六一散加薄荷、松花粉、枯矾散）等。

（二）水剂

制剂及用法：药物用水煎煮后，滤去药渣，待冷备用。一般做冷敷、冷浸用，亦可洗涤疮面用。

作用：1.用纱布湿敷能吸收渗液、脓液，并能软化和清洁痂皮，保护皮肤，减少刺激；

2.处方多具有清热解毒、燥湿收敛等作用；

3.冷用可吸收、蒸发局部热量，起到消炎作用。

适应证：各种急性皮肤炎症，有显著充血、红肿、糜烂渗液、感染化脓，或表面有痂皮覆盖者。

处方：皮炎洗剂、三黄汤。单味药可选用茶叶、蒲公英、虎杖、马齿苋、生大黄等。

（三）酊剂

制剂及用法：将药物放在酒精或白酒中浸泡一定时间后，过滤去渣，瓶装备用，涂擦局部。

作用：1.酒精或白酒具有清毒、止痒作用，并且渗透性较强；

2.药物多具有杀虫、解毒、止痒作用。

适应证：1.瘙痒性皮肤病；2.癣病；3.各种慢性皮肤炎症。局部红肿糜烂者禁用。

处方：土槿皮酊、癣药水、蛇床子酊。

（四）油剂

制剂及用法：剂型的特点是一种流动的油液。一种是在麻油或菜子油中加入少量的药粉混合而成；一种是在菜油或麻油中加药煎熬后，滤去药渣而成。

作用：1.油可滋润皮肤、软化痂皮，并能促进溃疡、糜烂、皲裂的愈合；

2.所有药物多具有清热、消炎、滋润皮肤等作用。

适应证：亚急性皮炎，湿疹及干燥、皲裂、鳞屑多的皮肤病。

处方：黄连油、紫归油。

（五）搽剂

制剂及用法：本剂是在水中加入适量药粉混合而成。因为药物多系不溶性，呈混悬状（故又称混悬剂），用时需加摇动，棉棒蘸药搽于局部。

作用：1.药搽在局部，随着水分的蒸发而有清凉止痒作用，药粉附着在皮疹上有保护作用；

2.所用药物有清热解毒、收敛止痒作用。

适应证：各种急性皮炎，皮肤潮红或有丘疹及小疱的皮疹。糜烂、渗液、结痂者不适用。

处方：解毒搽剂，颠倒散搽剂，青黛散搽剂（即青黛3份，加冷开水7份）。

（六）浸剂

制剂及用法：用药物放在醋中浸泡，去药渣用醋，用时将患肢放在药醋中浸泡。

作用：1.醋有软化角质的作用；

2.所用药物多具有祛风、杀虫、止痒作用。

适应证：手癣、脚癣、甲癣。

处方：藿黄浸剂、鹅掌风药水。

（七）软膏

制剂及用法：中医所用的软膏，系用药物放在麻油内煎枯后，除去药渣，加蜂蜡溶化制成。或将药粉调在猪油中制成。现在多用凡士林调制。

作用：1.软膏作用持久，有保护和滋润皮肤、刺激肉芽生长、软化痂皮鳞屑等作用；

2.由于所含药物不同，作用也不同，如清热消炎、润燥生肌、杀虫止痒等。糜烂渗液多的皮损不宜使用。

适应证：溃疡，亚急性和慢性皮肤炎症，苔藓化的皮肤病。

处方：黄连膏、生肌玉红膏、疯油膏。

（八）硬膏

制剂及用法：将药物放在麻油内煎焦，除去药渣，再将油熬至滴水成珠，加入适量黄丹即成。将硬膏加热溶化后，摊在纸或布片上，贴在局部。

作用：黏着在皮肤上，使局部保持一定的温度，可使皮肤软化，促进慢性皮肤炎症的吸收。所用的药物多具有活血化淤、化痰软坚的作用。

适应证：慢性局部性皮肤炎症及囊肿、结节等。

入方：太乙膏、阳和解凝膏。

（九）糊剂

制剂和用法：将药粉用植物油调成糊状，涂于局部，如油少药多是与软膏类似。

作用：1.油能滋润皮肤，保护糜烂面，软化痂皮；药粉能吸收渗液；

2.所含药多具有清热消炎、燥湿止痒作用。

适应证:皮肤糜烂但渗液不多的急性、亚急性炎症。

处方:青黛散、黄灵丹等加入麻油或菜油中调匀即成。

(十)药浴

制剂及用法:将药放在水中煎煮,除去药渣,乘热熏洗、浸泡局部或全身。

作用:1.热水浴可加强止痒效果,并可改善血液循环,促使慢性炎症的吸收;

2.祛风、杀虫、止痒;

3.清洁皮肤。

适应证:皮肤瘙痒症及荨麻疹,慢性的湿疹及皮炎,干性皮脂溢出,玫瑰糠疹等。急性炎症禁用。

处方:止痒洗剂、蛇床子汤、海艾散等。

(十一)烟熏剂

制剂及用法:将药物燃着,利用药烟熏烘局部。

作用:1.改善血液循环,促进慢性炎症吸收;

2.杀虫止痒。

适应证:慢性局限性皮肤炎症。

处方:神经性皮炎烟熏药。

【佛禅疗法】

每日禅定二次,每次30分钟。

每天颂大明咒二次,每次10分钟左右。

每日六观想一次。

每日礼拜观音菩萨一次,上莲花檀香三支。


# 一、头癣

头癣系头皮和头发的霉菌感染,一般分为三种。白癣中医称"白秃疮",黄癣中医称"肥疮",黑癣无相应的病名,统称"秃疮",俗称"瘌痢头"。

【诊查要点】

1.患者以儿童为主,有接触史。

2.白癣:头皮有灰白色圆形脱屑斑,斑上头发折断,参不齐,毛发根部有白色鞘围绕。于青春期多可自愈,秃发再生,不留疤痕。

3.黄癣:头皮有分散的碟形黄痂,中有头发贯穿,黄痂落后留有萎缩性疤痕,头发不再生长。边缘头发常不受损害。病变过程缓慢，常持续到成人。

4.黑点癣：头皮有散在的大小不等圆形脱屑斑，细薄的鳞屑不多，病发刚出头皮即折断，故毛囊口的断发呈黑点状。

【治疗方法】

本病一般采用局部治疗，用一扫光、5%硫黄软膏、雄黄软膏涂局部。涂药前将头发剃光。用水洗净，再用淡明矾或淡盐水洗一次，揩干擦药，每日一次。约一周左右病损处的头发松动，用镊子拔除。以后每天换药时拔一次，拔得越彻底效果越好。如病损面积大，拔发有困难时，可每周剃发一次，连续用药2～4周。

经常将毛巾、帽子、枕套煮沸消毒，防止再感染和传播。


# 二、手脚癣、甲癣

中医称手癣为"鹅掌风"，称脚癣为"脚湿气"，称甲癣为"灰指甲"。

【诊查要点】

1.损害位于足、趾间、手掌、指丫，呈慢性经过。

2.损害分为三种类型，各型可单独存在或并存。

糜烂型：好发于趾（指）间，皮肤湿润，表皮发白，痒甚。表皮搓去后，露出潮红皮面，渗出黄水。

水疱型：掌、趾发生小水疱，干燥后呈环形脱皮，可以融合成大片，境界清楚，痒感较轻。

角化型：掌、趾角质增生，皮肤干燥粗糙，附有鳞屑，冬季容易发生皲裂。

3.甲癣：多先患手足癣，继之指（趾）甲枯灰、增厚、变形。

4.足癣在夏秋季节，容易继发感染，起针头大至黄豆大的水泡或脓疱，脱皮、糜烂、渗液，皮肤红肿，瘙痒疼痛，可引起患肢淋巴管炎、淋巴结炎、丹毒、蜂窝组织等病。

【治疗方法】

一、辨证论治

水疱型　搽土槿皮酊、癣药水。

角化型　用藿黄浸剂、鹅掌风药水浸泡。甲癣亦用药水浸泡。宜在夏天治疗。冬天干燥、开裂、疼痛，涂雄黄膏、疯油膏、华佗膏。

糜烂型　先用枯矾散、止痒扑粉扑撒指（趾）间及足趾，干燥后再按水疱型搽药。

继发感染　用皮炎洗剂浸泡、湿敷，或用青黛散，黄灵丹麻油调搽。

为预防再感染，家人要同时治疗；注意集体卫生，不用公共拖鞋及毛巾；鞋、袜要经常清洗、煮沸或曝晒消毒。

二、佛禅疗法

每日禅定二次，每次30分钟。

每日六观想一次。

# 三、体癣

体癣中医称为"圆癣"或"体癣"，发生在臀股处的体癣，称为"阴癣"。由真菌感染引起。

【诊查要点】

1.损害为硬币形的红斑，边缘清楚，微高出皮面，在边缘上有针头大小丘疹、水泡、痂皮或鳞屑。有中心愈合向外扩张的倾向，形成环状。

2.在臀股部常呈大片，颜色暗红，因皮肤潮湿多汗，瘙痒较甚，并易摩擦发生糜烂。

3.多在夏季发作，冬季减轻或消失，着紧身不透气衣裤时，局部温暖潮湿尤易发生。

4.除头皮、掌趾外，全身均可发生。

【治疗方法】

一、局部治疗

搽土槿皮酊、癣药水，股癣可同时用枯矾散、止痒扑粉、止痒洗剂。如有糜烂先暂涂粉剂，后用酊剂。

二、慧缘效验方

谷树皮浆涂搽。浓醋涂搽。鲜土大黄根打汁涂搽，或用干根60克，白酒200毫克浸泡，用酒搽。

对贴身衣裤要经常换洗、曝晒、煮沸消毒，预防蔓延、传染。

三、佛禅疗法

每日禅定二次，每次30分钟。

每日礼拜一次。

每日六观想一次。

## 四、花斑癣

花斑癣中医称"紫白癜风",俗称"汗斑"。由汗衣经晒著体,或带汗行日中,暑湿浸滞毛窍所致。

【诊查要点】

1.多发于胸颈、肩、背等处。

2.皮疹为圆形斑点,略呈灰色或黄褐色,仅隐约可见,微微发亮,搔抓时有糠秕样细小鳞屑;亦有呈深棕色者。鳞屑脱去后,呈淡白色,因此皮疹颜色深浅相间,色同花斑。

3.无感觉或微痒。

4.夏季发作或加重。

【治疗方法】

土槿皮酊或癣药水搽患处,每日2～3次,持续两周。密陀僧散,醋调和,洗澡前用药搓擦患处。

贴身衣裤要勤换,并煮沸消毒,预防蔓延和传染。

佛禅疗法

每日禅定二次,每次30分钟。

每天颂大明咒二次,每次10分钟左右。

每日礼拜一次。

每日六观想一次。


## 五、脓疱疮

脓疱疮中医称为"天疱疮",又因脓疱破后渗出黄水,又称为"黄水疮"。本病因感染夏秋季暑毒而生。通过接触可以传染。

【诊查要点】

1.夏、秋炎热季节发病,患者主要为儿童。

2.多生于颜面、颈项、四肢等暴露部位。

3.皮疹如黄豆大或更大,呈黄色或白色水疱,疱壁很薄易破;化脓后脓沉积在下半部呈半月形,周围有红晕,有不同程度痒感。疱破后黄水外流,结成黄痂,并引起接触传染。

4. 附近淋巴肿大,严重者可引起全身发热。

【治疗方法】

一般只需局部处理。如有发热、口干、尿赤,或脓疱多、黄水淋漓、蔓延呈片者,须结合全身治疗。

治法:清暑,解毒,化湿。

方药:解暑汤加减。青蒿5克,银花、淡竹叶、黄芩、车前子各10克,连翘、碧玉散各15克,鲜荷叶1片。热毒重加黄连2克。

二、中成药

清暑解毒冲剂　1包,一日3次。

银黄口服液　1包,一日3次。

三、局部处理

皮炎洗剂煎水洗浴,清除脓痂,或用鲜马齿苋、鲜菊花叶、鲜丝瓜叶、鲜地丁、鲜蒲公英等,任选1～2种,不拘量,煎水洗澡。

黄灵丹、青黛散,用冷开水调成稀糊状,搽局部。

本病避免搔抓、摩擦,脓疱破后要及时把脓水清拭干净,以免传染。病儿接触过的衣服、玩具要进行消毒。

四、佛禅疗法

每日禅定二次,每次30分钟。

每日礼拜一次。

每日六观想一次。


# 六、痱子

本病发于夏天,因汗液排泄不畅,暑热闭于毛窍所致。继发感染时称为"痱毒"。

【诊毒要点】

1.多突然发生。初起皮肤出现红斑,继则发生针头大小丘疹和小泡,密集成片。

2.自觉灼热、刺痒。抓破易继发感染,引起湿疹样皮炎、毛囊炎、疖肿、脓疱疮、淋巴结肿大。

3.好发于头、面、胸、背、腹、股等处,以小儿为多见。

【治疗方法】

一、辨证论治

范围广泛，皮肤红赤、痱疹密集，灼热刺痒甚者，给经内服药。

治法：清暑、解热、透汗。

方药：解暑汤加减。青蒿、薄荷各5克，银花、淡竹叶、绿豆衣、六一散和10克，白菊花5克，鲜荷时1片。

二、局部处理

止痒扑粉，解毒搽剂，青黛散搽剂。继发感染时按有关疾病处理。

三、慧缘效验方

每天用鲜丝瓜叶煎水洗澡，洗后用松花粉扑撒。

金银花、鲜荷叶煎汤代茶。

四、佛禅疗法

每日禅定二次，每次30分钟。

每日六观想一次。

# 七、荨麻疹

荨麻疹中医称为"隐疹"，俗称"风疹块"。发病的主要原因是风热或风寒搏于皮肤，亦有因禀赋不耐，服用某种食物、药物所引起，或肠内有寄生虫所致。

【诊查要点】

1.皮疹为局限性大小不同的扁平隆起，颜色可为鲜红、淡红或白色。随皮肤瘙痒而骤然发生，又常迅速消退，不留痕迹。急性皮疹不断成批发出，至一周左右停止发生。慢性者反复发作，长达数周、数月或数年。

2.自觉剧烈瘙痒，局部灼热，吹风受凉或遇暖热时更加严重。

3.发作时如有腹痛、腹泻、便秘、胸闷、气急等全身症状，表示内脏有同样的病变存在。

4.皮肤划痕呈阳性反应，嗜酸性白细胞常增高。

【治疗方法】

一、辨证论治

首先除去病因，尽可能找出引起过敏的药品、食物及其他因素，以后避免服用和接触，有寄生虫的应予驱虫治疗。

（一）风热型　皮疹鲜红、灼热、口渴烦躁，受风或在暖热环境下发作或加重，脉浮或数，舌红苔薄白或薄黄。

治法：疏风清热。

方药：消风散加减。荆芥、牛蒡子、防风、蝉衣、生地、知母各10克，生石膏30

克，生甘草5克。

（二）风寒型　皮疹淡红或白色，受凉即发，接触冷水时尤易发作，在温暖环境下减轻或消失，脉浮紧或沉缓，苔白舌淡。

治法：散风寒，和营卫。

方药：桂枝汤加味。桂枝、荆芥、防风、苏叶、川芎各10克，麻黄5克，白芍15克，甘草3克，生姜2片，红枣4枚。

以上二症加减：

大便秘结加大黄、枳实。便泻，热证加黄芩、黄连、木香；寒证加白术、茯苓、砂仁。

腹痛加川楝子、玄胡索。

气急加桔梗，重用麻黄。

因饮食诱发，加山楂、神曲、藿香。

肠寄生虫诱发者，加乌梅、使君子肉、土楝根皮。

病久气虚，卫阳失固，加生黄芪、党参。面色少华，稍劳即发，脉缓无力再加附子。血虚面色萎黄，舌淡脉细，妇女常经期发作，加当归10克，生首乌15克。

久发不愈加僵蚕、地龙。

二、局部治疗

选用具有止痒作用的药，如解毒搽剂、止痒洗剂、止痒扑粉等。

三、慧缘效验方

荆芥炭、大黄炭各等量，研粉，每服5克，一日3次。

干地龙、甘草各10克，水煎服，日1剂。

麻黄5克，乌梅肉10克，生甘草10克，每日1剂，水煎服。

苍耳草、紫苏、浮萍、芫荽、干鲜均可，任选1～2种，煎汤洗澡。

四、针灸疗法

体针：合谷、曲池、血海、三阴交、外关、足三里。

耳针：肺、肾上腺、神门、内分泌。

患病期忌食鱼、虾、螃蟹之类动风发物。

五、佛禅疗法

每日禅定二次，每次30分钟。

每天颂大明咒二次，每次10分钟左右。

每日六观想一次。

## 八、急性湿疹

急性湿疹，中医对糜烂、渗出显著的称为"浸淫疮"或"黄水疮"；对丘疹、小疱播发于全身的称为"粟疮"。生于不同部位也各有不同名称。总由脾肺二经湿热外溢，感受风邪激发。

【诊查要点】

1.可发于全身任何部位，皮疹为弥漫性或散发性，境界不清。

2.初发皮肤潮红，很快出现丘疹、水疱、脓疱、糜烂、渗水、结痂，最后脱屑而愈。

3.自觉瘙痒、灼热，抓破、摩擦后极易糜烂。

【治疗方法】

一、辨证论治

（一）湿热型皮肤红赤，灼热瘙痒，水疱，糜烂、黄水浸淫。

治法：清热化湿。

方药：清热渗湿汤加减。黄芩、黄檗、苦参、白癣皮、淡竹叶、茯苓皮各10克，生地、滑石、板蓝根各15克。

（二）风热型皮肤潮红，丘疹如粟，播发全身、抓后渗水，糜烂轻微。

治法：疏风清热，佐以化湿。

方药：荆芥、防风、蝉衣各5克，牛蒡子、苦参、生地、知母各10克，木通3克。

以上二型加减：

皮肤红赤灼热，加黄连2克。

痒甚加苍耳子、地肤子。

渗水多加苍术、车前子。

二、中成药

消风止痒冲剂1包，一日3～4次。

防风通圣丸5克，一日3次。

三、局部处理

1.仅有丘疹小泡而不糜烂者，用止痒扑粉、解毒搽剂。

2.糜烂渗出，青黛散或黄灵丹麻油调搽。

3.渗水严重者皮炎洗剂，或生甘草、野菊花叶、生地榆任选一种，煎水冷湿敷。

四、针灸疗法

取穴：曲池、足三里、合谷、三阴交、阴陵泉。

此病禁用开水烫洗，也不宜用盐水、花椒水、肥皂水等清洗皮疹。

外用药药性要和缓，禁用刺激性药物来止痒。

病者要多吃蔬菜，忌食葱、蒜、辣椒、酒之类的刺激性食物。鱼、虾、螃蟹、鸡、鹅等动风发物，能诱发或使皮疹加重，应禁食。

五、佛禅疗法

每日禅定三次，每次10分钟。

每日六观想一次。


# 九、慢性湿疹

慢性湿疹，中医称为"湿毒疮"或"湿气疮"，多从急性演变而来。

【诊查要点】

1.皮疹呈局限性，境界比较明显。

2.患处皮肤增厚、粗糙，呈苔藓样变化，有少量鳞屑、抓痕、血痂、色素沉着。伴有不同程度潮红、糜烂、渗液。

3.自觉瘙痒，在关节处皮肤容易皲裂，引起疼痛。

【治疗方法】

一、辨证论治

治法：养血祛风，清热除湿。

方药：四物消风饮合萆、渗湿汤加减。当归、生地、赤芍、黄檗、泽泻、防风、蝉衣各10克，滑石15克。

加减：风胜则痒，加苍耳子、浮萍。

湿胜则水多，加苦参、白藓皮、苍术。

灼热为火盛，加地龙、黄芩。

二、中成药

龙胆泻肝丸　5克，每日3次。

二妙丸或三妙丸　5克，每日3次。

三、局部处理

涂加味黄连膏、疯油膏、青黛散麻油调膏，虽属慢性也不宜过度刺激。

四、佛禅疗法

每日禅定二次，每次20分钟。

每天颂大明咒二次，每次10分钟左右。

每日六观想一次。

每日礼拜心佛一次。

# 十、神经性皮炎

神经性皮炎中医有"顽癣"、"干癣"、"牛皮癣"等名称。初由风热之邪阻滞腠理，日久风胜血燥，皮肤失于滋养，则皮肤粗厚如牛皮。

【诊查要点】

1.局部先有奇痒，经常搔抓后，逐渐出现针头大小圆形或多角形扁平丘疹，皮色正常或微红，干燥坚实，随后丘疹密集，很快成苔藓样大小片，皮嵴高起，皮沟加深。

2.好发于颈后，其次为腋窝、肘窝等处，严重时可播发于全身，如前臂、小腿内侧、眼睑、耳周围等处。

3.病程缓慢，反复发作或持久不愈。

【治疗方法】

范围局限施以外治，泛发的应配合内服药。

一、辨证论治

（一）风热型　皮炎早期，疹点稀疏，皮色微红，瘙痒，苔藓化不明显，或过度刺激有急性炎症者。

治法：散风清热，宣通腠理。

方药：疏风清热饮加减。荆芥、防风、蝉衣各5克，菊花、皂刺、苦参各10克，银花、生地各15克。

（二）血燥型　皮疹干燥、肥厚、脱屑、奇痒，入夜尤甚，抓破渗血。

治法：养血、润燥、搜风。

方药：地黄饮子加减。生首乌、生地各15克，当归、玄参、大胡麻、乌蛇肉、僵蚕各10克，全蝎3克。

因情绪波动而加剧者，加珍珠母30克，五味子3克，夜交藤15克。

二、局部处理

急性期用解毒搽剂，加味黄连膏。

慢性期皮诊肥厚、奇痒难忍，可选用刺激性较强药物，如癣药水、疯油膏、神经性皮炎烟熏药。

三、慧缘效验方

土槿皮30克、雄黄10克、樟脑2克，共研细末，醋调敷。

生鸡蛋数个，放在瓶罐内，加醋把鸡蛋淹没，密闭，一周后取出鸡蛋剥去壳，将蛋清蛋黄一起装在清洁瓶内摇匀备用，搽患处，每日数次。

四、针灸疗法

针刺：在皮疹皮下透针成十字交叉呈四边形。

艾灸：艾条熏皮损处，每日2次，每次20分钟。

梅花针敲刺皮疹，微出血为度，每日1次。或针后再加艾条。

本病应避免过分搔抓、热水烫洗及涂强烈刺激药，少吃浓茶、酒、葱、蒜等辛辣刺激食物。

五、佛禅疗法

每日禅定二次，每次30分钟。

每天颂大明咒二次，每次10分钟左右。

每日六观想一次。

每日礼拜药师佛一次，上莲花明檀香三支。

# 十一、皮肤瘙痒症

本病中医称为"痒风"。全身性瘙痒是因血分有火，外受风邪郁于肌肤不得外泄所致。局部性瘙痒，多为滴虫、蛲虫、痔疮引起的前后阴作痒。

【诊查要点】

1.阵发性瘙痒，时间短的只有数分钟，时间长的可达数小时。冬季皮肤瘙痒症，多在入睡前发作。夏季皮肤瘙痒症，多在气候闷热时发作。

2.周身无原发皮疹，由于过度搔抓，皮肤可见抓痕、血痂、色素沉着，亦可呈苔藓样、湿疹样等续发改变。

3.中老年人因皮肤退化，在初冬及初夏时机体不能适应气候的变化而发作。

【治疗方法】

局限性皮肤瘙痒，按不同原因进行治疗。全身性皮肤瘙痒（不包括黄疸、糖尿病、尿毒症引起的），以内服药及针刺治疗为主。

一、辨证论治

治法：养血祛风，疏通腠理。

方药：养血定风汤加减。生首乌、生地、桑叶各15克，当归、赤芍、僵蚕各10克，川芎、蝉衣、红花各5克。

加减：夏季皮肤瘙痒症，加生石膏30克，知母10克。

冬季皮肤瘙痒症，加麻黄5克。

老年血虚，肌肤燥痒，加阿胶、胡麻仁各10克。顽固难愈加乌梢蛇10克，全蝎3克，蜈蚣1条。

二、中成药

消风止痒冲剂　每次1包，每日3次。

三、局部处理

搽蛇床子酊，扑止痒粉，用止痒洗剂煎汤浴洗。

四、针灸疗法

体针：大椎、神门、风池、血海、足三里。

耳针：神门、肺。

五、佛禅疗法

每日禅定二次，每次30分钟。

每天颂大明咒二次，每次10分钟左右。

每日礼拜一次。

每日六观想一次。


# 十二、接触性皮炎

接触性皮炎系皮肤接触某种物质或气体而发生的急性皮炎。少数由酸、碱等强烈刺激所引起，大部分系过敏性物质所引起，常见的有生漆、农药、皮毛、染料、塑料制品、风油精、碘酒等。中医根据病因称为"漆疮""日晒疮""药毒""膏药风"等。

【诊查要点】

1.有接触刺激物病史。发生快，原因除去后消退也快，不再接触即不再发。

2.损害发生在暴露部位或接触刺激的部位，境界清楚。轻者仅红斑，重者有肿胀、水疱、丘疹、糜烂，甚至可发生坏死及溃疡。因间接接触，眼睑、包皮也可发生水肿、红斑。

3.皮肤有灼热、紧张、痒的感觉。

4.反复接触致敏物质和刺激物或处理不当，日久可转化为慢性湿疹样变。

【治疗方法】

一、辨证论治

治法：清热解毒。

方药：化斑解毒汤加减。生绿升麻、牛蒡子、黄柏、生山栀、人中黄、玄参、知母各10克，黄芩3克，生石膏30克。

加减：丘疹多而痒的，加蝉衣、地肤子。

皮肤赤红的，加生地、丹皮。

渗出多的，加车前子、滑石。

二、局部处理

与急性湿疹相同。

治疗本病时，要详细询病史，找出原因，不然治疗很难见效。

三、佛禅疗法

每天颂大明咒三次，每次10分钟左右。

每日六观想一次。


# 十三、植物日光性皮炎

本病因食红花草、芥菜、苋菜、灰菜、油菜等植物，再受日光曝晒后发生。俗称"红花草疮"。此病多发生在农村。每年3~5月上述蔬菜上市时发病。有时一家或一个地区同时有多数人发病，但并非传染所致。

【诊查要点】

1.发病前有食黎科植物和日光照射史。

2.皮疹发生在暴露于阳光下的皮肤，如头面、手背等处。

3.起病突然，皮肤出现不同程度的实质性浮肿，压之无明显凹陷，有淤点、淤斑、水疱、血疱、糜烂和坏死。自觉有灼热、瘙痒、疼痛、绷紧感。

4.严重者有高热、头痛，甚至昏迷。

5.本病肿胀轻的在一周左右消退，重者2~3周消退。

【治疗方法】

一、辨证论治

治法：清热解毒。

方药：普济消毒饮加减。牛蒡子、人中黄、黄芩、玄参各10克，黄连、马勃各3克，连翘、蒲公英各15克，板蓝根30克。

加减：高热加生石膏30克，知母10克。

大便燥结加生大黄10克（后下）。

肿胀严重，加鲜竹叶、鲜野菊花叶各50克。

燥躁神昏，加紫雪丹或安宫牛黄丸。

二、局部处理

参考急性湿疹，局部禁用热水烫洗，并避免晒太阳。

三、佛禅疗法

每天颂大明咒二次，每次10分钟左右。


# 十四、带状疱疹

带状疱疹好发于腰肋部，呈带状分布，中医称作"缠腰火丹"，俗称"蛇箍疮"，因疱疹簇集成群，又叫"蜘蛛疮"。由肝火或脾经湿热循经外溢引起。

【诊查要点】

1.皮诊为簇集性、黄豆到绿豆大小的水疱，基底发红，间有血疱或脓疱，各簇之间皮肤正常，排列呈带状，附近淋巴结尤大。轻者局部仅有红斑，重者可发生大疱和血疱。

2.皮疹一般只发生在单侧，以胸、背、腰、腹部的肋间神经为多见，其次如面部三叉神经的分布区，能引起眼球炎、溃疡性角膜炎，可致失明。

3.发疹时局部先有刺痛，或伴有轻度发热，疲乏无力，食欲不振。病程在两周左右，愈后不再复发。有些病人未发疹前就有皮肤刺痛，疹退后仍然疼痛。

【治疗方法】

一、辨证论治

（一）肝火型　皮肤红赤，疱疹密集成片，灼热刺痛，一般不糜烂。

治法：清泄肝火。

方药：龙胆泻肝汤加减。龙胆草、柴胡、木通各5克，黄芩、生山栀各10克，大青叶、板蓝根各15克，生甘草3克。

（二）脾湿型　水疱大如黄豆，或黄或白，容易糜烂，疼痛较重。

治法：清脾除湿。

方药：除湿胃苓汤加减。苍术、厚朴、陈皮、甘草各5克，赤苓、泽泻、山栀各10克，生苡仁、板蓝根各30克。

疼痛剧烈加蜈蚣1~2条，全蝎3克。

二、局部处理

解毒搽剂、青黛散水调涂，或雄黄、大黄各等量，研末水调涂。水疱糜烂感染者按急性湿疹处理。

三、中成药

板蓝根冲剂　1包，每日3次。

大青叶合剂　20~30毫升，每日3次。

四、针灸疗法

体针：内关、合谷、足三里、阳陵泉、血海。在皮损部周围针法，即用针沿皮刺向中心数针至数十针。

耳针：肝、肺及与皮疹相应的区域。

五、佛禅疗法

每日禅定二次，每次30分钟。

每天颂大明咒二次，每次10分钟左右。

每日六观想一次。


# 十五、寻常疣

寻常疣中医称为"千日疮"，俗称"刺瘊子"。

【诊查要点】

1.最常发于手指、手背和面部。患者多为儿童及青年。

2.为帽针头大至黄豆大或更大的角质增生性突起，呈皮色，表面粗糙不平如刺状，触之坚硬。

3.损害多少不一，少则1~2个，多则数十个。无自觉症，或有触痛，摩擦或撞碰时容易出血。

【治疗方法】

一、辨证论治

适用于多发性者。

治法：清热解毒，活血养肝。

方药：治瘊汤、治疣方。

治瘊汤：熟地、首乌、杜仲、赤芍、白芍、桃仁、红花、丹皮、赤豆、白术、牛膝、穿山甲。

治疣方：灵磁石、紫贝齿、代赭石、生牡蛎、山慈菇、地骨皮、桃仁、红花、白芍、黄檗。

二、外治法

（一）结扎法　对凸出的疣，用丝线或马尾或头发贴根部结扎收紧，数天后可自行脱落。

（二）腐蚀法　不晶膏或鸦胆子仁贴局部，具体方法见鸡眼。

（三）艾条灸　用细艾条或小艾炷灸烤，每日数次，至疣干焦脱落为止。疣的周围用胶布保护好，防止烫伤皮肤。

（四）推疣法　用竹签或刮匙抵在疣的基底部，与皮肤呈30°角，用力向前推除,疣体脱落后,再涂碘酒,压迫止血。

(五) 浸泡法　多发性疣集中于手部者,用木贼草15克,香附30克,红花10克,紫草15克,煎汤浸泡患手,药汤加温后再泡,每日3~4次,每次15分钟。

(六) 冷冻法　对鸡眼、寻常疣有效。

三、佛禅疗法

每日六观想一次。

# 十六、银屑病

银屑病又称"牛皮癣"。由外感风邪搏于皮肤,失于疏散,淤阻肌肤,日久风胜血燥而发。

【诊查要点】

1.皮疹为境界明显、微呈隆起的红斑,上覆多层银白色皮屑,将皮屑刮去后,露出发亮的薄膜,再刮之有点状出血。皮诊有点滴形、钱币形、地图形。皮疹活动情况分进行期、静止期、退行期。

2.病程缓慢容易复发,早期常夏愈冬发,后则夏轻冬重,长久可逐渐失此规律性。

3.皮疹典型分布区在头皮及四肢伸面,间有全身泛发或长期局限在某一部位。

4.皮疹发生在头皮者,头发呈束状,如同毛笔。如指甲有病变时,甲床呈点状下凹,如同针箍。

5.特殊类型的银屑病有以下几种:

(1) 脓疱型:分掌蹠脓疱型和泛发性脓疱型两种。针头大小的浅表脓疱,可发在皮疹上,也可发生在非皮疹处。

(2) 渗出型:炎症明显,有渗液和结痂。

(3) 关节炎型:多侵犯小关节,间有侵犯肘膝大关节,颇似类风湿性关节炎。

(4) 红皮病型:常因局部过度用药刺激所致,表现全身皮肤发红,夹有小片正常皮肤,或伴有发热。

【治疗方法】

一、辨证论治

(一) 风热相搏证　新疹不断出现,旧疹不断扩大,疹色鲜红,鳞屑厚积,多表现在进行期。

治法：疏风清热，凉血解毒。

方药：槐药汤加味。生槐花、生地各15克，土茯苓、生石膏各30克，紫草、苍耳子、地龙各10克，雷公藤15克。

加减：脓疱型表现为热毒重，加蒲公英、黄芩、连翘、蚤休。

渗出型表现为湿毒理，加黄檗、苦参、生苡仁。

关节炎型表现为风湿热痹，加秦艽、防己。

红皮病型表现为血分热毒，加水牛角、丹皮、银花、地丁。

（二）风胜血燥证　　新疹停止发生，旧疹皮色暗红，鳞屑干燥，疹块厚硬，关节处皮疹皲裂，相当于静止期、退行期。

治法：养血润燥，祛风解毒。

方药：地黄饮加味。生何首乌、生地、熟地、当归、玄参、白蒺藜、僵蚕、乌梢蛇各10克，红花3克，鸡血藤、雷公藤15克。

加减：病史长久，皮疹暗紫，色素沉着，鳞屑厚积，关节活动不利，加桃仁、丹参、三棱、莪术。

红斑色淡，鳞屑不多，腰膝酸软，头晕耳鸣，男子阳痿遗精，女子月经不调，加仙茅、仙灵脾、菟丝子。

二、中成药

克银丸　1粒，每日2次。

三、局部处理

花椒、朴硝、枯矾、野菊花、雷公藤、侧柏叶等，根据皮疹范围大小酌量煎汤，洗澡、浸泡或湿敷。

搽加味黄连膏、雄黄软膏、硫黄软膏、疯油膏，不宜用刺激性过强的药。红皮病型用青黛散麻油调搽。

本病应忌食辛辣刺激的食物及酒类，少食肉类及脂肪，多食新鲜蔬菜及水果。

四、佛禅疗法

每日禅定二次，每次20分钟。

每天颂大明咒二次，每次10分钟左右。

每日礼拜药师佛一次，上莲花明檀香三支。


# 十七、脂溢性皮炎

本病又名脂溢性湿疹，主要发生在头面部皮脂腺较多的部位。中医称为"面游风"。由胃经湿热上蒸而成。

【诊查要点】

1.干性皮脂溢出的基础上产生一种慢性皮肤炎症。好发于青壮年。

2.常分布在皮脂腺较多的部位,如头皮、眉弓、鼻唇沟、耳周、颈后、腋前等处。常自头部开始向下蔓延,重者可泛发全身。

3.皮诊为略带黄色的轻度红斑,有油腻性鳞屑和结痂。

4.病程缓慢,有不同程度痒感。

【治疗方法】

一、辨证论治

治法:清热、除湿、散风。

方药:芩连平胃散。黄芩、苍术、知母、黄檗、苦参、菊花各10克,黄连3克,生石膏30克。

二、中成药

黄连上清丸5克,每日2次。

三、局部处理

海艾汤洗浴,搽颠倒散或5%硫黄软膏。

本病应少吃动物脂肪和糖类,多吃水果蔬菜。

四、佛禅疗法

每日禅定二次,每次20分钟。

每天颂大明咒二次,每次10分钟左右。

每日六观想一次。


# 十八、酒渣鼻

本病因肺胃积热上熏,血液淤滞而成。

【诊查要点】

1.红斑期:开始皮肤弥漫性潮红,毛细血管扩张,尤其是食后精神紧张时明显。

2.丘疹期:在潮红的皮肤上出现散在红色丘疹或小脓疱;在鼻尖上可有豆大硬实丘疹,毛细血管扩张更明显,毛囊口扩大呈漏斗状。

3.肥大期:鼻尖部结节增大,数个聚合,高出皮面,皮肤肥厚,成为鼻赘。

4.皮疹发生在鼻部、两颊和前额。

5.本病好发于中年男女,经过缓慢。

【治疗方法】

一、辨证论治

治法：清热、凉血、祛淤。

方药：凉血四物汤加减。当归、川芎、赤芍、黄芩、五灵脂各10克，生地15克，红花5克，便秘加制大黄5～10克。本方对红斑期、丘疹期有一定疗效。

二、局部处理

颠倒散搽剂，皮脂搽剂。

本病患者忌饮用酒、浓茶、咖啡，少吃葱、蒜、辣椒等刺激性食物，勿搽有刺激性的化妆品和药物。

三、佛禅疗法

每日禅定二次，每次20分钟。

每天拜心佛一次。

每日礼拜观音菩萨二次，上明净沉香三支。

每日六观想一次。

# 十九、斑秃

本病常因过度紧张或受刺激后发生。因头发不自觉的情况下突然脱落，故俗称"鬼剃头"。

【诊查要点】

1.突然发生大小不等的圆形或椭圆形斑状脱发。

2.秃发处皮肤正常，无主观感觉或有轻度瘙痒。稍久可有灰白色毳毛长出，亦可随长随脱；向愈时，细发逐渐变粗变黑而恢复正常。

3.个别斑秃可发展至全秃，甚至眉毛、腋毛、阴毛均完全脱落。小面积斑秃常不治自愈，大片的则痊愈缓慢。

【治疗方法】

一、辨证论治

治法：补肾养血祛风。

方药：神应养真丹、逍遥丸各5克，每日3次。

二、中成药

首乌丸（片）、养血安神糖浆（丸）等。

三、局部处理

生发水、101生发精涂局部。

四、慧缘效验方

鲜毛姜擦脱发处，每日2次。

当归、柏子仁各500克，共碾粉，蜜丸，每日服3次，每次10克。

蒲公英90克，黑豆500克，加水煮熟，去蒲公英，再加糖适量煮干，每天服30克。

五、针灸疗法

梅花针敲刺脱发部位皮肤（不出血或微出血），隔日一次。

本病发生与精神因素有关，脱发后加重了病人的精神负担，因此，不可忽视病人的精神治疗。

六、佛禅疗法

每日禅定二次，每次30分钟。

每天颂大明咒二次，每次10分钟左右。

每日六观想一次。

每日礼拜观音菩萨一次，上桂花明檀香三支。

# 二十、腋臭

腋臭又称为"体气"，俗名"狐臭"。

【诊查要点】

1.腋下有臭味，夏季出汗时加重，冬季汗少时减轻；青年发育期味最浓，随着年龄增长而减轻。

2.大部分病人有黄汗，常将衬衣腋部染成黄色。

【治疗方法】

一、密陀僧散，腋臭散扑腋窝。

二、雄黄、熟石膏各250克，生白矾500克，共碾细末，密闭保存。用时取药粉加水调成糊状，涂于腋窝，每日一次。

药物治疗仅能改善气味，不能根治。

三、激光治疗，破坏汗腺，但不易彻底。

四、手术将腋下（有毛部分）汗腺切除。

局部勤用水洗，不宜吃葱、蒜、韭菜等有气味的食物。

五、佛禅疗法

每日禅定二次，每次30分钟。

每天颂大明咒二次，每次10分钟左右。

## 二十一、白斑病

白斑病中医称为"白驳风"，俗称"白癜风"。

【诊查要点】

1.患处皮肤色素消失而形成白斑，界限清楚，斑上毛发也同时变白，边缘有色素沉着。

2.可发于全身各部，经过缓慢，历久不变，偶亦有自行消失。

3.无任何自觉症状。

【治疗方法】

一、内服药

白驳丸　5克，每日3次。

二、局部治疗

25%补骨脂酊、25%菟丝子酒精，搽药后日光晒10~20分钟。对紫外线过敏者忌用，一般要坚持数月才有效。

三、慧缘效验方

白蒺藜粉、潼蒺藜粉各等量，每次5克，每日3次。

紫背浮萍，晒干研末，蜜丸，每服5克，每日3次。

苍耳茎、叶、子各等量，晒干研末，每服5克，每日3次，开水加蜜成糖调服。

四、佛禅疗法

每日禅定二次，每次30分钟。

每天颂大明咒二次，每次10分钟左右。

每日礼拜药师佛一次，上莲花明檀香三支。


## 二十二、鸡眼、胼胝、跖疣

鸡眼、胼胝及跖疣生于足底，为了便于区别，故合并介绍。

【诊查要点】

1.鸡眼　为豆大楔状角质增生，略高于皮面，尖端向下深入皮内，走路有压痛。多生于足底骨突起处的受压部位。

2.胼胝　为局限性表皮角质增厚，边缘不清，表面光滑，触之坚实。都生在受摩擦部位。

3.跖疣　为黄豆大或更大疣状增殖的丘疹,因经常受摩擦可不隆起,表面盖有硬固角质,有压痛,将硬角质除去后,方可见到碎点样疣状增殖。生于足跖或趾间,不一定在受摩擦部位。

【治疗方法】

鸡眼

将表面角质削去,鸦胆子仁在玻璃片上压扁出油,按在鸡眼上,用胶布固定,隔日一次,连续2~3次,多能脱落。

蓖麻子用细铅丝穿起置火上烧,待烧去外壳出油时,随即按在鸡眼上,用胶布固定,隔日一次,连续2~3次。

鸡眼膏用法同上。

30%补骨脂酊,点在削去角质的鸡眼上,每日3~4次。连用3~5天。

用药效果不佳时,用尖头手术刀,沿鸡眼周围与正常皮肤分界处划开,再用有齿镊钳住提起,仔细地将角质增生部挖出,贴上胶布膏药即可。

跖疣

治疗方药同鸡眼,对多发性者,参考寻常疣用药汤浸泡。

胼胝

一般不需要治疗,穿合适的软底鞋减少摩擦。角化型脚癣最易发生胼胝,用藿黄浸剂浸泡,脚癣愈后,胼胝也多可自愈。

必要时用热水浸软,用刀削去角质部位。如不解决摩擦问题,会继续再长。

# 第八章　眼科病治疗法

　　眼为视觉器官，属五官之一。通过经络，与内在脏腑和其他组织器官保持着密切的联系。五脏六腑的精气皆上注于目，肝藏血而开窍于目，肝气通于目，诸脉者皆属于目，十二经脉都直接或间接地与眼发生联系。这种脏腑、经络与眼的有机联系，保证了眼的正常功能。如果脏腑功能失调，可以反映于眼部，引起眼病。反之，眼部疾病也可通过经络影响相应的脏腑，以致引起脏腑的病理反应。因此，在诊治眼病时，必须从整体观念出发，运用局部辨证与全身辨证相结合的辨证方法，因证论治，调整人体内部与眼病有关的脏腑、气血之间的相对平衡而达到治疗目的。

　　一、五轮学说

　　中医眼科的五轮学说，就是将眼分为五个部分，分属于五脏，借以说明眼的生理、病理与脏腑的关系。实际上是一种从眼局部进行脏腑辨证的方法，至今仍有一定的临床实用意义。

　　（一）肉轮：指胞睑（包括皮肤、肌肉、睑板和睑结膜），在脏属脾，因脾主肌肉，故称"肉轮"。因脾与胃相表里，故肉轮疾病常责之于脾与胃。

　　（二）血轮：指两眦（包括两眦的皮肤、结膜和泪器），在脏属心，因心主血，故"血轮"。因心与小肠相表里，故血轮疾病常责之于心与小肠。

　　（三）气轮：指白睛（包括球结膜与巩膜），在脏属肺，因肺主气，故称"气轮"。因肺与大肠相表里，故气轮疾病常责于肺与大肠。

　　（四）风轮：指黑睛（包括角膜、虹膜、睫状体），在脏属肝，因肝主风，故称

"风轮"。因肝与胆相表里,故风轮疾病常责之于肝与胆。

(五)水轮:指瞳神(包括瞳孔与瞳孔以后的眼内组织,如晶状体、玻璃体、脉络膜、视网膜与视神经等),在脏属肾,因肾主水,故称"水轮"。因肾与膀胱相表里,故水轮疾病常责于肾与膀胱。但由于瞳神结构复杂,其生理病理还与其他脏腑有着相当密切的关系。

二、辨证

(一)辨内外障:"障"是遮蔽之意。按其部位来分,则可归纳为外障与内障两大类。

1.外障:外障是肉轮、血轮、气轮与风轮等部位病变的总称。多为六淫外袭或遭受外伤所致。其特点是多突然起病,发展较快,外症比较明显,眼部自觉症状较突出。一般来说,外障眼病多有余之证,以属表、属实、属阳居多。

2.内障:内障有广义与狭义之分。狭义内障专指瞳神中生翳障者,其主要病变在瞳孔与晶状体。广义内障则泛指水轮疾病,即包括发生于瞳孔及其后的一切眼内组织的病变,多外眼正常而只有视觉方面的异常,用检眼镜检查常可发现眼内病变。一般来说,内障眼病多为内伤所致,如七情过伤,过用目力或劳累过度等,导致精气耗损,血脉阻滞,脏腑经络或气血功能失调引起。多属里、属虚、属阴。

(二)辨翳:起于黑睛上的混浊称为翳。可呈点状、树枝状、地图状或圆盘状等。根据混浊的形态、色泽、深浅程度不同,翳的名称亦甚繁多,但首先要辨是新翳还是宿翳,然后再结合其他症状进行辨证。

1.新翳 凡黑睛混浊,表面粗糙,边界模糊,具有发展趋势,伴有不同程度的目赤疼痛、畏光流泪等症者,统属新翳范畴。相当于西医的角膜活动性病变。多因外感六淫所致。亦易化热入里,病变由浅入深。多实证。

2.宿翳 凡黑睛混浊,表面光滑,边界清楚,无发展趋势,不伴赤痛流泪等症状者,统属宿翳范畴。相当于西医学的云翳、斑翳、白斑等角膜瘢痕病变。多由新翳转化而来。

(三)辨视觉:视力突然下降,多属实证;逐渐模糊,多属虚证。

(四)辨痛痒:暴痛属实,久痛属虚;持续性疼痛属实,时发时止属虚;痛而拒按为邪实,痛而喜按为正虚。目痒目赤,多外感风热;睑弦赤烂,痒如虫行多脾胃湿热,外感风邪。

(五)辨红肿:胞睑红肿,多脾胃热毒;胞肿不红,不伴疼痛,多脾肾阳虚,水湿上泛。白睛红赤,眵泪并作,多外感风热;白睛红赤如火,多肺经实热;红赤隐隐,多肺经虚热。抱轮红赤,羞明泪多,多肝胆实热。

（六）辨眵泪：眵多黄稠，多肺经实热，眵多清稀，多肺经虚热。泪热如汤，多肝经风热；冷泪长流，多肝肾不足或泪道阻塞所致。

三、治疗

由于眼与脏腑经络的密切关系，以及眼的结构与功能上的特点，对眼病的治疗，既有内治，也有外治。大多内障眼病以内治为主，外障眼病则多配合外治。此外如针灸、推拿与按摩等疗法，亦常应用。

（一）内治法：常用的有疏风清热法、泻火解毒法、滋阴降火法、祛湿法、止血法、活血化瘀法、疏肝理气法、益气养血法、补益肝肾法、软坚散结法与退翳明目法等。

（二）外治法：包括点眼药法、熏洗法、外敷法、冲洗法等一般外治法。还有钩割法、镰洗法、熨烙法、三棱针法与金针拨内障法等等手术疗法。


# 一、溃疡性睑缘炎

本病是由细菌感染所引起的睫毛毛囊炎和毛囊周围炎，比较顽固难治。中医称"睑弦赤烂"。多因脾胃湿热蕴积，复感风邪而发。

【诊查要点】

1.睑缘充血，有较多黄色蜡样分泌物，干后结痂，剥除痂皮后，露出睫毛根端和小溃疡。病久则睫毛脱落，形成秃睫；睑缘组织形成瘢痕而变形，可引起倒睫、睑外翻等。由于泪液浸渍，可致眼睑湿疹。

2.自觉睑缘发痒，刺痛，泪多、畏光。

【治疗方法】

一、辨证论治

主证：睑缘红赤溃烂，痛痒并作，眵泪胶黏，睫毛成束，睫毛乱生或秃睫，舌红，苔黄腻。

治法：祛风清热除湿。

方药：荆芥、防风各5克，滑石、木通、车前子、茯苓、黄芩、连翘各10克，枳壳、陈皮各6克，黄连、甘草各3克。

二、局部治疗

本病以局部治疗为主，并注意清洁卫生。

（一）拔除睫毛后，以黄连油膏加少许枯矾或八宝眼药调匀，涂擦局部，一日3～4次。

（二）较顽固者，尤其是合并眼睑湿疹的，用人中白块文火烤热或夏天烈日下晒热后烫局部，以勿烫伤皮肤为度。

（三）下睑外翻者，在揩泪时，从颊部往上揩，避免因往下揩而加重外翻，造成恶性循环。

三、佛禅疗法

每日禅定二次，每次20分钟。

每天颂大明咒二次，每次10分钟左右。

每日六观想一次。

# 二、麦粒肿

本病是睑腺因细感染所引起的急性化脓性炎症。中医称"针眼"。多风热外侵或脾吸热毒蕴积，气血凝滞所致。

【诊查要点】

1.自感眼睑某一部位知觉过敏，逐渐疼痛加重，尤以长在眦部为甚。

2.睑局部皮肤呈现红肿，压痛。在近睑缘部可触到硬结。以后硬结逐渐软化而出现脓点，终则溃破而愈。严重者则可引起眼睑及附近球结膜发生水肿及耳前淋巴结肿痛。

睑板腺的急性炎症称麦粒肿，可见睑结膜面出现黄色脓头，常可自行突破。

【治疗方法】

一、辨证论治

（一）风热外袭，病属初起，局部微有红肿及压痛，可伴有头痛，发热。苔薄白，脉浮数。

治法：疏风清热。

方药：银花、连翘、芦根、桔梗、牛蒡子、黄芩各10克，薄荷、防风、竹叶各5克，生甘草3克。

（二）热毒上攻，胞睑红肿，硬结较大，灼热疼痛，伴有口渴喜饮，便秘尿黄。苔黄、脉数。

治法：泻火解毒。

方药：石膏20克，栀子、生地、丹皮、天花粉、蒲公英各10克，穿山甲、制大黄、白芷各6克。

二、中成药

银翘解毒丸　5克，每日2～3次。

防风通圣丸　5克，每日2次。

黄连上清丸　5克,每日2次。

三、局部疗法

(一)雄黄粉或玉枢丹加醋调,涂敷局部,干后再涂,保持局部潮润。

(二)脓成后切开排脓,皮肤面切口与睑缘平行,睑结膜面切口与睑缘垂直。切忌挤压。

(三)盐水热敷,每日3次,每次15分钟。

四、佛禅疗法

每天颂大明咒二次,每次10分钟左右。

每日六观想一次。


# 三、霰粒肿

本病是因睑板腺排出管道受阻和分泌物潴留所形成的睑板腺慢性炎性肉芽肿。中医称"胞生痰核"。多因脾失健运,痰湿互结而成。

【诊查要点】

1.睑皮肤隆起,皮肤颜色不变,可触及坚硬肿块,但与皮肤不粘连,且无压痛。在正对肿块的睑结膜面呈紫红色或灰红色。

2.一般无显著自觉症状,硬结较大者可有沉重感和异物感。

【治疗方法】

一、辨证论治

治法:化痰散结。

方药:陈皮、半夏、茯苓、僵蚕、昆布、白术各10克。睑结膜面充血较明显,可加黄连3克,夏枯草5克。

二、局部治疗

(一)初起时,可于局部进行热敷、按摩,以促进其消散。

(二)生南星磨醋,涂患处皮肤,干后再涂。

(三)痰核较大者宜行霰粒肿切开刮除术。

三、佛禅疗法

每日禅定二次,每次30分钟。

每天颂大明咒二次,每次10分钟左右。

每日六观想一次。

## 四、急性结膜炎

本病为细菌或病毒感染而引起的结膜急性炎症。可以通过手、手帕或生活用品等直接或间接接触传染。俗称"红眼"或"火眼"。如传染性较大,且能引起广泛流行者,中医称"天行赤眼"。多外感邪热毒所致。

【诊查要点】

1.眼有异物感、灼热感,畏光,眼分泌物增多,呈黏液或黏液脓性,晨起分泌物可粘住上下睫毛而不能睁眼。

2.鲜红色结膜充血,以睑结膜与穹空窿部最为明显,结膜肿胀或有小出血点。可伴眼睑红肿。

3.如累及角膜则视物模糊,畏光、刺痛与流泪症状加重。

【治疗方法】

一、辨证论治

(一) 外感风热病初起,眼局部症状悉俱,但不严重,全身症状多不明显。

治法:疏散风热。

方药:银花、黄芩、连翘、大青叶各10克,淡竹叶、菊花、防风、薄荷各5克。

(二) 肺胃热盛患眼灼热疼痛,胞睑红肿,白睛红赤,眵多黏稠,伴有口干便秘,舌红苔黄。

治法:清热解毒。

方药:大黄、玄明粉、生地、连翘、银花各10克,生石膏20克,菊花、陈皮各3克,丹皮12克。

二、中成药

银翘解毒丸　5克,一日2~3次。

黄连上清丸　5克,一日2次。

青麟丸　5克,一日2次。

三、局部治疗

(一) 分泌物较多时,可用生理盐水或内服药的澄清液冲洗结膜囊。

(二) 日间用抗菌素或磺胺类药滴剂频频滴眼,如为病毒性结膜炎则用抗病毒药频频滴眼,严重时每1~2小时一次。

(三) 晚间临睡前用抗菌素软膏涂眼一次。

四、针灸疗法

体针:合谷、曲池、攒竹、丝竹空等穴。

点刺眉弓、耳尖、太阳穴放血。

五、佛禅疗法

每日礼拜观音菩萨二次，上莲花明檀香一支。

每天颂大明咒二次，每次10分钟左右。

# 五、慢性结膜炎

本病可因致病力较弱的微生物感染，或由急性结膜炎未痊愈而转为慢性；也可由物理或化学因素或屈光不正所引起。病程较长。中医称"赤丝虬脉"。多系外感风热或余邪未清所致。

【诊查要点】

1.睑结膜充血，可有乳头增殖。球结膜轻度充血，可有少量分泌物。

2.眼干涩感、异物感，视物易疲劳。

【治疗方法】

（一）外感风热　病初起，眼微赤，刺痛，畏光。

治法：祛风清热。

方药：柴胡、黄芩、麦冬、桑白皮、地骨皮各10克，银花15克，薄荷5克，生甘草3克。眦部红赤较著者加黄连3克。

（二）肺阴不足　余邪未清，病久未愈，舌红少苔。

治法：养阴润燥，兼清余邪。

方药：生地、知母、麦冬、当归、白芍、黄芩、桑白皮各10克，菊花3克，蝉衣、谷精珠各5克。便干加麻仁。

二、中成药

银翘解毒丸　5克，一日2~3次。

明目地黄丸　5克，一日2~3次。

三、局部治疗

八宝眼药点眼，一日2次。

四、佛禅疗法

每天颂大明咒二次，每次10分钟左右。

每日六观想一次。

## 六、沙眼

本病为一种常见的由沙眼病原体引起的慢性传染性结膜炎症，如不积极防治，可发生许多合并症，严重者可导致失明。中医称之为"椒疮"。多脾胃湿热，外感风热邪毒，内外合邪，气血壅滞所致。

【诊查要点】

1.初起可无特殊感觉，或仅有不同程度的发痒，异物感、流泪、畏光与分泌物增加，后期则刺激症状加重。

2.睑结膜血管纹理不清，并有乳头肥大与滤泡存在，后期可出现条状疤痕；角膜上缘有血管伸入血管翳，渐向下方伸长。

3.后期可产生倒睫、睑内翻、全角膜血管翳、角膜溃疡与眼球干燥等多种合并症，不同程度地影响视力。

沙眼分期：沙Ⅰ为进行期；沙Ⅱ为退行期；沙Ⅲ为完全结瘢期。

沙眼分级：病变面积<1/3睑结膜为"＋"，病变面积在1/3与2/3之间为"＋＋"，病变面积>2/3睑膜为"＋＋＋"。

【治疗方法】

一、辨证论治

沙眼重症患者用之。

治法：清热除湿，凉血散淤。

方药：栀子、连翘、黄芩、大黄、当归、赤芍、银花各10克，红花、防风、枳壳各5克，白芷3克。

二、中成药

重症用青麟丸，每次5克，一日2次。

三、局部治疗

(一)平时可点八宝眼药，每日2~4次。

(二)睑结膜乳头滤泡较多者，在1%地卡因液行表面麻醉后，用黄连水浸泡的乌贼骨（乌贼骨切成鸭舌形，表面磨平，约3.5×1.5厘米大，煮沸消毒后晒干，浸入黄连水内备用）轻轻摩擦局部，使滤泡略破，微出血为度。然后用生理盐水冲洗，涂抗菌素软膏即可。可数天进行一次。

(三)睑结膜充血严重久而不退者，在1%地卡因液行表面麻醉后，用小刀或注射的针头轻轻划痕，以出血为度。

(四)少量倒睫可施行拔睫或电解法；眼睑内翻者应施行内翻矫正术。

四、佛禅疗法

每日禅定二次，每次20分钟。

每天颂大明咒二次，每次10分钟左右。

## 七、春季结膜炎

本病是一种过敏性结膜间质炎症。常发病于每年春夏之交，多见于儿童。属中医"痒如虫行"、"时复症"等范畴。多脾肺湿热，复感风邪所致。

【诊查要点】

1.眼部奇痒、灼热，眼内分泌物呈黏性丝状，畏光，逢天暖则症状加重。

2.球结膜秽红色，上睑结膜呈现排列整齐的肥大乳头，形似去皮的石榴。或角膜缘呈现灰黄色胶样隆起。两者亦可同时出现。

3.结膜囊分泌物或结膜刮片检查，可找到嗜酸球。

【治疗方法】

治法：清热除湿祛风。

方药：茵陈15克，银花、蒲公英、车前子、六一散各10克，白芷、蝉衣各5克。

二、局部治疗

（一）内服药澄清液加明矾少许，熏洗双眼，一日2~3次。

（二）八宝眼药点眼，一日2~3次。

（三）简易方药：银花20克，生甘草10克煎汤，加明矾少许，熏洗双眼。

三、佛禅疗法

每天颂大明咒二次，每次10分钟左右。

每日六观想一次。

## 八、疱性结膜炎

本病多结膜变态反应所致。常见于体弱或营养不良的儿童。中医称"金疳"。多由肺经燥热，或肺阴不足，复感外邪所致。

【诊查要点】

一、轻度异物感，重者亦可有畏光、流泪现象。

二、近角膜缘部球结膜呈现一至数个泡状结节，其周围呈局限充血。它可随球结膜移动。

【治疗方法】

一、辨证论治

（一）肺经燥热　泡状结节较大，位置近角膜缘部，充血较重，畏光，流泪，眼刺痛，舌红苔薄黄。

治法：清热润燥，消坚散结。

方药：玄参、天花粉、银花、连翘、黄芩、决明子各10克，夏枯草、象贝母各6克，防风、白芷各5克。

（二）肺阴不足　复感风热、泡较小，充血呈淡红色，稍有异物感，病已数日不消。

治法：养阴润肺，兼祛风热。

方药：桑白皮、地骨皮、桔梗、麦冬、黄芩、玄参、生地各10克，白芷、防风各5克。

二、中成药

银翘解毒丸　5克，一日2~3次。

防风通圣丸　5克，一日2次。

三、局部治疗

八宝眼药点眼，一日2~3次。


# 九、巩膜炎

本病为巩膜组织的慢性炎症，大多与自身免疫反应有关。中医称"火疳"。多因肺经蕴热或湿热上攻，气血淤滞所致。

【诊查要点】

1.疼痛、畏光、流泪。病变位置较深则疼痛较剧。

2.近角膜缘的巩膜位置出现紫红色结节，有压痛。病变在浅层者较易吸收；病变在深层者，则紫红色浸润更为广泛，或呈暗红色，压痛明显，吸收后留下绀色瘢痕，如薄瘢组织逐渐隆起，可演变为巩膜葡萄肿。

3.深层病变还可并发虹膜睫状体炎与硬化性角膜炎，视力严重受损。

【治疗方法】

一、辨证论治

（一）肺热上攻　巩膜紫红色结节，眼痛、畏光、流泪，口干咽燥，便干，舌红，苔黄。

治法：清热散结。

方药：银花、连翘、黄芩、山栀、蒲公英、牛蒡子、桔梗、杏仁、夏枯草各10克，浙贝母6克。

（二）湿热上攻　巩膜紫胀，隆起，范围较大，病程迁延不愈，眼酸胀痛，口干不欲饮，苔黄腻。

治法：清热除湿散结。

方药：山栀、黄芩、黄檗、大黄、枳壳、苍术、桃仁、夏枯草各10克，土茯苓25克。

疼痛明显，加穿山甲、延胡索。

二、局部治疗

（一）八宝眼药点眼，每日3次。

（二）0.025%～0.05%地塞米松眼药水点眼，一日3次。

三、针灸疗法

体针：睛明、合谷、太阳。

三、慧缘效验方

板蓝根15克，秦皮10克，野菊花10克，煎水服。

四、佛禅疗法

每日禅定二次，每次30分钟。

每日六观想一次。

每日礼拜药师佛一次，上桂花明檀香三支，颂药师佛本愿经一遍。


# 十、单纯疱疹性角膜炎

本病是由单纯疱疹病毒所引起的角膜炎症。因角膜病变形态有如树枝状，故又曰树枝状角膜炎。常继发于热病之后，特别是感冒、疟疾。易反复发作而影响视力。属中医"聚星障"与"花翳白陷"的范畴。多为外感风热或肝胆实热上攻所致。

【诊查要点】

1.眼部充血，角膜呈点状或树枝状浸润，荧光素染色阳性，继而可向深层发展，引起角膜基质浸润与水肿，合并虹膜睫状体炎。

2.眼痛，畏光，流泪，眼睑痉挛，视物模糊。

【治疗方法】

一、辨证论治

（一）外感风热　病属初起，眼痛畏光，流泪，睫状充血，角膜点状或条状浸润，苔薄白。

治法：祛风清热。

方药：荆芥、防风、薄荷、柴胡各6克，板蓝根、蒲公英、连翘、银花各10克，生甘草3克。

（二）肝热上攻　眼部混合性充血，角膜浸润范围大，并有基质浸润水肿。口干便结，舌红苔黄。

治法：清泻肝胆实火。

方药：龙胆草6克，炒山栀、黄芩、当归、生地各10克，车前子、木通、柴胡各6克。大便秘结加制大黄10克。

二、局部治疗

抗病毒眼药水点眼。

三、慧缘效验方

板蓝根15克，秦皮10克，木贼10克，谷精草10克，野菊花10克，煎水服。


# 十一、化脓性角膜溃疡

本病系由化脓菌侵入角膜而发生的急性角膜病变。又因前房每有积脓，故又名前房积脓性角膜溃疡。起病前常有角膜表面外伤史，例如树枝、稻谷等擦伤。常发生于老年人。中医称"凝脂翳"。前房积脓时又称"黄液上冲"。系热毒上攻于目所致。

【诊查要点】

1.眼睑红肿，眼部混合性充血，开始时角膜出现灰黄色浸润，迅速破溃形成溃疡，继之几乎整个角膜可失去应有光泽，溃疡表面附有黄白色坏死物。病变向深层发展，严重者可致角膜穿孔。

2.眼部剧痛，畏光，流泪，眼睑痉挛。

3.多合并虹膜睫状体炎，前房积脓。

【治疗方法】

一、辨证论治

治法：清热解毒。

方药：蒲公英、紫花地丁、蚤休、板蓝根、银花各10克，白芷、桃仁各5克，生石膏20克，便秘加生大黄6克。虹膜睫状体炎症明显时，加生地、丹皮、赤芍、紫草等。

二、中成药

黄连上清丸　5克，一日2次~3次。

防风通圣丸　5克，一日2次~3次。

三、局部治疗

（一）抗菌素眼药水点眼。

（二）1%阿托品眼药水点眼。

四、佛禅疗法

每日禅定二次，每次30分钟。

每日六观想一次。

每日礼拜心佛一次。

# 十二、虹膜睫状体炎

本病是由体内或外来感染所引起的虹膜和睫状体的炎症过程。属中医"瞳神紧小症"与"瞳神干缺"等范畴。多系肝胆实热或阴虚火旺所致。

【诊查要点】

1.眼部睫状充血，压痛，角膜后呈现沉淀物，房水混浊，虹膜肿胀，纹理模糊，瞳孔缩小，对光反应迟钝或消失。如发生虹膜后粘连则瞳孔不圆而呈菊花形。有时发生前房积脓。

2.眼球胀痛，畏光，流泪，视物模糊。

【治疗方法】

一、辨证论治

（一）肝胆实热　发病较速，眼球疼痛，放射到同侧眼眶及颞部头痛，眼充血显著，房水混浊，瞳孔紧小，舌红苔黄或黄腻。

治法：清肝泻火。

方药：龙胆草6克，山栀、黄芩、泽泻、生地、丹皮、赤芍、川芎、紫草各10克，木通5克。口渴喜饮加生石膏20克。眼痛甚加制没药10克。

（二）阴虚火旺　久病不退，充血淡，房水轻度混浊，瞳孔呈菊花菜形，对光反应消失，眼隐隐胀痛，舌红少苔。

治法：滋阴降火。

方药：生地、天冬、麦冬、玄参、知母、黄柏、泽泻、茯苓、茺蔚子各10克。便干加决明子、麻仁各10克。

二、中成药

龙胆泻肝丸　5克，每日3次。

知柏地黄丸　5克,每日3次。

三、局部治疗

1%～2%阿托品眼药水点眼,一日1～2次。

四、佛禅疗法

每日禅定二次,每次30分钟。

每日六观想一次。

每日礼拜心佛三次。


# 十三、老年性白内障

本病是眼内晶状体发生混浊,造成视力下降。常见于老年人,多双眼先后患病。中医称"圆翳内障"。多因脾虚气弱或肝肾两亏,精气不能上荣于目所致。

【诊查要点】

1.自觉视物渐趋模糊,眼前有固定阴影而无其他痛楚。经过较长时间后视力渐降,甚至只能辨别影子晃动与感动光亮。

2.早期晶状体呈车轮状混浊,逐渐加重,融合呈灰白色混浊,侧照法于晶体表面见以新月形虹膜阴影;后期则晶状体呈一片乳白色,是为白内障成熟期。白内障从早期至成熟期可经数月至数年不等。

【治疗方法】

一、辨证论治(适用于白内障早期)

(一)脾气虚弱　视物渐渐模糊,体倦乏力,面色淡白,食少便易溏,舌淡苔白,脉细弱。

治法:补脾益气。

方药:党参、白术、茯苓、山药、鸡内金、当归、陈皮、柴胡各10克。

(二)肝肾不足　视物模糊,头晕耳鸣,腰膝酸软,舌淡脉细。

治法:补益肝肾。

方药:枸杞子、生地、熟地、山萸肉、泽泻、首乌、菟丝子各10克,茺蔚子12克,砂仁3克,菊花5克。

二、中成药

杞菊地黄丸或明目地黄丸　5克,每日2次。

五子补肾丸　5克,每日3次。

补中益气丸或益气聪明丸　5克,每日2次。

三、针灸治疗

适用于白内障早期，以提高部分视力。

体针：肝俞、睛明、肾俞、太冲。

四、手术治疗

白内障成熟期，可行白内障针拨术或针拨套出术。

五、佛禅疗法

每日禅定二次，每次30分钟。

每天颂大明咒九次。

每日六观想一次。

每日礼拜心佛三次。


# 十四、玻璃体混浊

本病是指玻璃体内出现不透明的物质而言。多由眼内组织炎性渗出、出血等侵入玻璃体内，或由玻璃体本身退行性改变所引起。中医称之为"云雾移睛"。多由湿热熏蒸，血热妄行或脾肾两亏所致。

【诊查要点】

1.自觉眼前有影子晃动，有如蚊蝇，有如烟雾。黑影不随眼球的运动方向而移动。严重者可引起视力严重障碍。

2.用检眼镜检查可见玻璃体内有混浊，严重者可使眼底红光反射消失。如有出血性者，裂隙灯下可见玻璃体内有棕红色小点浮动。

【治疗方法】

一、辨证论治

（一）湿热熏蒸　视物模糊，眼前黑影晃动，头重胸闷，心烦口苦，苔黄腻。

治法：清热利湿。

方药：山栀、黄芩、黄柏、法半夏、茯苓、泽泻、木通各10克，陈皮6克，苡仁20克。苔厚腻加川朴10克。

（二）血热妄行　视力突降，如降黑幕玻璃体有积血，烦躁易怒，舌红绛，脉细数。

治法：清热凉血止血。

方药：生地、赤芍、丹皮、水牛角（代犀角）、白茅根、藕节、侧柏叶、旱莲草各10克。

如视力渐复，玻璃体仍有积血者，则减去旱莲草、水牛角、白茅根、藕节、加茜草、丹参、桃仁、川芎、当归各10克。

二、原因治疗

治疗原发病。

三、佛禅疗法

每日礼拜心佛三次，念大明咒九遍。

## 十五、视网膜静脉阻塞

本病是由视网膜静脉阻塞导致血液回流障碍而发生的眼内病变。多因视网膜动脉硬化、血管炎症及血液流变学方面改变所引起。严重的可致盲眼病。属中医"暴盲"范畴。多系气血淤滞所致。

【诊查要点】

1.视力骤降，或某一部位视野缺损。

2.外眼正常，眼底表现视神经乳头水肿，境界不清，视网膜静脉扩张弯曲，呈紫红色，动脉常变细，视网膜大量放射状出血，并有水肿现象。如为视网膜静脉分支阻塞，则为此支静脉相应区域发生出血水肿现象。

3.重症可继发青光眼。

【治疗方法】

一、辨证论治

治法：活血化淤。

方药：生地、赤芍、当归、川芎、桃仁、生牛膝、泽泻、茜草、侧柏叶各10克，红花6克，葛根20克。久病气虚加黄芪15克。

二、中成药

参三七片3~5片，一日2次。

三、佛禅疗法

每日禅定二次，每次20分钟。

每天颂大明咒二次，每次10分钟左右。

每日六观想一次。

## 十六、视网膜静脉周围炎

本病为视网膜静脉周围的炎性病变，一般认为与结核有关，可能是由结核或其他病毒感染的过敏反应所致。常双眼先后发病，多见于青年男性。视病情的轻重，分别归入中医的"视瞻昏渺"或"暴盲"范畴。多属肝火或阴虚火旺，血热妄行所致。

【诊查要点】

1.眼前有黑影飞动，视力渐降，或突然视力高度障碍，仅可见手动或仅存光感。

2.外眼正常，玻璃体可呈现混浊，病变静脉扩张扭曲，管径不均匀，有白鞘伴随，邻近视网膜上有出血与灰白色渗出。出血与渗出可自行吸收，但大量出血可严重影响视力。

3.反复出血是本病的特点，故又名青年复发性视网膜出血。反复出血的结果可导致产生机化物与新生血管而形成增殖性视网膜病变，还可继发视网膜剥离而丧失视力。

4.出血量多还可继发青光眼。

【治疗方法】

一、辨证论治

（一）肝火上炎　视力下降明显，视网膜出血量多，或有视网膜前出血与玻璃体积血，头痛，口渴，便秘，舌红，苔黄，脉细数。

治法：清肝泻火，凉血止血。

方药：龙胆草、夏枯草各6克，生地、丹皮、赤芍、白茅根、山栀、侧柏叶各10克，旱莲草12克，便秘加大黄10克。

出血渐止，视力渐复，则减旱莲草，白茅根、龙胆草，加桃仁10克，红花6克，生牛膝10克。如有气虚现象则加黄芪15克。

（二）阴虚火旺　视网膜出血量少，但易反复发作，舌红少苔，脉细数。

治法：滋阴降火。

方药：知母、黄柏、生地、丹皮、赤芍、旱莲草、玄参、蒲黄、女贞子、泽泻各10克。

潮热，或眼底已有机化物形成者，可加鳖甲、龟板各20克。

二、中成药

参三七片　3～4片，一日2次。

知柏地黄丸　5克，一日2～3次。

三、佛禅疗法

每日禅定三次，每次30分钟。

每日六观想一次。

## 十七、中心性脉络膜视网炎

本病为以水肿、渗出为主的黄斑部病变，是常见眼底病之一。可不同程度地引起视力障碍，且易反复发作。一般预后尚佳。属中医"视瞻昏渺"与"视瞻有色"范畴，多系阴虚火旺或脾虚湿泛所致。

【诊查要点】

1.眼前正中出现类圆形暗影，有呈灰白色或灰黄色，视物模糊变形。

2.眼底黄斑部呈现水肿，在水肿边缘可见类圆形反射光晕，中心反射消失。水肿渐稍后可见黄白色或灰白色渗出斑点。

3.恢复期可见黄斑部色素紊乱，或兼有硬性出斑点。

【治疗方法】

一、辨证论治

（一）阴虚火旺　视物模糊，黄斑水肿，久视眼胀，口干，便干，舌红，苔薄黄。

治法：滋阴降火。

方药：知母、黄柏、生地、女贞子各10克，车前子6克，茯苓皮12克，葛根20克。

（二）脾虚湿泛　视物模糊，黄斑水肿，乏力，纳少，口淡，便溏，舌淡，苔薄白腻。

治法：健脾除湿。

方药：苍术、白术各10克，茯苓皮15克，白芍、葛根各20克，苡仁30克。

（三）血淤痰阻　视力渐复，黄斑水肿消退，黄白色渗出斑较多。

治法：活血化淤兼祛痰湿。

方药：生地、当归、川芎、桃仁、半夏各10克，白芍15克，红花6克。

二、中成药

石斛夜光丸　5克，一日2次。

知柏地黄丸　5克，一日2次。

丹栀逍遥丸　5克，一日2次。

恢复期服用杞菊地黄丸5克，一日2次，以巩固疗效。

三、佛禅疗法

每日禅定二次，每次30分钟。

每天颂大明咒三十遍。

每日六观想一次。

每日礼拜心佛三次。


# 十八、视神经炎

本病为视神经乳头或视神经球后段的炎症。前者称为视神经乳头炎，后者称为球后视神经炎。多两侧性，常见于青壮年。属中医"暴盲"与"视瞻昏渺"范畴。多肝热上攻或肝气郁结所致。

【诊查要点】

1.早期即发生视力障碍，严重者可至光感消失的程度。

2.视力高度障碍者，瞳孔有不同程度的扩大，对光反应不持续。

3.头痛，眼球压痛或眼球运动痛。

4.眼底变化：

（1）视神经乳头炎：视神经乳头呈不同程度的充血，边缘模糊，视网膜静脉扩张，视乳头及其邻近视网膜上有出血、渗出与水肿。

（2）球后视神经炎：早期眼底无变化。

5.视野检查：多发现中心暗点。

【治疗方法】

一、辨证论治

（一）肝热上攻　视力迅速下降，视神经乳头充血，肿胀，视网膜静脉扩张，视网膜出血，渗出多，面部烘热，耳鸣头痛，舌红，苔黄。

治法：平肝泄热，兼通淤滞。

方药：生地、赤芍、丹皮、山栀、夏枯草、决明子、当归各10克，桃仁6克，菊花3克，石决明30克，车前子6克。

大便秘结者加大黄6克。

头痛甚加钩藤10克，白蒺藜10克。

（二）肝气郁结　视力逐渐下降，眼底改变较轻或无改变，伴胸闷肋胀，或妇女月经不调等现象。舌质暗红，苔薄或薄黄。

治法：疏肝理气。

方药：柴胡、广郁金、当归、白芍、白术、茯苓、桃仁、黄芩各10克，薄荷5克。

口干、舌红、苔黄者，加丹皮10克，山栀12克，紫草6克。

头痛、眼胀痛者，加钩藤10克，夏枯草、香附各6克。

二、中成药

丹栀逍遥丸　5克，一日2次。

龙胆泻肝丸　5克，一日2次。

三、佛禅疗法

每日禅定二次，每次30分钟。

每天颂大明咒三遍。

每日礼拜心佛三次。

每日六观想一次。

# 十九、原发性视神经萎缩

本病为视神经纤维发生变性和传导功能的障碍，表现为视乳头颜色变淡边界清晰。属中医"青盲"范畴。多由气血两亏，不能上荣于目所致。

【诊查要点】

1.视物逐渐模糊，甚至最终可致失明。

2.眼底检查可见视神经乳头颜色变淡，境界清晰，血管变细。

【治疗方法】

一、辨证论治

治法：补益气血。

方药：黄芪、当归、熟地、白芍、党参、茯苓、陈皮各10克，川芎、柴胡、升麻各5克，甘草3克。

老年人有腰膝酸软等现象者，可加菟丝子、枸杞子各10克。

二、中成药

十全大补丸　5克，一日2次。

逍遥丸　5克，一日2次。

五子补肾丸　5克，一日2次。

磁朱丸　5克，早上空腹服。

三、针灸疗法

体针：球后、睛明、合谷、足三里。

四、佛禅疗法

每日禅定二次，每次30分钟。

每天颂大明咒二次，每次10分钟左右。

每日六观想一次。

每日礼拜心佛三次，念大明咒三十遍。

# 第九章　耳鼻咽喉口腔科病治疗法

## 一、耳部疾病

肾开窍于耳,肾气通于耳,胆和三焦经络俱汇入耳中。所以耳部疾病与胆(肝)、肾有关。耳部的急性炎症,多属胆(肝)和三焦实火,治疗应清泄肝胆实火;耳部慢性炎症,多属肾经虚火,治应滋阴降火。

化脓性中耳炎

化脓性中耳炎,中医称为"耳脓",多因外感风热火毒所引起;如热毒留恋不清,迁延不愈,或愈后反复发作,则转慢性。

【诊查要点】

1.急性中耳炎:一般以小儿为多,往往发病急剧,恶寒,发热,头痛,耳底跳痛,病儿哭闹不安,如果鼓膜穿破出脓,则疼痛很快减轻,一般经过2~3周后痊愈。

2.慢性中耳炎:多先有急性发作病史,以后反复发作,耳内流脓或稀或稠,持续不断,经久不愈。多伴有头昏、耳鸣、听力减退。

3.检查:鼓膜呈急性充血,穿孔时可见搏动性脓液涌出。鼓膜紧张或中央穿孔。

【治疗方法】

一、辨证论治

(一)急性期　恶寒发热,头痛,耳底跳痛,流脓稀黄,或为血性脓液,苔黄，脉弦数。

治法：疏风清火。

方药：柴胡清肝汤加减。柴胡、龙胆草、薄荷各5克，牛蒡子、黄芩、山栀、夏枯草各10克，银花15克，血性脓液加生地15克，丹皮10克。

（二）慢性期　分两种证型。

1.阴虚火旺表现为脓水清稀、头晕、耳鸣、听力减退。

治法：滋阴降火。

方药：知柏地黄丸或大补阴丸，5克，一日3次。

2.肝经湿热经常发作，耳底肿痛，流脓稠厚，最多。

治法：清肝利湿。

方药：龙胆泻肝丸，5克，一日3次。或改汤剂服。

二、中成药

银黄口服液　每次1支，每日3次。

三、局部处理

急性期或慢性期脓液稠厚者，以水剂为宜，黄连（或黄柏）滴耳液，每日3～4次。用前应将脓液拭净。

慢性期脓水稀少，可用粉剂红棉散吹入耳底，一日3次。用量宜少，每次用药前要清洗耳道，防止药粉堆积，堵塞引流。

四、慧缘效验方

（一）活田螺一只，挖开盖头，加入冰片少许，放入清洁小盘内，待有水渗出，取水滴耳，一日3次。适用于急性期鼓膜未穿破者，有清凉止痛消炎作用。

（二）鲜金丝荷叶（又名虎耳草）或鲜穿心莲洗净，捣烂取汁，加入微量冰片，滴耳内。适用于脓多者。

如脓液青绿稀薄，气味恶臭，经久不愈，X光摄片见乳突部骨组织有破坏阴影者，属胆脂瘤型中耳炎，应手术治疗。

五、佛禅疗法

每日禅定二次，每次30分钟。

每天颂大明咒二次，每次10分钟左右。

每日六观想一次。

外耳道疖

外耳道疖中医称为"耳疔"，多由挖耳、浸水，耳道上皮损伤或软化后，感染火毒所致。中耳脓液长期刺激亦可引起。

【诊查要点】

1.有剧烈跳动性耳痛,如以指压耳屏,牵引耳郭,则疼痛加剧。

2.外耳道软骨段呈局限性红肿,凸起,如已溃破则有脓液可见。附近淋巴结肿痛。

3.严重时可有畏寒发热、全身不适等症状。

【治疗方法】

一、辨证论治

治法:清热解毒。

方药:五味消毒饮加减。银花、地丁、蒲公英、连翘、黄芩、赤芍、山栀各10克,龙胆草5克。

初起畏寒发热有表证者,加牛蒡子、薄荷。

二、中成药

银黄口服液　1支,每日3~4次。

牛黄消炎丸　成人10克粒,每日3次。

三、局部处理

红肿未化脓者,用30%黄连(或黄柏)水棉球冷湿敷,经常更换。

脓肿形成者应切开引流。以后每天用3%过氧化氢清洗,涂黄连膏。

四、佛禅疗法

每日禅定二次,每次30分钟。

每天颂大明咒二次,每次10分钟左右。

每日六观想一次,念大明咒三十遍。

耳门瘘管

胚胎时发育畸形,在耳屏前有一小孔,瘘管深浅不一,最深的可以通到中耳或鼻咽部。

【诊查要点】

1.此瘘自幼即有,可单侧或双侧同时存在。耳屏前有一小孔,有时分泌带有臭味的脂状物。

2.一旦感染,局部红肿热痛,溃后脓液不断。不易愈合,愈合后容易复发。

【治疗方法】

此病不感染时没有症状,病人不来治疗,亦无需治疗。

一、局部红肿热痛,敷金黄膏,内服清热解毒剂,以免炎症范围扩大。

二、脓肿形成时应及时切开引流。

三、溃后,注意引流通畅,有脓腔者要扩大创口。每天用五五丹粉或引流条换药,以腐蚀炎性芽和瘘管壁,脓少后改九一丹,只要坚持换药,一般都能愈合。

反复发作者同样处理。常因瘢痕化不再复发。

耳道异物

常见的是蚊蝇、小虫等飞入耳道，或儿童玩弄豆粒、果核、沙粒、纸团塞入耳道。

【诊查要点】

1.小而无刺激的异物可不引起症状，大的异物可引起听力障碍、耳鸣、反射性咳嗽。

2.吸水性异物，胀大可刺激和压迫外耳道，引起炎症和疼痛。

3.动物性异物，因在耳内骚动，引起痒、痛、耳鸣等不适感。

【治疗方法】

一、一般宜用异物钩将异物取出。

二、活动的昆虫，用菜油或眼药水滴入耳道，待虫死后用镊子取出。

三、圆形异物不能用水冲洗，视情况采用异物钩、镊子取出，或用回形针弯成"U"形套出。


# 二、鼻部疾病

肺开窍于鼻，肺气通于鼻，因此鼻病与肺有密切的关系。外感风寒、风热皆能由鼻传于肺；肺中有火（热）、肺燥阴伤、肺气壅塞或肺气不足，均能引起鼻病。其辨证论治要点如下：

鼻塞为肺气为壅塞，治以宣通肺气。流清涕为风寒，治以发散风寒。流黄涕为风热，治以散风清热。流脓涕味臭，为肺经热毒，治以清肺解毒。鼻腔干燥为肺阴虚，治以养阴润肺。鼻腔红肿破烂，为肺经火毒，治以清泄肺热。喷嚏流清涕不止为肺气虚，治以补益肺气。

慢性鼻炎

慢性鼻炎因鼻甲肿胀，影响呼吸，称为"鼻窒"。由外感风寒或风热，肺气失和，鼻窍不能通利而成。

【诊查要点】

1.鼻阻塞常为交替发生，鼻涕或多或少，或清或黄。

2.重者鼻阻塞为持续性，且伴有头昏，头胀，咽部不适。

3.鼻甲肥大，滴收敛剂后可缩小。

【治疗方法】

一、辨证论治

治法：疏风宣肺。

方药：苍耳子散加减。苍耳子、辛夷、白芷、藿香各10克，薄荷、橘梗、菖蒲各5克。

鼻流清涕为风寒，加麻黄3克，羌活、荆芥各10克。

鼻流黄涕为肺热，加黄芩、桑白皮各10克，生石膏30克。

二、局部处理

1%～2%麻黄素溶液滴鼻。

鲜鱼腥草、苍耳茎叶、辛夷花各3克，薄荷2克，冰片微量，研末装入瓶内。用少许吹入患侧鼻孔，每日3次。

三、针灸疗法

体针：迎香、合谷、列缺、印堂。

耳针：内鼻、肾上腺、额。

四、佛禅疗法

每日禅定二次，每次30分钟。

每天颂大明咒二次，每次10分钟左右。

每日六观想一次。

鼻窦炎

副鼻窦炎中医称为"鼻渊"。由外感风火热毒阻于鼻窍而成。如热毒留恋不清，反复发作，则转为慢性。

【诊查要点】

1.急性期：鼻塞，流黄脓涕，眉额或眼眶下压痛。鼻腔黏膜充血肿胀，中鼻道有积脓。常伴有形寒发热，头昏头痛。

2.慢性期：不同程度鼻塞，眉额胀痛不适，脓涕不断，味臭；嗅觉减退，头昏头痛。上中鼻道有脓性分泌物。

【治疗方法】

一、辨证论治

治法：疏风宣肺，清热解毒。

方药：辛夷清肺饮加减。辛夷、黄芩、山栀、麦冬、牛蒡子各10克，银花、鱼腥草各15克，生石膏30克，薄荷5克。

慢性期，去牛蒡子、薄荷，加苍耳子、藿香、白菊花各10克。

二、中成药

藿胆丸5克，一日3次。

三、局部处理

30%黄连水或黄柏水滴鼻。

1%麻黄素溶液滴鼻，收缩鼻甲，通畅引流。

四、慧缘效验方

鲜鱼腥草50克，煎服，并用鲜草捣汁滴鼻。

鹅不食草，煎浓汁，澄清滴鼻。

五、针灸疗法

合谷、内庭、上星、少泽。

六、佛禅疗法

每日禅定二次，每次30分钟。

每天颂大明咒二次，每次10分钟左右。

每日六观想一次，念大明咒十遍。

过敏性鼻炎

过敏性鼻炎中医称为"鼻鼽"，由于肺虚卫气失固，抵御外邪能力减弱，风寒乘虚入侵所致。

【诊查要点】

1.多在吹风受凉时突然发作，鼻痒，鼻塞，连续喷嚏，流清水样鼻涕。

2.鼻腔黏膜苍白、水肿。

【治疗方法】

一、辨证论治

治法：补肺固表，祛风散寒。

方药：玉屏风散合桂枝汤加味。生黄芪15克，防风、白术、桂杖、白芍、苍耳子各10克，炙甘草5克，生姜2片，红枣4枚。

初起风寒重，加麻黄3克，细辛2克。

病久气虚甚，加党参、诃子各10克，五味子5克。

二、中成药

补中益气丸　10克，一日3次。

玉屏风口服液　1支，一日3次。

鼻炎灵冲剂　1包，一日3次。

三、慧缘效验方

鹅不食草研末，用凡士林调匀，涂纱布卷上塞鼻。

蝉衣研细末，每服3克，每日3次。

四、针灸疗法

体针：上星、合谷、肺俞、迎香。

耳针：内鼻、肾上腺、额、内分泌。

五、佛禅疗法

每日禅定二次，每次30分钟。

每天颂大明咒二次，每次10分钟左右。

每日六观想一次。

萎缩性鼻炎

萎缩性鼻炎中医称为"鼻藁"，俗称"臭鼻子"。由肺经有火，日久肺燥阴伤，鼻失滋养所致。

【诊查要点】

1.鼻腔宽大，黏膜干燥萎缩，嗅觉减退。

2.结有黄绿色脓痂，具有特殊臭味，痂块堵塞时感觉鼻塞。

3.伴有头昏、头痛、鼻腔及咽喉常感干燥，在脓痂脱落时，可引起轻度鼻出血。

【治疗方法】

一、辨证论治

治法：养阴、润燥、清火。

方药：清燥救肺汤加减。北沙参、麦冬、玄参、花粉、黄芩、石斛、桑白皮、白菊花各10克，鱼腥草15克，生石膏30克。

鼻血加侧柏叶、生地各10克。

二、中成药

千柏鼻炎片　4片，一日3次。

藿胆丸　5克，一日3次。

三、局部处理

（一）用生理盐水洗鼻腔干痂，减少臭味。

（二）用麻油、菜油、蜂蜜经常涂鼻腔，润燥和保护鼻黏膜。

（三）黄连10克，煎浓汁1小酒杯，大蒜1瓣，捣烂加水取汁数滴，混合滴鼻。

四、针灸疗法

体针：印堂、合谷。

耳针：内鼻、肾上腺、额。

五、佛禅疗法

每日禅定二次，每次30分钟。

每天颂大明咒二次，每次10分钟左右。

每日六观想一次。

鼻息肉

鼻息肉中医称为"鼻痔"，由鼻腔或鼻旁窦长期受慢性炎症刺激而成。

【诊查要点】

1.鼻腔内可见到灰白色或粉红的半透明新生物，表面光滑柔软，触之无感觉，不易出血。

2.巨大息肉可使鼻梁变宽，外形臃大饱满而如蛙形。

3.鼻塞涕多，嗅觉减退，头昏头胀。

4.如息肉表面粗糙不平，或有溃疡及出血现象，要考虑恶性变，应做活组织病理检查。

【治疗方法】

一、辨证论治

1.积极治疗鼻腔疾病，以免息肉除去后再生。

2.局部治疗。

（1）硇砂散用水或麻油调成糊状，涂在棉片上，贴在息肉的表面或根部。枯矾粉用法同上。

（2）大的息肉，应手术摘除，再用上药可减少复发。

二、佛禅疗法

每日禅定二次，每次30分钟。

每天颂大明咒二次，每次10分钟左右。

每日六观想一次。

鼻前庭炎、鼻前庭疖

鼻前庭炎中医称为"鼻疮"，鼻前庭疖中医称为"鼻疔"，均由肺炎熏灼而成。

【诊查要点】

1.鼻前庭弥漫性红肿、糜烂、结痂。如有局部性隆起、肿痛及有脓头出现，则为鼻前庭疖。

2.鼻腔痒、痛、干燥不适，常因挖鼻而引起鼻出血。

【治疗方法】

一、辨证论治

治法：清泄肺火。

方药：黄芩汤加减。黄芩、山栀、麦冬、桑白皮、野菊花各10克，银花、连翘各15克，生甘草5克。

鼻出血加生地、丹皮各15克。

二、局部治疗

鼻前庭炎用黄连膏涂鼻腔。

鼻前庭疖先用黄连膏涂，脓头成熟后，不能用力挤压，用镊取出，消毒药水揩拭干净后再涂药膏。

三、中成药

银黄口服液　　1支，每日3次。

黄连上清丸　　5克，每日2次。

牛黄解毒片　　2～4片，每日3次。

四、佛禅疗法

每日禅定二次，每次20分钟。

每天颂大明咒二次，每次5分钟左右。

每日六观想一次，念大明咒十遍。

鼻出血

鼻出血是多种疾病的常见症状。小量出血称"鼻衄"，严重出血不止称"鼻洪"。

【诊查要点】

1.外伤引起的，有外伤史，鼻腔内可见伤口。

2.因各种鼻炎引起的，鼻腔可见到糜烂及溃疡。

3.因全身性疾病，如高血压、血液病等引起的，有相应的病史和全身症状。

【治疗方法】

一、辨证论治

（一）外伤引起的，服三七片、云南白药。

（二）因鼻腔炎症溃破、糜烂引起的，内服清火凉血止血剂。清肺火如黄芩汤，清胃火如清胃汤加白茅根、茜草根、藕节之类，火盛者加大黄、芒硝。

（三）因全身性疾病引起的，查明原因对症治疗。

二、局部处理

（一）冷湿毛巾、冰袋敷额及鼻根部。

（二）三七粉、云南白药、血余炭、白芨粉，用棉球蘸药塞入鼻腔。

（三）明胶海绵或止血淀粉海绵填塞在出血处。

（四）1%麻黄素溶液、1∶1000肾上腺素溶液，棉片浸湿填塞。

（五）如出血量较多，可从前鼻孔填塞凡士林纱布条，压迫止血。如出血部位靠后，可采用后鼻孔填塞法。用凡士林纱布卷成长形纱布条，直径约1.5～2cm，长约6cm,在纱布条中间,用长粗丝线一根线扎紧,两头留等长二根丝线,消毒备用。使用时,先用细导尿管沿下鼻道插入,至口咽部时用海绵钳夹住拉出口腔,以油纱布条一根线扎住导尿管,拉出导尿管;自口腔中引出长线,拉紧长线,油纱布条反折,其中心部分即紧紧嵌于后鼻腔中,压迫出血点;将线头系在纱布卷上,用胶布固定于面颊部。口中的一根线,可以入软腭以下剪断。填塞时间一般不超过24小时,取出时剪断前鼻孔的固定线头。待油纱布条逐渐松动后,再用止血钳夹住露在口咽部的线头,将线连同纱布球经口内拉出。

鼻腔异物

多见于儿童,在游玩时把豆粒、珠子、纸片之类塞入鼻孔所致。

【诊查要点】

1.症状依异物的性质、大小、形状及停留的时间长短而定。常见鼻塞、脓涕带血、鼻臭等异常现象。

2.在清除鼻腔分泌物后,一般即能发现异物。金属异物如果在鼻腔检查不到,可做X线照片检查。

【治疗方法】

取出异物的方法要随物体的形态而定。

一、如果异物不大,时间短,可用清洁的羽毛刺激对侧鼻孔,促使打喷嚏,使异物排出。

二、如果是纸片、布条、火柴棒之类的异物,可用镊子取出。

三、光滑圆形的异物,切不可用镊子或钳子钳取,这样,反而会把异物推深。一般可用特制的鼻异物匙,轻轻沿鼻中隔放到异物后面后,将小头匙向下,向前将异物拉出鼻腔。如异物系黄豆、果核等圆形硬性物时,拉出前应用纸遮住口腔,以免拉出时滚入口腔,呛入气管。


# 三、咽喉部常见疾病

喉连于气管,为肺之通道;咽连于食管,为胃之通道。因此,咽喉与肺胃有密切关系。外感风寒风热,自口鼻而入,或肺胃痰热、火毒上蒸,皆可致病。病久转慢性者,多因热邪伤阴、肺胃阴虚所致。

咽喉病辨证论治要点:凡咽喉急性发作,有寒热头痛等表证者,多因感受外邪引起,治以解表散邪。咽喉红肿的为热壅,治以清热。咽喉腐烂的为火毒,治以清火解毒。咽喉分泌物多的为痰,治以化痰。咽喉干燥的为肺燥阴伤,治以养阴润肺。

咽炎

咽炎中医称为"喉痹"。急性者多因内蕴痰热，外感风邪所致，称"风热喉痹"，慢性者由于痰热蕴蓄日久，耗伤肺阴而成，称"阴虚喉痹"。

【诊查要点】

1.急性期的主要症状为咽部红肿、干燥灼热、咳嗽，有梗阻感，黏膜表面附有稠厚黏液，吞咽疼痛，并伴有形寒发热、头痛等症状。

2.慢性期的主要症状为咽部干燥不适，有异物感，恶心。咽部充血呈深红色，咽后壁可见淋巴滤泡。痰液黏稠呈滴，吐出困难。

【治疗方法】

一、辨证论治

（一）急性咽炎

治法：疏风清热化痰。

方药：银翘散加减。牛蒡子、大贝母、僵蚕各10克，荆芥、薄荷、橘梗、生甘草各5克，银花、连翘各15克，鲜芦根30克。

（二）慢性咽炎

治法：养阴清热化痰。

方药：沙参麦冬汤加减。北沙参、麦冬、黄芩、桑白皮、花粉、玄参各10克，橘梗、生甘草各5克。

加减：淋巴滤泡多而异物感明显时，加射干、山慈菇各10克。

痰黏咳吐不出，加海浮石、瓜蒌皮各10克。

二、中成药

六神丸或咽喉消炎丸　每服10粒，一日3次。

银黄口服液　1支，一日3次。

金果饮　20毫升，一日3次。

三、局部处理

冰硼散吹咽部，一日3次。

西瓜霜片经常含服。

蒲公英30克，野菊花10克，土牛膝15克，薄荷5克，煎汤，经常漱口，用于急性者。

四、针灸疗法

急性者针合谷、内关、足三里、三阴交、少商（放血）。

慢性咽炎要少吸烟、饮酒，不大声喊叫及过多说话。

五、佛禅疗法

每日禅定二次，每次30分钟。

每日六观想一次，礼拜心佛三次，念大明咒十遍。

扁桃体炎

扁桃体炎是最常见的喉病之一，冬春季节多见。中医称急性的为"喉蛾"，慢性的为"石蛾"。急性扁桃体炎因肺胃内蕴热毒，感受风邪壅结而成；慢性扁桃体炎因反复急性发作后，肺气肺阴损伤，虚火上炎所致。

【诊查要点】

1.急性扁桃体炎：起病急，畏寒发热，头痛，周身不适，咽痛，吞咽困难。颌下淋巴结肿大，压痛。一侧或两侧扁桃体红肿，表面有黄白色片状小点或片状苔膜，易于拭去，不出血，可与白喉的假膜不易拭去、易出血作鉴别。如并发扁桃体周围脓肿，可见红肿突出的肿块。

2.慢性扁桃体炎：无明显全身症状，可有低烧、干咳。扁桃体肿大，呈暗红色，挤压时可见隐窝内有牙膏样脓性分泌物溢出。如果炎症反复发作，扁桃体萎缩，小而且硬。儿童的慢性扁桃体炎和扁桃体肥大，可影响呼吸和吞咽，睡眠时有鼾声。

【治疗方法】

一、辨证论治

（一）急性扁桃体炎

1.风热型　畏寒发热，头痛身疼，扁桃体红肿，根脚收缩，咽痛难咽，舌红苔薄黄，脉浮数。

治法：散风清热。

方药：清咽利膈汤加减。牛蒡子、黄芩各10克，银花、连翘各15克，薄荷、橘梗各5克，生甘草3克。

2.火毒型　高热，口干而臭，大便燥结。扁桃体红肿弥漫，表面有脓腐附着或有脓肿形成。苔黄腻，脉洪数。

治法：清肺解毒，散淤消肿。

方药：黄连清喉饮加减。黄连3克，黄芩、玄参、射干、山豆根、赤芍各10克，银花、连翘各15克，土牛膝30克，生大黄10克（后下）。

（二）慢性扁桃体炎　扁桃体暗红肿大，咽干疼痛，或有异物感，口臭，午后低热，或有干咳。舌质红，脉细数。

治法：益肺养阴，清咽消肿。

方药：益气清金汤加减。北沙参、太子参、玄参、麦冬、射干、生地各10克。

咳嗽加杏仁、川贝，口干口臭加知母、石斛，低热加柴胡、黄芩。

二、中成药

急性期用六神丸，10粒，一日3次。银黄口服液1支，一日3次。

慢性期用西瓜霜片含服。

三、局部处理

经常用药水漱口（一）风化硝、白矾、食盐各3克，加水200毫升，煮沸后待冷备用。（二）银花30克，生甘草10克，煎汤待冷漱口。

扁桃体周围脓肿形成时，应穿刺抽脓，或切开排脓。反复发作的慢性扁桃体炎应摘除。

四、慧缘效验方

土牛膝30克，板蓝根30克，薄荷5克，水煎服。

鲜威灵仙全草（干草用30克），煎汤，当茶饮。

孩儿茶、柿霜各10克，枯矾5克，冰片0.5克，共研细末，甘草调成糊状，涂扁桃体上。

五、针灸疗法

体针：颊车、合谷、曲池、少商（放血）。

耳针：扁桃体、咽喉。

适用于急性期。

六、佛禅疗法

每日禅定二次，每次30分钟。

每日六观想一次。

**梅核气**

病人自觉有如梅核塞于咽喉。本病与神经官能症、神经衰弱、癔病、妇女更年期综合征有关。中医认为是七情郁结所致。

【诊查要点】

1.自觉喉中有异物感，咽之不下，吐之不出，但饮食可以顺利下咽。

2.病久者自觉胸闷气塞，精神不振，不思饮食，面黄肌瘦。

3.应详细检查咽喉部和颈颔部有无肿块，必要时食道钡餐检查。

【治疗方法】

一、辨证论治

治法：舒肝解郁，行气化痰。

方药：四七汤加味。姜半夏、茯苓、苏叶、橘梗、木香、佛手各10克，厚朴5克。

二、精神治疗

医生详细而认真的检查，尤其是食道钡餐透视，可以消除病人的疑虑。在确实没有其他异常的情况下，向病人说明病情，有时胜于服药。

三、佛禅疗法

每日禅定二次，每次30分钟。

每天颂大明咒二次，每次10分钟左右。

每日六观想一次。礼拜观音菩萨一次，上莲花明檀香三支。

# 四、口腔疾病

口为脾之外窍，舌为心之苗，肾脉夹舌本，牙龈属脾胃。因此，口腔疾病与脾、胃、心、肾有密切关系。凡心肾之火上炎，脾胃湿热熏蒸，都能引起口腔疾病。

鹅口疮、口糜

鹅口疮多生于新生儿，俗名"雪口"，由心脾二经积火上炎所致，属于实证。口糜多见于成年人，大都继发于伤寒、大面积烧伤、长期腹泻的患者及营养不良婴幼儿，亦见于长期大量使用抗生素的病者。多因胃阴不足，虚火上炎，或脾虚实热熏蒸所致，属于虚证。西医称之为"念珠菌病"。

【诊查要点】

1.口腔黏膜发生斑点状白膜，逐渐融合成片，略高于黏膜面，周围无红晕，容易拭去。发生在病后的口糜，斑点状的白膜多不融合；白膜可发生于口腔任何部位，但以舌、两颊、上腭、口底为多，严重的病例可蔓延至咽喉、食道与气管，妨碍吞咽与呼吸。

2.一般不发热，重者可能有低热，烦躁，食欲不振，口腔疼痛轻微，口中涎多，婴儿则哺乳困难。

【治疗方法】

一、辨证论治

（一）心脾积火　满口白斑，唇舌红赤，口涎增多，便秘尿赤。

治法：清泄心脾积热。

方药：凉膈散加减。栀子、连翘、黄芩、竹叶各5克，薄荷叶、生甘草各3克，大黄酌用蜂蜜一匙冲服。

（二）胃虚火炎　口咽干燥，烦热食少，舌红少苔，脉象细数。

治法：清胃养阴。

方药：益胃汤加味。麦冬、玉竹、北沙参各10克，鲜石斛、鲜生地、鲜芦根各30克，生甘草5克。

（三）湿热上蒸　　舌苔黄白厚腻，口有秽味，胸闷呕恶，食少便溏。

治法：清热化湿。

方药：芩连平胃散。黄连3克，黄芩、苍术、厚朴、藿香、茯苓各10克，陈皮5克，生苡仁30克。

二、局部处理

用棉球轻轻拭去白膜，再用扁桃体炎中所用的漱口药水将口腔漱洗干净，搽绿袍散。

三、慧缘效验方

野蔷薇花一把，煎汤，漱洗口腔。

青黛粉，棉棒蘸擦白膜。

四、佛禅疗法

每日禅定二次，每次30分钟。

每天颂大明咒二次，每次10分钟左右。

每日六观想一次。

疱疹性口腔炎

疱疹性口腔炎属于中医"口疮"范围，为幼儿常见口腔疾病。因脾胃二经湿热上蒸所致。

【诊查要点】

1.口腔及唇黏膜普遍充血红肿，有散在或簇集水疱，破裂成为小溃疡，表面有黄色膜状物。口水增多，颌下淋巴结肿痛。

2.可有发热、不欲饮食、便秘、尿赤等全身症状。

【治疗方法】

一、辨证论治

治法：清泄胃热。

方药：清胃汤加减。生升麻5克，黄连2克，生地、玄参、黄芩、丹皮各10克，生石膏20克，蜂蜜1匙。

恶寒、发热、头痛加牛蒡子5克，薄荷3克。

大便秘结加生大黄、芒硝各3~5克。

二、局部处理

绿袍散搽口腔，1日3次。

三、佛禅疗法

每日禅定三次，每次30分钟。

每天颂大明咒三次，每次10分钟左右。

每日六观想一次，礼拜心佛一次。

复发性口疮

复发性口疮中医亦称"口疮"。此因思虑太过，睡眠不好，以致心肾不交，虚火上炎；或因过食辛辣厚味，心脾积火上攻。

【诊查要点】

1.好发生于成年人。

2.溃疡较深，有灰白色假膜，从绿豆大到黄豆大，多孤立存在，好发于唇、颊内侧、舌边、牙龈等处。

3.反复发作，持续甚久，常在情绪紧张、疲劳过度情况下复发。

【治疗方法】

一、辨证论治

（一）虚火型　溃疡红肿不显，非进食不痛，疲劳易发，无全身症状，苔白，舌淡红，脉细数。

治法：滋阴清火。

方药：知柏地黄丸加减。知母、黄柏、山萸肉、白芍、丹皮各10克，熟地、玄参各12克。

失眠梦多，加朱茯神、炒枣仁、五味子。

便秘，加火麻仁。

久发不愈者，去知母、黄柏，加肉桂、附子引火归源。

（二）实火型　溃疡红肿明显，灼热疼痛，或有口干口臭，舌红苔黄，尿黄便秘。

治法：清泄心脾。

方药：导赤散加味。生地15克，竹叶、玄参、知母各10克，鲜芦根、生石膏各30克，木通、甘草各3克。

二、局部处理

养阴肌散、锡类散、珠黄散，任选一种，涂在溃疡上，每1～2小时涂一次。

三、中成药状，敷于双侧内关穴，然后用纱布包扎，24小时后去之。适用于"疳积"出现腹胀、内热、烦躁等症。

四、针灸疗法

体针：合谷、足三里、太白。

五、其他疗法

（一）刺四缝疗法：取食指、中指、无名指及小指四指的中节横纹，即第二指节与第三指节之间的横纹处，经局部消毒后，用三棱针或粗毫针挑刺（左右均刺）约0.3厘米深，有黏性黄白色透明液体随针拔出时流出外溢为度。每周刺2次，直至无液溢出或烦躁症状消失为止。

（二）捏脊疗法：先把病儿衣服解开，裸露背部，伏在大人身上（要伏平、伏正）。施术者位于病儿股部后方，两手半握拳，两食指抵于背脊之上，拳眼与背相垂直，再以两手拇指伸向食指前方合力夹住肌皮提起，而后做食指向前、拇指后退的翻卷动作，两手交替向前移动。自长强穴起沿脊柱两旁向上推捏，一般上至大椎穴即可。如果患儿夜盲目燥，白膜遮睛，口角糜烂，鼻下红赤，则捏至风府穴。如此反复5~7次，但捏第3~4次时，每捏3把，将皮肤提一下。捏完后以拇指按摩两侧肾俞数下。不要抚摩其他俞穴。每天一次，6天为一短程；如需再做，连捏5天后，休息1天或间日1次，再捏5次，前后约半个月为一疗程。

（三）敷贴疗法：杏仁、桃仁、栀子、皮硝、大黄各6克，研末，以鸡蛋清加面粉，调敷于脐部。适用于肚腹膨大。

（四）推拿疗法：推三关，退六腑，分阴阳，推脾土，运土入水，推板门，揉阴陵泉，揉足三里、脾俞、胃俞、摩腹。如肚胀肠鸣，大便稀溏，加运五经，侧推大肠，揉大肠俞；发热，加清天河水；潮热，加揉外劳官；多汗，配揉阴郄。

（五）饮食疗法

健脾八珍膏：由党参、山药、莲心、大米、白糖组成。每天10~20克，开水调冲作点心服。适用于"疳气"脾胃虚弱、大便溏薄等证。

胡萝卜粥：胡萝卜适量，和大米混合煮粥充饥。适用于眼疳。乌鱼或鲤鱼加葱姜和少量食盐煮汤，连鱼带汤作饵服，用于疳症兼肿胀。

山药粥：山药粉10克，大米50克，煮粥作食用。适应证，脾虚腹泻。

【预防与护理】

1.提倡母乳喂养，及时增添辅助食品，合理安排生活，培养良好的饮食习惯，积极防治各种疾病，驱除肠道寄生虫。

2.精神不好、性格反常的小儿，要耐心哄导，不要随意训斥。

3.应注意疳积患儿大便排虫情况。

4.对干疳拒食患儿，要掌握"胃家以喜为补"原则，千方百计诱导食欲，但要避免坚硬和生冷不洁之物。

5.注意生活起居，当心气候的寒暖变化，及时加减衣服，防止外邪侵犯引发时令病，加重疳症病情。

溃疡性牙龈炎

本病中医称为"风热牙疳"，是由胃经积热上攻、外感风邪搏结而成，或因湿热病后余毒上攻所致。

【诊查要点】

1.好发于儿童,常见于营养不良时或热性传染病后。

2.牙龈红肿腐烂出血,上覆灰白色或灰黄色假膜,口臭,唾液增多,疼痛明显,碰触易出血。颌下淋巴结肿痛。

3.伴有发热、头痛、饮食不香、便秘、尿赤等症。

【治疗方法】

治法:疏风清热解毒。

方药:清疳解毒汤加减。牛蒡子、薄荷各5克,黄连、人中黄各3克,黄芩、玄参、连翘、生地、知母各10克。

便秘加大黄、芒硝。

二、局部处理

芒硝、白矾、食盐各3克,加水200毫升擦洗口腔。

腐烂时搽绿袍散,腐脱后搽养阴生肌散。

三、佛禅疗法

每日禅定二次,每次30分钟。

每天颂大明咒二次,每次10分钟左右。

每日六观想一次。

智齿冠周炎

智齿冠周炎中医称"牙根痈"。因内有积热,复感风邪,风热相搏而成。

【诊查要点】

1.青年人生长智齿。

2.智齿处牙龈红肿胀痛,压之可从龈缝中溢出脓液,腮颊处有明显肿胀。

3.牙关开合困难,吞咽说话都有影响。

4.重者有恶寒发热、头痛身疼、不思饮食、便秘等全身症状。颌下淋巴结肿痛。

5.血白细胞总数及中性粒细胞增高。

【治疗方法】

一、辨证论治

治法:疏风清热消肿。

方药:牛蒡解肌汤加减。牛蒡子、夏枯草、赤芍、僵蚕、皂刺、黄芩、山栀各10克,黄连3克,生甘草5克。

二、局部处理

腮颊肿处用金黄膏外敷。脓肿形成时切开排脓。按扁桃体炎用漱口药水漱洗,搽冰硼散。

三、针灸疗法

取穴:下关、颊车、内庭、合谷。

四、佛禅疗法

每日禅定三次,每欠20分钟。

每天颂大明咒三次,每次5分钟左右。

每日六观想一次。

牙周脓肿

牙周脓肿中医称为"牙痈",是由过食膏粱厚味,胃经火毒上攻而成;或因龋齿、牙周疾病而诱发。多发性牙周脓肿,常与过度劳累、营养不良、糖尿病等正气虚弱有关。

【诊查要点】

1.患牙持续性疼痛,牙龈上有局部性肿块,化脓时肿块变软或从龈缝中溢脓。病牙处腮颊或上唇肿胀。颌下淋巴结肿痛。

2.常伴有畏寒发热、口干、便秘等全身症状。

【治疗方法】

一、辨证论治

治法:清胃解毒。

方药:清胃汤加减。生升麻5克,黄连、生甘草各3克,生地、丹皮各10克,银花、连翘各15克,生石膏30克。

恶寒发热加牛蒡子、薄荷。

口臭、便秘加生大黄、芒硝。

多发性牙周脓肿,应积极治疗全身性疾病。

二、局部处理

腮颊肿处敷金黄膏,口内搽冰硼散,脓肿形成时切开排脓。

三、佛禅疗法

每日禅定三次,每次20分钟。

每天颂大明咒三次,每次5分钟左右。

每日六观想一次,礼拜心佛一次。

【预防】有龋齿牙周疾病者,平时应重视治疗,以免复发。

# 第十章　肛肠疾病治疗法

## 一、痔疮

痔疮的发病率很高，经调查约占全民的一半以上，女性的发病率高于男性，多由腹泻便秘，久坐久立，负重远行，嗜食辛辣曲酒等，诱发本病。痔疮分为内痔、外痔、混合痔三类。

【诊查要点】

详细追查病史，局部均需指诊和肛门镜窥诊，各类痔疮的诊断标准如下：

1.内痔分为三期：

(1) 一期内痔：排便时常有出血、滴血或射血。肛镜检查，齿线缘黏膜或肛肠柱隆起充血，病人除发现出血外，常无疼痛、脱出等自觉症状。

(2) 二期内痔：大便时内痔脱出，便后能自行回位，并有间断性的便血，肛门镜检查，可见内痔如球状突出。

(3) 三期内痔：大便时内痔容易脱出，不能自行回位，必须手托或卧位休息以后，才能回进肛门。严重期内痔，病人在步行、体力劳动时，都会自行脱出。

2.外痔分为四种：

(1) 炎性外痔：肛门齿线以外的皮肤部分，有大小不等的外痔赘生，常有红、肿、热、痛的炎症。

(2) 血栓性外痔：肛周有淡蓝色的血肿形成，伴有急性炎症、充血水肿，因而疼痛比较严重。皆由肛周皮下毛细血管破裂出血后淤血凝结而成。

（3）结缔组织性外痔：肛周有皮赘样大小不同隆起的组织，有炎症时发痒或疼痛，妇女患者最多。

（4）静脉扩张性外痔：肛门边缘有团状的静脉丛胀大，大便以后，久蹲或劳累以后，静脉丛的胀大更为明显，严重者也会发炎疼痛。

3. 混合痔：内痔和外痔，在肛门齿状线上下方同一位置上发生，联成一体，括约肌间沟消失，称为混合痔。混合痔外痔部分，以结缔组织性、静脉曲张性为多。

【治疗方法】

痔疮的治疗，由于专科的普及和学术的发展，已有了很大的变化，除了中国传统医疗方法正在不断改进和提高以外，在物理疗法方面，又引进了激光、微波、热疗机、液氮冷冻、冷针、磁疗等现代科技。

这些新方法，对痔疮的治疗，都有控制临床症状和灼除病灶的功能，但也有对邻近正常组织产生损伤性反应和医疗费用昂贵等问题。本章将扼要介绍。

一、结扎疗法

适应证：二、三期内痔。

禁忌症：肛门部有其他急性感染、急慢性肠炎、严重的心血管和其他全身合并病、妇女妊娠期等。

结扎方法：结扎治疗，能使痔疮阻断、坏死、脱落，治疗较彻底，远期效果较好，对健康组织没有意外的损害。使用的材料，有7～10号缘线和气门芯胶管小圈两种。丝线结扎的方法是，局部常规消毒和常规准备，不易脱出的内痔，需要局部或腰俞麻醉，容易脱出的内痔，则不需要麻醉，用大弯钳夹持内痔基底部，8字形贯穿缝合结扎。或用吸引套扎器或拉勾套孔器，将内痔吸入或拉入套圈内，将小胶皮圈推向内痔基底部，使内痔血流与体内阻断，以致坏死而脱落。可同时结扎3～4个肉痔。

术后处理：首先保持大便通畅，必要时给服通便剂。术后肛门有轻度坠胀，可用少量痔疮膏注入肛内。结扎后一般需7～10天，才能脱落线，在此期间，应避免较重的体力活动和外出旅行，以免内痔脱落时，创面渗血不止。一旦发生出血，需找有经验的医生，查找出血的病灶，进行有效的止血措施，如油纱布压迫、局部结扎或缝扎止血，也可用注射液，如5%明矾液、消痔灵、5%石炭酸甘油等，1毫升左右，注射止血。

二、切除结扎疗法

适应证：混合痔，三期内痔纤维化，内痔合并乳头瘤等症。

禁忌症：同结扎疗法。

切除结扎疗法的手术要点：

（1）外痔部分或纤维化的内痔部分切开分离，至齿线缘或齿线稍上方黏膜部分，而后用大弯钳沿内痔基部夹紧。

（2）取7号或10号粗丝线在钳子底部贯穿结扎，被结扎的痔疮组织，再以硬化剂或坏死剂如消痔灵、5%明矾液2~4毫升注射。

（3）然后将坏死的痔组织切除1/2~2/3。

（4）切除和结扎的痔组织既不宜过多过深，又不宜过少过浅。

（5）切口的方向，应与肛门纵轴平行，如遇环状混合痔，要做多个切口，切口与切口之间，应保持一部分皮肤和黏膜，既有利创面的生长，又可避免因切口过大瘢痕收缩，而致肛门狭窄。

（6）术毕应仔细止血，修正创面，用生肌散加凡士林纱布填塞，加压固定。

术后观察和处理：

（1）术后肛门部有较重的肿胀和疼痛，应给予适量的有效的针痛剂。

（2）手术当天，如小便潴留，可给予灯心草3克，竹叶10克，泡开水饮服。

（3）小便不畅，也可用针灸的方法，取穴如气海、三阴交等。

（4）如肛部敷料加压较紧，术后5小时以上，可以适当放松。

（5）术后24小时以后开始大便，如果大便难解，第二天晚上给服麻仁丸10克，或果导2片，以达到大便畅解，如术后72小时尚未大便，应给温开水低压灌肠通便。

（6）术后第6~10天左右，结扎的痔核脱落，应注意创口有无出血，如遇多量紫黑色出血现象，必须在局部麻醉下，及时寻找出血点，缝扎止血。创口慢性渗血，也可注射硬化剂止血，如果出血超过500毫升以上，有虚脱休克症状者，应补液输血，严密观察，以防发生意外。

（7）术后必须卧床休息两周，避免体力劳动和多走多动，忌吃辛辣刺激食物。

（8）排便后温开水坐浴，创口常规消毒，换药。

三、消痔疗法

适应证：一、二、三期内痔。

禁忌症：同结扎疗法。

消痔制剂：（1）5%枸橼酸液（又名603消痔液）。（2）消痔灵。

药液配制：（1）1∶4枸橼酸消痔液，取5%枸橼酸消痔液1毫升加入1%普鲁卡因4毫升即成。（2）1∶1消痔灵注射液，取消痔灵1毫升加入1%普鲁卡因1毫升即成。

注射方法：术前需排空大小便，用肛门镜插入肛管，暴露内痔，局部清洗消毒，而后将药液注入痔核黏膜下层内，药液浸润之处，内痔黏膜即发生浅灰色变化，注射即可停止。每个痔可注射3～5毫升，针刺勿宜过深，一般在痔的黏膜下层内，针头应沿黏膜下平行刺入。

术后当天禁止大便，避免重体力劳动2～3天，5～7天后复查。

四、切除疗法

适应证：各型外痔、乳头瘤和乳头肥大等。

禁忌症：与结扎疗法相同。

术前准备：与切除结扎法同。各型外痔，均可采用局部麻醉，而后将痔的组织摘除。病灶要彻底清除，伤口又不宜过大，对切除的创面，仔细检查有否出血现象，要做好止血钳的或压迫的局部止血。术后要保持大便通畅，便后，必须清创换药，以利创面的早日愈合。

五、对症治疗

对症治疗，是以药物的内服与外用及针灸等治疗痔的出血、肿胀、疼痛、发炎、便秘等临床症状。

如肉痔便血较多，可给凉血地黄汤加减内服。

处方：细生地15克，当归10克，地榆10克，槐花10克，黄芩10克，荆芥10克，赤芍10克，仙鹤草15克，阿胶10克，炒蒲黄10克。

如痔出血兼有便秘者，加火麻仁10克，生大黄5克。

体虚者根据气虚和血虚的辨证，加党参、黄芪或丹参、鸡血藤。

出血而兼有痔疮肿痛难忍，加黄连、泽泻、车前草，以清火除湿。

肛门局部肿胀的病人，还可以清热退肿的中药，如鱼腥草30克、荔枝草30克、菊花30克、黄柏20克、虎杖20克，煎汤1200毫升，坐浴熏洗。

对症治疗的中成药：

槐角丸　5克每日2次。治痔出血肿痛。

榆槐脏连丸　同上。

补中益气丸　5克，每日2次。治脱肛、气虚下坠。

十全大补丸　5克，每日2次。治久痔，气血两虚。

十灰丸　5克，每日2次。主治痔疮出血。

麻仁丸　5克，每日2次。主治大便秘结。

黄连膏、黄芩膏，洗必泰痔栓、马云龙痔疮膏，以上外用药，均有消炎退肿、止痛止血的作用。

针灸取穴：体针取二白、承山、长强；耳针取神门、交感，可治痔痛和痔血。

艾灸百会,可治肛门或直肠脱垂。

六、佛禅疗法

每日禅定三次,每次20分钟。

每天颂大明咒三次,每次5分钟左右。

每日六观想一次。

每日礼拜心佛三次,念大明咒十遍。

# 二、肛裂

肛裂是肛管部因肠燥血热便秘或肛道有慢性炎症等引起纵形创伤,发病率约占肛门直肠常见病的4.52%。患者常在大便时出现肛门剧痛、出血、便秘等症,要求专科诊治。

【诊查要点】

1.大便时肛门有刀割疼痛,便后常有小量鲜血流出,病重者疼痛可持续数小时。

2.检查时常在肛管后中线上发生裂创,新鲜创面浅而细,鲜红色;陈旧性肛裂,创面较大较深,边缘发硬,多伴发外痔,创面呈暗红色。

3.诊断标准:

一度肛裂:创面边缘整齐、新鲜。

二度肛裂:创面较大,边缘增厚变硬欠整齐,有形成外痔的增生组织。

三度肛裂:创面较深较大,创缘组织增厚潜行,伴发哨兵痔或乳头肥大。

【治疗方法】

一、对症治疗

肛裂主要是便秘引起,因此通导大便,是肛裂对症治疗的重要方法。便秘的治疗,是一项富有研究专题,这里仅举通导大便的几个方药:黄连上清丸5克,每日2次;麻仁丸5克,每日2次;五仁汤剂加味内服。

处方:郁李仁10克,甜杏仁10克,火麻仁10克,桃仁10克,炒枣仁10克,枳实10克,生川军5克,煎服。

秘结时间较长,积粪较多,可用盐水灌肠,开塞露注射肛内,挖除积粪等方法处理。局部以清创、消炎、止血,生肌药外敷,黄连膏20克或黄芩膏20克,生肌散5克,混合外涂。中成药如马云龙痔疮膏、洗必泰痔栓等也有一定效果。

二、切除、扩肛手术

适应证:三度肛裂,二度肛裂,肛门有狭窄,外痔已形成,对症治疗未能治愈时，均宜手术治疗。

禁忌症：与痔疮结扎疗法同。

手术前准备亦与痔疮切除结扎术同。局部或骶管麻醉。手术可分两种形式：（1）病灶部切除，括约肌部分切开，使肛管扩大；（2）肛门左侧，截石位5点处，切断部分外括约肌和内括约肌的纤维，使肛管扩大三至四个指头，对肛裂病灶轻者可不予处理，重者可切除部分纤维性变的组织和外痔。术后处理与痔疮切除术同。

三、佛禅疗法

每日禅定三次，每次20分钟。

每天颂大明咒三次，每次5分钟左右。

每日六观想一次，每日礼拜心佛三次，念大悲咒三遍。

# 三、肛门直肠周围脓肿

肛门直肠周围脓肿，中医名为"肛门痈"。由大肠湿毒凝结而成。本病化脓后或切开或自溃，均会形成肛门瘘。

【诊查要点】

1.皮下脓肿。发生在肛门附近皮下，红肿明显，疼痛剧烈，受压或咳嗽时疼痛加重，行走或下坐时疼痛更甚，全身症状轻微。脓肿自肛门周围皮肤溃破，可形成低位肛瘘。

2.直肠黏膜下脓肿。肛门坠胀疼痛，排便时尤为严重，虽有恶寒、发热等全身症状，而肛门外尚无明显的红肿的现象，指诊时肛内触痛难忍，能触到明显的肿块。

3.坐骨直肠窝脓肿。有恶寒发热、头痛、白细胞升高等全身症状，肛门胀痛严重，持续多天，彻夜不得安眠，伴有尿频尿涩、大便秘结等症，脓肿块往往由肛门后伸向对侧破溃后则常形成马蹄形高位复杂性肛瘘。

【治疗方法】

一、辨证论治

肛痈有红、热、肿痛、大便秘、小便涩，形寒发热，舌苔燥黄，脉洪数。可予清火解毒通腑，仙方活命饮合泻心汤加减。

处方：金银花20克，黄连6克，黄柏10克，防风10克，荆芥10克，黄芩10克，当归10克，白芷10克，陈皮6克，穿山甲6克，乳香6克，没药6克，皂角刺10克，浙贝母10克，天花粉15克，甘草节5克。如大便秘结加大黄、芒硝，小便涩热短赤加车前草、泽泻等。

二、局部处理

当病灶部尚未溃脓，可按外科疮疡同法处理。如外敷金黄膏，覆盖于病灶部，每日2次；局部热水坐浴，每日2~3次。本病一旦溃脓，应及时切开。由于肛门痈都有形成肛瘘的可能，因此脓肿的切开可分为一次性手术和分次手术两种：

（1）一次性切开，适用于肛门皮下脓肿和位置较低脓腔较小的直肠周围脓肿，可在局麻或骶管麻醉下，在红肿的中心点切开排脓，病灶部分完全清除，可以达到治愈目的。

（2）如果位置高，范围宽，不可能一次治愈，那么可以先切开排脓，待局部和全身症状解除，肛瘘形成以后，再行手术。

（3）无论一次手术还是分两次手术，切开后的创口，每日均需观察、换药。

三、佛禅疗法

每日禅定三次，每次20分钟。

每天颂大明咒三次，每次5分钟左右。

每日六观想一次。


# 四、肛瘘

肛瘘，是肛门痈的继发病，由于瘘道内有炎症性肉芽组织，肛窦部有原始感染病灶，因此它经常发炎化脓，反复发作，经久不愈，必须进行切开、挂线等有效治疗。

【诊查要点】

望诊：可见肛周有瘘口，一个或多个；指诊：应检查瘘道的长短、粗细、行径及其内口部位，同时做肛门指检、银针探查，看是否能够贯通内口，亚甲蓝染色探侧内口是否存在，也可做手术前的病灶染色，必要时可做碘油造影和活检。

1.低位单纯瘘：位于肛门外括约肌深层以下（即肛门直肠环下方），内口在肛窦部位（齿状线附近）的单支瘘管。

2.低位复杂瘘：管道在外括肌深层以下，内口在肛窦部位，外口和管道在两个或两个以上。

3.高位单纯瘘：仅有一个支管道，行径在外括约肌深层以上（瘘管穿越肛门直肠环上方），内口位于肛窦部位。

4.高位复杂瘘：有两个以上管道或有支管空腔，其主管通过外括约肌深层以上。

【治疗方法】

一、瘘管切除术

适应于低位单纯性或低位复杂性肛瘘，以及高位瘘的低位部分。

手术方法：局部常规准备，1%普鲁卡因液局麻，而后用银针仔细探查瘘道，贯通瘘道的内外口，用剪刀沿银针将肛瘘剖开，并将管壁剪平成V型。

另一手术方式，将银针二端提起，沿瘘道两侧底部全部剥离。瘘道手术成功关键，不在于管壁清除得彻底与否，而在于有否残存支道和内口是否彻底清除。手术后创面，应仔细止血，外敷生肌散加油布加压固定。

二、肛瘘挂线疗法

挂线，对各种类型的肛瘘都有效，但由于挂线后的疼痛较切开为重，疗程较切开为长，因而适应证仅限于高位肛瘘的高位部分。

挂线技术操作，取银针在探孔上系丝线，而后自瘘孔慢慢探入瘘道，仔细寻找原始内口，拉出探针，丝线已由内口或外口进入瘘道，而后丝线的另一端嵌入另端的双股中，握紧前端丝线，用力由瘘口内拉出，这样丝线成圈，收紧，打上结即成。2~3天紧线一次。另一法是在丝线一端，系上一根橡皮筋，由另端瘘口拉出，而后将橡皮筋用力拉紧、扎住，橡皮筋可将瘘道慢慢剖开。

术后处理：挂线后，照常大便，便后温开水坐浴，伤口消毒，生肌散加油布固定。术后要仔细观察创口，预防创面粘连，造成假愈合。如果挂线处疼痛难忍，应给予适量止痛剂，缓解疼痛。

三、佛禅疗法

每日禅定三次，每次20分钟。

每天颂大明咒三次，每次5分钟左右。

每日六观想一次。

每日礼拜心佛三次，念大明咒三十遍。


# 五、直肠脱垂

直肠脱垂，俗称"脱肛"，好发于小儿和老年人。多由于小儿先天不足，或急慢性腹泻，病后气虚；老年人长期便秘、慢性咳嗽、中气不足、气虚下陷等因引起。发病率约占肛肠常见病总发病率的0.18%。

【诊查要点】

直肠脱垂，分为直肠黏膜脱垂和直肠完全脱垂。其诊断标准，共分三度：

一度：排便或增加腹压时，直肠黏膜脱出肛外，约在1~2公分左右。

二度：排便或增加腹压时，直肠全层脱出，约4~5公分左右。

三度：排便或增加腹压时，直肠全层或部分乙状结肠下脱，长度约在8~15公分左右。

在诊断直肠脱垂时，均需注明脱出长度。

【治疗方法】

首先必须杜绝各种发病原因，如慢性腹泻、长期便秘、咳喘等增高腹压的疾病，同时还要避免久坐久蹲厕所的习惯；儿童时期，尤需注意。在直肠脱出后，必须迅速复位，以防绞窄坏死。复位时用敷料托住直肠，用力向内加压，脱出的直肠，即能回位。小儿不肯合作，医者用手紧握二侧臀尖，向内加压，亦能复回，然后用绷带固定。

一、辨证论治

补中益气汤加减。处方：黄芪15克，党参15克，白术9克，炙升麻5克，柴胡5克，茯苓15克，炙甘草3克，大枣4枚。如血虚，加当归、鸡血藤、丹参；气虚者，黄芪改用30克；如脱出的直肠有红肿疼痛，分泌物较多者，加黄连3克，泽泻10克。

二、中成药

补中益气丸　4克，每日3次。

十全大补丸　4克，每日3次。

三、慧缘效验方

黄芪50克，津红枣500克，同煮，待枣子烂熟后，取枣子和药汤服，治小儿脱肛，有显效。

四、针灸疗法

体针取穴：长强、承山、百会。

耳针：直肠下段、臀区。

五、注射疗法

适应证：三度直肠脱垂，二度直肠脱垂，经中药、针灸治疗效果不佳者。

禁忌症：同内痔结扎疗法。

1. 5%明矾液注射疗法：对一度、二度直肠脱垂，要采用直肠黏膜下点状注射硬化剂的方法。术前清洁灌肠，黏膜面充分消毒，而后在直肠的左右前后四条纵行线上，分点注射5%明矾液，每个点注入1毫升左右，各点在平行线上，应有一定交叉和间距，点与点之间距离要在3厘米以上，直肠前方是前列腺、阴道隔相邻近之处，故对进针的深度和注药量的多少，要高度谨慎。

对三度直肠脱垂，可采用5%明矾液直肠周围注射。肛门外碘酒酒精消毒，局部麻醉，直肠内新洁尔灭液消毒，在距肛门左、右、后各2公分处，分别用封闭长针向直肠壁外方向刺入，左手食指伸入肛内，以明确和引导针头的方向部位。当针头进入遇到阻力时，已抵达盆隔肌，左右侧的针头，应偏向后半方向，用劲刺入，抵达骨盆直肠间隙，手指触及针头，在直肠壁外无误，掀动针头可移动自如，表示未误入腹膜，确定在骨盆直肠间隙内，回吸无血，即可将5%明矾液缓缓扇形状均匀注入，每点用量3～5毫升。

术后肛门直肠部可能有坠胀感，严密观察体温和血象，如有异常应及时处理，如中药清热消炎、西医抗感染等。如病情较重，注射药量较多，应卧床休息1周，给半流饮食4天。

2．50%葡萄糖注射疗法：高浓度的葡萄糖对肠黏膜有致炎结瘢的作用，适用于二、三度直肠脱垂。禁忌症：同内痔结扎疗法。待直肠脱出后，仰卧或侧卧，黏膜消毒，取50%葡萄糖液，分别在直肠粘膜下层内左右前后均匀注入，总量视脱垂程度而定，最多可注入100～120毫升。注射术后的观察和护理，与注射5%明矾液相同。

六、佛禅疗法

每日禅定二次，每次30分钟。

每天颂大明咒二次，每次10分钟左右。

每日六观想一次。

每日礼拜心佛三次，念大悲咒三遍。

附篇

# 第一章　几种速治疗法介绍

## 一、穴位注射疗法

这是针对不同疾病，选择相应的肌内注射药物，以小剂量注入适当穴位，既发挥针刺作用，又发挥药物效用的外治法。

治疗药物和穴位的选择应根据病人的临床症状和诊断而决定。例如发热，取合谷与曲池，注射安乃近或柴胡注射液；肺结核，取肺俞，注射链霉素等等。药物用量一般取常肌肉注射量的1/12~1/10。又如用中药黄芪当归注射液治疗萎缩性胃炎等慢性病，按辨证相同，位注射针头以细长的较适宜。注射时快速刺入，通过皮下后，慢慢进针，达到适当深度，用小幅度提插，不捻转，使局部产生酸、麻、胀的感应后，即将药液缓慢推入。可每日或隔日一次。一般5~10次一疗程，疗程之间休息5~7天。

## 二、水针疗法

它的特点：注射部位不一定是穴位；所用药物不一定是针对该病的有效药物；常用的为生理性溶液和具有一定刺激作用的药物；用药量一般较大。

本疗法主要适用于各种类型腰腿痛、肩背痛、关节及软组织扭挫伤，也用于肌肉萎缩的病症、神经衰弱等。

（一）注射部位常用的有四种：1.痛点，使用最广，特别是比较表浅的软组织损伤；2.肌肉起止点，用于较长肌肉的肌腹或其腱的损伤；3.脊髓神经根周围，用于椎间盘突出症；4.个别情况下也用穴位注射。

（二）操作方法基本上与一般肌肉的注射方法类似，但需在进针至一定深度，局部产生酸、麻、胀的感应后，才能推注药液。注射深度按病变性质、部位深浅和体型肥瘦不同而决定。一般来讲，轻按即有压痛的，病变多较浅，注射亦浅；反之，注射宜深。

（三）应用药物和剂量选用的药物具有一定的刺激性，而又适宜于肌肉注射的。一般常用的药物有下列几种：

5%～10%葡萄糖液，每次注射10～15毫升，上肢软组织和肌肉层较薄的部位用5～10毫升。

当归红花液（10%葡萄糖液加当归液2.5%、红花液2.5%），每次注射总量同上（一般多用此液，比单纯葡萄糖液好）。对一般的损伤和肌肉萎缩病症均适用。

10%葡萄糖液加生姜注射液2毫升，总量同上。适用于风湿性疼痛病症。

其他如生理盐水、维生素B1、B12、盐酸普鲁卡因注射液等亦可应用。

（四）注意事项

1.注射后6～12小时内局部有轻度不适和疼痛，以后逐渐消失，所以隔天注射一次为宜。也有少数病人当晚有轻度发热，次日即退，无需处理。

2.在关节附近注射时，药液不应注入切腔内。如误入关节腔。可能引起关节红肿疼痛，甚至发热，2～3天后症状可自行消失。

3.用普鲁卡因之前，应做皮肤过敏试验。

4.对孕妇不作腰骶部注射。患感冒发热的病人暂不使用。

5.对年老体弱者，注射部位不宜过多，药物用量也应酌情减少。

# 三、穴位埋线疗法

穴位埋线疗法是用铬制羊肠线埋植在有关经络穴位上，以发挥治疗作用的一种外治疗法。一般应用于溃疡病、慢性胃炎、慢性肠炎、慢性气管炎、支气管哮喘、乳糜尿、遗尿、血小板减少、紫癜症等，均有相当的疗效。

（一）操作方法

1.选定穴位（取穴参考各有关疾病篇），作好标记后，按常规进行局部皮肤消毒。

2.埋线方法有三种：

（1）用特制的埋线的钩针，将消毒的羊肠线按所需的长度剪取一段（一般2厘米左右长，如果用于透穴的，长度比两穴间距离略长些），取折挂于钩上，两端用血管钳夹住，与钩针并行放置，将钩针刺入穴位后，即将血管钳放开，钩针刺到一定深度（须近肌肉层），略略转动几下，使羊肠线脱下，然后退出钩针，羊肠线即留植在穴位内，针孔外涂以碘酒，盖上消毒纱布，用胶布固定即可；

（2）用普通的粗注射针头，将需用的一段羊肠线插入针头内，按一般针刺手法将针头刺入穴位至一定深度，并发生感应后，另用一根毫针作为针心插入注射针头内将羊肠线推出针头，边推边退出注射针头，使羊肠线留植在穴位中，针孔处理同上法；

（3）采取医用三角缝针，在距离穴位上下各1厘米处进出针，剪断两端皮肤外的线头。此法目前已少用。

关于透穴埋线，如中脘透上脘，在中脘稍上方进针，针的深度要送到上脘穴的稍上方，不要透过皮肤，使肠线能够比较准确地埋在两穴之间。

（二）注意事项

1.埋线深度，最好埋在皮下组织与肌肉之间，肌肉丰满的穴位还可以埋入肌肉深层。操作时应注意消毒，羊肠线头不能暴露在皮肤外面，手术后要防止感染。

2.埋线后3～4天内，可有出现局部疼痛、全身疲乏、低烧等反应，一般不需要处理即可自行消失。

3.埋线次数一般要4～5次或更多些，症状控制后还要巩固疗效，有的慢性病要埋3～4次后才开始见效。埋线每次1～3穴。两次埋线间隔时间，一般为20～30天。埋线穴位可用原方，也可根据情况另行配穴。

4.肺结核活动期、严重心脏病患者或妊娠期女性，一般不用埋线疗法。


# 四、割治疗法

（一）割治部位和适应证

1.手掌割治常用的有五处：

（1）掌1：食指第1指节掌面正中。用于支气管哮喘。

（2）掌2：第2、3掌骨间隙掌侧，食指与中指根部联合下约0.5厘米处。用于支气管哮喘、小儿疳积等。

（3）掌3：第3、4掌骨间隙掌侧，中指与无名指根部联合下约0.5厘米处，用于支气管哮喘、慢性支气管炎等病。

（4）掌4：第4、5掌骨间隙掌侧，无名指与小指根部联合下约0.5厘米处，用于神经衰弱、头痛、胃肠病等。

（5）掌5：即鱼腹穴，位于掌面大鱼际肌尺侧边缘与沿拼拢的食指、中指之间引线的交点上。用于支气管哮喘、小儿疳积等。

2.穴位割治对某种疾病选择特定穴位进行割治。常用的如：

膻中：支气管哮喘，慢性支气管炎。

鸠尾或涌泉，或肝俞、膈俞：颈淋巴结核。

天枢：肠系膜淋巴结核。

脾俞、肺俞：溃疡病。

（二）操作方法

1.局部按常规消毒和局麻。用手术刀纵行切开皮肤（不宜过深，切开皮层即可）约1～1.5厘米长（小儿割治的切口不可小于1厘米），局部压迫止血。

2.用血管钳或剪刀，去除暴露的皮下脂肪少许，并将血管钳或镊子伸入切口周围组织进行分离，并轻夹数次，或用刀柄在骨膜上滑动（如膻中割治）。小儿疳症割治时主要去脂肪，不予刺激。

3.刺激结束后，局部压迫止血，覆盖消毒纱布，包扎。胸背部割治左右旁开约1厘米处或另选一部位进行，方法同上。

（三）注意事项

1.对有严重心脏病、出血倾向、过敏体质者不宜割治；有持续高热、全身性皮肤疾患、割治部位有水肿或感染，以及过度疲劳或饥饿等情况者，暂不宜割治。

2.局麻时要先作普鲁卡因过敏试验。

3.术中注意无菌操作和止血，取脂肪及刺激时，慎防伤及血管、神经和韧带；术后一周内割治部位不要沾水，以免发生感染。

4.术中要注意病人有无不良反应。如有头晕、恶心等感觉时应暂停操作，让病人平卧休息，术后尚需继续观察短时间。

# 五、发泡疗法

本疗法又称"冷灸"疗法。这是应用某些新鲜中草药外敷，使皮肤发泡而达到治疗疾病目的的一种外治法。大多用于治疗关节炎，亦可用于内科的疟疾、黄疸、支气管哮喘，外科的深部脓肿、淋巴结核等。

（一）常用药物毛茛、铁线莲、铜脚威灵仙、石龙芮。治疗疟疾，亦有用野薄荷或独头大蒜的。

（二）操作方法

取新鲜药草洗净,切碎,和入食糖适量(大约10:1),捣烂拌匀,备用(作为发泡用的敷药以新制的为宜,放置3天以上大多易起泡)。

将制成的敷药轻轻捏成饼状,放在纱布上(大小根据病情需要和患部范围而定,如用于关节部位,一般每块用直径约3厘米左右大小;用于外科深部脓肿,则敷药范围宜大),贴敷疼痛部位或附近穴位上,外用玻璃或油纸或塑料薄膜覆盖,民间有用大小适当的蚌壳覆盖的,再以胶布或绷带固定(包扎宜稍紧些,一则防止敷料移动,二则可使敷料紧贴皮肤,易于起泡)。敷药时间随季节、病人皮肤的敏感性和所用药物而有不同,一般敷贴4~8小时。当病人感到局部有灼热或蚁走等刺激感觉,检查局部皮肤已起红晕时,即可除去敷药。大约经过8~10小时以上,局部皮肤即开始起泡,待水泡布满后,可用消毒的注射器从其底部反复吸出渗液,或在水泡下方开一个小孔使渗液自行流出,用消毒纱布反复吸之,水泡即逐渐自行干敛而愈,如水泡内渗出物呈白色凝固状不易吸出的,则需要将水泡皮撕去,暴露创面,任渗液流出,以消毒纱布反复吸之(亦可用消毒纱布轻轻覆盖,但不予包扎),待创口无渗液后,涂以龙胆紫液,用凡士林纱布和消毒纱布覆盖包扎,创口即渐自愈。一般发泡后7~10天创面可以愈合。

(三)注意事项

1.敷药时间不能过长,免损伤深部皮下组织,容易继发感染,使创口不易愈合。

2.注意无菌操作,防止感染。

3.渗液较多时,创面不宜用油敷料覆盖包扎,以致渗液不能外流,刺激周围皮肤,容易引起感染。

# 六、挑治疗法

这是在病人一定部位的皮肤上,用粗针挑断皮下白色纤维样物,以治疗疾病的方法。常用于痔疮、肛裂、肛瘘、肛门瘙痒、脱肛、急慢性前列腺炎、急性结膜炎、麦粒肿、食道静脉曲张、甲状腺机能亢进症等。

(一)挑治的种类挑治部位通常多在背部,一般有三种:

1.选点挑治:一般可在上起第7颈椎棘突平面,下至第2骶椎平面,两侧至腋后皱襞的范围内找点,此处疾病反尖点(痔疮常见于骶部;麦粒肿多见于肩胛区;食道静脉曲张则胸背两侧都有;甲状腺机能亢进在锁骨上窝区域内)。特点是:形似丘疹,稍突起皮面,帽针头大小,圆形,略带光泽,颜色可为灰白、棕褐或淡红色不等,压之不褪色。选点与痣、毛囊炎、色素斑相鉴别。找点困难时,可用两手擦病人背部，即可出现。在腰背部可能同时出现两个以上的点，应选用其明显的，每次只挑1个（甲状腺机能亢进症，每次选4个点，分别在两则挑）。

2.穴位挑治：根据病情需要，选取与各种疾病关系密切的穴位进行挑治。如痔疮可选在肠俞、小肠俞、竹杖（位于背正中线第3腰椎棘突上方）、长强以及上、次、中、下；急性结膜炎可选大椎；麦粒肿可取大椎旁开5分，对侧穴位；前列腺可选膀胱俞等。

3.区域挑治：从临床实践中发现，用挑治方法治疗肛门和会阴疾患时，越靠近脊柱，越靠近下腰部选点，效果越好。因此，为了减少找点的困难，可在第3腰椎至第2骶椎之间左右旁开1~1.5分的纵行线上，任选一点进行挑治，其疗效也很好。

（二）具体操作

暴露背部，挑治部位消毒后，以粗针（用三棱针或特制的不锈钢圆锥子）将选点部位的表皮纵行挑破0.2~0.3厘米，然后深入表皮下挑，将皮层白色纤维样物均行挑断。一般不出血或略有出血，挑尽后用碘酒消毒，贴以胶布即可。一次不愈，可于2~3周后再行挑治，挑治部位可以另选。

（三）注意事项

1.术中注意无菌操作，术后嘱病人注意局部清洁，防止感染。

2.针尖应原口入原口出，切忌在创口下乱刺。应取强刺激手法，数次即完全挑断白色纤维样物。

3.挑治后当日应尽量避免重体力劳动，少吃刺激性食物。

4.对孕妇、严重心脏病和身体过度虚弱者使用挑治疗法应慎重，以免发生意外。


# 七、放血疗法

（一）治眼病及皮肤病

取同侧耳壳背面，按常规作皮肤消毒后，在其上找到静脉，用消毒的三棱针或粗缝衣针刺挑放血，每次1条，放血8~10余滴。局部用干棉球擦净，压迫止血即可。适用于麦粒肿、眼结膜炎、牛皮癣、神经性皮炎等。

（二）治疗风湿性及类风湿性关节炎

取患病关节附近穴位或肿痛明显处（如膝关节病变取膝眼或委中穴，腕关节病变取阳池穴等），按常规进行皮肤消毒后，用已消毒的三棱针迅速深刺到皮下，稍加捻转即出针，用碘酒消毒针眼处，再在针刺处加拔火罐。宜用较大火罐，则吸力较大,可以吸出较多血液,效果较好。如遇关节部位皮下脂肪较少,难以拔罐的,可先用面粉制成面饼贴于局部,将火罐拔在面饼上。适用于关节肿胀疼痛者。

(三)治疗脚癣取外踝小静脉放血,方法同上。

## 八、其他外治方法

(一)捏脊法

通过对足太阳膀胱经的捏拿,起到调整阴阳、疏通经络、促进脾胃的受纳和运化功能。大多用于儿科疾病。先令患儿俯卧(或取坐位),施治者立在患儿腰部后身,两手半握拳,两食指抵在背脊之上疹眼与背相垂直,再以两手拇指伸向食指前方,合力夹住肌肉提起而后做翻卷动作,向前移动,自长强穴提至大椎穴即可,反复3~5次。必要时每捏三把,将皮肤提一下,以加强刺激。捏好后以食、中指揉两侧肾俞穴3分钟。一般每日1次,6天为一疗程。适用于小儿疳症、腹泻、食积等。

(二)刺四缝法

四缝是经外奇穴,即指食指、中指、无名指和小指四指掌面第一指关节的横纹中点。将局部皮肤消毒后,有粗毫针刺进1分深,以能流出黏性黄色透明液体为度。2~3日1次,直至不再有液体流出或患儿烦躁症状消失为止。本法有解热除烦、通调百脉的作用。适用于小儿疳症和哮喘。

(三)灯火疗法

用灯芯蘸麻油燃火烧灼已选定的穴位或患病部位,手法必须迅速,一触皮肤,便即离去,其接触深度必须以听到嚓的一声为度。此法能疏风定惊,行气解郁,适用于小儿痄腮、乳蛾、腹泻等病。

# 第二章　佛学小常识

佛教传入我国有近2000年的历史，它在漫长的历史过程中，逐渐与我国传统文化相融合，发展成具有中国特色的宗教，成为中国传统文化的重要的组成部分。佛教涉及我国政治、经济和社会生活各领域，其教义不仅影响着人们的思想、行为规范，而且与人类的生命健康紧密地联系在一起。它包含着心理保健、医药治疗、禅定修持、武术强身等方法。

佛教就是以佛陀释尊为其开祖而尊崇信奉的宗教，它是世界三大宗教（佛教、基督教、伊斯兰教）之一。约于公元前6世纪由释迦牟尼创建于印度，以后广泛传播于亚洲许多国家和地区，并逐渐在欧美地区流行。

佛教的基本教义有：三科、十二缘起、四圣谛、八正道、三学、三法印等。

## 一、三科

佛教把人们所认识的一切事物和现象称为"法"。一切诸法可分为蕴、处、界三类，称为"三科"，并有五蕴、十二处、十八界之说。

（一）五蕴：这是构成一切法的身与心（个人方面的一切法），或物质与精神（内外的一切法）的五种要素的聚集，这五蕴是色、受、想、行、识。

1.色：即物质世界，对人而言是指身体及肉体的物质性。

2.受：即感受，在肉体方面是指感觉上的快与不快等感受，在精神方面是指知觉上的苦乐等心情。受来自于感觉与知觉的感受作用，也是凭借感觉与知觉而获得的感情。

3.想：即表象作用，想有苦想、乐想、无常想、不净想、厌恶想、大想、小想等。

4.行：即意志。

5.识：即统一各种心理作用的意识。

总之，五蕴就是包括个人身心与环境的一切物质和精神的五种要素。

（二）十二处：它是从感觉与知觉和认识上考察一切法，是六种感觉器官（六根）及其相对的客观对象（六境）的概括，六根的每一根与六境的每一境分别相对应。

1.眼根：是指视觉能力或视觉器官（视神经）。

2.耳根：是指听觉能力或听觉器官（听神经）。

3.鼻根：是指嗅觉能力或嗅觉器官（嗅觉神经）。

4.舌根：是指味觉能力或味觉器官（味觉神经）。

5.身根：是指触觉能力或触觉器官，它感觉到冷暖、痛痒、涩滑等。

6.意根：指知觉器官所有的知觉能力。

7.色境：是眼的对象——色境，是眼睛所能看到的东西。

8.声境：是耳的对象——声境，是如人及动物从声带发出的声音。

9.香境：是鼻的对象——香境。

10.味境：是舌的对象——味境，如酸、甜、苦、辛、咸等。

11.触境：是身的对象——触境。

12.法境：是意的对象——法境。

（三）十八界：是指六根、六境以及由此产生的六识的合称。"识"就是认识。六识包括眼识、耳识、鼻识、舌识、身识、意识。

三科与人体生理及心理活动相联系，也是人体生理心理活动的反映。当然，三科的内涵与之相比却要广泛而深刻得多，它不完全是人体生理学的内涵，却又与之有着重要的联系。三科的分类法其意图是要求佛教徒从这三个方面来观察人和人所面对的客观世界，以破除"我执"的谬见，认识"无我"的道理。

## 二、十二缘起

"缘起"，即"依缘而起"，是指借着各种条件而产生现象的原理。佛教认为，世界上的万事万物皆具备种种因（事物生灭的主要条件）、缘（事物生灭的辅助条件）才得生起或坏灭，因缘和合则生，因缘分散则灭，并没有独立实在的自体。人为万物之一，也是因缘和合的表现。整个人生可以分为十二个彼此互为条件或因果联系的环节，即"十二缘起"，它们构成三世二重因果业报轮回。

（一）无明：即无知，对佛教的根本思想的世界观及人生观的无知，表现为愚迷暗昧，不明佛理。

（二）行：因无明而产生的身、语、意三业（三行），它包括善恶行为。

（三）识：指认识作用或主观认识，如三科中五蕴、十八界中的识，即"六识"。

（四）名色：指"识"所缘的六境，声、香、味、触、法合称为"名"，再加"色"，称之为"名色"。

（五）六处：指"六根"，即眼、耳、鼻、舌、身、意等六根的感觉和知觉能力。

（六）触：即由六根、六境、六识而有感觉。

（七）受：即"五蕴"中的受，是对苦乐的感受。

（八）爱：即贪等欲望。如对苦人憎避，对乐的爱求，是心中产生激烈的爱憎之念。

（九）取：即追求取著，是对爱念产生取舍的实际行动。

（十）有：即各种生存环境的条件，意指一切的存在。

（十一）生：指日常生活中有某种经验产生。

（十二）老死：代表一切的苦恼。

这十二缘依此有则彼有，此无则彼无的法则，流转不息。人生之苦皆源于无明所引起的造业受果，只有消除无明，皈依佛法，才能求得解脱，断绝轮回，达到"涅槃"和理想境界。

佛教的缘起学说，说明了人的缘起关系，个人是存在于与周围环境关系之上的。个人既受外界善恶的影响，同时也不断地影响周围环境，"近朱者赤，近墨者黑"就是这个道理；个人的生存还表现了衣食住行、生老病死等方面，这些都与社会广泛而必然地联系在一起，佛教"众生恩"就是指唯有依靠周围社会的庇荫，我们的生活才可继续下去。

缘起学说，把人类生命与健康放在周围环境之中加以考虑，只有依靠环境，适应社会才能健康成长。

## 三、四圣谛

"谛"，是实在或真理的意思，它在佛教哲学里，是一般通用的概念和方法。"四圣谛"则是早期佛教理论的基本要点，也是佛学的基础，这四谛为苦谛、集谛、灭谛、道谛，其核心是宣扬整个世界和全部人生皆为无边之苦海。

### （一）苦谛

这是对自然环境和社会人生的价值判断；以为世俗世界的一切，本性都是"苦"。如生、老、病、死等四苦，与爱别离、怨憎会、求不得、五蕴盛苦合称"八苦"。这些苦都包括于"三苦"之中，即寒热饥渴引起的"痛苦"，荣华富贵不能持久之"坏苦"，人世言行、生活环境变幻无常之"行苦"。

### （二）集谛

这是要人们认识造成诸苦的原因，是一切众生，长期以来，由于贪嗔愚痴的行动，造成的善恶行为，导致生死轮回产生。

### （三）灭谛

这是要人们相信造成世俗诸苦的一切原因可以断灭，从而了脱生死，不再受三界内的生死苦恼，达到"涅槃"寂灭的佛教最高境界。

### （四）道谛

这是达到"涅槃"寂灭境界的修行方法。它分为八部分而成为神圣的八正道。佛教认为依道谛修行，就可以脱生死轮回而达到寂灭解脱的灭谛。

## 四、八正道

"八正道"是道谛的发挥，是具体指出的八种解脱诸苦、超脱生死轮回、达到"温馨"境界的途径和方法。这八种方法是：

### （一）正见

是具有四谛佛理的正确见解，也相当于日常生活中，在干任何事情之前所做的通盘透彻的计划。

### （二）正思维

根据四谛的真理进行思维和分析，出家人就要以出家人的柔和、慈悲、清净的心来思维。而我们一般的人则要正确地考虑自己的立场和出发点。

### （三）正语

说话不要违背佛理，不要说妄语、绮语、恶语等，要说真实而且与人融洽有益的语言。

### （四）正业

正确的行为，一切行为都要符合佛理；不做杀生、偷盗、邪淫等恶行，要爱护生命，乐于布施与行善，信守道德。

### （五）正命

符合佛理戒律的正当生活，生活要有规律，如睡眠、饮食、工作、运动、休息等等都要依规律进行，对于我们平常人来说，这是增进健康，提高生命质量的有效方法。

（六）正精进

毫不懈怠地修行佛法，以达"涅槃"的境界。精进是努力趋向理想和除去邪恶，是一切宗教的、伦理的、政治的、经济的、身体健康方面的"善"增加。

（七）正念

念念不忘四谛真理，日常生活不可散漫随意。

（八）正定

专心致志地修习佛教祥定，于内心静观四谛真理，以进入清静的境界。日常生活中也应心灵安静，精神集中，心如明镜止水，无念无忘，这也是生命健康之法。

佛教认为，若能依此八正道，则可令"苦"永尽，到达"涅槃"境界。也可由"凡"入"圣"，从迷界通向悟界。因此，八正道是每个欲求解脱的佛教徒必须首先做到的。据说，释迦对他的五个初传弟子讲法时，也讲"正八道"，再宣"四圣谛"，而"四圣谛"又是释迦受古印度治病四诀（善知病、善知病源、善知病对治，善知治病）的启发而作。所以，"四圣谛"、"八正道"可以认为是释迦为解释生命现象而提出的最基本理论，反映了佛教的人生观和世界观，其中他对人类生命与健康的思考，对于后人来说仍不乏指导作用。

# 五、三学

"心地无非自性戒，心地无乱自性定，心地无疾自性慧"。这是禅宗六祖慧能对颧、定、慧三学的解释。《传灯录》说："无意名戒，无念名定，无妄名慧。"这戒、定、慧三学是互相联系的整套佛教徒修身方法，它虽因教派不同而有所差异，但都贯穿了浓厚的健康教育思想。

佛教认为，要解脱痛苦，必须熄灭一切欲望和烦恼，才能达到"涅槃"的境界。这样就必须按照教义长期修道，包括四念住、四正勤、四神足、五根、五力、七觉支、八正道等修行法门，共称三十七道品，它们都包括在戒、定、慧三学里。

（一）戒

约束身心，防止作恶。即按照佛教的戒律行事，防止行为、语言、思想"三业"的过失，调整身心，养成良好的习惯，它要求佛教徒避开道德上的不善和恶德，在宗教、经济及至肉体健康方面都不做与戒律相违背的事。由于佛教教派不同,守戒也有所区别,对出家和居家之士要求也不相同。如小乘有五戒、八戒、二百五十戒等;大乘有三聚净戒、十重四十八轻或等。我们所熟悉的某些规律为:不杀生、不偷盗、不邪淫、不妄语、不饮酒等"五戒",这是出家和在家弟子共持的戒律。"十戒"是出家沙弥所受的戒律,它在五戒的基础上,加上不涂饰香鬘、不视听歌舞、不坐高广大床、不非时食、不蓄金银财宝等五戒,共计十戒。此外,无贪、无嗔、无痴等也是戒学的内容。

(二) 定

即禅定,要摈除杂念,专心致志,观悟四谛。定是广义的戒,若按戒来调整身心,接着就会产生统一心的定,从而要调身、调息、调心,使身心安静统一,达到精神上既不昏沉瞌睡,又不纷驰烦恼的安和状态。禅定有四禅八定、九种大禅,一百零八种禅定等说法。

修习禅定有许多功德。如以利佛教提了五种,即:

1.得现法乐住,有助于身心乐住健康;

2.得观,即得到悟的智慧;

3.得神通;

4.生于胜有;

5.得灭尽定。

通过学习禅可以依定得慧,并且对慧加以活用,因为在集中思虑观悟的过程中,身心远离爱欲乐触而变得身心轻安,终于能集中思想,进而引发一种无漏的智慧。

(三) 慧

即智慧,就是有厌、无欲、见真,要通达事理,断除一切欲望和烦恼而获得解脱。即能开动脑筋,专思四圣谛、十二因缘,以领悟佛法,分别一切法的自相(特殊性)与共相(一般性),最后摒除烦恼,证悟真理。

三学彻底转变修行者的世俗欲望和原来的错误认识,以达到超脱生死轮回的境界。可以说,戒、定、慧三学概括了全部佛教教义,也包含六度(即布施、守戒、忍辱、精进、坐禅、智慧六波罗密)、三十七菩提等全部修行法门。在三学中,以慧最为重要,戒和定都是获得慧的手段。只有获得慧,才可完全超脱生死轮回,而达到"涅槃"境界。这戒、定、慧三学贯穿了浓厚的健康教育思想,可以说它把人类追求健康长寿和幸福生活的思想,汇入这三学之中,从而吸引着广大信奉者的追随,其中也总结了许多健康长寿之法,提供了保健知识并向社会广泛传播。

## 六、三法印

"法印"是佛教用来鉴别佛法真伪的标准。凡符合法印的是佛法，违背法印的是不正确的佛法。佛教教义在发展中曾被概括为不能移易的根本教义就是"三法印"。这三法印为：诸行无常，诸法无我，涅槃寂静。

### (一) 诸行无常

宇宙万物都是虚妄幻化，处于瞬息万变之中，是无常的。这种物质运动变化的理论与现代科学真理相一致，佛教则以此推论为"无常故苦"、"无常故无我"。

### (二) 诸法无我

世界上一切现象都是因缘和合，没有独立的实体或主宰者，人类生命也是如此，只是由于无明的烦恼熏染，人们才迷执于我体，困扰于生老病死，轮回于六道之中。诸法无我就是一切事物非我。

### (三) 涅槃寂静

所有的贪欲灭尽，嗔恚灭尽，愚痴灭尽，达到无苦安稳的理想境界。因此，人们要悟破我体实无，进而才可外不迷于境，内不迷于我，于境知无常，于我知无我，以解脱起惑造业流转生死招来的苦恼，这便是涅槃寂静。

三法印是释迦关于人生的三大命题，其教义也建立于"一切皆苦"之上，一个人要从苦海中解脱，就必须消除"无明"，打破"我执"，归于"涅槃"。在这三大命题的召唤下，不少宗教需要者以一种虔诚的心理需要，从佛教信仰和仪式中，从习禅修定中激发出特殊的情感体验，获得内心的安宁和解脱，在客观上有利于他们的身心健康和生命长寿。

## 七、因果报应

在佛教中，因果报应是被使用最多的一个理论，它将因果并称，是佛教思想体系的基础。所谓"因"，亦可称为"因缘"，泛指能产生结果的一切原因，包括事物存在和变化的一切条件。佛教对"因"的解释有"六因"、"十因"、"四缘"等。所谓"果"，亦称为"果报"，即是从原因而生的一切结果。《瑜伽师地论》卷三十八说："已作不失，未作不得。"认为任何思想和行为，都导致相应的后果，"因"未得"果"之前，不会自行消失；没有业因，也不会得到相应的果报，因果相应，毫厘不差，这就是佛教所说的"因果报应"。

## 八、六道轮回

佛教称：善业是清净法，不善业是染污法，以善恶诸业为因，能招致善恶不同的果报，是为业果。作为业果的表现形式，都是依于善恶二业而显现出来的，依业而生，依业流转。所以，众生行善则得善报，行恶则得恶报。而得到了善恶果报的众生，又会在新的生命活动中造作新的身、语、意业，招致新的果报，故使凡未解脱的一切众生，都会在天道、人道、阿修罗道、畜生、饿鬼道、地狱道中循环往复，这就是佛教所说的轮回。

## 九、三宝

所谓"三宝"即是佛、法、僧。佛：最初是指佛教的创始人释迦牟尼，后来泛指十方世界无数诸佛。法：是指诸佛所说的一切教法，包括佛教的一切理论学说。僧：指佛教的出家信徒，是依照佛的教法出家进行修行的人。佛、法、僧三者，合称为"三宝"。

## 十、水陆法会

水陆法会，全称法界圣凡水陆普度大斋胜会，亦称法界圣凡水陆大斋普利道场，略称法界圣凡水陆大斋、水陆道场、水陆会、水陆斋仪、有时称悲济会。这是为超度亡灵、拔救幽冥、普济水陆一切鬼神而举行的一种佛事活动，其内容主要为设斋诵经、礼忏施食，属中国佛教中盛行的一种重要佛事。

## 十一、放焰口

"焰口"，为焰口施食或瑜伽焰口施食的略称，原是由密教施诸饿鬼饮食法演变而来的一种佛事仪式。"焰口"本为一饿鬼名，原出《佛说救拔焰口饿鬼陀罗尼经》，故流行"焰口"一名，更以此来指称施食饿鬼之法。

## 十二、度牒、戒牒

"度牒"是政府机构发给公度僧尼以证明其合法身份的凭证,而"戒牒"则是由僧官机构及传戒师签发给受戒僧尼以证明其所取得的资格的凭证。

古代度牒一般由尚书省下的祠部颁发,故亦称祠部牒。唐代的度牒都用绫素、锦素、钿轴制成,其形质与官吏的任命状"纶诰"相似,宋代一度改用纸造,至南宋仍旧用绫。度牒上一般写明所度僧尼的法名、俗名、身份(指明童子或行者及其职衔)、籍贯、年龄、所住或请住持寺院(入何寺院名籍)、所诵经典、师名等,并有祠部的批文、签署日期和官署署名等。僧尼有了度牒,便取得了合法的身份,留居本寺或行游他方都不被为难,可获免赋税和劳役、兵役等义务,得到政府的保护。

戒牒并不像度牒那样具有官方色彩,它是佛教内部的一种管理制度,由僧官机构及其僧官直接签发,或由传戒师发给。戒牒上一般要写明受戒人、戒名(如菩萨戒等)、日期、传戒和尚、证戒师、教授师、坛头、和尚、同学伴侣、同受戒人及受戒发愿文、未署僧录等名,或盖僧官机构的印章。其中证戒师、教授师、伴侣等有时象征性地以佛、菩萨代之,签署者一般为高级僧官。

# 第三章　四大佛和八大菩萨简介

## 一、释迦牟尼佛

释迦牟尼是一个真实的历史人物。是公元前6世纪后期印度迦毗罗卫国释迦部落净饭王的儿子，俗姓乔达摩，名悉达多。

悉达多从小就受严格的传统思想文化教育，还经常骑马射箭，练习武艺。悉达多出家后，经过六年苦行，尝尽了千辛万苦，在一棵菩提树下，面对东方静坐思考。经过七天七夜的禅思静虑，战胜了来自各方面的烦恼魔障的干扰，终于彻悟了人生无尽苦恼的根源和解脱轮回的方法，获得了无上大觉而成佛。

释迦牟尼佛像，一般为坐像、立像和卧像，多以坐像为常见。坐像是释迦佛佛结跏趺坐于莲台上，身穿通肩大衣，手作说法印。头上有肉髻，螺发，双耳垂肩，眉目修长，双眼微睁。眉间有白毫，背后是火焰纹的身光和头光。释迦牟尼是佛教的最高教主。

## 二、药师佛

药师佛就是药师琉璃光如来佛，又称为大医王，按佛经所说，他是东方琉璃国土的教主。相传他在成佛时曾发下十二大誓愿，愿除一切众生病苦，治无明痼疾，令一切众生身心安乐。

药师如来佛能够医治百病，解除各种顽疾苦痛，消灾延寿，因此我国历史上社会各阶层对药师如来佛的信仰很兴盛。有的寺院设有专门供奉药师如来佛的药师佛堂。

药师佛像一般是左手执药器，右手结定印，身披袈裟，结跏趺坐于莲花台上。药师如来的胁侍菩萨，一般是日光菩萨和月光菩萨。也有以观音、势至为其胁待菩萨的。

## 三、阿弥陀佛

阿弥陀佛又称作"无量寿佛"、"无量光佛"。是佛教所说的西方极乐世界的教主。

阿弥陀佛在修行成佛前，曾经发下四十八个大愿，其中一个大愿就是说，将来他成佛后，凡信奉并持诵他的名号的人，在命终之时，佛就前往，接引其人往生自己的国王，即西方极乐世界。

阿弥陀佛高坐于莲台上。左右分别有观世音菩萨和大势至菩萨，构成"西方三圣"像。阿弥陀佛被安置于释迦牟尼佛的右边，结跏趺坐于莲台上，双手仰掌叠置足上，掌中托有一莲台，表示接引众生往生西方，莲花化生之意。

## 四、弥勒佛

弥勒佛是中国民间普遍信奉的一尊佛。《据宋高僧传》等佛书记载，弥勒佛的化身是浙江宁波人，号长汀子。他经常手持锡杖，杖上挂一布袋，出入于市镇乡村，在江浙一带游化行乞。乞得之物就装在布袋内，因此当时人们称他为"布袋和尚"。相传他身形肥大，衣着随便，言语行为不拘小节。据说为人预测吉凶非常灵验，还能预知晴雨天象，人们都觉得他神秘莫测。后梁贞明二年坐化于岳林寺一块磐石上。示寂前曾留下一偈，"弥勒真弥勒，分身千百亿，时时示时人，时人自不识"。于是后人认为他是弥勒转世，为他建塔供养。宋崇宁三年（1104），岳林寺住持昙振为他建阁塑像。

弥勒佛像，光头如比丘相，双耳垂肩，脸上满面笑容，笑口大张。身穿袈裟，祖胸露腹，一手按着一个大口袋，一手持着一串佛珠，乐呵呵地看着前来游玩进香的人，人们见了此像，无不受他那坦荡的笑容所感染而忘却自身的烦恼。

## 五、文殊菩萨

文殊菩萨，全称文殊师利，有时又作曼殊室利。意为妙德、吉祥。据说他出生时家中出现许多吉瑞祥兆，因此而得名。

中国佛教认为山西省五台山就是文殊菩萨说法道场。

在大乘佛教中，文殊菩萨有很高的地位。他是众菩萨之首，他是智慧的化身，经常协同释迦宣讲佛法。大部分文殊菩萨像是身骑狮子，以狮子勇猛，表示菩萨智慧威猛。

## 六、普贤菩萨

普贤菩萨，梵名为"三曼多跋陀罗"，即普遍贤善的意思。是佛教中常见的一尊菩萨。他和文殊菩萨一起，作为释迦牟尼佛的胁侍菩萨，一个象征智慧（文殊）、一个象征真理（普贤）。

中国佛教认为四川峨眉山是普贤菩萨说法道场。

普贤像大多是头戴宝冠，身穿菩萨装，坐于一六牙白象上，普贤菩萨有延命益寿之德。

## 七、大势至菩萨

大势至菩萨，又称得大势菩萨或大精进菩萨，简称为势至。据《观无量寿经》说，此菩萨以独特的智慧之光遍照世界众生，使他们解脱血光刀兵之灾，得无上之力，因此号为大势至。

## 八、日光菩萨

日光菩萨与月光菩萨一起，是东方琉璃光世界的教主药师佛身边的两大胁侍菩萨。他们的身份如同释迦佛身边的文殊、普贤菩萨，以及阿弥陀佛身边的观世音、大势至菩萨。

## 九、月光菩萨

月光菩萨和日光菩萨是一对，为东方琉璃光世界药师佛的胁侍菩萨。

## 十、地藏菩萨

据《地藏菩萨本愿经》说地藏菩萨曾受释迦佛的嘱托，要在释迦佛灭度后、弥勒佛降诞前的无佛之世留住世间，教化众生，度脱沉沦于地狱、饿鬼、畜生诸道中的众生。而且他发誓"地狱未空，誓不成佛"。有情众生只要念诵其名号，祝愿礼拜供奉其像，就能得到无量功德的救济。

相传安徽九华山是地藏菩萨的说法道场。成为与普陀、五台、峨眉齐名的中国佛教四大名山之一。每年农历七月三十，即传说地藏菩萨诞辰之日，各地前来朝拜的佛教徒摩肩接踵，络绎不绝。

## 十一、观音菩萨

观音菩萨在中国民间受到最普遍、最广泛的信仰，在佛教各种图像或造像中，观音菩萨的像也最为常见，而且种类繁多，变化也极大。

观音又作观世音、观自在、光世音等。在佛教中，他是西方世界教主阿弥陀佛的上首菩萨，与大势至菩萨一起，是阿弥陀佛身边的胁侍菩萨。

佛教经典讲，世间众生在碰到各种困厄灾难时，只要信奉观世音菩萨，诵念观世音菩萨名号，这时他就会"观其音声"而前来解救，使受难众生即时得以脱困，所以这位菩萨的名号就称为"观世音"。

经中说，观世音是一位大慈大悲、救苦救难的菩萨。如果有众生遭受水火之灾，只要称念观世音菩萨名号，入大火就能够不烧，遇水淹即得浅处。如有众生因刀兵相加，或有牢狱之灾难，只要称念观世音菩萨名号，就能逢凶化吉，遇难呈祥。观世音菩萨能给处于危难中的众生以无畏的力量，使他们不畏恐惧。他还能满足众生生儿育女的愿望，求男得男，而且是"福德智慧之男"，求女得女，还是"端正有相之女"。

## 十二、韦驮菩萨

韦驮菩萨是大家非常熟悉的佛教护法天神。在中国佛教寺院中，他一般被安置在天王殿中，在笑脸相迎的大肚弥勒像的背后，背对山门，面朝大雄宝殿。佛经中说，韦驮菩萨对信奉佛教的人都有特别的护佑作用。

# 第四章　慧缘功修炼养生法

## 一、慧缘养生功驱病法

人们的身体需要阴阳五行的平衡，更需要脏腑经络的平衡和通达。当人的某一脏器功能下降时，就会累及这一系统的功能，如果长期得不到调整和恢复，就会发生病变，并使机体的脏腑经络不能正常运作，阴阳五行平衡受到破坏，进一步会使整个机体垮掉。慧缘功法以长养正气为宗旨，促使五脏六腑和经络功能正常运作，使人体阴阳五行协调，从而保持身体健康。

已经患有阴阳五行和脏腑经络失衡而疾病缠身的人，如能坚持修炼此法，就会使相应脏腑的功能得以再生和恢复，从而使疾病得到痊愈。

1.调养肺脏功法：面朝西方，瞑目静坐，叩齿九下，舌舐上腭，双手于小腹前结成吉祥华盖印，即双手大拇指扣食指成环状，其余六指依次向内交叉，也可将双手分别放在大腿上，手心向上。观想白光从四面八方射入体内，并把肺部照亮；最后观想全身透明，与白光融为一体。十至十五分钟后慢慢睁开眼睛，双手合掌搓手，手搓热后双手搓脸浴面三下；然后慢慢起身站立，再搓手至热后搓摸全身，然后双手移到小腹前，手指尖相对，手心向下，慢慢轻轻地上提至与双乳头相平（双手上提过程中慢慢深吸气），然后翻转双手，掌心向下，慢慢放下双手至小腹丹田部时（双手下行时慢慢呼气），稍停三到五秒钟，再使双手自然下垂到大腿两侧后收功。此功法对治疗肺系病症，如：咳嗽气短、哮喘、胸闷疼痛、咯痰咳血、声哑失音、自汗盗汗、肺结核、鼻炎、咽喉疼痛、感冒恶寒发热、忧愁悲哀、大便干结、肌肤甲错、毛发焦枯等效果显著。

2.调养肝脏功法：面向东方，瞑目静坐，叩齿两下，舌舐上腭，双手于小腹前结成如意甲乙印，即大拇指扣无名指成环状，其余各指依次向内交叉，也可将双手放在大腿粘，手心向上；观想青光从四面八方射向体内，并把肝部照亮；进一步观想自己全身透明，与青光融为一体。此功法对治疗肝系病症，如：头晕眼花、乳房胀痛、阴囊疼痛、关节疼痛屈伸不利、筋脉拘急、抽搐、四肢麻木、急躁易怒、半身不遂、瘫痪、小腹疼痛、胆怯、胸胁胀满疼痛、妇女月经不调、崩漏带下等，应多练此法，功效显著。

3.调养脾胃功法：面向随意，想象自己位居宇宙中央，瞑目静坐，叩齿五下，舌舐上腭，双手于小腹前结成常在戊己印，即食指扣拇指成环状，其余六指依次向内交叉，也可将双手放在大腿上，手心向上，观想黄光从四面八方射入体内，并把脾胃照亮；进一步观想自己全身透明，和黄光融为一体。十至十五分钟后慢慢睁开眼睛，双手合掌搓手，手热后双手搓脸浴面三下；然后慢慢起身站立，再搓手至热后搓摸全身，然后双手移到小腹前，手指尖相对，手心向上，慢慢轻轻地上提至与双乳头相平（双手上提过程中慢慢深吸气），然后翻转双手，掌心向下，慢慢放下双手至小腹丹田部时（双手下行时慢慢呼气），稍停三到五秒钟，再使双手自然下垂到大腿两侧后收功。此功法对脾胃病症，如腹脘胀满作疼、胃及十二指肠溃疡、慢性胃炎、黄疸、内脏下垂、脱肛、便血、呕吐呃逆、便秘、疟疾、霍乱、膨胀水肿、虫症、泄泻，应多练此功法，功效显著。

4.调养肾脏功法：面朝北方，瞑目静坐，叩七下齿，舌舐上腭，双手于小腹前结壮腰健肾壬癸印，即大拇指扣小指成环状，其余六指依次向内交叉，也可将双手放在大腿上。观想日月之光同时从四面八方射入体内，并把肾部照亮；最后静观自己全身透明，和日月光合为一体。十至十五分钟后慢慢睁开眼睛，双手合掌搓手，手热后双手搓脸浴面三下；然后慢慢起身站立，再搓手至热后搓摸全身，然后双手移到小腹前，手指尖相对，手心向上，慢慢轻轻地上提至与双乳相平（双手上提过程中慢慢深吸气），然后翻转双手，掌心向下，慢慢放下双手至小腹丹田部时（双手下行时慢慢呼气），稍停三到五分秒钟，再使双手自然下垂到大腿两侧后收功。此功法对肾与膀胱病症，如：阳痿、滑精早泄、腰背疼痛、下肢痿软、气喘、耳鸣耳聋、水肿、小便不利、尿频尿痛、畏寒肢冷、精冷无子等，应多练此法，功效很好。

5.调心养心功法：面向南方，瞑目静坐，叩齿三下，舌舐上腭，双手于小腹前结成丹元丙丁印，即大拇指扣中指成环状，其余各指向内交叉，然后翻转手腕，使指尖朝下；观想红光从四面八方射入体内，并把心脏照亮；最后静观自己全身透明，和红光融为一体。十至十五分钟后慢慢睁开眼睛，双手合掌搓手，手热后双手搓脸浴面三下；然后慢起身站立，再搓手至热后搓摸全身，然后双手移到小腹前，手指尖相对，手心向上，慢慢轻轻地上提至与双乳相平（双手上提过程中慢慢深吸气），然后翻转双手，掌心向下，慢慢放下双手至小腹丹田部时（双手耳行时慢慢呼气），稍停三到五秒钟，再使双手自然下垂到大腿两侧后收功。此功法对心脏病症，如：心悸、失眠健忘、记忆力减退、胸闷心痛、爪甲紫暗、面色苍白无华、汗出异常、口舌生疮、百合病等，应多练此法，功效很好。

值得注意的是，此五种功法可作为一个整体的功法来修炼，具体操作时，可按五行相生的次序，逐一来完成每一法，起始可根据各人的具体情况而定。如木行人，或肝功能比较弱的人，可先从养肝法开始，依次为养心法、养脾法、养肺法、养肾法。不清楚五行属性的朋友，可按上述所列各系病症来对照进行。也可多练相应的功法，可单独对一个功法多练几遍。此外，还可以站桩的方式来修炼此法。

## 二、接功养生祛病法

养生疗病法是我在上世纪八十年代初创立的一种对许多疾病都有独特疗效的气功方法。采取这种气功方法治疗疾病和养生，无病可以强健身体，有病则可有功到病除之功效，而且不论是什么样的疾病都有非常好的效果。接功者可以远在世界各国，也可近在咫尺，关键是要掌握接功的方法。

现将接功的要领讲述如下：1.不论身在何地，我都会在当地时间的上午9点钟和晚上9点钟给全世界的人发功15分钟。2.接功者无年龄、性别和地域的限制，只要需要就可接功。3.接功时接功者坐或躺着都可以，双手心向上，坐姿时双手放在大腿上，仰面躺着的姿势时双手放在身体两侧，双眼微闭，舌舐上腭。此时会有一股温暖（寒性疾病）或清凉（热性疾病）的气功信息从双手心进入体内，增加身体元气，消除体内的病气。随着真气慢慢地进入身体，就会感到身体逐渐的强壮，病气也会逐渐的从脚下的涌泉穴排出体外。十至十五分钟后慢慢睁开眼睛，双手合掌搓手，手热后双手搓脸浴面三下；然后慢慢起身站立，再搓手至热后搓摸全身，再次搓手至热后搓腰部。然后双手移到小腹前，手指尖相对，手心向上，慢慢轻轻地上提至与双乳相平（双手上提过程中慢慢深吸气），然后翻转双手，掌心向下，慢慢放下双手至小腹丹田部时，（双手下行时慢慢呼气），稍停三到五秒钟，再使双手自然下垂到大腿两侧后收功。

### 三、慧缘三宝功修炼法

1.预备式　取站立姿势两腿并拢，当吸气时，两臂从身体侧前方（手心朝上）慢慢抬起至头前上方合掌，呼气时峡谷手从面前降落至胸前，拇指对准天突穴，这时默念思想静，头脑空，肌肉松，气血通，反复默念三次，得气后，两手转而手指尖朝下降至小腹，两手分开，恢复松静自然站立式。

2.动作：（1）旋颈：松静站立后，两手重叠，扶下丹田，内外劳宫相对，男子左手在下，女子右手在下，以大椎为轴，先将头脸向右转，目视右肩，吸气时低头向左旋转至左肩，小腹隆起；呼气时，仰头将头向右旋转，至右肩，同时小腹内收提肛缩肾，一吸一呼旋转一卷为一次，可连续做八至六十四次，然后再按相反方向旋转八至六十四次。

（2）旋肩：松静站立后，当吸气时两肩向前扣，小腹隆起，呼气时，两肩向后旋转，扩胸、身体下蹲，收腹提肛缩肾，再吸气时，两肩向前扣，身体立起，呼气时，两肩向后旋转，身体下蹲，至少做八次，多则做六十四次。

（3）俯仰旋：取站立姿势，吸气时，两手从体前上举。手心朝下，一直举到头上方，手指尖朝上，呼气时，弯腰两手指朝地，如此连续做八至三十二次。

（4）摆旋：取站立姿势，两手叉腰，拇指在前其余四指在后，中指按在肾俞穴上，吸气时，男子将胯由左向右摆动（女子相反），呼气时，由右向左摆支，一吸一呼，为一次，可连续做八至三十二次。

（5）扭旋：取站立姿势，两手上举至头两侧与肩同宽，拇指尖与眉同高，手心相对，吸气时，男子上体由左向右扭转（女子相反），头也随着向右后方扭动，呼气时，上体由左向右扭转，头也随即向左后方扭动，一吸一呼为一次，可连续做八至三十二次。

（6）旋臂屈膝：吸气时，男子左肩臂向前向下再向上提起（女子相反），两膝弯曲，小腹隆起，左脚跟也随之提起，上体也随着提肩提足跟之动作立起，脚跟着地；呼气时男子右肩臂向前向下再向上提起，两膝弯曲，小腹内收，右脚跟提起，上体也随着提肩提足之动作立起，然后后脚跟着地，一吸一呼为一次，可连续做六十四次。

（7）旋膝：两腿、脚并拢站立，两手叉腰，拇指在前，其余四指在后，中指按在肾俞穴上，吸气时，两膝先向右前方弯曲，再向左旋转半圈，呼气时，身体立起，少则八次，多则六十四次，然后再按相反方向旋转，次数反转正转相等。

（8）旋足：松静站立后，两手下垂或叉腰，男子先左抬起二十公分左右（女子先抬右脚），吸气时，脚趾脚背向外向上翻，足跟蹬，使足三阴经之脉气随之而上升；呼气时，脚趾脚背向里向下叩，脚背稍用力绷紧，使足三阳经之脉气随之而下降，左脚做八次，右脚也做八次，多则可做六十四次。本式可坐着练，坐式两脚同时旋转。

（9）震颤：站立后，二目轻闭，身体微微颤抖，随着身体的颤抖，上下牙齿也自然轻轻叩击。本式可练习五分钟。

3.收功

震颤慢慢停止后，吸气时两臂从身体侧前方（手心朝上）慢慢抬起至头前上方合掌，呼气时，两手从面前、胸、腹下落至下丹田，两手放下，恢复松静站立姿势，两手再扶丹田，反正各揉按九圈，恢复松静站立，眼睛慢慢睁开。本功法能使全身筋骨肌肉、脏腑经络都得到活动，从而使经络疏通，气血和平，阴平阳秘，神经得以调节，有强身健体之用。对于咽喉炎、甲亢、糖尿病、颈椎病、关节炎、遗精、早泄、阳痿、女子白带、月经不调等有较好的作用，对于白血病、癌症等也有一定的疗效。治疗肾虚阳痿可与六字真言、抗衰功等配合练习，效果更佳。

# 第五章 中国佛教四大名山和佛教重大节日

## 一、中国佛教四大名山

山西五台山——文殊菩萨的道场。

四川峨眉山——普贤菩萨的道场。

浙江普陀山——观世音菩萨的道场。

安徽九华山——地藏菩萨的道场。

## 二、佛教重大节日

正月　　初一日：弥勒佛圣诞日。可对弥勒佛许愿求福，求家庭和睦富贵。

　　　　初六日：定光佛圣诞日。

　　　　初九日：玉皇大帝圣诞日。可求福求平安求子贵。

二月　　初二日：土地神圣诞日。可许愿求土地神保佑田宅平安，五谷丰登，出门大吉大利。

　　　　初八日：释迦牟尼佛出家日，可许愿求吉祥求官运，求财富，求幸福。

十五日：释迦牟尼佛涅槃日。

十九日：观世音菩萨圣诞日。

廿一日：普贤菩萨圣诞日。

**三月** 十六日：准提菩萨圣诞日。

**四月** 初四日：文殊菩萨圣诞日。

初八日：释迦牟尼佛圣诞日。可许愿求吉祥官运，求财富，求幸福。

十五日：佛大吉祥日。

**五月** 十三日：伽蓝菩萨圣诞日。

**六月** 初三日：韦驮菩萨圣诞日。

十九日：观世音菩萨成道日，可许愿求生子求生女，求吉祥，求富贵，求名利，求官运。

**七月** 十三日：大势至菩萨圣诞日。

廿四日：龙树菩萨圣诞日。

三十日：地藏菩萨圣诞日，可许愿求长寿健康，求老人健康长寿，求来生可往生幸福世界。

**八月** 廿二日：燃灯佛圣诞日。

**九月** 十九日：观世音菩萨出家纪念日。

三十日：药师琉璃光如来佛圣诞日。

**十月** 初五日：达摩祖师圣诞日。

**冬月** 十七日：阿弥陀佛圣诞日。

**腊月** 初八日：释迦如来佛成道日。可许愿求事业大吉大利，家庭和睦幸福，官运亨通，富贵平安，生意兴隆，子女成才，事业大成。

廿九日：华严菩萨圣诞日。

**另**：每月初一、十五，此两大吉日多逢佛、圣、神仙、菩萨的殊胜吉日，可持斋戒、放生、行善、礼佛敬神仙、拜菩萨，可许吉祷愿，求吉利，求平安，求好运，求富贵。

# 把神秘转化为科学的人

察 金

风水，有人曾说它是一种"迷信"；

继而，有人说它是一种"神秘文化"；

如今，有人正潜心从其神秘性中发掘客观性、规律性，从而将这种"神秘文化"现象，转化为一门科学——现代风水学。

## 一、风水与财路的呼应

中国特区海南的省会海口椰城闹市区耸立着一幢现代建筑。这是一座美学色彩与神秘色彩交融的商城。尤当入夜，淡绿色的镁光灯倒射在半弧形的宝绿色巨幅玻璃幕墙上，给人一种绿莹莹、暖融融的神秘感与亲切感。这便是乐普生商厦。

中央电视台黄金时段的天气预报节目中，代表海口亮相的那栋商业建筑，一年上千万元的广告费，一打就是两年。这便是乐普生商厦。

大凡来海南特区旅游者，每向当地导游或向亲友们打听在哪里购物最好时，大多得到的答复是："乐普生。"这便是乐普生商厦。

她不是海南最豪华的商城，却是公认的生意最兴隆、人气最旺的商厦。即便在海南经济最低潮的时候，也依然从早到晚顾客云集、财源滚滚，自成一派繁荣的小气候。这便是乐普生商厦。

人们惊羡之余，不禁发问：乐普生为何能在特区如林商厦之中如此独占鳌头？除了经营管理者们精当的市场定位、严格的质量管理、优质的服务之外，是否还有某种神秘的深层的冥冥之中的缘由？

三年以前，投资1.2亿元建成的乐普生大厦落成之后，从香港请来了三位风水大师为之勘测风水。三位大师现场勘测之后异口同声说：此地风水不好，财路不通，无论作何种业务，都难成功！

大厦老总失望之余，仍不甘心，便从内地请来了一位深谙风水学的中年教授再度请教。这位教授手持罗盘，现场勘测之后坦言道："三位香港大师所言果然不差，此地的确风水欠佳，财路堵塞！"

年轻的老总怅然慨叹：花了这么多的资金，费了这么多的心血，难道就让它付之东流？

中年教授笑道："老总别急。我勘测风水有四大原则：了解自然、利用自然、改造自然、顺应自然。"年轻老总悟性颇高，听此一言，不由惊喜："你是说风水和自然一样可以改造？"中年教授道："了解到自然风水无法利用，便需要调整风水改造自然。风水不佳，可借风水；调整改造之后如再非人力所为，便需要顺应自然了。不知老总是否愿意一试？""那当然。请大师指点。"老总喜出望外，简直迫不及待。

于是，按照中年教授指点，乐普生商厦从一楼至九楼的装修布置，皆作了风水调整。装饰大厦外观的玻璃幕墙由原拟的茶色改为宝绿色。门前道路、绿化景物等等也一一作了调整，使其汇集人气之态势，聚敛财路之风水。

1994年12月28日，乐普生商厦定为该日举行开业庆典。

不仅省市领导等各方贵宾要来道贺，全国人大的一位国家领导人也欣然应邀来琼庆喜添彩。

这一天大早，商厦门前露天广场上布置好开业庆典主席台之类设施。老总忽闻早间天气预报当日有雨，且天色已呈阴雨暗淡之光，不由心中着急。情急之下，不禁向那位中年教授提出："今天上午10点开业庆典恐怕要下雨，能不能请你再改造一下自然，把天气变好？"话一出口，便觉得唐突与无望。

不料，中年教授笑道："如此重大的场面，你不说我也要调好。你放心，开业庆典时天气一定非常好，但11点零5分之前一定要结束，那时要下雨。"

老总半信半疑。

上午10点到11点，天气果然由阴转晴，主席台上下前来贺喜的贵宾和顾客们，人人感到一阵莫名的暖意。

11点，开业庆典按时结束。客人们被老总引进商厦各层参观。

11点零5分，果然下起雨来。

乐普生商厦旗开得胜，此后，财路亨通，长盛不衰……

当年诸葛孔明可借东风，击退曹孟德百万雄师；如今这位中年教授可借阳光，驱去老天爷既定风雨。孔明凭借的是气象学知识，中年教授凭借的是风水学造诣。

至此，诸位不禁要问：这位神奇的中年教授何许人也？他，便是现代风水学家陈长义先生。因其法号慧缘，人称"慧缘大师"。

## 二、风水与科学的通道

记者多方采访并验证了上述乐普生的真实而神奇的故事，并于近日有缘采访到这位神奇的慧缘大师。

中国传统的风水先生，在人们的印象中多是手持罗盘、口念咒语、道袍加身、神秘兮兮的形象。慧缘大师既无想象中的仙风道骨，也无期盼中的神秘色彩，不过颇有特点的是：宽阔的前额似乎昭示着对自然万物奥妙的参悟，坦诚的微笑仿佛蕴涵着对人类与社会奥秘的理解宽容。

记者出于本能的好奇与业余从事理论研究的职业习惯，开门见山便向慧缘大师请教风水的奥秘及其科学关系。慧缘先生仿佛遇到一位学科的知音和忠实的听众，滔滔不绝地侃起了他的风水学理论。

慧缘先生认为：风水是一种神秘文化，风水学是一门综合学科。它包含人类已知科学中的地球物理学、水文地质学、地球磁场学、环境景观学、建筑学、信息学、天文学、气象学、光电微波学、医学等学科的综合内容，也蕴涵了人类未知或半知的神秘文化，诸如星相学、气功学、人体科学、生物磁场学、生命信息学等等。

月亮的圆缺，对大海潮水涨落的对应式驱动；太阳的升降，对地球温度气候的连动式调节；彗星等特殊星系的动变对地球磁场、气候的特殊作用力；天文星相的变异对地球的灾变（诸如水灾、火灾、瘟疫、地震之类），进而对人类与社会的多重性影响；房间的通风采光状况、床位的设置与地球自转的对应关系，对人的大脑皮层及生理、心理的影响；再如风水与疾病、气候与心理、心理与社会、气象与经济等种种关系，无不显现出自然风水与人类社会的某种必然性、规律性联系。这，就是风水学这门综合性学科所要研究的主要内容。

中国沿海一带为什么率先快速发展？除了政策到位、观念到位等社会原因之外，慧缘先生认为还由于风水到位、能量信息到位，再加上水多，故一直发展比内地要快三拍。

西安古都为什么唐盛时期那么繁荣发达、八方来朝？如今交通、通讯等等都进入现代化了，为什么反而发展不如沿海一带迅速？慧缘大师阐释道：西安在唐盛时期有"八水绕长安"之说，那时水多风水好，达到了盛世皇都应有的九级风水，故经济发达、社会繁荣，可谓盛极一时。但后来随着年复一年的枯水期更迭，加之水利年久失修，到如今"八水绕长安"之景已成为历史，地下水资源也越来越少，整个风水层级退化，因此发展速度已落后于沿海。慧缘先生对自己大学深造之地西安很有感情，曾向陕西省有关领导建议：水能生财是风水学原理之一，西安目前关键是解决缺水的问题。省领导采纳了他的建议，组织实施导引黑河水太白山水工程。此后，西安乃至整个陕西经济、社会发展步伐果然得到加快，但慧缘大师说："还没有解决根本问题。"

由此，记者联想到，古有隋朝开通大运河工程，储引了大量水资源，贯通了南北水上交通，促进了当时经济发展；今有天津引滦入津工程，解除了天津市缺水的困扰，推动了天津全面跃进。这些是否也在有意无意之中调整了风水，改造了自然，因而推进了经济、社会与文明的进化？

慧缘大师认为：宇宙间任何事物都有气场。风水也是一种自然场，是自然能量组合的一种特殊形式。自然场可以影响人体场，即影响人的健康、心理、性格和命运。反过来，能量大的人体场也可以影响自然场，即影响宇宙间客观事物的能量、性质与结构。

据此原理，慧缘先生通过数十年的特殊修炼，已从认识风水、利用风水达到能够调整风水、改造风水的造诣。既能调整自然场，还能调整人体场，即调整人体的风水信息。海口乐普生商厦风水的调整，只是他调整改造自然场以造福人类的众多杰作之一。

慧缘先生还认为：风水既是一门综合性的自然科学，又是一门哲学。他把自然科学、社会科学和生命科学等众家之长融于一体，把佛、医、易、气（佛学、医学、易经、气功学）等种种精髓集于一身，把中国传统风水学与世界现代各门科学结合一体，把神秘文化与已知科学熔铸一炉，并且通过多年的实践与验证，形成了一门独特的"慧缘风水信息学"。并相应开创了"慧缘功"。慧缘大师率先将风水划分为级别，根据风水状况的优势及其对社会与人的影响程度，把风水分类化为九个级层。阴宅（坟地）风水一级最好，阳宅（房屋）风水九级最佳。他首创的"慧缘风水九级分类法"，已被世界风水学界普遍采用。其科学之功绩，不亚于将风力划分十二级的那位伟大的科学家！

慧缘先生发现并认为：宇宙万物皆可分类为三位一体的三宝系统。宇宙间天、地、人为三宝；日、月、星辰为三宝；宗教界佛、基、伊（佛教、基督教、伊斯兰教）为三宝；佛教界佛、法、僧为三宝；空间的上、中、下为三宝；时间的过去、现在、未来为三宝。

宇宙间所有事物的三宝信息都可以影响转化为人体的精、气、神三宝。古语有云："道生一，一生二，二生三，三生万物。"故而，三宝无处不有，无处不在，三宝可无限演化，可造化万物。

根据这一理论，他独创了"三宝功德功"，通过这种功法的修炼，将三宝真气和能量集合排列优化组合，从而可达强身健体、祛病防灾、开发智力和潜能的目的。他又发明研制了具有很好功效的三宝功德茶、三宝元气袋、三宝功德丹、三宝金童永春丹等系统医疗技术及产品，为人们健身祛病带来了福音。

由此看来，慧缘大师最大的功绩之一是揭开了传统风水学神秘的面纱，架起了风水学这类神秘文化现象通往科学的桥梁。他用人类已知的科学知识和术语，阐释了人类未知或半知的神秘现象的客观性和规律性，用科学的态度和方法将神秘转化为科学。

一位著名哲学家和自然辩证法学家不无偏爱和赞赏慧缘先生的风水科学，他对慧缘先生说："我们是同行，你我研究的都是科学。"

是的，因为他们所研究的本元，都基于自然与客观的存在——这便是科学的通道。

记者曾于去年11月28日《琼台经济时报》发表的一篇颇具反响的纪实中断言，已破译规律的存在，是科学；尚未能解释的存在，是神秘；谁能将神秘转化为科学，谁便是命运的主宰；谁能将科学造福于社会，谁便是人类的功臣！

如此说来，像慧缘大师这般致力于将神秘转化为科学伟业并用之造福众生与社会的人，不也同其他伟大的科学家们一样，堪称人类的功臣么？

## 三、风水与人生的对应

理论的建树，来源于实践的提炼并需经实践的验证。

香港行政局议员Z先生，慕名向慧缘大师请教风水与人生政治前途的关系。慧缘大师应邀到Z先生家勘察，认为家中风水不错，但到z先生祖坟上一看，发现坟上风水被电信部门无意中破坏了。顶头十米处，电信部门埋了一根电线杆。

"这在风水学上叫做'顶心煞'，伤你的官运。"慧缘大师坦然忠告，并授之调整此等风水之法，以改变坟前磁场和风水信息，要求一个月内调定。

孰料，这位Z先生公务太忙，尤其忙于行政局议员换届竞选，竟将此事延误了。竞选结果一公布，Z先生果然落榜。

Z先生懊悔之余，连忙再度请慧缘先生亲自调整其祖坟风水。不久，Z先生竞选香港立法局议员，居然轻轻松松地顺利当选。

北京某报负责人L先生偶尔有缘请慧缘先生到家中勘察风水。慧缘先生一进家门，罗盘一打，便断言道："你这里风水的确不佳。负面磁场干扰太大。手提电话都打不通，财路也不好，小孩身体不好，你们夫妻下班回家就要吵架……"L先生愣了："您怎么知道这么多底细，您也没在我家打过手机呀？"

慧缘先生给予指点，要L先生调整床位、台位、陶瓷、挂盘位等等。家中风水一经调整，手提电话当场就打通了。此后，孩子身体好了，夫妻感情更加和睦了，太太炒股也赚了钱。

## 四、风水与人体的感应

记者约定采访慧缘先生的头天晚上，突然重感冒，高烧至39.5度，一夜昏沉未睡。次晨挣扎着爬起床，勉强赶到寰岛泰得大酒店慧缘先生下榻处。

开门见面，慧缘先生便道："你今天身体欠佳，我先给你调调人体信息，再请你喝杯佛茶。"于是便用手掌在我背上轻抚了几下，接着便泡来一杯清香四溢的"佛茶"。

我轻呷一口，那"佛茶"清香之中略含一丝清苦，喝之但觉神清气爽，于是边喝茶边采访。采访结束，那"佛茶"也喝了几道。竟在不知不觉之中去了感冒，退了高烧。精神振作了，说话也爽朗了，跟正常状况一样。

细问才知，那手掌抚背施功，是一种"佛掌疗法"。"佛茶"是事先调整过风水信息的。这是慧缘先生创立的"三宝功德功系列疗法"中的成果之一。

多年来，慕名来请慧缘大师诊病疗伤并立竿见影的，既有国家高层领导人，也有社会基层的平民百姓；既有同种的台港同胞和海外华人侨胞，也有高鼻子蓝眼睛的老外。

德国驻华使馆的爱克森先生的冠心病在东、西方国家皆治不愈，偶尔有缘请慧缘大师为之采用三宝真气灌顶法、气功真法等调整人体风水信息，疗治病痛根源。不久，冠心病向他"拜拜"了。这位深为其西方文明自豪的爱国洋人，也不得不赞叹东方文明的神奇。

原国家领导人D先生不慎小腿骨折，经慧缘大师以三宝功德功治疗，很快便骨合腿愈，健步如常。

全国闻名的深圳沙头角"活雷锋"陈观玉，原来身体欠佳，胆囊、结肠皆有炎症，前不久得缘请慧缘大师诊治，为之调整了人体风水信息和家居风水信息。不仅病体愈，而且财运也更好了。陈观玉更是大做好事，四处行善。可谓"好人遇到大好人，积德向善助众生"。

经验证慧缘先生的独特医术后，张震寰将军为他题词赞道：

持针运气功效如神

施药对症妙手回春

著名的汉字学家沉默为之题词赞曰：

功慧万人　德泽四方

著名预测学家邵伟华题词赞道：

医易相通，医术通灵
佛医易气，独成一家

的确，慧缘先生将佛、医、易、气各门科学融为一体，创见独特，功效神奇，所创医疗保健产品也已成系列，其中获国家专利的便有九项。可谓辅助众生，造福四方。

## 五、风水与建筑的天缘

人们一说起风水，便自然想到是指房屋、坟地等建筑物的方位、布局、结构等等是否吉利。可见风水与建筑有一种与生俱来的天缘关系。

用慧缘大师的理论来说，万物皆有气场，风水也是一种自然气场的特殊表现。他认为：阴宅（坟墓）风水，固然重要，但阳宅（房屋）风水更为重要。房屋建筑是最能影响人体场的重要的自然场。

1988年，南方某省大开发，慧缘大师应邀而访。他经一番慧眼勘察后指出：省委大院的整体风水不佳，尤其大院前庭的花坛设置不好，建议好好调整一下。否则将会影响主要领导人的身体，也会影响事业的顺利发展。

这项建议起初未引起重视，两年后果有所应验（当然也有其他客观原因）。如今，省委大院前庭的花坛被拆除，这个省也已获得新的发展。慧缘大师认为这个大院的整个风水还需要进一步调整、优化，领导便更能身心如意，事业更能加速发展。

深圳某中外合资大酒店开业后一直亏损，外方老板M·J先生慕名邀请慧缘大师勘察该酒店风水。慧缘大师罗盘一打，慧眼一察，便发现店前假山花坛风水场不好，像是一个被淋湿了的花圈，再者门楣太低，挡财气，离位阴气太重……后经慧缘大师指点一一调整，生意便一直火旺到如今。M·J先生每当谈起慧缘大师，便竖起大拇指："中国神秘文化，OK！"

1996年8月，慧缘先生应邀访问马来西亚，为亚洲最高楼——88层的双子楼附近一家酒店勘察风水。慧缘先生发现：该酒店门前一棵小叶榕树带阴气，从风水磁力切割线形成的风水线路看，座坤位，向艮位，结合周围路的走向和周边建筑物的方位，他当场判此酒店退财路，伤身体，易出事。一问果然如此。此店开业后不但生意不旺，老板还老生病。遵照慧缘大师指点，在门口设置了一个流向朝内的风水池，调整风水信息，优化风水磁场，大堂和门柱也作了相应的改调。不久，这家酒店一改过去门可罗雀，而为客源如云，财源滚滚。酒店老板身体也转好了，门前再也没出什么车祸了。

　　数年来，慧缘先生先后应邀为上百座酒店、大厦等建筑物勘察调整风水，为数十家省、地、市党政机关大楼调整风水信息，无不灵验。全世界最大的跨世纪建筑工程——三峡工程基地，也请他勘察过一番总体风水，调整了某些建筑格局，而且指点三峡奠基石的定位。他预测三峡在十几年内必定蒸蒸日上。闻名香港的大屿山寺庙大雄宝殿，也请他为之调节过一番风水信息，如今这里香火更加旺盛……

　　海南东线高速公路为什么老出交通事故？慧缘先生坦言己见：主要原因是风水有问题。过去几次大事故发生之前，他都预测到了。记者第一次采访慧缘先生是1997年3月6日，他提醒第二天要送他去三亚的先生说："这几天去三亚要格外小心，东线高速公路又要出事了。"果然不幸言中，3月9日、12日，海南东线接连发生惨祸！慧缘先生早向有关部门提醒过，建议调整一下东线高速公路的风水，可惜未引起重视。

　　慧缘先生说："海南高速公路的车祸为什么老出在那几段？那些地方原来是坟地，阴气太重，是重要原因之一。"

　　"莫非真有鬼的影响？"记者讶然。

　　慧缘先生笑道："不是鬼的影响，是人的影响。人的肉身埋在一处，一些尸体的化学元素如磷、镁、钠、钙、铁等多种化学元素和同位素都释放在周围，对司机的大脑皮层产生辐射影响，使之形成大脑细胞低潮位，暂时或瞬间失去正常功能，或产生错觉，闪念之中一失手，便酿成大祸。"

　　记者不禁"越俎代庖"连忙请教："那么应该怎么调整这种风水呢？"

　　在有关领导的关心和指导下，1997年6月12日，海南高速公路公司的领导特邀慧缘先生调整了高速公路全线的风水信息，至今已有多年未发生过任何交通事故。

## 六、风水与预测的奥秘

既然风水与自然、社会和人生如此息息感应，便亦当有其特有的预测功能，发掘其系统的规律，便是风水预测学。

1993年初的一天，慧缘先生应邀到深圳勘察后，临走时对市委领导和著名上市公司老总等提醒说："你们这几个月要小心，深圳今年会发生两件大事，与火和水有关。要注意！"

当时似乎谁也没放在心上。

8月16日，深圳仓库大爆炸！

9月下旬，深圳发生罕见大水灾！

当时，在场者不禁都想起数月前慧缘先生的预断，并为之惊讶叹服！

1992年底，整个中国一片"房地产热"。北京某银行一老干部L太太，在珠海特区投资一个亿圈了一大片地。1993年2月，L太太请教慧缘先生此地如何能升值。

慧缘先生勘察后答道："我感觉不大好，这块地要卖了。"

"听说明年此地可卖到六个亿呢！"L太太着实有些不舍。

"这块地的风水目前不到位，留着是个包袱。"

L太太将信将疑把地转让了一半，收回了2.2亿元。一个月后，银根紧缩，房地产行情狂泻。L太太后怕之余对慧缘先生说："是你救了我一命！"

1993年夏，海南特区"房地产热"已近白热化。某著名公司在南丽湖买了一块地，每亩从4万元飙升到80万元。慧缘先生为之勘察后提出忠告："这块地要尽快出手，否则后悔莫及！"

公司老总自信强，干劲正旺，对此忠告不以为然。不久，宏观调控骤紧，该公司一败涂地，果然应验了慧缘先生的风水预测。有缘指点，无缘接收，可惜有缘无分！

慧缘先生以风水信息测事测决策皆能应验，测人又如何呢？

记者初识慧缘先生那日，同桌共餐的海口市某位中层干部C先生问道："慧缘大师，您看我最近怎么样？"

"你最近正为一笔钱的事发愁。"慧缘先生低眉垂目感应片刻随即答道。

"哎呀正是，我就为这事着急呢！"

中国著名画家、北京理工大学教授S先生，"文革"后期曾在陕西深山沟里一家三线厂当技术员。他向有缘共事的慧缘先生请教人生未来。慧缘凭风水信息断言道：你1982年可以进京；1983年可破格晋升；1985年5月可再晋升，日后必定全国闻名……

此时，S先生权当天方夜谭，付之一笑："人在深山，如何登得天安门？"

1982年到了，北京一纸调令，果然把S先生调进了京城。

1983年到了，S先生破格晋升为副教授。

1985年5月到了，S先生又晋升为教授。

此时，S先生已是造诣颇深、四海闻名的书画家了！

## 七、慧缘：与智慧结缘，为众生造福

慧缘大师如此神奇，出自何方风水宝地？

慧缘先生20世纪50年代初出生在山东蓬莱一个八代中医世家。

祖父陈明科，乃近代著名中医和传统风水学家。据说只要打谁家门前一过，便知这家有多少人，财运、官运如何。小慧缘自幼耳濡目染，加之天资聪颖悟性高，很快便入门上手。

小慧缘2岁时剃度出家，9岁还俗，一边上学读书，一边带发修行。长大后，他就读于陕西中医学院和第二军医大学，一边攻医一边探研易理、风水学及其他自然科学。随着造诣的深化和各门科学知识的贯通，慧缘先生便开始了将风水这种神秘文化转化为现代科学的伟大工程。他还把现代风水学的研究与旅游、文化和社会经济发展有机地结合起来。

90年代初，慧缘先生来海南勘察时发现，当时南海观音曾在莺歌海上一岛屿修炼，此后便在三亚一带形成了一种信息场，留下了一些历史文化遗迹。慧缘先生向海南省主管旅游的领导建议："南海观音"应该名副其实，可在三亚郊外天涯海角附近修建一座世界上最高的南海观音塑像，形成一片宗教文化旅游区。既可让全世界佛家子弟前来朝圣，又可推动海南旅游经济发展，同时也是对整个三亚风水信息的一种良性调整。

这个造福海南、德泽众生的建议被采纳了。具体实施操作是海南特区最大的外资企业——联邦国际石化有限公司。他们正准备要在那里建造一尊比西方自由女神还高的"东方女神"——南海观音菩萨塑像。基础工程设施已经到位，主持法师也已入寺。这里便是南山寺。

如今，慧缘大师就是这般云游四方，扶危解困，广布功德。他自立的宗旨便是：行善修功，辅助众生。尤其对一些心怀向善的潜在人才或处在逆境中的人才，他更是善意点化，竭诚扶助，使之脱颖而出，造福百姓。

难怪一位名人题赠称之：

功慧万人　德泽四方

更有一位领导层人士题赠楹联：

勘天勘地勘风勘水勘阴阳
勘安顺如意富贵宅
测古测今测东测西测五行
测发达吉祥好运人

神秘文化并不神秘，揭示了它的规律性，就是科学。"修炼功德也不神秘，其实人人都可以做。"慧缘先生如是说。

"修炼方法可以多种多样，不一定都是身披袈裟，烧香拜佛。只要心中有佛，心中有苍生，保持一种向上向善的心态和高尚的情操与境界，就是一种修炼。只要所做的事情是为了人类的幸福、社会的进化、所创的成绩，就是一种功德，大成绩便是大功德！"

慧缘大师出言不凡，却又平实易懂，令人茅塞顿开。他还列举例证进一步阐释："譬如企业家创造了很多财富，他自己消费不了，捐助社会文化事业和公益事业，这就是功德……"

人人可以修炼
人人可有功德
但有向善之心
命运，在你手中
风水，在你心中

——本文转载于《琼海经济时报》

慧缘大师祝愿：

八方信众万事如意
身体健康家庭幸福
财源广进官运亨通
国家强盛世界和平

## 慧缘师尊开示

　　无论在家出家，必须上敬下和，敬重贵人，礼待小人。害人之心不可有，帮人之心不可无。多赞美人，不是非人。人人都要惜命、惜身、惜福。并要感天地之恩，感三宝之恩，感父母之恩，感众生之恩。

　　做官者，只可急功，不可近利。

　　成功人士的五大元素：一命、二运、三风水、四名号、五读书。

　　四大原则：了解自然、利用自然、改造自然、顺应自然。而新颖的医疗保健和养生方法，其中许多方法具有独特和神奇的疗效。无论是僧尼或是医务工作者，还是希望享受健康吉祥人生的广大读者，只要您抽点时间读一下《慧缘佛医学》，都能使您受益久远。

**图书在版编目（CIP）数据**

慧缘佛医学/慧缘著. —南昌：百花洲文艺出版社，2002（2013.9重印）
ISBN 978-7-80647-422-8

Ⅰ.慧… Ⅱ.慧… Ⅲ.佛教–养生–普及读物 Ⅳ.①R212②B94

中国版本图书馆CIP数据核字（2002）第081644号

# 慧缘佛医学

慧　缘　著

| | | |
|---|---|---|
| 出 版 人 | 姚雪雪 | |
| 责任编辑 | 许 杰 刘 云 | |
| 美术编辑 | 方　方 | |
| 制　　作 | 何　丹 | |
| 出版发行 | 百花洲文艺出版社 | |
| 社　　址 | 南昌市阳明路310号 | |
| 邮　　编 | 330008 | |
| 经　　销 | 全国新华书店 | |
| 印　　刷 | 江西千叶彩印有限公司 | |
| 开　　本 | 787mm×1092mm　1/16 | 印张 25.75 |
| 版　　次 | 2002年7月第1版 | |
| | 2013年9月第3版 | |
| | 2013年9月第9次印刷 | |
| 字　　数 | 540千字 | |
| 书　　号 | ISBN 978-7-80647-422-8 | |
| 定　　价 | 38.00元 | |

邮购联系　0791–86895108
网　　址　http://www.bhzwy.com
图书若有印装错误，影响阅读，可向承印厂联系调换。